Unterwegs in die Welt von morgen

Utopische Geschichten
und Science-fiction-Romane

Verlag Das Beste
Stuttgart · Zürich · Wien

Die Texte in diesem Buch
erscheinen mit Genehmigung der Verleger

122

Printed in Germany
ISBN 3 87070 390 3

Auf den ersten Blick wirkt Santaroga, eine ländliche Gemeinde im Südwesten der USA, harmlos und idyllisch. Doch die Bewohner des Ortes sind Fremden gegenüber merkwürdig feindselig, so, als müßten sie ein dunkles Geheimnis wahren. Und jeder, der diesem Geheimnis auf die Spur zu kommen sucht, findet auf unerklärliche Weise den Tod.

Seit den Tagen der großen Vernichtung sind zwei Jahrhunderte vergangen, und die Nachkommen der Überlebenden wissen nichts mehr von der Zivilisation ihrer Ahnen. Da macht sich Fors vom Puma-Klan, der Sohn des Sternmanns, auf die Suche nach den Spuren der Vergangenheit.

DIE LEUTE VON SANTAROGA

VON FRANK HERBERT

Ins Deutsche übertragen von Birgit Reß-Bohusch
Illustrationen: Gilles Veron

1

Die Sonne ging gerade unter, als sich das fünf Jahre alte Ford-Wohnmobil über den Fluß plagte und dann den langen, abfallenden Weg hinunter ins Santarogatal nahm. Neben der ersten Kurve hatte man eine halbmondförmige Ausweichstelle geebnet. Gilbert Dasein fuhr sein Wohnmobil auf den Kies hinaus, blieb an dem weißen Abgrenzungszaun stehen und sah hinab in das Tal, dessen Geheimnisse er erforschen sollte.

Dasein erinnerte sich, daß bereits zwei Männer bei diesem Vorhaben ums Leben gekommen waren. Durch Unfälle.

Was gab es dort unten in der von Schatten durchzogenen Mulde, in der die Lichter wie zufällig hingestreut schienen? Wartete etwa auch auf ihn ein Unfall?

Sein Rücken schmerzte nach der langen Fahrt von Berkeley bis hier herauf. Er stellte den Motor ab und streckte sich.

Das Tal, das sich unter Dasein erstreckte, sah anders aus, als er es sich vorgestellt hatte. Der Himmel, der es säumte, war von einem klaren Blau, das jetzt vom Leuchten des Sonnenuntergangs durchdrungen war und sich über die Baumwipfel und Felsen des Talrandes zu ergießen schien.

Eine Stille wie über einer sturmgeschützten Insel umgab das Tal.

Was habe ich denn erwartet? fragte sich Dasein.

Wahrscheinlich hatten ihn die vielen Karten, die er studiert hatte, und die vielen Berichte, die er über Santaroga gelesen hatte, zu dem Glauben verleitet, er kenne das Tal. Doch Karten waren nicht das Land und Berichte nicht die Menschen.

Dasein warf einen Blick auf seine Armbanduhr. Fast sieben. Er zögerte mit dem Weiterfahren.

Weit links im Tal schimmerten grüne Lichtstreifen zwischen den Bäumen. Das war das Gebiet, das auf der Karte die Bezeichnung „Gewächshäuser" trug. Einen milchweißen Block mit zinnenähnlichen Vorsprüngen, der sich rechts unter ihm befand, identifizierte er als Jaspers-Käsegenossenschaft. Die gelben Fenstervierecke und die umherhuschenden Lichter verrieten rege Aktivität.

Dasein hörte das Surren von Insekten in der Dämmerung um ihn, das Klatschen von Flügeln, als ein Bussard schwerfällig aufstieg, und, weit in der Ferne, das langgezogene Heulen von Hunden. Die Meute schien sich hinter den Genossenschaftsgebäuden zu befinden.

Er schluckte bei dem Gedanken, daß die gelben Fenster plötzlich wie unheilvolle Augen wirkten, die in die dunkle Tiefe des Tales starrten. Dasein schüttelte den Kopf und lächelte. So durfte er nicht denken. Unakademisch. Dieses ganze düstere Zeug, das über Santaroga berichtet wurde, mußte er schleunigst vergessen. Eine wissenschaftliche Untersuchung konnte in einer von Angst erfüllten Atmosphäre nicht gedeihen. Er schaltete die Innenbeleuchtung des Wagens ein und nahm die Mappe vom Beifahrersitz. In Goldbuchstaben stand auf dem braunen Leder: GILBERT DASEIN, UNIVERSITÄT VON KALIFORNIEN, BERKELEY, PSYCHOLOGISCHE FAKULTÄT.

Er zog einen verknitterten Ordner aus der Tasche und schrieb: „Angekommen im Santarogatal gegen 18 Uhr 45. Erster Eindruck: eine blühende Landgemeinde . . .“

Er legte Ordner und Tasche auf die Seite.

Blühende Landgemeinde, dachte er. Wie konnte er wissen, daß sie blühend war? Nein – das hatte er nicht gesehen. Das war etwas, was er aus den Berichten wußte.

In Wirklichkeit vermittelte das Tal unter ihm den Eindruck, als wartete es auf etwas. Die Stille wurde nur hin und wieder vom Läuten der Kuhglocken unterbrochen. Er stellte sich vor, daß die Menschen jetzt nach der Tagesarbeit wieder zu ihren Familien zurückkehrten. Worüber würden sie sich in dieser lauernden Dunkelheit unterhalten?

Worüber würde Jenny Sorge mit ihrem Mann sprechen – wenn sie einen Mann hatte? Es schien ihm unmöglich, daß sie noch ledig war – die schöne Jenny, die genau im heiratsfähigen Alter war. Es war jetzt mehr als ein Jahr her, daß sie einander zum letztenmal an der Universität begegnet waren.

Dasein seufzte. Hier in Santaroga konnte er die Gedanken an Jenny nicht abschütteln. Jenny gehörte mit zum Geheimnis von Santaroga. Sie war ein Element der Santaroga-Barriere und der Hauptgrund für seine gegenwärtige Untersuchungsarbeit.

Wieder seufzte Dasein. Er konnte sich nicht selbst betrügen. Er wußte, weshalb er das Projekt übernommen hatte. Es war weder wegen der großzügigen Summe, die dieser Kaufhauskonzern der Universität für die Studie zur Verfügung gestellt hatte, noch das gute Gehalt, das man ihm zahlte.

Er war hergekommen, weil Jenny hier lebte.

Dasein sagte sich vor, daß er lächeln und sich ganz normal benehmen würde, wenn er sie traf. Er war geschäftlich hier, ein Psychologe, der seine Lehrtätigkeit unterbrochen hatte, um eine Marktstudie im Santarogatal durchzuführen.

Aber wie benahm man sich Jenny gegenüber normal? Wie konnte man sich normal geben, wenn man auf Abnormalität stieß?

Jenny war eine Bewohnerin von Santaroga – und das Tal trotzte allen normalen Erklärungen.

Seine Gedanken wanderten zurück zu den Berichten, „den bekannten Tatsachen". Alle Datenblätter, die offiziellen Berichterstattungen und die Gerüchte, die man sich unter der Hand weitererzählte – all das vereinigte sich zu einer einzigen „bekannten Tatsache" über Santaroga: Es ging hier etwas Außergewöhnliches vor, etwas sehr viel Beunruhigenderes, als jede sonstige sogenannte Marktstudie behandelte.

Meyer Davidson, der rosige kleine Mann mit dem weichlichen Aussehen, der sich als Vertreter der Investmentgesellschaft vorstellte, die den Kaufhauskonzern finanzierte, hatte bei der ersten Lagebesprechung alles mit den ärgerlichen Worten zusammengefaßt: „Was wir über Santaroga wissen wollen, ist folgendes: Weshalb werden wir gezwungen, unsere Läden dort zu schließen? Weshalb macht kein einziger Bewohner von Santaroga Geschäfte mit einem Außenstehenden? Worin besteht diese Santaroga-Barriere, die alle Fremden ausschließt?"

Davidson war nicht so weichlich, wie er aussah.

Dasein ließ sein Wohnmobil an, schaltete die Scheinwerfer ein und fuhr die gewundene Strecke ins Tal hinab.

Alle Daten besagten das gleiche. Außenstehende konnten im Tal keine Häuser mieten oder kaufen. Die Behörden von Santaroga erklärten, daß es bei ihnen keine Jugendkriminalität gebe und sie deshalb auch keine Zahlen für die Statistik nennen könnten.

Junge Männer, die aus Santaroga eingezogen wurden, kehrten

nach Ablauf der Wehrpflicht immer ins Tal zurück. Noch genauer gesagt: Es war kein einziger Fall bekannt, in dem ein Bewohner von Santaroga das Tal freiwillig verlassen hätte.

Weshalb? Schirmte die Barriere in beide Richtungen ab?

Und dann die Anomalitäten! Die Unterlagen enthielten einen Zeitungsartikel von Jennys Onkel, Dr. Lawrence Piaget, dem bekanntesten Arzt des Tales. Der Artikel lautete: „Das Gifteichen-Syndrom in Santaroga". Sein Thema bezog sich auf folgendes Phänomen: Wenn man Bewohner von Santaroga für längere Zeit zwang, außerhalb des Tales zu wohnen, zeigten sie sich bemerkenswert anfällig für Allergien. Deshalb wurden auch die wenigsten jungen Männer von Santaroga zum Militärdienst eingezogen.

Alle Daten besagten das gleiche. Santaroga konnte dem Staatsinstitut für Geisteskrankheiten keinen einzigen Fall von Geistesgestörtheit melden. Kein Bewohner von Santaroga befand sich in einer Nervenheilanstalt. (Dr. Chami Selador, der leitende Psychiater von Daseins Fakultät, fand diese Tatsache „alarmierend".)

Zigaretten wurden in Santaroga höchstens von Durchreisenden gekauft. Die Bewohner von Santaroga zeigten einen eisernen Widerstand gegen die landläufige Reklame. (Ein ganz und gar unamerikanisches Symptom, wenn man Meyer Davidson glauben durfte.) Käse, Wein oder Bier, die außerhalb des Tales hergestellt wurden, fanden in Santaroga keinen Absatz. Sämtliche Geschäfte des Tales – auch die Bank – wurden von Einheimischen geführt. Sie weigerten sich glatt, außerhalb des Tales Geld zu investieren.

Santaroga ließ sich auch durch finanzielle Zuwendungen nicht dazu verleiten, einen Politiker zu wählen, der den Bewohnern nicht behagte. Ihr Senator kam aus Porterville, das fünfzehn Kilometer hinter Dasein und ein gutes Stück außerhalb des Tales lag. Unter den Politikern, die Dasein interviewt hatte, um den Grundstock zu seinen Studien zu legen, war der Senator einer der wenigen gewesen, der die Bewohner von Santaroga nicht für „eine Bande von Verrückten oder so eine Art Sektierer" hielt.

„Sehen Sie, Dr. Dasein", hatte er gesagt, „dieser ganze Unsinn über das Geheimnis von Santaroga ist nichts anderes als eben – Unsinn."

Der Senator war ein knochiger, aufmerksamer Mann mit einer dichten grauen Haarmähne und rotgeäderten Augen. Er hieß Barstow und kam aus einer alten kalifornischen Familie. Barstow hatte folgende Meinung: „Santaroga ist eine letzte Festung des amerikanischen Individualismus. Es sind Yankees, Leute aus den Neuenglandstaaten, die in Kalifornien leben. Was soll an ihnen Geheimnisvolles sein? Sie haben keine Sonderwünsche und hämmern nicht mit dummen Fragen auf mich ein. Ich wollte, alle meine Wähler wären so aufrichtig und ehrlich wie sie."

Die Meinung eines einzelnen Mannes, dachte Dasein.

Dasein war jetzt im Tal. Der zweispurige Highway ging in eine ebene Straße über, die von gigantischen Bäumen gesäumt wurde. Das war die „Avenue der Riesen". Sie erstreckte sich zwischen einer Doppelreihe der Spezies *Sequoia gigantea.*

Hinter den Mammutbäumen sah er Häuser. Seine Daten besagten, daß einige davon schon seit dem Goldrausch hier standen. Die Dachkanten wurden von Schnörkelverzierungen aus Holz gesäumt. Viele der Häuser waren drei Stockwerke hoch, und gelbes Licht drang aus den Fenstern.

Dasein merkte, daß an den Häusern irgend etwas fehlte, und dann erkannte er, was es war: kein Fernsehflimmern, keine bläulich beleuchteten Wohnzimmer, keine Wände, die im Licht der allgegenwärtigen Bildröhre die Farbe von säuerlicher Milch annahmen.

Vor ihm gabelte sich die Straße. Ein Richtungspfeil mit der Aufschrift STADTZENTRUM deutete nach links. Zwei andere, einer mit der Aufschrift HAUS SANTAROGA und einer mit der Anzeige JASPERS-Käsegenossenschaft, wiesen nach rechts.

Dasein fuhr nach rechts.

Seine Straße führte unter einem Bogen mit der Inschrift: SANTAROGA, DIE STADT DES BERÜHMTEN KÄSES durch und stieg dann leicht an. Die Mammutbäume blieben zurück, und der Weg mündete in einen Eichenwald ein. Zu seiner Rechten ragte hinter einem Maschendrahtzaun das Gebäude der Genossenschaft grauweiß auf. Lichter brannten, und es herrschte reges Leben. Auf der gegenüberliegenden Straßenseite stand Daseins erstes Ziel, ein langgestrecktes, dreistöckiges Gebäude, das im ausladenden Stil des neunzehnten Jahrhunderts gehalten war und entlang der Vorderfront von einer Holzveranda eingefaßt wurde. Ganze Reihen von Fenstern mit kleinen Scheiben starrten auf einen Parkplatz hinunter, der mit Kies aufgeschüttet war. Das Schild über dem Eingang lautete: HAUS SANTAROGA – GOLDRAUSCH-MUSEUM, GEÖFFNET VON 9 UHR VORMITTAGS BIS 5 UHR NACHMITTAGS.

Die meisten Wagen, die am Bordstein parallel zur Veranda standen, waren gut erhaltene ältere Modelle. Einige glänzende neue Fahrzeuge parkten in einer besonderen Reihe, so als wollten sie sich absondern.

Dasein stellte sein Wohnmobil neben einen 1939er Chevrolet. Die rotbraunen Polster, die er im Innern sah, schienen aus handgenähtem Leder zu sein.

Das Spielzeug eines Reichen.

Er nahm seinen Koffer aus dem Wagen und ging auf die Gastwirtschaft zu. Es roch nach frisch gemähtem Gras, und irgendwo lief Wasser. Dasein wurde an seine Kindheit erinnert, an den Garten seiner Tante, hinter dem ein Bach vorbeifloß. Ein merkwürdiges Heimweh ergriff ihn.

Abrupt zerriß ein Mißklang seine Gefühle. Aus dem oberen Stockwerk des Hauses hörte man die harten, streitenden Stimmen eines Paares. Der Mann sprach brüsk und bestimmt, die Frau keifte wie ein Fischweib.

„Ich bleibe keine einzige Nacht mehr in diesem gottverlassenen Nest!" kreischte die Frau. „Sie wollen unser Geld nicht! Sie wollen uns nicht! Du kannst tun, was du willst! Aber ich gehe!"

„Belle, hör doch auf! Du hast . . ."

Ein Fenster schlug zu. Der Streit wurde zu einem unterdrückten Murmeln abgeschwächt.

Dasein holte tief Atem. Der Streit rückte die Dinge wieder ins richtige Licht. Hier waren also wieder zwei Menschen, die vergeblich gegen die Santaroga-Barriere anrannten.

Dasein ging über den Kies und die vier Stufen zur Veranda hinauf. Die Scheiben der Schwingtür waren mit Schnörkeln verziert. Er betrat einen Vorraum mit hoher Decke, Kristallüstern und dunkler Holzvertäfelung an den Wänden. In der Ecke zu seiner Rechten zog sich eine geschwungene Theke hin. Dahinter war eine offene Tür, aus der man die Geräusche einer Telefonvermittlung hörte. Rechts von der Theke befand sich ein breiter Durchgang, hinter dem er einen Speisesaal erblickte – mit weißen Tischtüchern, Kristall und Silber. Eine Postkutsche stand zu seiner Linken, geschützt durch zwei Messingpfosten und eine dunkelrote Samtkordel, an der ein Schild BITTE NICHT BERÜHREN hing.

Dasein blieb stehen und sah sich die Kutsche genauer an. Sie roch nach Staub und Schimmel. Eine eingerahmte Karte auf dem Kofferraum verriet ihre Geschichte: EINGESETZT ZWISCHEN 1868 UND 1871 AUF DER STRECKE SAN FRANCISCO–SANTAROGA. Unter dieser Karte war ein etwas größerer Rahmen, in dem sich ein vergilbtes Stück Papier befand. Ein Messingschild daneben besagte: EIN PAAR WORTE VON BLACK BART, DEM PO-8-STRASSENRÄUBER. Auf dem vergilbten Papier stand in ausladender Schrift:

Hier stand ich nun in Wind und Regen,
Riskierte Haut und Haar,
Nur der verdammten Kutsche wegen,
In der nichts Stehlenswertes war.

Dasein grinste, schob seine Aktenmappe unter den linken Arm, trat an die Theke und klingelte.

Ein kahlköpfiger, verrunzelter Mann, der unaussprechlich dürr war, erschien an der offenen Tür und starrte Dasein an wie ein Habicht, der jeden Moment zustoßen wollte. „Ja?"

„Ich hätte gern ein Zimmer."

„Was suchen Sie im Tal?"

Dasein versteifte sich bei der scharfen Herausforderung. „Ich bin müde", sagte er. „Ich möchte eine Nacht lang hier schlafen."

„Hoffentlich auf der Durchreise", knurrte der Mann. Er schlurfte zur Theke und schob Dasein ein schwarzes Registrierbuch hin.

Dasein zog den Federhalter aus dem Tintenfaß und schrieb sich ein.

Der Angestellte holte einen Messingschlüssel von einem Messingbord und sagte: „Sie haben zwei einundfünfzig neben dem komischen Paar. Ich kann nichts dafür, wenn sie die ganze Nacht streiten und Sie nicht schlafen können." Er knallte den Schlüssel auf die Theke. „Macht zehn Dollar – im voraus zu bezahlen."

„Ich bin hungrig", sagte Dasein, während er zahlte. „Ist der Speisesaal noch offen?" Er ließ sich die Quittung aushändigen.

„Macht um neun zu", sagte der Angestellte.

„Haben Sie einen Hoteldiener?"

„Sie sehen stark genug aus, um Ihren Koffer allein zu tragen." Er deutete an Daseins Schulter vorbei. „Da ist die Treppe, das Zimmer liegt im zweiten Stock."

Dasein drehte sich um. Hinter der Kutsche war eine freie Fläche. Ein paar Ledersessel mit hohen Lehnen und schweren Armstützen standen herum. In einigen davon saßen ältere Männer und lasen. Das Licht kam aus schweren Messinglampen mit gerüschten Schirmen. Eine mit einem Läufer bedeckte Treppe führte nach oben.

Es war ein Bild, an das Dasein später noch oft zurückdachte. Es gab ihm den ersten Hinweis auf die wahre Natur von Santaroga. Hier wurde die Zeit angehalten.

Etwas beunruhigt sagte Dasein: „Ich sehe mir mein Zimmer später an. Kann ich meinen Koffer hierlassen, während ich esse?"

„Legen Sie ihn auf die Theke. Keiner wird ihn wegnehmen."

Dasein legte den Koffer auf die Theke. Er merkte, daß der Angestellte ihn durchdringend musterte.

„Ist etwas?" fragte Dasein.

„Nein."

Der Angestellte griff nach der Aktentasche unter Daseins Arm, aber Dasein trat zurück. Der Mann starrte ihn wütend an.

„Hmm", knurrte er. Es war ihm deutlich anzumerken, daß er sich den Inhalt der Mappe gern angesehen hätte.

Dasein sagte schwach: „Ich – äh – wollte beim Essen noch ein paar Papiere durchsehen." Und er dachte: Warum muß ich ihm das erklären?

Wütend über seine Reaktion, drehte er sich um und ging in den Speisesaal hinüber. Er stand in einem quadratischen Raum. Von der Decke hing ein einziger großer Lüster, doch an der dunklen Holzvertäfelung der Wände waren in gleichmäßigen Abständen Kutschenlampen aus Messing verteilt. Die Stühle an den runden Tischen waren schwer und hatten breite Armlehnen. Eine lange Teakbar befand sich an der Wand zu seiner Linken. Dahinter war ein holzgerahmter Spiegel. Licht schimmerte vom Kristallüster und reflektierte in den Gläsern der Bar.

Der Saal dämpfte die Geräusche. Dasein hatte das Gefühl, als wären alle Anwesenden bei seiner Ankunft verstummt und wandten sich nun ihm zu. In Wirklichkeit beachtete ihn niemand.

Ein Barkeeper mit weißer Jacke, der sich um ein paar Kunden kümmerte, sah ihn kurz an und nahm dann das Gespräch mit einem dunkelhäutigen Mann wieder auf, der bei einem Krug Bier saß.

Etwa ein Dutzend Tische waren von Familien besetzt. In der Nähe der Bar hatten sich einige Männer zu einem Kartenspiel zusammengefunden. An zwei Tischen saßen einzelne Frauen.

Dasein spürte, daß eine unsichtbare Trennwand zwischen Fremden und Einheimischen bestand. Er glaubte, die Durchreisenden deutlich an ihrer Nervosität erkennen zu können. Sie wirkten müde und abgehetzt, und ihre Kinder quengelten.

Als Dasein weiterging, sah er sich einen Moment lang im Barspiegel – müde Linien in dem schmalen Gesicht, das lockige dunkle Haar vom Wind zerzaust, die braunen Augen immer noch von der langen Fahrt angespannt. Ein Staubfleck zeichnete sich an seinem Kinn ab. Dasein rieb den Schmutz weg und dachte: Noch ein Fremder.

„Möchten Sie einen Tisch, Sir?" Ein dunkelhäutiger Kellner war neben ihm aufgetaucht – weiße Jacke, Hakennase, scharfe Züge, ein paar graue Haare an den Schläfen. In seinen Blicken war eine Autorität, die nicht zu der Lakaienkleidung passen wollte.

„Ja, für mich allein, bitte."

„Hier entlang, Sir."

Dasein wurde an einen Tisch an der Wand geführt. Eine der Kutschenlampen badete ihn in einem warmen gelben Licht. Als der schwere Sessel ihn aufnahm, wandte Dasein seine Aufmerksamkeit dem Kartentisch in der Nähe der Bar zu. Es waren vier Männer, die sich dort versammelt hatten, und er erkannte einen davon nach einem Bild, das Jenny bei sich gehabt hatte: Piaget, ihr Onkel, der Verfasser des medizinischen Artikels über Allergien. Piaget war ein großer grauhaariger Mann mit einem milden, runden Gesicht. Er hatte etwas merkwürdig Orientalisches an sich.

„Möchten Sie die Karte, Sir?"

„Ja. Aber einen Moment – die Männer, mit denen Dr. Piaget Karten spielt . . ."

„Sir?"

„Wer sind sie?"

„Sie kennen Dr. Larry, Sir?"

„Ich kenne seine Nichte, Jenny Sorge. Sie hatte ein Foto von Dr. Piaget bei sich."

Der Kellner warf einen kurzen Blick auf die Mappe, die Dasein auf den Tisch gelegt hatte. „Dasein", sagte er. Ein breites Lächeln ließ seine weißen Zähne aufblitzen. „Sie sind Jennys Freund von der Schule."

Die Worte des Kellners waren so bedeutungsvoll, daß Dasein ihn offenen Mundes anstarrte.

„Jenny hat viel von Ihnen gesprochen, Sir", sagte der Kellner.

„Oh!"

„Sie wollten wissen, wer die Männer sind, die mit Dr. Piaget Karten spielen?" Er wandte sich den Spielern zu. „Also, Sir, der Mann gegenüber Dr. Larry ist Captain Al Marden von der Highway-Patrouille. Rechts drüben ist George Nis. Er ist der Manager der Jaspers-Käsegenossenschaft. Der Mann auf der linken Seite ist Mister Sam Scheler. Mister Sam leitet unsere unabhängige Tankstelle. Ich bringe Ihnen jetzt die Karte, Sir."

Der Kellner ging auf die Bar zu.

Dasein richtete seine Aufmerksamkeit weiterhin auf die Kartenspieler. Er fragte sich, was ihn so an ihnen fesselte. Marden, der ihm halb den Rücken zuwandte, trug einen dunkelblauen Zivilanzug. Sein Haar war verblüffend rot. Als er den Kopf nach rechts wandte, sah Dasein ein schmales Gesicht mit einem strengen Mund und zynisch herabgezogenen Mundwinkeln.

Scheler von der unabhängigen Tankstelle (Dasein fragte sich mit einemmal, was das bedeuten sollte) war dunkel und hatte ein eckiges Indianergesicht mit einer flachen Nase und wulstigen Lippen. Nis, der ihm gegenübersaß, hatte schütteres bräunliches Haar, blaue Augen mit Tränensäcken und einen breiten Mund.

„Ihre Karte, Sir." Der Kellner legte eine große ledergebundene Mappe vor Dasein hin.

„Dr. Piaget und seinen Freunden scheint das Spiel Spaß zu machen", sagte Dasein.

„Das Spiel ist so etwas wie eine feste Einrichtung, Sir. Sie kommen jede Woche um diese Zeit her und spielen nach dem Essen."

„Was spielen sie denn?"

„Das ist verschieden, Sir. Manchmal Bridge, hin und wieder auch Whist oder Poker."

„Was meinten Sie mit unabhängiger Tankstelle?" fragte Dasein. Er sah in das dunkle Gesicht.

„Also, Sir, wir hier im Tal ärgern uns nicht mit den Firmen herum, die ihre Preise festsetzen. Mister Sam kauft von demjenigen, der am billigsten ist. Wir zahlen zwei Cents weniger pro Liter als die anderen."

Dasein notierte innerlich, daß er diesen Aspekt der Santaroga-Barriere untersuchen mußte. Es paßte zum Charakter der Leute, daß sie nicht bei den großen Ölgesellschaften kauften, aber woher bekamen sie ihre Produkte?

„Das Roastbeef ist sehr gut, Sir", sagte der Kellner und deutete auf die Karte.

„Sie empfehlen es mir also?"

„Ja, Sir. Hier im Tal werden die Rinder mit Korn gefüttert. Wir haben außerdem frische Maiskölbchen, Kartoffeln à la Jaspers – das sind Kartoffeln mit Käsesauce, ausgezeichnet – und zum Nachtisch vielleicht Erdbeeren aus dem Gewächshaus."

„Salat?" fragte Dasein.

„Unser Salat ist diese Woche nicht sehr gut, Sir. Ich bringe Ihnen jetzt die Suppe. Es ist Borschtsch mit saurer Sahne. Und wahrscheinlich möchten Sie Bier dazu. Ich werde sehen, ob ich Ihnen etwas von unserem hiesigen Bier verschaffen kann."

„Na, da hätte ich mir die Karte sparen können", sagte Dasein. Er gab die Ledermappe zurück. „Bringen Sie das Essen, bevor ich mich über das Tischtuch hermache."

„Jawohl, Sir."

Dasein sah dem Schwarzen nach. Er war sehr selbstsicher. Ein wahrer Othello.

Der Kellner kam nach kurzer Zeit mit einer Schale dampfender Suppe zurück. Obenauf schwamm eine Insel aus saurer Sahne. Dazu brachte er ein Glas mit dunklem Bier.

„Ich stelle fest, daß Sie der einzige schwarze Kellner hier sind", sagte Dasein. „Ist das nicht etwas schwierig für Sie?"

„Sie wollen wissen, ob ich der Vorzeigeneger des Hauses bin, Sir?" Die Stimme des Schwarzen war plötzlich kühl.

„Ich fragte mich nur, ob Santaroga Integrationsprobleme hat."

„Es müssen zwischen dreißig und vierzig farbige Familien im Tal sein, Sir. Wir betonen den Rassenunterschied hier nicht." Die Stimme war hart, feindselig.

„Ich wollte Sie nicht kränken."

„Sie haben mich nicht gekränkt." Ein Lächeln überflog sein Gesicht und war wieder fort. „Ich muß zugeben, daß ein Negerkellner schon eine Repräsentationsfunktion hat. Orte wie diese –" er sah sich in dem soliden, holzvertäfelten Raum um – „müssen früher eine Menge

Schwarzer beschäftigt haben. Vielleicht soll ich den Museumscharakter des Hotels betonen.“ Wieder das flüchtige Lächeln. „Es ist ein guter Job, und meine Kinder haben noch bessere Stellen gefunden. Zwei arbeiten in der Genossenschaft. Einer wird Rechtsanwalt.“

„Sie haben drei Kinder?“

„Zwei Jungen und ein Mädchen. Wenn Sie mich jetzt entschuldigen wollen, Sir? Ich muß noch an anderen Tischen bedienen.“

„Ja, natürlich.“

Dasein hob das Bierglas, als sich der Kellner entfernte.

Er roch einen Moment lang an dem Bier. Es hatte einen Beigeschmack von Keller und Pilzen. Dasein erinnerte sich plötzlich, daß Jenny das Bier von Santaroga immer gelobt hatte. Er nahm einen Schluck – prickelnd auf der Zunge, mit einem Nachgeschmack von Malz. Es war genauso, wie Jenny es beschrieben hatte.

Jenny, dachte er, Jenny . . . Jenny . . . Weshalb hatte sie ihn auf ihren häufigen Wochenendfahrten nach Santaroga nie zu sich eingeladen? Sie war am Wochenende nie in der Universitätsstadt geblieben. Ihre Verabredungen hatten immer wochentags stattgefunden. Er erinnerte sich an die Dinge, die sie von sich selbst erzählt hatte: Sie war Vollwaise und bei ihrem Onkel Larry Piaget aufgewachsen. Es war noch eine altjüngferliche Tante im Haus . . . Sarah.

Dasein nahm noch einen Schluck Bier und kostete dann die Suppe. Es paßte wunderbar zusammen. Die saure Sahne erinnerte ein wenig an den Beigeschmack des Bieres.

Es hatte für ihn nie ein Zweifel daran bestanden, daß Jenny ihn liebte. Ihre Beziehung zueinander war aufrichtig und prickelnd gewesen. Aber nie kam eine direkte Einladung, ihre Familie oder das Tal kennenzulernen. Ein vorsichtiges Sondieren, ja – was er davon hielte, in Santaroga eine Praxis zu eröffnen? Es wäre nett, wenn er sich über manche Fälle mit Onkel Larry unterhalten könnte . . .

Über welche Fälle? überlegte Dasein, als ihm die Unterhaltung wieder einfiel. In dem Informationsbericht Dr. Seladors hatte es eindeutig geheißen: keine Fälle von Geisteskrankheit im Santarogatal.

Dasein mußte an den Abend denken, als er Jenny einen Heiratsantrag gemacht hatte. Da war es aus mit dem vorsichtigen Sondieren gewesen. Sie hatte ihn ruhig gefragt, ob er in Santaroga leben könnte.

Er konnte sich noch an seine erstaunte Frage erinnern: „Weshalb müssen wir denn in Santaroga leben?“

„Weil ich anderswo nicht leben kann." Genauso hatte sie gesagt. „Weil ich anderswo nicht leben kann."

Liebe mich, liebe mein Tal.

Sosehr er auch in sie drang, er konnte ihr keine Erklärung entlokken. Sie hatte ihm das deutlich zu verstehen gegeben. Am Ende hatte er verärgert und enttäuscht reagiert. Ob sie glaubte, er könne sie nur in Santaroga ernähren?

„Komm und sieh dir Santaroga an", hatte sie gebeten.

„Erst wenn du auch in Erwägung ziehst, außerhalb des Tales zu wohnen."

Sie waren an einem toten Punkt angelangt.

Wenn er sich an den Kampf erinnerte, brannten Daseins Wangen. Es waren die Examenswochen gewesen. Sie hatte zwei Tage lang seine Telefonanrufe nicht beantwortet . . ., und danach hatte er sie nicht mehr angerufen. Sein gekränkter Stolz verbot es ihm.

Und Jenny war in ihr Tal zurückgegangen. Als er seinen Stolz niedergekämpft und ihr geschrieben hatte, daß er sie besuchen wolle, war keine Antwort gekommen. Das Tal hatte sie verschluckt.

Dieses Tal.

Dasein seufzte, sah sich im Speisesaal um und erinnerte sich an Jennys Lebhaftigkeit, wenn sie von Santaroga erzählte. Dieser getäfelte Raum, die Leute, die er bisher getroffen hatte – sie paßten nicht zu dem Bild, das er sich gemacht hatte.

Weshalb hat sie meine Briefe nicht beantwortet? fragte er sich. Höchstwahrscheinlich ist sie verheiratet. Das muß es sein.

Dasein sah den Kellner mit einem Tablett um die Ecke der Bar kommen. Der Barkeeper machte ihm ein Zeichen und rief: „Win!" Der Kellner blieb stehen und stellte das Tablett auf der Theke ab. Dasein hatte das Gefühl, daß die beiden uneinig waren. Dann sagte der Kellner etwas mit einer entschiedenen Kopfbewegung, nahm das Tablett und brachte es an Daseins Tisch.

„Wichtigtuer", sagte er, als er das Tablett Dasein gegenüber abstellte und die Schüsseln arrangierte. „Will mir sagen, daß ich Ihnen kein Jaspers geben kann! Ein guter Freund von Jenny, und ich kann ihm kein Jaspers geben!" Der Ärger des Kellners legte sich. Er schüttelte den Kopf, lächelte und stellte einen gefüllten Teller vor Dasein. „Es gibt zu viele Wichtigtuer auf der Welt, wenn Sie mich fragen."

„Ich habe gehört, daß der Barkeeper Sie Win rief", sagte Dasein.

„Winston Burdeaux, Sir, zu Ihren Diensten." Er kam um den Tisch herum und beugte sich dichter zu Dasein herunter. „Hat mir diesmal kein Jaspers-Bier für Sie gegeben, Sir." Er nahm eine eisgekühlte Flasche vom Tablett und stellte sie neben das Glas, das er anfangs gebracht hatte. „Das hier ist nicht so gut wie das erste. Aber das Essen ist mit Jaspers zubereitet. Das habe ich mir von dem Wichtigtuer nicht nehmen lassen."

„Jaspers", sagte Dasein. „Ich dachte, so hieß nur der Käse."

Burdeaux preßte die Lippen zusammen und sah ihn nachdenklich an. „O nein, Sir. Jaspers ist in allen Produkten der Genossenschaft. Hat Ihnen Jenny das nicht gesagt?" Er runzelte die Stirn. „Waren Sie noch nie mit ihr im Tal, Sir?"

„Nein." Dasein schüttelte den Kopf.

„Aber Sie sind Dr. Dasein – Dr. Gilbert Dasein?"

„Ja."

„Dann sind Sie der Bursche, in den Jenny verliebt ist." Er grinste und sagte: „Essen Sie, Sir. Es ist ein gutes Essen."

Bevor Dasein seine Gedanken sammeln konnte, hatte sich Burdeaux umgedreht und war gegangen.

Dann sind Sie der Bursche, in den Jenny verliebt ist, dachte Dasein. Gegenwartsform – nicht Vergangenheit. Er spürte, wie sein Herz schneller schlug, und ärgerte sich darüber. Das war nichts als Burdeaux' Gerede. Etwas anderes konnte es nicht sein.

Verwirrt beugte er sich über den Teller.

Das Roastbeef hielt, was Burdeaux versprochen hatte. Es war zart und saftig. Die Käsesauce auf den Kartoffeln hatte den gleichen Beigeschmack wie das Bier und die saure Sahne.

Der Bursche, in den Jenny verliebt ist.

Die Worte des Kellners setzten sich in seinem Gehirn fest und ließen ihn nicht mehr los.

Dasein sah von seinem Essen auf und suchte Burdeaux. Der Kellner war nirgends zu sehen. *Jaspers.* Es war dieser köstliche Beigeschmack, dieses neue Aroma. Er sah die Bierflasche an, das Nicht-Jaspers-Bier. *Nicht so gut?* Er kostete es und fand, daß es einen bitteren, metallischen Geschmack hinterließ. Ein Schluck aus dem Glas – weich, besänftigend. Dasein spürte, daß das Jaspers-Bier seine Gedanken klarer machte.

Er stellte das Glas ab, sah durch den Saal und merkte, daß der Barkeeper ihn stirnrunzelnd ansah. Der Mann wandte den Blick ab.

Es waren Kleinigkeiten – zwei verschiedene Biersorten, ein Streit zwischen einem Kellner und einem mißtrauischen Barkeeper –, nichts als Sekundenschläge in einem ganzen Leben, aber Dasein spürte Gefahr in ihnen. Er erinnerte sich daran, daß zwei Männer vor ihm im Santarogatal tödliche Unfälle erlitten hatten – Tod durch ein Mißgeschick: ein Wagen, der zu schnell in die Kurve gegangen war und in eine Schlucht stürzte; ein Sturz von einem Felshang in einen Fluß – ertrunken. Normale Unfälle, von der Staatsanwaltschaft bestätigt.

Nachdenklich wandte sich Dasein wieder seinem Essen zu.

Dann brachte Burdeaux die Erdbeeren und blieb am Tisch stehen, während Dasein sie kostete. „Gut, Sir?"

„Ausgezeichnet. Besser als diese Flasche Bier."

„Meine Schuld, Sir. Das nächstemal wird es anders." Er hüstelte diskret. „Weiß Jenny, daß Sie hier sind?"

Dasein legte den Löffel weg und starrte in die Erdbeeren, als hoffte er, dort sein Spiegelbild zu sehen. Vor seinem geistigen Auge entstand plötzlich das Bild von Jenny in einem roten Kleid. Sie war vital und sprudelte vor Energie. „Nein – noch nicht", sagte er.

„Sie wissen, daß Jenny noch ledig ist, Sir?"

Dasein warf einen Blick zum Kartentisch hinüber. Die Haut der Spieler wirkte dunkel und lederig. *Jenny noch ledig?* Dr. Piaget sah von seinen Karten auf und sagte etwas zu dem Mann neben ihm. Sie lachten.

„Hat – steht sie im Telefonverzeichnis, Mister Burdeaux?"

„Sie wohnt bei Dr. Piaget, Sir. Und weshalb nennen Sie mich nicht Win?"

Dasein sah dem Schwarzen ins Gesicht und wunderte sich plötzlich über den Mann. In seiner Stimme war ein Südstaatenakzent. Die sondierende Freundlichkeit, die freiwilligen Auskünfte über Jenny – das war alles südländisch, vertraulich, freundlich . . ., aber er bemerkte auch einen gewissen Unterton: eine fragende Wachsamkeit, ein Aushorchen. Der Psychologe in Dasein war jetzt hellwach.

„Leben Sie schon lange hier im Tal, Win?" fragte er.

„So ungefähr zwölf Jahre, Sir."

„Weshalb haben Sie sich denn hier niedergelassen?"

Burdeaux schüttelte den Kopf. Ein wehmütiges Lächeln huschte über seine Lippen. „Oh, das würde Sie nicht interessieren, Sir."

„Aber bestimmt." Dasein starrte Burdeaux wartend an. Irgendwo gab es einen Keil, mit dem er die Geheimnisse des Tales öffnen mußte. Vielleicht konnte er diesen Burdeaux als Keil ansetzen. Dasein wußte, daß seine eigene schüchterne Art andere Leute gern zu vertraulichen Geständnissen brachte. Er verließ sich jetzt darauf.

„Also, wenn Sie es wirklich wissen wollen, Sir", sagte Burdeaux. „Ich saß im Gefängnis von New Orleans – wegen Falschspielerei." (Dasein bemerkte, daß der Südstaatenakzent plötzlich stärker wurde.) „Wir lebten so dahin und führten dreckige Reden, die Ihnen die Haare hätten zu Berge stehen lassen. Und mit einemmal merkte ich, was ich tat, Sir. Ich besah mir die Sache einmal genau und merkte, daß alles so kindisch war. Halbstark. Na, und als ich entlassen wurde, sagte der Sheriff, ich solle mich nie wieder in der Stadt blicken lassen. Da ging ich zu meiner Annie und sagte, daß wir wegziehen sollten. So kamen wir hierher, Sir."

„Einfach so?"

„Wir machten uns auf die Wanderschaft. Es war nicht leicht, und an manchen Orten bereuten wir, daß wir überhaupt losgezogen waren. Aber als wir hierherkamen, wußten wir, daß die Sache es wert gewesen war."

„Sie sind einfach durch die Gegend gezogen, bis Sie hierherkamen?"

„Es war, als hätte Gott uns geführt, Sir. Dieser Ort, Sir, ist nicht leicht zu erklären. Aber – also, sie bestanden darauf, daß ich in die Schule ging, um mich zu bessern. Das war das eine. Ich kann jetzt ordentlich Englisch sprechen, wenn ich will – und wenn ich daran denke . . ." (Der Akzent verlor sich.)

Dasein lächelte ermutigend. „Die Leute hier im Tal müssen sehr nett sein."

„Ich will Ihnen mal was sagen, Sir", meinte Burdeaux. „Vielleicht können Sie mich besser verstehen, wenn ich Ihnen erzähle, wie es mir kürzlich ergangen ist. Früher hätte mich so was sehr geschmerzt, aber hier . . . Wir waren auf einer Jaspers-Party, Sir. Es war direkt nachdem Willa, meine Tochter, ihre Verlobung mit Cal Nis bekanntgegeben hatte. Und George, Cals Daddy, kam zu mir herüber und legte mir den Arm auf die Schulter. ‚Na, Win, du alter Niggerbastard', sagte er, ‚jetzt trinken wir mal was zusammen, denn unsere Kinder haben es sich in den Kopf gesetzt, uns zu Verwandten zu machen.' So war es, Mister Dasein. Er wollte mich nicht beleidigen, als er Nigger zu mir sagte. Es war so, als hätte er zu einem hellhaarigen Mädchen Blondie gesagt. Oder so, als würden Sie fragen: ‚Ist Al Marden der Rotschopf da drüben?' Als er es sagte, wußte ich genau, daß er nichts anderes meinte. Es kam einfach über mich. Er akzeptierte mich als das, was ich war. Das war die freundlichste Geste, die George machen konnte, und deshalb hat er's auch getan."

Dasein runzelte die Stirn, während er versuchte, Burdeaux' Gedankengang zu folgen. Freundlich, ihn einen Nigger zu nennen?

„Ich glaube nicht, daß Sie es verstehen", sagte Burdeaux. „Vielleicht müßten Sie dazu schwarz sein. Aber – ja, vielleicht sehen Sie es jetzt: Ein paar Minuten später sagte George zu mir: ‚Na, Win, was für Enkelkinder werden wir wohl haben? Helle, dunkle oder gemischt?' Es war einfach eine Art Verwunderung, daß er schwarze Enkelkinder haben konnte. Es war ihm gleichgültig. Er war nur neugierig. Er fand das Problem interessant. Wissen Sie, als ich Annie die Sache später erzählte, weinte ich. Ich war so glücklich, daß ich weinte."

Es war eine lange Rede. Dasein konnte sehen, daß auch Burdeaux es erkannt hatte. Er schüttelte den Kopf und murmelte: „Ich rede zuviel. Ich sollte doch besser . . ."

Er unterbrach sich, als plötzlich an der Bar in der Nähe der vier Kartenspieler jemand loszubrüllen begann. Ein dicker Mann mit rotem Gesicht war von der Bar zurückgetreten und klatschte mit der Aktentasche auf die Theke, während er den Barkeeper anschrie.

„Ihr Hundesöhne!" kreischte er. „Ihr haltet euch wohl für zu gut, um von mir zu kaufen! Meine Waren sind euch nicht fein genug. Ihr habt bessere . . ."

Der Barkeeper griff nach der Aktentasche.

„Rühr das Ding nicht an, du Kerl!" brüllte der Dicke. „Ihr tut so vornehm, als ob ihr ein eigenes Land wärt. Ein Outsider bin ich? Ich will euch mal was sagen, ihr Ausländerpack! Hier ist Amerika. Hier ist ein freies . . ."

Der rothaarige Patrouillen-Captain, Al Marden, war beim ersten Anzeichen der Diskussion aufgestanden. Jetzt legte er seine große Hand auf die Schulter des Aufgebrachten und schüttelte ihn einmal.

Das Geschrei hörte auf. Der Mann wirbelte wütend herum und hob die Aktentasche, um Marden damit anzugreifen. Einen Augenblick lang sah er in die glühenden Augen Mardens, in sein strenges Gesicht, dann zögerte er.

„Ich bin Captain Al Marden von der Highway-Patrouille", sagte Marden. „Und ich sage Ihnen, daß so etwas nicht mehr vorkommen darf." Seine Stimme war ruhig, ernst – und doch ein wenig amüsiert, wie Dasein erkannte.

Der Dicke senkte die Aktentasche und schluckte.

„Sie können jetzt gehen, Ihren Wagen besteigen und Santaroga verlassen", sagte Marden. „Sofort. Und kommen Sie nicht zurück. Wir werden auf Sie achten, und wir jagen Sie, falls wir Sie noch einmal im Tal erwischen."

Der Zorn war von dem Dicken gewichen. Seine Schultern sackten nach vorn. Er schluckte und sah die Gäste an, die seinen Blick ruhig erwiderten. „Ich bin heilfroh, daß ich fortkomme", murmelte er. „Nichts könnte mich glücklicher machen. Es müßte schon ein komischer Zufall sein, wenn ich je wieder in euer dreckiges kleines Tal kommen sollte. Ihr stinkt. Ihr stinkt alle!" Er riß sich von Marden los und ging in die Vorhalle.

Marden kehrte kopfschüttelnd zu seinem Kartenspiel zurück.

Langsam kam die Unterhaltung im Saal wieder in Gang, und die Leute aßen weiter. Aber Dasein konnte einen Unterschied zu vorher feststellen. Der Ausbruch des Handelsvertreters hatte Einheimische und Durchreisende getrennt. Eine unsichtbare Mauer war entstanden. Die durchreisenden Familien trieben ihre Kinder zur Eile an. Sie brachen so schnell wie möglich auf.

Dasein fühlte den gleichen Drang zum Gehen. Im Speisesaal gab es jetzt Jäger und Gejagte. Er spürte, daß ihm der Schweiß ausbrach. Seine Handflächen waren feucht. Er merkte, daß Burdeaux fortgegangen war.

Das ist doch dumm! sagte er sich vor. *Jenny noch ledig?*

Er erinnerte sich daran, daß er Psychologe war – ein Beobachter. Aber der Beobachter mußte sich selbst beobachten.

Weshalb reagiere ich so komisch? fragte er sich. *Jenny noch ledig?*

Zwei der fremden Familien brachen bereits auf. Sie hielten ihre Kinder fest an der Hand und sprachen mit schrillen Stimmen davon, zur nächsten Stadt weiterzufahren.

Weshalb können sie nicht hierbleiben? fragte er sich wieder. Die Preise sind vernünftig.

Er stellte sich das Gebiet im Geiste vor: Porterville lag zehn Kilometer außerhalb des Tales auf dem Weg, den er gekommen war. In der entgegengesetzten Richtung kam man über einen gewundenen Bergweg nach etwa sechzig Kilometern auf den Highway 395. Die nächsten Gemeinden lagen zumindest hundert Kilometer im Süden des Highway 395. Das ganze Gebiet gehörte zum Staatsforst und war durchsetzt von Seen, Feuergräben, nackten Lavagesteinshügeln – alles bis auf das Santarogatal spärlich besiedelt. Weshalb fuhren die Leute nachts lieber durch diese unheimliche Landschaft, als im Hotel zu bleiben?

Dasein beendete sein Abendessen und ließ das restliche Bier stehen. Er mußte mit seinem Chef, Dr. Chami Selador, über diesen Ort sprechen, bevor er weitere Schritte unternahm. Burdeaux hatte die Rechnung diskret auf einem braunen Tablett liegengelassen – drei Dollar fünfundachtzig. Dasein legte eine Fünfdollarnote auf das Tablett und sah sich noch einmal im Saal um. An der Oberfläche erschien alles so verdammt normal! Die Kartenspieler konzentrierten sich auf ihr Spiel. Der Barkeeper lehnte sich über die Theke und unterhielt sich mit zwei Kunden. Ein kleines Mädchen an einem Nebentisch wollte seine Milch nicht trinken.

Und doch war es nicht normal. Alle seine Sinne sagten ihm das. Die gespannte Stimmung im Saal schien jeden Moment zu zerreißen, und Dasein wollte dann nicht mehr hier sein. Er tupfte sich die Lippen mit der Serviette ab, nahm seine Mappe und ging auf die Vorhalle zu.

Sein Koffer stand auf dem Tisch beim Empfang. In dem Raum dahinter klickte und summte die Telefonvermittlung. Er nahm den Koffer und tastete nach dem Messingschlüssel in seiner Tasche – zwei einundfünfzig. Er beschloß, noch einmal nach unten zu gehen und von einer öffentlichen Zelle anzurufen, wenn sich in seinem Zimmer kein Telefon befinden sollte.

Dasein fühlte sich etwas niedergeschlagen, weil er auf die Szene im Speisesaal so komisch reagiert hatte. Er ging nach oben. Ein paar Blicke trafen ihn über den Rand von Zeitungen hinweg, als er an den Sesseln in der Vorhalle vorbeikam. Es waren fragende, forschende Blicke.

Die Treppe führte zu einem düsteren Absatz – Schreibtische, Stöße mit weißem Papier. Eine Notausgangstür direkt vor ihm trug die Aufschrift: ZUM ZWEITEN STOCK. BITTE DIE TÜRE SCHLIESSEN.

Die nächste Treppe führte nach links. Über ihm schimmerte eine schwache Glühbirne, und die Wände waren mit breiten, dunklen Holzplatten vertäfelt. Er kam wieder durch einen Notausgang in einen Korridor. Ein beleuchteter Gebäudeplan zeigte ihm, daß Zimmer zwei einundfünfzig am Ende des Korridors rechter Hand lag. Die sparsame Deckenbeleuchtung, der dicke dunkelrote Teppich, dazu die schweren Türen mit den Messinggriffen und den Schlüssellöchern, in die jeder Nachschlüssel paßte – das alles gab dem Hotel einen Hauch des neunzehnten Jahrhunderts. Dasein hätte sich nicht gewundert, wenn ein Zimmermädchen mit Rüschenschürze, langem Rock und schwarzen Strümpfen aufgetaucht wäre – oder ein stattlicher Bankiertyp mit enger Weste und steifem Kragen, eine Goldkette über den massigen Bauch gespannt. Er fühlte sich hier fehl am Platz.

Der Messingschlüssel paßte glatt in die Tür von zwei einundfünfzig. Dasein schloß auf und trat in das Zimmer mit der hohen Decke. Ein Fenster in Richtung des Parkplatzes war da. Er knipste das Licht an. Es kam von einer fransenverzierten Stehlampe, die sich neben der geschwungenen Teak-Kommode befand. Das bernsteinfarbene Licht erhellte den Eingang zu einem gekachelten Bad, aus dem er Wasser tropfen hörte. In einer Ecke stand ein solider Arbeitstisch mit einem einzigen Stuhl davor. Das Bett war schmal und hoch und hatte am Kopfende ein mit Schnitzereien verziertes Brett.

Dasein klopfte auf die Liegefläche. Sie fühlte sich weich an. Er ließ den Koffer auf das Bett fallen und starrte ihn an. Ein Stück weißer Stoff quoll an einer Ecke heraus. Er öffnete den Koffer und studierte den Inhalt. Dasein wußte, daß er ein pedantischer Mensch war und seine Koffer immer sehr ordentlich packte. Jetzt war eine leichte Unordnung nicht zu übersehen. Jemand hatte den Koffer geöffnet und durchsucht. Nun, er war nicht abgeschlossen gewesen. Er prüfte den Inhalt nach. Nichts fehlte.

Weshalb möchten sie etwas über mich erfahren? fragte er sich.

Er suchte nach einem Telefon und fand es auf einem Bord neben dem Schreibtisch. Als er hinüberging, sah er sich im Spiegel über der Kommode: große Augen, fest zusammengepreßter Mund. Er schüttelte den Kopf und lächelte. Das Lächeln wirkte unecht.

Dasein setzte sich auf den harten Stuhl und nahm den Hörer in die Hand. Im Zimmer roch es nach einer desinfizierenden Seife – und irgendwie nach Knoblauch. Er wartete einen Moment ab, dann drückte er auf den Knopf.

„Hotelvermittlung", meldete sich sofort eine weibliche Stimme.

„Ich muß sofort einen Anruf nach Berkeley erledigen", sagte Dasein. Er nannte die Nummer. Einen Moment lang herrschte Schweigen, dann fragte die Frau: „Ihre Zimmernummer, Sir?"

„Zwei einundfünfzig."

„Einen Augenblick, bitte."

Er hörte, wie jemand wählte. Dann ertönte das Klingelzeichen. Dasein war nur mit halber Aufmerksamkeit bei dem Gespräch. Der Knoblauchgeruch war wirklich sehr stark. Er starrte das hohe alte Bett an und seinen offenen Koffer. Das Bett wirkte einladend. Erst jetzt merkte er, wie müde er war. Seine Brust schmerzte. Er holte tief Atem.

„Hier Dr. Selador."

Seladors Oxfordenglisch mit dem indischen Akzent klang nahe und vertraut. Dasein beugte sich zum Telefon hinunter und nannte seinen Namen. Sein Vorgesetzter war ihm ganz nahe, auch wenn die Leitungen über den halben Staat hinwegliefen.

„Gilbert, alter Junge, Sie haben es also geschafft, wie ich sehe." Seladors Stimme war fröhlich.

„Ich bin im Haus Santaroga, Doktor."

„Soviel ich weiß, ist es dort recht bequem."

„Es sieht wenigstens so aus." Durch seine lähmende Müdigkeit kam sich Dasein plötzlich wie ein Idiot vor. Weshalb hatte er überhaupt angerufen? Selador mit seinem scharfen Verstand würde nach versteckten Motiven suchen.

„Ich nehme an, Sie haben nicht nur angerufen, um mir Ihre Ankunft mitzuteilen", sagte Selador.

„Nein – ich ..." Dasein merkte, daß es ihm nicht gelang, sein vages Unbehagen auszudrücken, daß dieses Gefühl der Fremdheit in Santaroga, die Trennung in Einheimische und Außenstehende, die warnende Furcht, keinen Sinn ergaben. „Ich hätte gern, daß Sie sich einmal ansehen, wer Ölprodukte nach Santaroga liefert", sagte Dasein. „Offensichtlich gibt es hier eine unabhängige Tankstelle. Ich möchte wissen, wer sie mit Öl, Benzin, Ersatzteilen und ähnlichem versorgt."

„Guter Ansatzpunkt, Gilbert. Ich werde einen unserer ..." In der Leitung war ein Knistern und Krachen. Dann hörte man überhaupt nichts mehr.

„Dr. Selador?"

Stille.

Verdammt! dachte Dasein. Er drückte den Knopf herunter. „Vermittlung! Hallo, Vermittlung!"

Eine männliche Stimme meldete sich. Dasein erkannte den Empfangsangestellten. „Was ist denn das für ein Wirbel?" fragte der Mann.

„Mein Anruf nach Berkeley wurde unterbrochen", sagte Dasein. „Könnten Sie ..."

„Die Leitung ist tot", sagte der Mann knapp.

„Könnte ich nach unten kommen und den Anruf von einer Zelle aus tätigen?" fragte Dasein. Noch während er die Frage stellte, stieß ihn der Gedanke, den langen Weg noch einmal nach unten gehen zu müssen, unsäglich ab. Das Gefühl der Müdigkeit war wie ein schweres Gewicht auf der Brust.

„Im Moment sind alle Leitungen tot", sagte der Angestellte. „Der Anruf kann nicht weitergegeben werden."

Dasein fuhr sich mit der Hand über die Stirn. Seine Haut war feucht, und er fragte sich, ob er eine Krankheit erwischt hatte. Das Zimmer um ihn schien sich auszudehnen und zusammenzuziehen. Sein Mund war trocken, und er mußte zweimal schlucken, bis er fragen konnte: „Bis wann etwa wird die Leitung wieder in Ordnung sein?"

„Woher, zum Teufel, soll ich das wissen?" erwiderte der Angestellte.

Dasein nahm den Hörer vom Ohr und sah ihn an. Das war ein komischer Angestellter – und ein sehr komischer Raum, der immer wieder schwankte und entsetzlich nach Knoblauch roch ...

Er bemerkte ein schwaches Zischen.

Daseins Blick wandte sich mit ständig wachsendem Erstaunen einer altmodischen Gaslichtdüse zu, die neben der Eingangstür ins Zimmer ragte.

Knoblauchgestank? Gas!

Eine keifende, grollende Stimme sagte etwas ins Telefon.

Dasein sah den Hörer in seiner Hand an. Wie weit entfernt er schien! Durch das Fenster hinter dem Telefon konnte er das Leuchtschild des Hotels sehen: *Goldrausch-Museum.* Fenster bedeutete Luft. Daseins Muskeln gehorchten noch. Er taumelte zum Schreibtisch, fiel über die Platte, warf das Telefon durch das Fenster.

Die keifende Stimme wurde leiser.

Dasein spürte, daß er quer über der Schreibtischplatte lag. Sein Kopf war in der Nähe des Fensters. Kühle Luft wehte über eine weit entfernte Stirn, und in seinen Lungen war eine scheußliche Kälte.

Sie haben versucht, mich umzubringen, dachte er. Es war ein verwunderter Gedanke. Sein Gehirn konzentrierte sich auf die beiden Untersuchungsleute, die bei ihrem Unternehmen ums Leben gekommen waren – durch Unfälle. Durch einfache, leicht erklärliche Unfälle . . . so wie dieser!

Die Luft – wie kalt sie sich auf der Stirn anfühlte! Seine Lungen brannten. Da, wo sich seine Schläfe gegen die Tischfläche preßte, hämmerte eine Ader. Sie hämmerte und hämmerte . . .

Jemand klopfte an Holz. Einen Moment lang hämmerten sein Puls und die fremde Faust im gleichen Rhythmus.

„Sie da drinnen! Aufmachen!“ Wie befehlsgewaltig die Stimme war! Aufmachen, dachte Dasein. Das hieß, daß er aufstehen, durch das Zimmer gehen, die Tür öffnen mußte . . .

Ich bin hilflos, dachte er. Sie könnten mich immer noch töten.

Er hörte Metall gegen Metall klirren. Der Luftzug um seine Stirn wurde stärker. Jemand sagte: „Gas!“

Hände packten Dasein an den Schultern. Er wurde vom Schreibtisch gezerrt und aus dem Raum getragen. Das Gesicht Mardens, des rothaarigen Patrouillen-Captains, tauchte vor ihm auf. Dahinter sah er den Empfangsangestellten: blaß, mit aufgerissenen Augen, eine kahle Stirn, die im gelben Licht feucht glänzte. Direkt vor Dasein war eine braune Decke. Er spürte einen harten, kratzigen Teppich im Rücken.

Eine quengelnde Stimme sagte: „Wer wird das Fenster bezahlen?“ Eine andere Stimme erklärte: „Ich hole Dr. Piaget.“

Daseins Aufmerksamkeit konzentrierte sich auf Mardens Mund, ein verschwommenes Objekt, das er durch verschiedene Schichten hindurch sah. An den Mundwinkeln schienen ärgerliche Linien zu sein. Der Mund wandte sich dem blassen Gesicht des Angestellten zu, das über Dasein schwebte. „Zum Teufel mit deinem Fenster, Johnson! Ich habe dir hundertmal gesagt, daß du endlich die

Gasleitungen aus den Zimmern entfernen sollst. Wie viele Räume sind noch damit ausgestattet?“

„Sprich du nicht in diesem Ton mit mir, Al Marden! Ich kenne dich, seit . . .“

„Es interessiert mich überhaupt nicht, wie lange du mich schon kennst, Johnson. Wie viele Zimmer haben noch diese Gasdüsen?“

Die Stimme des Angestellten klang beleidigt. „Nur das hier und vier einen Stock höher. In den anderen Räumen ist niemand einquartiert.“

„Sieh zu, daß sie bis morgen alle entfernt sind“, sagte Marden.

Schnelle Schritte machten dem Streit ein Ende. Dr. Piagets rundes Gesicht sah auf Dasein herunter. Er wirkte besorgt. Finger hoben seine Lider hoch. Piaget sagte: „Wir müssen ihn auf ein Bett legen.“

„Wird er wieder gesund?“ erkundigte sich der Angestellte.

„Sie haben ihn noch rechtzeitig herausgeholt“, sagte Piaget. „Ist der Raum da drüben frei?“

„Er kann Nummer zweihundertsechzig haben“, sagte der Angestellte. „Ich schließe gleich auf.“

„Weißt du auch, daß das Jennys Freund von der Schule ist, den du beinahe umgebracht hast?“ fragte Marden. Seine Stimme wurde schwächer, als er sich mit dem Angestellten entfernte.

„Jennys Freund?“ Ein Schlüssel wurde in ein Schlüsselloch gesteckt. „Aber ich dachte . . .“

„Was du denkst, ist egal.“

Piagets Gesicht kam nahe an Dasein heran. „Können Sie mich hören, junger Mann?“ fragte er.

Dasein holte schmerzhaft Luft und krächzte: „Ja.“

„Sie werden einen hübschen Brummschädel bekommen, aber das geht vorbei.“

Piagets Gesicht entfernte sich. Hände halfen Dasein hoch. Die Decke bewegte sich. Dann befand er sich in einem anderen Zimmer. Es war wie das erste. Sogar das Wasser im Bad tropfte. Er spürte ein Bett im Rücken, und jemand zog ihn aus. Plötzlich wurde ihm übel. Dasein stieß die helfenden Hände weg.

Jemand führte ihn ins Bad. Danach war ihm besser. Er fühlte sich schwach, doch sein Kopf war klar, und er konnte seine Muskeln besser beherrschen. Er sah, daß ihm Piaget geholfen hatte.

„Glauben Sie, daß Sie es bis zum Bett schaffen?“ fragte Piaget.

„Ja."

„Ich gebe Ihnen einen Schuß Eisen, um dem Gas in Ihrem Blut entgegenzuwirken", sagte Piaget. „Sie sind bald wieder über dem Berg."

„Wie konnte es geschehen, daß die Düse angestellt war?" fragte Dasein. Seine Stimme war ein heiseres Flüstern.

„Johnson hat die Ventile in der Küche verwechselt", sagte Piaget. „Wäre vollkommen harmlos gewesen, wenn nicht irgendein Idiot die Düse in Ihrem Zimmer aufgedreht hätte."

„Ich könnte schwören, daß ich alle abgestellt hatte", sagte der Angestellte irgendwo hinter der Badtür.

„Bis morgen sind sie jedenfalls mit einem Gummiüberzug versehen", sagte Marden.

Es klang ganz normal, dachte Dasein. Marden schien tatsächlich wütend zu sein. Der Blick in Dr. Piagets Gesicht war tatsächlich Besorgnis.

Konnte es ein Unfall gewesen sein?

Er erinnerte sich daran, daß zwei Männer bei ihren Untersuchungen in Santaroga durch Unfälle ums Leben gekommen waren.

„Also gut", sagt Piaget. „Al, du und Pim und die anderen können jetzt gehen. Ich bringe ihn ins Bett."

„Okay, Larry", sagte Marden. „Los, hinaus mit euch."

„Ich bringe sein Gepäck aus dem anderen Zimmer." Diese Stimme erkannte Dasein nicht.

Mit Piagets Hilfe schlüpfte er in seinen Schlafanzug und ins Bett. Sein Kopf war vollkommen klar, und er fühlte sich einsam, obwohl Piaget mit im Zimmer war. Ich bin unter Fremden, dachte er.

„Hier, nehmen Sie das!" Piaget gab ihm zwei Pillen und drückte ihm ein Glas Wasser in die Hand. Dasein schluckte.

„Was war das?" fragte Dasein, als er das Glas abstellte.

„Das Eisen und ein Beruhigungsmittel."

„Ich will nicht schlafen. Das Gas . . ."

„Sie haben nicht soviel erwischt, daß es schaden könnte. Und jetzt machen Sie langsam." Piaget klopfte ihm auf die Schulter. „Bettruhe und frische Luft sind die beste Therapie, die es gibt. Jemand wird heute nacht von Zeit zu Zeit nach Ihnen sehen. Ich untersuche Sie dann morgen früh noch einmal."

„Jemand", wiederholte Dasein. „Eine Krankenschwester?"

„Ja", sagte Piaget brüsk. „Eine Krankenschwester. Sie sind hier so sicher wie in einem Krankenhaus."

Dasein sah durch das Fenster in die Dunkelheit hinaus. Weshalb habe ich jetzt das Gefühl einer lauernden Gefahr? fragte er sich. Ist das die Reaktion auf den Unfall? Er spürte, daß das Beruhigungsmittel zu wirken begann; dennoch witterte er Gefahr.

„Jenny wird sich freuen, wenn sie erfährt, daß Sie hier sind", sagte Piaget. Er verließ den Raum, schaltete das Licht aus und schloß leise die Tür.

Dasein spürte, daß ihn die Dunkelheit erdrückte. Er bekämpfte seine eigene Furcht und wartete, bis er einigermaßen ruhig war.

Jenny – Jenny . . .

Mardens merkwürdige Unterhaltung mit Johnson, dem Angestellten, fiel ihm wieder ein. *Jennys Freund von der Schule . . .*

Was hatte Johnson gedacht? Weshalb hatte ihm Marden so abrupt das Wort abgeschnitten?

Dasein bekämpfte das Schlafmittel. Das Tropfen des Wasserhahns im Bad drang in seine Gedanken ein. Das Zimmer war eine fremde Zelle.

War es nur ein Unfall gewesen?

Er dachte wieder an den Moment, als er das Zischen des ausströmenden Gases gehört hatte. Jetzt, da die Gefahr gebannt war, kam das Entsetzen.

Es konnte kein Unfall gewesen sein!

Aber weshalb sollte Johnson den Wunsch haben, ihn umzubringen?

Das unterbrochene Telefongespräch fiel ihm ein. War die Leitung wirklich gestört? Was würde Selador tun? Selador kannte die Gefahren hier.

Das Beruhigungsmittel zerrte Dasein in den Schlaf. Er versuchte sich auf seine Arbeit hier zu konzentrieren. Es war ein faszinierendes Projekt. Er hörte, wie Selador die Einzelheiten erklärte, die das Santaroga-Projekt so verlockend machten: „Einzeln betrachtet, könnte man keinen einzigen Punkt meiner Aufzählung als alarmierend bezeichnen. Es ist vielleicht interessant, daß kein Mensch von Cloverdale in einer Nervenheilanstalt ist. Es ist vielleicht auch von vorübergehendem Interesse, daß die Leute von Hope in Missouri sehr wenig Tabak verbrauchen. Wen würde es aufschrecken, daß alle

Geschäfte von Enumclaw in Washington von Einheimischen geführt werden? Keinen Menschen! Aber wenn man alle diese Fakten in einer einzigen Gemeinde antrifft, dann ist man beunruhigt. Hier ist etwas Fremdartiges am Werk."

Der tropfende Wasserhahn lenkte ihn unerbittlich ab. Etwas gefährlich Fremdartiges, dachte Dasein. Wer wird sich heute nacht um mich kümmern?

Er fragte sich, wer wohl den Alarm ausgelöst hatte. Das Zerbrechen des Fensters hatte jemanden aufmerksam gemacht. Höchstwahrscheinlich Johnson, den Hotelangestellten. Weshalb sollte er dem Mann zu Hilfe eilen, den er umbringen wollte? Allmählich merkte Dasein, wie verrückt seine Gedanken waren.

Es war ein Unfall, dachte Dasein. Es war ein Unfall an einem gefährlich fremdartigen Ort.

Dasein erwachte mit einem Heißhunger. Sein Magen schmerzte geradezu vor Hunger. Die Ereignisse der Nacht fielen ihm wieder ein. Sein Kopf fühlte sich an, als habe jemand das Innerste nach außen gekrempelt.

Vorsichtig setzte er sich auf. Direkt vor ihm war ein Fenster, und der grüne Ast einer Eiche ragte dahinter auf. Durch einen inneren Zwang getrieben, richtete er den Blick neben die Tür und suchte nach der Gasdüse. Er entdeckte nur einen Fleck in der Wand, wo sie früher einmal gewesen war.

Dasein bewegte den Kopf so wenig wie möglich, als er aus dem Bett stieg und ins Bad ging. Eine kalte Dusche brachte ihn wenigstens teilweise wieder in die Wirklichkeit zurück.

Er sagte sich immer wieder vor: Es war ein Unfall.

Ein Eichelhäher saß auf dem Zweig der Eiche und kreischte, als Dasein wieder aus dem Bad kam. Das Geräusch ließ ihn zusammenzucken. Er zog sich schnell an. Der Hunger nagte immer noch in ihm. Dasein biß die Zähne zusammen und trat an den Spiegel, um seine Krawatte zu binden. Als er fertig war, bemerkte er im Spiegel, daß sich die Eingangstür bewegte. Ein Servierwagen erschien. Schüsseln klapperten. Die Tür ging weiter auf.

Jenny erschien im Eingang. Sie schob den Wagen vor sich her. Dasein starrte sie im Spiegel an. Seine Hände hielten immer noch die Krawatte. Sie trug ein rotes Kleid, und das lange schwarze Haar war von einem gleichfarbigen Band festgehalten. Ihre Haut zeigte eine gesunde Bräune. Blaue Augen sahen ihn an. Ihr ovales Gesicht hatte einen aufmerksamen, erwartungsvollen Ausdruck. Ihr Mund war so voll, wie er ihn in Erinnerung hatte. Sie deutete ein Lächeln an. Ein Grübchen erschien auf ihrer linken Wange.

„Bist du mit der Krawatte fertig?“ fragte sie. „Ich bringe dir dein Frühstück.“ Ihre Stimme war kehlig und sanft wie immer.

Dasein drehte sich um und ging auf sie zu wie ein Roboter. Jenny ließ den Wagen stehen und lief ihm entgegen. Sie warf sich in seine Arme und hob das Gesicht. Dasein spürte die Wärme ihrer Lippen, und er hatte das Gefühl, heimgekommen zu sein.

Jenny machte sich los und betrachtete seine Züge. „O Gil“, sagte sie. „Du hast mir so gefehlt. Warum hast du nicht einmal geschrieben?“

Einen Moment lang sah er sie sprachlos vor Überraschung an. Dann sagte er: „Aber ich habe doch geschrieben. Du hast nie geantwortet.“

Sie trat einen Schritt zurück. Ihre Miene war finster. „Oh!“ Sie stampfte mit dem Fuß auf.

„Na, ich sehe, du hast ihn gefunden.“ Dr. Piaget stand im Eingang. Er schob den Servierwagen ganz ins Zimmer und schloß die Tür.

Jenny drehte sich mit einem Ruck zu ihm um. „Onkel Larry! Hast du mir Gils Briefe verheimlicht?“

Piaget sah erst sie und dann Dasein an. „Briefe? Welche Briefe?“

„Gil hat geschrieben, und ich habe nie einen Brief gesehen.“

„Ach so.“ Piaget nickte. „Du weißt ja, wie sie manchmal auf der Post sind. Ein Mädchen vom Tal und ein junger Mann von draußen – das geht nicht.“

„Ohhh! Ich könnte ihnen die Augen auskratzen.“

„Langsam, Mädchen.“ Piaget lächelte Dasein zu.

Jenny warf sich überraschend in Daseins Arme und gab ihm einen Kuß. Er löste sich etwas atemlos von ihr.

„Da“, sagte sie. „Das ist dafür, daß du hergekommen bist. Das können die alten Hexen im Postamt nicht in den Papierkorb werfen.“

„Welche alten Hexen?“ fragte Dasein. Er hatte das Gefühl, einen Teil der Unterhaltung versäumt zu haben. Jennys warme Zuneigung, ihr deutliches Zugeständnis, daß sich nichts zwischen ihnen geändert hatte, machte ihn hilflos und zugleich vorsichtig. Immerhin war ein

Jahr vergangen. Er hatte es fertiggebracht, sie ein Jahr lang zu meiden – gestärkt durch seinen gekränkten Stolz, auch wenn er Angst hatte, daß sie heiraten und ihm für immer verloren sein könnte. Aber worauf hatte sich Jenny gestützt? Sie hätte nach Berkeley kommen können, und wenn es nur für einen kurzen Besuch gewesen wäre.

Jenny lachte.

„Was gibt es da zu lachen?" fragte er. „Und du hast mir immer noch nicht erklärt, was mit dieser Post los ist . . ."

„Ich lache, weil ich so glücklich bin", sagte sie. „Ich lache, weil ich sehe, wie die Räder in deinem Kopf mahlen. Weshalb hat keiner von uns den anderen früher besucht? Nun, du bist hergekommen, und ich habe es genau gewußt. Ich zweifelte keinen Moment daran." Sie umarmte ihn impulsiv und fuhr fort: „Und die Sache mit dem Postamt . . ."

„Ich glaube, Gilberts Frühstück wird kalt", sagte Piaget. „Sie haben doch nichts dagegen, daß ich Sie Gilbert nenne?"

„Natürlich hat er nichts dagegen", sagte Jenny. Ihre Stimme war fröhlich, aber sie hatte eine merkwürdig steife Haltung. Sie wandte sich von Dasein ab.

Piaget hob den Deckel von einem der Teller und sagte: „Jaspers-Omelett, wie ich sehe. Echtes Jaspers."

Jenny sagte, als müßte sie sich verteidigen: „Ich habe es selbst in Johnsons Küche gemacht."

„Ich verstehe", meinte Piaget. „Ja – ja, vielleicht ist es so am besten." Er deutete auf den Teller. „Guten Appetit, Gilbert."

Bei dem Gedanken an Essen krampfte sich Daseins Magen vor Hunger zusammen. Er wollte sich hinsetzen und das Omelett verschlingen – aber irgend etwas ließ ihn zögern. Er spürte deutlich eine Gefahr.

„Was ist mit diesem Jaspers?" fragte er.

„Ach das", sagte Jenny und schob den Servierwagen an den Tisch. „Das heißt, daß ein Gericht mit den Produkten der Genossenschaft hergestellt wurde. In dem Omelett ist unser Käse. Setz dich jetzt und iß!"

„Es wird Ihnen schmecken", meinte Piaget. Er ging zu Dasein, legte ihm die Hand auf die Schulter und führte ihn zu seinem Stuhl. „Ich möchte Sie vorher nur kurz ansehen." Er zwickte Dasein ins linke

Ohrläppchen, studierte es genau und untersuchte dann seine Augen. „Die Sache sieht gut aus. Was macht der Kopf?"

„Es geht jetzt besser. Als ich aufwachte, hatte ich ziemlich starke Schmerzen."

„Also gut. Essen Sie jetzt Ihr Frühstück. Ruhen Sie sich einen oder zwei Tage aus. Wenn Ihnen wieder übel wird oder wenn Sie sich übermäßig müde fühlen, sagen Sie mir Bescheid. Ich schlage vor, daß Sie mittags Leber essen. Jenny soll Ihnen noch ein paar von den Eisentabletten bringen. Sie waren nicht sehr lange im Zimmer, deshalb dürften sich kaum Dauerschäden einstellen."

„Wenn ich an Mister Johnsons Leichtsinn denke, möchte ich ihm eines seiner Hackmesser an die Brust setzen", sagte Jenny.

„Du bist aber heute blutrünstig", meinte Piaget kopfschüttelnd.

Dasein nahm die Gabel und kostete das Omelett. Jenny sah ihm abwartend zu. Das Omelett war köstlich – saftig und mit einem leichten Käsegeschmack. Er lächelte Jenny an.

Jenny erwiderte das Lächeln. „Das ist das erste Essen, das ich für dich gekocht habe", sagte sie.

„Du möchtest ihn wohl sofort in die Falle locken, was?" Piaget tätschelte ihre Wange und sagte: „Ich lasse euch beide jetzt allein. Weshalb bringst du den jungen Mann nicht zum Abendessen mit? Ich sage Sarah, daß sie etwas Gutes kochen soll." Er warf Dasein einen Blick zu. „Wäre Ihnen das recht?"

Dasein schluckte wieder einen Bissen hinunter. Der Nachgeschmack des Käses erinnerte ihn an das erste Bier, das Burdeaux ihm gebracht hatte. „Es wäre mir eine Ehre, Sir", sagte er.

„Wir erwarten Sie also um sieben." Er warf einen Blick auf seine Armbanduhr. „Es ist fast halb neun, Jenny. Hast du heute frei?"

„Ich rief George an und sagte ihm, daß ich später kommen würde."

„Er hatte nichts dagegen?"

„Er weiß, daß ich . . . Besuch habe." Sie wurde rot.

„Einfach so, was? Na, dann paß nur auf, daß du keine Schwierigkeiten bekommst." Piaget drehte sich um und verließ mit festen Schritten das Zimmer.

Jenny wandte sich mit einem schüchternen, fragenden Lächeln an Dasein. „Du darfst Onkel Larry nicht böse sein", sagte sie. „Er ist nun mal so – kommt von einem Thema aufs andere. Er ist großartig."

„Wo arbeitest du?" fragte Dasein.

„In der Genossenschaft."

„In der Käsefabrik?"

„Ja. Ich . . . ich habe mit der Inspektion zu tun."

Dasein schluckte und erinnerte sich, daß er hier war, um Marktforschung zu betreiben. Er war ein Spion. Und was würde Jenny sagen, wenn sie das entdeckte? Aber Jenny gab ihm ein neues Rätsel auf. Sie hatte ein außerordentliches Talent für klinische Psychologie – was sogar Dr. Selador bestätigte, dessen Normen sehr hoch geschraubt waren. Und doch arbeitete sie in einer Käsefabrik.

„Gibt es hier keine Stelle in deinem Beruf?" fragte er.

„Es ist ein schöner Posten", erwiderte sie. Sie setzte sich auf den Tisch und ließ die Beine herunterbaumeln. „Iß jetzt fertig. Den Kaffee habe nicht ich gemacht. Er stammt aus dem Hotelautomaten. Trink ihn nicht, wenn er zu stark ist. In dem Metallbecher da drüben ist Orangensaft. Ich wußte, daß du deinen Kaffee schwarz trinkst und habe deshalb keine . . ."

„Halt!" rief er.

„Ich rede zuviel, ich weiß", sagte sie. Sie schlang die Arme um ihre Schultern. „O Gil, ich bin so froh, daß du hier bist. Wenn du mit dem Frühstück fertig bist, kannst du mich zur Genossenschaft begleiten. Vielleicht ist es sogar möglich, daß du eine Führung mitmachen kannst. Es ist eine prima Firma. Und in der Speicherhöhle sind eine Menge dunkler Ecken."

Dasein trank seinen Kaffee und schüttelte den Kopf. „Jenny, du bist unverbesserlich!"

„Gil, es wird dir hier gefallen. Ich weiß es ganz genau", sagte sie.

Dasein legte die Serviette hin. Sie liebte ihn immer noch. Das konnte er in jedem ihrer Blicke erkennen. Und er – er hegte die gleichen Gefühle für sie. Aber ihre Worte verrieten, daß sie sich nicht geändert hatte. Es hieß immer noch: *Liebe mich, liebe mein Tal.* Dasein seufzte. Er konnte sehen, daß eine Mauer unüberwindlicher Schwierigkeiten vor ihnen aufragte. Wenn ihre Liebe damit fertig wurde, daß er als Spion in Santaroga tätig war, würde sie es dann auch ertragen, sich von ihrem Tal zu lösen? Würde sie mit ihm kommen?

„Gil, ist alles in Ordnung?" fragte sie.

Er schob den Stuhl zurück und stand auf. „Ja, ich . . ."

Das Telefon klingelte.

Jenny griff nach dem Hörer. „Dr. Daseins Zimmer." Sie lachte Dasein an. „Oh, Sie sind es, Mister Pem Johnson!" Das Lachen verschwand schlagartig. „Also, ich möchte Ihnen einiges erzählen, Mister Johnson! Wissen Sie, wofür ich Sie halte? Für einen Verbrecher! Sie hätten Dr. Dasein beinahe umgebracht. Wenn Sie . . ., nein! Ich will keine Entschuldigungen hören. Offene Gasdüsen in einem Zimmer! Ich finde, Dr. Dasein sollte Sie dafür gerichtlich belangen."

Ein blecherner Klang drang aus dem Telefon. Dasein verstand nur ein paar Worte. Jenny grinste wieder. „Jenny Sorge, wenn Sie es genau wissen wollen", sagte sie. „Was? Ja, das werde ich Ihnen sagen, wenn Sie eine Minute lang still sein können. Ich habe Dr. Dasein die Medikamente gebracht, die ihm der Arzt verschrieben hat, und dazu ein gutes Frühstück. Er kann es ja nicht wagen, etwas zu essen, das Sie zubereitet haben. Es wäre wahrscheinlich Gift darin."

Dasein ging zu seinem Koffer und öffnete ihn. Dann rief er über die Schulter: „Jenny! Um Himmels willen, was will er denn eigentlich?"

Sie winkte ihm zu, daß er still sein solle.

Dasein kramte in seinem Koffer herum und suchte nach der Mappe. Er versuchte sich daran zu erinnern, was in der Verwirrung der vergangenen Nacht damit geschehen war. Er sah sich im Zimmer um. Sie lag nirgends. Jemand war in sein früheres Zimmer gegangen und hatte seine Habseligkeiten geholt. Vielleicht hatte derjenige die Mappe übersehen. Dasein dachte an den Inhalt und fuhr sich mit der Zunge über die Lippen. Jeder Schritt seines Programms, das Geheimnis von Santaroga aufzudecken, war darin aufgezeichnet. Wenn die Mappe in die falschen Hände geriet, konnte er Schwierigkeiten bekommen. Man würde ihm neue Hürden errichten.

„Ich sage es ihm", erklärte Jenny gerade.

„Einen Augenblick", unterbrach Dasein. „Ich möchte mit ihm sprechen." Er nahm ihr den Hörer aus der Hand. „Johnson?"

„Was wollen Sie?" Da war sie wieder, diese quengelnde, vorwurfsvolle Stimme, aber Dasein konnte ihm das nach Jennys Anschuldigungen nicht verdenken.

„Meine Mappe war im anderen Zimmer", sagte Dasein. „Könnten Sie jemand mit einem Schlüssel hinaufschicken und . . ."

„Ihre verdammte Mappe ist nicht in dem Zimmer, Mister! Ich habe es saubergemacht und nichts gesehen."

„Aber wo ist sie dann?" fragte Dasein.

„Wenn es die Mappe ist, mit der Sie gestern so empfindlich waren – die hat wahrscheinlich Captain Marden. Ich sah ihn gestern damit weggehen, nachdem der Wirbel vorbei war, den Sie verursacht hatten."

„Den ich verursacht hatte?" Daseins Stimme war wutentbrannt. „Hören Sie, Johnson! Sie verdrehen die Tatsachen."

Nach einer kurzen Stille sagte Johnson: „So, habe ich das getan? Tut mir leid."

Johnsons abrupter Stimmungswechsel entwaffnete den Psychologen in Dasein. In gewisser Weise erinnerte er ihn an Jenny. Die Bewohner von Santaroga legten eine merkwürdige Abweichung von der Norm an den Tag, die ihn verwirrte und doch anzog. Als Dasein sich wieder gefangen hatte, konnte er nur sagen: „Aber was will denn Marden mit meiner Mappe?"

„Das müssen Sie herausfinden oder sich von ihm erzählen lassen", sagte Johnson mit seiner ganzen Bissigkeit. Ein hartes Klicken, und er hatte den Hörer aufgelegt.

Dasein schüttelte den Kopf und legte den Hörer auf die Gabel.

„Al Marden möchte, daß du dich zum Mittagessen mit ihm im ‚Blauen Lamm' triffst", sagte Jenny.

„Hmm?" Er sah zu ihr auf. Es dauerte einen Augenblick, bis er ihre Worte registriert hatte. „Marden – Mittagessen?"

„Um zwölf Uhr. Das ‚Blaue Lamm' liegt auf der Avenue der Riesen – rechts, gleich nach der ersten Querstraße."

„Marden? Der Captain von der Highway-Patrouille?"

„Ja. Johnson hat es mir eben ausgerichtet. Komm jetzt. Begleite mich zur Arbeit."

Dasein schlüpfte in seine Jacke und ließ sich aus dem Zimmer führen.

Diese verdammte Mappe mit all den Formularen und Notizen und Briefen, dachte er. Das ganze Zeug! Aber er hatte ein perverses Gefühl der Befriedigung, daß jetzt alles ans Tageslicht kommen würde.

Allerdings konnte er nicht außer acht lassen, daß die Aufdeckung des wahren Grunds für seinen Aufenthalt hier die Verschwörung von Santaroga noch verstärken würde. Und vor allem – wie würde Jenny darauf reagieren?

2

Als Dasein zum erstenmal vor der Jaspers-Käsegenossenschaft stand, mußte er an einen Ameisenhaufen denken. Das Gebäude ragte weiß und drohend hinter einem Zaun auf. Er fand es ein merkwürdiges Gegenüber für das Hotel. Es schien förmlich in den steilen Hang hineinzuwachsen. Der düstere Eindruck der vergangenen Nacht war jetzt ausgelöscht durch die rege Betriebsamkeit. Elektrokarren surrten über den Hof, mit länglichen Paketen beladen. Die Menschen hatten einen zielbewußten Schritt.

Ein Ameisenhaufen, dachte Dasein. Irgendwo im Innern mußte die Königin sitzen, und das hier waren die Arbeiterinnen, die sie schützten und mit Nahrung versorgten.

Ein uniformierter Wachtposten mit einem Polizeihund an der Leine ließ sich von Jenny seinen Namen nennen. Er öffnete ein Tor im Drahtzaun. Der Hund sah zähnebleckend zu Dasein auf und begann zu heulen.

Dasein erinnerte sich an das Bellen, das er gehört hatte, als er zum erstenmal ins Tal hinuntergesehen hatte. Das war vor weniger als vierzehn Stunden gewesen. Dasein hatte das Gefühl, daß die Zeit hier langsamer verging. Er fragte sich, weshalb die Genossenschaft von Hunden bewacht wurde. Das Problem ließ ihn nicht los.

Der Hof, den sie überquerten, bestand aus einer vollkommen glatten Betonfläche. Jetzt, da sie direkt vor der Fabrik standen, konnte Dasein sehen, daß sie aus verschiedenen verschachtelten Gebäuden bestand, die durch überdachte Wege miteinander verbunden waren.

Jennys Haltung änderte sich merklich, sobald sie sich im Innern der Firma befanden. Dasein erkannte, daß sie selbstsicherer, bestimmter wurde. Sie stellte Dasein vier Leuten vor – darunter auch Willa Burdeaux. Willa war eine kleine Frau mit rauchiger Stimme, deren Gesicht in seiner Winzigkeit und Schärfe fast häßlich wirkte. Sie hatte die ebenholzdunkle Haut ihres Vaters.

„Ich habe Ihren Vater gestern kennengelernt", sagte Dasein.

„Daddy hat es mir erzählt." Sie warf Jenny einen wissenden Blick zu und fügte hinzu: „Sag mir Bescheid, wenn ich irgend etwas für dich tun kann, Jenny."

„Später vielleicht", erwiderte Jenny. „Wir müssen uns jetzt beeilen."

„Es wird Ihnen hier gefallen, Gilbert Dasein", sagte Willa. Sie wandte sich ab, winkte nochmals und eilte über den Hof.

Beunruhigt durch den Unterton des Gesprächs, ließ sich Dasein zu einem Nebenplatz führen. Sie kamen durch ein hohes Tor in ein Seitengebäude, wo sie zwischen gestapelten Kartons mit Jaspers-Käse standen. Irgendwo hinter den Stapeln hörte man ein Gewirr von Geräuschen – ein Zischen und Stampfen, das Gurgeln von Wasser, ein Klink-Klank-Klink-Klank.

Der Raum endete an ein paar breiten Stufen, über die man zu einer Ladefläche kam. Handkarren standen in einer Reihe am Rand der Fläche. Jenny führte ihn durch eine Tür mit der Aufschrift BÜRO.

Es war ein ganz gewöhnlicher Raum – an einer Wand Schubfächer mit vorgedruckten Formularen, zwei Schreibtische, an denen Frauen tippten, Fenster, durch die man das Hotel erkennen konnte, und im Hintergrund eine Tür mit der Bezeichnung MANAGER.

Die Tür ging auf, als Dasein und Jenny ins Büro kamen. Heraus kam einer der Kartenspieler vom Hotel – George Nis mit der kahlen Stirn, der tiefen Kinnspalte und dem breiten Mund. Die Augen mit den Tränensäcken sahen an Dasein vorbei zu Jenny.

„Schwierigkeiten in Abteilung neun, Jenny", sagte Nis. „Man braucht dich sofort."

„Oh, verflixt!" entgegnete Jenny.

„Ich kümmere mich um deinen Freund", meinte Nis. „Mal sehen, ob du heute vielleicht früher zum Abendessen gehen kannst."

Jenny drückte Dasein kurz die Hand und sagte: „Entschuldige, Liebling. Du weißt schon – die Pflicht ruft." Sie lächelte ihm zu und lief ins Freie. Er sah, wie ihr rotes Kleid wippte.

Die Frauen an den Schreibmaschinen sahen auf, schienen Dasein mit einem einzigen Blick zu mustern und konzentrierten sich wieder auf ihre Arbeit. Nis kam zu ihm. „Kommen Sie nur herein, Mister Dasein", sagte er und streckte die Hand aus.

Der Händedruck war fest und ungezwungen.

Dasein folgte dem Mann in ein eichenvertäfeltes Büro. Er wurde den Gedanken nicht los, daß Nis von der Verabredung zum Abendessen wußte. Woher hatte das der Mann? Piaget hatte die Einladung erst vor ein paar Minuten ausgesprochen.

Sie setzten sich, durch einen breiten Schreibtisch voneinander getrennt. Die polierte Fläche war leer. Hinter Nis hingen in großen Rahmen eine Luftaufnahme der Genossenschaft und eine Art Grundriß. Dasein erkannte die Anlage des Hofes und die Vorderfront des Gebäudes. Dahinter sah er dicke dunkle Linien, die in den Berg wanderten wie die Nebenarme eines Flusses. Sie waren mit den Anfangsbuchstaben J und Nummern gekennzeichnet. J-5 bis J-14 ...

Nis sah seinen Blick und erklärte: „Das sind die Speicherhöhlen – konstante Temperatur und Feuchtigkeit." Er hüstelte diskret hinter vorgehaltener Hand und fuhr fort: „Sie bringen mich etwas in Verlegenheit, Dr. Dasein. Ich habe im Moment niemanden da, der Sie durch die Firma führen könnte. Wäre es möglich, daß Jenny Sie ein andermal herbringt?"

„Aber selbstverständlich", erwiderte Dasein. Er musterte Nis aufmerksam und war plötzlich auf der Hut.

„Bitte, nehmen Sie kein Parfüm oder Haarwasser, wenn Sie wiederkommen", sagte Nis. „Sie werden bemerken, daß unsere Frauen kein Make-up tragen. Fremde Besucherinnen dürfen die Höhlen und sonstigen Lagerräume nicht betreten. Es ist so leicht, die Kultur zu vergiften und einer ganzen Sendung einen komischen Beigeschmack zu geben."

Dasein dachte plötzlich an das Rasierwasser, das er benutzt hatte. „Ich werde vollkommen rein und frisch gewaschen erscheinen", sagte er. Er sah aus dem Fenster zu seiner Rechten und bemerkte plötzlich eine Bewegung auf der Straße zwischen dem Hotel und der Genossenschaft.

Ein sonderbares, hochrädriges Fahrzeug rumpelte vorbei. Dasein zählte acht Räderpaare. Sie schienen zumindest zwei Meter im Durchmesser zu haben, große Ballonreifen, die über das Pflaster schnurrten. Die Achsen standen zur Seite wie Insektenbeine.

Hoch oben saß Al Marden in einem Führerhaus, das an einen Kutschbock erinnerte. Vier Hunde, alle an der Kette, umgaben ihn. Er schien das Gefährt durch zwei Steuerknüppel zu lenken.

„Was soll denn das sein?" fragte Dasein. Er sprang auf und ging ans Fenster, um sich die Maschine, die da über die Straße rollte, näher anzusehen. „Ist das nicht Captain Marden?"

„Das ist der Gelände-Buggy unseres Wildhüters", erklärte Nis. „Al übernimmt die Aufgabe manchmal, wenn der Mann krank ist oder etwas anderes zu tun hat. Scheint in den Südhügeln patrouilliert zu haben. Ich habe gehört, daß ein paar Jäger von draußen heute morgen dort herumlungerten."

„Sie gestatten es Fremden nicht, in Ihrem Tal zu jagen?" erkundigte sich Dasein.

„In unserem Tal jagt niemand", verbesserte ihn Nis. „Die Gefahr, daß verirrte Kugeln jemanden treffen könnten, ist zu groß. Die meisten Leute hier in der Gegend kennen das Gesetz, aber hin und wieder kommt jemand aus dem Süden, der darüber stolpert. Aber es gibt nur wenige Orte, an die man mit dem Buggy nicht hinkommt. Wir setzen den Leuten schnell den Kopf zurecht."

Dasein stellte sich vor, wie dieses Ungeheuer mit den Riesenrädern durch das Unterholz holperte und einen unglücklichen Jägersmann verfolgte, der sich ins Tal verirrt hatte. Seine Sympathien waren eindeutig auf der Seite des Jägers.

„Ich habe so ein Gefährt noch nie gesehen", meinte er. „Ist es etwas Neues?"

„Sam – Sam Scheler – hat den Buggy vor zehn oder zwölf Jahren gebaut. Damals kamen oft Wilddiebe von Porterville herüber. Sie haben es inzwischen längst aufgegeben."

„Das kann ich mir denken", sagte Dasein.

„Ich hoffe, Sie sind mir nicht böse, wenn ich Sie jetzt allein lassen muß", sagte Nis. „Es gibt soviel Arbeit, und wir haben heute wenige Kräfte da. Jenny soll Sie einmal im Laufe der Woche mitbringen, wenn . . . na ja, eben im Laufe der Woche."

Wenn was? dachte Dasein. Er war sonderbar aufmerksam. Er hatte noch nie zuvor einen so klaren Kopf gehabt. Vielleicht war es irgendeine komische Nachwirkung der Gasvergiftung. Er stand auf. „Ich finde schon von selbst hinaus."

„Der Wachtposten wird Sie erwarten", sagte Nis. Er blieb sitzen und hielt den Blick starr auf Dasein gerichtet, bis dieser die Tür hinter sich geschlossen hatte.

Die Frauen im vorderen Büro sahen auf, als Dasein durch das Zimmer ging, dann wandten sie ihre Aufmerksamkeit wieder den Maschinen zu. Ein paar Männer beluden die Handkarren, als Dasein an der Laderampe vorbeikam. Er spürte, daß ihn ihre Blicke durchbohrten, als er den Hof überquerte. Zu seiner Linken ging plötzlich eine Schiebetür auf. Dasein sah einen langen Tisch mit einem

Förderband in der Mitte und daneben Frauen und Männer, die Pakete sortierten.

Etwas an den Arbeitern erweckte seine Aufmerksamkeit. Sie hatten merkwürdig stumpfe Augen und langsame Bewegungen. Dasein sah ihre Beine unter dem Tisch. Sie schienen in Holzblöcken gefesselt zu sein.

Die Tür schloß sich wieder. Dasein ging durch den Sonnenschein. Er war von dem eben Gesehenen beunruhigt. Diese Arbeiter waren ihm – geisteskrank erschienen. Er überquerte nachdenklich den Hof. Schwierigkeiten in der Abteilung neun? Jenny war eine gute Psychologin. Was tat sie hier? Was tat sie wirklich?

Der Wachtposten nickte ihm zu und sagte: „Kommen Sie wieder, Dr. Dasein." Der Mann ging in sein kleines Wachhaus, nahm einen Telefonhörer auf und sprach ein paar Worte hinein.

Dasein ging zum Hotel und lief mit leichten Schritten die Stufen zur Vorhalle hinauf. Eine grauhaarige Frau saß hinter dem Schreibtisch und arbeitete an einer Rechenmaschine. Sie sah auf, als er hereinkam. „Könnte ich nach Berkeley telefonieren?" fragte er.

„Alle Leitungen sind tot", erklärte sie. „Irgendwelche Schwierigkeiten wegen eines Waldbrands."

„Danke."

Dasein ging nach draußen, blieb auf der Veranda stehen und sah prüfend den Himmel an. Waldbrand? Nirgends war Rauch zu sehen.

Alles hier in Santaroga konnte so normal erscheinen, und doch spürte man überall etwas Geheimnisvolles und Fremdartiges, das einem die Haare zu Berge stehen ließ.

Dasein holte tief Atem, ging hinunter zu seinem Wohnmobil und ließ den Motor an. Diesmal folgte er dem Pfeil, der in Richtung Stadtzentrum führte. Die Avenue der Riesen weitete sich zu einer vierspurigen Fahrbahn aus. Zu beiden Seiten standen Wohn- und Geschäftshäuser. Ein Park öffnete sich zur Linken – gepflasterte Wege, ein Konzertpodium, Blumenbeete. Hinter dem Park erhob sich eine Steinkirche mit einem imposanten Turm. Das Schild auf dem Rasen davor lautete: KIRCHE FÜR ALLE GLAUBENSRICHTUNGEN – PREDIGT: DIE GOTTESSTIMME ALS EINE FUNKTION DER ANGST.

Das war die merkwürdigste Predigtankündigung, die er je gesehen hatte. Er nahm sich vor, wenn möglich am Sonntag in diese Kirche zu gehen.

Die Leute auf den Straßen erregten Daseins Aufmerksamkeit. Ihr Schwung, die lebhafte Art, in der sie sich bewegten, war ein starker Kontrast zu der stumpfen Gleichgültigkeit der Menschen am Förderband. Wer waren diese Geschöpfe, die er in der Genossenschaft beobachtet hatte? Und wer waren die rasch dahineilenden Menschen auf den Straßen?

Dasein erkannte, daß sie vor Vitalität und einer glücklichen Freiheit strahlten. Er fragte sich, ob ihre Stimmung ansteckend sein konnte, denn er hatte sich noch nie zuvor so vital gefühlt.

Dasein bemerkte ein Schild zu seiner Rechten gleich nach dem Park: Blaues Lamm. Ein springendes Schaf war in eine Schriftrolle geschnitzt. Die breite, unpersönliche Fassade war blau gestrichen und besaß keine Fenster. Nur eine breite Doppeltür aus Glas führte ins Innere.

Hier also wollte sich Marden mit ihm treffen. Weshalb? Es schien offensichtlich, daß der Patrouillen-Captain die Mappe an sich genommen hatte. Wollte er mit ihm ebenso umgehen wie mit dem armseligen Handelsvertreter im Speisesaal des Hotels? Oder gab es feinere Methoden für „Jennys Freund von der Schule“?

Am anderen Ende der Stadt wurde die Straße noch einmal breiter und ging in den Zufahrtsweg einer riesigen Tankstelle über. Die Tankstelle war sternförmig angeordnet, mit insgesamt zwölf Seiten. Dasein verlangsamte die Geschwindigkeit und bewunderte das Bauwerk. Es war die größte Tankstelle, die er je gesehen hatte. Von jeder der zwölf Seiten ging ein Vordach aus. Unter jedem Vordach waren drei Reihen von Zapfsäulen, und jede Reihe konnte vier Wagen fassen. Dahinter, von dem riesigen Stern der Tankstelle getrennt, stand ein Gebäude mit ganzen Reihen von Hebebühnen. Und noch weiter hinten befand sich ein Platz von der Größe eines Fußballfeldes, an dessen Ende eine Halle mit der Aufschrift Reparaturwerkstätte zu sehen war.

Dasein fuhr ins Innere des Baus und stellte das Wohnmobil an einer Zapfsäulenreihe ab. Er zählte zwanzig Hebebühnen. Sechs Wagen wurden gerade abgeschmiert. Rundum kamen die Autos und fuhren wieder los. Wie in einem Ameisenhaufen. Er wunderte sich, weshalb keine seiner Unterlagen diesen Komplex erwähnt hatte. Junge Männer in sauberen blaugrauen Arbeitsanzügen standen an den Pumpen.

Einer von ihnen kam zu Dasein herüber und fragte: „Welche Oktanzahl wollen Sie bei Ihrem Benzin?"

„Was haben Sie denn da?"

„Achtzig, neunzig und hundert."

„Nehmen Sie hundert und füllen Sie bitte Öl nach."

Dasein überließ dem jungen Mann das Wohnmobil und ging auf die Straße hinaus, um einen besseren Überblick zu bekommen. Seiner Schätzung nach nahm die Tankstelle einen Platz von vier Morgen ein. Er ging zum Wagen zurück, als der junge Mann mit dem Ölstab unter der Motorhaube auftauchte.

„Sie haben noch ein Viertel Öl in der Wanne", sagte er.

„Gut, füllen Sie H-30 ein."

„Entschuldigen Sie", widersprach der junge Mann, „aber ich hörte Ihre Karre hereinrattern. Wir haben ein Flugzeugöl, ich würde es Ihnen empfehlen. Sie werden halb soviel verbrauchen."

„Was kostet es?"

„Das gleiche wie die anderen Sorten – fünfunddreißig Cent der Liter."

„Also gut." Dasein schüttelte den Kopf. *Flugzeugöl und dieser Preis? Woher bekam es Mister Sam?*

„Wie gefällt es Ihnen in Santaroga?" fragte der junge Mann. Man merkte seiner Stimme an, daß er auf ein Kompliment wartete.

„Gut", sagte Dasein. „Eine hübsche kleine Stadt. Wissen Sie, daß ich noch nie eine so riesige Tankstelle gesehen habe? Es ist ein Wunder, daß noch keine Zeitung darüber berichtet hat."

„Old Sam hat etwas gegen Reklame", meinte der Tankwart.

„Weshalb ist sie so verdammt groß?"

„Das muß sie sein. Es ist die einzige im ganzen Tal." Der junge Mann überprüfte das Kühlwasser und den Wasserstand in der Batterie. Er grinste Dasein an. „Überrascht die meisten Fremden. Wir finden sie bequem. Ein paar Farmer haben ihre eigenen Zapfsäulen, und es gibt eine Tankstelle am Flughafen, aber sie beziehen ihre Vorräte alle durch Sam." Er schloß die Motorhaube.

„Und woher bezieht Old Sam seine Vorräte?"

Der Tankwart sah Dasein prüfend an. „Ich hoffe, Sie haben sich von keiner der großen Ölgesellschaften beschwatzen lassen, Sam etwas zu verkaufen", sagte er. „Das könnten Sie gleich wieder aufgeben."

„Ich bin nur neugierig."

„Sam bestellt seine Vorräte einmal im Jahr", erklärte der Tankwart. „Er läßt sich die Angebote kommen. Diesmal hat eine kleine Gesellschaft in Oklahoma das Rennen gemacht. Sie bringt das Zeug in Lastzügen her."

„Tatsächlich?"

„Ich würde es nicht sagen, wenn es nicht wahr wäre."

„Ich habe nicht an Ihren Worten gezweifelt", entschuldigte sich Dasein. „Ich war nur überrascht."

„Weshalb denn? Jeder sollte da kaufen, wo er am meisten für sein Geld bekommt. So, das macht drei Dollar drei Cent."

Dasein zählte ihm das Geld hin und fragte: „Gibt es hier in der Nähe eine Telefonzelle?"

„Wenn Sie ein Ortsgespräch führen wollen, Dr. Dasein, können Sie unser Telefon benutzen", sagte der Tankwart. „Die Zellen für Ferngespräche sind hinter den Hebebühnen. Aber es hat keinen Sinn, nach draußen anzurufen. Die Leitung ist nämlich unterbrochen. Jenseits der Hügel war ein Feuer."

Dasein stutzte und sah den Tankwart scharf an. „Woher wissen Sie denn meinen Namen?" fragte er.

„Ach Gott, Mister, der ist in der ganzen Stadt bekannt. Sie sind Jennys Freund aus der Stadt. Ihretwegen läßt sie alle Burschen hier laufen." Das Grinsen, das diese Feststellung begleitete, hätte entwaffnend sein sollen, aber es machte Dasein nur vorsichtiger.

„Es wird Ihnen hier gefallen", sagte der junge Mann. „Es gefällt allen." Das Grinsen verschwand. „Wenn Sie mich jetzt entschuldigen wollen, Sir, es sind noch ein paar Wagen für mich da."

Dasein merkte, daß er ihm nachstarrte. Er hatte den Verdacht, daß ich eine Ölfirma vertreten könnte, dachte Dasein. Aber er kennt meinen Namen . . ., und er weiß über Jenny Bescheid. Es war ein seltsamer Widerspruch, und Dasein hatte das Gefühl, daß er davon etwas ableiten mußte. Aber es konnte natürlich auch einfach die Wahrheit sein.

Ein langer grüner Chrysler Imperial fuhr in die Lücke auf der anderen Seite der Zapfsäule. Der Fahrer, ein aufgedunsener Mann, der seine Zigarette in einer Spitze rauchte, beugte sich heraus und rief: „He! Ist das hier der Weg zur Fernstraße 395?"

„Geradeaus", bestätigte Dasein.

„Sonst noch irgendwelche Tankstellen in der Gegend?“

„Nicht hier im Tal“, entgegnete Dasein. „Vielleicht irgendwo draußen.“ Er zuckte mit den Schultern. „Ich war noch nie da drüben.“

„Ihr verdammten Einheimischen“, knurrte der Fahrer. Der Chrysler beschleunigte kraftvoll, bog in die Avenue ein und war verschwunden.

„Weg“, murmelte Dasein. „Und nennt mich einen Einheimischen!“

Er kletterte in sein Wohnmobil und fuhr wieder zurück. An der Gabelung schlug er den ansteigenden Weg nach Porterville ein. Die Straße wand sich endlos nach oben – zuerst durch Sequoien und dann durch einen Gürtel von Eichen. Endlich kam er an die Kurve, wo er zum erstenmal einen Blick ins Tal geworfen hatte. Er scherte aus und hielt an.

Ein leichter Rauchschleier verwischte die Einzelheiten, aber die Genossenschaft ragte deutlich heraus, ebenso der Kamin eines Sägewerks weit zur Linken. Die Stadt selbst war ein Farbklecks zwischen den Bäumen, und das Band eines Flusses schlängelte sich ihm gegenüber durch die Hügel. Dasein warf einen Blick auf seine Armbanduhr – fünf vor zehn. Er überlegte, ob er nach Porterville fahren und Selador von dort aus anrufen sollte. Dann würde er sich aber wahrscheinlich zu dem Treffen mit Marden verspäten. Er beschloß, einen Brief an Selador abzuschicken und die Geschichte von den „toten Leitungen“ von Seladors Seite aus nachprüfen zu lassen.

Ohne seine Mappe mit den Notizen fühlte sich Dasein im Hintertreffen. Er wühlte im Handschuhfach, bis er ein altes Notizbuch zum Aufzeichnen des Benzinverbrauchs und einen Bleistiftstummel fand. Er schrieb seine Beobachtungen in Stichwörtern nieder, damit er sie später in den formellen Bericht eintragen konnte.

„Die Gemeinde selbst ist klein“, schrieb er, „aber es scheint, daß sie einen großen Landbezirk zu versorgen hat. Tagsüber sieht man eine Menge Leute unterwegs. Habe zwölf Doppelzapfsäulen an der Tankstelle gezählt. Für Durchreisende?

Sonderbare Wachsamkeit der Einheimischen. Scharfsinnigkeit und strenge Haltung Außenstehenden gegenüber.

Nachprüfen, inwieweit die Einheimischen Jaspers benutzen. Weshalb kein Käseversand? Was ist der Grund für die Vorzugsbehandlung alles Einheimischen? Es schmeckt anders als alles, was ich draußen gekauft habe. Wie steht es mit dem Nachgeschmack? Welche Beziehung zum Bier?

Untersuchung des Wortes Jaspers als Produktbezeichnung."

Etwas Großes bewegte sich zwischen den Bäumen im Hügelland jenseits der Genossenschaft. Die Bewegung erregte Daseins Aufmerksamkeit. Er studierte sie einen Moment lang. Aber die Bäume wuchsen so dicht, daß er keine klare Sicht hatte.

Dasein ging in den Wohnbereich und holte sein Fernglas heraus. Er richtete es auf den Fleck zwischen den Bäumen. Der Buggy mit seinen riesigen Rädern wurde deutlich sichtbar. Marden saß am Steuer. Er pflügte sich einen Weg durch Bäume und Unterholz. Das Ding schien etwas – oder jemand – vor sich herzutreiben. Dasein suchte den Weg vor dem Gefährt nach einer Lichtung ab, fand eine und wartete ab. Drei Männer in Jagdkleidung tauchten auf. Sie hatten die Hände über dem Kopf erhoben. Zwei Hunde flankierten sie, aufmerksam, auf der Hut. Die Jäger wirkten ängstlich und wütend.

Die Gruppe tauchte in einem Sequoiengehölz unter, und Dasein verlor sie aus den Augen. Er kletterte wieder in den Wagen und notierte, was er gesehen hatte.

Es gehörte alles zu einem Schema, dachte er. Diese Dinge konnten als natürliche, logische Vorgänge erklärt werden. Ein Gesetzesvertreter hatte drei Männer beim unberechtigten Jagen ertappt. Aber der Vorfall hatte wie alle anderen den besonderen Santaroga-Aspekt. Irgend etwas stimmte nicht mit der übrigen Welt überein.

Er steuerte den Wagen zurück ins Tal, mit dem festen Entschluß, Marden über die drei Wilddiebe auszufragen.

3

DAS Innere des Blauen Lamms war eine in gedämpftem Ton gehaltene Grotte, deren Wände in verschiedenen Blauschattierungen bemalt waren. Nischen mit Bänken und Tischen flankierten eine offene Fläche, auf der sich ebenfalls Tische und Stühle befanden. Eine lange Spiegelbar, mit springenden Lämmern dekoriert, nahm die hintere Wand ein.

Marden erwartete ihn in einer der Nischen. Ein eisgekühlter Drink stand vor ihm. Der Patrouillen-Captain wirkte gelöst. Sein rotes Haar war säuberlich gekämmt. Die Kragenaufschläge seines Uniformhemdes trugen die Streifen des Captains. Als Dasein näher kam, sah er ihm forschend entgegen.

„Einen Drink?“ fragte er, als sich Dasein setzte.

„Was haben Sie da?“ Dasein deutete mit dem Kinn auf das Glas Mardens.

„Eine Art Orangenbier mit Jaspers.“

„Gut, ich versuche es.“

Marden hob die Hand, winkte dem Barkeeper und rief: „Noch eines, Jim!“ Er sah Dasein wieder an. „Was macht Ihr Kopf heute?“

„Danke, es geht mir gut“, sagte Dasein. Er fühlte sich gereizt und nervös, da er nicht wußte, wie Marden die Sache mit der Mappe ins Gespräch bringen würde. Man brachte ihm den Drink. Dasein begrüßte ihn als Ablenkung und nippte daran. Ein würziger Orangengeschmack mit dem scharfen Jaspersaroma.

„Ach ja – zu Ihrer Mappe“, sagte Marden.

Dasein stellte das Glas langsam ab und erwiderte Mardens ruhigen Blick. „Ja?“

„Ich hoffe, es war Ihnen nicht unangenehm, daß ich sie an mich genommen habe.“

„Es ging.“

„Mich hat hauptsächlich die Technik Ihres Vorgehens interessiert“, sagte Marden. „Ich wußte natürlich bereits, weshalb Sie hergekommen sind.“

„Ja?“ Dasein musterte Marden genau. Er suchte nach einem Hinweis. Wie konnte der Mann über das Projekt Bescheid wissen?

Marden nahm einen tiefen Schluck von dem Orangenbier und wischte sich über den Mund. „Ausgezeichnet, nicht?“

„Ja, wirklich.“ Dasein nickte.

„Ihre Vorgehensweise ist ziemlich routinehaft“, sagte Marden. Er starrte Dasein an. „Wissen Sie, ich habe das komische Gefühl, daß Sie nicht einmal merken, wie man Sie ausnützt.“ In Mardens schmalen Zügen spielte Belustigung. Das machte Dasein plötzlich wütend, und er beherrschte sich nur mit Mühe.

„Was soll das heißen?“ fragte er.

„Wissen Sie auch, daß Sie Gegenstand einer Diskussion in unserem Stadtrat waren?“ fragte Marden.

„Ich?“

„Ja, Sie. Einige Male. Wir waren uns im klaren darüber, daß man früher oder später auf Sie verfallen würde. Hat länger gedauert, als wir dachten." Marden schüttelte den Kopf. „Wir ließen ein Foto von Ihnen zirkulieren – bei allen wichtigen Leuten: Kellnern und Kellnerinnen, Barkeepern, Hotelangestellten ..."

„Tankwarten", ergänzte Dasein. Das Schema wurde allmählich klar. Er machte keinen Versuch mehr, seinen Ärger zu verbergen.

Mardens Ton war voller Nachsicht und Vernunft. „Sie mußten eines Tages erfahren, daß eines unserer Mädchen verliebt in Sie ist", erklärte er. „Das ist ein Ansatzpunkt, verstehen Sie? Man benutzt jeden Ansatzpunkt, den man finden kann."

„Wen meinen Sie mit ‚man'?" wollte Dasein wissen.

„Hmmm", machte Marden.

Dasein holte dreimal tief Luft, um sich zu beruhigen. Er hatte nicht erwartet, daß er den Zweck seines Herkommens ewig verbergen konnte, aber er hatte doch gehofft, daß ihm mehr Zeit bleiben würde. Was, zum Teufel, wollte dieser verrückte Captain überhaupt sagen?

„Sie stellen uns vor ein ziemliches Problem", fuhr Marden fort.

„Versuchen Sie ja nicht, mich aus dem Tal zu werfen, wie Sie es gestern mit dem dämlichen Handelsvertreter oder heute vormittag mit den Wilddieben gemacht haben", sagte Dasein. „Ich habe das Gesetz nicht übertreten."

„Sie hinauswerfen? Ich denke nicht daran. Was möchten Sie gerne essen? Deshalb sind wir doch in der Hauptsache hergekommen."

Dasein fühlte sich verunsichert. Sein Ärger wurde durch den plötzlichen Themawechsel abgelenkt, und er hatte ein unbestimmtes Schuldbewußtsein. „Ich bin nicht hungrig", knurrte er.

„Sie sind es sicher, wenn erst das Essen auf dem Tisch steht. Ich bestelle für uns beide." Marden winkte dem Kellner und sagte: „Zweimal Salat Jaspers und das Spezialmittagessen."

„Ich bin nicht hungrig", beharrte Dasein.

„Das kommt noch." Marden lächelte. „Ich hörte, wie ein fetter Fremder in einem Chrysler Imperial Sie heute einen Einheimischen nannte. Hat Ihnen das nichts verraten?"

„Hier spricht sich ja alles schnell herum", meinte Dasein.

„Und ob, Doc. Der Fehler, den der Kerl machte, verrät mir aber, daß Sie eigentlich nach Santaroga gehören. Jenny hat sich in Ihnen nicht getäuscht."

„Jenny hat nichts damit zu tun."

„Jenny hat mehr als genug damit zu tun. Sprechen wir offen miteinander, Doc. Larry braucht noch einen Psychologen, und Jenny sagt, daß Sie einer der besten sind. Wir können es Ihnen hier im Tal schön machen."

„Wie schön?" fragte Dasein und dachte an die beiden Männer, die hier gestorben waren.

„Warum laufen Sie eigentlich vor sich selbst davon, Dasein?"

„Ich habe früh gelernt, daß ein guter Läufer mehr wert sein kann als ein schlechter Kämpfer."

„Wie?" Marden sah ihn mit einem verwirrten Stirnrunzeln an.

„Ich wollte damit sagen, daß ich nicht vor mir selbst davonlaufe", erklärte Dasein. „Aber ich will auch nicht, daß Sie mein Leben bestimmen, so wie Sie eben über das Mittagessen bestimmt haben."

„Sie müssen das Menü nicht essen, wenn es Ihnen nicht schmeckt", meinte Marden. „Verstehe ich Sie recht? Sie denken gar nicht daran, die Stelle anzunehmen, die Ihnen Larry bietet?"

Dasein starrte die Tischplatte an und überlegte. Am klügsten wäre es natürlich, das Spiel mitzumachen. Es war seine Chance, die Santaroga-Barriere zu durchbrechen und herauszufinden, was sich wirklich im Tal abspielte. Aber dann fielen ihm wieder die Stadtratssitzungen ein. Man hatte Jenny über ihn ausgehorcht, daran bestand kein Zweifel. Und man hatte Vorbereitungen zu seinem Empfang getroffen. Er konnte seinen Ärger nicht länger unterdrücken.

„Sie und Jenny und die anderen – Sie haben sich die Sache hübsch ausgedacht, was?" fragte er. „Werfen wir dem dämlichen Kerl einen Knochen hin! Kaufen wir ihn mit einem . . ."

„Langsam, Doc", sagte Marden. Seine Stimme war ruhig und hatte immer noch einen amüsierten Unterton. „Ich appelliere an Ihre Intelligenz, nicht an Ihre Gewinnsucht. Jenny sagt, daß Sie ein ausgezeichneter Psychologe sind. Darauf legen wir Wert."

Dasein ballte unter dem Tisch die Hände, um sich wieder in die Gewalt zu bekommen. Sie hielten ihn also für einen armseligen Tölpel, den man mit einem hübschen Mädchen und Geld überrumpeln konnte!

„Sie glauben, daß ich ausgenützt werde?"

„Wir wissen es."

„Sie haben noch nicht erwähnt, von wem."

„Wer dahintersteckt? Eine Gruppe von Finanzbossen, Doc, die das, was Santaroga repräsentiert, vernichten möchten. Sie wollen ins Tal und schaffen es nicht."

„Die Santaroga-Barriere", sagte Dasein.

„So nennen sie es."

„Wer sind sie?"

„Sie möchten Namen hören? Vielleicht werden wir Ihnen einige nennen, wenn es in unser Konzept paßt."

„Ihr wollt mich auch ausnützen, nicht wahr?"

„Santaroga wird auf ganz andere Weise regiert."

Der Salat kam. Dasein warf einen Blick auf die einladende Schale – hübsch angeordnetes Grünzeug mit Huhn und einer goldgelben, sahnigen Sauce. Hunger überkam ihn. Er kostete einen Würfel Huhn zusammen mit der Sauce und erkannte den Jaspersgeschmack darin. Das verdammte Zeug ist allgegenwärtig, dachte er. Aber er mußte gestehen, daß es köstlich schmeckte. Vielleicht stimmte die Behauptung, daß der Geschmack beim Transport litt.

„Ganz gut, nicht wahr?" fragte Marden.

„Ja." Er musterte den Patrouillen-Captain einen Moment lang. „Wie wird denn Santaroga regiert?"

„Stadtrat mit Veto der Bürgerversammlung, jährliche Wahlen. Jeder Bewohner über achtzehn hat eine Stimme."

„Demokratie, wie sie sein soll", meinte Dasein. „Sehr nett und in einer Gemeinde dieser Größe auch durchführbar, aber . . ."

„Wir hatten dreitausend Wähler und fast sechstausend Vertreter in der letzten Bürgerversammlung", sagte Marden. „Es läßt sich machen, wenn die Leute daran interessiert sind, sich selbst zu regieren. Wir sind daran interessiert, Dasein. Verstehen Sie jetzt, wie Santaroga regiert wird?"

Dasein schluckte und legte die Gabel weg. Fast neuntausend Menschen über achtzehn in Santaroga! Das waren doppelt soviel, wie er geschätzt hatte. Was machten sie alle? Ein Ort wie dieser konnte doch nicht so viele Menschen nutzbringend beschäftigen!

„Ihr wollt, daß ich Jenny heirate und mich hier niederlasse – daß ich ein neuer Wähler werde", meinte Dasein. „Habe ich recht?"

„Das scheint Jenny zu wollen. Wir versuchen ihr abzuraten, aber . . ." Er zuckte mit den Schultern.

„Abraten – hat man deshalb die Post unterschlagen?"

„Was?"

Dasein erkannte Mardens ehrliche Verblüffung und erzählte ihm von den verlorengegangenen Briefen.

„Diese verflixten alten Tanten", sagte Marden. „Ich werde mal hingehen und ihnen die Leviten lesen. Aber wenn man es genau bedenkt, ändert es nichts an den Dingen."

„Nicht?"

„Nein. Sie lieben Jenny, oder nicht?"

„Natürlich liebe ich sie." Das kam heraus, bevor Dasein die Antwort überlegt hatte. Er hörte seine eigene Stimme und erkannte, wie grundsätzlich dieses Gefühl war. Natürlich liebte er Jenny. Er war ganz krank vor Sehnsucht gewesen. Es war ein Wunder, daß er es so lange ohne sie ausgehalten hatte.

„Also gut", sagte Marden. „Essen Sie jetzt fertig, sehen Sie sich im Tal um, und besprechen Sie heute abend alles mit Jenny."

Er kann doch nicht glauben, daß die Sache so einfach ist, dachte Dasein.

„Hier." Marden nahm Daseins Mappe vom Stuhl und legte sie auf den Tisch. „Machen Sie Ihre Marktstudie. Ihre Auftraggeber wissen bereits alles, was Sie herausfinden können. Das ist auch nicht der eigentliche Zweck Ihrer Anwesenheit."

„Worin besteht er dann?"

„Das müssen Sie selbst herausbringen, Doc. Mir würden Sie es nicht glauben." Marden wandte sich seinem Salat zu und aß ihn mit sichtlichem Genuß.

Dasein legte die Gabel weg und fragte: „Was haben Sie mit den Jägern gemacht, die Sie heute erwischten?"

„Wir haben ihnen die Köpfe abgeschnitten und sie eingepökelt", sagte Marden. „Wofür halten Sie uns denn? Sie bekamen ihre Geldstrafe und wurden hinausgeworfen. Möchten Sie die Akten sehen?"

„Was würde mir das nützen?"

Marden deutete mit der Gabel auf ihn. „Wissen Sie, Doc, Sie machen es ebenso wie Win – Win Burdeaux."

„Wie hat Win es denn gemacht?" wollte Dasein wissen.

„Er hat sich dagegen gewehrt. Das ist genau das, was wir erwarten. Allerdings gab er dann ziemlich schnell nach. Win war es müde, wegzulaufen, noch bevor er nach Santaroga kam."

„O ihr Amateurpsychologen", spöttelte Dasein.

„Sie haben recht, Doc. Wir wären froh, wenn wir noch einen ausgebildeten Psychologen bei uns hätten."

Dasein fühlte sich durch Mardens unbezwingliche Gutmütigkeit aus dem Konzept gebracht.

„Essen Sie Ihren Salat", sagte Marden. „Das wird Ihnen helfen."

Dasein nahm noch eine Gabel von der Käsesauce und dem Huhn. Er mußte zugeben, daß er sich durch das Essen besser fühlte. Sein Kopf war klar und der Verstand scharf. Er wußte, daß ein leerer Magen schon oft zu Fehlentscheidungen geführt hatte. Essen nahm den inneren Druck und erleichterte damit die Funktion des Verstandes.

Marden war fertig und lehnte sich zurück. „Sie werden es schon schaffen", sagte er. „Im Moment sind Sie verwirrt, aber wenn Sie so tüchtig sind, wie Jenny behauptet, dann werden Sie die Wahrheit selbst erkennen. Ich glaube, es wird Ihnen hier gefallen."

Marden erhob sich.

„Ich soll Ihnen also abnehmen, daß ich ausgenützt werde?" fragte Dasein.

„Ich schicke Sie nicht aus dem Tal, bedenken Sie das", erwiderte Marden.

„Sind die Telefonleitungen immer noch gestört?" fragte Dasein.

„Keine Ahnung", erwiderte Marden. Er warf einen Blick auf seine Uhr. „Hören Sie, ich muß wieder an die Arbeit. Rufen Sie mich an, wenn Sie mit Jenny gesprochen haben." Damit ging er.

Der Kellner kam und holte das Geschirr. Dasein sah in das runde Gesicht des Mannes, warf einen Blick auf das graue Haar und die gebeugten Schultern. „Weshalb leben Sie hier?" fragte er.

„Häh?" Der Mann hatte einen kratzigen Bariton.

„Weshalb leben Sie in Santaroga?" wiederholte Dasein.

„Verrückt, was? Weil es meine Heimat ist."

„Aber weshalb wohnen Sie lieber hier als meinetwegen in San Francisco oder Los Angeles?"

„Sie haben einen Knall! Gibt es dort etwas, was ich hier nicht kriege?" Er ging mit den Schüsseln.

Dasein starrte die Mappe auf dem Tisch an. Marktforschung. Auf dem gegenüberliegenden Sitz konnte er die Ecke einer Zeitung sehen. Er griff über den Tisch und angelte sich das Blatt. Das Impressum lautete: *Santaroga Press.*

Die linke Spalte enthielt eine Zusammenfassung der internationalen Ereignisse in einer Kürze und Sprache, die Dasein verblüffte. Die Spalte war in Absätze mit je einer Nachricht unterteilt.

„Diese Idioten in Südostasien bringen sich immer noch gegenseitig um." Absatz.

Langsam dämmerte Dasein, daß damit der Vietnamkrieg gemeint war.

„Der Dollar rutscht weiterhin auf dem internationalen Markt, obwohl diese Tatsache hierzulande vertuscht oder verschwiegen wird. Wenn es zum Börsenkrach kommt, wird der Schwarze Freitag daneben wie ein läppischer Ausrutscher aussehen." Absatz.

„Die Genfer Abrüstungsgespräche sind nichts als ein Schauplatz von Arroganz und Selbstzufriedenheit. Wir erinnern uns, daß die Gespräche in Gang waren, als das letztemal die Bomben fielen." Absatz.

„Die Regierung der Vereinigten Staaten weitet das große Versteck unter dem Berg in der Nähe von Denver immer noch aus. Es wäre interessant zu erfahren, wie viele Militärbonzen und Regierungsmitglieder mit ihren Familien Eintrittskarten dafür haben, wenn es zum großen Knall kommt." Absatz.

„Frankreich hat den USA wieder einmal die Stirn geboten und veranlaßt, daß US-Militärflugzeuge nicht auf französischen Flughäfen starten oder landen dürfen. Wissen die Franzosen etwas, das wir nicht wissen?" Absatz.

„Die Automation hat im letzten Monat wieder 0,4 Prozent des amerikanischen Arbeitsmarktes erobert. Es soll noch schlimmer kommen. Hat jemand eine Ahnung, was mit der überschüssigen Bevölkerung geschehen soll?"

Dasein senkte das Blatt und starrte es an, ohne es zu sehen. Das verdammte Ding war staatsgefährdend! Wurde es etwa von Kommunisten verfaßt? War dies das Geheimnis von Santaroga?

Er sah auf, als er den Kellner neben sich bemerkte.

„Ihre Zeitung?" fragte der Mann.

„Ja."

„Oh! Wahrscheinlich hat Al sie Ihnen gegeben." Er wandte sich wieder ab.

„Wo kauft dieses Restaurant seine Vorräte?" erkundigte sich Dasein.

„Überall im Tal, Dr. Dasein. Unser Fleisch kommt von Ray Allisons Ranch am Eingang des Tales. Die Hähnchen liefert Mrs. Larson. Sie wohnt westlich von hier. Das Gemüse und sonstiges bekommen wir aus den Treibhäusern."

„Danke." Dasein wandte sich wieder der Zeitung zu.

„Möchten Sie sonst noch etwas wissen, Dr. Dasein? Al sagte, daß ich mich um Sie kümmern soll. Bestellen Sie, was Sie wollen – es geht auf seine Rechnung."

„Nein, danke."

Der Kellner ließ Dasein mit der Zeitung allein.

Dasein blätterte sie durch. Sie enthielt nur wenig Werbung. Die letzte Seite war Kleinanzeigen gewidmet. Erstaunlich war die Kürze und Trockenheit der Ankündigungen:

Brenner und Söhne verkaufen eine neue Sendung Schlafzimmermöbel zu vernünftigen Preisen. Wer zuerst kommt, hat die größte Auswahl. Beste Santaroga-Qualität.

Vier neue Gefriertruhen zu verkaufen. Ratenzahlung möglich. Lewis-Markt. Das Bild zeigte einen lächelnden dicken Mann, der die Klappe einer Gefriertruhe öffnete.

Die meisten Kleinanzeigen drehten sich um Tauschobjekte. *Biete dreißig Meter handgewebten Wollstoff (1,40 breit). Brauche eine gute Kreissäge. Ed Jankey, Nummer 1, an der Mühle.*

Der Eintonner-Ford, Baujahr 56, den ich vor zwei Jahren gekauft habe, ist immer noch gut. Sam Scheler sagt, er ist fünfzig Dollar oder eine schöne Jungkuh wert. William McCoy, Flußgabelung.

Dasein blätterte die Zeitung von hinten nach vorne durch. Er entdeckte eine Gartenspalte: *Es wird höchste Zeit, Leinkraut in den Gärten zu streuen, damit die Schnecken nicht überhandnehmen.*

Auf einer der inneren Seiten entdeckte er eine ganze Spalte mit Versammlungs- und Festankündigungen. Als er sie las, fiel ihm der stereotype Satz bei jeder Einladung auf: *Es werden Jaspers-Gerichte serviert.*

Jaspers, dachte er. Jaspers . . . Jaspers . . .

Das Wort war überall. Verbrauchten sie wirklich so viel von dem Zeug? Er spürte eine verborgene Bedeutung in dem Wort. Es war etwas, das die Bewohner von Santaroga vereinigte.

Dasein wandte sich wieder der Zeitung zu. Ihm fiel erneut eine Kleinanzeige auf: *Biete zweijährige Benutzung meines halben*

Jaspers-Anteils (zehn Kubikmeter in Schicht fünf der Alten Sektion) gegen ein halbes Jahr Zimmermannsarbeit. Leo Merriot, 1018 River Road.

Was, zum Teufel, war ein Jaspers-Anteil? Was es auch sein mochte, fünf Kubikmeter davon waren ein halbes Jahr Zimmermannsarbeit wert – bestimmt keine Kleinigkeit. Dasein schätzte den Lohn auf etwa viertausend Dollar.

Ein Sonnenfleck drang ins Restaurant, und er hob den Kopf. Ein junges Paar war hereingekommen. Das Mädchen hatte dunkles Haar und tiefliegende braune Augen, dazu herrlich geschwungene Augenbrauen. Ihr Begleiter war blond und blauäugig. Er hatte ein feingeschnittenes nordisches Gesicht. Sie betraten die Nische hinter Dasein. Er beobachtete sie im Barspiegel. Der junge Mann sah ihn über die Schulter hinweg an und sagte etwas zu seinem Mädchen. Sie lächelte.

Der Kellner brachte ihnen zwei Drinks. Dann hörte er das Mädchen sagen: „Nach dem Jaspers saßen wir da und lauschten dem Sonnenuntergang, einem Seil und einem Vogel."

„Du solltest einmal den Pelz auf dem Wasser fühlen", sagte ihr Begleiter. „Es ist das rote Aufwärts des Windes."

Dasein war äußerst wachsam geworden. Diese Wortspiele, die keine Bedeutung hatten und doch irgendwie logisch klangen – sie erinnerten ihn an die Sätze von Schizophrenen oder Süchtigen. Er bemühte sich, noch mehr zu hören, aber sie hatten die Köpfe zusammengesteckt und flüsterten lachend miteinander.

Abrupt erinnerte sich Dasein an den Kampf, den seine Fakultät drei Jahre zuvor gegen das LSD geführt hatte. Ihm fiel auch wieder ein, daß bei den Experimenten Jenny Sorge, die Studentin aus dem Santarogatal, Immunität der Droge gegenüber gezeigt hatte. Man hatte die Experimente später aufgegeben, da sich die Sensationspresse zu sehr mit ihnen beschäftigt hatte, und so war nie ein wissenschaftlicher Beweis über Jennys Verhalten erbracht worden. Sie selbst vermied es, davon zu sprechen.

Weshalb erinnere ich mich ausgerechnet daran?

Das junge Paar hatte die Gläser leergetrunken und verließ das Restaurant. Dasein faltete die Zeitung zusammen und wollte sie in seine Mappe stecken. Eine Hand berührte seinen Arm. Er sah auf und in Mardens Gesicht.

„Ich glaube, das ist meine Zeitung", sagte er. Er nahm sie Dasein aus der Hand. „Ich war schon fast am Fluß, als ich merkte, daß sie mir fehlte. Wiedersehen." Er eilte hinaus, die Zeitung unter den Arm geklemmt.

Die beiläufige und doch brüske Art, dazu die Schnelligkeit, mit der er Dasein das Blatt entrissen hatte, machte Dasein wütend. Er packte seine Mappe und lief zur Tür, sah aber nur noch, daß Marden mit einem Patrouillenwagen losbrauste.

Hol dich der Teufel! dachte er. Besorge ich mir eben selbst eine.

Der Drugstore an der Ecke hatte keinen Zeitungsstand, und der dürre Verkäufer erklärte ihm kühl, daß die lokale Zeitung nur im Abonnement ausgegeben würde. Er behauptete, keine Ahnung zu haben, wo sie gedruckt wurde. Der Verkäufer der Eisenwarenhandlung gab ihm die gleiche Auskunft, ebenso der Kassierer des Gemüseladens.

Dasein kletterte in sein Wohnmobil, öffnete die Mappe und schrieb so viele Einzelheiten nieder, wie er noch in Erinnerung hatte. Als sein Gedächtnis schwächer wurde, ließ er den Motor an und fuhr kreuz und quer durch die Stadt, wobei er nach dem Schild einer Druckerei oder Redaktion Ausschau hielt. Er fand keinerlei Hinweis, daß die *Santaroga Press* in der Stadt gedruckt wurde, aber die Schilder an der Gebrauchtwagenausstellung ließen ihn abrupt anhalten. Er saß in seinem Wagen und starrte sie ungläubig an.

Ein vier Jahre alter Buick hatte am Fenster folgenden Zettel: „Das Ding frißt zwar viel Öl, ist aber gut und gern seine hundert Dollar wert."

Auf einem ein Jahr alten River stand: „Sprung im Motorblock, aber bei einem Preis von fünfhundert Dollar können Sie sich einen neuen Motor leisten."

An einem zehn Jahre alten Chevrolet war zu lesen: „Das war Jersey Hofstedders Wagen. Seine Witwe will nur sechshundertfünfzig Dollar dafür."

Daseins Neugier war voll geweckt. Er stieg aus und ging zu Jersey Hofstedders Wagen hinüber. Ein Blick auf das Instrumentenbrett zeigte ihm, daß der Motor fünfundneunzigtausend Kilometer hinter sich hatte. Die Polsterung war aus Leder, sorgfältig geschnitten und eingepaßt. Dasein konnte keinen Kratzer an der Karosserie erkennen, und die Reifen schienen fast neu zu sein.

„Möchten Sie eine Probefahrt machen, Dr. Dasein?"

Es war eine weibliche Stimme, und Dasein drehte sich um. Er sah sich einer grauhaarigen älteren Frau mit angenehmen Gesichtszügen gegenüber, die eine blumenbedruckte Bluse und Blue jeans trug. Sie hatte eine glatte, gebräunte Haut und einen offenen Blick.

„Ich bin Clara Scheler, Sams Mutter. Wahrscheinlich haben Sie inzwischen schon von meinem Sam gehört."

„Und Sie kennen mich natürlich", sagte Dasein mit kaum verhülltem Ärger. „Ich bin Jennys Freund aus der Stadt."

„Ich habe Sie heute vormittag mit Jenny gesehen", sagte sie. „Ein feines Mädel, Dr. Dasein. Also, wenn Sie sich für Jerseys Wagen interessieren – ich kann Ihnen die Einzelheiten gern nennen."

„Bitte."

„Die Leute hier in der Gegend kennen Jerseys Wagen", sagte sie. „Er war immer für perfekte Dinge, ein richtiger Fanatiker. Er hatte jedes bewegliche Teil seines Wagens auf der Werkbank. Er richtete alles aus und paßte jede Schraube genau ein, bis das Ding vollkommen sauber lief. Hat sogar Scheibenbremsen. Sie sehen ja, was er mit den Polstern gemacht hat."

„Wer war Jersey Hofstedder?" fragte Dasein.

„Wer – ach so, Sie sind ja neu. Jersey war Sams erster Mechaniker, bis er vor einem Monat starb. Seine Witwe bat mich, den Chevy zu verkaufen. Da, hören Sie sich den Motor mal an!"

Sie setzte sich hinter das Steuer und ließ den Wagen an.

Dasein beugte sich dicht zur Motorhaube hinunter. Er konnte den Antrieb kaum hören.

„Das Ding hat eine besondere Zündung", erklärte Clara Scheler. „Jersey prahlte immer damit, daß er kaum Sprit brauche. Wollen Sie in bar oder auf Kredit kaufen?"

„Ich – ich habe mich noch nicht entschlossen, ob ich ihn kaufen will", sagte Dasein.

„Sie und Jenny könnten gar nichts Klügeres tun, als mit Jerseys altem Wagen anzufangen", meinte sie. „Ihren Kasten können Sie ohnehin bald wegwerfen. Ich habe den Klang gehört. Lange macht er es nicht mehr, wenn Sie nichts wegen der Kugellager unternehmen."

„Ich – wenn ich ihn kaufe, komme ich mit Jenny her", sagte Dasein. „Vielen Dank, daß Sie ihn mir gezeigt haben." Er drehte sich um und lief mit einem Gefühl der Befreiung zu seinem eigenen

Wagen. Er war allen Ernstes versucht gewesen, Jersey Hofstedders Chevrolet zu kaufen, und das verwirrte ihn. Die Frau mußte eine meisterhafte Verkäuferin sein.

Er fuhr zurück zum Hotel. Seine Gedanken schwirrten von den Merkwürdigkeiten Santarogas. Die sonderbare Objektivität bei der Anpreisung der Gebrauchtwagen, die Anzeigen in der *Santaroga Press* – das alles wies das gleiche Schema auf.

Beiläufige Aufrichtigkeit, dachte Dasein. Das konnte zur falschen Zeit etwas Brutales sein.

Er ging in sein Zimmer, legte sich aufs Bett und versuchte alles durchzudenken, einen Sinn in die Ereignisse des Tages zu bringen. Die Unterhaltung mit Marden beim Mittagessen klang in der Erinnerung noch eigenartiger. Eine Stelle in Piagets Klinik? Auch die obskure Unterhaltung des jungen Paares im Restaurant ließ ihm keine Ruhe. Hatten sie unter Drogeneinfluß gestanden? Und die Zeitung, die nicht existierte – außer für Abonnenten. Jersey Hofstedders Wagen – Dasein war versucht, noch einmal hinzufahren und ihn zu kaufen. Er konnte ihn von einem Mechaniker außerhalb des Tales untersuchen lassen.

Ein beharrliches Stimmengemurmel drängte sich in Daseins Bewußtsein. Er stand auf und sah sich im Zimmer um, konnte jedoch die Quelle nicht entdecken. Der Streifen Himmel, den er durch sein Fenster sehen konnte, wurde langsam grau. Er ging hinüber und sah ins Freie. Wolken kamen von Nordwesten herangezogen.

Das Stimmengemurmel war immer noch da.

Dasein machte die Runde im Zimmer und blieb unter einem winzigen Ventilator in der Ecke des Frisiertisches stehen. Er rückte den Stuhl näher heran und kletterte über ihn auf den Tisch. Er legte das Ohr an den Ventilator. Schwach, aber deutlich hörte er eine der Fernseherkennungsmelodien, die die Werbung für eine Kaugummisorte einleitete.

Dasein lächelte über sich selbst und kletterte vom Frisiertisch. Irgend jemand sah sich eben ein Fernsehprogramm an. Dann runzelte er die Stirn. Das war der erste Hinweis, daß es hier im Tal überhaupt Fernsehgeräte gab. Er stellte sich die Lage von Santaroga vor – ein Becken. Um die Sendungen hier gut zu empfangen, brauchte man eine Antenne auf einem der umliegenden Berge, dazu Verstärker und Kabelverbindungen.

Wieder stieg er auf den Frisiertisch und preßte das Ohr an den Ventilator. Er konnte die Sendung – eine Tagesserie – von der Unterhaltung einiger Frauen unterscheiden. Eine der Frauen gab einer anderen offenbar Anweisungen im Stricken. Mehrere Male hörte er das Wort „Jaspers", und einmal, deutlich: „Eine Vision, das ist alles. Nur eine Vision . . ."

Dasein stieg vom Tisch herunter und ging auf den Korridor hinaus. Zwischen seiner Tür und dem Fenster am Gangende gab es keine Eingänge. Auf der gegenüberliegenden Seite des Korridors schon, nicht aber an dieser Front. Er trat wieder in sein Zimmer und studierte den Ventilator. Er schien direkt durch die Wand zu gehen, aber der Schein konnte trügen. Vielleicht kam er auch aus einem anderen Stockwerk. Aber was befand sich in dieser Ecke des Gebäudes? Dasein war neugierig genug, um es zu erforschen.

Er ging nach unten, durch die leere Vorhalle, und verließ das Hotel. Dann schlenderte er bis zur rückwärtigen Mauer. Dort stand eine Eiche, ein patriarchalischer Baum mit rissiger Rinde. Ein dicker Ast schob sich vor ein Fenster im zweiten Stock. Das war sein Fenster, entschied Dasein. Ein niedriges Verandadach, das die Küche und die Verwaltungsräume überschattete, ragte unter seinem Fenster vor. Dasein ließ die Blicke bis zum Ende der Mauer gleiten. Er zählte noch drei Fenster, alle auf der Seite des Korridors, an der keine Türen waren. Alle drei Fenster hatten heruntergezogene Blenden.

Keine Türen, aber drei Fenster, dachte Dasein.

Er schlenderte sehr langsam zurück zu seinem Zimmer. Die Vorhalle war immer noch leer, doch er hörte Stimmen, und die Telefonvermittlung klickte.

Als Dasein wieder in seinem Raum war, stellte er sich ans Fenster und sah auf das Verandadach hinunter. Die Neigung war geringfügig, und die Schindeln wirkten trocken. Er öffnete leise das Fenster und trat auf das Dach hinaus. Wenn er sich an die Wand lehnte, konnte er sich seitlich über das Dach bewegen.

Beim ersten Fenster hielt er sich am Sims fest und tastete nach einem Loch in der Blende. Er fand keine Öffnung, aber die Geräusche des Fernsehapparats waren deutlich, als er das Ohr gegen das Glas preßte. Er hörte die Lobpreisungen eines Seifenvertreters, und dann sagte eine der Frauen: „Auf diesem Kanal reicht es. Schalten wir auf NBC um."

Dasein zog sich zurück und kroch zum nächsten Fenster. Hier entdeckte er einen winzigen Schlitz zwischen Sims und Blende. Er duckte sich und sah hindurch.

Das verschwommene Blau der Fernsehröhre hüllte den ohnehin düsteren Raum ein. Er konnte an der Wand zu seiner Rechten eine Reihe von acht Fernsehgeräten erkennen. Fünf Frauen saßen in bequemen Sesseln davor. Er bemerkte mit einiger Befriedigung, daß eine der Frauen strickte. Eine andere machte sich offenbar Stenonotizen. Und wieder eine andere bediente ein Tonbandgerät.

Die Gruppe wirkte eigentlich sehr sachlich und geschäftsmäßig. Alle Frauen waren älteren Jahrgangs, aber sie bewegten sich mit der Grazie von Leuten, die aktiv geblieben waren. Eine Blondine mit guter Figur stand auf, schaltete eines der Geräte aus und ließ eine Schiebetür davorgleiten, die sie verschloß. Sie ließ sich erschöpft wieder in ihren Sessel sinken und sagte laut: „Mein Gott! Stellt euch vor, dieses Zeug würde euch Tag für Tag unzensiert ins Hirn getrichtert . . ."

„Spar dir das für den Bericht, Suzie!" Das war die Frau mit dem Tonbandgerät.

Bericht? fragte sich Dasein. Welcher Bericht?

Er ließ seinen Blick durch den Raum gleiten. Eine Reihe von Aktenschränken stand an der gegenüberliegenden Wand. Direkt unter dem Fenster konnte er die Ecke einer Couch erkennen. Eine Klapptreppe, wie man sie oft bei Mansarden benutzte, stand in der linken Ecke. Hinter den Frauen befanden sich zwei Schreibmaschinen auf fahrbaren Ständern.

Dasein fand, daß es einer der sonderbarsten Räume war, die er je gesehen hatte. Alle Dinge erschienen normal, und doch hatten sie den ganz besonderen Santaroga-Anstrich. Weshalb die Geheimnistuerei? Weshalb acht Fernsehgeräte? Was befand sich in den Aktenschränken? Welcher Bericht?

Hin und wieder machten sich die Frauen Notizen, benutzten das Tonbandgerät, wechselten die Programme. Dauernd führten sie Gespräche, die für Dasein nur zum Teil verständlich waren. „Ich mache doch keine Falten hinein – das ist mir zuviel Arbeit."

„Wenn Fred mich nach der Arbeit nicht abholen kann, muß mich eine von euch mit in die Stadt nehmen."

Sein gewagter Lauscherposten auf dem Dach, wo jeder Vorüberkommende ihn sehen konnte, begann Dasein zu beunruhigen. Er sagte sich, daß er hier nichts weiter erfahren konnte. Und welche Erklärung konnte er geben, wenn man ihn hier oben ertappte?

Vorsichtig arbeitete er sich zurück zu seinem Fenster, kletterte ins Zimmer und verschloß den Fensterriegel. Wieder untersuchte er den Korridor. Es gab in diesem Stockwerk einfach keine Tür zu jenem merkwürdigen Raum. Er ging bis zu dem Notausgangsschild und öffnete eine schmale Tür. Sie führte zu dem Absatz einer Hinterhoftreppe. Der Treppenschacht war offen, und eine Treppe wand sich nach unten und oben, von einem einfachen, eingedübelten Geländer flankiert. Dasein warf einen Blick über das Geländer und sah zwei Stockwerke tiefer einen Betonboden. Dann schaute er nach oben. Im dritten Stock endeten die Stufen. Ein Oberlicht spendete schwaches Licht. Leise stieg er nach oben und öffnete die Tür zu einem Korridor im dritten Stock. Zwei Schritte vom Treppenabsatz entfernt entdeckte er eine zweite Tür mit der Aufschrift: WÄSCHEKAMMER. Dasein drückte die Klinke herunter – verschlossen.

Verärgert ging er zurück zum Treppenabsatz. Als er aus dem Korridor trat, blieb er mit dem rechten Fuß im ausgefransten Rand des Teppichs hängen. In einem einzigen, entsetzlichen Moment sah Dasein das Geländer und den offenen Treppenschacht auf sich zukommen. Seine rechte Schulter schlug gegen das Geländer, das splitternd nachgab. Es bremste seinen Fall, hielt ihn aber nicht auf. Er klammerte sich mit der linken Hand am gebrochenen Geländer fest, spürte, wie es sich nach außen bog, und wußte im gleichen Moment, daß er stürzen würde – drei Stockwerke tief auf einen Betonboden. Das zerbrochene Geländer, das er festhielt, gab ein kreischendes Geräusch von sich. Alles schien in Zeitlupe vor sich zu gehen. Er konnte den Rand der Treppe sehen, wo sie gestrichen worden war und die Farbe sich in kleinen gelben Rinnen verteilt hatte. Er sah ein Spinnennetz in einer Stufenecke, in dem sich dunkelrote Wollfasern gefangen hatten.

Mit einem letzten Ächzen gab das Geländer nach, und Dasein kippte nach vorn. In diesem tödlichen Augenblick, als er sich schon auf dem Betonboden drei Stockwerke tiefer zerschmettert sah, packten ihn starke Hände an den Knöcheln. Dasein verstand nicht recht, was geschehen war. Er ließ das zerbrochene Geländerteil fallen, und es trudelte in die Tiefe.

Er spürte, daß er wie eine Puppe nach oben gezogen wurde. Jemand legte ihn auf den Treppenabsatz und drehte ihn herum.

Dasein blickte in das dunkle Gesicht Win Burdeaux'.

„Das war verdammt knapp, Sir", sagte Burdeaux.

Dasein rang nach Luft und konnte nicht antworten. Seine rechte Schulter brannte wie Feuer. Die Finger seiner linken Hand zitterten im Krampf.

„Ich hörte, daß jemand die Tür zur Wäschekammer öffnen wollte", sagte Burdeaux. „Ich war drinnen, Sir, und ich ging hinaus, um nachzusehen, was los war. Im gleichen Augenblick stürzten Sie, Sir. Was ist denn geschehen?"

„Teppich", keuchte Dasein. „Ausgerutscht."

Burdeaux bückte sich und untersuchte den Rand des Teppichs. Er richtete sich wieder auf. „Und ob das Ding zerrissen ist, Sir! Das ist eine sehr gefährliche Sache."

Dasein gelang es, den Krampf in den Fingern loszuwerden und die Hand zu strecken. Er holte tief Atem und versuchte sich aufzusetzen. Burdeaux half ihm. Daseins Hemd war zerrissen. Über Bauch und Brust lief ein langer roter Striemen, wo er das zerbrochene Geländer gestreift hatte.

„Machen Sie jetzt lieber etwas langsam, Sir", meinte Burdeaux. „Soll ich den Doktor holen?"

„Nein – nein, danke."

„Es wäre gleich geschehen, Sir."

„Ich . . . Es geht mir schon wieder gut."

Dasein warf einen Blick auf den ausgefransten Teppich. Er erinnerte sich an das Stück Geländer, das in die Tiefe getrudelt war, und wunderte sich, daß er es nicht aufschlagen gehört hatte. Noch etwas fiel ihm ein, beunruhigender als die anderen Dinge: die tödlichen Unfälle der beiden anderen Untersuchungsbeauftragten. Dasein stellte sich vor, was geschehen wäre, wenn man ihn tot auf dem Betonboden aufgefunden hätte. Die Nachforschungen hätten ergeben, daß es ein bedauerlicher Unfall war. Bedauerlich, aber völlig natürlich. Solche Dinge geschahen eben hin und wieder.

Aber handelte es sich wirklich um Unfälle?

Seine Schulter begann zu pochen.

„Ich gehe jetzt besser in mein Zimmer – und ziehe mich um", sagte Dasein. Der Schmerz in der Schulter, nun sehr deutlich, sagte ihm, daß er ärztliche Behandlung brauchte. Aber irgend etwas in seinem Innern wehrte sich instinktiv dagegen.

Dasein kämpfte sich auf die Beine und stieß Burdeaux zur Seite, als dieser ihm helfen wollte. Noch während dieser Bewegung kam ihm zu Bewußtsein, wie unvernünftig er handelte.

„Sir, ich möchte Ihnen nur helfen", sagte Burdeaux in sanft tadelndem Ton.

War meine Angst so offensichtlich? fragte sich Dasein.

Ihm fielen wieder die starken Arme ein, die seine Knöchel festgehalten hatten – ein Griff in letzter Sekunde. Dasein wurde verlegen. „Ich . . . ich weiß", sagte er. „Sie haben mir das Leben gerettet. Ich finde gar keine Worte, um Ihnen dafür zu danken. Ich . . . ich dachte an das zerbrochene Geländer. Sollten Sie das nicht zuerst reparieren?"

Dasein stützte sich an der Wand ab und kam so auf die Beine. Er stand keuchend da. Die Schulter schmerzte abscheulich.

„Ich werde die Tür hier abschließen", sagte Burdeaux mit sanfter, aber entschiedener Stimme. „Ich werde den Arzt holen, Sir. Sie sind sehr vorsichtig mit Ihrer Schulter. Ich nehme an, daß Sie große Schmerzen haben. Es ist wirklich am besten, wenn der Arzt Sie untersucht, Sir."

Dasein wandte sich ab und wunderte sich über seine Zwiespältigkeit. Jemand mußte seine Schulter versorgen – ja. Aber mußte es unbedingt Piaget sein? Dasein stützte sich an der Wand ab und ging die Treppe nach unten. *Piaget – Piaget – Piaget.* Hatte man Piaget auch bei den anderen beiden tödlichen Unfällen geholt? Die Bewegung schickte einen stechenden Schmerz durch die Schulter. Piaget – *Piaget.* Wie konnte dieses Ereignis auf der Teppe etwas anderes als ein Unfall sein? Wer hätte vorhersagen können, daß er genau zu diesem Zeitpunkt an dieser Stelle sein würde?

Über ihm wurde die Tür geschlossen und verriegelt. Burdeaux' schwere Schritte klangen an der Treppe auf. Die Vibration sandte einen neuen feurigen Schmerz durch seine Schulter. Dasein blieb im zweiten Stock stehen und preßte die Hand an die schmerzende Stelle.

„Sir?"

Dasein wandte sich um und sah in das dunkelhäutige Gesicht. Er bemerkte den besorgten Ausdruck.

„Es wäre am besten, wenn Sie nicht wieder auf das Dach hinausgingen, Sir“, sagte Burdeaux. „Ein Sturz vom Dach wäre sehr gefährlich, Sir.“

4

Der Gewitterregen erreichte das Tal kurz vor dem Dunkelwerden. Dasein saß zu dieser Zeit in einem schweren, altmodischen Sessel im Hause der Piagets. Seine Schulter war von einem festen Stützverband umgeben, und Jenny saß ihm gegenüber auf einem Schemel. Sie sah ihn vorwurfsvoll an.

Ein sanfter, aber unbeugsamer Burdeaux hatte ihn in die Klinik neben Piagets Haus gefahren und in einem Ambulanzraum abgeliefert.

Dasein wußte nicht, was er erwartet hatte – aber bestimmt nicht die kühle, berufsmäßige Objektivität, mit der Piaget seine Schulter untersucht hatte.

„Bänderriß und eine leichte Verrenkung“, hatte Piaget festgestellt. „Was hatten Sie denn vor? Wollten Sie etwa Selbstmord begehen?“

Dasein zuckte zusammen, als die Bandage festgezerrt wurde. „Wo ist Jenny?“

„Sie hilft beim Zubereiten des Abendessens. Wir sagen ihr Bescheid, was für eine verflixte Dummheit Sie gemacht haben, sobald der Verband in Ordnung ist.“ Piaget verknotete das Ende der Bandage. „Sie haben mir immer noch nicht gesagt, was Sie angestellt haben.“

„Ich habe geschnüffelt!“ knurrte Dasein.

„Tatsächlich?“ Piaget streifte ihm eine Schlinge um die gesunde Schulter und legte ihm den Arm so hinein, daß er ihn nicht mehr bewegen konnte. „Da, das müßte genügen. Seien Sie vorsichtig mit dem Arm! Aber das wissen Sie ja selbst. Sie brauchen die Jacke nicht anzuziehen, es führt ein überdachter Weg zum Haus – da, durch diese Tür. Gehen Sie einfach in die Wohnung. Jenny wird Sie bis zum Abendessen unterhalten.“

Der Weg hatte Glaswände und war von Topfgeranien gesäumt. Das Unwetter brach los, als Dasein einen Moment lang bei den Blumentöpfen stehenblieb und auf den frisch gemähten Rasen, die

Rosenbeete und den düsteren blaugrauen Himmel hinaussah. Der Wind peitschte den Regen über die Straße jenseits der Rosen und fuhr in die Birken, die in einer schnurgeraden Reihe dastanden. Auf dem Bürgersteig neben der Straße hasteten Menschen mit nassen Kleidern dahin.

Dasein fror trotz der schützenden Glaswände. Sein Kopf fühlte sich leicht an. Was mache ich hier? fragte er sich. Seine Kehle war trocken, als er schluckte. Er betrat das Haus und ging in ein holzvertäfeltes Wohnzimmer, in dem schwere Möbel standen. Der schwache Geruch eines Kohlenfeuers hing über dem Raum. In Daseins Schulter war ein dumpf pochender Schmerz. Er ging durch das Zimmer, vorbei an einer Anrichte mit schweren Kristallgefäßen, und nahm vorsichtig in einem weichen Sessel Platz, der mit grünem Kord bezogen war.

Die Ruhe und das damit verbundene Nachlassen des Schmerzes erfüllte ihn einen Moment lang mit Erleichterung. Dann begann es in seiner Schulter wieder zu hämmern.

Eine Tür schlug zu – schnelle Schritte . . .

Jenny rannte durch einen breiten, bogenförmigen Eingang zu seiner Linken herein. Ihr Gesicht war gerötet. Eine feuchte Haarsträhne klebte an ihrer Schläfe. Sie trug ein orange Kleid, ein schockierender Farbklecks in diesem düster-vornehmen Wohnzimmer. Mit einem merkwürdigen Gefühl der Losgelöstheit erinnerte sich Dasein, daß er einmal gesagt hatte, Orange sei seine Lieblingsfarbe. Die Erinnerung daran erfüllte ihn mit einer unerklärlichen Vorsicht.

„Gil, um Himmels willen!“ rief sie und blieb vor ihm stehen, die Hände in die Hüften gestemmt.

Dasein schluckte.

Jenny sah sein offenes Hemd an, den Rand des Verbandes, die Schlinge. Plötzlich war sie auf den Knien, drückte den Kopf in seinen Schoß und umklammerte ihn – und er sah, daß sie weinte.

„He!“ sagte Dasein. „Jenny . . .“ Die Tränen, das unbewegte Gesicht – das alles machte ihn verlegen. Sie gab ihm ein Schuldgefühl, so als hätte er sie auf irgendeine Weise betrogen. Das Gefühl ließ ihn die Schmerzen und die Müdigkeit vergessen.

Jenny nahm seine Linke und preßte sie gegen ihre Wange. „Gil“, flüsterte sie. „Heiraten wir – sofort.“

Weshalb nicht? dachte er. Aber das Schuldgefühl blieb – zusammen mit den unbeantworteten Fragen. War Jenny der Köder einer

Falle, die man ihm gestellt hatte? Wußte sie es, wenn es tatsächlich so war?

Ein leises Hüsteln kam von dem Bogengang zu Daseins Linker. Jenny zog sich zurück, hielt aber seine Hand fest.

Dasein sah auf und erkannte Piaget. Der Arzt hatte eine blaue Smokingjacke angezogen, die ihm mehr als je zuvor das Aussehen eines Mandarins gab. Der große Kopf war leicht zur Seite geneigt, die dunklen Augen wirkten nachdenklich.

Im Eßzimmer hatte jemand bernsteinfarbene Wandleuchter eingeschaltet. Dasein sah einen großen ovalen Tisch mit weißen Leinendecken, dazu das Schimmern von Silber und das Funkeln von Kristall.

„Jenny?" fragte Piaget.

Sie seufzte, ließ Daseins Hand los und zog sich auf den grünen Diwan zurück, wo sie mit angezogenen Beinen Platz nahm.

Dasein bemerkte plötzlich den Geruch eines mit Knoblauch angerichteten Bratens. Das brachte ihm seinen Hunger zu Bewußtsein. Und dann roch er den verlockenden Duft von Jaspers.

„Ich glaube, wir sollten uns über Ihre Anfälligkeit für Unglücksfälle unterhalten", sagte Piaget. „Finden Sie nicht auch, Gilbert?"

„Unbedingt", erwiderte Dasein. Er beobachtete den Arzt genau. In Piagets Stimme war ein vorsichtiges Zögern, das nichts mit Höflichkeit zu tun hatte.

„Hatten Sie schon viele schmerzhafte Unfälle?" erkundigte sich Piaget. Während er sprach, ging er zu einem gesteppten Ledersessel hinter Jenny. Er setzte sich, und nun sprach er über Jennys Schultern hinweg mit Dasein. Gilbert konnte den aufkeimenden Verdacht nicht unterdrücken, daß diese Stellung mit Absicht gewählt worden war. Sie verbündete Jenny und Piaget gegen ihn.

„Nun?" ermunterte ihn Piaget.

„Weshalb tauschen wir die Antworten nicht aus?" entgegnete Dasein. „Sie beantworten mir eine Frage, und ich beantworte Ihnen eine Frage."

„Oh?" Piaget lächelte, als sei ihm insgeheim etwas Amüsantes eingefallen. Jenny sah beunruhigt drein.

„Ihre Frage?" meinte Piaget.

„Ein Handel ist ein Handel", erwiderte Dasein. „Zuerst meine Antwort. Ich hatte kaum Unfälle. Das heißt, bevor ich herkam. Ich kann mich nur daran erinnern, daß ich einmal von einem Apfelbaum fiel, als ich acht war."

„So", sagte Piaget. „Und nun Ihre Frage."

Jenny runzelte die Stirn und wandte den Blick ab.

Dasein spürte, wie seine Kehle mit einemmal trocken wurde. Seine Stimme kratzte, als er zu sprechen begann: „Sagen Sie, Doktor . . ., wie sind die beiden anderen Männer gestorben, die vor mir herkamen?"

Jenny warf den Kopf herum. „Gil!" Ihre Stimme klang empört.

„Sachte, Jenny!" sagte Piaget. Auf seiner linken Wange zuckte ein Nerv. „Sie sind auf der falschen Spur, junger Mann", knurrte er. „Wir sind hier keine Wilden. Das ist nicht nötig. Wenn wir wollen, daß jemand verschwindet, dann tut er es."

„Und Sie wollen nicht, daß ich verschwinde?"

„Jenny will es nicht. Und das waren zwei Fragen von Ihrer Seite. Sie schulden mir eine Antwort."

Dasein nickte. Er starrte über Jenny hinweg zu Piaget.

„Lieben Sie Jenny?" fragte der Arzt.

Dasein schluckte und fing einen bittenden Blick aus Jennys Augen auf. Piaget wußte die Antwort auf diese Frage! Weshalb stellte er sie trotzdem? „Das wissen Sie doch", erwiderte er.

Jenny lächelte, aber zwei glänzende Tränen saßen an ihren Wimpern.

„Weshalb haben Sie dann ein Jahr gewartet, bis Sie herkamen?" fragte Piaget. In seiner Stimme war eine anklagende Schärfe, bei der Dasein sich versteifte.

Jenny drehte sich um und starrte ihren Onkel an. Ihre Schultern zitterten.

„Weil ich ein verdammt sturer Idiot bin", sagte Dasein. „Weil ich nicht will, daß mein Mädchen mir vorschreibt, wo ich zu leben habe."

„So gefällt es Ihnen in unserem Tal also nicht", sagte Piaget. „Vielleicht schaffen wir es, daß Sie Ihre Meinung noch ändern. Dürfen wir es wenigstens versuchen?"

Nein, dachte Dasein. Ich will nicht! Aber er wußte instinktiv, daß diese Antwort bockig und kindisch klingen würde. So murmelte er nur: „Da müssen Sie sich aber anstrengen."

Und Dasein war über sich selbst verwundert. Was hatte sein

Instinkt eigentlich? Was war mit dem Tal nicht in Ordnung, daß er an jeder Ecke Gefahren witterte?

„Das Essen ist fertig." Eine weibliche Stimme drang aus dem Eßzimmer.

Dasein drehte sich um und sah ein hageres graues Wesen in einem grauen Kleid. Das war eine zum Leben erwachte Pioniersfrau – lange Nase, scharfer Blick und Mißbilligung in jeder Falte ihres Gesichts.

„Danke, Sarah", sagte Piaget. „Das hier ist Dr. Dasein, Jennys junger Freund."

Ihre Augen prüften Dasein, und er merkte, daß er ihren Erwartungen nicht entsprach. „Das Essen wird kalt", sagte sie.

Piaget stand auf. „Sarah ist meine Kusine", erklärte er. „Sie stammt vom alten Yankee-Zweig der Familie ab und weigert sich energisch, mit uns zu essen, wenn wir so neumodische Essenszeiten einhalten."

„Wirklich Blödsinn, diese Zeiteinteilung", murmelte sie. „Mein Vater war um diese Zeit längst im Bett."

„Und bei Morgengrauen aus den Federn", ergänzte Piaget.

„Mach du dich nicht über mich lustig, Larry Piaget", sagte sie. Sie wandte sich ab. „Setzt euch. Ich bringe den Braten."

Jenny ging zu Dasein und half ihm beim Aufstehen. Sie beugte sich dicht zu ihm, küßte ihn auf die Wange und wisperte: „Sie mag dich. Sie hat es mir in der Küche gesagt."

„Was gibt es da zu flüstern?" erkundigte sich Piaget.

„Ich habe Gil erzählt, was Sarah über ihn sagte."

„Oh, was sagte Sarah denn?"

„Sie sagte: ‚Larry wird diesen jungen Mann nicht unterkriegen. Er hat Augen wie Großpapa Sather.'"

Piaget sah Dasein aufmerksam an. „Bei George, die hat er tatsächlich. Es war mir noch gar nicht aufgefallen." Er wandte sich mit einer abrupten Geste ab und führte sie in das Eßzimmer. „Kommen Sie, bevor Sarah ihre gute Meinung über Sie ändert. Das könnten wir uns nicht leisten."

Für Dasein war es eines der merkwürdigsten Essen seines Lebens. Seine Schulter schmerzte, ein beharrliches Pochen, das ihn zu ungewohnter Aufmerksamkeit zwang. Jedes Wort und jede Bewegung waren daher klar für ihn erkennbar. Da war Jenny – sie hatte nie weiblicher und begehrenswerter ausgesehen. Da war Piaget, der während des Essens eine Art Waffenstillstand einhielt und Dasein nach seinem Studium, den Professoren und Kollegen und nach seinen weiteren Plänen fragte. Da war Sarah, die das Essen umflatterte – ein murmelndes Gespenst, das nur für Jenny freundliche Blicke übrig hatte.

Wenn es nach Sarah geht, bekommt Jenny alles, was sie sich einbildet, dachte Dasein.

Schließlich war da auch noch das Essen: ein Rippenstück, halbgar geröstet, Erbsen mit Jaspers-Sauce und Kartoffelpuffer, das hiesige Bier mit dem herrlichen Geschmack und frische Pfirsiche mit Honig als Nachtisch.

Anfangs mutete es Dasein komisch an, daß zum Abendessen Bier serviert wurde, aber er fand bald heraus, daß alles großartig zusammenpaßte. Ein Aroma verstärkte das andere.

Piaget hatte das Bier gekostet und genickt. „Frisch", sagte er.

„Genau wie du es angeordnet hast!" fauchte Sarah. Und sie warf Dasein einen merkwürdig prüfenden Blick zu.

Es war kurz nach halb zehn, als Dasein aufbrach.

„Ich ließ Ihren Wagen herbringen", sagte Piaget. „Glauben Sie, daß Sie fahren können, oder soll Jenny Sie zum Hotel bringen?"

„Es geht schon", erwiderte Dasein.

„Nehmen Sie die Schmerztabletten erst, wenn Sie in Ihrem Zimmer sind", sagte Piaget. „Ich möchte nicht, daß Sie in den Graben fahren."

Sie standen auf der breiten Veranda des Hauses, und die Straßenlaternen ließen die Birken am feuchten Pflaster widerspiegeln. Der Regen hatte aufgehört, doch die Nachtluft war kalt.

Jenny hatte ihm die Jacke um die Schultern gelegt. Sie stand neben ihm, sorgenvolle Falten auf der Stirn. „Bist du sicher, daß es geht?"

„Du solltest am besten wissen, daß ich mit einer Hand fahren kann." Er grinste sie an.

„Manchmal finde ich dich schrecklich", sagte sie. „Ich weiß gar nicht, wie ich ausgerechnet auf dich verfallen mußte."

Piaget räusperte sich. „Sagen Sie, Gilbert", begann er, „was haben Sie eigentlich da oben gesucht?"

Dasein hatte plötzlich Angst. Die Frage war in einem unmöglichen Moment abgefeuert worden.

Ach was, zum Teufel, dachte er. Mal sehen, wie er eine ehrliche Antwort aufnimmt. „Ich wollte herausbringen, warum ihr so verdammt geheimnisvoll mit eurem Fernsehen tut", sagte er.

„Geheimnisvoll?“ Piaget schüttelte den Kopf. „Aber das Ganze ist doch nur ein Privatprojekt von mir. Meine Mitarbeiterinnen analysieren den Infantilismus und die Einfältigkeit des Fernsehens. Sie liefern mir die Daten für ein Buch, das ich schreiben möchte.“

„Aber muß das denn so geheim vor sich gehen?“ Dasein spürte, wie Jenny ihn am Arm packte, doch er ignorierte die Furcht, die er hinter ihrer Geste spürte.

„Es ist Rücksichtnahme auf die Gefühle der anderen Leute und nicht Geheimnistuerei“, erklärte Piaget. „Die meisten Fernsehsendungen machen unsere Talbewohner wütend. Wir geben natürlich die Nachrichten wieder, aber selbst da wird meist um den heißen Brei herumgeredet.“

Dasein spürte, daß Piagets Erklärung zum Teil stimmte, aber er fragte sich, was ihm verheimlicht wurde. Die Frauen in dem Fernsehaufzeichnungsraum erforschten noch etwas anderes.

„Ich verstehe“, sagte Dasein.

„Sie schulden mir noch eine Antwort“, meinte Piaget.

„Bitte, schießen Sie los!“

„Ein andermal. Ich gehe jetzt, damit ihr einander gute Nacht sagen könnt.“ Er drehte sich um und ging ins Haus zurück.

Und dann saß Dasein in seinem Wohnmobil und spürte noch die Wärme von Jennys Lippen.

Er kam kurz vor zehn an die Gabelung, die zum Hotel führte, zögerte und fuhr dann auf dem Weg nach Porterville weiter. In der Entscheidung lag ein merkwürdiger Selbsterhaltungstrieb, auch wenn er sich einredete, daß er nur ein wenig herumfahren und nachdenken wollte.

Was geschieht mit mir? fragte er sich. Seine Gedanken waren außergewöhnlich klar, aber ein so starkes Gefühl der Unruhe erfüllte ihn, daß sich sein Magen verkrampfte. Sein Erkenntnisbereich hatte sich sonderbar ausgedehnt. Ihm wurde klar, daß er sich bisher zu sehr mit Psychologie befaßt hatte und dadurch seinen Horizont eingeengt hatte. Etwas zerrte jetzt an den selbsterrichteten Schranken, und er spürte, daß dahinter Dinge lauerten, denen er nicht gegenübertreten wollte. Weshalb bin ich hier? fragte er sich.

Er konnte die Kette von Ursache und Wirkung bis zur Universität zurückverfolgen, zu Jenny . . ., aber wieder spürte er die Einmischung von Dingen außerhalb dieser Kette, und er fürchtete diese Dinge.

Die Nacht jagte an seinem Wagen vorbei, und er merkte, daß er den Berg hinauffloh, daß er dem Tal zu entkommen suchte. Er mußte an Jenny denken, wie sie ihm an diesem Abend gegenübergetreten war – in einem orange Kleid und orange Schuhen; die hübsche Jenny, die sich hergerichtet hatte, um ihm zu gefallen. Ihre Liebe war ehrlich, das stand in ihrem Gesicht.

Teile der Konversation fielen ihm wieder ein. *Jaspers.* „Das ist das alte Jaspers – ein kräftiger Geschmack." Jenny hatte es gesagt, als sie die Sauce kostete. „Es wird bald Zeit, eine neue Portion Jaspers nach Nummer fünf hinunterzubringen." Das war Sarah gewesen, als sie den Nachtisch brachte. Und Piaget: „Ich spreche mit den Jungen morgen darüber."

Jetzt erinnerte sich Dasein daran, daß selbst im Honig der Jaspers-Geschmack leicht vorhanden gewesen war. Alle Gespräche kreisten um Jaspers.

Er war jetzt auf dem Paß am Talende. Er begann zu zittern. Ein zwiespältiges Gefühl der Erleichterung überkam ihn – aber auch der Gedanke, daß er etwas verlor, wenn er weiterfuhr.

An den Hängen, die Dasein jetzt durchquerte, hatte ein Feuer gewütet. Er roch die feuchte Asche in der Luft, die der Ventilator ins Wageninnere brachte, und erinnerte sich an die Schwierigkeiten mit dem Telefon. Hier außerhalb des Tales hatten sich die Wolken bereits verzogen. Auf den Hängen standen tote Bäume wie chinesische Tuschezeichen auf dunklem Grund.

Abrupt klammerten sich seine Gedanken an eine logische Erklärung: *Ich muß das Tal verlassen, weil ich Selador anrufen will! Die Leitungen im Tal sind unterbrochen, aber ich kann von Porterville aus anrufen – bevor ich wieder zurückfahre.*

Er fuhr nun ruhig dahin – in einer merkwürdigen Gefühlsleere. Selbst der Schmerz in seiner Schulter hatte nachgelassen.

Porterville tauchte aus dem Dunkel auf, und der Highway wurde zu einer breiten Hauptstraße. Vor einer Kneipe, die durchgehend geöffnet hatte, standen zwei Laster neben einem kleinen Kabriolett und dem grün-weißen Wagen des Sheriffs. Das rötliche Flimmern auf der gegenüberliegenden Straßenseite entpuppte sich als das Schild „Frenchys Saloon". Die Wagen am Rinnstein wirkten verbeult und rostig, und ihr Anblick deprimierte Dasein.

Er fuhr weiter und entdeckte eine einsame Telefonzelle unter einer

Straßenlaterne. Nebenan stand eine verdunkelte Shell-Station. Er fuhr an den Straßenrand und blieb neben der Telefonzelle stehen. Der Motor war heißgelaufen und ruckte noch eine Zeitlang, nachdem Dasein ihn abgestellt hatte. Dasein starrte einen Moment lang das Telefonhäuschen an. Dann stieg er aus.

Der Wagen des Sheriffs fuhr vorbei, und seine Scheinwerfer erhellten einen weißen Zaun hinter der Telefonzelle.

Dasein seufzte und betrat das Innere. Er mußte sich zwingen, den Anruf zu machen.

Und dann hörte er Seladors Stimme. „Gilbert? Sind Sie es, Gilbert? Sind die verdammten Leitungen endlich repariert?"

„Ich rufe von Porterville an, direkt außerhalb des Tales."

„Ist etwas schiefgelaufen, Gilbert?"

Dasein schluckte. Selbst auf die große Entfernung hin blieb Selador ein scharfer Beobachter. *Etwas schiefgelaufen?* Dasein schilderte kurz seine Unfälle.

Nach einer längeren Stille sagte Selador: „Das ist sehr eigenartig, Gilbert, aber ich verstehe nicht, weshalb Sie diese Ereignisse als etwas anderes als Unfälle betrachten. Bei dem Gas beispielsweise hat man sich sehr große Mühe gemacht, Sie zu retten. Und Ihr Sturz – wie hätte jemand ahnen können, daß Sie ausgerechnet nach dort oben gehen würden?"

„Ich wollte Ihnen ja nur Bescheid sagen", meinte Dasein. „Piaget ist der Ansicht, daß ich eine Anfälligkeit für solche Dinge habe."

„Piaget? Ach ja – der Doktor des Tales. Also, Gilbert, ich finde, der Mann ist nicht kompetent genug, um so etwas zu behaupten. Es ist schließlich nicht einmal erwiesen, daß es so ein Syndrom überhaupt gibt." Selador räusperte sich. „Sie glauben doch nicht im Ernst, daß diese Leute etwas gegen Sie im Schilde führen?"

Seladors Tonfall hatte eine besänftigende Wirkung auf Dasein. Er war natürlich im Recht. Hier, ein Stück vom Tal entfernt, sahen die Ereignisse der letzten vierundzwanzig Stunden ganz anders aus.

„Natürlich nicht!" sagte Dasein.

„Gut! Ich hielt Sie immer schon für einen kühlen Kopf, Gilbert. Allerdings könnte es sein, daß die Leute im Tal besonders sorglos sind. Unter diesen Umständen ist das Hotel ein gefährlicher Ort, und Sie sollten ausziehen."

„Wohin?" fragte Dasein.

„Es muß doch noch andere Unterkünfte geben."

War man im Hotel sorglos? fragte sich Dasein. Weshalb wurde dann sonst niemand verletzt? Ein gefährlicher Ort, ja – aber nur, weil er ein Teil des Tales war. Er pflichtete Selador nur ungern bei.

Und dann wurde ihm plötzlich klar, wie der lose Teppich als Falle funktionierte. Man hatte ihm einen Köder vorgesetzt – den Fernsehraum. Natürlich. Ein merkwürdiger Ort, der bestimmt seine Neugier weckte. Rund um den Köder hatte man mehrere Fallen ausgelegt, um ihn bestimmt zu fangen. Er fragte sich, welcher Falle er auf dem Dach entgangen war. Noch während er darüber nachdachte, fiel ihm ein, wie das Treppengeländer zerbrochen war.

„Sind Sie noch da, Gilbert?" Seladors Stimme drang dünn zu ihm durch.

„Ja – ich bin noch da."

Dasein nickte vor sich hin. Es war so herrlich einfach. Es beantwortete die vage Unsicherheit, die er wegen der Unfälle gehabt hatte. So einfach wie eine Kinderzeichnung an einer angelaufenen Scheibe – keine überflüssigen Linien, keine unnötigen Schnörkel. Köder und Fallen.

Noch während Dasein die Lösung erkannte, wußte er, daß Selador sie nicht akzeptieren würde. Sie klang nach Verfolgungswahn. Sie setzte Organisation voraus, das Zusammenspiel vieler Leute.

„Wollten Sie noch etwas, Gilbert? Wir verschwenden die teuren Minuten durch unnötiges Schweigen."

Dasein kam plötzlich zu sich. „Ja, Sir. Erinnern Sie sich an Piagets Artikel über die Bewohner von Santaroga und ihre Allergien?"

„Ja." Selador räusperte sich.

„Könnten Sie die Gesundheitsbehörde und die Landwirtschaftsabteilung darauf ansetzen? Vielleicht gibt es chemische Analysen der Farmprodukte von Santaroga – einschließlich des Käses."

„Gesundheitsbehörde – Landwirtschaft – Käse", murmelte Selador. Dasein konnte geradezu sehen, wie er sich die Notizen machte. „Sonst noch etwas?"

„Vielleicht. Kommen Sie an die Anwälte dieser Kaufhauskette heran?"

„Worauf wollen Sie hinaus, Gilbert?"

„Die Leute haben Häuser gemietet und ihre teuren Ladeneinrichtungen gebaut, bevor sie entdeckten, daß die Bewohner von Santaroga nicht bei ihnen kauften. Ist darin ein System zu erkennen? Locken die Grundstücksmakler von Santaroga unachtsame Fremde in die Falle?"

„Ich verstehe", sagte Selador. „Verschwörung in betrügerischer Absicht. Aber ich glaube, Gilbert, daß man auf diesem Gebiet bereits vergeblich nachgeforscht hat."

Seladors sonst so scharfe Stimme klang verwischt. Vielleicht war er müde.

„Wahrscheinlich", meinte Gilbert. „Aber es wäre ganz gut, wenn ich über die Meinung der Firmenanwälte Bescheid wüßte. Vielleicht gibt mir das einige neue Hinweise."

„Also gut. Übrigens, Gilbert, wann wollen Sie mir eine Abschrift Ihrer Notizen schicken?"

„Ich könnte einige Durchschläge noch heute in Porterville aufgeben."

„Morgen genügt auch noch. Es wird ziemlich spät, und . . ."

„Nein, Sir. Ich traue den Postbeamten von Santaroga nicht."

„Weshalb?"

Dasein erzählte, wie sich Jenny über die alten Klatschweiber des Postamts geärgert hatte. Selador lachte.

„Das scheinen ja wirklich Hexen zu sein. Gibt es denn keine Gesetze gegen das unbefugte Öffnen von Post? Aber ich verstehe schon – ein entschlossenes Volk und so fort. Hoffentlich haben Sie Miß Sorge in guter Verfassung angetroffen."

„Sie ist schön wie eh und je", sagte Dasein leichthin. Er wurde plötzlich stutzig. Miß Sorge, hatte Selador ohne Zögern gesagt. Für ihn stand es fest, daß sie nicht verheiratet war.

„Wir untersuchen gerade die Sache mit den Benzinlieferungen", begann Selador wieder. „Bis jetzt hat sich noch nichts ergeben. Passen Sie gut auf sich auf, Gilbert. Ich möchte nicht, daß Ihnen etwas zustößt."

„Da bin ich ganz Ihrer Meinung."

„Also dann, auf Wiederhören." Seladors Stimme klang zögernd. Ein Klicken, und dann war die Verbindung unterbrochen.

Dasein legte auf und drehte sich um, als er ein Geräusch hinter sich hörte. Der Wagen des Sheriffs hielt in der dunklen Tankstelle. Eine Taschenlampe schien Dasein ins Gesicht. Er hörte, wie sich eine Autotür öffnete und Schritte näher kamen.

„Verdammt noch mal, weshalb blenden Sie mich?“ schimpfte Dasein.

Die Taschenlampe wurde gesenkt. Er sah eine mächtige Gestalt vor der Telefonzelle stehen. Der Sheriffstern glänzte an der Uniformjacke.

„Stimmt etwas nicht?“ Es war eine merkwürdig helle Stimme, die von diesem Bullen von Mann kam.

Dasein trat ins Freie, immer noch wütend, daß man ihn einfach geblendet hatte.

„Was soll denn nicht stimmen?“

„Ihr verdammten Santaroger“, knurrte der Mann. „Muß schon etwas sehr Wichtiges sein, wenn einer von euch zum Telefonieren herüberkommt.“

Dasein wollte protestieren, sagen, daß er nicht aus Santaroga stammte, aber er schwieg, weil plötzlich eine Flut von Fragen auf ihn einströmte. Weshalb glaubten Fremde, daß er von Santaroga käme? Erst der Dicke mit seinem Chrysler und nun der Sheriff! Wodurch erkannte man die Bewohner des Tales?

„Wenn Sie fertig sind, fahren Sie besser wieder heim“, meinte der Polizeibeamte. „Können nicht die ganze Nacht hier parken.“

Dasein fiel plötzlich ein, daß seine Benzinanzeige nicht stimmte und auch auf leer zeigte, wenn der Tank fast voll war. Würden sie ihm glauben, daß er warten mußte, bis die Tankstelle wieder öffnete? Aber angenommen, sie weckten einen Tankwart, und sein Wagen faßte nur ein paar Liter?

Weshalb überlege ich mir eigentlich solche dämlichen Schwindeleien? fragte sich Dasein. Ihm kam der Gedanke, daß er nicht gern nach Santaroga zurückkehrte. Weshalb? Wurde er zum Santaroger, wenn er im Tal lebte?

„Sie tragen ja einen tollen Verband“, sagte der Sheriff. „Unfall?“

„Nichts Besonderes“, meinte Dasein. „Bänderzerrung.“

„Also dann, gute Nacht“, sagte der Sheriff. „Fahren Sie langsam.“ Er ging zum Wagen zurück und sagte leise etwas zu seinem Begleiter. Sie grinsten. Der Wagen fuhr langsam aus der Tankstelle.

Sie hielten mich für einen Bewohner von Santaroga, überlegte Dasein, und er dachte über die Reaktionen nach, die diesen Irrtum begleitet hatten. Seine Anwesenheit hatte sie gestört, doch sie waren zurückhaltend geblieben – so, als hätten sie Angst vor ihm.

Dasein war durch den Vorfall beunruhigt, wenn er sich seine Beunruhigung auch nicht erklären konnte. Er kletterte in seinen Wagen und startete wieder in Richtung Santaroga. Weshalb hatten sie ihn für einen Santaroger gehalten? Diese Frage quälte ihn.

Eine Rinne in der Straße ließ ihm den Schmerz in seiner Schulter wieder zu Bewußtsein kommen. Doch sein Verstand arbeitete scharf und klar, und das verwunderte ihn. Er dachte darüber nach, als er dahinfuhr.

Der Weg zog sich endlos dahin. Lose Bilder drangen in seine Gedanken ein. Ihre Bedeutung entging ihm.

Höhle . . . humpelnder Mann . . . Feuer . . .

Was für eine Höhle? fragte er sich. Wo habe ich einen humpelnden Mann gesehen? Welches Feuer? Ist es das Feuer, das die Telefonleitungen zerstörte?

Er hatte plötzlich den Eindruck, daß er der Humpelnde war. Was Feuer und Höhle bedeuteten, konnte er nicht klären. Dasein spürte, daß er nicht logisch dachte, sondern in alten Gedanken kramte. Bilder – Gegenstände tauchten vor seinem inneren Auge auf: *Wagen.* Er sah Jersey Hofstedders polierten alten Wagen. *Zaun.* Er sah den Drahtmaschenzaun um das Gebiet der Genossenschaft. *Schatten.* Er sah körperlose Schatten.

Was geht in mir vor?

Er spürte, daß er vor Hunger zitterte. Schweiß stand auf seiner Stirn und den Wangen. Er spürte ihn auf den Lippen. Dasein öffnete das Fenster und ließ sich den kalten Fahrtwind ins Gesicht peitschen.

An der Ausweichstelle, an der er am Abend zuvor angehalten hatte, blieb er auch diesmal stehen. Er schaltete Motor und Scheinwerfer aus. Die Wolken waren fort, und ein Silbermond hing über dem Horizont. Er starrte ins Tal hinunter – weit auseinanderstehende Lichter, ein blaugrüner Schein von den Gewächshäusern weit zur Linken und das geschäftige Treiben von der Genossenschaft zur Rechten.

Hier oben fühlte sich Dasein isoliert von diesen Dingen. Dunkelheit umschloß ihn. Höhle? fragte er sich. Jaspers?

Sein Körper hatte ein sonderbar sprunghaftes Verhalten. In seiner Schulter hämmerte etwas. Auch in seiner linken Lunge saß ein Schmerz. Ihm wurde bewußt, daß eine Sehne am linken Knöchel schwach war, auch wenn er nichts spürte.

Ein Bild der Karte in George Nis' Büro kam ihm in den Sinn und verschwand wieder. Er fühlte sich besessen. Etwas hatte die Kontrolle seines Körpers übernommen. Ein altmodischer, erschreckender Gedanke. Wahnsinn. Er faßte mit beiden Händen nach dem Lenkrad, stellte sich vor, daß es sich zu winden begann, riß die Hände weg.

Seine Kehle war trocken.

Dasein zählte seinen Pulsschlag und starrte dabei auf die grünen Leuchtziffern der Uhr. Der Sekundenzeiger schien zu springen. Entweder das, oder sein Puls war schnell und unregelmäßig. Etwas verzerrte seinen Zeitsinn.

Hat man mich vergiftet? War irgend etwas in Piagets Abendessen? Leichengift?

Das schwarze Tal wölbte sich wie eine Hand, die ihn packen und zu sich hinunterziehen wollte. Jaspers, dachte er, Jaspers. Was bedeutete es eigentlich?

Er spürte die Einheit, die Geschlossenheit, die von der Genossenschaft ausstrahlte. Er stellte sich vor, daß da draußen im Dunkel etwas lauerte und am Rand des Bewußtseins schwebte.

Dasein legte die Hand auf den Nebensitz. Seine Finger tasteten über die Mappe mit den Notizen und Unterlagen – alles Dinge, die ihm bestätigten, daß er Wissenschaftler war. Er versuchte sich an diesen Gedanken zu klammern.

Ich bin Wissenschaftler. Tante Nora hätte mein Unbehagen als Hypochondrie bezeichnet und mir eine Tasse Kamillentee gegeben.

Was der Wissenschaftler tun mußte, war Dasein klar. Er mußte vorsichtig in die Welt von Santaroga eindringen, sich einen Platz in ihrer Einheit erobern, eine Zeitlang ihr Leben leben, ihre Gedanken denken. Es war der einzige Weg, das Geheimnis des Tales zu enträtseln. Es gab eine Santaroga-Weltanschauung. Er mußte sie überstreifen wie ein neues Hemd und seinem Verständnis anpassen.

Dieser Gedanke brachte das Gefühl mit sich, daß etwas in sein innerstes Bewußtsein eindrang. Er spürte, daß sich da drinnen ein Wesen erhoben hatte und ihn untersuchte. Es erfüllte sein ganzes Unterbewußtsein, drängend, rastlos, neugierig – nur als undeutlich verwischter Schatten wahrzunehmen und doch Wirklichkeit. Es bewegte sich in ihm, etwas Schweres, blind Umhertappendes.

Das Gefühl verging. Als es weg war, befand sich eine solche Leere in Dasein, daß er mit einemmal den Begriff der Leere in all seinen

Konsequenzen verstand. Er war ein schwebendes Blatt, verloren in einem endlosen Meer, voller Angst vor jedem Strudel und jeder Strömung, die ihn erfaßten.

Er wußte, daß er Bilder übertrug. Er hatte Angst, zurück ins Tal zu gehen, aber auch Angst fortzulaufen. *Jaspers.*

Dasein wußte, daß er noch etwas tun mußte. Wieder stellte er sich die Karte im Büro von George Nis vor, die schwarzen Flußlinien, das Gangliennetz.

Höhle.

Er zuckte zusammen und starrte auf die ferne Geschäftigkeit der Genossenschaft hinunter. Was verbarg sich dort hinter dem Drahtmaschenzaun, den bewachten Toren, den Hunden und dem umherstreifenden Gelände-Buggy?

Es gab eine Möglichkeit, diese Frage zu beantworten.

Die einzige Waffe, die er im Werkzeugkasten finden konnte, war ein rostiges Jagdmesser in einer schimmeligen Hülle. Er steckte die Scheide mit der gesunden Hand in den Gürtel und kam sich dabei ziemlich albern vor. Doch er wurde das Gefühl einer drohenden Gefahr nicht los. Er entdeckte noch eine Taschenlampe und schob sie ein. Die Bewegung schickte einen neuen Schmerz durch seine Schulter. Dasein biß die Zähne zusammen und stieg aus. Er sagte sich, daß er im Notfall geltend machen konnte, der Schmerz habe seine Gedanken verwirrt.

Ein schmaler Wildpfad führte vom Ende des Schutzgeländers den Hügel hinunter. Dasein tastete sich den Pfad entlang, bis er in die dunklen Schatten von Sträuchern eintauchte. Dornen zerrten an seinen Kleidern. Der Mond und die rege Tätigkeit in der Genossenschaft wiesen ihm den Weg. Dasein war sich im klaren darüber, daß das Geheimnis von Santaroga hinter jenem Zaun lag.

Einmal stolperte er und rutschte über einen Abhang in ein trockenes Bachbett. Er folgte seinem Lauf und kam auf einer winzigen Schwemmebene heraus, die ihm einen guten Ausblick auf die Genossenschaft und das dahinterliegende, vom Mondlicht erhellte Tal bot. Zweimal scheuchte er Wild auf, das erschreckt im Dunkel verschwand. In den Gebüschen raschelte und wisperte es, wenn er sich näherte.

Er fand wieder einen schmalen Pfad und kam schließlich zu einem Felsvorsprung, etwa tausend Meter vom Zaun der Genossenschaft entfernt und hundertfünfzig Meter darüber. Dasein setzte sich, um wieder zu Atem zu kommen. In der plötzlichen Stille hörte er irgendwo zu seiner Rechten einen starken Motor. Ein Scheinwerfer stach in den Himmel. Dasein kroch zu einem niedrigen Gebüsch und duckte sich darunter.

Das Motorgeräusch wurde lauter, immer lauter. Riesige Räder zeigten sich im Sternenlicht auf einem Hang über ihm. Der Scheinwerfer suchte die Gegend ab.

Dasein erkannte den monströsen Gelände-Buggy. Er war gute fünfzig Meter von ihm entfernt. Er fühlte sich nackt und erkannt. Ein winziger Blätterschirm legte sich zwischen ihn und die Alptraummaschine. Das Licht spielte auf den Blättern.

Da haben wir es, dachte er. Er kommt den Hügel herunter und direkt auf mich zu.

Das Motorgeräusch war gedämpfter geworden, als der Buggy anhielt und die Umgebung absuchte. Er war so nahe, daß Dasein einen der Hunde winseln hörte. Jetzt erst erinnerte er sich an Mardens Begleiter.

Sie werden mich wittern, dachte er. Er rollte sich so eng wie möglich zusammen. Der Motor wurde auf einmal wieder lauter.

Dasein zupfte einen Zweig zur Seite und wagte einen Blick ins Freie. Er bereitete sich auf die Flucht vor. Aber das große Gefährt wandte sich ab und fuhr den Hang wieder hinauf. Es rollte über eine Hügelkette, und dann wurden der Lärm und das Licht schwächer.

Als der Buggy endgültig fort war, brauchte Dasein eine Zeitlang, bis er sich beruhigt hatte. Dann kroch er bis zum Rand des Felsvorsprungs. Er erkannte mit einemmal, weshalb das Gefährt nicht bis zu ihm vorgedrungen war. Hier befand sich eine Sackgasse. Es führte kein Weg nach unten. Wahrscheinlich mußte er nun den Hang hinaufklettern und sich weiter oben einen Pfad suchen.

Er wollte sich gerade umdrehen, als sein Blick auf eine dunkle Spalte im Felsen fiel. Er ging hin und sah in die dunkle Tiefe. Es handelte sich um einen Felskamin, der glatt nach unten führte und an keiner Stelle breiter als einen Meter zu sein schien. Und – was Dasein noch wichtiger erschien – er konnte im Mondlicht weiter unten einen Wildpfad entdecken.

Dasein ließ die Beine über den Rand der Felsspalte baumeln und bedachte das Problem. Die verletzte Schulter ließ ihn zögern.

Andernfalls hätte er sich sofort mit Rücken und Füßen in die Wand gestemmt und sich nach unten gearbeitet. Gefährlich, ja – aber solche Klettertouren hatte er schon oft genug unternommen und zumeist in wilderen Gebirgsgegenden. Der Kamin führte höchstens fünfzehn Meter in die Tiefe, wo er in einen weiteren Felshang überging.

Noch während er überlegte, ob er es wagen sollte, fiel ihm ein, daß er vergessen hatte, die Notizen an Selador abzuschicken. Es war wie ein eisiger Wasserguß ins Gesicht. Er hatte das Gefühl, daß ihn sein eigener Körper betrog.

Wie konnte ich das vergessen! In seinen Gedanken waren Ärger – und Angst. Seine Handflächen fühlten sich klebrig an. Er warf einen Blick auf die Leuchtzeiger seiner Uhr: Es war fast Mitternacht. Der Wunsch umzukehren wurde übermächtig.

Er schüttelte wütend den Kopf.

Es gab kein Zurück. Er mußte jetzt nach unten gehen, sich irgendwie Zutritt zum Gelände der Genossenschaft verschaffen und ihre Geheimnisse bloßlegen. Energisch ließ er sich in den Kamin gleiten. Er arbeitete sich in die Tiefe. Bei jeder Bewegung seines Rückens spürte er einen Stich in der Schulter. Er biß die Zähne zusammen und drang weiter in die Dunkelheit vor. Der harte Fels scheuerte an seinem Rücken. Einmal rutschte sein rechter Fuß ab, und er hatte alle Mühe, das Gleichgewicht zu halten. Als er endlich am Ende angelangt war, schlitterte er mit einem Haufen losen Gerölls den Schräghang hinunter und landete auf dem Wildpfad, den er von oben entdeckt hatte.

Dasein blieb einen Moment lang liegen und schöpfte Atem. Er wartete, bis das Feuer in seiner Schulter zu einem dumpfen Schmerz herabgesunken war. Dann kämpfte er sich hoch und folgte dem Weg. Durch ein dichtes Gebüsch kam er an eine schräg abfallende Wiese, in der hier und da dunkle Eichen aufragten. Das Mondlicht spielte auf der Einzäunung hinter der Wiese. Da war sie also, die Grenze der Genossenschaft. Er überlegte, ob er den Zaun mit einer Hand überklettern konnte. Es wäre zu dumm, so kurz vor dem Ziel auf ein unüberwindliches Hindernis zu stoßen.

Während er dastand und den Zaun jenseits der Wiese prüfend ansah, hörte er ein leises Surren. Es schien von rechts zu kommen. Seine Augen durchdrangen das Dunkel, suchten nach der Ursache dieses Geräusches. War das ein metallisches Glänzen, etwas Rundes, das in der Wiese auftauchte? Er duckte sich in das trockene Gras. Rund um ihn roch es nach Pilzen. Jaspers! Abrupt erkannte er den Geruch. Dasein dämmerte es, daß er einen Ventilator anstarrte.

Ein Ventilator! Er stand auf und ging auf das Surren zu. Es konnte kein Zweifel daran bestehen. Das Geräusch war ebenso eindeutig wie die Jaspers-gesättigte Luft, die ihn umgab. Unter der Erde war ein riesiges Gebläse an der Arbeit.

Dasein blieb am Ventilatorausgang stehen. Er ragte einen guten Meter aus der Erde und wurde von einem kegelförmigen Regendach geschützt. Auch der Durchmesser betrug mehr als einen Meter. Dasein wollte schon die Befestigungen des Regendaches untersuchen, als er vom Zaun her ein Schnüffeln und das Knacken von Büschen hörte. Er duckte sich hinter den Ventilator, als zwei uniformierte Wachtposten aus den Büschen auftauchten. Die Hunde, die sie an der Leine führten, schnüffelten eifrig umher.

Wenn sie meinen Geruch in die Nase bekommen! dachte Dasein.

Er öffnete den Mund und atmete so leise wie möglich. Etwas kratzte ihn im Hals. Er wollte husten oder sich räuspern und konnte den Impuls nur mühsam unterdrücken. Die Wächter waren direkt unter ihm stehengeblieben.

Ein grelles Licht spielte über den Ventilator und erhellte den Boden zu beiden Seiten. Einer der Hunde winselte. Ein Rascheln, der scharfe Befehl von einem der Wachtposten.

Dasein hielt den Atem an.

Wieder raschelte etwas. Die Wächter und die Hunde gingen am Zaun entlang weiter. Sie suchten den Boden um den Zaun nach Fußspuren ab. Einer der Posten lachte. Dasein spürte eine leichte Brise an den Wangen und merkte, daß sein Geruch den Hunden nicht zugetragen werden konnte. Etwas ratterte. Einer der Männer fuhr mit einem Stöckchen am Gitterzaun entlang.

Die lässige Art der Wächter beruhigte ihn ein wenig. Er holte tief Atem. Sie kamen nun an die nächste Hügelkuppe, und dann hatte die Nacht sie verschluckt.

Dasein wartete, bis er sie nicht mehr hören konnte. Erst dann richtete er sich auf. Sein linkes Knie zitterte, und es dauerte eine Zeitlang, bis es wieder in Ordnung war.

Wächter, Hunde, der große Gelände-Buggy – alles deutete darauf hin, daß hier bedeutende Dinge geschahen. Dasein nickte vor sich hin und begann den Ventilator zu untersuchen. Unter dem Schutzdach war eine schwere Blende. Er wagte es, kurz die Taschenlampe aufleuchten zu lassen. Dach und Abschirmung waren zusammengeschweißt und mit schweren Metallschrauben am Ventilator befestigt.

Dasein holte sein Jagdmesser heraus, steckte die Klinge in den Schraubenschlitz. Metall knirschte auf Metall, als er sie herumdrehte. Er unterbrach sich und horchte. Aber er nahm nur die Geräusche der Nacht auf. Irgendwo in den Büschen über ihm rief ein Käuzchen. Dasein wandte sich wieder der Schraube zu. Er löste sie und steckte sie ein. Dann ging er zur nächsten.

Als er die letzte der vier Schrauben entfernt hatte, ruckte er an der Abschirmung. Sie gab mit einem metallischen Kreischen nach. Er leuchtete mit der Lampe ins Innere und entdeckte glatte Metallwände, die etwa fünf Meter in die Tiefe führten.

Dasein legte das Dach in seine ursprüngliche Stellung zurück und holte sich von einer der Eichen, die in der Nähe standen, einen dicken Ast. Mit diesem stützte er die Abschirmung und ließ noch einmal das Licht der Taschenlampe in die Tiefe gleiten.

Er würde zwei Hände brauchen, um da hineinzukommen, stellte er fest. Eine andere Möglichkeit gab es nicht. Mit zusammengebissenen Zähnen entfernte er die Schlinge und schob sie in die Tasche. Auch ohne die Schlinge war der Arm kaum zu gebrauchen, das war ihm klar. Aber im Notfall . . . Er tastete den Rand des Ventilators ab – scharfes, rohes Metall. *Die Schlinge!* Er holte sie heraus und legte sie zu einem Ball zusammen, den er unter seine Handflächen schob. Dann zog er sich über den Rand der Öffnung. Die Schlinge rutschte weg, und er spürte die scharfe Metallkante in der Magengrube. Von seinem Hemd sprangen Knöpfe ab und klapperten in die Tiefe. Seine gesunde Hand erwischte ein Stückchen Schlinge und klammerte sich daran fest. Dann ließ er sich fallen. Seine Schulter brannte wie Feuer, als er die Füße in die gegenüberliegende Wand stemmte. Aber er schaffte es. Er holte das Messer aus der Hülle und stieß den Eichenast zur Seite. Abschirmung und Regendach fielen mit einem Dröhnen auf den Ventilator, das man sicher im Umkreis von einem Kilometer gehört hatte. Er wartete und horchte. Stille.

Langsam arbeitete er sich nach unten. Und dann hatte er den Knick erreicht. Er streckte sich und knipste die Lampe an. Der Ventilator führte in einer Neigung von etwa zwanzig Grad in den Berg. Dasein spürte etwas Weiches unter seinem Fuß. Er bückte sich. Es war die Schlinge. Jetzt erst bemerkte er, daß er sich am scharfen Rand des Ventilatoreingangs die Haut aufgeschnitten hatte. Sein Hemd war klebrig feucht. Aber die Schmerzen waren nichts im Vergleich zu denen in seiner verletzten Schulter.

Ich bin in einer dummen Lage, dachte er. Was, zum Teufel, suche ich eigentlich hier?

Die Antwort kam klar und beruhigend: Er war hier, weil ihn jemand in diese Ventilatorfalle manövriert hatte, aus der es kein Entkommen gab.

Dasein hob die Schlinge auf. Sie war zerrissen, aber immer noch brauchbar. Er verknotete sie und streifte sie über die Schulter.

Es gab nur einen Weg. Er ließ sich auf die Knie fallen und kroch rückwärts in die Ventilatorröhre. Hin und wieder schaltete er die Taschenlampe ein, um sich zu orientieren.

Der Geruch von Jaspers erfüllte den engen Raum. Hier hatte er deutliche Ähnlichkeit mit dem von Pilzen. Und Dasein wurde das Gefühl nicht los, daß er hier klarer denken konnte.

Die Röhre streckte sich endlos hin. Er schob sich Schritt für Schritt hinunter. Allmählich wurde die Neigung steiler. Er hatte den Eindruck, daß die Röhre in südlicher Richtung verlief. Einmal rutschte er aus und glitt ein paar Meter in die Tiefe, wobei er sich den Daumen an einem Niet aufriß. Er konnte es nicht mit Bestimmtheit sagen, aber er hatte das Gefühl, daß der Ventilator jetzt lauter surrte.

Wieder machte die Röhre einen Knick und wieder. Dasein verlor in der engen Dunkelheit jeglichen Richtungssinn. Weshalb hatten sie den Ventilator mit so vielen Windungen konstruiert? Hatten sie eine natürliche Spalte im Felsen ausgenützt? Das war eine Möglichkeit.

Sein linker Fuß hatte plötzlich keinen Halt mehr.

Dasein hielt an und schaltete die Lampe ein. Ihr schwacher Schein beleuchtete eine flache Metallwand in zwei Meter Entfernung. Zwischen ihm und der Wand ging ein viereckiger Schatten in die Tiefe. Er richtete das Licht nach unten. Eine kastenförmige Vertiefung von anderthalb Metern zeigte sich. Sie hatte an einer Seite ein starkes Abschirmgitter. Dasein hielt sich daran fest und stieg in die Grube. Das Motorengeräusch war deutlich hinter dem Gitter zu hören. Einen

Moment lang untersuchte Dasein seine Umgebung. Die Wand gegenüber dem Gitter wirkte anders als die übrigen. Sechs Rundkopfbolzen in Schutzringen saßen im Metall, so als seien sie von der anderen Seite der Wand her mit Muttern festgezogen.

Dasein stemmte einen der Schutzringe mit dem Messer hoch und drehte am Bolzen. Er bewegte sich leicht, zu leicht. Auf der anderen Seite hörte man die Mutter zu Boden klirren. Er wartete und horchte. Nichts rührte sich.

Dasein sah durch das Bolzenloch in ein düsteres rötliches Licht. Als sich sein Auge daran gewöhnt hatte, erkannte er den Teil eines schweren Schutzgitters, hinter dem Päckchen aufgestapelt waren.

Er zog sich zurück. Nun ja, Nis hatte gesagt, daß es eine Vorratshöhle gab.

Dasein kümmerte sich um die übrigen Bolzen. Er entfernte alle bis auf den letzten in der oberen rechten Ecke. Dann bog er das Metall nach außen und drehte es zur Seite. Direkt unter ihm befand sich eine hölzerne Laufplanke, auf der drei Flügelmuttern lagen. Er bückte sich und hob sie auf. Die anderen beiden waren wohl durch die Bretter gefallen. Dasein sah sich um und nahm alle Einzelheiten genau auf.

Es war eine Höhle, die in einem schwach rötlichen Licht schimmerte. Das Licht kam von Ampeln unter der Laufplanke und darüber, und es warf riesige Schatten auf eine Felswand hinter dem Ventilatorbord. In der Wand waren viereckige Öffnungen, vollgestopft mit Paketen. Irgendwie wurde Dasein an einen großen Gefrierschrank erinnert.

Und alles war eingehüllt von dem intensiven Jaspersgeruch.

Ein Schild rechts von der Laufplanke bezeichnete dieses Gebiet als ABTEILUNG 21, D1-J5.

Dasein wandte seine Aufmerksamkeit dem Ventilator zu. Er rückte drei der fünf Bolzen wieder an ihren Platz und drückte die Deckplatte zurecht. Es blieb zwar eine Schramme an der Stelle, wo er das Metall aufgebogen hatte, aber bei einer oberflächlichen Inspektion würde man sie kaum bemerken.

Er sah die Laufplanke entlang. Wie konnte er die Abteile öffnen und ihren Inhalt studieren? Das erste Viereck, das er untersuchte, hatte gar keine Tür! Das beunruhigte Dasein. Irgendwo mußte doch eine Tür sein.

Er trat zurück und betrachtete die Anordnung der Abteile. Dann, als er die Lösung erkannte, keuchte er. Die Schutzgitter wurden einfach in hölzernen Laufrinnen vor die Öffnungen geschoben – und sie waren nicht versperrt. Einfache Haken sicherten sie.

Dasein öffnete eines der Abteile und holte einen kleinen Karton heraus. Auf einem Schild stand: TANTE BERENS KRABBENÄPFEL. AUSG. APRIL 55. Er legte es zurück und nahm ein salamiähnliches Ding heraus. Die Beschriftung lautete: LIMBURGER, AUSGESETZT 1929. Dasein legte das Paket wieder ins Fach und verschloß es.

Ausgesetzt?

Systematisch kramte Dasein alle Fächer von Abteil 21 durch und entnahm jedem ein oder zwei Muster. Meist stand „Ausg." mit irgendeinem Datum darauf. Nur bei den älteren Paketen war „ausgesetzt" ausgeschrieben.

Ausgesetzt. Daseins Gedanken rasten. Welcher Substanz ausgesetzt?

Das Geräusch von Schritten auf der unteren Laufplanke ließ Dasein zusammenzucken. Seine Muskeln waren angespannt. Er hörte, wie ein Schutzgitter zur Seite geschoben wurde.

Vorsichtig entfernte sich Dasein von den Geräuschen. Er kam an eine provisorische Treppe, die nach oben und unten führte. Er zögerte. Er hatte keine Ahnung, ob er tiefer in den Höhlenkomplex eindringen oder ihn verlassen sollte. Über ihm war noch eine Laufplanke, und darüber zeigte sich schwach eine Felsendecke. Unter ihm befanden sich mindestens drei Reihen von Laufplanken.

Er beschloß, nach oben zu gehen, und sah sich vorsichtig nach beiden Seiten um, bevor er die höhere Planke betrat. Leer.

Diese Etage war bis auf die Felsenkante wie die darunterliegende. Der Fels erinnerte an Granit, doch war er mit öligbraunen Adern durchzogen.

So leise wie möglich kletterte Dasein auf die Planke und ging zurück in Richtung des Ventilators. Er horchte auf die Bewegungen des Neuankömmlings.

Jemand pfiff vor sich hin, eine idiotische Melodie, die sich endlos wiederholte. Dasein preßte sich mit dem Rücken gegen die Wand und sah durch die Ritzen der Holzplanke in die Tiefe. Er hörte ein Kratzen von Holz gegen Holz. Das Pfeifen verstummte.

Dort unten war also vermutlich ein Ausgang.

Er hatte den anderen zwar gehört, aber nicht gesehen. Vielleicht galt das auch umgekehrt.

Mit vorsichtigen Bewegungen ging Dasein über die Laufplanke. Er kam an einen Querkorridor und sah sich um. Leer. Auf der linken Seite war die Dunkelheit stärker.

Dasein fiel ein, daß er sich bis zu diesem Augenblick noch keine Gedanken darüber gemacht hatte, wie er den Höhlenkomplex verlassen sollte. Er war zu sehr damit beschäftigt gewesen, das Geheimnis zu erforschen. Aber das Geheimnis blieb – und da stand er nun.

Ich kann doch nicht einfach ins Freie marschieren, dachte er. Oder doch? Was würden sie mit mir anfangen?

Seine schmerzende Schulter, die Erinnerung an das ausströmende Gas, der Unfalltod seiner beiden Vorgänger – das alles waren Antworten auf seine Frage.

Unter ihm schlug Holz gegen Holz. Schritte klangen auf. Es waren zumindest zwei Personen. Sie liefen über die Planken. Direkt unter ihm blieben sie stehen. Er hörte eine leise, kaum verständliche Unterhaltung. Es klang, als würden Anweisungen gegeben. Dasein verstand nur drei Wörter: „Zurück . . . fort . . . Ventilator . . .“

Das letzte Wort ließ ihn zusammenzucken. Er lief auf Zehenspitzen in den dunklen Seitenweg zu seiner Linken.

„. . . Ventilator . . .“ Ein Mann direkt unter ihm hatte laut und deutlich „Ventilator“ gesagt.

Die Schritte waren jetzt aus verschiedenen Richtungen zu hören. Dasein suchte verzweifelt nach einem Versteck. Irgendwo weiter unten summten Maschinen. Die Laufplanke bog nach links ab, und er sah, daß die Höhlenwände hier zusammenliefen – weiter unten waren weniger Planken, und die Öffnungen in den Wänden wurden kleiner.

Er erkannte, daß er in eine Sackgasse geraten war. Dennoch, er konnte immer noch das Summen von Maschinen vor sich hören.

Die Laufplanke endete an einer Reihe von hölzernen Stufen, die in die Tiefe führten. Er hatte keine Wahl. Hinter sich konnte er schnelle Schritte hören.

Dasein ging hinunter.

Die Treppe führte nach links in eine Felsenpassage – ohne Öffnungen in den Wänden. Zu seiner Rechten befand sich eine Tür mit Luftschlitzen, und dahinter konnte er das laute Surren eines elektrischen Motors hören. Sein Verfolger war am oberen Ende der Treppe angelangt.

Dasein öffnete die Tür, schlüpfte ins Innere und schloß sie wieder. Er befand sich in einer rechteckigen Kammer. Eine Reihe von großen Elektromotoren säumten die linke Wand. Sie gingen in runde Metallröhren über, an deren Enden Ventilatoren summten. Die gegenüberliegende Wand war ein einziges riesiges Metallgitter, und er spürte, daß von dort aus Luft in die Ventilatoren gesogen wurde.

An der rechten Wand waren Kartons, Säcke und Kisten gestapelt. Zwischen dem Stapel und der Decke befand sich eine Nische, und da oben sah es dunkel aus. Dasein kletterte hinauf und fiel beinahe in einen Hohlraum zwischen Kisten und Säcken, der von außen geschickt kaschiert war. Er ließ sich in das Loch gleiten und bemerkte eine Decke unter seinen Füßen. Seine Hände spürten etwas Metallisches – eine Taschenlampe.

Die Tür wurde aufgerissen. Schritte klangen auf. Jemand kletterte am anderen Ende des Stapels hoch, und Dasein hörte eine weibliche Stimme: „Da oben ist nichts."

Irgendwie kam ihm die Stimme bekannt vor. Er hatte sie bestimmt schon einmal gehört.

Ein Mann fragte: „Weshalb bist du hier entlang gelaufen? Hast du etwas gehört?"

„Ich war nicht ganz sicher", erwiderte die Frau.

„Weißt du auch ganz bestimmt, daß sich niemand da oben versteckt hat?"

„Sieh doch selbst nach."

„Ach, verdammt, ich wollte, wir könnten hier normales Licht anknipsen."

„Jetzt sei aber vernünftig!"

„Laß mich doch zufrieden! Himmel, muß diese Jenny ausgerechnet mit einem Fremden anbändeln!"

„Jenny geht dich gar nichts an. Sie weiß genau, was sie tut."

„Wahrscheinlich, aber für uns bedeutet es eine Menge blöder Extraarbeit. Du weißt, was los ist, wenn wir ihn nicht bald finden."

„Also beeilen wir uns." Sie gingen hinaus und schlossen die Tür.

Dasein lag ruhig da und ließ sich ihre Worte durch den Kopf gehen. Jenny wußte also, was sie tat? Was würde geschehen, wenn sie ihn nicht fanden?

Es war ein herrliches Gefühl, sich auf den Decken auszustrecken. Seine Schulter schmerzte beharrlich. Er nahm die Taschenlampe, die er gefunden hatte, und schaltete sie ein. Das Ding leuchtete rötlich auf. Er sah ein richtiges kleines Nest – Decken, ein Kissen, eine Wasserflasche. Er trank etwas von dem Wasser und spürte den schweren Jaspers-Geschmack.

Wahrscheinlich schmeckte alles in der Höhle danach.

Plötzlich begann er zu zittern. Der Schraubverschluß der Flasche klirrte, als er ihn wieder befestigte. Als der Anfall vorbei war, starrte er die Flasche an. Alles in der Höhle schmeckte nach Jaspers! Das war es! Ausgesetzt!

Irgend etwas, das in dieser Höhle existieren konnte – ein Schimmel oder sonstiger Pilz, irgend etwas, das man nicht verpflanzen konnte –, durchzog alles, was dieser Umgebung ausgesetzt war.

Aber weshalb war es so wichtig, diese Tatsache geheimzuhalten? Weshalb die Hunde und Wächter? Er hörte, wie sich die Tür öffnete und wieder schloß, und knipste die Lampe aus. Jemand lief leicht über den Felsboden und blieb unter ihm stehen.

„Gilbert Dasein!" zischelte eine Stimme.

Dasein versteifte sich.

„Ich bin Willa Burdeaux", zischelte die Stimme. „Jennys Freundin. Ich weiß, daß Sie da oben sind, in dem Nest, das Cal für uns beide gemacht hat. Hören Sie jetzt gut zu! Arnulf wird gleich wieder zurück sein, und ich muß vorher weg von hier. Sie haben nicht viel Zeit. Es ist zuviel Jaspers im Raum für jemand, der es nicht gewohnt ist. Sie atmen das Zeug ein, und es dringt in Ihre Poren."

Was soll das, zum Teufel? dachte Dasein.

Er kletterte aus der Nische, beugte sich hinunter und sah in Willa Burdeaux' dunkles, hartes Gesicht.

„Weshalb kann ich nicht hierbleiben?" fragte er.

„Hat Ihnen denn Jenny überhaupt nichts erklärt?" flüsterte sie. „Na, jetzt haben wir keine Zeit dazu. Sie müssen weg von hier. Haben Sie eine Uhr?"

„Ja, aber . . ."

„Hören Sie zu! Geben Sie mir eine Viertelstunde Zeit, damit ich Arnulf loswerde. Er ist ein Pedant. In einer Viertelstunde verlassen Sie diesen Raum. Gehen Sie dahin, wo Sie herkamen, aber nehmen Sie die Treppe nach unten. Dann gehen Sie den zweiten Querweg links,

und von da an halten Sie sich wieder nach links. Es ist ganz leicht zu merken. Immer nur Linkskurven. Sie werden in Abteilung 2G kommen. Ich habe die Rampentür offengelassen. Verschließen Sie sie. Von dort sind es nicht mehr als zwanzig Schritte zu einem Notausgang. Das Tor ist nicht verschlossen. Auch das müssen Sie abschließen, wenn Sie durchgegangen sind. Das Hotel liegt direkt auf der anderen Straßenseite. Sie müßten es allein schaffen."

„Sie waren wohl sehr vorsorglich!"

„Ich war im Büro, als der Alarm ausgelöst wurde. Und jetzt verstekken Sie sich, und tun Sie genau das, was ich gesagt habe."

Dasein ließ sich wieder in die Nische fallen.

Die Tür der Kammer schloß sich. Er warf einen Blick auf die Uhr. Es war drei Uhr morgens. Wie schnell die Zeit vergangen war!

Konnte er Willa Burdeaux glauben? In ihrem schwarzen, spitzen Gesicht lag eine ganz besondere Kraft . . . Dasein fielen die Felsnischen mit den wertvollen Nahrungsmitteln ein, die alle unverschlossen waren. Weshalb beunruhigte ihn diese Ehrlichkeit? Vielleicht war es gar keine Ehrlichkeit. Auch Furcht konnte das Verhalten einer Gemeinschaft bestimmen.

Konnte er Willa glauben? Hatte er überhaupt eine andere Wahl?

Jenny wußte, was sie tat. Was wußte sie?

Seine Gedanken waren klar und arbeiteten wie rasend. Welche Gefahr lag darin, wenn man dem Jaspers ausgesetzt wurde? Er dachte an die Reihe mattäugiger Menschen, die er in der Genossenschaft gesehen hatte. War es das, was man hier befürchtete?

Dasein kämpfte einen Schüttelfrost nieder.

Der Augenblick der Entscheidung kam schneller, als er gewollt hatte. Er hatte keine Wahl, und er wußte es. Seine Schulter war steif, und die Kratzer unter dem Hemd brannten. Dasein stieg vorsichtig von dem Stapel herunter.

Die Rampentür war unverschlossen, wie Willa gesagt hatte. Er trat in einen dunklen Seitenhof hinaus, zögerte. Die Sterne über ihm wirkten nah und kalt. Es war kalt. Er spürte, daß er an den Armen eine Gänsehaut bekam. Es war kein Wächter in der Nähe, aber er sah Lichter und Bewegung weit oben am Berg.

Die Rampentür verschließen, hatte sie gesagt.

Dasein verschloß die Tür und lief über den Hof. Er sah ein schmales Tor im Drahtmaschenzaun. Die Angeln quietschten, und er fand die Klinke unnatürlich laut. Er entdeckte einen Haken mit einem Vorhängeschloß. Er versperrte das Schloß.

Ein schmaler Pfad führte den Zaun entlang zur Straße. Auf der gegenüberliegenden Seite lag das Hotel – dunkel, aber einladend. Ein schwaches gelbes Licht schimmerte durch die Doppeltür. Dasein humpelte auf das Licht zu. Der Vorraum war leer, und man hatte die meisten Lichter ausgeschaltet. Aus dem Telefonvermittlungsraum hinter dem Empfang hörte er ein Schnarchen.

Dasein ging mit leisen Schritten durch den Vorraum, die Treppe hinauf und in den Korridor zu seinem Zimmer. Er öffnete sachte die Tür und schlüpfte in die Dunkelheit des Raumes. Er hatte erst eine Nacht hier verbracht, aber plötzlich kam ihm das Zimmer wie ein Zufluchtsort vor.

Der Wagen! Er stand noch immer an der Straße nach Porterville. Ach was, egal! Er konnte sich morgen hinfahren lassen.

Diese Willa Burdeaux! Weshalb hatte sie soviel für ihn getan?

Dasein streifte seine Kleider ab. Er wollte nichts als eine heiße Brause und sein Bett. Es war nicht leicht, sich im Dunkeln zurechtzufinden, aber er wußte, daß ein Licht verraten konnte, wann er heimgekommen war.

Und wäre das schlimm? fragte er sich. Seine Kleider, zerrissen, verschmutzt, immer noch nach Jaspers riechend, waren Beweis genug für seinen Aufenthalt.

Er spürte, daß es mit dem Schnüffeln ein für allemal vorbei war. Wütend über sich selbst, knipste er das Licht an.

Direkt vor ihm auf dem Bett lag eine Flasche Bier mit einer Notiz. Dasein hob das Blatt auf und las: „Es ist nicht viel, aber mehr konnte ich nicht erwischen. Sie werden es am Morgen brauchen. Ich rufe Jenny an und sage ihr, daß alles in Ordnung ist – Willa."

Dasein nahm die Flasche in die Hand und sah das Schild an. Es trug einen blauen Stempel: AUSG. JANUAR 1959.

5

EIN gleichmäßiges, lautes Pochen drang in Daseins Traum ein. Er hatte das Gefühl, daß er in einer riesigen Trommel gefangen war. Die Schläge hallten durch sein Gehirn. Jeder Trommelwirbel wurde zu einem stechenden Schmerz an seinen Schläfen, in seinen Schultern, in seinem Magen.

Es war die Trommel! Das war es!

Seine Lippen waren trocken. Der Durst machte seine Kehle kratzig und rauh. Seine Zunge war belegt und geschwollen.

Mein Gott! Wollte denn das Pochen überhaupt nicht aufhören?

Er erwachte mit dem Gefühl, eine ganze Nacht durchgesumpft zu haben. Die Decken hatten sich um seinen Körper verwickelt, seine verletzte Schulter war steif. Sie schmerzte nicht mehr so stark, doch er mußte etwas gegen die rasenden Kopfschmerzen unternehmen.

Sein freier Arm war eingeschlafen. Er prickelte schmerzhaft, als er ihn bewegen wollte. Sonnenlicht drang durch eine verschlissene Stelle des Vorhangs ins Zimmer. Es war ein dünner Strahl, in dem Staubkörnchen tanzten. Er blendete ihn, stach ihm in die Augen. Dieses verdammte Pochen! „He! Machen Sie auf!" Es war eine männliche Stimme.

Dasein kannte sie. Marden, der Patrouillen-Captain! Was wollte er um diese Zeit hier? Dasein warf einen Blick auf die Uhr – fünf vor halb elf.

Wieder klopfte jemand an die Tür.

„Einen Moment!" rief Dasein. Seine Stimme bereitete ihm aufs neue Kopfschmerzen.

Zum Glück hörte das Klopfen auf.

Dasein atmete erleichtert auf, rollte sich aus den Decken und setzte sich. Die Wände des Zimmers drehten sich um ihn.

Um Himmels willen! dachte er. Ich habe schon manchen Kater erlebt, aber so etwas noch nicht!

„Machen Sie auf, Dasein!"

Das war eindeutig Marden.

„Sofort", keuchte Dasein.

Was ist nur los mit mir? fragte er sich entsetzt. Er wußte, daß er beim Abendessen nur das Bier getrunken hatte. Das konnte nicht die Ursache für seinen Schwindel sein. War es vielleicht eine verspätete Reaktion auf das Gas?

Bier! Was war mit dem Bier los?

Langsam drehte er den Kopf zum Nachttisch hinüber. Ja, da stand eine Flasche Bier. Willa hatte aufmerksam einen Öffner bereitgelegt. Er löste den Verschluß und trank gierig.

Ein besänftigendes Gefühl ging von seinem Magen aus. Er stellte die leere Flasche ab und erhob sich. Im Zimmer roch es nach Jaspers. Der Geruch kam von der Flasche.

„Ist alles in Ordnung, Dasein?“

Ach, geh doch zum Teufel! dachte Dasein. Er versuchte einen Schritt nach vorn. Im nächsten Augenblick war ihm schlecht und schwindelig. Er lehnte sich an die Wand und atmete langsam.

Ich bin krank, dachte er. Ich habe irgend etwas erwischt.

„Machen Sie sofort die Tür auf, Dasein!“

Schon gut, schon gut, dachte Dasein. Er stolperte zur Tür, drehte den Schlüssel herum, trat zurück.

Die Tür wurde aufgerissen. Captain Marden stand im Eingang. Die beiden Streifen glänzten auf seiner Uniformjacke. Seine Mütze war ein Stück zurückgeschoben und gab seinen roten Haarschopf frei.

„Na“, sagte er. „Fleißig gewesen?“

Er trat ins Zimmer und schloß die Tür. Er hatte etwas Rundes, Nickelglänzendes in der Hand – eine Thermosflasche. Was, zum Teufel, tat er um diese Stunde mit einer Thermosflasche bei ihm?

Dasein stützte sich mit einer Hand an der Mauer ab und tastete sich zum Bett zurück. Er setzte sich an den Bettrand.

Marden folgte ihm. „Hoffentlich sind Sie die viele Mühe überhaupt wert“, sagte er.

Dasein sah in das schmale, zynische Gesicht und erinnerte sich an den Gelände-Buggy und die Hunde. Das war die richtige Umgebung für diesen Mann gewesen. Er hatte einen hochmütigen Blick, so als sehe er auf die Dummheit der anderen Menschen herab. Was war mit ihm los? War das der Santaroga-Blick? Aber was hatte dann der Sheriff von Porterville gesehen? Oder der Mann mit dem Chrysler?

Sehe ich auch so aus? fragte sich Dasein.

„Ich habe Ihnen Kaffee mitgebracht“, sagte Marden. „Sie scheinen ihn gebrauchen zu können.“ Er schraubte den Becher ab und goß die dampfende goldgelbe Flüssigkeit hinein.

Starker Jaspersgeruch entströmte ihr. Der Geruch brachte Dasein zum Zittern, und in seinem Kopf zuckte ein heftiger Schmerz.

Dasein nahm die Tasse in beide Hände, legte den Kopf zurück und trank mit gierigen Schlucken. Der Kaffee hatte die gleiche besänftigende Wirkung wie das Bier.

Marden schenkte nach. Dasein hielt den Becher unter seine Nase und atmete den starken Jaspersgeruch ein. Seine Kopfschmerzen ließen nach. Sein Durst war etwas anderes als die Nachwirkung eines Katers, das erkannte er selbst.

„Trinken Sie aus", sagte Marden.

Dasein schlürfte den Kaffee. Er spürte, daß seine Gedanken klarer wurden, sobald er die Flüssigkeit im Magen hatte. Marden wirkte nicht mehr überlegen – höchstens amüsiert.

„Es war dieses Jaspers-Zeug, das mich so fertigmachte, nicht wahr?" fragte Dasein. Er gab den Becher zurück.

Marden war ganz damit beschäftigt, die Thermosflasche wieder zu verschrauben.

„Man kann zuviel davon erwischen, was?" beharrte Dasein. Er erinnerte sich an Willas Worte.

„Zu starke Aussetzung in einem frühen Stadium kann zu einem Kater führen", gab Marden zu. „Wenn Sie sich daran gewöhnt haben, ist es ungefährlich."

„So sind Sie also hergekommen, um den barmherzigen Samariter zu spielen", sagte Dasein. Er spürte, wie Ärger in ihm hochstieg.

„Wir haben Ihren Wagen an der Ausweichstelle hinter Porterville gefunden und machten uns Sorgen um Sie", erwiderte Marden. „Sie können ein Auto nicht einfach so stehenlassen."

„Ich habe es nicht stehengelassen."

„Nein? Was dann?"

„Ich machte einen Spaziergang."

„Und haben dabei eine ziemliche Aufregung verursacht", ergänzte Marden. „Wenn Sie sich die Genossenschaft und die Vorratshöhlen ansehen wollten, hätten Sie ja darum bitten können."

„Und ich wäre bei meinem Rundgang hübsch bewacht worden, um nicht in die falsche Richtung zu sehen."

„Das stimmt nicht."

„Sie sind also hergekommen, um mich zu verhaften?"

„Sie verhaften? Reden Sie keinen Unsinn!"

„Woher wußten Sie, wo ich war?"

Marden warf einen Blick zur Decke und schüttelte den Kopf. „Ihr jungen Leute seid doch alle gleich", sagte er. „Diese Willa ist so verdammt romantisch, aber lügen kann sie nicht sonderlich gut. Nun ja, ich schätze, wir anderen lügen nicht besser." Er sah Dasein zynisch und amüsiert an. „Fühlen Sie sich besser?"

„Ja."

„Kräftig, der junge Mann!" Er kräuselte die Lippen. „Übrigens, wir haben Ihr Wohnmobil aufgebrochen und kurzgeschlossen, damit wir es herfahren konnten. Es steht auf dem Parkplatz unten."

„Oh, vielen Dank."

Dasein sah auf seine Hände. Ärger und Verzweiflung waren in ihm. Er wußte, daß er seinen Ärger nicht an Marden auslassen konnte – auch nicht an Jenny oder Piaget. Niemand und nichts bot sich ihm an, um seinem Ärger Luft zu machen. Er zitterte vor Wut.

„Sind Sie sicher, daß alles in Ordnung ist?"

„Ja, bestimmt."

„Okay, okay", murmelte Marden. Er wandte sich ab, und Dasein sah noch das Lächeln, das seine Lippen umspielte.

Das Lächeln, nicht der Mann, bot ein Ventil für seinen Ärger. Dieses Lächeln! Es verkörperte Santaroga – selbstzufrieden, hochmütig, geheimnistuerisch. Er sprang auf, ging mit langen Schritten zum Fenster und riß den Vorhang auf.

Strahlender Sonnenschein auf einem Blumengarten, ein Bach und dahinter der Felsvorsprung, der in den Bäumen verschwand. Es war ein Tag, an dem die Sonne wie heißes Messing über den reglosen, lichtdurchtränkten Eichen hing. Er zählte drei Rauchfahnen, die in der stillen Luft standen, sah in der Ferne das gewundene Band eines blaugrünen Flusses.

Dieses Tal ländlicher Schönheit, das Santaroga hieß, war das geeignete Objekt für seinen Zorn. Santaroga, diese Menscheninsel in der Wildnis. Er stellte sich das Tal als einen von Aktivität pulsierenden Ort vor, der sein Leben hinter der steinernen, gesichtslosen Fassade einer Pyramide verbarg. Hinter der Fassade tat Santaroga seinen Bewohnern etwas an. Sie verloren ihre Persönlichkeit und wurden Masken, die eine Gemeinsamkeit verband.

Er spürte diese Gemeinsamkeit so stark, daß die Bewohner von Santaroga ihre Identität für ihn verloren. Sie waren wie Strahlen, die durch ein Loch in einem schwarzen Vorhang drangen. Was lag hinter dem schwarzen Vorhang?

Dort war die Substanz, gegen die er seinen Ärger richten mußte, das war ihm klar. Sein Tal wurde von einem Bann umfangen. Die Santaroger waren gefesselt von Schwarzer Magie, umgewandelt in eine gesichtslose Pyramide.

Bei diesem Gedanken ließ Daseins Ärger nach. Er erkannte, daß auch er seinen Platz in der Pyramide hatte. Und die Basis der Pyramide war fest im Boden verankert und streckte ihre Wurzeln in eine feuchte, düstere Höhle aus.

Sein Problem nahm allmählich Gestalt an.

Ein Punkt machte dieses Tal zu einer Besonderheit: Jaspers. Es zog die Bewohner zu sich zurück wie Süchtige. Er dachte an seinen eigenen Heißhunger. Es war das Ding aus der Höhle, das Ding, das sich in die Poren sog und in die Lungen drang.

Marden bewegte sich hinter ihm.

Dasein drehte sich um und sah den Mann an.

Die Bewohner von Santaroga wurden zu Ausläufern der Höhle und ihrer Substanz. In diesem Tal wirkte eine Droge. Sie hatte eine ähnliche Wirkung wie LSD.

Wie funktionierte sie? Störte sie das Serotonin-Gleichgewicht?

Dasein spürte, daß sein Verstand mit bemerkenswerter Klarheit arbeitete. Er sondierte die Möglichkeiten, legte sich Untersuchungsprozesse zurecht.

„Wenn Sie wieder in Ordnung sind, kann ich ja gehen", sagte Marden. „Und bevor Sie wieder verrückte nächtliche Ausflüge machen, sagen Sie uns Bescheid, ja?"

„Selbstverständlich", erwiderte Dasein.

Aus irgendeinem Grund brachte das Marden zu einem schallenden Gelächter. Er lachte immer noch, als er das Zimmer verließ.

Dasein wandte sich wieder dem Fenster zu. Er erkannte, daß Objektivität das größte Problem war. Er hatte nur sich selbst als Versuchskaninchen. Wie wirkte Jaspers bei ihm? Ein erhöhtes Bewußtsein? Gab es das auch bei LSD? Er mußte die Sache sorgfältig untersuchen. Woher kamen die Symptome, die er beim Aufwachen gespürt hatte? Entziehungserscheinungen? Er stellte sich ein Bild des Durchschnitts-Santarogers zusammen: Wachsamkeit, direkte Sprache, Ehrlichkeit. Wenn das Bewußtsein tatsächlich erhöht wurde, erklärte das die Ehrlichkeit der Werbung? Konnte man mit einem Menschen, der außergewöhnlich wachsam war, anders als ehrlich umgehen?

Überall eröffneten sich neue Wege zur Behandlung des Problems. Barrieren fielen wie Sandwälle vor den anströmenden Wellen seines neuen Bewußtseins zusammen, aber dahinter lagen neue Geheimnisse.

Jenny. Wieder erinnerte sich Dasein, daß sie nicht auf LSD angesprochen hatte. *Keine sichtbare Reaktion.* Die Leute, die die Tests durchgeführt hatten, wollten dieses Phänomen untersuchen, aber Jenny hatte sich geweigert. Weshalb? Man hatte den Fall natürlich als „Anomalie" abgetan.

Jenny.

Dasein stellte sich unter die Brause. Er summte vor sich hin, während seine Gedanken arbeiteten. Seine Schulter schmerzte fast nicht mehr, obwohl er sie letzte Nacht so schlecht behandelt hatte.

Ich werde Jenny anrufen, dachte er, als er sich anzog. Vielleicht können wir uns zum Mittagessen treffen.

Die Aussicht, Jenny zu sehen, erfüllte ihn mit Freude. Er spürte, daß sie voneinander abhingen. Liebe, das war es. Ein Gefühl, das sich einfach nicht analysieren ließ. Man konnte es nur am eigenen Leib erfahren.

Dasein wurde wieder nüchtern.

Seine Liebe zu Jenny verlangte, daß er sie aus dem Santaroga-Bann löste. Sie mußte ihm helfen, ob sie es wußte oder nicht, ob sie es wollte oder nicht.

Ein hartes, kurzes Klopfen kam von der Tür.

„Herein!" rief er.

Jenny öffnete die Tür und trat ein.

Sie trug ein weißes Kleid, dazu ein rotes Halstuch, rote Schuhe und eine rote Tasche. Dadurch wirkte ihre Haut dunkel und exotisch. Sie blieb einen Moment an der Tür stehen, und ihre großen Augen sahen ihn forschend an.

„Jenny!" sagte er.

Mit einer einzigen schnellen Bewegung war sie bei ihm und umarmte ihn. Sie roch nach einer würzigen Seife.

Dann trat sie einen Schritt zurück und sah zu ihm auf. „Oh, Liebling, ich hatte solche Angst! Ich stellte mir immer vor, daß du irgendwo vom Weg abgekommen seist. Und dann rief Willa an. Weshalb hast du das nur gemacht?"

Er legte einen Finger auf ihre Nasenspitze. „Ich bin wirklich in der Lage, auf mich selbst aufzupassen."

„Ich weiß nicht so recht. Fühlst du dich in Ordnung? Ich habe Al in der Vorhalle getroffen. Er sagte, daß er dir etwas Jaspers-Kaffee gebracht hatte."

„Es tut mir leid, wenn ich dich beunruhigt habe, aber schließlich muß ich auch meine Arbeit tun."

„Ach, das!"

„Ich werde die Forschungen durchführen, für die man mich bezahlt."

„Du hast wahrscheinlich dein Wort gegeben."

„Das ist noch nicht alles."

„Dann wirst du ihnen Ergebnisse liefern müssen."

„Richtige Ergebnisse, Liebling."

Sie lachte. „Du hast mich schon lange nicht mehr Liebling genannt."

„Nicht das Thema wechseln."

„Aber es ist ein schönes Thema."

„Ganz meiner Meinung. Wir unterhalten uns ein andermal darüber, ja?"

„Wie wäre es mit heute abend?"

„Du gehst aber ran!"

„Ich weiß eben, was ich will."

Dasein merkte, daß er sie genau betrachtete. Was hatte Willa gesagt? *„Jenny weiß, was sie tut!"* Was es auch war, er konnte nicht daran zweifeln, daß sie ihn liebte. Es zeigte sich in ihrer Stimme und in ihren Augen.

Dennoch, es blieb die Gewißheit, daß zwei Männer bei ihren Nachforschungen gestorben waren – durch Unfälle! Seine schmerzende Schulter war eine Warnung.

„Du bist plötzlich so still", sagte Jenny und sah zu ihm auf.

Er holte tief Atem. „Kannst du mir etwas Jaspers besorgen?"

„Das hatte ich fast vergessen." Sie machte sich frei und suchte in ihrer Handtasche herum. „Ich habe dir ein Stück Käse und ein paar Kräcker mitgebracht. Sie stammen aus Onkel Larrys Abteil. Ich wußte, daß du sie brauchen würdest, weil . . ." Sie unterbrach sich und holte eine Tüte aus der Tasche. „Da sind sie." Dann starrte sie ihn an. „Gil! Du hast Jaspers gesagt!" Sie musterte ihn aufmerksam.

„Weshalb nicht?" Er nahm die Tüte. Sie ließ das braune Papier nur zögernd los.

„Ich möchte dir nichts vormachen, Liebling", sagte sie.

„Vormachen?"

Sie schluckte, und in ihren Augen glitzerten Tränen. „Wir haben dir gestern abend eine ziemlich starke Dosis verabreicht, und dann bist du in diese dumme Höhle gegangen. War es heute morgen schlimm?"

„Ich hatte einen ziemlichen Kater, wenn du das meinst."

„Ich kann mich kaum noch erinnern, wie es in meiner Kindheit war", sagte sie. „Wenn man noch im Wachsen ist, verändern sich Körper und Stoffwechsel. Als ich an der Universität diesen dummen LSD-Versuch mitmachte, hatte ich am nächsten Morgen einen schrecklichen Katzenjammer." Sie fuhr ihm mit dem Finger über die Stirn. „Armer Liebling. Ich wäre gern heute morgen hergekommen, aber Onkel Larry brauchte mich in der Klinik. Außerdem sagte er mir, daß du in keinerlei Gefahr seist. Willa hat dich noch rechtzeitig herausgeholt."

„Was wäre geschehen, wenn sie mich nicht herausgeholt hätte?"

Ihre Augen umwölkten sich und sahen ihn schmerzhaft an.

„Was?" fragte er hartnäckig.

„Daran darfst du nicht denken."

„Woran?"

„Außerdem kann es dir nicht zustoßen. Onkel Larry sagt, daß du nicht der Typ dazu seist."

„Nicht der Typ, in eine Marionette verwandelt zu werden wie die armen Teufel, die ich in der Genossenschaft sah?"

„Marionetten? Wovon redest du?"

Er erzählte ihr, was er durch die Schiebetür gesehen hatte.

„Ach – so." Sie sah ihn nicht an und wirkte mit einemmal ganz fremd. „Gilbert, wirst du sie in deinem Bericht erwähnen?"

„Vielleicht."

„Das darfst du nicht."

„Weshalb nicht? Wer sind sie? Was sind sie?"

„Wir kümmern uns um unsere Leute", sagte sie. „Sie sind nützliche Mitglieder unserer Gemeinschaft."

„Aber nicht ganz richtig."

„Das stimmt." Sie starrte ihn an. „Wenn der Staat sich um sie kümmert, werden die meisten von ihnen aus dem Tal fortgebracht. Das kann schlimm für Santaroga sein, Gilbert, glaub mir das."

„Ich glaube es dir."

„Das wußte ich."

„Es gibt also Versager? Leute, die das Jaspers ruiniert?"

„Gilbert!“ rief sie. „Es ist nicht so, wie du denkst. Jaspers ist ... etwas Wundervolles. Wir nennen es ‚Bewußtseins-Treibstoff‘. Es öffnet Augen und Ohren, schärft den Verstand, es ...“ Sie unterbrach sich und lächelte. „Aber das weißt du bereits.“

„Ich weiß, als was es erscheint“, sagte er. Er warf einen Blick auf die Tüte in seiner Hand. Was hielt er da fest? Eine himmlische Gabe für die ganze Menschheit oder ein höllisches Gift? War es der böse Bann, als den er es betrachtete, oder die Befreiung des Menschen?

„Es ist wundervoll, und du hast es inzwischen auch erlebt“, sagte Jenny.

„Weshalb macht ihr dann keine Reklame dafür?“

„Gil!“ Sie sah ihn klagend an.

Mit einemmal mußte Dasein an Meyer Davidsons Reaktion denken. Davidson und seine Kohorte, die eifrigen jungen Angestellten und die älteren Männer mit den harten Augen.

Was er hier in der Hand hielt, war ihr Feind.

Für jene Männer mit ihren merkwürdig ähnlichen dunklen Anzügen und den kühlen Augen, die alles wogen und alles mit Geringschätzung betrachteten, waren die Leute aus dem Tal der Erzfeind. Während er darüber nachdachte, erkannte Dasein, daß für diese Männer jeder Kunde ein Feind war. Das wurde durch jede ihrer Handlungen deutlich. Sie wußten, auf welcher Höhe ein Regal angebracht sein mußte, um „griffgefällig“ zu wirken, sie wußten, wieviel Luft man in einem Paket lassen durfte, um es größer erscheinen zu lassen.

Und wir sind ihre Spione, dachte Dasein. Die Psychiater und Psychologen – alle Sozialwissenschaftler –, wir sind die Geheimdienstabteilung.

Er spürte, wie die Armee manövriert wurde, wie man den „Feind“ Kunden in einem Dämmerzustand beließ, um ihn besser für die eigenen Wünsche zurechtzubiegen. Egal, wie sehr die Werbeagenturen gegeneinander kämpften, den wahren Krieg verriet keiner.

Dasein hatte die Welt der Marktforschung noch nie zuvor in diesem Licht betrachtet. Er dachte an die brutale Ehrlichkeit der Anzeigen in der *Santaroga Press* und zerknüllte den oberen Rand der Papiertüte.

Was machte dieser Stoff mit ihm? Er wandte sich von Jenny ab, um seinen aufsteigenden Zorn zu verbergen. Es bewirkte, daß er sich verrückte Dinge vorstellte. Armeen!

Es gab keine Möglichkeit, hier in Santaroga das Jaspers zu vermeiden. Und seine Nachforschungen erforderten sogar, daß er es nicht vermied.

Ich muß ihr Leben leben, sagte er sich vor. Ich muß so denken wie sie.

Er sah die Lage also, wie Jenny und die anderen Bewohner von Santaroga sie sahen. Sie führten eine Art Guerillakrieg. Sie hatten eine Lebensweise erreicht, die von der Außenwelt nicht geduldet werden konnte. Santaroga war eine zu große Drohung für die Industriemagnaten. Die einzige Hoffnung für Santaroga lag in der Isolation und Geheimhaltung.

Reklame machen! Kein Wunder, daß sie empört gewesen war.

Dasein drehte sich um und sah Jenny an, die geduldig abwartete, bis er sich durch das Gedankenlabyrinth gearbeitet hatte. Sie lächelte ihm ermutigend zu, und mit einemmal sah er alle Santaroger durch sie. Sie waren die alten Indianer, die allein bleiben mußten, die nach ihren alten Instinkten jagen und leben mußten. Die Schwierigkeit dabei war, daß sie sich in einer Welt befanden, die kulturell nicht neutral bleiben konnte. Die Außenwelt würde immer wieder versuchen, die Menschen – alle Menschen – gleich zu machen.

Da er beide Welten kannte, fühlte er tiefes Mitleid mit Jenny. Santaroga mußte zerstört werden – daran bestand kein Zweifel.

„Ich bin sicher, daß du es wie wir siehst", sagte Jenny.

„Man würde Jaspers auf die gleiche Stufe wie LSD und ähnliche Drogen stellen", sagte er. „Man würde es unter dem Namen ‚Haschisch von Santaroga' bekämpfen. Man würde eure Existenz vernichten."

„Ich zweifelte nie daran, daß du es verstehen würdest, sobald du Jaspers kennengelernt hast." Sie umarmte ihn heftig. „Ich habe mein Vertrauen in dich gesetzt, Gil. Ich wußte, daß du mich nicht enttäuschen würdest."

Er fand keine Worte, um ihr zu antworten. Eine tiefe Traurigkeit hatte ihn erfaßt. *Ausgesetzt.*

„Du mußt natürlich deinen Bericht abfassen", sagte sie. „Es würde wenig nützen, wenn du es nicht tätest. Sie würden sich einen anderen suchen. Allmählich haben wir die Sache satt."

„Ja – ich muß den Bericht abfassen", sagte er.

„Wir verstehen das."

Ihre Stimme ließ Dasein zusammenzucken. *Wir verstehen das.* Das war das *Wir,* das seinen Koffer durchsucht und ihn beinahe umgebracht hatte – das zwei andere Männer getötet hatte.

„Weshalb zuckst du zusammen?" fragte Jenny.

„Nur ein Schüttelfrost", erwiderte er.

Er mußte an das Ding denken, das er gleich hinter seinem Bewußtsein spürte, das ruhelose, lauernde, uralte Wesen, das in seinem Bewußtsein aufgetaucht war. Es war immer noch da, studierte ihn, wartete ab, um ihn zu beurteilen.

„Ich arbeite heute nur halbtags", sagte Jenny. „Einige meiner Freunde wollen ein Picknick am See veranstalten. Sie wollen dich kennenlernen." Sie bog den Kopf zurück und sah ihn an. „Und ich möchte ein wenig mit dir angeben."

„Ich – ich glaube nicht, daß ich schwimmen kann."

„Deine Schulter, ich weiß", sagte sie. „Aber der See ist um diese Jahreszeit herrlich. Wir werden abends ein Lagerfeuer anzünden."

Welches Wir ist das nun? fragte er sich.

„Das klingt großartig", sagte er.

Und während er sprach, erfaßte ihn ein Angstgefühl. Sein Magen krampfte sich zusammen. Er sagte sich, daß er nicht Jenny fürchtete – nicht diese warmherzige, schöne Frau. Doch es konnte die Göttin Jenny sein, vor der er Angst hatte . . . Dieser Gedanke stieg plötzlich in ihm hoch.

Dasein spöttelte über sich selbst und schalt sich, daß er jeder Nuance in diesem Tal zuviel Bedeutung beimaß. Das war natürlich die Krankheit des Psychoanalytikers – daß man alles durch einen Schleier von Argumenten betrachten mußte.

„Ruh dich noch etwas aus, und komm dann mittags nach unten. Ich werde auf dich warten", sagte Jenny.

Sie machte sich los, ging zur Tür und drehte sich noch einmal um. „Du reagierst so merkwürdig", sagte sie. „Quält dich irgend etwas?"

Ihre Stimme drückte ein vorsichtiges Sondieren aus, das Dasein aufmerksam werden ließ. Das war nicht die spontane Jenny, die sich um den geliebten Mann sorgte. Das war eine – eine Beobachterin, die Gefahr für sich selbst witterte.

„Mit Ruhe und etwas Essen bringe ich mich schon wieder in Ordnung", sagte er. Er wollte seiner Stimme einen polternden Klang geben, doch das mißlang ihm.

„Also bis später", sagte sie, immer noch in diesem veränderten Tonfall.

Dasein beobachtete, wie sich die Tür hinter ihr schloß. Er hatte das Gefühl, vor einer besonderen Art von Kamera gestanden zu haben – einer Kamera, die nur Belanglosigkeiten aufnahm. Ein loser Gedankenfetzen streifte durch sein Gehirn: . . . die Freilegung von Persönlichkeit, Methode und Charakter.

Wer will meine Persönlichkeit, Methode und meinen Charakter freilegen? fragte sich Dasein. Er spürte, daß das eine gefährliche Frage war, voll von Angriffen und Gegenangriffen.

Die Tüte mit dem Essen lag ihm schwer in der Hand. Dasein starrte sie an. Er hatte Hunger, aber er wußte auch, welche Bedrohung dieses Paket enthielt. Schuf das Jaspers eine unwiderrufliche Änderung im Menschen?

Er legte die Tüte auf das Bett, ging an die Tür und sah auf den Gang hinaus. Leer. Er trat hinaus, starrte die Wand an, hinter der sich das Fernsehzimmer verbarg, und brauchte eine Zeitlang, bis er erkannte, daß sich etwas verändert hatte. Da, wo gestern keine Tür gewesen war, sah er nun eine.

Wie eine Marionette ging Dasein zu der Tür und starrte sie an. Sie hatte den gleichen alten Rahmen aus poliertem Holz wie die anderen Türen. Alt und gut erhalten, das war der Eindruck. Eine Tür, die schon immer hier gewesen war, genauso sah sie aus. Das Nummernschild hatte eine leichte Kerbe und war an den Rändern blind geworden, wo die Poliertücher der Zimmermädchen schlampiger wischten. Die Klinke sah so aus, als habe man sie schon häufig benutzt.

Dasein schüttelte den Kopf. Er war versucht, die Klinke herunterzudrücken, beherrschte sich aber. Er hatte plötzlich Angst davor, was dahinter sein könnte. Ein normales Bett, ein Bad, ein Tisch mit einem harten Stuhl – das wäre das Schlimmste. Das Nummernschild – 262 – faszinierte ihn. Er hatte das unheimliche Gefühl, es schon einmal hier gesehen zu haben. Die Tür war einfach zu gewöhnlich.

Abrupt drehte sich Dasein um und ging in sein Zimmer zurück. Er riß das Fenster auf. Ein Blick durch die Fenster vom Verandadach aus würde das Geheimnis lösen. Er wollte hinausklettern und hielt an. Ein Mann stand auf einem von Rosen umsäumten Weg hinter der riesigen Eiche.

Dasein erkannte Winston Burdeaux. Er besprengte die Rosen mit einem Handsprühapparat. Als Dasein ihn anstarrte, sah er zu ihm herauf und winkte.

Später, sagte sich Dasein. Ich werde später nachsehen.

Er nickte Burdeaux zu, zog sich zurück, schloß den Vorhang.

Sie hatten also eine Tür in die Wand eingelassen. Was bezweckten sie damit? Wollten sie seinen Wirklichkeitssinn verwirren?

Die Tüte auf dem Bett erregte Daseins Aufmerksamkeit. Sie zog ihn quer durch das Zimmer. Er betrachtete sie als höchste Versuchung. Sie enthielt mehr als nur Nahrung. In ihm brannte ein Hunger, den nur Jaspers stillen konnte. Er spürte, wie das Papier unter seinen Fingern riß.

Jaspers-Käse. Das quälende Aroma entströmte der Tüte. Mit einem Gefühl der Hilflosigkeit merkte er, daß er plötzlich einen Bissen Käse im Mund hatte. Der Bissen strahlte ein Gefühl der Wärme in seiner Kehle aus. Er aß weiter, wie hypnotisiert.

Langsam ließ er sich auf das Bett sinken, lehnte sich ans Kissen und starrte die Decke an. Die Holzmaserung eines Balkens bewegte sich wie die Wellen einer stürmischen See. Es erfüllte ihn mit echtem Entsetzen. Er spürte, daß sein eigenes Bewußtsein eine Barriere zur Außenwelt bildete und daß diese Außenwelt ein stupider Mechanismus ohne Gefühl oder Mitleid war.

Seine Persönlichkeit wurde zu einem engen Lichtstrahl, und er spürte den Strom der Bewußtlosigkeit, der immer größer wurde, bis er ein unerträgliches Gewicht darstellte.

Es ist psychedelisch, sagte er sich. Nicht nachgeben!

Aber er konnte die Bewegung nicht mehr aufhalten. Dasein schwebte in einem Zustand der Bewußtlosigkeit dahin. Er kannte kein Innenleben mehr, nur ein zeitloses Dahinexistieren ohne Angst. Er liebte dieses Gefühl. Sein Geist forschte.

Wo sind die Kinder? fragte er sich.

Es war eine schockierende Erkenntnis, daß er im Tal weder Kinder noch Schulen gesehen hatte.

Wo sind die Kinder? Weshalb haben die anderen Forschenden das nicht bemerkt?

Die anderen sind tot, erinnerte er sich.

Tot – das war ein Gedanke, der ihn merkwürdigerweise nicht erschreckte. Er war durch eine Lockerung des Bewußtseins in eine Zone vorgedrungen, in der es keine Machtkämpfe mehr gab. Das Tal,

Jaspers, all das war jetzt eine Lebensbedingung. Der von tastenden Sonnenstrahlen erfüllte Raum, die Blätter der Eiche vor seinem Fenster – alles war Schönheit, Unschuld, Ordnung. Das Universum war ein Teil seiner selbst geworden, weise und voll von Mitgefühl.

Dasein dachte über das Gefühl nach. Das Universum da draußen – es war, als hätte er es soeben geschaffen.

Der Schmerz in seiner Schulter beschäftigte einen Moment lang seine dahintreibenden Gedanken. Schmerz, eine kurze Krise, etwas, dem man mit der Erinnerung an Freuden beikommen konnte. Der Schmerz ließ nach.

Ein Wagen fuhr über den Kies. Er hörte einen Vogel singen. Die Geräusche waren ein Wellenmuster, das vor seinem Bewußtsein spielte. Es tanzte und flimmerte.

Er erinnerte sich an Jennys prüfenden Blick.

Das war eine häßliche, schockierende Erinnerung, die ihn kurz hochriß und beengte. Er konnte nur mit Mühe atmen. Da war das Gefühl, daß ihn die Geschichte gefangenhielt, aber es war Geschichte, die nur von Göttinnen und Geschöpfen mit unheimlichen Kräften handelte. Es war Geschichte, die mit erstaunlicher Geschwindigkeit abrollte und allen vorgefaßten Begriffen von Langsamkeit trotzte. Sie war wie eine Serie von Ereignissen, die er nicht auseinanderhalten oder unterscheiden konnte. Sie jagten durch sein Bewußtsein und änderten ihn unwiderruflich.

Das Jaspers, dachte er. Ich kann nie – wieder – werden . . . was ich war . . .

Tränen rollten über seine Wangen. Er dachte an den Koffer, den man durchsucht hatte. Ein Schluchzen schüttelte ihn. Was wollten sie von ihm?

Dasein fühlte, daß er von listigen Dämonen umringt war, die sein Blut wollten und nach seiner Seele lechzten. Sie jammerten vor dem Zauberzirkel seines einsamen Bewußtseins. Sie waren Roboter, Automaten mit grimassenschneidenden Metallgesichtern und Scheinwerferaugen.

Er begann zu zittern, wußte, daß er in Schweiß gebadet war, doch die Empfindung war so fern, als betrachtete er einen Fremden.

Dasein schob sich vom Bett hoch. Er kam schwankend auf die Beine, stolperte durch das Zimmer. An der Wand drehte er sich um, stolperte zurück – vorwärts und zurück –, zurück und vorwärts. Es gab kein Versteck für ihn. Die Sonnenstrahlen, die durchs Fenster strömten, nahmen groteske Formen an – Eidechsen mit Menschenköpfen, silbrige Gnomen, Insekten mit Uhrenflügeln . . .

Er brach am Boden zusammen, packte den Teppich. Ein rotes geflochtenes Muster griff mit Klauen nach ihm. Er zog sich zum Bett zurück, fiel in die Kissen. Die Decke schlängelte sich in seltsamen Bogen.

Irgendwo spielte irgend jemand Klavier – Chopin.

Dasein spürte abrupt, daß er das Klavier war. Die Klänge wurden mit kristallener Klarheit in ihm angeschlagen und brachten seine Pein zutage. Grelle Klarheit kam über ihn. Er merkte, daß seine Kleider schweißdurchtränkt waren. Seine Handflächen fühlten sich naß an. Er spürte, daß er lange Zeit durch einen gefährlichen Korridor gegangen war. Die Reise hatte seine ganze Kraft gekostet und ihn ausgelaugt.

Aber er sah das Zimmer jetzt mit neuen Augen. Die Deckenbalken wurden Gegenstände, die man verstehen konnte, die Maserung ließ sich bis zum Baum zurückverfolgen – zum Sämling – zum Keim. Jeder Gegenstand, den er ansah, hatte eine Vergangenheit und eine Zukunft. Nichts blieb statisch.

Alles war Bewegung, und er war Teil dieser Bewegung.

Wellen von Schlaf drangen aus dem Hintergrund seines Denkens auf ihn ein – höher und immer höher.

Der Schlaf hüllte ihn ein. In der Dunkelheit lachte etwas – und lachte – und lachte . . .

Dasein erwachte mit dem Gefühl, daß er sehr lange – vielleicht ein Leben lang – geschlafen hatte. Ein Kichern kam aus seiner Kehle. Das Geräusch war wie von einem Fremden, und er erschrak darüber. Ein Blick auf die Armbanduhr verriet ihm, daß schon mehr als zwei Stunden vergangen waren.

Wieder kam dieses fremde Kichern über seine Lippen.

Er setzte sich auf. Der Schmerz in seiner Schulter war zu einer schwachen Unbehaglichkeit herabgesunken.

Jemand klopfte an der Tür.

„Ja?" rief Dasein.

„Ich bin es, Win Burdeaux. Miß Jenny bat mich, Sie daran zu erinnern, daß sie in einer halben Stunde hier sein wird."

„Oh – vielen Dank."

„Schon gut, Sir. Hoffentlich haben Sie gut geschlafen."

Dasein starrte die Tür einen Moment lang an. *Woher wußte Burdeaux, daß ich schlief?*

Vielleicht habe ich geschnarcht.

Vom Korridor kam kein Geräusch mehr, und Dasein wußte, daß Burdeaux gegangen war. Nachdenklich zog er seine verknitterten Sachen aus, duschte und suchte einen anderen Anzug aus dem Koffer. Er fühlte sich verärgert und verzweifelt. Man beobachtete ihn zu jeder Minute. Er wußte, daß es leicht war, seinen Ärger zu einem Zornausbruch zu steigern. Aber das konnte er sich im Moment nicht leisten.

Wieder klopfte es, und er wußte, daß es Jenny war.

Entschlossen ging er an die Tür und machte sie auf. Sie stand in einem orangefarbenen Rock mit weißer Bluse da, und ihr Lächeln ließ das kleine Grübchen in der linken Wange zur Geltung kommen.

„Ich bin froh, daß du fertig bist", sagte sie. „Beeil dich, sonst kommen wir zu spät."

Während sie vorausging, fragte sich Dasein, ob die Einbildung ihm einen Streich gespielt hatte ober ob sie tatsächlich besorgt dreingesehen hatte, bevor sie lächelte.

Jenny redete und redete, während sie die Treppe nach unten gingen. Es waren lauter Dinge, die keine Antwort erforderten.

„Es wird dir zu dieser Jahreszeit am See gefallen. Ich wollte, ich könnte mehr Zeit dort verbringen. Du ziehst deine Schulter nicht mehr so hoch wie gestern. Ich möchte wetten, daß du dich besser fühlst. Onkel Larry möchte, daß du später bei ihm vorbeisiehst, damit er dich untersuchen kann. Die ganze Bande ist schon so gespannt auf dich. Da sind sie ja!"

Die „Bande" hatte einen Lastwagen bei sich.

Dasein erkannte Willas scharfe Züge. Sie saß neben einem blonden jungen Mann mit einem eckigen Gesicht und großen blauen Augen. Als Dasein sie ansah, blinzelte sie ihm zu. Zumindest ein Dutzend Paare standen im Anhänger des Lasters. Auch Einzelgänger hatten sich der Gruppe angeschlossen. Da war ein großer dunkelhaariger Mann mit wilden braunen Augen – Walter Soundso. Dasein hatte den Familiennamen nicht verstanden. Dann fielen ihm die dicken Zwillinge Rachel und Mariella mit ihren runden Gesichtern und dem langen sandfarbenen Haar auf.

Jenny stellte die Leute so schnell vor, daß Dasein sich kaum einen Namen merken konnte, aber er registrierte die Tatsache, daß der junge Mann neben Willa Burdeaux ihr Verlobter Cal Nis war. Hände streckten sich ihm entgegen und halfen ihm in den Anhänger. Jenny kam hinterher. Ringsum waren Kisten als Sitze aufgestellt. Dasein befand sich plötzlich eingekeilt auf einer dieser provisorischen Bänke. Jenny war dicht bei ihm. Er nahm die Ausgelassenheit der Leute in sich auf – ungehemmtes Gelächter, fröhliche Witze.

Der Wagen rumpelte los. Wind strich ihnen ins Gesicht. Dasein sah vorbeifliegende Bäume, Himmelsflecken. Der Wagen holperte – und überall war Gelächter.

Er bemerkte, daß Jenny und er von dem Gelächter ausgeschlossen waren. War es rücksichtsvoll von der Gruppe? Ließen sie dem Fremden Zeit, sich zu akklimatisieren? Er versuchte die Sache als Psychologe zu sehen, aber da er selbst darin verwickelt war, wollte es nicht so recht gelingen. Obendrein begann seine Schulter zu schmerzen, wo Jenny dagegendrückte. Jennys windzerzaustes Haar strich ihm übers Gesicht. Jede Bodenwelle schickte neue Schmerzen durch seine Schulter. Das Ganze wurde zu einem Alptraum.

Jenny hob den Kopf und flüsterte ihm ins Ohr: „O Gil, ich habe von diesem Tag geträumt . . ., daß du bei uns bist und zu uns gehörst."

Gehöre ich wirklich zu ihnen? fragte sich Dasein.

Walter hatte Jennys Bewegung offensichtlich mißverstanden. Er winkte von der anderen Seite des Lasters herüber und rief: „He! Schmusen vor dem Dunkelwerden gibt es nicht!"

Die Gruppe lachte schallend, beachtete ihn aber nicht mehr und nicht weniger als zuvor. *Schmusen.*

Das Wort setzte Daseins Gedanken in Bewegung. Das Wort war in der Außenwelt allmählich veraltet. Aber hier, aus Walters Mund, hatte es ganz vertraut geklungen. Man merkte, daß es in Santaroga häufig benutzt wurde.

Dasein sah Santaroga in einem neuen Licht. Man war hier konservativ im wahren Sinn des Wortes. Man klammerte sich an die Vergangenheit und widerstand allen Veränderungen. Nicht allen Veränderungen, verbesserte er sich. Es waren Leute, die sich sagten, daß man einige Dinge aus der Vergangenheit behalten sollte. Das machte sie andersartig. Die Welt draußen entfernte sich von ihnen. Das Tal war zu einem Reservat für eine andere Zeit geworden.

Der Wagen bog in einen Weg mit überhängenden Sykomoren ein. Große Flecken ahornförmiger Blätter warfen eine grüngoldene Aura über sie.

Eine tiefe Rinne ließ Dasein vor Schmerzen zusammenzucken, als Jennys Kopf gegen seine Schulter prallte. Der Wagen ließ die Sykomoren hinter sich, kam durch ein Wäldchen von Kiefern und schließlich auf eine Wiese, die in einen Sandstrand überging. Ein tiefblauer See lag vor ihnen.

Dasein starrte vom Lastwagen aus ins Wasser und merkte kaum, daß die anderen sich an ihm vorbei ins Freie drängten und Jenny ihn anstieß. Irgend etwas an dem See kam ihm vertraut vor – er war schön und drohend zugleich.

Ein schmaler schwebender Steg führte vom Ufer aus zu einem Floß und einem Sprungbrett. Das Holz war von der Sonne gebleicht und schimmerte silbergrau. An einer Seite des Floßes waren Ruderboote festgemacht. Schönheit und Drohung.

Das Gefühl ging vorbei, und er wunderte sich über seine Ängstlichkeit. Wenn er sich zu sehr mit sich selbst beschäftigte, sah er allmählich überall Gespenster.

„Ist es die Schulter?" fragte Jenny.

„Es geht gleich wieder", erwiderte Dasein.

Er folgte ihr hinunter und wünschte nur, er könne sich gehenlassen und ein Teil dieser lachenden Gruppe werden. Sie waren glücklich hier draußen. Sie schleppten Kisten als Sitzgelegenheiten zu Tischen, die unter den Bäumen standen, oder bereiteten Feuer in Felsgruben vor. Einige verschwanden hinter Gebüschen und kamen in Badekleidung zurück.

Jenny hatte sich einer Gruppe angeschlossen, die Picknickhappen auf den Tellern verteilte. Dann lief sie ans Wasser, streifte ihr Kleid ab und stand in einem orangefarbenen Badeanzug da. Sie war eine Nymphe, deren Glieder braun und geschmeidig in der Sonne glänzten.

Sie winkte ihm vom Floß zu und rief: „Bis gleich, Liebling!"

Dasein beobachtete, wie sie kopfüber ins Wasser sprang, und hatte plötzlich das Gefühl, daß sie ihm verloren war. Eifersucht brannte in ihm, und er kam sich wie ein hinfälliger alter Mann vor, der von spielenden Kindern umgeben war und an ihrem Glück nicht teilhaben konnte.

Er sah den See und den umliegenden Wald an. Eine Brise kräuselte das Wasser. Sie roch nach Sommer, Gras und Eibennadeln. Plötzlich wünschte er sich einen Drink, mit dem er der Brise zuprosten konnte.

Langsam ging er über den Steg und trat auf die schimmernde Plattform. Am Himmel standen seidenweiche Wolken, und als er auf das Wasser starrte, sah er diese Wolken am Seegrund treiben. Wellen zerstörten diese Illusion. Jenny schwamm heran und stützte sich mit den Ellbogen auf die Bretter. Ihr Gesicht war tropfnaß, und sie lächelte. Sie war ihm noch nie schöner erschienen.

„Liebling, weshalb sonnst du dich nicht wenigstens, während wir herumschwimmen?"

„Gut", meinte er. „Vielleicht kann ich in einem der Boote herumrudern."

„Sei vorsichtig mit der Schulter, oder ich sage es Onkel Larry", lachte sie. Sie stieß sich von den Brettern ab und schwamm lässig in den See hinaus.

Er ging vorsichtig über die nassen Planken zum Rand des Floßes, wo die Boote festgehakt waren. Es verwunderte ihn, wie ihn die anderen sahen und doch ignorierten. Sie machten ihm zwar Platz, wenn er kam, aber sie sahen ihn nicht an. Sie riefen rings um ihn, aber keiner sprach mit ihm.

Er ging auf das erste Boot zu, löste es und wollte einsteigen. Jenny schwamm etwa zwanzig Meter weiter draußen in einem zügigen Kraulstil.

Dasein machte einen Schritt auf das Boot zu. Im gleichen Moment stieß ihn etwas in den Rücken. Sein Fuß berührte die Spitze des Bootes, und sie glitt weg. Er sah, daß er ins Wasser fallen mußte, und dachte: Verdammt! Jetzt werden meine Kleider klatschnaß!

Der Bootsrand kam blitzschnell auf ihn zu. Er wollte die Hand ausstrecken, aber es war seine verletzte Schulter, und der Arm gehorchte ihm nicht schnell genug.

In seinem Kopf erfolgte eine Explosion, und dann war alles dunkel. Dasein spürte, wie er in die Kälte eindrang, lautlos und schnell. Der See war dunkel und einladend.

Etwas in seinem Innern schrie: Schönheit! Drohung!

Er hielt das für eine sonderbare Kombination.

In seinen Lungen war ein unbestimmter Schmerz, und es war kalt – entsetzlich kalt. Er fühlte einen Druck und die Kälte – alles fern und unwichtig. Ich ertrinke, dachte er. Sie werden mich nicht sehen, und ich muß ertrinken.

Die Kälte wurde deutlicher – und naß.

Etwas drehte ihn heftig herum. Immer noch war alles weit entfernt – es handelte sich um jenes andere Wesen, das zwar er selbst war, das ihn aber nichts anging.

Jennys Stimme erreichte ihn wie ein Donnerschlag. „Helft mir! Bitte! Warum hilft mir denn niemand? Ach Gott! Kommt doch her! Ich liebe ihn. Bitte, helft mir!"

Mit einemmal kamen ihm andere Hände, andere Stimmen zu Bewußtsein.

„Laß nur, Jenny. Wir haben ihn."

„Bitte, rettet ihn!" In ihrer Stimme war ein Schluchzen.

Dasein spürte, daß er über etwas Hartes gelegt wurde, das ihm in den Magen drückte. Wärme drang aus seinem Mund. In seiner Brust war ein betäubender Schmerz. Abrupt begann er zu husten – zu keuchen. Der Schmerz riß an seinem Hals und seinen Bronchien.

„Er hat eine Menge Wasser geschluckt." Es war eine männliche Stimme, ziemlich gefühllos.

Jennys Stimme klang bittend neben Daseins Ohr. „Atmet er? Bitte, es darf ihm nichts zustoßen!" Dasein spürte etwas Nasses an seinem Hals, und immer noch bettelte Jennys Stimme neben ihm: „Ich liebe ihn. Bitte, rettet ihn!"

Die gleiche gefühllose männliche Stimme erwiderte: „Wir verstehen schon, Jenny."

Und eine andere Stimme, rauh, weiblich: „Wir können natürlich nur eines tun."

„Wir tun es!" kreischte Jenny. „Versteht ihr denn nicht?"

Noch während die Hände Dasein aufrichteten, fragte er sich: Was tun sie?

Sein Husten hatte sich gelegt, aber der Schmerz in der Brust blieb. Wenn er atmete, tat alles weh.

Dann spürte er Gras unter dem Rücken. Etwas Warmes wurde um ihn gehüllt. Es war ein Gefühl, als sei er in den Mutterleib zurückgekehrt.

Dasein öffnete die Augen und starrte Jenny an, deren dunkles Haar vom Himmel eingerahmt wurde. Sie lächelte.

„Gott sei Dank!" flüsterte sie.

Hände hoben ihn an den Schultern hoch, und Jennys Gesicht verschwand. Eine Tasse mit dampfender brauner Flüssigkeit wurde ihm an die Lippen gehalten. Dasein erkannte den beinahe überwältigenden Geruch von Jaspers und spürte, wie der Kaffee in seiner Kehle brannte.

Sofort drang ein Gefühl der Wärme und des Wohlbehagens durch seinen Körper. Die Tasse wurde weggezogen. Als er sich danach streckte, setzte man sie ihm wieder an die Lippen.

Jemand lachte und sagte etwas, das Dasein nicht verstehen konnte. Es klang wie: „Gib ihm eine tüchtige Ladung!" Aber das ergab wenig Sinn.

Die Hände legten ihn sanft zurück ins Gras. Die unbeteiligte männliche Stimme sagte: „Er muß eine Weile warm und ruhig daliegen. Sonst ist alles in Ordnung."

Jennys Gesicht beugte sich wieder über ihn. Ihre Hand streichelte ihn. „O Liebling", sagte sie. „Ich habe zum Floß gesehen, und du warst fort. Ich habe dich nicht fallen gesehen, aber ich wußte es. Und niemand beachtete mich. Es dauerte so lange, bis ich bei dir war. Dein armer Kopf! So eine Wunde!"

Als hätten ihre Worte es bewirkt, spürte Dasein plötzlich das Pochen in seinem Kopf – ein pulsierender Schmerz an der Schläfe und hinter dem Ohr. So ein starker Schlag – sollte ich mich nicht röntgen lassen? überlegte er. Woher wissen sie, daß ich keinen Schädelbruch habe?

„Cal sagt, daß das Boot weggerutscht sein muß, als du aufschlugst", sagte Jenny. „Ich glaube nicht, daß du etwas gebrochen hast."

Schmerz durchzuckte ihn, als sie die verletzte Stelle berührte.

„Es ist nur ein scheußlich blauer Fleck."

Nur ein blauer Fleck! dachte er. Er war plötzlich wütend über sie. Weshalb behandelten alle seinen Sturz so beiläufig?

Doch dann breitete sich das Gefühl der Wärme in ihm aus, und er dachte: Selbstverständlich fehlt mir nichts. Ich bin jung und gesund. So etwas heilt schnell. Und Jenny beschützt mich. Sie liebt mich.

In diesem Moment merkte er, daß etwas an seinem Gedankengang gründlich falsch war. Er blinzelte. Die Sicht vor ihm verschwamm, als hätte er das durch Blinzeln ausgelöst, und wurde zu bunten Lichtkreisen.

Das Licht drang in ihn, und er konnte sein Inneres wie ein Fremder betrachten. Er sah den starken Schlag seines Herzens, die zarte Gehirnhöhle, die sich bei jedem Herzschlag bewegte, die verletzte Stelle – nur ein blauer Fleck, keine Schädelverletzung.

Jetzt wurde Dasein klar, weshalb die Santaroger so wenig Aufhebens von seiner Wunde machten. Sie kannten die Verletzung durch ihn. Wenn er wie sie war, würde er ihnen sagen, wann er Hilfe brauchte.

Weshalb haben sie mich dann erst gerettet, als Jenny kam? fragte sich Dasein. Und die Antwort war eindeutig: Weil ich in meinen Gedanken nicht um Hilfe rief!

„Ich glaube, du solltest jetzt nicht schlafen“, sagte Jenny. Sie drückte seine gesunde Hand. „Ich habe gehört, daß das nach Kopfverletzungen schädlich ist.“

Dasein sah zu ihr auf, warf einen Blick auf das wirre dunkle Haar, auf die Augen, die ihn ernst und konzentriert ansahen. Ihre Wimpern waren feucht, und er hatte das Gefühl, daß er hinter ihre Augen sehen und dort ein Wunderland erblicken könnte.

Jenny schmiegte sich an ihn und flüsterte: „Du fühlst dich jetzt besser. Ich weiß es.“

Er gab ihr schweigend recht.

Am See flammten Feuer auf – jemand machte die Boote fest. Dann wurde ihm ein Sandwich in die Hand gedrückt, das stark nach Jaspers roch. Er aß und starrte die Feuer an. Die Bäume leuchteten rötlich, groteske Schatten sprangen hin und her, Rauch stieg zum Mond auf. Mit einer schnellen Bewegung steckte Dasein einen Teil des Sandwiches in die Tasche.

Dasein erinnerte sich – er wußte selbst nicht, weshalb – an einen Moment, kurz nachdem Jenny die Universität verlassen hatte. Es hatte geregnet. Er erinnerte sich, daß er den Kopf aus dem Fenster gebeugt hatte, um den Regen zu spüren und das nasse Glänzen der Tropfen im Gras zu beobachten.

Abrupt drehte der Wind, und Rauch trieb ihm in die Augen. Er schluckte etwas davon und war wieder in der Wirklichkeit – Jenny neben sich. Sie wartete.

Als er an sie dachte, zog sie ihn zu sich herunter und küßte ihn. Es war ein langer Kuß, voll von Gitarrenmusik, Erinnerungen an den Regen und den Geschmack von Rauch.

Wie kann ich das je erklären? überlegte Dasein. Selador würde mich für verrückt halten.

Jenny rührte sich bei dem Gedanken und streichelte seinen Haaransatz. „Heiraten wir bald", flüsterte sie.

Weshalb nicht? fragte sich Dasein. Ich gehöre jetzt zu Santaroga.

Aber dieser Gedanke sandte eine Welle von Furcht durch seinen Körper, und er versteifte sich. Jenny zitterte. Sie machte sich los und sah ihn besorgt an. „Alles wird gut", wisperte sie. „Du wirst sehen."

Aber die Sorge in ihrer Stimme blieb. Und Dasein spürte eine Drohung in der Nacht. Der Gitarrenspieler strich eine falsche Saite an und hörte zu spielen auf.

Dasein sah, daß der Mond in die dunkle Seelichtung getreten war – und er enthüllte kein Märchenland. Nur Wasser und Bäume. Es war jetzt entschieden kalt geworden.

Noch einmal preßte Jenny ihre Lippen auf seinen Mund. Dasein wußte, daß er sie immer noch liebte. Es war die Realität, an die er sich klammern konnte. Aber diese Nacht enthielt keinen Zauber mehr. Er spürte, daß er am Rand des Wahnsinns gestanden hatte, und das hinterließ einen Nachgeschmack.

Als sie ihn losließ, flüsterte er: „Ich möchte dich heiraten, Jenny. Ich liebe dich – aber ich brauche Zeit. Ich brauche . . ."

„Ich weiß, Liebling." Sie streichelte ihm über die Wange. „Nimm dir genug Zeit." Ihre Stimme klang zurückhaltend, und Dasein spürte die Kühle der Nacht und das Schweigen der anderen jungen Leute.

„Es wird Zeit zum Heimfahren", sagte Jenny.

Heim? fragte sich Dasein.

Jenny stand auf und half ihm auf die Beine. Er stolperte und fühlte sich einen Moment lang schwindelig. Jenny hielt ihn fest.

„Willst du, daß sich Onkel Larry heute abend noch deine Wunde ansieht?" fragte sie.

Piaget, dachte Dasein. Sie würden ihren Handel mit der Wahrheit fortsetzen. Die Veränderung durch das Jaspers zwang ihn dazu.

„Ich gehe morgen vormittag zu ihm", sagte Dasein.

„Heute nicht mehr?"

Erst wenn ich will, dachte Dasein. Und laut sagte er: „Nein, heute nicht."

Die Antwort schien Jenny zu beunruhigen. Auf der Rückfahrt zur Stadt hielt sie etwas Distanz zu ihm.

6

Als sie fort waren und Dasein allein neben seinem Wohnmobil im Hof des Hotels stand, starrte er gedankenverloren in den dunklen Himmel. Jennys Gutenachtkuß – zitternd, gezwungen – prickelte noch auf seinen Lippen. Die Luft roch nach Auspuffgasen und Öl. Von irgendwo im Innern des Hotels hörte er Musik – ein Radiogerät. Der Kies des Anfahrtsweges knirschte hart unter seinen Füßen.

Langsam holte Dasein das kleine Ding aus der Tasche und starrte es im Licht des Hotelschilds an. Der starke Geruch von Jaspers umgab ihn mit einemmal.

Dasein sah eine angebissene Semmel, Käse, Schinken – eines der Picknicksandwiches.

Wußten sie, daß ich es eingesteckt hatte? fragte er sich. Die Hose und das Hemd, die er bei dem Picknick getragen hatte, waren von dem Sturz ins Wasser zerknittert und ausgebeult.

Dasein überlegte seit geraumer Zeit, ob er sich umziehen sollte oder nicht. Aber das Ding in seiner Hand war vordringlich. Selador. Ja, er mußte es Selador zur Untersuchung schicken.

Ich kann nicht klar denken, sagte sich Dasein.

Er fühlte sich zwischen Extremen hin- und hergerissen, zwischen Entscheidungen von enormer Tragweite. Die Kopfverletzung? fragte er sich. Aber er vertraute der durch Jaspers gewonnenen Einsicht, daß die Verletzung nicht ernsthaft war. Dennoch . . . Entscheidungen . . .

Mit starker Konzentration zwang sich Dasein, in den Wagen zu steigen. Er lehnte sich gegen das Steuerrad und legte die Semmel auf den Sitz neben sich. Er spürte etwas Warmes, Feuchtes, als er sich hinsetzte, und zog die Brieftasche aus der Hose. Wasser hatte sich in den Fächern angesammelt. Er legte sie neben das Sandwich.

Jetzt, sagte sich Dasein. Jetzt gehe ich.

Aber es dauerte noch einige Minuten, bis er die Willenskraft aufbrachte, den Motor anzulassen und aus dem Parkplatz des Hotels auf die Straße nach Porterville hinauszufahren. Er fuhr langsam, denn er war sich der Schwerfälligkeit seiner Bewegungen bewußt.

Die Scheinwerfer rissen einen Keil in die Dunkelheit – Straße, Bäume, Bahnmarkierungen. Dasein kurbelte das Fenster herunter und beugte sich hinaus, damit der kühle Fahrtwind seine Gedanken klarer machte. Er war nun auf der gewundenen Straße, die aus dem Tal führte, und die Schwerfälligkeit seiner Gedanken war ein lähmendes Gewicht.

Scheinwerfer kamen auf ihn zu, fuhren vorbei.

Eine dunkle Felsmasse neben der Straße – gelbe Mittellinien, die Spuren von Reparaturen im Beton. Sterne . . . Endlich kam er an den Engpaß, der durch die schwarzen Skelette der verbrannten Bäume führte.

Dasein spürte, daß ihn etwas zurückzerrte, daß es ihm befahl, umzukehren und nach Santaroga zu fahren. Er bekämpfte es. Selador mußte diesen Sandwichrest bekommen und analysieren. Pflicht. Versprechen. Er mußte nach Porterville.

Irgendwo in seinem Gehirn spürte Dasein eine dunkle Gestalt, anonym, erschreckend. Sie beobachtete ihn.

Mit einem schnappenden Klang waren seine Gedanken plötzlich frei. Das kam so abrupt, daß er beinahe die Herrschaft über das Steuer verlor und mit quietschenden Reifen über den Mittelstreifen fuhr.

Die Straße, die Nacht, das Steuerrad, sein Fuß auf dem Gaspedal – alles drang mit verwirrender Schnelligkeit auf seine Sinne ein. Dasein stieg auf die Bremse und verlangsamte den Wagen, bis er nur noch dahinkroch. Allmählich ordneten sich seine Gedanken. Er holte tief und zitternd Atem.

Drogenreaktion, dachte er. Muß ich Selador sagen.

Porterville war die gleiche langweilige Stadt wie beim letztenmal – Autos vor der Kneipe, die einzige Straßenlaterne neben der verdunkelten Tankstelle.

Dasein hielt neben der Telefonzelle und dachte an den Sheriff, der ihn das letztemal hier ausgefragt hatte, weil er ihn für einen Bewohner von Santaroga hielt.

Er nannte der Vermittlung Seladors Nummer und trommelte ungeduldig mit den Fingern an die Wand, während er wartete. Eine schwache, spröde Stimme meldete sich. „Hier bei Selador . . .“

Dasein beugte sich zum Telefon. „Hier spricht Gilbert Dasein. Könnten Sie mich bitte Mister Selador melden?“

„Tut mir leid, die Seladors sind heute abend ausgegangen. Kann ich etwas ausrichten?“

„Verflixt!“ Dasein starrte das Telefon an. Er fühlte einen unbegründeten Ärger über Selador. Schließlich konnte der Mann nicht seinetwegen Abend für Abend am Telefon sitzen. In Berkeley ging das Leben seinen normalen Gang.

„Kann ich etwas ausrichten, Sir?“ wiederholte die spröde Stimme.

„Sagen Sie ihm, daß Gilbert Dasein angerufen hat“, erklärte Dasein. „Ich schicke ihm ein Päckchen zur chemischen Analyse.“

„Ein Päckchen zur chemischen Analyse. Jawohl, Sir. Ist das alles?“

„Ja.“

Dasein legte den Hörer nur zögernd auf. Er fühlte sich mit einemmal im Stich gelassen – allein hier oben, wo sich keiner darum kümmerte, ob er am Leben war oder nicht.

Warum warf er nicht den ganzen Kram hin? Warum heiratete er nicht Jenny und sagte der übrigen Welt, daß sie sich zum Teufel scheren konnte?

Es war eine angenehme Vorstellung. Er konnte spüren, daß er in die ruhige Sicherheit des Tales sinken würde. Santaroga lockte ihn mit seiner Sicherheit.

Doch dieses Gefühl der Sicherheit war gefährlich. Dasein spürte ein lauerndes Etwas draußen in der Dunkelheit. Er schüttelte den Kopf, verärgert über die Streiche, die ihm sein Verstand spielte.

Er kehrte zum Wohnmobil zurück. Im Vorratsschrank fand er eine Plastikdose, in der er früher einen Streichhölzervorrat aufbewahrt hatte. Er legte den Sandwichrest hinein, verschloß die Dose und packte sie in Butterbrotpapier. Das Ganze umwickelte er mit einem Ende Angelschnur und malte Seladors Adresse darauf. Als das geschehen war, schrieb er einen Begleitbrief auf einem Blatt seines Notizbuches und hielt darin säuberlich alle seine Reaktionen fest – den Drogeneffekt, den Unfall am See, seine Eindrücke von den jungen Leuten . . ., die Mauer, die ihn von ihnen distanzierte . . . Jennys Angst . . .

Alles enthielt der Brief.

Die Erinnerung an all die Vorfälle verursachte ihm Kopfschmerzen. Er fand einen Umschlag in seinem Koffer, adressierte den Brief und klebte ihn zu.

Mit einem Gefühl der Befriedigung ließ Dasein den Wagen an und fuhr in eine dunkle Seitengasse, in der er parkte. Er verschloß die Türen und legte sich hin, um auf den nächsten Morgen zu warten. Dann wollte er zum Postamt von Porterville gehen.

Hier werden sie die Post nicht kontrollieren, sagte er sich. Selador soll sich die Jaspers-Probe ansehen . . ., dann werden wir bald wissen, was damit los ist.

Er schloß die Augen, und seine Lider wurden zu einer Leinwand für einen verrückten Traum. Jenny weinte und sah bittend zu ihm auf, Selador lachte. Ein gigantischer Dasein stand da, gebunden wie Prometheus, mit glasigen Augen. Er keuchte vor Erschöpfung.

Dasein setzte sich auf. Seladors Lachen verwandelte sich in Glokkengeläute, langsam, trauernd. Er preßte die Hände über die Ohren. Es war kalt, und es roch nach Moder. Er stand auf, holte sich seinen Schlafsack und kroch hinein. Draußen zirpten Grillen, und das Metall des Wagens knackte leise.

Allmählich übermannte ihn die Müdigkeit, und er schloß die Augen.

Irgendwo flüsterte Jenny: „O Gil – ich liebe dich. Gil, ich liebe dich." Wie ein Echo begleitete ihn ihre Stimme in den Schlaf.

7

Dasein wachte auf und starrte die Decke des Wohnmobils mit Verwirrung an. Einen Moment lang wußte er nicht, wo er sich befand. Er erkannte die Decke, aber er konnte sie nicht recht einordnen. Sein Kopf und die Schulter schmerzten. Decke – bekannte Decke.

Eine Autohupe erklang in der Nähe. Das brachte ihn zurück in die Gegenwart. Er streifte den Schlafsack ab und kletterte hinaus in einen grauen, wolkenverhangenen Tag. Sein Kinn fühlte sich rauh und stachelig an. Er hatte einen säuerlichen Geschmack im Mund.

Zwei vorübergehende Schulbuben starrten ihn an und flüsterten einander etwas zu.

Ich muß furchtbar aussehen, dachte Dasein. Er sah auf seine Kleider hinunter. Sie waren verkrumpelt und schlapp, als hätte er darin ein Bad genommen und sich dann hingelegt, bis sie trocken waren. Dasein lächelte vor sich hin und überlegte, daß genau das der Fall gewesen war.

Er kletterte in den Wagen, ließ ihn an und fuhr auf die Hauptstraße zurück. Über der Veranda eines Ladens sah er das Postschild.

Der Postmeister wog zuerst einem kleinen Mädchen Bonbons ab, bis er hinter den Ladentisch kam und Daseins Päckchen auf die

Briefwaage stellte. Der Mann war groß und blaß und hatte schütteres schwarzes Haar, dazu aufmerksame blaue Augen. Er schniefte einmal, dann sagte er: „Das macht vierundachtzig für das Paket und fünf für den Brief."

Dasein schob eine Dollarnote über den Tisch.

Der Mann wechselte und warf einen Blick auf das Päckchen. „Was ist darin, Mister?"

„Proben für unser Labor", sagte Dasein.

„Oh." Der Mann schien nicht wissen zu wollen, um welche Proben es sich handelte. „Absender?"

„Dr. Gilbert Dasein, postlagernd Santaroga", sagte er.

„Dasein", sagte der Mann mit plötzlichem Interesse. „Dasein – ich glaube, ich habe ein Päckchen für einen Dasein. Einen Moment mal."

Er verschwand im Hintergrund des Ladens und kam kurze Zeit später mit einem kleinen Päckchen zurück, das ordentlich eingewickelt und verschnürt war. Selbst aus der Entfernung konnte Dasein Seladors gestochene Schrift erkennen.

Selador schreibt mir hierher?

Dasein hatte plötzlich das Gefühl, daß Selador ihn durch und durch kannte. Der Mann schickte ein Paket hierher und wußte, daß er es abholen würde. Doch dann sagte sich Dasein, daß das ganz natürlich war, nachdem er Selador die Machenschaften der Postbeamtinnen von Santaroga beschrieben hatte.

Doch es blieb das Gefühl, daß er nur eine Schachfigur war und die eigentlichen Spieler jede seiner Bewegungen kannten.

„Kann ich Ihren Ausweis sehen?" fragte der Postmeister.

Dasein zeigte ihn vor.

„Unterschreiben Sie hier."

Dasein unterschrieb und nahm das Päckchen in Empfang. Es war schwer.

„Komisch, daß ihr Santaroger mein Postamt benutzt", sagte der Postmeister. „Stimmt was nicht bei eurer Poststelle?"

Santaroger – im Plural, dachte Dasein. „Benutzt denn noch jemand außer mir Ihr Postamt?" fragte er.

„Früher jedenfalls", sagte der Mann. „War ein Schwarzer – Burdeaux oder so ähnlich hieß er. Schickte seine Post von hier ab. Bekam auch mal ein Päckchen aus Louisiana. Ist aber schon lange her."

„Ach so", sagte Dasein, da er nicht recht wußte, was er sonst sagen sollte.

„Habe Burdeaux schon länger nicht mehr gesehen", fuhr der Postmeister versonnen fort. „War ein netter Kerl. Hoffentlich geht bei ihm alles in Ordnung."

„Bestimmt", sagte Dasein. „Jedenfalls vielen Dank." Er nahm das Päckchen und ging zu seinem Wagen.

Mit einem Gefühl der Vorsicht, das er sich selbst nicht erklären konnte, ließ Dasein das Päckchen ungeöffnet auf dem Beifahrersitz liegen, bis er auf dem Weg nach Santaroga eine waldige Stelle gefunden hatte, in die er einbiegen konnte.

Die Schachtel enthielt eine automatische Pistole, Kaliber 32, mit einem Reservemagazin und einer Schachtel Patronen. An den Abzugshahn geheftet war eine Notiz von Selador: „Gilbert! Das Ding da verstaubt seit Jahren in meiner Schreibtischschublade, und ich bin wahrscheinlich ein altes Weib, weil ich es Ihnen schicke, aber da ist es nun. Ich übersende die Waffe in der Hoffnung, daß Sie sie nicht brauchen werden. Aber die Situation, die Sie mir beschrieben haben, hat mich mit einer merkwürdigen Unruhe erfüllt. Ich hoffe, Sie sind sehr, sehr vorsichtig." Auf der Rückseite des Zettels stand ein Postskriptum: „Noch nichts Neues bei unseren Untersuchungen. Diese Dinge gehen langsam voran. Aber Sie geben mir Hoffnung, daß wir den Leuten doch noch unsere Waren verkaufen können."

Dasein wog die Automatik in der Hand und widerstand dem Impuls, sie aus dem Fenster zu werfen. Das Ding verkörperte Gefahr. Inwiefern hatte er Selador so verängstigt? Oder gehörte es zu dem dunklen Schachspiel, das Selador eingeleitet hatte?

Konnte es eine Erinnerung an seine Pflichten sein? Sein verletzter Kopf schmerzte vom vielen Nachdenken.

Eine Zeile von Seladors Notiz fiel ihm auf: „... daß wir den Leuten doch noch unsere Waren verkaufen können."

Ist das meine eigentliche Aufgabe? überlegte Dasein.

Er erinnerte sich, daß Marden darauf angespielt hatte. Dasein schluckte. Seladors Zeilen hatten jetzt etwas von einer Falle an sich. Hatte sich der Doktor bestechen lassen? Es sah ihm so gar nicht ähnlich, eine Pistole zu verschicken. Ja, wenn er es genau bedachte, so war Selador gar nicht der Typ, der eine Waffe besaß.

Nun hatte er das verdammte Ding schon einmal. Was sollte er

damit tun? Ins Handschuhfach damit ... Aber nein. Wenn der Wagen durchsucht wurde ... *Verdammter Selador!*

Dasein steckte die Pistole in die Hüfttasche und zog die Jacke darüber. Er kam sich dumm dabei vor. Die Sache mit Selador konnte er später regeln. Im Augenblick mußte er sich mit Piaget unterhalten – er brauchte einige Antworten.

8

Piaget war bei einem Patienten in der Praxis, als Dasein ankam. Die dürre graue Sarah öffnete und gestattete, daß er im Wohnzimmer wartete. Mit knurriger Gastfreundschaft fügte sie hinzu, daß sie ihm Kaffee bringen werde.

Dasein bemerkte erst jetzt, daß in seinem Innern ein wütender Hunger nagte. Er fragte sich, ob er das andeuten konnte.

Als hätte sie seine Gedanken gelesen, sagte Sarah: „Ich wette, Sie hatten noch nichts zum Frühstück." Sie sah ihn von oben bis unten an. „Und Sie sehen aus, als hätten Sie in Ihren Kleidern geschlafen. Ihr Doktoren seid doch alle gleich. Paßt nie auf, wie ihr angezogen seid."

„Um ehrlich zu sein, ich habe tatsächlich noch nichts gegessen", sagte Dasein.

„Na, Sie werden Jenny noch Kummer machen", erklärte sie. Aber sie entschärfte ihre Worte durch ein Lächeln. Dasein starrte verwundert die weißen Zähne in dem runzligen Gesicht an.

„Uns ist etwas Apfelpastete übriggeblieben. Ich bringe Ihnen Jaspers-Sahne dazu", sagte Sarah. „Wetten, daß Sie das mögen?"

Sie wandte sich ab und ging durch das Eßzimmer in eine spiegelnde weiße Küche, die Dasein kurz durch eine Schwingtür sah. Die Tür schwang noch eine Zeitlang hin und her.

Dasein dachte über das Lächeln nach und erinnerte sich, daß Jenny gesagt hatte, Sarah könne ihn gut leiden. Er folgte ihr in die Küche. „Wahrscheinlich füttern Sie nicht gern Leute im Wohnzimmer ab", sagte er.

„Oh, danach werde ich nicht gefragt", erwiderte sie.

Sie stellte eine Schüssel auf einen ovalen Tisch. Daneben waren zwei Fenster, durch die man einen Blumengarten in der Morgensonne leuchten sah. „Setzen Sie sich hierher, junger Mann“, sagte sie. Sie goß ihm einen kräftigen Schwung Sahne über die goldgelbe Kruste der Pastete.

Dasein atmete den kräftigen Geruch von Jaspers ein. Seine Hand zitterte, als er den Löffel nahm, den Sarah vor ihn hingelegt hatte. Das Zittern hörte nach dem ersten Bissen auf.

Die Pastete schmeckte großartig. Sie besänftigte ihn. Seine Hand mit dem Löffel verharrte in der Luft.

Besänftigend. Ich bin Jaspers-süchtig, dachte er.

„Ist etwas?“ fragte Sarah.

„Ich . . .“ Er legte den Löffel weg. „Sie haben mich eingefangen, nicht wahr?“ fragte er.

„Wovon sprechen Sie?“ wollte Sarah wissen.

Er deutete mit dem Kinn auf die Pastete. „Was macht dieses Zeug mit mir?“

„Fühlen Sie sich komisch?“ fragte Sarah. „Ein Flattern hinter den Augen?“

„Ich . . .“ Er schüttelte den Kopf. Ihre Worte klangen verrückt. Ein Flattern hinter den Augen!

„Ich hole Doktor Larry“, sagte Sarah. Sie lief durch die Verbindungstür aus der Küche, und er sah sie über den Weg zur Klinik hasten.

Kurze Zeit später kam sie mit Piaget im Schlepptau zurück. Der Doktor hatte einen beunruhigten Gesichtsausdruck.

„Was erzählt mir Sarah da?“ fragte Piaget. Er legte eine Hand unter Daseins Kinn und sah ihm in die Augen.

„Was sie Ihnen erzählt?“ Dasein merkte selbst, daß seine Antwort dumm klang. Er schob Piagets Hand zur Seite. Die blinzelnden Augen und die gerunzelte Stirn des Doktors erinnerten ihn an einen zornigen Buddha.

„Sie scheinen ganz in Ordnung zu sein“, sagte Piaget. „Irgendwelche Symptome von . . .“

„Ihr habt mich in die Falle gelockt“, sagte Dasein. „Das habe ich ihr gesagt. Ihr habt mich eingefangen.“ Er deutete auf den Teller vor sich. „Mit dem da.“

„Oh!“ sagte Piaget.

„Kämpft er nur dagegen an?“ fragte Sarah.

„Wahrscheinlich“, erwiderte Piaget.

„Das verstehe ich nicht."

„Es kommt manchmal vor", sagte Piaget.

„Ich weiß, aber . . ."

„Wollt ihr beide aufhören, von mir wie von einem Klümpchen unterm Mikroskop zu sprechen?" fauchte Dasein. Er sprang auf. Durch die Bewegung schlitterte die Schale vom Tisch und zerschellte.

„Da, sehen Sie, was Sie angerichtet haben!" sagte Sarah.

„Ich bin ein Mensch", sagte Dasein. „Und nicht irgendein . . ."

„Langsam, Junge, langsam", sagte Piaget.

Dasein wirbelte herum und schob sich an Piaget vorbei. Er mußte weg von den beiden, bevor die Wut ihn verzehrte. Dasein mußte immer wieder an die Waffe in seiner Hüfttasche denken.

„So warten Sie doch einen Moment!" rief Piaget.

Dasein blieb an der Küchentür stehen und starrte Piaget aus schmalen Augen an.

„Sie können nicht einfach so weglaufen", sagte Piaget.

„Versuchen Sie nicht, mich aufzuhalten", knurrte Dasein. Die Pistole drückte hart und kalt gegen seine Hüfte.

Piaget schwieg – eine Stille, die den ganzen Mann erfaßte. Es war, als hätte er sich zurückgezogen und wäre so klein geworden wie jemand, den man durch ein umgekehrtes Teleskop betrachtete – fern, geheimnisvoll.

„Also schön." Piagets Stimme kam aus der gleichen Ferne.

Abrupt drehte sich Dasein um, ging durch das Wohnzimmer und aus dem Haus. Er spürte seine Füße auf dem Beton des vorderen Gehsteigs, dann auf dem Gras des Parkstreifens. Der Griff der Wagentür lag ihm kalt in der Hand. Er ließ den Motor an und wunderte sich über seine eigenen Gefühle. Alles war wie ein Traum.

Eine Straße floß vorbei, verschwand – Verkehrszeichen . . . Pflaster . . . das Hotel. Er parkte vor der langen Veranda. Links von ihm war ein alter grüner Wagen undefinierbarer Marke. Es war unwichtig.

Als wäre er eben erst erwacht, sah Dasein, wie seine rechte Hand an der Klinke der Fronttür drückte. Die Tür gab nicht nach. Ein Schild in Höhe seiner Augen starrte ihm entgegen.

GESCHLOSSEN.

Dasein sah das Schild an. *Geschlossen?*

„Ihr Gepäck ist gleich hier an der Treppe, Dr. Dasein."

Diese Stimme erkannte Dasein sofort – dieser Al Marden, der ihn jedesmal in Wut brachte. *Autorität – Geheimnistuerei – Verschwörung.*

Dasein drehte sich um. Da stand Marden auf einer Verandastufe: rothaarig, schmales Gesicht, grüne Augen, den Mund zu einer dünnen Linie zusammengepreßt, die von Ärger bis zu Spott alles ausdrükken konnte.

„Man wirft mich also hinaus?" sagte Dasein.

„Das Hotel ist geschlossen", sagte Marden. „Anordnung des Gesundheitsamtes."

„Auch das Restaurant?" fragte Dasein.

„Alles." Eine strenge Stimme, die keinen Widerspruch duldete.

„Ich kann also hingehen, woher ich gekommen bin, was?" fragte Dasein.

„Ganz nach Belieben."

„Es muß noch andere Hotels geben."

„Ja?"

„Es muß welche geben."

„Wirklich?"

Dasein starrte den Patrouillen-Captain an und hatte das gleiche Gefühl wie bei Piaget. Der Mann verschwand in die Ferne.

„Sie können wegfahren oder zu Dr. Piaget zurückkehren", sagte Marden. „Er nimmt Sie sicher auf." Die Stimme war so weit weg.

„Zurück zu Piaget?" sagte Dasein. „Woher wissen Sie, daß ich gerade von ihm komme?"

Marden schwieg. Sein Blick war fern und zurückhaltend.

„Die Dinge sprechen sich schnell herum", sagte Dasein.

„Wenn es sein muß."

Zurück zu Piaget? fragte sich Dasein. Er lächelte. Nein! Sie hatten nicht an alles gedacht.

Immer noch lächelnd nahm Dasein seinen Koffer von der Verandastufe auf. Er trug ihn zum Wagen, warf ihn hinein und setzte sich hinter das Steuer.

„Warum lassen Sie sich nicht von Leuten helfen, die etwas davon verstehen?" rief Marden ihm nach.

In seiner Stimme war jetzt eine schwache Spur von Beunruhigung. Das vertiefte Daseins Lächeln und befriedigte ihn. Er fuhr in die Stadt.

Im Rückspiegel sah er, daß der Patrouillenwagen ihm folgte. Sie würden ihn nicht in der Stadt parken lassen, das wußte Dasein, aber er erinnerte sich an die Karte, die in einem Fenster der Tankstelle ausgestellt war. Er hatte darauf einen öffentlichen Campingplatz an der Straße nach Westen gesehen – „Sand-Hills-Park".

Er fuhr auf der Hauptstraße, und Marden verfolgte ihn. Direkt vor ihm tauchte die riesige Tankstelle auf. Dasein sah die Telefonzelle neben der Parkfläche und schwenkte so plötzlich ein, daß Marden vorbeifuhr, mit kreischenden Bremsen stehenblieb und wieder zurückkam. Dasein hatte bereits seinen Wagen verlassen und stand im Kiosk.

Marden hielt den Patrouillenwagen am Straßenrand an und wartete. Er starrte Dasein an. Der Motor seines Wagens schien mißbilligend zu brummen. Dasein warf einen Blick auf die Tankstelle. Alles war so normal. Niemand achtete auf Marden oder sein Opfer.

Dasein zuckte mit den Schultern und schloß die Tür.

Er warf eine Münze in den Schlitz und fragte nach der Nummer der Genossenschaft.

„Wenn Sie Jenny sprechen wollen, Dr. Dasein – sie ist bereits heimgegangen." Dasein starrte den Hörer an und ließ die Worte der hochmütigen weiblichen Stimme erst einmal in sich eindringen. Sie wußten nicht nur, wer anrief, sie wußten sogar, was er wollte, noch bevor er es gesagt hatte.

Dasein starrte zu Marden hinaus. Seine Aufmerksamkeit war auf die grünen Augen gerichtet, auf die zynischen grünen Augen.

Wut stieg in ihm hoch. Er legte den Hörer auf. *Verdammte Bande! Ja, er wollte mit Jenny sprechen. Und er würde es tun, trotz allem!*

„Ich brauche Dr. Piagets Nummer."

Er hörte ein deutliches Lachen am anderen Ende der Leitung. Dasein sah das Telefonbuch an der Wand und schämte sich. Er hörte, wie bei der Vermittlung gewählt wurde. Es klingelte.

Jenny meldete sich.

„Jenny!"

„Oh, hallo, Gilbert!"

Dasein hatte ein Kältegefühl im Magen. Ihre Stimme klang so beiläufig. „Du weißt, daß sie mich aus dem Tal haben wollen, Jenny?"

Schweigen.

„Jenny?"

„Ich habe gehört, was du gesagt hast.“ Immer noch diese Distanz in ihrer Stimme.

„Ist das alles, was du dazu zu sagen hast?“ In seinem Tonfall schwang Ärger mit.

„Gilbert . . .“ Es entstand eine lange Pause, dann sagte sie: „Vielleicht wäre es besser, wenn du für eine Weile – nur für eine kurze Zeit – also, vielleicht wäre es besser, wenn du das Tal verlassen würdest.“

Er spürte die Anspannung hinter dem beiläufigen Ton.

„Jenny, ich fahre zum Sand-Hills-Park hinaus und werde dort in meinem Wohnmobil bleiben. Ich lasse mich nicht vertreiben.“

„Gilbert, nicht!“

„Du – willst, daß ich gehe?“

„Ich – Gilbert, bitte, komm zurück und sprich mit Onkel Larry.“

„Ich habe schon mit Onkel Larry gesprochen.“

„Bitte. Tu es für mich!“

„Wenn du mit mir sprechen möchtest, komm in den Park.“

„Ich – habe Angst davor.“

„Du hast Angst?“ Er war wütend. Welchen Druck übten sie auf Jenny aus?

„Bitte, ich kann es dir nicht erklären.“

Er zögerte, dann sagte er: „Jenny, ich kampiere im Park. Um mich zu entscheiden. Ich komme zurück, wenn ich mich entschieden habe.“

„Gilbert, um Himmels willen, sei vorsichtig!“

„Wovor?“

„Einfach so.“

Dasein spürte die Pistole in der Tasche, ein Gewicht, das seine Gedanken wieder auf die Gefahren des Tales brachte. Auf die namenlosen Gefahren. Sie hatten keine bestimmte Form. Und wie sollte man eine Pistole gegen ein unbestimmtes Ziel ansetzen?

„Ich komme zurück, Jenny“, sagte er. „Ich liebe dich.“

Sie begann zu weinen. Er hörte deutlich ihr Schluchzen, bevor sie die Verbindung unterbrach.

Steif ging Dasein zurück zu seinem Wagen, fuhr an Marden vorbei und in Richtung Westen. Der Patrouillenwagen blieb dicht hinter ihm.

Soll der Hundesohn nur folgen, dachte Dasein. Er spürte die

Sinnlosigkeit seines Handelns, aber darunter blieb die feste Überzeugung, daß er so handeln mußte. Vielleicht war ein Entscheidungskampf nötig, um die richtige Antwort zu finden. Das war es. Ein Entscheidungskampf.

Er überquerte den Fluß auf einer Betonbrücke und sah zu seiner Linken ganze Reihen von Gewächshäusern zwischen den Bäumen. Die Straße führte durch den Wald und mündete in Buschland ein – Salbei und Mesquitesträucher. Dann änderte sich die Landschaft aufs neue. In der Ferne erstreckten sich baumbewachsene Höhenzüge, aber davor lagen niedrige Hügel, mit knorrigen Büschen und Unkraut bedeckt. Dazwischen sah man nackten grauen Staub und Pfützen mit schwarzem Wasser.

Ein feuchter, erstickender Geruch nach Schwefel hing in der Luft.

Dasein spürte irgendwie, daß das die Sandhügel sein mußten. Rechts von ihm tauchte ein zerbrochenes Schild auf. SAND-HILLS-PARK. ÖFFENTLICHER CAMPINGPLATZ.

Eine Doppelspur führte durch den Sand zu einer eingezäunten Fläche mit offenen Toiletten am Eingang und ringsum verteilten Feuerstellen aus Stein.

Dasein bog in die Spur ein. Der Wagen rumpelte in das Campinggelände. Er blieb neben einem der Feuerplätze stehen und sah sich um. Es war ein einmalig trübseliger Ort.

Mardens Auto blieb mit jaulendem Motor neben ihm stehen. Der Captain kurbelte das Fenster herunter und beugte sich heraus.

„Wozu halten Sie hier, Dasein?" In seinem Tonfall zeigte sich eine Spur von Gereiztheit.

„Ich denke, das hier ist ein Staatspark", erwiderte Dasein. „Gibt es irgendein Gesetz, daß ich hier nicht kampieren darf?"

„Spielen Sie nicht den Neunmalklugen, Dasein!"

„Wenn Sie vom Gesetz her keinen Einwand haben, werde ich hier kampieren", sagte Dasein.

„Hier?" Marden deutete auf die trostlose Umgebung.

„Nach Santaroga finde ich es verhältnismäßig freundlich", meinte Dasein.

„Was wollen Sie eigentlich beweisen, Dasein?"

Dasein antwortete mit einem finsteren Schweigen.

Marden zog sich wieder ins Innere des Wagens zurück. Dasein konnte sehen, daß er das Lenkrad umkrampfte, bis die Knöchel weiß hervortraten. Dann beugte sich der Captain noch einmal heraus und sah Dasein grimmig an. „Wie Sie wollen, Mister! Es ist Ihr Begräbnis."

Der Patrouillenwagen machte einen Sprung nach vorn, raste um die Kurve, daß der Sand aufspritzte, und jagte zurück auf den Highway in Richtung Stadt.

Dasein wartete, bis die Dämmerung einsetzte. Dann ging er im Wagen nach hinten und überprüfte seine Vorräte. Bohnen, Trockenmilch, Dosenwürstchen, zwei Flaschen Ketchup, eine Dose Sirup und ein halbes Paket mit Pfannkuchenteig. Dazu Kaffee und Zucker. Er seufzte und setzte sich auf die Koje.

Das gegenüberliegende Fenster rahmte die Sandhügel und die türlosen Toiletten ein. Dasein fuhr sich über die Stirn. Er hatte Schmerzen hinter den Augen. Der blaue Fleck an seiner Schläfe machte sich ebenfalls bemerkbar. Das erbarmungslose Licht, das die öden Hügel beleuchtete, erfüllte ihn mit einer Art Selbstanklage.

Zum erstenmal, seit er das Tal betreten hatte, stellte er sein eigenes Handeln in Frage. Er spürte, daß sein Tun einen Hauch von Wahnsinn ausstrahlte. Es war ein Teufelskreis – Jenny ... Marden ... Burdeaux, Piaget, Willa, Scheler, Nis ... Es war Wahnsinn und doch auch wieder nicht.

Und da war noch Jersey Hofstedders Wagen – irgendwie gehörte er mit dazu. Er stellte sich noch einmal die Szenen am See vor, und nun ging er in schonungsloser Offenheit mit sich selbst um. Jennys „wir" hatte etwas von seinem Schrecken verloren. Es war das „wir" der Höhle und des Jaspers, das „wir", das geduldig wartete, bis er seine Entscheidung getroffen hatte.

Die Entscheidung lag bei ihm, das sah er. Egal, was die Substanz aus der düster rötlichen Höhle der Psyche antat, die Entscheidung lag bei ihm. Es mußte seine Entscheidung sein, sonst verlor diese Irrsinnsjagd alle Bedeutung.

Ich kämpfe immer noch dagegen an, dachte er. Ich habe immer noch Angst, daß ich „das Flattern hinter den Augen bekomme" und angekettet am Fließband der Genossenschaft stehe.

Ruhelos kletterte er aus dem Wagen, stellte sich in den Sand und ließ die abendliche Schwüle auf sich eindringen. Eine einzelne Krähe flog so dicht über ihn hinweg, daß er den Wind in ihren Flügeln sausen hörte.

Dasein sah dem Vogel nach und fand ihn merkwürdig. Krähen lebten meist in großen Gemeinschaften. Aber diese hier war allein gewesen. Wie er.

Wie war ich vorher, daß ich nicht mehr zurückkehren kann? fragte er sich. Und er wußte, daß er wie die einsame Krähe sein würde, wenn er sich gegen Santaroga entschied.

Er wußte auch, worin das Problem lag – in dem Zwang, jenen, die ihn angestellt hatten, einen ehrlichen Bericht zu liefern. Danach drängte die durch das Jaspers verstärkte Ehrlichkeit. Danach drängte sein eigenes Pflichtbewußtsein. Wenn er es nicht tat, vernichtete er sein Ich. Und er wollte es nicht aufgeben, er hing an jedem kleinsten Teilchen davon.

Die Bewohner des Tales kamen ihm mit einemmal wie Götter des Olymps vor. Sie standen einen Moment lang neben ihm, in all ihrer primitiven Größe. Wollen sie mich prüfen? fragte er sich.

Weshalb hatte dann Jenny gesagt, daß sie es nicht wagte, hierherzukommen?

Und wo sind die Kinder? Ein kühler, rationaler Teil seines Gehirns wägte ab. Was ist mein Denken, und was ist der Droge zuzuschreiben? fragte er sich.

Wo konnte er festen Boden finden, auf den er sich stellte und sagte: „Die Dinge, über die ich entscheide, sind da – und da . . .“?

Er wußte, daß niemand ihm bei der Suche nach diesem Boden helfen konnte. Wenn er für Meyer Davidson und seine Meute einen ehrlichen Bericht abfaßte, war Santaroga zum Untergang verurteilt. Aber wenn er log, infizierte er sich selbst.

Er hatte sich von Santaroga mit einer klaren Geste getrennt. Das Paket mit Jaspers, das er Selador übersandt hatte, tauchte in seinen Gedanken auf. Hier hatte der Schnitt begonnen. Es war eine Geste gewesen, mehr nicht. Ein Symbol. Noch als er es abschickte, hatte ein Teil in ihm gewußt, daß die Substanz des Jaspers vollkommen zerstört sein würde, wenn es beim Empfänger ankam. Er hatte dem Santaroga-Teil seines Wesens eine Kampfansage geschickt.

Hatte Burdeaux das gleiche getan? Welche Pakete hatte er mit Louisiana ausgetauscht?

Das Päckchen an Selador war wie ein Stein, der nie sein Ziel treffen würde. Er erinnerte sich, daß er als Kind einen Stein nach einer großen grauen Katze geworfen hatte, die zu weit entfernt war, als daß er sie hätte treffen können. Eine graue Katze. Er erinnerte sich an das plötzliche Schweigen der Vögel im Garten seiner Tante, als das Tier herbeigestrichen war. Und dann fiel der Stein – weit vom Ziel entfernt.

Piaget war die graue Katze.

Die Katze im Garten hatte aufgeschaut, einen Moment lang überrascht von dem Geräusch. Dann hatte sie sich wieder ihrer Jagd zugewandt, mit einer beleidigenden Verachtung für weit entfernte Jungen, die Steine warfen.

Was hatte Piaget getan?

In einer plötzlichen Erkenntnis spürte Dasein, weshalb er so einsam war. Er gehörte zu keiner Gruppe, er hatte keinen Platz in diesem Ameisenhaufen, nichts, das ihn vor persönlichen Entscheidungen schützte. Welche Entscheidung er auch traf, es war seine Entscheidung – unabhängig von den Folgen. Selador schämte sich vielleicht für seinen erfolglosen Untergebenen. Die Schule verlor die Geldzuwendung. Das einmalige Ding, das Santaroga hieß, konnte zerstört werden.

Alles wegen einer Entscheidung, einer Geste eigentlich, die ein einsamer Mann auf einem nackten Sandhügel vollführte – beeinflußt von einer einsamen Krähe und einer grauen Katze.

Es war ein Augenblick, in dem er etwas tun mußte, und doch konnte er an nichts anderes denken, als ins Wohnmobil zu klettern und etwas zu essen.

Während er hin und her ging und in einer Bratpfanne Pfannkuchen buk, quietschte das Metall des Wagens protestierend. Hunger nagte in ihm, aber das Essen schmeckte ihm nicht. Er wußte, was er brauchte – was sein Körper verlangte, obwohl er bis hierher geflohen war, um dem Verlangen zu entfliehen . . . Jaspers.

9

ALS die Dunkelheit hereingebrochen war, schaltete Dasein das Licht im Wohnbereich ein und setzte sich zu seinen Notizen. Er fühlte, daß er seine Gedanken beschäftigen mußte, aber der Geruch des Erdbodens drang immer wieder zu ihm durch. Das Wohnmobil war eine winzige Welt mit scharf gezogenen Grenzen, doch es konnte das Universum draußen nicht abwehren. Dasein starrte durch das Fenster auf die Sterne: helle Löcher, die in die Dunkelheit gestanzt waren. Sie vergrößerten seine Einsamkeit. Er riß den Blick los von ihnen.

Die Notizen . . .

Immer wieder kamen die gleichen Fragen an die Oberfläche. Wo waren die Kinder? Durch welches Versagen des Jaspers-Produkts entstanden die Geisteskranken? Wie konnte eine ganze Gemeinschaft den unbewußten Wunsch hegen, jemanden zu töten?

Woraus bestand Jaspers? Was war es? Wie wirkte es auf die chemischen Reaktionen des Körpers?

Dasein wußte, daß es gefährlich war, diese Fragen näher zu erforschen. Es waren Fragen und gleichzeitig Antworten. Dieses Forschen – es stachelte die Gemeinschaft gegen ihn auf.

Selbst wenn er die Antworten fand, einen vollen, ehrlichen Bericht abfaßte und ihn Meyer Davidson schickte – würde das die Gemeinschaft erlauben? Dasein erkannte, daß hier Kräfte am Werk waren, gegen die er eine im Sturm flackernde Kerze war.

Er hörte Schritte im harten Sand, schaltete das Licht aus und sah ins Freie.

Eine geisterhafte Gestalt stand im Sternenlicht da, eine Frau in einem hellen Kleid oder ein Mann in einem Trenchcoat.

„Wer ist da?" rief Dasein.

„Gil!"

„Jenny!" Er sprang aus dem Wagen und ging ihr entgegen. „Ich dachte, du würdest nicht herkommen. Du hast mir gesagt . . ."

„Bitte, komm nicht näher!" rief sie. Er blieb zehn Schritt von ihr entfernt stehen.

In ihrer Stimme lag etwas sonderbar Sprödes. Dasein zögerte.

„Gil, wenn du nicht zu Onkel Larry zurückkommen willst, mußt du das Tal verlassen."

„Du willst, daß ich gehe?"

„Du mußt es tun."

„Weshalb?"

„Ich . . ., sie wollen, daß du gehst."

„Was habe ich getan?"

„Du wirst uns gefährlich. Wir alle wissen es. Wir können es spüren. Du bist gefährlich."

„Jenny, glaubst du, daß ich dir weh tun könnte?"

„Ich weiß nicht! Ich weiß nur, daß du gefährlich bist."

„Und du willst, daß ich gehe?"

„Ich befehle es dir."

„Du befiehlst es mir?" Er spürte Hysterie in ihrer Stimme.

„Gil, bitte!"

„Ich kann nicht gehen, Jenny. Ich kann nicht."

„Du mußt."

„Ich kann nicht."

„Dann komm zurück zu Onkel Larry. Wir werden uns um dich kümmern."

„Auch wenn ich geisteskrank werde?"

„Sag das nicht!"

„Es könnte geschehen, nicht wahr?"

„Liebling, wir kümmern uns um dich, was auch geschieht."

„Ihr kümmert euch um die Euren."

„Natürlich."

„Jenny, weißt du, daß ich dich liebe?"

„Ja", flüsterte sie.

„Weshalb tust du mir dann das alles an?"

„Wir tun dir nichts an." Sie weinte und sprach unter Schluchzen weiter. „Du bist es – der alles verursacht . . ."

„Ich tue nur, was ich tun muß."

„Du mußt nichts tun."

„Willst du, daß ich unehrlich bin – daß ich lüge?"

„Gil, ich bitte dich! Geh – um meinet- und deinetwillen!"

„Oder komm zurück zu Onkel Larry?"

„Ja, bitte."

„Was geschieht, wenn ich es nicht tue?"

„Wenn du mich wirklich liebst – o Gil, ich könnte es nicht ertragen, wenn . . . wenn . . ." Sie unterbrach sich, weil sie vor Schluchzen nichts mehr herausbrachte.

Er ging auf sie zu. „Jenny, nicht!"

Sie hörte abrupt zu weinen auf und zog sich zurück. Sie schüttelte den Kopf. „Bleib weg von mir!"

„Jenny, was ist denn mit dir?"

Sie ging noch schneller rückwärts.

„Jenny, bleib stehen!"

Plötzlich wirbelte sie herum und rannte davon. Er wollte ihr nachlaufen, doch nach ein paar Schritten blieb er stehen. Es hatte keinen Zweck.

Ihre Stimme erreichte ihn als hysterischer Schrei:

„Bleib weg von mir! Ich liebe dich! Bleib weg!"

Er stand in entsetztem Schweigen da, bis er auf der Straße draußen eine Autotür zuschlagen hörte. Lichter wurden eingeschaltet. Ein Wagen raste zurück in die Stadt.

Er erinnerte sich an das weiche Mondlicht in ihrem Gesicht, an die schwarzen Augenhöhlen. Das Gesicht hatte wie eine Maske gewirkt. Er ging mit müden Schritten zurück zum Wagen. Seine Gedanken waren in Aufruhr. *Ich liebe dich! Bleib weg von mir!*

Was weiß ich überhaupt von Jenny? Nichts – nur daß sie mich liebt!

War das wirklich Jenny, die da gebettelt, gefordert, befohlen hatte?

Du bist gefährlich. Wir alle wissen es.

Sie mußten es wohl wissen.

In der Jaspers-Einheit, die er am See erlebt hatte, wußten sie, daß er gefährlich war. Wenn er das Zeug nicht nahm, es vernichtete – würden sie dann seine wahre Gestalt erkennen?

Santaroga erschien ihm als trügerischer Vorhang der Ruhe über einem Teich der Gewalttätigkeit. Wie die Götter des Olymps hatten sie das Primitive überwunden. Aber das Primitive war noch da, um so gefährlicher, da man es nicht erkannte und wie eine Spiralfeder nach unten drückte.

Jenny mußte es spüren, dachte er. Ihre Liebe zu ihm gab ihr wahrscheinlich größere Einsicht. *Bleib weg von mir!* Ihr Schrei klang immer noch in ihm nach.

So waren also die anderen Forscher gestorben – sie hatten die Explosion, die in Santaroga lauerte, ausgelöst.

Stimmen durchdrangen Daseins Nachdenklichkeit. Sie kamen von der der Straße abgewandten Seite. Eine davon gehörte deutlich zu einer Frau. Die anderen beiden konnte er nicht recht erkennen. Dasein ging um den Wagen herum und starrte zu den dunklen Pfützen und Sandhügeln hinüber. Es war eine von Schatten durchzogene Landschaft, in der nur das Wasser aufschimmerte.

Der Strahl einer Taschenlampe wurde jenseits eines Hügels sichtbar. Er schwankte hin und her. Dann sah er die drei dunklen Gestalten, die ebenso wie das Licht zu hüpfen schienen. Dasein mußte an Macbeths Hexen denken. Sie rutschten den Hügel halb herunter, wichen einer Pfütze aus und kamen auf den Campingplatz.

Dasein überlegte, ob er sie anrufen sollte. Vielleicht hatten sie sich verirrt. Weshalb sonst würden sich drei Leute hier draußen in der Wildnis aufhalten?

Ein Lachen kam von der Gruppe, und es erinnerte an ein Kind. Dann drang die Stimme der Frau deutlich bis zu ihm: „O Petey! Es ist so schön, daß du wieder bei uns bist."

Dasein räusperte sich und rief: „Hallo!" Dann, etwas lauter, noch einmal: „Hallo!"

Das Licht schwankte auf ihn zu. Die fröhliche Stimme der Frau sagte: „Oh, es ist jemand am Parkplatz."

Ein Mann knurrte.

„Wer ist da?" fragte sie.

„Nur ein Camper", erwiderte Dasein. „Haben Sie sich verirrt?"

„Wir haben nur nach Fröschen gesucht." Das klang wie die Stimme eines älteren Buben. Das Trio kam auf ihn zu.

„Ziemlich scheußlicher Platz zum Campen", sagte die Frau.

Dasein studierte die näher kommenden Gestalten. Links ging ein Junge – ja, das war eindeutig ein Junge. Er schien Pfeil und Bogen zu tragen. Die Frau hatte einen langen Fischrechen und ein Bündel über der Schulter. Der Mann und der Junge trugen die Taschenlampe und eine Schnur mit Ochsenfröschen. Sie blieben am Wohnmobil stehen, und die Frau lehnte sich dagegen und holte Sand aus ihren Schuhen.

„Wir waren drüben beim Teich", sagte sie.

„Hann", knurrte der Mann.

„Wir haben acht erwischt", erklärte der Junge. „Mami will sie zum Frühstück braten."

„Petey hat es sich unbedingt in den Kopf gesetzt", meinte die Frau. „Und ich konnte nicht nein sagen, nachdem er den ersten Tag daheim ist."

„Ich hab's geschafft", sagte der Junge. „Daddy hat es nicht geschafft, aber ich schon."

„Ich verstehe", sagte Dasein. Er sah den Mann genauer an. Er war groß, hager, ziemlich unbeholfen. Unter einer Mütze quoll blondes Haar vor. Seine Augen waren leer wie zwei blaue Glasstücke.

Die Frau hatte den Schuh wieder angezogen. Sie trug einen schweren Mantel und sah dadurch aus wie eine Tonne. Sie reichte dem Mann kaum bis an die Schulter, aber ihre bestimmte Art erinnerte Dasein irgendwie an Clara Scheler.

„Bill ist der erste seit acht Generationen, der es nicht geschafft hat", sagte sie. „Sie glauben, seine Mutter hat etwas Falsches gegessen, als er unterwegs war. Wir waren schon vorher verlobt . . . Aber weshalb erzähle ich Ihnen das eigentlich? Ich glaube nicht, daß ich Sie kenne."

„Dasein – Gilbert Dasein", sagte er. Und er dachte: So kümmern sie sich also um die Ihren!

„Jennys Freund", sagte die Frau. „Ach so."

Dasein sah den Jungen an. Petey. Er schien nicht älter als zwölf zu sein, war aber fast so groß wie die Frau.

„Dreh die Lampe hierhin, Bill", sagte die Frau. Sie sprach deutlich und langsam wie mit einem kleinen Kind. „Hierhin, Liebling."

„Hierhin, Paps." Der Junge führte die unsichtbare Hand des Mannes.

„So ist es brav, Liebling", sagte die Frau. „Ich glaube, ich habe meinen Fischrechen in der Kapuze verhakt." Sie zerrte daran.

„Hann", sagte der Mann.

Dasein starrte ihn mit kaltem Entsetzen an. Er konnte sich selbst sehen, wie Jenny sich „um ihn kümmerte" und wie ihre Kinder ihr dabei halfen.

„So", sagte die Frau und nahm den Rechen fest in die Hand. „Richte die Lampe jetzt auf den Boden, Liebling. Auf den Boden."

„Hier nach unten, Paps", sagte der Junge und half ihm.

„Du bist aber brav." Sie tätschelte dem Mann die Wange.

Dasein spürte etwas Obszönes in der Geste. Er wollte sich abwenden und konnte nicht.

„Bill ist wirklich ein braver Kerl", sagte die Frau.

Der Junge begann mit seinem Bogen zu spielen. Er spannte die Schnur und ließ sie wieder los.

„Was machen Sie hier draußen, Dr. Dasein?" fragte die Frau.

„Ich – wollte eine Weile allein sein." Er zwang sich, sie anzusehen.

„Na, an diesem Ort sind Sie wirklich allein", sagte sie. „Fühlen Sie sich auch wohl? Kein – Flattern oder sonst etwas?"

„Alles in Ordnung", sagte Dasein. Er zitterte.

Der Junge hatte einen Pfeil auf die Sehne gelegt und spielte damit herum.

„Ich bin Mabel Jorick“, sagte die Frau. „Das hier ist Bill, mein Mann – und unser Sohn Petey. Petey war – Sie wissen schon ... bei Doc Piaget. Hat eben das Attest bekommen, daß er gesund ist.“

„Ich hab’s geschafft“, sagte der Junge. Er hatte den Bogen ganz angespannt. Die Pfeilspitze blitzte im Licht der Taschenlampe.

Nach oben, unten, links, rechts zeigte der Pfeil.

Dasein bewegte sich unruhig, als die Spitze auf seine Brust zeigte – rechts, links, Mitte. Schweiß stand ihm auf der Stirn. Er spürte, daß von dem Jungen eine Drohung ausging.

Instinktiv stellte sich Dasein zwischen den Anhänger und den Mann, aber Bill trat zurück und schlenderte auf die Straße zu.

„Ich glaube, er hört den Wagen“, sagte die Frau. „Mein Bruder Jim holt uns ab.“ Sie schüttelte verwundert den Kopf. „Bill hört wirklich ganz besonders gut.“

Dasein konnte nicht anders, er ließ sich auf Hände und Knie fallen. Während er fiel, hörte er die Bogensehne schnurren und den Pfeil an seinem Nacken vorbeistreifen. Er bohrte sich mit hartem Krachen in die Wand des Campinganhängers.

„Petey!“ schrie die Frau. Sie riß ihm den Bogen aus der Hand. „Was machst du da?“

„Er ist mir ausgerutscht, Mama.“

Dasein kam langsam hoch und sah die Leute aus schmalen Augen an.

„Hann“, sagte der Mann.

Die Mutter wandte sich Dasein zu, den Bogen in der Hand.

„Er wollte mich umbringen“, flüsterte Dasein.

„Ich hab es doch nicht mit Absicht getan“, protestierte der Junge.

Der Mann hob die Taschenlampe in einer drohenden Geste.

Ohne ihn anzusehen, sagte die Frau: „Auf den Boden richten, Liebling!“ Sie schob die Lampe nach unten und starrte Dasein an. „Sie glauben doch nicht ...“

„Es war ein Unfall“, sagte der Junge.

Dasein warf einen Blick auf den Pfeil. Er hatte in Brusthöhe ein Loch in die Wand des Wohnmobils gebohrt. Dasein schluckte, aber seine Kehle war ausgedörrt. Wenn er sich nicht genau im richtigen

Moment geduckt hätte ... Ein Unfall. Ein bedauerlicher Unfall. Der Junge hatte mit Pfeil und Bogen gespielt. Der Pfeil war ausgerutscht.

Tod durch ein Mißgeschick. Was hatte mich gewarnt? überlegte Dasein. Er wußte die Antwort. Sie lag gut leserlich in seinem Innern. Er hatte das Santaroga-Schema der Drohung erkannt. Die Mittel variierten, aber das Schema änderte sich nicht – etwas Tödliches in einer scheinbar unschuldigen Umgebung.

„Es war nur ein Unfall", wisperte die Frau. „Petey könnte keiner Fliege etwas zuleide tun."

Dasein sah, daß sie es nicht glaubte.

Und das gab ihm zu denken. Er hing immer noch an einem zähen Faden, der ihn mit der Jaspers-Einheit verband. Die Warnung war eindeutig gewesen. Die Frau hatte sie auch gespürt.

„Wirklich nicht?" fragte Dasein. Er sah noch einmal den Pfeil an, der im Wohnmobil steckte.

Die Frau drehte sich um, packte ihren Sohn an einer Schulter und schüttelte ihn. „Du willst wohl wieder zurück, was?" fragte sie und hob den Bogen.

„Hann", sagte der Mann. Er scharrte unsicher mit den Füßen.

„Es war nicht Absicht", sagte der Junge. Er war offensichtlich den Tränen nahe.

Die Frau sah Dasein bittend an. „Sie sagen doch Doktor Larry nichts davon, nicht wahr?"

„Was – sagen?" Dasein starrte sie verständnislos an.

„Sie wissen schon – er könnte es falsch auslegen."

Dasein schüttelte den Kopf. Wovon sprach sie?

„Es ist so schwer", sagte die Frau. „Nach Bill, meine ich. Sie wissen, wie es da drüben ist." Sie deutete mit dem Kinn vage zur Seite. „Sie beobachten einen genau und suchen nach den kleinsten Symptomen. Es ist so schwer, einen Sohn dort zu haben und ihn nur zu den festgesetzten Besuchsstunden sehen zu dürfen – und – und nie kann man sicher sein."

„Ich bin in Ordnung, Mama", sagte der Junge.

„Natürlich, Liebling." Sie hielt den Blick auf Dasein gerichtet.

„Ich würde nie mit Absicht jemanden verletzen."

„Ich weiß, Liebling."

Dasein seufzte.

„Ich bin durchgekommen", sagte der Junge. „Ich bin nicht wie Paps."

„Hann", sagte der Mann.

Dasein hätte am liebsten geweint.

„Sie sagen doch nichts, oder?" bettelte die Frau.

Piaget hatte also eine lohnende Stelle für ihn im Tal, dachte Dasein. Eine Stelle in der Klinik – Arbeit mit jungen Leuten. Und alles hing natürlich mit Jaspers zusammen.

„Werden sie mich wieder zurückschicken?" fragte Petey. In seiner Stimme war Angst.

„Dr. Dasein, bitte . . ."

„Es war ein Unfall", sagte Dasein. Er wußte, daß es nicht stimmte. Die Frau wußte es auch. Der Pfeil hätte ihn töten sollen. Er sagte: „Vielleicht nehmen Sie ihm Pfeil und Bogen eine Zeitlang weg."

„Oh, dafür lassen Sie mich nur sorgen." Tiefe Erleichterung schwang in ihrer Stimme mit.

Ein Wagen blieb auf der Straße neben dem Eingang zum Campingplatz stehen.

„Da ist Jim", sagte die Frau. Sie wandte sich ab, und ihr Schulterbeutel schwang in Daseins Richtung. Der kräftige Geruch von Jaspers wehte zu ihm herüber. Er kam aus dem Beutel.

Dasein merkte gar nicht, daß er die Hand verlangend ausgestreckt hatte.

Mabel Jorick warf ihm einen Blick zu. „Ich möchte Ihnen dafür danken, daß Sie so verständnisvoll waren", sagte sie. „Kann ich irgend etwas . . ." Sie unterbrach sich, als sie Daseins Geste sah. „Wetten, daß Sie den Kaffee gerochen haben", sagte sie. „Möchten Sie ihn?"

Dasein konnte nicht anders – er nickte.

„Hier." Sie kramte eine Thermosflasche aus dem Beutel. „Sie ist noch fast voll. Ich habe nur eine Tasse am Teich getrunken. Petey, lauf los, und hilf deinem Vater ins Auto."

„Gut, Mami. Gute Nacht, Dr. Dasein."

Dasein konnte den Blick nicht von den Händen der Frau abwenden, die die Thermosflasche festhielten.

„Nehmen Sie die Flasche", sagte sie und streckte sie ihm entgegen. „Sie können sie mir wiedergeben, wenn Sie in die Stadt zurückkommen. Wir wohnen nur ein Stück von der Klinik entfernt. Lachsweg."

Dasein preßte die Finger um die fleckige Thermosflasche. Er begann zu zittern.

„Fehlt Ihnen auch nichts?“ fragte die Frau.

„Ich – es ist wohl die Nachwirkung –, ein Schock vermutlich“, sagte er.

„Sicher. Es tut mir so leid.“ Sie ging zum Wohnmobil und brach den Pfeil aus der Wand. „Ich werde ihn Petey als Erinnerung daran geben, daß er vorsichtig sein muß.“

Dasein riß seine Aufmerksamkeit von der Flasche los und sah der Sandspur entlang. Petey und sein Vater waren fast am Highway angelangt. Die Scheinwerfer des Wagens schnitten ein Stück aus der Dunkelheit. Eine Hupe klang kurz auf.

„Wenn Ihnen nichts fehlt, dann gehe ich jetzt lieber“, sagte die Frau. Sie warf einen Blick auf den Campinganhänger und dann wieder auf Dasein. „Wenn ich irgend etwas für Sie tun kann . . .“

„Ich – ich bringe Ihnen die Thermosflasche so bald wie möglich zurück“, sagte Dasein.

„Oh, das eilt überhaupt nicht.“ Sie zog den Mantel enger und lief auf die Straße zu. Nach zwanzig Schritten drehte sie sich noch einmal um. „Das war wirklich nett von Ihnen, Mister Dasein. Ich werde es nicht vergessen.“

Dasein sah zu, wie der Wagen umdrehte und in Richtung Stadt fuhr. Und dann lief er in den Wagen, schraubte den Deckel von der Thermosflasche ab und goß den heißen Kaffee in eine Tasse.

Seine Hände zitterten, als er die Tasse hob.

Alles war auf diesen Moment konzentriert, auf diese Tasse, auf den Jaspersdampf, der ihn umgab. Er trank die Tasse leer.

Es war, als breitete sich von einer winzigen Stelle strahlenförmig die Wärme aus. Dasein tastete sich zur Koje und kroch in den Schlafsack. Er fühlte sich vollkommen losgelöst, an der Schwelle zu einem anderen Zustand. Sein Bewußtsein bewegte sich in einem schimmernden Netzwerk.

Er entdeckte Angst. Er wollte sich zurückziehen, doch die Netze hielten ihn fest. Wo ist das Wesen, das ich vorher war? dachte er. Er versuchte, sich an dieses Wesen zu klammern, weil es ihm vertraut war, weil er es identifizieren konnte.

Für den flackernden Bruchteil einer Sekunde spürte er festen Grund, einen Kern relativer Wahrheit, von dem aus er seine Entscheidungen treffen und seine Erfahrungen erklären konnte. Seine Augen öffneten sich. Im Sternenlicht sah er etwas Glitzerndes. Er erkannte die Spitze von Peteys Pfeil.

Da war sie, die relative Wahrheit – eine Pfeilspitze. Sie hatte ihren Ursprung und ihr Ende.

Jedes Ding hat seinen Ursprung und sein Ende, dachte er.

Schlaf, sagte er sich. Seine ganze Persönlichkeit war von Schlaf durchtränkt. Der Schlaf war unendlich. Er drehte sich im Kreis, und Dasein schwamm am Rand des Kreises mit.

Er schlief.

10

DAS Licht der Dämmerung weckte ihn.

Der Kaffee in der Thermosflasche war kalt und hatte sein Jaspers-Aroma verloren. Dennoch trank er ihn, um die Trockenheit seiner Kehle zu mildern.

Es muß so etwas wie eine Schule geben, dachte er. Ein Pensionat – mit Besuchszeiten. Hier werde ich entdecken, was in Santaroga anders als sonstwo ist. Es wird mehr als nur eine Schule sein.

Er starrte die Thermosflasche an. Sie war leer. Der bittere Geschmack ihres Inhalts blieb auf der Zunge, eine Erinnerung an seine nächtliche Schwäche. Das Jaspers hatte Alpträume in ihm hervorgerufen. Er erinnerte sich, daß er von Glashäusern geträumt hatte, von Scherben, die rings um ihn gefallen waren. Er hatte geschrien.

Glashäuser, dachte er. Gewächshäuser.

Ein näher kommender Wagen störte ihn in seinen Gedankengängen. Dasein trat in den kühlen Morgen hinaus. Ein grüner Chevrolet rumpelte auf ihn zu. Er kam ihm bekannt vor. Entweder war es Jersey Hofstedders Wagen, oder es gab noch einen der gleichen Bauart.

Dann sah er die untersetzte grauhaarige Frau, die ihn fuhr, und er wußte Bescheid. Es war Sam Schelers Mutter – Clara, die Autohändlerin.

„Sie sagten mir, daß Sie hier seien, und nun finde ich Sie tatsächlich“, meinte sie. Sie stand Dasein gegenüber und hielt eine Schüssel in den Händen.

Dasein warf einen Blick auf den Wagen. „Sind Sie eigens hergekommen, um mir das Auto zu verkaufen?"

„Das Auto?" Sie sah sich um, als bemerke sie den Wagen erst jetzt. „Oh, Jerseys Auto. Das kommt später. Ich habe Ihnen etwas zu essen gebracht." Sie streckte ihm den Topf entgegen.

Dasein zögerte. Weshalb brachte sie ihm etwas?

„Petey ist mein Enkel", sagte sie. „Mabel, meine Tochter, sagte mir, wie nett Sie gestern waren." Sie warf einen Blick auf den Pfeilstummel neben Dasein. „Ich dachte mir, daß Ihr ganzes Problem vielleicht darin liegt, daß Sie sich von uns abgelehnt fühlen. Na, und da brachte ich Ihnen etwas von meinem Sauerrahmragout – um Ihnen das Gegenteil zu beweisen. Gut mit Jaspers gewürzt . . ."

Sie drückte ihm die Schüssel in die Hände.

Er nahm sie. Glattes, warmes Porzellan. Trotzdem hatte er plötzlich Angst. Seine Handflächen waren feucht.

„Nun essen Sie schon", sagte sie. „Das richtet Sie wieder her."

Ich darf nicht, sagte sich Dasein. Aber das war unvernünftig. Die Frau war freundlich und zuvorkommend . . . Peteys Großmutter. Der Gedanke an den Jungen brachte ihm den Vorfall vom vergangenen Abend wieder ins Gedächtnis.

Schule . . . Beobachtung . . . Jaspers.

Ein Knurren aus dem grünen Chevrolet lenkte ihn ab. Ein alter schwarzweißer Collie mit ergrauter Schnauze rutschte vom Vordersitz und trottete auf den Sand. Er bewegte sich mit der Sorgfalt eines uralten Tieres und schnüffelte an Claras Beinen herum.

Sie bückte sich und tätschelte den Kopf des Hundes. „Ich habe Jimbo mitgebracht", sagte sie. „Er kommt nicht mehr viel ins Freie. Er ist fünfunddreißig Jahre alt und nahezu blind." Sie streckte sich und deutete auf die Schüssel, die Dasein in der Hand hielt. „Na, wollen Sie nicht essen?"

Aber Dasein war von dem Hund fasziniert. Fünfunddreißig? Das bedeutete im Vergleich zum menschlichen Alter mehr als zweihundert Jahre. Er stellte die Schüssel neben dem Wohnmobil ab und beugte sich zu dem Tier hinunter. *Jimbo.* Beinahe blind, sagte sie, aber seine Augen hatten die gleiche Jaspers-Klarheit wie die Augen der Santaroger.

„Mögen Sie Hunde?" fragte Clara Scheler.

Dasein nickte. „Ist er wirklich fünfunddreißig?"

„Im nächsten Frühjahr wird er sechsunddreißig – wenn er durchhält."

Jimbo schlenderte zu Dasein hinüber, reckte die Schnauze hoch und schnüffelte. Offensichtlich befriedigt, rollte er sich neben dem Wohnmobil zusammen, seufzte und starrte in die Sandhügel.

„Wollen Sie nun essen oder nicht?" fragte Clara.

„Später", sagte Dasein. Er erinnerte sich daran, daß in seinen Gedanken Jersey Hofstedders Wagen immer wieder als Schlüssel für Santaroga aufgetaucht war. Lag es am Wagen? Oder war der Wagen nur ein Symbol?

Als Clara sah, daß er den Wagen musterte, sagte sie: „Er kostet immer noch sechshundertfünfzig Dollar, wenn Sie ihn wollen."

„Ich würde ihn gern einmal fahren."

„Jetzt gleich?"

„Warum nicht?"

Sie warf einen Blick auf die Schüssel und sagte: „Das Ragout wird nicht warm bleiben – und der Jaspersgeschmack verliert sich schnell."

„Ihre Tochter hat mir gestern Kaffee dagelassen."

„Keine – Nachwirkungen?"

Es war eine praktische Frage. Dasein spürte, daß er seinen eigenen Körper untersuchte – Kopfverletzung besser, Schmerz in der Schulter fast vorbei . . ., eine Spur Ärger über Peteys Pfeil, aber auch der mußte mit der Zeit schwinden.

„Nein, alles in Ordnung."

„Schön. Sie werden es schaffen", sagte sie. „Jenny hat gesagt, daß Sie es schaffen würden." Sie deutete auf den grünen Chevrolet. „Fahren wir zum Highway und zurück. Sie können selbst ans Steuer." Sie kletterte auf den Nebensitz.

Der Hund hob den Kopf von den Pfoten.

„Wir sind gleich wieder da, Jimbo", sagte sie. „Du kannst hierbleiben."

Dasein klemmte sich hinter das Lenkrad. Die Sitzlehne schien für seinen Rücken geformt zu sein.

„Bequem, was?" meinte Clara Scheler.

Dasein nickte. Er hatte das sonderbare Gefühl, diese Szene schon einmal erlebt zu haben. Der Motor erwachte summend zum Leben. Man hörte ihn kaum! Er fuhr einen Kreis und dann hinaus auf die

Straße. Er schlug die Richtung ein, die sich von der Stadt entfernte.

Ein Druck auf das Gaspedal, und der alte Chevrolet jagte vorwärts – hundert ... hundertzehn ... hundertzwanzig. Er ging zurück auf hundert. Das Auto nahm die Kurven wie ein Sportwagen.

„Torsionsstäbe", sagte Clara. „Schlingert nicht im geringsten. Ist er nicht hübsch?"

Dasein stieg auf die Bremse – nicht das geringste Abweichen von der Spur. Es war, als liefe der Wagen auf Schienen.

„Der Wagen ist heute besser als in seiner Glanzzeit", sagte Clara.

Dasein gab ihr innerlich recht. Es war ein Vergnügen, ihn zu fahren. Er mochte den Ledergeruch des Innenraums. Das Holzpaneel des Instrumentenbords war handgearbeitet und glänzte seidigmatt. Man wurde nicht von Spiegelungen abgelenkt. Die Instrumente lagen in Augenhöhe, so daß man den Blick nie lange von der Straße abwenden mußte.

„Sehen Sie, wie das Instrumentenbord auf dieser Seite gepolstert ist", sagte Clara. „Fünf Zentimeter stark und darunter eine dünne Metallrolle. Er hat die Lenksäule um ein Drittel verkürzt und mit einem U-förmigen Gelenk versetzt. Wenn man an einen Baum fährt, kann man sich nicht mehr am Lenkrad aufspießen. Jersey machte sichere Wagen, bevor die Leute in Detroit überhaupt auf die Idee kamen."

Dasein fand eine breitere Stelle, drehte um und fuhr zurück zum Campingplatz. Er wußte, daß er diesen Wagen einfach besitzen mußte. Er war genauso, wie die Frau ihn geschildert hatte.

„Ich mache Ihnen einen Vorschlag", sagte die Frau. „Ich bringe den Wagen zum Doc, wenn ich heimkomme. Die Einzelheiten können wir uns später überlegen. Ich bin reell. Allerdings kann ich Ihnen für Ihre alte Blechkiste nicht mehr viel geben."

„Ich – ich weiß nicht, wie ich ihn bezahlen soll", sagte Dasein. „Aber ..."

„Sagen Sie jetzt nichts. Wir sprechen später darüber."

Die Spur zum Campingplatz wurde sichtbar. Dasein verlangsamte das Tempo und fuhr hinein.

„Sie sollten eigentlich den Sicherheitsgurt umschnallen", sagte Clara. „Ich habe gesehen, wie Sie ..."

Sie unterbrach sich, als Dasein hinter dem Wohnmobil stehenblieb. „Mit Jimbo stimmt etwas nicht!" sagte sie, und im nächsten

Moment war sie aus dem Wagen gesprungen und kniete bei dem Hund nieder.

Dasein schaltete den Motor aus, stieg aus und lief zu ihr.

Der Hund lag mit steif ausgestreckten Pfoten auf dem Rücken. Seine Schnauze war offen, und die Zunge hing heraus.

„Er ist tot", sagte Clara. „Jimbo ist tot."

Dasein wandte seine Aufmerksamkeit der Schüssel neben dem Wohnmobil zu. Der Deckel war zur Seite gerutscht und der Inhalt durchwühlt. Ein Fleck Soße schwamm neben dem Deckel. Wieder sah Dasein den Hund an. Der Boden um ihn war aufgewühlt.

Dasein bückte sich zu der Schüssel hinunter und roch daran. Neben dem Jaspersgeruch konnte er ein bitteres Aroma erkennen.

„Zyankali?" fragte er. Er starrte Clara Scheler anklagend an.

Sie warf einen Blick auf die Schüssel. „Zyankali?"

„Sie wollten mich umbringen!"

Sie nahm die Schüssel und roch daran. Sie wurde blaß. Dann drehte sie sich um und sah Dasein mit weit aufgerissenen Augen an.

„O mein Gott! Die Farbbleiche!" Sie ließ die Schüssel fallen, wirbelte herum und rannte zum Wagen, bevor Dasein sie aufhalten konnte. Der Chevrolet brummte los und stob in einer Sandwolke davon. Quietschend bog er in den Highway ein und verschwand.

Dasein starrte ihr nach.

Sie wollte mich töten, dachte er. Zyankali. Farbbleiche.

Aber er konnte die Erinnerung an ihre Blässe und ihre aufgerissenen Augen nicht abschütteln. Sie war überrascht gewesen, ebenso schockiert wie er. *Farbbleiche.* Er sah auf den Hund herab. Hätte sie die Schüssel in der Nähe ihres Hundes gelassen, wenn sie gewußt hätte, daß sie Gift enthielt? Kaum. Weshalb war sie dann davongerast?

Farbbleiche. In ihrem Haus war vergiftetes Essen. Mit einemmal wurde Dasein das klar. Sie raste heim, bevor jemand davon aß.

Ich hätte das Ragout gegessen, dachte Dasein. Ein Unfall – wieder ein verdammter Unfall!

Er stieß die Schüssel mit dem Fuß zur Seite, zog den Hund außer Sichtweite und setzte sich hinter das Lenkrad seines Wagens. Nach Jersey Hofstedders Auto kam ihm der Motor noch schlechter als gewöhnlich vor. Er fuhr vorsichtig auf den Highway und wandte sich in Richtung Stadt. Unfall, dachte er.

Ein Schema zeigte sich, aber es fiel ihm schwer, es zu akzeptieren.

Jenny hatte laut geschrien: „Bleib weg von mir! Ich liebe dich!“

Das war logisch. Sie liebte ihn. Deshalb durfte er nicht in ihre Nähe kommen. Für den Augenblick wenigstens.

Die Straße gabelte sich, und er wandte sich nach rechts. Ein Schild GEWÄCHSHÄUSER führte ihn.

Über den Fluß spannte sich eine Brücke – eine altertümliche Brücke, die in der Mitte höher als an den Rändern war. Schwere Planken ratterten unter den Rädern. Der Fluß schäumte gegen die Brückenpfosten.

Dasein verlangsamte den Wagen am anderen Ende der Brücke, von einem plötzlichen Gefühl der Vorsicht gewarnt, dem er allmählich gehorchen lernte.

Der Weg folgte dem rechten Flußufer. Dasein fand, daß der Fluß etwas Gleitendes und Trügerisches an sich hatte. Er ließ an eine Schlange denken, giftig, voll boshafter Energie. Und er gurgelte spöttisch über die Steine und Felsbrocken. Das Geräusch klang wie Gelächter.

Dasein seufzte erleichtert, als der Weg sich vom Fluß abwandte, über zwei niedrige Hügel kroch und in einem flachen Tal endete. Er sah die Glashäuser durch die Bäume. Sie waren grünlich und bedeckten eine weit größere Fläche, als er angenommen hatte.

Der Weg führte zu einem Parkplatz vor einem langen Steingebäude. Weitere Steingebäude mit Ziegeldächern und Vorhängen an den Fenstern erstreckten sich in einer Reihe hinter den Gewächshäusern.

Eine Menge Wagen waren geparkt – mindestens hundert. Dasein fand das merkwürdig.

Und hinter den Glaswänden konnte er Leute in weißen Kitteln geschäftig hin und her eilen sehen.

Dasein fuhr an den geparkten Wagen vorbei, bis er eine schmale Lücke fand. Er hielt an und sah sich verwundert um.

Er hörte Gesang, der von den Steingebäuden hinter den Glashäusern kam. Eine Gruppe von Kindern marschierte auf einem Weg zwischen den Gebäuden. Sie trugen Körbe. Drei Erwachsene begleiteten sie. Sie zählten im Takt. Die Gruppe verschwand zwischen den Gewächshäusern.

Dasein hatte ein enges Gefühl in der Brust.

Schritte klangen zu seiner Linken auf. Dasein sah, daß Piaget auf ihn zukam. Die untersetzte Gestalt des Doktors wurde durch einen zu langen weißen Kittel betont. Er trug keinen Hut, und sein Haar war vom Wind zerzaust.

Piaget beugte sich zum offenen Fenster herein.

„So", sagte er. „Jenny war davon überzeugt, daß jemand kommen würde."

Dasein schüttelte den Kopf. Piagets Worte ergaben einen Sinn und doch wieder nicht. Er fuhr sich mit der Zunge über die Lippen. „Wie?"

Piaget runzelte die Stirn. „Jenny sagte, daß Sie wahrscheinlich auftauchen würden." Seine Stimme klang plötzlich angestrengt.

Dasein studierte Piagets breites, ausdrucksloses Gesicht. „Ich habe Kinder gesehen."

„Was hatten Sie erwartet?"

Dasein zuckte mit den Schultern. „Werden Sie mich wegschicken?"

„Al Marden sagt, diejenigen, die weglaufen, bekommen das Fieber", meinte Piaget. „Diejenigen, die die Augen aufmachen, bekommen den Lohn."

„Zählen Sie mich zu denen, die die Augen aufmachen", sagte Dasein.

Piaget grinste und öffnete die Wagentür. „Kommen Sie!"

Dasein erinnerte sich an den Fluß, zögerte. Er dachte an den zerrissenen Teppich im Hotelkorridor, an die offene Gasdüse, den See, die Pfeilspitze . . ., die Farbbleiche. Er dachte an Jenny, die weggelaufen war und gerufen hatte: „Bleib weg von mir! Ich liebe dich!"

„Kommen Sie mit", sagte Piaget.

Immer noch zögernd, sagte Dasein: „Weshalb werden die Kinder hier gehalten?"

„Wir müssen zur Oberfläche der Kindheit zurückstoßen", sagte Piaget. „Sie ist etwas Brutales, Lebendes. Aber wir ziehen Nahrungsmittel." Er deutete auf die Gewächshäuser. „Wir bilden sie aus. Die Energie ist nützlich. Keine Verschwendung, kein Mangel."

Wieder schüttelte Dasein den Kopf. *Fast verständlich.*

Zur Oberfläche der Kindheit zurückstoßen?

Es war wie die Unterhaltung mit einem Schizophrenen, und er

erinnerte sich an den Vorfall im Blauen Lamm, an die erschreckende Unterhaltung des jungen Paares.

Wie konnte man einen Sonnenuntergang hören?

„Aber – das ist doch kein normales Englisch", beschwerte Dasein sich.

„Jenny sagt, Sie werden ein Versteher." Piaget rieb sich an der Wange, einen nachdenklichen Ausdruck in den Augen. „Sie haben die Ausbildung, Dasein." Wieder merkte man seiner Stimme die Anstrengung an. „Wo ist Ihre Weltanschauung? Sie haben doch eine? Das Ganze ist größer als die Summe der Teile. Wie steht es?"

Piagets Arm machte eine weite Geste. Sie umfaßte den Gewächshäuserkomplex und das ganze Tal, die Welt und das Universum.

Dasein hatte einen trockenen Mund. Der Mann war wahnsinnig.

„Sie haben die Erfahrung des Jaspers in sich", sagte Piaget. „Verdauen Sie das. Jenny sagt, Sie schaffen es. In ihren Worten ist Realität."

Die Anspannung war wie ein Schmerz in Daseins Brust. Gedanken ohne Ordnung und Sinn wirbelten in seinem Gehirn umher.

Mit schwerer Stimme sagte Piaget: „Bei etwa einem von fünfhundert kann das Jaspers nicht . . ." Er breitete die Arme aus, die Handflächen nach oben gestreckt. „Sie sind keiner der wenigen. Ich wette meinen Ruf darauf. Sie werden sich öffnen."

Dasein sah das Steingebäude an, die umherhastenden Menschen. Diese Zielstrebigkeit, dieses Zweckhandeln. Er spürte, daß das Ganze ein Bienentanz sein konnte – Bewegungen, die ihm eine Richtung anzeigten. Aber er verstand nicht, in welcher Richtung er suchen sollte.

„Ich werde versuchen, es in Worten der Außenwelt zu erklären", sagte Piaget. „Vielleicht dann . . ." Er zuckte mit den Schultern, lehnte sich an die Autotür und brachte sein Gesicht nahe an Dasein. „Wir filtern die Realität durch Schirme, die aus Gedanken zusammengesetzt sind. Diese Gedankensysteme werden von der Sprache begrenzt. Das heißt: Die Sprache formt Rinnen, in denen sich unsere Gedanken bewegen müssen. Wenn wir neue Gültigkeitsformen suchen, müssen wir die Sprache ablegen."

„Was hat das mit den Kindern zu tun?" Dasein nickte zu den Gewächshäusern hinüber.

„Dasein! Wir haben eine gemeinsame instinktive Erfahrung, Sie und ich. Was geschieht in der ungeformten Psyche? Als Einzelwesen, als Kulturen und Gesellschaften wiederholen wir Menschen jeden Aspekt des Instinktlebens, das unsere Rasse seit ungezählten Generationen begleitet hat. Durch das Jaspers trennen wir das Bindeglied durch. Könnten wir das mit der Brutalität der Kindheit koppeln? Nein! Wir hätten Gewalttätigkeit, Chaos. Wir hätten keine Gesellschaft. Es ist einfach, nicht wahr? Wir müssen über die angeborenen Schemata unseres Nervensystems eine Grenzordnung legen. Wir müssen gemeinsame Interessen haben."

Dasein versuchte an diesen Ideen einzuhaken und sie mit den Worten Piagets von vorhin zu vergleichen. *Zur Oberfläche der Kindheit zurückstoßen? Weltanschauung?*

„Wir müssen uns auf die Überlebensnotwendigkeit des einzelnen einstellen", fuhr Piaget fort. „Wir wissen, daß die Zivilisation, die Gesellschaft draußen, am Absterben ist. Ganz bestimmt, sie ist am Absterben. Wenn das geschieht, lösen sich Teile aus dem Elternkomplex. Stücke, die sich selbst befreien, Dasein. Unser Skalpell war Jaspers. Überlegen Sie, Mann! Sie haben selbst draußen gelebt. Es ist die Abenddämmerung der Zivilisation."

Piaget trat zurück und musterte Dasein.

Dasein war von dem Doktor plötzlich fasziniert. In dem Mann war eine zeitlose Lebenskraft, die mächtig auf alles überging, was sich in der Nähe befand. Über dem weißen Kragen des Kittels saß ein ägyptischer Kopf, mit vorspringendem Kinn und vorspringenden Wangenknochen, mit einer Nase wie aus Moses' Zeiten, mit gleichmäßigen weißen Zähnen hinter schmalen Lippen.

Piaget lächelte, ein starres, entschlossenes Lächeln. Dann sah er mit sanftem Blick über die Landschaft, die Gewächshäuser, die Menschen.

In diesem Moment wußte Dasein, weshalb man ihn hergeschickt hatte. Der Auftrag war nicht dem Bedürfnis entsprungen, einen Bericht über die Marktlage zu bekommen. Marden hatte recht gehabt. Man hatte ihn hergeschickt, damit er Santaroga vernichtete.

Die Bewohner von Santaroga ließen ihre Kinder hier arbeiten. Sie bildeten sie aus. Kinderarbeit. Piaget schien es gleichgültig zu sein, wieviel er enthüllte.

„Kommen Sie", sagte Piaget. „Ich zeige Ihnen unsere Schule."

Dasein schüttelte den Kopf. Was würde ihn drinnen erwarten? Ein zufälliger Stoß gegen eine zerbrochene Scheibe? Ein Kind mit einem Messer?

„Ich – ich muß nachdenken", sagte Dasein.

„Ja?" Das klang wie eine Herausforderung.

Dasein dachte an ein Festungskloster im Mittelalter, an Kriegermönche. Das alles steckte in Piaget und seinem Tal, in der Zuversicht, mit der die Santaroger der Außenwelt trotzten. Waren sie wirklich zuversichtlich? fragte er sich. Oder waren sie Schauspieler, hypnotisiert von ihrem eigenen Spiel?

„Sie waren ein Schwimmer auf der Oberfläche", sagte Piaget. „Sie haben den Kampf nicht einmal gesehen. Sie haben noch nicht den unschuldigen Blick entwickelt, der das Universum frei von den Vortäuschungen der Vergangenheit zeigt. Sie wurden programmiert und hierhergeschickt, um unser Tal zu zerbrechen."

Dasein war blaß.

„Wenn man programmiert ist, hat man Vorurteile", sagte Piaget. „Denn wenn man wählt und sondiert, schiebt man manches weg." Er seufzte. „Solche Mühe geben wir uns mit Ihnen wegen unserer Jenny."

„Ich kam mit offenem Geist her", sagte Dasein.

„Ganz ohne Vorurteile?" Piaget hob die Augenbrauen.

„So diskutiert ihr also mit Gruppen von draußen über den richtigen Weg . . .?"

„Diskutieren ist ein schmeichelhaftes Wort, Dasein", meinte Piaget. „Es ist ein Machtkampf über die Beherrschung des menschlichen Bewußtseins. Wir sind eine gesunde Zelle, umgeben von der Pest. Nicht der menschliche Verstand steht auf dem Spiel, sondern das Bewußtsein, das Erkennen. Es ist kein Kampf um ein Marktgebiet. Das dürfen Sie keinesfalls glauben. Es ist ein Kampf darum, was in unserem Universum für Werte gelten sollen. Draußen zählen nur Dinge, die materiell gemessen werden können. Wir legen andere Maßstäbe an."

Dasein spürte eine Drohung in Piagets Stimme. Hier wurde nicht mehr der Schein gewahrt. Der Doktor klärte die Fronten, und Dasein hatte das Gefühl, sich dazwischen zu befinden. Er wußte, daß er auf gefährlicherem Grund als je zuvor stand. Ein Unfall wäre ein Kinderspiel für sie.

„Die Menschen, die mich angestellt haben, glauben . . ."

„Menschen!" spottete Piaget. Er deutete auf die Berge, die das Tal umschlossen. „Da draußen zerstören sie ihre Umgebung. Und im Verlauf dieses Prozesses werden sie zu Unmenschen. Wir sind Menschen." Er deutete auf seine Brust. „Sie nicht. Die Natur ist eine Einheit. Wenn man sie radikal verändert, müssen sich auch die Menschen verändern, sonst können sie nicht überleben. Diese Nicht-Menschen verändern sich, um zu überleben."

Dasein starrte Piaget mit offenem Mund an. Die Santaroger waren konservativ – sie veränderten sich nicht. Das hatte er schon selbst erkannt. Aber in Piaget brannte ein geradezu religiöser Eifer, der Dasein abstieß. Es war also ein Kampf um das Bewußtsein des Menschen . . .

„Sie sagen sich wahrscheinlich, daß diese Santaroger ein psychedelisches Mittel haben, das sie unmenschlich macht", meinte Piaget.

Das kam so nahe an seine Gedanken heran, daß Daseins Angst noch wuchs. Konnten sie Gedanken lesen? War es eine Nebenerscheinung des Jaspers-Genusses?

„Sie setzen uns auf die gleiche Stufe wie diese barfüßigen, ungewaschenen LSD-Süchtigen", sagte Piaget. „Verrückte, sagen Sie sich. Aber Sie sind wie die anderen – Sie sehen nicht. Wir haben unser Bewußtsein geweckt und den Geist befreit. Wir haben unsere spezielle Medizin. Whiskey, Tabak und die anderen Mittel unterdrücken den Menschen. Unsere Medizin läßt das Tier frei, das nie gezähmt wurde – bis jetzt."

Dasein warf einen Blick auf die Gewächshäuser.

„Ja", sagte Piaget. „Sehen Sie nur hin. Dort zähmen wir das menschliche Tier."

Mit plötzlichem Entsetzen erkannte Dasein, daß er zuviel gehört hatte, um je das Tal verlassen zu dürfen. Für ihn gab es kein Zurück mehr. In seinem augenblicklichen Zustand gab es nur eine Lösung: Die Santaroger mußten ihn töten. Die Frage hieß nur: Wußten sie es? Oder spielte es sich auf der Instinktbasis ab?

Dasein wußte, daß er es herausfinden konnte, wenn er eine Krise herbeiführte. Noch während er zögerte, ging Piaget um den Wagen herum und stieg ein. „Sie wollen nicht mit mir kommen", sagte er. „Dann fahre ich eben mit Ihnen."

„Wohin?"

„In meine Klinik, heim.“ Er drehte sich herum und sah Dasein aufmerksam an. „Ich liebe meine Nichte, verstehen Sie? Wenn ich es irgendwie verhindern kann, darf ihr niemand weh tun.“

„Und wenn ich nicht will?“

„Gilbert, Sie wollen doch nicht Jennys Tränen? Sorgen Sie sich denn gar nicht um sie?“

„Ich bin etwas ängstlich wegen . . .“

„Sobald die Angst da ist, hört die klare Vernunft auf. Sie haben einen Dickkopf. Das geht selten gut. Kommen Sie mit zur Klinik!“

„Welche Todesfalle haben Sie dort für mich bereit?“

Piaget starrte ihn schockiert an. „Todesfalle?“

Dasein erwiderte so ruhig wie möglich: „Sie versuchen mich umzubringen. Leugnen Sie es nicht. Ich habe . . .“

„Gilbert, Sie ekeln mich an. Wann haben wir versucht, Sie umzubringen?“

Dasein holte tief Luft und zählte an den Fingern die Unfälle auf, die ihm widerfahren waren. Er ließ nur die Sache mit Petey Jorick aus – weil er es versprochen hatte.

„Unfälle!“ sagte Piaget.

„Wie wir beide wissen, gibt es nur sehr wenige echte Unfälle auf der Welt“, erklärte Dasein. „Das meiste, was wir als Unfälle bezeichnen, ist bewußte Gewalttätigkeit. Sie sagen, daß Ihr Geist offen ist. Benutzen Sie ihn!“

„Pah! Diese Gedanken sind wie Schlammwasser.“

„Wenn man Schlammwasser stehenläßt, wird es klar“, erwiderte Dasein.

„Sie können das nicht im Ernst meinen.“ Er sah Dasein finster an. „Aber ich sehe, Sie tun es.“ Er schloß einen Moment lang die Augen. „Würden Sie Jenny glauben?“

Bleib weg von mir! Ich liebe dich! dachte Dasein.

„Fahren wir zur Klinik“, sagte Dasein. Er ließ den Wagen an, fuhr aus dem Parkplatz und zurück in Richtung Stadt.

„Sie töten wollen!“ murmelte Piaget. Er starrte hinaus auf die vorbeifliegende Landschaft.

Dasein fuhr schweigend dahin. Seine Gedanken wühlten ihn auf. In dem Augenblick, in dem er Jenny näher kam, nahmen die alten Alpträume wieder Besitz von ihm. Jenny und ihr Tal! Der Ort umhüllte ihn mit seiner Aura – Wahnsinn, Wahnsinn, Wahnsinn!

Aber das Schema wurde deutlicher. Es paßte zu der Santaroga-Logik.

„Und es kann nicht jeder diese – Medizin vertragen?" fragte Dasein. „Was geschieht mit den Versagern?"

„Wir kümmern uns um die Unseren", knurrte Piaget. „Deshalb hoffe ich ja immer noch, daß Sie bleiben."

„Jenny ist Psychologin. Weshalb wird sie eigentlich nicht eingesetzt?"

„Sie tut ihre Pflicht."

„Ich werde Jenny bitten, mit mir fortzugehen", sagte Dasein. „Sie wissen das, nicht wahr?"

Piaget krauste die Nase.

„Sie kann von diesem Jaspers loskommen", sagte Dasein. „Die jungen Männer gehen auch zum Militärdienst. Sie müssen . . ."

„Sie kommen immer heim, wenn sie fertig sind", erwiderte Piaget. „Das steht sogar in Ihren Notizen. Merken Sie nicht, wie unglücklich sie da draußen sind?" Er wandte sich Dasein zu. „Möchten Sie das Jenny wirklich zumuten?"

„So unglücklich können sie nicht sein", meinte Dasein. „Sonst hättet ihr klugen Leute längst eine andere Lösung gefunden."

„Pah!" fauchte Piaget. „Sie haben sich auf Ihre Arbeit nicht einmal ordentlich vorbereitet." Er seufzte. „Ich will Ihnen etwas sagen, Gilbert. Die meisten jungen Männer des Tales müssen die Dienstzeit nicht ableisten – eine allergische Reaktion auf eine Kost, die kein Jaspers enthält. Die sechs Prozent unserer jungen Leute, die dabeibleiben, tun es aus Pflichtgefühl dem Tal gegenüber. Wir wollen den Zorn der Regierung nicht auf uns herabbeschwören. Mit dem Staat kommen wir einigermaßen zurecht, aber wir sind nicht stark genug, um es mit ganz Amerika aufzunehmen."

Sie wissen schon, was sie mit mir anfangen werden, dachte Dasein. Sonst würden sie mir nicht alles erzählen.

Sie kamen um die Ecke und fuhren parallel zum Fluß weiter. Vor ihnen tauchte ein Weidengebüsch und der lange Bogen der Brücke auf. Dasein erinnerte sich, daß der Fluß etwas Drohendes an sich gehabt hatte, und so trat er aufs Gas, um diesen Ort schnell hinter sich zu lassen. Die nächste Kurve tauchte auf. Man konnte jetzt die Brücke sehen. Ein gelber Laster parkte auf der gegenüberliegenden Seite. Dahinter standen Männer, die aus Metallbechern tranken.

„Aufpassen!" schrie Piaget.

Im gleichen Moment sah Dasein, weshalb der Laster drüben stand – in der Mitte der Brücke gähnte ein Loch, wo man die Planken entfernt hatte. Es war eine Arbeitergruppe vom Straßenbauamt, und sie hatte ein Loch von etwa drei Meter Länge in die Brücke gerissen.

Bis Dasein begriffen hatte, was los war, hatte sein Wagen weitere fünfzehn Meter zurückgelegt. Jetzt sah er das Warnschild mit den beiden gelben Flaggen am Brückenkopf.

Dasein packte das Lenkrad mit beiden Händen. Sein Gehirn rechnete schneller als je zuvor. Irgendwie schien sich die tatsächliche Zeit zu verlangsamen.

Auf die Bremsen steigen?

Die Bremsen und Reifen waren alt. Bei dieser Geschwindigkeit würde der Wagen auf die Brücke rutschen und in das Loch kippen.

Von der Straße abbiegen?

Nein. Der Fluß wartete auf beiden Seiten – eine tiefe Spalte im Erdboden, die nur darauf lauerte, sie zu verschlingen.

Auf einen Brückenpfeiler zufahren?

Nicht bei dieser Geschwindigkeit und ohne Sicherheitsgurte.

Mehr Gas geben?

Das war eine Möglichkeit. Er mußte das Warnschild überfahren, aber dadurch wurde er kaum verlangsamt. Die Brücke spannte sich in einem leichten Bogen über den Fluß. Bei genügender Geschwindigkeit konnte der Wagen über das Loch jagen.

Dasein trat das Gaspedal bis zum Boden durch. Das alte Wohnmobil machte einen Sprung nach vorn. Ein scharfes Krachen klang auf, als sie das Schild umfuhren. Einen atemlosen Moment lang hing der Wagen in der Luft, dann überfuhr er das Warnschild am anderen Ende der Brücke.

Er trat auf die Bremse, und der Wagen kam mit einem häßlichen Kreischen der Räder vor den Arbeitern zum Stehen. Die Zeit lief wieder normal. Dasein starrte die Arbeiter an – fünf blasse Männer, die mit offenen Mäulern dastanden.

„Mein Gott!" keuchte Piaget. „Gehen Sie immer solche Risiken ein?"

„Gab es eine andere Möglichkeit, hier durchzukommen?" fragte Dasein. Er hob die Hand. Sie zitterte wie Espenlaub.

Piaget überlegte einen Moment, dann sagte er: „Es war vermutlich der letzte Ausweg ..., aber wenn Sie nicht vorher wie ein Irrer gefahren wären ..."

„Ich könnte eine Wette mit Ihnen abschließen", unterbrach ihn Dasein. „Wetten, daß die Arbeit an der Brücke nicht nötig war! Es handelte sich entweder um einen Irrtum oder um eine Verlegenheitsarbeit."

Dasein wollte die Tür öffnen und zögerte. Doch dann gab er sich einen Ruck und trat ins Freie. Seine Knie waren weich. Er blieb einen Moment lang stehen, holte tief Atem und ging dann zur Kühlerhaube. Beide Scheinwerfer waren zersplittert, und auf dem Kühlergrill zeigte sich eine tiefe Kerbe.

Dasein wandte seine Aufmerksamkeit den Arbeitern zu. Einer, ein untersetzter dunkelhaariger Mann mit kariertem Hemd und Blue jeans, trat ein paar Schritte vor. Dasein sah ihn scharf an und fragte: „Warum war vor der Kurve kein Warnlicht angebracht?"

„Guter Gott, Mann!" Der Mann war rot geworden. „Um diese Tageszeit kommt doch sonst kein Mensch über die Straße."

Dasein ging über die Straße zu einem Stapel ölverschmierter Planken, die von der Brücke zu stammen schienen. Er nahm eine hoch und untersuchte sie – keine Risse, keine angefaulten Stellen. Als er sie fallen ließ, klang es hart und trocken. Er drehte sich um, als der Arbeiter, mit dem er gesprochen hatte, näher kam. Piaget folgte einige Schritte dahinter. „Wann haben Sie den Auftrag für diese Arbeit bekommen?" fragte Dasein.

„Häh?" Der Mann blieb stehen und starrte Dasein mit einem verwirrten Stirnrunzeln an.

„Wann haben Sie den Auftrag bekommen, die Brücke zu reparieren?" fragte Dasein.

„Also – wir haben vor einer Stunde beschlossen, hierherzufahren. Aber was soll das? Sie haben die Schilder kaputtgemacht und ..."

„Sie haben beschlossen?" fragte Dasein. „Bekommen Sie Ihre Arbeit nicht zugeteilt?"

„Ich bin der Straßenbauvorarbeiter hier im Tal, Mister. Ich entscheide. Aber das geht Sie gar nichts an."

Piaget blieb neben dem Mann stehen und sagte: „Dr. Dasein, das hier ist Josh Marden, der Neffe von Captain Marden."

„Ah, auch hier Nepotismus." Daseins Stimme war ausgesucht höflich. „Nun, Mister Marden, oder darf ich Sie Josh nennen?"

„Also, sehen Sie, Doktor, das . . ."

„Josh, demnach", sagte Dasein, immer noch ruhig und höflich. „Ich bin sehr neugierig, Josh. Die Planken scheinen vollkommen in Ordnung zu sein. Weshalb haben Sie beschlossen, sie herauszureißen?"

„Was zum Teu–"

„Sag's ihm, Josh", meinte Piaget. „Ich muß gestehen, daß ich selbst ein wenig neugierig bin."

Marden sah zu Piaget und dann wieder zu Dasein. „Also, wir haben die Brücke inspiziert – wir machen regelmäßige Inspektionen. Wir beschlossen eben, ein paar Planken vorsichtshalber zu erneuern und die alten an einer weniger befahrenen Brücke einzusetzen. Das ist doch nicht ungewöhnlich . . ."

„Gibt es denn keine dringenderen Arbeiten im Tal?" erkundigte sich Dasein. „Haben Sie etwas anderes stehengelassen, um hierherzufahren?"

„Nun hören Sie aber, Mister!" Marden kam einen Schritt auf ihn zu. „Sie haben kein Recht . . ."

„Was ist mit dem alten Mühlweg?" fragte Piaget. „Sind an der Kurve beim Graben immer noch die tiefen Löcher?"

„Doc!" rief Marden und wirbelte zu Piaget herum. „Nun fangen Sie nicht auch noch an! Wir haben beschlossen . . ."

„Langsam, Josh", riet ihm Piaget. „Ich bin nur neugierig. Was ist mit dem alten Mühlweg?"

„Doc, es war so ein schöner Tag, und der . . ."

„Also muß die Arbeit noch erledigt werden", sagte Piaget.

„Ich gewinne die Wette", sagte Dasein und ging zu seinem Wagen zurück. Piaget schloß sich ihm an.

„He!" rief Marden. „Sie haben Bezirkseigentum beschädigt . . ."

Dasein schnitt ihm das Wort ab, ohne sich umzudrehen.

„Reparieren Sie lieber die Brücke, bevor noch jemand in Schwierigkeiten kommt."

Er setzte sich hinter das Lenkrad und schlug die Tür zu. Allmählich spürte er die Reaktion. Sein ganzer Körper war steif vor Wut.

Piaget rutschte auf den Nebensitz. Der Wagen klapperte, als er die Tür schloß. „Wird er noch laufen?" fragte er.

„Ein Unfall!" sagte Dasein grimmig.

Piaget schwieg.

Dasein setzte den Wagen in Bewegung. Er fuhr nicht schneller als fünfzig. Im Rückspiegel sah er, daß die Straßenarbeiter sich bereits wieder um die Brücke kümmerten. Einer ging mit einer Warnflagge um die von Weiden verdeckte Ecke.

„Jetzt können sie einen Posten mit der Flagge aufstellen", sagte er.

Dann kamen sie um eine Kurve, und er sah nichts mehr davon. Er konzentrierte sich auf das Fahren. Überall klapperte es, und der Wagen schlingerte bedenklich.

„Es müssen Unfälle sein", sagte Piaget. „Eine andere Erklärung gibt es nicht."

Ein Stoppschild tauchte auf. Dasein blieb stehen, bevor er auf den Highway hinausfuhr. Es herrschte kein Verkehr. Dasein fuhr in Richtung Stadt. Piagets Protest verdient keine Antwort, dachte er, und er gab auch keine. Sie kamen an den Außenbezirk der Stadt. Zur Linken befand sich Schelers Tankstelle. Dasein hielt hinter der Station und fuhr zur Werkstatt hinüber.

„Was wollen Sie hier?" fragte Piaget. „Die Karre ist doch nichts mehr wert."

„Ich will, daß sie repariert wird, damit ich aus Santaroga verschwinden kann."

Das Tor der Werkstatt war offen. Dasein fuhr den Wagen hinein, hielt an und stieg aus. Überall hörte man Arbeitsgeräusche – das Summen von Maschinen, das Klirren von Metall. Zu beiden Seiten der Werkstatt hatte man Autos auf Hebebühnen dirigiert.

Ein untersetzter dunkler Mann mit fleckigem weißem Overall kam aus dem Hintergrund der Werkstatt und blieb vor dem Wagen stehen. „Womit sind Sie denn zusammengestoßen?" fragte er.

Dasein erkannte den Mann vom Kartentisch im Hotel – Scheler selbst.

Die Wagentür schlug zu, und Piaget trat nach vorn. „Kannst du das richten, Sam?" fragte er.

„Sicher, aber wert ist es der Wagen nicht."

„Tu es trotzdem, und setze es auf meine Rechnung. Ich will nicht, daß unser junger Freund denkt, wir halten ihn im Tal gefangen."

„Wie du meinst, Doc."

Scheler drehte sich um und rief: „Bill! Hol den Lincoln von der Bühne, und mach zuerst diesen Wagen fertig. Ich schreibe dir einen Auftrag heraus."

Ein junger Mann mit ölverschmiertem blauem Overall tauchte neben der linken Hebebühne auf, wo er halb von einem Lincoln verborgen gewesen war. Der Wagen war mit einer Winde hochgezogen. Der junge Mann hatte Schelers Wuchs und die gleichen aufmerksamen blauen Augen.

„Mein Sohn Bill", sagte Scheler. „Er wird den Wagen persönlich übernehmen."

Dasein hatte plötzlich ein warnendes Gefühl, und er drückte sich an die Flanke seines Wohnmobils. Die Werkstatt vermittelte ihm mit einemmal die gleiche konzentrierte Bosheit wie der Fluß.

Scheler ging durch die Lücke zwischen dem Lincoln und einem alten Studebaker und rief über die Schulter zurück: „Wenn Sie den Auftrag unterzeichnen, Mister Dasein, ist alles in Ordnung."

Dasein ging ihm zwei Schritte nach und zögerte. Er hatte das Gefühl, daß die Werkstatt ihn erdrückte.

„Wir können von hier aus zu Fuß zur Klinik gehen", meinte Piaget. „Sam ruft an, wenn der Wagen fertig ist."

Dasein trat noch einen Schritt vor, blieb stehen und sah sich um. Bill Scheler stand direkt hinter ihm. Er streckte freundlich den Arm aus, um ihn zwischen den Wagen durchzuführen. Das drohende Gefühl war wie ein Trommelwirbel in Daseins Kopf. Mit einem Aufschrei sprang er zur Seite.

Der junge Mechaniker, der plötzlich niemanden mehr vor sich hatte, stolperte nach vorn. Im gleichen Moment sackte die Winde zusammen, und der Lincoln krachte zu Boden. Bill Scheler lag halb unter dem Wagen. Der Lincoln schaukelte zweimal, dann stand er still. Eine rote Pfütze breitete sich unter dem Wagen aus.

Piaget raste an Dasein vorbei und schrie Scheler zu, daß er die Winde hochfahren sollte.

Irgendwo im Hintergrund summte ein Kompressor. Der Lincoln ruckte, hob sich. Er gab einen Körper frei. Der Kopf war von einem Ende der Winde bis zur Unkenntlichkeit entstellt.

Dasein rannte aus der Werkstatt und übergab sich.

Das hätte ich sein können, dachte er. Das war für mich bestimmt. Er bemerkte undeutlich das hastige Hin und Her, dann das Heulen einer Sirene.

Zwei Mechaniker kamen aus der Werkstatt und stützten den schwankenden Sam Scheler.

Es war sein Sohn, dachte Dasein. Er spürte, daß das von tiefgreifender Bedeutung war, aber sein schockiertes Inneres gab keine Erklärung für dieses Gefühl ab.

Er hörte, wie einer der Mechaniker zu Scheler sagte: „Es war ein Unfall, Sam. Du hättest nichts tun können."

Sie gingen mit ihm in die Tankstelle.

Das Heulen der Sirene wurde lauter. Dasein ging bis an den Gebrauchtwagenstand und drückte sich gegen den niedrigen Zaun.

Sein Wagen wurde ins Innere der Werkstatt geholt.

Der Krankenwagen raste in die Station und fuhr rückwärts in die Werkstatt. Dann verließ er die Tankstelle. Seine Sirene schwieg.

Piaget kam aus der Garage. Er war sonderbar gedrückt und hatte einen unsicheren Schritt. An der rechten Seite seines Kittels war ein Blutfleck, am Saum und am Ärmel Schmiere.

Blut und Schmiere – eine merkwürdige Kombination, aber sie erzählte viel. Dasein schauderte.

„Ich – ich brauche eine Tasse Kaffee", sagte Piaget. Er schloß die Augen einen Moment und sah dann Dasein bittend an. „Gleich um die Ecke ist ein Café. Könnten Sie . . ." Er unterbrach sich und holte tief und zitternd Atem. „Ich habe geholfen, den Jungen zur Welt zu bringen." Er schüttelte den Kopf. „Gerade wenn man denkt, daß man immun wird . . ."

Dasein fühlte plötzlich Mitleid mit Piaget. Er trat vom Zaun weg und nahm den Arm des Doktors. „Wo ist dieses Café? Ich brauche auch eine Stärkung."

Das Café war ein schmales Backsteingebäude, das sich zwischen eine Eisenhandlung und eine Schuhmacherwerkstatt zwängte. Die Gittertür fiel hinter ihnen zu. Es roch nach Kaffee und dem allgegenwärtigen Jaspers. Einer von Schelers Tankwarten in dunkelgrüner Jacke und weißem Hut saß an einer Theke zur Linken und starrte in eine Tasse Kaffee. In der Ecke befand sich ein grauhaariger Mann mit Lederschürze und schwieligen Händen. Er aß ein Sandwich.

Dasein führte Piaget zu einem Tisch gegenüber der Theke und setzte sich. Der Tankwart drehte sich um und warf ihnen einen Blick zu. Dasein erkannte, daß auch er ein Scheler sein mußte – die gleichen blauen Augen, die gleiche untersetzte Figur, die gleiche dunkle Haut. Der Mann sah Piaget an und sagte: „Hallo, Doc! Ich habe eine Sirene gehört."

Piaget hob den Blick von der Tischplatte und sah den Sprecher an. Er atmete zweimal schnell und flach, sah weg und wandte sich dann an den Mann. „Harry!" Seine Stimme war heiser und brüchig. „Ich – konnte nicht mehr . . ." Er unterbrach sich.

Der Mann glitt vom Barhocker. Sein Gesicht war blaß, eine steinerne Maske. „Ich hatte so ein Gefühl . . ." Er schlug sich die Hand vor den Mund. „Es war Bill!" Er wirbelte herum und rannte aus dem Café. Die Tür schlug hinter ihm zu.

„Das war Schelers anderer Sohn", sagte Piaget.

„Er wußte es", meinte Dasein und erinnerte sich an das Erlebnis am See.

Das Leben schwimmt in einem Meer des Unterbewußtseins, sagte er sich. Durch die Droge können die Menschen das Meer erkennen.

Piaget musterte Dasein einen Moment und sagte dann: „Natürlich wußte er es. Haben Sie sich noch nie einen Zahn ziehen lassen? Man spürt die leere Stelle."

Eine schlanke rothaarige Frau mit weißer Schürze und sorgenvollen Linien im Gesicht blieb neben Piaget stehen. „Ich bringe Ihnen Ihren Kaffee", sagte sie. Sie wollte sich abwenden, doch dann blieb sie noch einmal stehen. „Ich – spürte es –, und Jim von nebenan kam nach hinten und sagte es mir. Ich wußte nicht, wie ich es Harry beibringen sollte. Er saß einfach da und wurde immer schmaler – er wußte es, aber er wollte es nicht wahrhaben. Ich . . ." Sie zuckte mit den Schultern. „Etwas zum Kaffee?"

Piaget schüttelte den Kopf. Dasein bemerkte mit Entsetzen, daß der Mann den Tränen nahe war.

Die Kellnerin ging, brachte zwei Kännchen Kaffee und kehrte wortlos in die Küche zurück. Auch sie spürte Piagets Stimmung.

Dasein seufzte. Er wollte den Kaffee an die Lippen setzen, doch dann zögerte er. Neben dem allgegenwärtigen Aroma des Jaspers roch er etwas Bitteres. Er hob die Tasse und hielt die Nase daran. Eine Rauchfahne stieg auf, und sie erinnerte Dasein an eine Kobra, die ihre Fänge nach ihm ausstreckte.

Zitternd stellte er die Tasse wieder hin und warf Piaget einen Blick zu. „Im Kaffee ist Gift", sagte Dasein rauh.

Piaget sah seinen eigenen Kaffee an.

Dasein nahm die Tasse und roch daran. Der bittere Geruch fehlte. Er nippte – Wärme, Jaspers, Kaffee . . .

„Ist etwas?“

Dasein merkte, daß die Kellnerin neben ihm stand. „In meinem Kaffee ist Gift“, sagte er.

„Unsinn!“ Sie nahm ihm die Tasse aus der Hand und trank.

Piaget legte ihr die Hand auf den Arm. „Nein, Vina – die hier.“ Er gab ihr die andere Tasse.

Sie starrte sie an, roch daran, stellte sie ab und rannte in die Küche. Einen Augenblick später kam sie mit einer kleinen gelben Schachtel zurück. Ihr Gesicht war porzellanweiß, und die Sommersprossen an Nase und Wangen wirkten wie Krankheitsmerkmale.

„Schabenpulver“, flüsterte sie. „Ich – der Inhalt war im Waschbekken verstreut. Wahrscheinlich fiel die Schachtel vom Sims. Ich . . .“ Sie schüttelte den Kopf.

Dasein sah den Doktor an, aber Piaget hatte den Blick gesenkt. „Wieder ein Unfall“, sagte Dasein mit ruhiger Stimme. „Nicht wahr, Doktor?“

Piaget feuchtete die Lippen mit der Zunge an.

Dasein stand auf und schob die Kellnerin beiseite. Er nahm die Tasse mit dem vergifteten Kaffee und schüttete sie auf den Boden. „Unfälle kommen eben hin und wieder vor, nicht wahr, Vina?“

„Bitte“, sagte sie. „Ich . . ., ich habe nicht . . .“

„Natürlich nicht“, erwiderte Dasein.

„Sie verstehen das nicht“, meinte Piaget.

„Oh, ich verstehe sehr gut“, sagte Dasein. „Was wird es das nächstemal sein? Ein Schuß, der sich zufällig löst? Ein schwerer Gegenstand, der vom Dach fällt? Ganz ohne Absicht selbstverständlich.“ Er drehte sich um, lief aus dem Café und blieb auf dem Bürgersteig stehen, um seine Umgebung zu betrachten.

Es war so eine normale Stadt. Die Bäume neben dem Parkstreifen waren so normal. Das junge Paar auf der anderen Straßenseite war so normal. Die Geräusche – ein Laster rechts von ihm, die Autos, die vorbeisurrten, die beiden Eichelhäher, die in den Baumkronen stritten, zwei Frauen, die sich vor einem Haus unterhielten –, alles war ganz und gar normal.

Die Tür des Cafés schlug zu. Piaget stellte sich neben ihn. „Ich weiß, was Sie denken“, sagte er.

„Wirklich?“

„Ich kann mir vorstellen, wie das alles in Ihren Augen aussieht.“

„Ja?"

„Glauben Sie mir, es ist alles eine schreckliche Serie von Zufällen, die . . ."

„Zufälle!" Dasein wandte sich mit einem Ruck ihm zu und funkelte ihn an. „Wie lange glauben Sie selbst noch daran, Doktor? Wie lange können Sie noch Erklärungen finden, bevor Sie zugeben müssen . . ."

„Gilbert, ich würde mir lieber den rechten Arm abschneiden, als daß ich Ihnen etwas zustoßen ließe. Es würde Jenny das Herz brechen . . ."

„Sie sehen es tatsächlich nicht?" fragte Dasein. Seine Stimme klang entsetzt. „Sie sehen es nicht. Sie weigern sich, es zu sehen."

„Dr. Dasein?"

Die Stimme kam von seiner Rechten. Dasein drehte sich um und erkannte Harry – „Schelers anderen Sohn" –, der mit dem Hut in der Hand dastand. Er sah jünger aus als im Café – höchstens neunzehn. Aus seiner Haltung sprach Trauer.

„Ich wollte . . ." Er unterbrach sich. „Mein Vater läßt ausrichten . . ., wir wissen, daß es nicht Ihre Schuld war, daß . . ." Er sah in Daseins Augen, mit einem hilfesuchenden Blick.

Dasein fühlte eine plötzliche Zuneigung für den jungen Mann. Das war Anstand. Trotz des eigenen Kummers hatten sich die Schelers die Zeit genommen, Daseins Gefühle zu erleichtern.

Sie dachten, daß ich Schuldgefühle haben würde, überlegte Dasein. Die Tatsache, daß es nicht so war, beschämte ihn.

Wenn ich nicht . . . Er tat diesen Gedanken ab. Wenn ich was nicht? Der Unfall war für mich bestimmt.

„Schon gut, Harry", sagte Piaget. „Wir verstehen dich."

„Danke, Doc." Er sah Piaget erleichtert an. „Dad läßt außerdem sagen – Mister Daseins Wagen –, die neuen Scheinwerfer sind jetzt eingesetzt. Das ist alles, was wir tun können. Die Lenkung – Sie müssen langsam fahren, wenn Sie nicht die ganze Vorderachse auswechseln wollen."

„Schon fertig?"

„Es dauert nicht lange, die Scheinwerfer einzusetzen, Sir."

Dasein sah von dem jungen Mann zu Piaget. Der Doktor erwiderte seinen Blick, und Dasein verstand, was er sagen wollte: Sie möchten, daß der Wagen schnell wegkommt. Die böse Erinnerung . . .

Dasein nickte. Natürlich. Der Wagen erinnerte sie an die Tragödie.

Das war logisch. Wortlos setzte er sich in Richtung Werkstatt in Bewegung.

Piaget eilte ihm nach. „Gilbert, ich muß darauf bestehen, daß Sie zu mir kommen. Jenny kann . . ."

„Bestehen?"

„Sie sind wirklich stur, Gilbert."

Dasein schluckte den aufkommenden Ärger hinunter und sagte: „Ich will Jenny ebensowenig weh tun wie Sie. Deshalb gehe ich meine eigenen Wege. Ich möchte nicht, daß Sie erfahren, welches meine nächsten Schritte sind. Ich will nicht, daß an der erstbesten Ecke wieder ein Unfall auf mich wartet."

„Gilbert, Sie müssen sich diese Idee aus dem Kopf schlagen! Niemand von uns will Sie verletzen."

Sie befanden sich jetzt auf dem Parkplatz zwischen der Tankstelle und der Werkstatt. Dasein starrte das offene Werkstattor an und wurde plötzlich von dem Gefühl überwältigt, daß es ein Maul mit tödlichen Fängen war, die sich um ihn schließen wollten.

Er zögerte, wurde langsamer und blieb stehen.

„Was ist jetzt?" fragte Piaget.

„Ihr Wagen ist drinnen", sagte Harry Scheler. „Sie können ihn gleich hinausfahren und . . ."

„Was ist mit der Rechnung?" fragte Dasein, um Zeit zu gewinnen.

„Darum kümmere ich mich. Sie können ihn schon abholen, während ich alles erledige", sagte Piaget. „Dann fahren wir . . ."

„Ich möchte, daß mir jemand den Wagen ins Freie bringt", sagte Dasein. Er trat zur Seite.

„Ich kann verstehen, daß Sie nicht mehr hineinmöchten", sagte Piaget. „Aber . . ."

„Fahren Sie ihn für mich heraus, Harry", bat Dasein.

Der Junge starrte Dasein merkwürdig unbehaglich an. „Ich habe zwar . . ."

„Holen Sie ihm die verdammte Kiste heraus!" rief Piaget. „Das ist doch alles Unsinn."

„Sir?" Harry sah Piaget an.

„Ich sagte, Sie sollen ihm die verdammte Kiste herausholen", wiederholte Piaget. „Mir reicht es bis obenhin."

Zögernd ging der Junge auf die Garagentür zu. Seine Füße schienen sich über den Boden zu schleppen.

„Gilbert, Sie können doch nicht glauben . . ."

„Ich glaube, was ich sehe", unterbrach ihn Dasein.

Piaget drückte die Hände an die Schläfen und wandte sich erschöpft ab.

Dasein horchte auf die Geräusche aus der Werkstatt. Unterdrückte Stimmen, nur ein paar Maschinengeräusche, Hammerschläge.

Eine Tür schlug zu. Sie klang wie die seines Wagens. Dasein hörte den Anlasser. Der Motor erwachte mit seinem charakteristischen Stottern zum Leben. Im nächsten Moment hörte er eine donnernde Explosion, und eine Stichflamme schoß aus dem Tor.

Piaget sprang mit einem Fluch zurück.

Dasein rannte an ihm vorbei zur Werkstatt. Er sah, daß ein paar Leute aus der Tür am anderen Ende der Halle liefen. Sein Wagen stand in der Hauptdurchfahrt, umgeben von einem roten Flammenteppich. Als er den Wagen anstarrte, tauchte ein brennendes Etwas aus dem Feuer auf, schwankte, stürzte.

Hinter Dasein schrie jemand: „Harry!"

Ohne sich seiner Bewegungen bewußt zu werden, rannte Dasein in die Flammen und schleppte den Jungen heraus. Hitze, Schmerzen, Knistern und Dröhnen waren um ihn. Es roch nach Benzin und verbranntem Fleisch. Ein Feuerarm züngelte auf ihn zu. Da, wo der Junge gelegen hatte, krachte ein brennender Balken nieder. Rufe, eine einzige große Verwirrung.

Etwas Weißes wurde über die Flammen geworfen, erstickte sie. Hände führten ihn. Dasein merkte, daß er die Werkstatt verlassen hatte und daß Piaget seinen Kittel benutzte, um das Feuer an Harrys Kleidern zu ersticken.

Ein Fremder schien das gleiche bei seinen eigenen Armen und Händen zu machen. Durch eine vom Schmerz gedämpfte Welt sah Dasein einen Krankenwagen herbeirasen. Männer trugen den in Piagets Kittel gehüllten Harry weg. Jemand führte ihn selbst zum Beifahrersitz des Wagens.

„Langsam!" – „Bring sie sofort zur Klinik, Ed!" – „Hilf mir einen Moment!" – „Hierher!"

Sirenen klangen auf, ein schwerer Motor brummte. Dasein hörte Piagets Stimme aus dem hinteren Teil des Krankenwagens. „Gut, Ed! Du kannst fahren."

Der Wagen raste auf die Straße hinaus. Dasein sah den Fahrer an und erkannte einen der Tankwarte. Er drehte sich um. Piaget beugte sich über den verletzten jungen Mann.

„Ist es schlimm?" fragte Dasein.

„Er hatte Schaftstiefel an", erwiderte Piaget. „Das war sein Glück. Offensichtlich schützte er das Gesicht mit seinem Hut, aber sein Rücken sieht böse aus. Ebenso seine Arme und Hände."

Dasein starrte den Jungen an. „Wird er . . ?"

„Ich glaube, Sie haben ihn rechtzeitig herausgeholt", sagte Piaget. „Ich habe ihm eine Spritze gegeben, damit er nichts spürt." Er warf einen Blick auf Daseins Arme. „Möchten Sie auch eine?"

„Nein." Dasein schüttelte den Kopf.

Weshalb bin ich hineingerast, um ihn zu retten? fragte sich Dasein. Es war eine instinktive Reaktion gewesen. Die Rettung Harrys hatte ihn in eine ziemlich hilflose Situation gebracht. Er befand sich mit Santarogern in einem Auto und brauchte ärztliche Hilfe. Dasein ließ sein neues Jaspers-Bewußtsein spielen und forschte umher. Er suchte nach einer Gefahr. Nichts. Die Drohung schien vorbei zu sein. Weil ich Harry gerettet habe? überlegte Dasein. Wollte ich die Santaroger besänftigen, indem ich einen der Ihren rettete, während sie mich umzubringen versuchten?

„Wieder ein Unfall", sagte Piaget, und in seiner Stimme war zum erstenmal Zweifel.

Dasein spürte den forschenden Blick des Arztes und nickte.

Der Wagen bog in eine Allee ein, und Dasein erkannte die breite Vorderfront von Piagets Haus. Sie fuhren daran vorbei zu einer Kiesauffahrt, die zu einem überdachten Vorplatz führte. Sie waren an der Klinik.

Trotz seiner Schmerzen sah Dasein, daß das Gebäude von der Straße her durch eine Immergrünhecke abgeschirmt wurde und zu dem Grundstück gehörte, auf dem auch Piagets Haus stand. Krankenwärter in weißen Mänteln kamen mit einer fahrbaren Bahre herausgeeilt und legten den Jungen darauf. Piaget öffnete Daseins Tür und fragte: „Können Sie gehen, Gilbert?"

„Ich – ich glaube schon."

Dasein ließ sich aus dem Wagen gleiten. Er streckte die Arme vorsichtig aus. Der Schmerz und die Bewegung erforderten seine ganze Konzentration. An seiner Stirn und der rechten Gesichtshälfte spürte er ein Brennen. Das Ziegelgebäude, eine doppelte Glastür,

Hände, die ihn sanft führten – alles schien weit entfernt und sehr klein.

Ich werde ohnmächtig, dachte er. Er hatte das Gefühl, daß es ungeheuer gefährlich war, in Ohnmacht zu fallen. Erschrocken bemerkte er, daß man ihn in einen Rollstuhl gesetzt hatte, daß man ihn eilig durch einen Korridor mit grünen Wänden fuhr. Die plötzliche Verstärkung seines Bewußtseins verdeutlichte auch seine Schmerzen. Er zog sich erleichtert in eine Ohnmacht zurück.

Helle Lichter! Das Licht war überall. Er hörte das Schnippen einer Schere, sah die Hände, die die Schere hielten. Man schnitt den Ärmel seiner Jacke auf und löste den Stoff vorsichtig von dem verbrannten Fleisch.

Das ist mein Fleisch, dachte Dasein. Er riß seinen Blick davon los. Dasein spürte etwas Kühles an der linken Schulter, einen Stich, ein Ziehen. Die Hand, die die Spritze hielt, bewegte sich vor seinen Augen. Für Dasein war im Moment nur wichtig, daß sein Sichtbereich lediglich eine Ebene umfaßte. Er sah Licht, ein nebliges Glitzern, aus dem Hände und Gesichter erschienen. Er merkte, daß er ausgezogen wurde. Etwas Kühles, Glattes, Gleitendes wurde ihm über Arme und Hände und dann über das Gesicht gestrichen.

Sie haben mir eine Spritze gegeben, damit ich das Bewußtsein verliere, dachte er. Er versuchte an die Gefahr zu denken, an seine vollkommene Hilflosigkeit hier. Das Bewußtsein machte nicht mit. Er konnte es nicht durch den glitzernden Nebel stoßen.

Er hörte Stimmen. Er konzentrierte sich auf die Stimmen. Jemand sagte: „Um Himmels willen! Er hat eine Pistole bei sich. Legen Sie das Ding weg."

Aus irgendeinem Grund fand Dasein das lustig, aber er weigerte sich zu lachen. Dann fiel ihm sein Wagen ein. Zuletzt hatte er ihn als Flammenball gesehen. Alle seine Aufzeichnungen waren im Wagen gewesen. Jeder kleinste Beweis, den er gegen Santaroga gesammelt hatte, war durch das Feuer vernichtet worden. Beweise? dachte er. Notizen – Spekulationen . . . Er hatte alles noch im Gedächtnis.

Aber wenn man stirbt, ist auch das verloren.

Die Angst packte ihn. Er wollte schreien. Kein Laut entrang sich seinen Lippen. Er wollte aufstehen. Seine Muskeln gehorchten ihm nicht.

Als das Dunkel kam, war es wie eine Hand, die ihn packte.

11

Dasein wachte auf und erinnerte sich an einen Traum – an eine Unterhaltung mit gesichtslosen Göttern.

Er fand es wichtig, sich an den Traum zu erinnern. „Ich bin der Mann, der aufgewacht ist." Das hatte er den Göttern sagen wollen. „Ich bin der Mann, der aufgewacht ist."

Der Traum war ein fließendes Muster in seinem Gedächtnis, ein Prozeß, der nicht von seinem Körper getrennt werden konnte. Er war voll von Taten und Angst. Er hatte dauernd etwas zu tun versucht, und nie war es ihm gelungen.

Dasein erinnerte sich an die dunkle Hand, die dem Traum vorhergegangen war. Er hielt den Atem an und öffnete langsam die Augen. Tageslicht. Er lag in einem Bett, und sein Zimmer hatte grüne Wände. Vor dem Fenster zu seiner Linken konnte er einen gewundenen rötlichen Ast mit olivgrünen Blättern sehen, dazu ein Stück blauen Himmel. Er spürte auch seinen Körper: Bandagen und Schmerz an den Armen, Bandagen über der Stirn und an der rechten Wange. Seine Kehle war trocken, und er hatte einen säuerlichen Geschmack auf der Zunge.

Jemand räusperte sich zu seiner Rechten.

Er spannte sich an und drehte den Kopf.

Winston Burdeaux saß in einem Sessel neben der Tür. Die braunen Augen in dem dunklen Gesicht hatten einen merkwürdigen Ausdruck.

Weshalb Burdeaux? fragte sich Dasein.

„Es freut mich, daß Sie wach sind, Sir", sagte Burdeaux. In der dunklen Stimme des Mannes schwang Kameradschaft mit. Hatte man Burdeaux deshalb hergebracht? Sollte er ihn in Sicherheit wiegen?

Aber ich lebe ja noch, dachte Dasein. Wenn sie mich hätten töten wollen, wäre Gelegenheit genug gewesen.

„Wie spät ist es?" fragte Dasein. Beim Sprechen schmerzte die Brandwunde auf der Wange.

„Fast zehn Uhr und ein herrlicher Morgen", erwiderte Burdeaux. Er lächelte, und seine weißen Zähne blitzten auf. „Wünschen Sie irgend etwas?"

Bei der Frage verkrampfte sich Daseins Magen vor Hunger. Aber was mochte in dem Essen sein, das man ihm servierte?

„Ich möchte gern wissen, weshalb Sie hier sind", sagte er.

„Der Doktor meinte, ich sei am sichersten", erwiderte Burdeaux. „Ich war auch einmal ein Außenstehender. Ich kann mich erinnern, wie das war."

„Hat man auch Sie zu töten versucht?"

„Sir!"

„Hatten Sie irgendwelche Unfälle?" fragte Dasein.

„Ich teilte die Meinung des Doktors, daß es Unfälle waren, keineswegs", sagte Burdeaux. „Einmal dachte ich . . ., aber jetzt weiß ich, wie sehr ich mich getäuscht hatte. Die Leute des Tales wollen niemand etwas zuleide tun."

„Und doch sind Sie hier, weil der Doktor Sie für sicher hält", sagte Dasein. „Außerdem haben Sie meine Frage noch nicht beantwortet. Hatten Sie hier Unfälle?"

„Sie müssen verstehen", wich Burdeaux aus. „Wenn man die Art des Tales nicht kennt, kann man leicht in – Situationen geraten, die . . ."

„Sie hatten also Unfälle. Haben Sie deshalb heimlich Pakete von Louisiana bekommen?"

„Pakete?"

„Weshalb ließen Sie sie nach Porterville schicken?"

„Oh, das wissen Sie?" Burdeaux schüttelte den Kopf und grinste. „Hatten Sie noch nie Sehnsucht nach den Speisen Ihrer Kindheit? Ich glaubte, daß meine neuen Freunde mich nicht verstehen würden."

„War es das?" fragte Dasein. „Oder wachten Sie eines Morgens angstgeschüttelt auf und überlegten, was das Jaspers Ihnen antat?"

Burdeaux zog die Stirn in Falten. „Sir, als ich herkam, war ich ein unwissender Nigger. Jetzt bin ich ein gebildeter Schwarzer und Santaroger. Ich habe nicht mehr die Wahnvorstellungen, die –"

„Also kämpften Sie auch dagegen an!"

„Ja. Aber ich merkte bald, wie dumm das war."

„Eine Wahnvorstellung?"

„Jawohl."

Um die Wahnvorstellungen eines Menschen zu löschen, muß man ein Vakuum schaffen, dachte Dasein. Was fließt in dieses Vakuum?

„Wollen wir es so ausdrücken", fuhr Burdeaux fort. „Ich habe Ihre Wahnvorstellungen einmal geteilt . . ."

„Es ist normal, die Wahnvorstellungen einer Gesellschaft zu teilen“, murmelte Dasein vor sich hin. „Aber es ist abnormal, private Wahnvorstellungen zu entwickeln.“

„Gut formuliert.“

Wieder fragte er sich: Was ist in das Vakuum geflossen? Welche Wahnvorstellungen teilen die Santaroger?

Einmal konnten sie die unbewußte Gewalttätigkeit nicht erkennen, durch die Fremde „Unfälle“ erlitten. Die meisten von ihnen konnten sie nicht erkennen, verbesserte er sich. Piaget begann allmählich zu verstehen. Und Jenny. *„Bleib weg von mir! Ich liebe dich.“*

Dasein begann die Santaroger in einem neuen Licht zu sehen. Sie hatten etwas Spartanisches an sich. Sie waren in sich gekehrt, unfreundlich, stolz, einsam, vom Gedankenaustausch mit der Umwelt ausgeschlossen . . . Er zögerte bei diesem Gedanken. Der Fernsehraum im Hotel fiel ihm wieder ein.

„Der Raum, den man vor mir zu verstecken versuchte“, begann er. „Der mit den Fernsehgeräten . . .“

„Wir wollten ihn nicht vor Ihnen verstecken“, sagte Burdeaux. „In gewisser Weise verbergen wir ihn vor uns selbst – und vor Fremden, die zufällig vorbeikommen. Es ist etwas Verlockendes an den krankhaften Sendungen des Fernsehens. Deshalb wechseln wir die Zuschauer ab. Aber wir können es nicht ignorieren. Das Fernsehen ist der Schlüssel zur Außenwelt – und es ist ihr Gott.“

„Gott?“ Dasein erinnerte sich mit einemmal an seinen Traum.

„Heutzutage haben sie draußen sehr praktische Götter.“

„Was ist ein praktischer Gott?“ wollte Dasein wissen.

„Ein praktischer Gott? Das ist ein Gott, der mit seinen Anhängern übereinstimmt. Auf diese Weise kann er nicht besiegt werden, Sie verstehen?“

Dasein wandte sich von Burdeaux ab und starrte die grüne Decke an. *Die Götter besiegen?* War es das, was er im Traum vergeblich versucht hatte? „Ich verstehe nicht“, murmelte er.

„Sie haben immer noch ein paar Wahnvorstellungen der Außenwelt“, sagte Burdeaux. „Draußen versucht man nicht einmal, das Universum zu verstehen. Oh, sie sagen, daß sie es verstehen, aber das ist nicht ihr eigentliches Ziel. Das merkt man an ihrem Handeln. Sie versuchen das Universum zu erobern. Götter gehören zum Universum – auch Götter, die der Mensch geschaffen hat.“

„Und das entnehmt ihr alles aus den Fernsehsendungen?"

„Aus den Fern–?" Burdeaux kicherte. „Aber nein, Doktor Gil – Sie haben doch nichts dagegen, daß ich Sie so nenne?"

Dasein sah Burdeaux fragend an. Doktor Gil. Er würde sich wie ein Narr vorkommen, wenn er etwas dagegen sagte. Aber er hatte das Gefühl, daß die Erlaubnis ein Verlust in seinem wichtigen Kampf war. Allerdings wußte er nicht, wie er ablehnen sollte.

„Wie Sie wünschen", sagte er. „Aber erklären Sie mir die Sache mit dem Fernsehen."

„Das ist unser Fenster nach draußen", sagte Burdeaux. „Sehen Sie, das Leben draußen ist ein großes Fernsehprogramm. Die Leute von draußen sind die Zuschauer. Sie erwarten, daß ihnen alles serviert wird und daß sie nur auf den Knopf zu drücken brauchen. Sie wollen sich zurücklehnen und das Leben auf sich zukommen lassen. Sie sehen sich die Spätsendungen an und schalten dann aus. Dann gehen sie ins Bett – was auch eine Art des Abschaltens ist. Das Dumme dabei ist, daß diese Spätsendungen oft noch später daran sind, als sie glauben. Es ist zum Verzweifeln, wenn man das nicht erkennen kann, Doktor Gil. Verzweiflung führt zu Gewalttätigkeit. Es kommt ein Morgen für fast jeden dieser armen Leute, an dem sie bemerken, daß das Leben nicht zu ihnen gekommen ist, egal wieviel sie ferngesehen haben. Es ist nicht zu ihnen gekommen, weil sie nicht daran teilnahmen. Sie waren nie auf der Bühne. Es war eine Illusion – eine Wahnvorstellung."

Dasein nahm die Intensität der Worte in sich auf. Es lag eine entsetzliche Wahrheit in ihnen.

„Und so schalten sie sich aus", murmelte er.

„Es ist alles eine Fernsehsendung", sagte Burdeaux.

Dasein drehte den Kopf und sah aus dem Fenster.

„Sie sollten wirklich etwas essen, Doktor Gil", riet ihm der Schwarze.

„Nein."

„Doktor Gil, in manchen Dingen sind Sie ein kluger Mann, aber in anderen . . ."

„Ich bin nicht klug, sondern erfahren."

„Das Essen hier ist ausgezeichnet", erklärte Burdeaux. „Ich werde es persönlich holen und servieren. Sie müssen nicht befürchten, daß . . ."

„Ich habe mir schon oft genug die Finger verbrannt." Er seufzte. „Win, ich bewundere Sie, und ich vertraue Ihnen. Sie haben mir das Leben gerettet. Wahrscheinlich sollten Sie das nicht, aber Sie haben es getan. Deshalb hat Doktor Piaget Sie auch kommen lassen. Aber selbst bei Ihnen könnte ein – Unfall geschehen."

„Es tut mir weh, daß Sie das sagen, Doktor Gil. Ich bin nicht der Mann, der Sie aus dem Wasser zieht, um Sie aufzuhängen."

Dasein seufzte wieder. Er hatte Burdeaux gekränkt, aber die Alternative ... Plötzlich kam ihm der Gedanke, daß er auf einer ganz besonderen Bombe saß. Man hatte den Angriff auf ihn im Moment nur aufgegeben, weil er hilflos war. Aber die Gemeinde war imstande, jederzeit wieder Unfälle zu fabrizieren, wenn er etwas gegen ihr Schema unternahm.

In diesem Augenblick wünschte sich Dasein nichts anderes, als weit weg von Santaroga zu sein. Er wünschte es sich verzweifelt, obwohl er genau wußte, daß dieser Wunsch jetzt nicht erfüllbar war.

Die Tür neben Burdeaux ging auf. Eine Krankenschwester kam, mit dem Rücken zu ihm gewandt, herein. Sie zog einen Wagen in das Zimmer. Jenny!

Dasein vergaß seine Brandwunden und stützte sich auf die Ellbogen.

Jenny sah ihn mit einem merkwürdigen Ausdruck an. Ihre vollen Lippen waren trotzig vorgeschoben. Das lange schwarze Haar war zu einem ordentlichen Knoten zusammengebunden. Sie trug eine weiße Uniform, weiße Strümpfe und weiße Schuhe – aber keine Schwesternhaube.

Dasein schluckte.

„Miß Jenny", sagte Burdeaux, „was haben Sie da auf dem Wagen?"

Sie sprach, ohne den Blick von Dasein abzuwenden. „Etwas zu essen für diesen Verrückten. Ich habe es selbst zubereitet."

„Ich habe schon versucht, ihm zum Essen zuzureden", meinte Burdeaux. „Aber er sagt nein."

„Würden Sie uns bitte einen Moment allein lassen, Win?" bat sie. „Ich möchte ..."

„Der Doktor hat gesagt, ich dürfte nicht ..."

„Win, bitte!"

„Zwanzig Minuten", sagte Win. „Ich warte gleich draußen auf dem Korridor, wenn man mich braucht."

„Vielen Dank, Win." Sie wandte ihre Aufmerksamkeit wieder Dasein zu.

Burdeaux verließ das Zimmer und schloß leise die Tür.

„Jenny, ich . . .", begann Dasein.

„Sei still", sagte sie. „Du darfst dich nicht überanstrengen. Onkel Larry sagte . . ."

„Ich esse hier nichts", erklärte Dasein.

Sie stampfte mit dem Fuß auf. „Gil, du bist . . ."

„Ich bin ein Idiot", sagte er. „Aber Hauptsache ist doch, daß ich lebe."

„Aber sieh dich doch an! Sieh . . ."

„Wie geht es Harry Scheler?"

Sie zögerte, dann sagte sie: „Er wird durchkommen. Er wird ein paar Narben davontragen – du übrigens auch. Aber du . . ."

„Hat man herausbekommen, was geschehen ist?"

„Es war ein Unfall."

„Ist das alles? Ein Unfall?"

„Es hieß, daß die Leitung zur Benzinpumpe beschädigt war – eine schlechte elektrische Verbindung zu einem der Scheinwerfer . . ."

„Ein Unfall", sagte Dasein. „Ich verstehe." Er sank wieder in die Kissen.

„Ich habe dir Eier mit Toast und Honig mitgebracht", sagte Jenny. „Du mußt etwas essen, sonst hältst du nicht durch . . ."

„Nein."

„Gil!"

„Ich habe nein gesagt."

„Wovor hast du Angst?"

„Vor einem weiteren Unfall."

„Aber ich habe es selbst zubereitet!"

Er drehte den Kopf, sah sie an und sagte leise: „Bleib weg von mir! Ich liebe dich."

„Gilbert!"

„Das hast du gesagt", erinnerte er sie.

Sie wurde blaß und lehnte sich zitternd gegen den Servierwagen. „Ich weiß", flüsterte sie. „Manchmal spüre ich . . ." Tränen liefen ihr über die Wangen. „Aber ich liebe dich wirklich! Und du bist jetzt verletzt. Ich will mich um dich kümmern. Da – sieh her!" Sie hob den Deckel von einer der Schüsseln und aß einen Löffel des Inhalts.

„Jenny!" sagte Dasein leise. Ihr gekränkter Ausdruck, ihre starke Liebe – er wollte sie in die Arme nehmen und . . .

Jenny riß die Augen auf. Sie fuhr sich mit beiden Händen an die Kehle. Ihr Mund bewegte sich, aber sie brachte keinen Laut hervor.

„Jenny!"

Sie schüttelte den Kopf. In ihre Augen kam ein verzweifelter Ausdruck. Dasein warf die Bettdecke zurück und zuckte bei der Bewegung zusammen. Er stand auf. Schwindel erfaßte ihn.

Jenny, die Hände immer noch an der Kehle, zog sich zur Tür zurück. Dasein ging ihr nach. Das Krankenhausnachthemd flatterte um seine Knie. Seine Beine zitterten.

Abrupt fiel Jenny zu Boden.

Dasein erinnerte sich an Burdeaux und rief: „Hilfe! Win! Hilfe!" Er schwankte und hielt sich am Rand des Servierwagens fest. Das Ding rollte weg.

Dasein saß hilflos am Boden, als die Tür aufgerissen wurde. Burdeaux starrte ihn an und sah dann zu Jenny hinüber, die mit geschlossenen Augen am Boden lag. Sie hatte die Knie angezogen und keuchte.

„Den Doktor!" rief Dasein mit rauher Stimme. „Etwas im Essen! Sie hat davon gekostet . . ."

Burdeaux holte einmal Atem, dann lief er los.

Dasein kroch auf Jenny zu. Das Zimmer schwankte und drehte sich um ihn. Er hatte erst eine kurze Strecke zurückgelegt, als Piaget mit Burdeaux hereinstürzte.

Piagets rundes, blasses Gesicht war eine starre Maske, als er neben Jenny niederkniete. Er deutete auf Dasein und sagte zu Burdeaux: „Zurück ins Bett mit ihm!"

„Das Essen auf dem Serviertisch!" stammelte Dasein. „Sie hat davon gegessen."

Eine blonde Krankenschwester mit einem weißen Häubchen rollte einen Instrumententisch heran und beugte sich über Piagets Schulter. Dann sah Dasein nichts mehr, weil Burdeaux ihn aufhob und zurück ins Bett trug.

„Sie bleiben hier, Doktor Gil", sagte er. Er drehte sich um und starrte auf die Szene neben der Tür.

„Allergische Reaktion", sagte Piaget. „Die Kehle schließt sich. Wir müssen ihr künstlich Luft zuführen."

Die Schwester reichte ihm etwas, und Piaget arbeitete mit geschickten Fingern. Er wandte Dasein den Rücken zu.

„Atropin!" sagte er.

Wieder reichte ihm die Schwester etwas.

Dasein fiel es schwer, sich auf die Szene zu konzentrieren. Die Angst würgte ihn. Weshalb bin ich so schwach? fragte er sich. Und dann dachte er: Lieber Gott, sie darf nicht sterben. Bitte, rette sie!

Krankenhauspersonal stand schweigend und erschrocken an der Tür. Piaget sah auf und sagte: „Eine Trage!"

Ein paar der Gesichter verschwanden von der Tür. Dann wurde eine Bahre durch den Korridor gerollt.

Piaget erhob sich. „Das ist alles, was ich hier oben tun kann. Bettet sie so, daß der Kopf tiefer liegt als die Beine." Er wandte sich an Dasein. „Was hat sie gegessen?"

Dasein deutete auf den Servierwagen. „Da hat sie den Deckel abgenommen. Ich glaube, es sind Eier."

Piaget war mit einem langen Schritt bei dem Wagen, hob die Schüssel hoch und roch daran. Jenny wurde von der Krankenschwester und zwei Wärtern auf die Bahre gehoben. Ein Röhrchen hing ihr aus dem Mundwinkel.

„War es ein Gift?" fragte Burdeaux mit unterdrückter Stimme.

„Natürlich war es ein Gift", fauchte Piaget. „Verhält sich genau wie Eisenhut." Er lief mit der Schüssel aus dem Zimmer.

Schweißgebadet lag Dasein in seinen Kissen. Burdeaux strich die Decken glatt.

„Einen Moment lang dachte ich – Sie wollten Jenny etwas antun", sagte der Schwarze.

Sie darf nicht sterben, dachte Dasein.

„Es tut mir leid", fuhr Burdeaux fort. „Ich wußte natürlich, daß Sie das nie fertigbrächten."

„Sie darf nicht sterben", wisperte Dasein. Er sah auf und erkannte Tränenspuren auf den dunklen Wangen Burdeaux'. Die Tränen weckten einen sonderbaren Zorn ihn ihm. Er war nicht auf Burdeaux wütend, sondern auf dieses körperlose Ding, das Santaroga beherrschte, das sogar versuchte, die Frau, die ihn liebte, als Waffe gegen ihn auszuspielen. Er starrte Burdeaux feindselig an.

„Doktor Larry wird es nicht zulassen", sagte Burdeaux. „Er wird . . ."

Burdeaux sah Daseins Gesichtsausdruck und zog sich unwillkürlich ein paar Schritte zurück.

„Gehen Sie hinaus!“ keuchte Dasein.

„Aber der Doktor sagte . . .“

„Doktor Gil befiehlt Ihnen, sich zum Teufel zu scheren!“

Burdeaux' Miene wurde trotzig. „Ich darf Sie nicht allein lassen.“

Dasein sank zurück. Was sollte er tun?

„Sie hatten letzte Nacht eine schlimme Schockreaktion“, sagte Burdeaux. „Man mußte eine Blutübertragung vornehmen. Sie dürfen nicht allein bleiben.“

Eine Transfusion? überlegte Dasein. Weshalb haben sie mich dabei nicht umgebracht? Sie wollten mich für Jenny erhalten!

„Ihr kümmert euch alle so sehr um Jenny“, sagte Dasein. „Ihr laßt es zu, daß sie mich tötet. Es wäre auch ihr Untergang, aber das macht nichts, was? Ihr würdet Jenny opfern, ihr Pack von . . .“

„Sie reden verrücktes Zeug, Doktor Gil!“

So schnell der Zorn gekommen war, so schnell verließ er ihn wieder. Weshalb sollte er den armen Win angreifen? Er war erschöpft. Natürlich mußte sein Gerede dem Neger verrückt vorkommen.

Er fragte sich, was er tun würde, wenn Jenny starb. Es war ein merkwürdig zergliedertes Gefühl – ein Teil von ihm wimmerte bei dem Gedanken, ein anderer Teil zürnte dem Geschick, das ihn so in die Enge getrieben hatte, und wieder ein anderer Teil wollte nicht mit dem Analysieren aufhören.

Sie werden mich sofort umbringen, wenn Jenny stirbt.

„Ich bleibe hier an der Tür sitzen“, sagte Burdeaux. „Wenn Sie etwas brauchen, rufen Sie mich.“ Er setzte sich und kreuzte die Arme – wie ein Wächter.

Dasein schloß die Augen. *Jenny, bitte stirb nicht!*

Er hörte, wie eine Tür aufging. Piaget stand mitten im Zimmer. Er trug ein Stethoskop um den Hals. Seine Augen wirkten müde. Er sah Dasein mit einem verwirrten Stirnrunzeln an.

„Jenny?“ flüsterte Dasein.

„Sie wird durchkommen“, sagte Piaget. „Aber es war knapp.“

Dasein schloß die Augen und holte tief Atem. „Wie viele dieser Unfälle können wir eigentlich noch ertragen?“ fragte er. Er spürte, daß Piaget ihn ansah.

Burdeaux stellte sich neben Piaget und sagte: „Er hat verrücktes Zeug geredet, Doktor Larry."

„Win, könntest du uns einen Moment allein lassen?" fragte Piaget.

„Wollen Sie wirklich?" Er warf Dasein einen zweifelnden Blick zu.

„Bitte." Piaget zog sich einen Stuhl heran und setzte sich neben Daseins Bett.

„Ich warte vor der Tür", sagte Burdeaux, als er hinausging.

„Sie haben Win aufgeregt. Dazu gehört allerhand", sagte Piaget.

„Aufgeregt . . ." Dasein starrte ihn sprachlos an. Dann sagte er: „Ist das Ihre Zusammenfassung der Ereignisse?"

Piaget sah auf seine rechte Hand, ballte sie zur Faust und öffnete sie wieder. Er schüttelte den Kopf. „Ich wollte nicht zynisch sein, Gilbert. Ich . . ." Er sah zu ihm auf. „Es muß irgendeine vernünftige, rationale Erklärung geben."

„Sie glauben nicht mehr, daß das Wort Unfall alles erklärt?"

„Ein Unfallanfälliger . . ."

„Wir wissen beide, daß es so etwas nicht gibt", sagte Dasein.

Piaget preßte die Fingerspitzen gegeneinander und lehnte sich zurück. „Nun, in psychiatrischer Hinsicht . . ."

„Hören Sie damit auf!" fauchte Dasein. „Sie werden doch nicht mit dem alten Klischee kommen, daß ‚eine neurotische Tendenz zur Selbstzerstörung' besteht! Konnte ich ahnen, daß die Brücke repariert wurde? Oder der Junge mit Pfeil und Bogen oder . . ."

„Welcher Junge?"

Dasein war sein Versprechen nun auch gleichgültig. Er erzählte von dem Vorfall am Campingplatz und fügte hinzu: „Und was war mit der Winde oder dem Feuer in der Werkstatt? Und da wir schon dabei sind, was war mit dem Gift im Essen? Ausgerechnet Jenny! Das Essen, das sie mir . . ."

„Schön! Sie haben Gründe . . ."

„Gründe? Ein ganzes Syndikat arbeitet gegen mich. Santaroga versucht mich umzubringen. Ein offensichtlich unschuldiger junger Mann ist bereits gestorben. Jenny kam beinahe ums Leben. Wer soll der nächste sein?"

„Um Himmels willen, weshalb sollten wir . . ."

„Um eine Bedrohung auszuschalten. Ist das nicht eindeutig? Ich stelle eine Bedrohung dar."

„Jetzt reicht es aber!"

„Ha! Ist es Santaroga vielleicht gleichgültig, wenn ich Jenny aus dem Tal hole und alles verrate?"

„Jenny würde niemals gehen."

„So! Sie behaupten, daß Sie Jenny lieben. Dennoch wird sie zu meiner Mörderin gemacht. Könnten Sie ihr etwas Schrecklicheres antun?"

Piaget war blaß geworden. Er holte unruhig Atem. „Sie . . ., es muß doch . . ., was meinen Sie mit ‚alles verraten'?"

„Hat sich jemand vom Arbeitsministerium schon einmal Ihre Gewächshäuser angesehen? Weiß man, daß Ihre sogenannte Schule nur eine andere Bezeichnung für Kinderarbeit ist? Und das Gesundheitsministerium? In den Aufzeichnungen von Santaroga sind keine Geisteskranken enthalten."

„Gilbert, Sie wissen nicht, wovon Sie sprechen."

„Nicht? Was ist mit der regierungsfeindlichen Propaganda in Ihrer Zeitung?"

„Wir sind nicht regierungsfeindlich eingestellt, Gilbert, wir . . ."

„Was? Also, ich habe noch nie schärfere Artikel gelesen . . ."

„Lassen Sie mich bitte zu Ende sprechen. Wir sind nicht regierungsfeindlich, sondern nur gegen die Außenwelt eingestellt. Das ist etwas ganz anderes."

„Sie glauben, daß die Leute in der Außenwelt alle verrückt sind?"

„Wir glauben, daß sie einander noch einmal auffressen werden."

Wahnsinn, Wahnsinn, dachte Dasein. Er starrte die Decke an. Er war schweißgebadet. Er ließ sich bei dem Streit mit Piaget zu sehr von Gefühlen leiten. „Weshalb haben Sie Burdeaux hergeschickt, damit er auf mich aufpaßt?"

Piaget zuckte mit den Schultern. „Nur zur Vorsorge, falls Sie mit Ihren Vermutungen recht haben sollten . . ."

„Und Sie sind auf Burdeaux gekommen." Dasein studierte Piaget sorgfältig. Der Arzt schien im Kampf mit sich selbst zu liegen. Er knetete nervös seine Finger.

„Die Gründe dürften einleuchtend sein", sagte er.

„Sie können mich nicht aus dem Tal lassen, nicht wahr?"

„Sie sind nicht in der körperlichen Verfassung dazu."

„Werde ich es je sein?" fragte Dasein.

Piaget sah ihm in die Augen. „Wie kann ich Ihnen beweisen, was wir wirklich . . ."

„Gibt es hier irgendeinen Ort, wo ich mich vor Unfällen schützen kann?“ fragte Dasein.

„Vor Unfällen schützen . . .?“ Piaget schüttelte den Kopf.

„Sie wollen Ihre ehrenhaften Absichten beweisen“, meinte Dasein.

Piaget preßte die Lippen zusammen. „Es gibt eine Isolierstation – eine Mansarde mit eigener Küche, Bad und Labor. Wenn Sie . . .“

„Könnte Burdeaux mich hinaufschaffen, ohne mich umzubringen?“

Piaget seufzte. „Ich bringe Sie selbst hinauf, sobald ich . . .“

„Burdeaux.“

„Wie Sie wollen. Sie können in einem Rollstuhl transportiert werden.“

„Ich gehe.“

„Dazu haben Sie nicht die Kraft . . .“

„Ich werde es mit Burdeaux' Hilfe schaffen.“

„Also gut. Was das Essen betrifft, so können wir . . .“

„Ich werde Konserven essen, die ganz willkürlich aus Einkaufsregalen gewählt sind. Burdeaux kann sie kaufen, bis ich . . .“

„Aber so sehen Sie doch . . .“

„So wird es gemacht, Doktor. Er wird mir eine große Auswahl bringen, und ich wähle wiederum aus dieser Auswahl.“

„Sie treffen unnötige . . .“

„Versuchen wir es einmal auf meine Weise. Mal sehen, wie viele Unfälle sich dabei entwickeln.“

Piaget sah ihn einen Moment lang hilflos an, dann sagte er: „Wie Sie wollen.“

„Was ist mit Jenny? Wann kann ich sie sehen?“

„Sie hat einen Nervenschock davongetragen. Ich glaube, sie sollte ein paar Tage lang keine Besucher empfangen . . .“

„Ich verlasse meine Isolierwohnung erst, wenn ich Sie überzeugt habe“, meinte Dasein. „Wann kann sie mich besuchen?“

„Das wird einige Tage dauern.“ Er deutete mit dem Finger auf Dasein. „Hören Sie, Gilbert, Sie können Jenny nicht aus dem Tal wegholen. Sie wird sich nie damit einverstanden erklären . . .“

„Das soll Jenny entscheiden.“

„Gut.“ Piaget nickte. „Sie werden sehen.“ Er ging an die Tür und öffnete sie. „Win?“

Burdeaux kam ins Zimmer.

„Wir wollen ein Experiment durchführen, Win", sagte Piaget. „Um Dr. Daseins Gesundheit und Jennys Glück willen werden wir ihn auf die Isolierstation legen." Piaget deutete mit dem Daumen zur Decke. „Er möchte, daß Sie ihn hinaufbringen."

„Ich hole einen Rollstuhl", sagte Burdeaux.

„Dr. Dasein möchte den Weg zu Fuß zurücklegen."

„Kann er das denn?" Burdeaux sah Dasein zweifelnd an. „Er ist so schwach, daß er sich kaum auf den Beinen halten kann."

„Dr. Dasein scheint sich auf Ihre Stärke zu verlassen", sagte Piaget. „Glauben Sie, daß Sie es schaffen?"

„Ich könnte ihn tragen", sagte Burdeaux, „aber das kommt mir alles so komisch vor . . ."

„Behandeln Sie ihn mit der gleichen Sorgfalt wie ein hilfloses Kind", sagte Piaget.

„Wenn Sie meinen, Doktor Larry."

Burdeaux ging ans Bett und half Dasein beim Aufrichten. Die Anstrengung machte Dasein schwindelig. Während der Raum um ihn kippte, sah er Piaget zur Tür gehen und sie aufhalten. Der Doktor warf Burdeaux einen Blick zu.

„Ich verbreite meinen schlechten Einfluß inzwischen anderswo", sagte Piaget. „Gilbert, ich hoffe, Sie haben nichts dagegen, wenn ich hin und wieder kurz nach Ihnen sehe – einzig und allein in meiner Eigenschaft als Arzt?"

„Solange ich das letzte Wort darüber behalte, was mit mir geschieht", erwiderte Dasein.

„Es ist nur fair, wenn ich Sie warne. Ihre Bandagen müssen gewechselt werden."

„Kann Win das auch?"

„Ihr Vertrauen in Win ist rührend", sagte Piaget. „Sicher beeindruckt ihn das."

„Kann er . . .?"

„Sicher kann er – wenn ich ihm die nötigen Anweisungen gebe."

„Dann ist es ja gut."

Mit Burdeaux' Hilfe rappelte er sich hoch. Er stand keuchend da und stützte sich auf den Schwarzen. Seine Knie waren wie aus Gummi. „Fahren wir mit dem Lift?" fragte er.

„Ja, Sir. Er ist gleich drüben im Gang."

„Also gut, gehen wir."

„Ja, Sir. Entschuldigen Sie, Sir." Burdeaux bückte sich, hob Dasein hoch und trug ihn aus dem Zimmer.

Dasein sah das verblüffte Gesicht einer Krankenschwester, die durch den Korridor schritt. Er kam sich idiotisch und hilflos vor. Die Schwester warf Burdeaux einen strengen Blick zu, doch er beachtete sie nicht, sondern drückte mit dem Ellbogen auf den Aufzugknopf.

Die Aufzugtüren öffneten sich mit einem leisen Zischen.

Burdeaux trug ihn ins Innere und drückte mit dem Ellbogen wieder auf einen Knopf.

Daseins Mund wurde trocken, als sich die Aufzugtüren schlossen. Er starrte die cremefarbene Decke an, die milchige Neonröhre, und dachte: Sie haben nicht gezögert, Jenny zu opfern. Würden sie nicht auch Burdeaux jederzeit opfern? Was ist, wenn der Aufzug abstürzt?

Ein schwaches Summen ertönte. Dasein spürte, daß der Lift sich in Bewegung setzte. Dann öffneten sich die Türen wieder, und Burdeaux trug ihn hinaus. Er sah einen cremefarbenen Vorraum und eine Mahagonitür mit der Aufschrift ISOLIERSTATION. Dann waren sie drinnen.

Es war ein langes Zimmer mit drei Betten. Durch die Fenster sah man auf ein schwarzes Teerdach. Burdeaux legte Dasein auf das erstbeste Bett und trat zurück. „Die Küche ist da drinnen", sagte er und deutete auf die Schwingtür am anderen Ende des Zimmers. „Das Bad ist drüben." Er öffnete die Tür, die gegenüber Daseins Bett war. Rechts davon befanden sich noch zwei Eingänge. „Daneben ist ein Ankleideraum und das Labor. War es das, was Sie haben wollten, Doktor?"

Dasein bemerkte den abschätzenden Blick des Schwarzen und sagte: „Ich werde mich damit begnügen müssen." Mit einem kleinen Lächeln erklärte er, wie er sich die Sache mit dem Essen vorstellte.

„Konservendosen, Sir?" fragte Burdeaux.

„Ich weiß, ich verlange viel von Ihnen", meinte Dasein. „Aber Sie waren einmal wie ich. Vielleicht stehen Sie unbewußt auf meiner Seite. Ich zähle darauf . . ." Dasein zuckte schwach mit den Schultern.

„Will Doktor Larry, daß ich es tue?"

„Ja."

„Ich soll also einfach Konservendosen von den Regalen holen – ganz willkürlich?"

„Genau."

„Na ja, es klingt verrückt, Sir – aber wenn Sie es wollen.“ Er verließ murmelnd den Raum.

Dasein kroch unter die Decken und lag eine Zeitlang still da, um wieder zu Kräften zu kommen. Er konnte jenseits des Daches eine Reihe von Baumkronen sehen – hohe Eichen. Der Himmel war wolkenlos blau. Das Zimmer machte einen friedlichen Eindruck. Dasein holte tief Atem. War dieser Ort wirklich sicher? Ein Santaroger hatte ihn ausgewählt. Aber der Santaroger hatte selbst das Gleichgewicht verloren und zweifelte nun.

Zum erstenmal seit Tagen hatte Dasein das Gefühl, sich entspannen zu können. Eine tiefe Müdigkeit ergriff ihn.

Was ist das für eine unnatürliche Schwäche? fragte er sich.

Es war mehr als der Schock oder die Folge der Verbrennungen. Es war wie eine Verwundung der Seele, etwas, das sein ganzes Wesen erfaßte.

Dasein schloß die Augen. Ein unbeherrschtes Zittern erfaßte ihn. Seine Zähne klapperten. Er zwang sich mühsam zur Ruhe und starrte an die Decke. Eine Jaspers-Reaktion, dachte er. Irgendwo im Zimmer roch es nach Jaspers. Aber er war zu müde, um nachzusehen.

Die Tür ging auf. Dasein hielt sich ganz steif. Er durfte der Müdigkeit nicht nachgeben, sonst ertrank er darin . . .

Piaget kam in seinen Sichtbereich. Der Doktor hob Daseins linkes Augenlid hoch und studierte das Auge.

„Sie kämpfen immer noch dagegen an“, sagte er.

„Wogegen?“ flüsterte Dasein.

„Ich war ziemlich sicher, daß es Sie fertigmachen würde, wenn Sie soviel Energie daran verschwenden“, meinte Piaget. „Über kurz oder lang werden Sie etwas essen müssen.“

Das erinnerte Dasein an die Leere in seinem Magen – an den schmerzhaften Hunger. Er konzentrierte sich auf den Schmerz. Das half, um gegen die Bewußtlosigkeit anzukämpfen.

„Ich mache Ihnen einen Vorschlag.“ Piaget entfernte sich ein Stück, so daß Dasein ihn nicht mehr sehen konnte. „Ich setze mich jetzt hierher und halte Wache, bis Win mit dem Essen zurückkommt. Ich rühre Sie nicht an, und ich lasse es auch nicht zu, daß ein anderer Sie anrührt. Ihre Bandagen können warten. Wichtiger ist, daß Sie sich ausruhen – schlafen Sie, wenn Sie es fertigbringen. Kämpfen Sie nicht mehr dagegen an.“

Schlaf! O Gott, wie die Müdigkeit winkte! *Wogegen ankämpfen?* Er versuchte sich die Frage noch einmal zu stellen, aber er fand nicht die Energie dazu. Er brauchte seine ganze Kraft, um sich an den winzigen Funken seines Bewußtseins zu klammern.

„Was Sie bekämpfen", sagte Piaget im Konversationston, „ist die Loslösung vom Sumpf. Der Schlamm zieht einen immer wieder hinunter. Deswegen habe ich auch den Verdacht, daß Ihre Theorie ein Körnchen Wahrheit enthalten könnte – daß wir immer noch etwas von der alten Gewalttätigkeit an uns haben, ohne es zu merken."

Piagets Stimme war ein hypnotisches Auf und Ab. Einzelne Sätze drangen in Daseins Bewußtsein.

„... Experiment der Domestizierung ... von einer starren Kondition losgelöst ... müssen einen neuen Identitätssinn geben ... gewissermaßen religiöse Umwandlung ... scheuen nicht vor dem Leben oder dem Lebensbewußtsein zurück ..."

Einer der gesichtslosen Götter flüsterte donnernd in Daseins Ohr: „Dies ist mein Gebot: Ein armer Mann kann sich Prinzipien nicht leisten, und ein Reicher braucht sie nicht."

Dasein schwang in einer Hängematte des Schweigens hin und her. Etwas winkte. Es war vertraut. Er fühlte die vertraute Welt und wurde zurückgestoßen. Es wimmelte von zerbrochenen Masken, leeren Versprechungen, enthüllten Lügen.

Es war eine haßerfüllte Welt.

Welche Welt? fragte er sich. Santaroga oder die Außenwelt?

Etwas packte Dasein an der Schulter.

Er schrie. Er erwachte stöhnend. Es dauerte einen Moment, bis er sich orientiert hatte. Wo waren die gesichtslosen Götter?

„Sie hatten einen Alptraum", sagte Piaget und zog seine Hand zurück. „Win ist mit dem Essen da."

Daseins Magen verkrampfte sich.

Burdeaux stand am zweiten Bett. Eine Schachtel mit Konservendosen stand darauf.

„Bringen Sie mir einen Büchsenöffner und einen Löffel", sagte Dasein.

„Sagen Sie mir, was Sie wollen, und ich mache es auf", meinte Burdeaux.

„Ich besorge das selbst", widersprach Dasein. Er stützte sich auf die

Ellbogen. Seine Schläfen hämmerten noch bei jeder Bewegung, aber er fühlte sich kräftiger.

„Machen Sie es nach seinem Willen", sagte Piaget, als Burdeaux zögerte.

Burdeaux zuckte mit den Schultern und ging in die Küche. Dasein warf die Decken zur Seite. Er winkte Piaget und setzte sich mit seiner Hilfe auf. Dann holte er tief Atem und schwankte zum nächsten Bett.

Burdeaux kam zurück und gab ihm einen Dosenöffner.

Dasein nahm neben der Schachtel Platz und holte eine große grüne Dose heraus, ohne das Schild zu beachten. Er setzte den Dosenöffner an, bog den Deckel mit dem Löffel auf, den Burdeaux ihm reichte. Bohnen.

Der Duft von Jaspers stieg ihm in die Nase. Er warf einen Blick auf das Etikett: VERPACKT DURCH DIE JASPERS-GENOSSENSCHAFT. Darunter stand eine Nummer, ein Datum und der Satz: NICHT FÜR DEN VERSAND AUSSERHALB DES TALES GEEIGNET. AUSGESETZT: DEZEMBER 64.

Dasein starrte die Dose an. Jaspers? Das konnte nicht sein.

„Stimmt etwas nicht?" fragte Piaget.

Dasein sah die Dose an – ein glänzendes Etikett. BOHNEN MIT RINDFLEISCH stand in gelben Buchstaben darauf.

Dasein ignorierte den verlockenden Duft und warf einen Blick in die Schachtel. Er versuchte sich zu erinnern, ob der Deckel geknackt hatte, als er ihn abnahm. Er konnte sich nicht mehr daran erinnern. Wenn nun die Vakuumpackung nicht in Ordnung war?

„Was ist denn?" beharrte Piaget.

„Muß alles in Ordnung sein", erklärte Burdeaux. „Das waren Dosen aus meinem eigenen Vorrat."

Dasein sah auf. Alle Dosen in der Schachtel trugen Etikette der Genossenschaft. *Eigener Vorrat?*

„Hier", sagte Piaget. Er nahm Dasein die Dose und den Löffel ab und kostete. Er lächelte. Dann gab er Dasein beides zurück.

„Alles in Ordnung", sagte Piaget.

„Klar", meinte Burdeaux. „Kommt auch aus Pete Majas Laden."

„Es ist Jaspers", sagte Dasein mit rauher Stimme.

„Natürlich", erwiderte Piaget. „Man füllt die Dosen für den hiesigen Gebrauch ab. Essen Sie lieber gleich, sonst verliert sich das Aroma." Er lachte. „Draußen hält sich Jaspers nur ein paar Sekunden. Hier im Tal kann man mit fünf oder zehn Minuten rechnen."

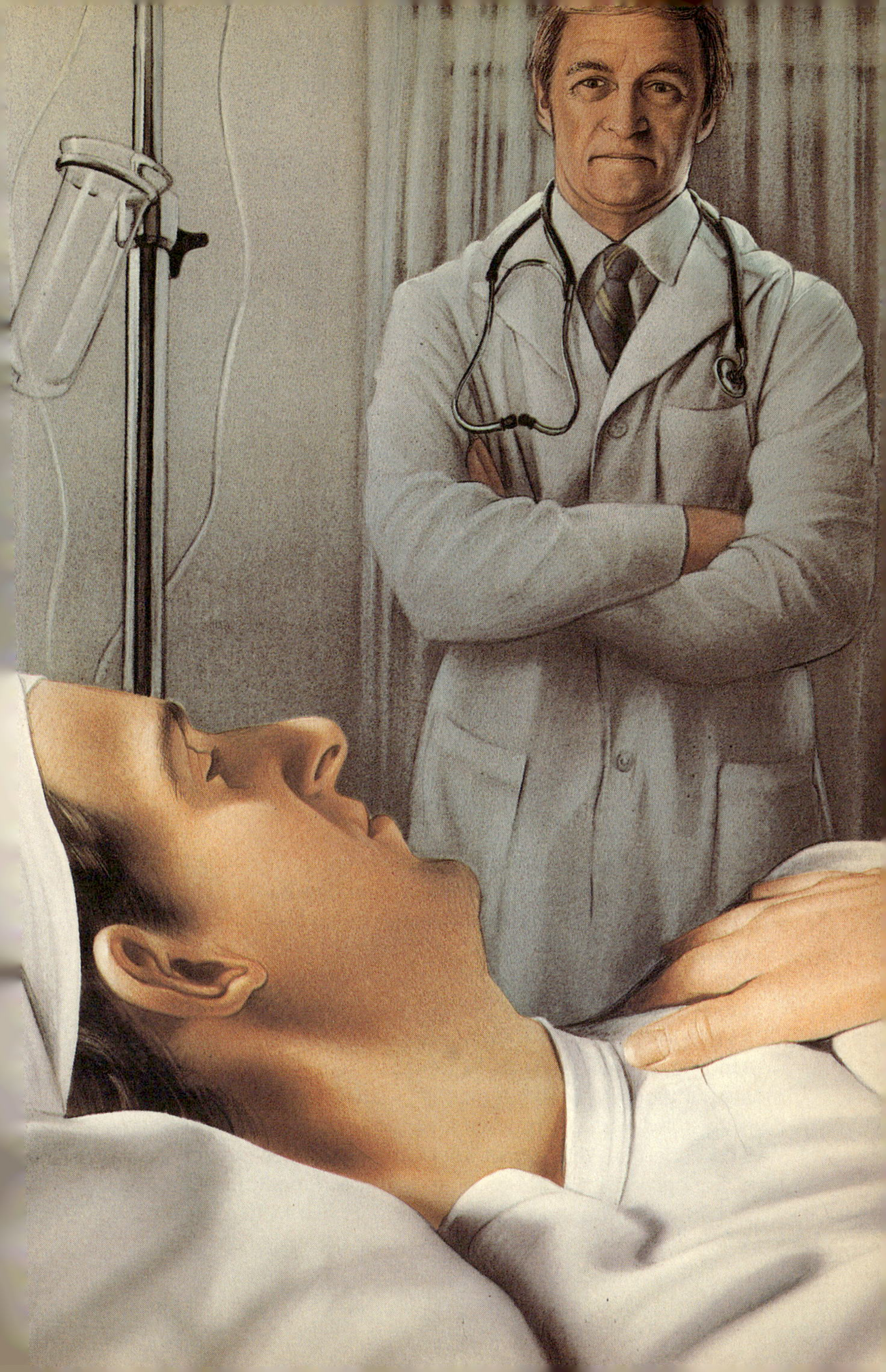

„Weshalb?“

„Feindliche Umgebung“, meinte Piaget. „Essen Sie jetzt. Sie haben gesehen, daß ich auch etwas davon nahm.“

Dasein kostete die Sauce. Ein besänftigendes Gefühl breitete sich in ihm aus. Die Bohnen waren köstlich. Er löffelte sie in sich hinein.

Die Dose war leer, bevor er es merkte. Er war nicht mehr hungrig. Und sein Bewußtsein war mit einem Ruck zurückgekehrt.

Piaget nahm ihm Dose und Löffel ab, ohne daß er etwas dagegen tat.

„Was ist mit seinem Verband?“ fragte Burdeaux.

Piaget untersuchte den Verband an seiner Wange, roch daran und richtete sich wieder auf. „Vielleicht heute abend“, sagte er.

„Sie haben mich gefangen, nicht wahr?“ fragte Dasein. Er sah zu Piaget auf.

„Da fängt er schon wieder an“, seufzte Burdeaux.

„Win“, sagte Piaget, „ich weiß, daß Sie sich auch wieder einmal um Ihre Familie kümmern müssen. Lassen Sie mich jetzt ruhig mit Gilbert allein. Wenn Sie wollen, können Sie gegen sechs wiederkommen.“

„Ich könnte Willa anrufen und sie . . .“

„Es ist nicht nötig, daß Sie Ihre Tochter stören“, meinte Piaget. „Gehen Sie nur!“

„Aber wenn . . .“

„Es besteht keinerlei Gefahr.“

„Wenn Sie es sagen.“ Burdeaux blieb einen Moment an der Tür stehen und sah Dasein an, dann verließ er den Raum.

„Weshalb sollte Win nicht zuhören?“ fragte Dasein.

„Da fängt er schon wieder an!“ wiederholte Piaget Burdeaux' Worte.

„Etwas muß . . .“

„Es gibt nichts, das Win nicht hören könnte.“

„Und doch muß er etwas Besonderes sein – sonst hätten Sie ihn nicht zu meinem Wächter gemacht“, sagte Dasein. Er holte tief Atem. Sein Verstand war vollkommen klar. „Win war – sicher für mich.“

„Das haben Sie sich eingebildet“, meinte Piaget. „Win hat Sie vor dem Sturz gerettet. Sie haben eine deutliche Empathie gezeigt . . .“

„Er kam von draußen“, sagte Dasein. „Er war früher wie ich.“

„Viele von uns kamen von draußen“, sagte Piaget.

„Sie auch?"

„Nein, aber . . ."

„Wie funktioniert die Falle eigentlich?" erkundigte sich Dasein.

„Es ist keine Falle!"

„Wie wirkt sich das Jaspers auf die Menschen aus?"

„Die Frage können Sie sich selbst stellen."

„Technisch, Doktor?"

„Technisch?"

„Was bewirkt das Jaspers?"

„Ach so. Unter anderem beschleunigt es die Katalyse der chemischen Übermittler im Nervensystem. Es baut die blockierenden Systeme ab, so daß die anschauliche Vorstellung des Verstandes und die Prozesse zur Bewußtseinsbildung beschleunigt werden. Man bekommt das Gefühl, ein besseres Gedächtnis zu besitzen. Das stimmt natürlich nicht, es sieht nur so aus."

„Kommen wir zur Bildvorstellung", sagte Dasein. „Was ist, wenn der Mensch mit all seinen Erinnerungen nicht fertig wird? Es gibt außerordentlich unangenehme, sogar sehr gefährliche traumatische Erinnerungen . . ."

„Es sind immer wieder Versager dabei."

„Gefährliche Versager?"

„Manchmal."

Dasein schloß den Mund, eine instinktive Reaktion. Er atmete tief durch die Nase ein. Der Geruch des Jaspers drang zu seinen Sinnen vor. Er sah auf die Schachtel mit den Konservendosen.

Jaspers. Bewußtseinstreibstoff. Gefährliche Substanz. Droge. Er drehte sich um und sah einen verträumten Zug in Piagets Gesicht.

„Sie können nicht fort vom Tal, was?" fragte er.

„Wer würde das wollen?"

„Sie hoffen, daß ich bleibe und Ihnen vielleicht bei den Versagern helfe."

„Arbeit gäbe es genug."

Dasein wurde wütend. „Wie soll ich denn denken?" fauchte er. „Ich kann mich nicht von dem Geruch losreißen . . ."

„Langsam", murmelte Piaget. „Machen Sie jetzt ganz langsam. Sie werden sich noch so daran gewöhnen, daß Sie das Aroma gar nicht merken."

Jede Gesellschaft hat ihre eigenen Gerüche, ohne daß die

Mitglieder es bemerken, dachte er. Santaroga hatte versucht, ihn umzubringen. Kam es daher, daß er einen anderen Geruch hatte? Er starrte die Schachtel an. Unmöglich! Die Lösung konnte nicht so nahe an der Oberfläche liegen.

Piaget riß einen Streifen von der Schachtel ab und hielt ihn an die Nase. „Der Karton war in der Vorratshöhle", sagte er. „Organisches Material nimmt den Geruch nach einer gewissen Aussetzungszeit an."

„Werde ich wie die Schachtel sein?" fragte Dasein. „Werde ich . . ."

„Schlagen Sie sich solche Gedanken aus dem Sinn", sagte Piaget.

„Werde ich ein Versager sein?"

„Hören Sie auf damit!"

„Weshalb denn?" Dasein setzte sich auf. Die Furcht und der Zorn verliehen ihm Kraft. In seinem Gehirn drängten sich die wildesten Vorstellungen.

„Sie sind nicht der Typ, der versagt", meinte Piaget.

Dasein starrte die Schachtel anklagend an. *Jaspers!*

„Sie gehören zu der Sorte Mensch, die es weit bringen kann", fuhr Piaget fort. „Weshalb, glauben Sie, sind Sie eigentlich hier? Wegen dieses einfältigen Marktberichtes? Oder wegen Jenny? O nein. Nichts so Einfaches. Santaroga schickt an manche Menschen seinen Ruf. Und sie kommen."

Dasein sah ihn von der Seite an. „Ich kam offensichtlich her, damit ihr mich umbringen könnt", sagte er.

„Wir wollen Sie nicht umbringen!"

„Erst glauben Sie, daß ich recht habe, dann leugnen Sie wieder."

Piaget seufzte.

„Ich hätte einen Vorschlag", sagte Dasein.

„Bitte."

„Er wird Ihnen nicht gefallen."

Piaget sah ihn wütend an. „Was wollen Sie?"

„Sie werden Angst davor haben. Sie werden sich eine Ausrede suchen . . ."

„Um Himmels willen, versuchen Sie mich nicht in die Enge zu treiben."

„So fängt es schon an", sagte Dasein. Er hob die Hand, als Piaget wieder sprechen wollte. „Ich möchte Sie hypnotisieren."

„Was?"
„Sie haben richtig verstanden."
„Weshalb?"
„Sie sind ein Einheimischer", erklärte Dasein. „Sie sind an diesen – diesen Bewußtseinstreibstoff gewöhnt. Ich möchte sehen, was darunter liegt, welche Ängste Sie . . ."
„Das ist doch Wahnsinn!"
„Ich bin nicht irgendein Amateurhypnotiseur", fuhr Dasein fort. „Ich bin klinischer Psychologe und habe gute Erfahrungen mit Hypnotherapie."
„Aber was hoffen Sie dadurch zu gewinnen?"
„Ich möchte Ihre Ängste kennenlernen", sagte Dasein. „Die Ängste eines Menschen führen zu den tieferliegenden Motiven. Unter jeder Angst verbirgt sich Gewalttätigkeit . . ."
„Unsinn! Ich habe keine . . ."
„Sie sind Arzt. Sie können mir nicht widersprechen."
Piaget sah ihn abwägend an. Dann meinte er: „Jeder Mensch hat natürlich die Angst vor dem Tod. Und . . ."
„Mehr als das."
„Gilbert, ich weiß über diese Dinge Bescheid, das werden auch Sie nicht leugnen können. Wenn man gewisse Dinge ans Tageslicht zerrt . . ."
„Was würde ich ans Tageslicht zerren?"
„Wir wissen beide, daß das nicht mit Sicherheit vorhergesagt werden kann."
„Ihr handelt als eine Gemeinschaft – eine Gruppe, eine Gesellschaftsschicht", sagte Dasein. „Ihr wollt nicht, daß ich darin herumstöbere. Welchen Gott betet diese Gruppe in Wirklichkeit an? Einmal sagen Sie: ‚Sehen Sie sich überall um!', und dann schlagen Sie mir die Türen vor der Nase zu."
„Sie glauben wirklich, daß einige von uns versucht haben, Sie – für die Gemeinschaft zu töten?"
„Glauben Sie das nicht?"
„Könnte es nicht eine andere Erklärung geben?"
„Welche?"
Dasein sah Piaget fest an. Der Arzt war beunruhigt, daran konnte es keinen Zweifel geben. Er sah Dasein nicht an. Seine Hände spielten nervös. Sein Atem ging schneller.

„Gesellschaften sind der Meinung, daß sie nicht untergehen können", sagte Dasein. „Daraus ergibt sich zwangsläufig, daß eine Gesellschaft keinen Glauben hat. Wenn sie nicht sterben muß, wird sie nie vor das Jüngste Gericht treten. Und da sie nie vor das Jüngste Gericht treten muß, kann sie Dinge tun, die ein Einzelmensch niemals tun würde."

„Vielleicht", murmelte Piaget. „Vielleicht." Dann fügte er hinzu: „Also gut. Weshalb wollen Sie mich untersuchen? Ich habe Ihnen nie etwas zuleide getan."

Dasein senkte den Blick. Die Frage hatte ihn verwirrt. Durch das Fenster konnte er den Saum der Bäume sehen, die Santaroga einschlossen. Er fühlte sich selbst eingeschlossen, gefangen in einem Netz von verwirrenden Begriffen.

„Was ist mit den Leuten, die versucht haben, mich zu töten?" fragte Dasein knapp. „Wären sie geeignete Versuchsobjekte?"

„Der Junge vielleicht", sagte Piaget. „Ich werde ihn ohnehin untersuchen müssen."

„Petey, der Junge von Jorick", sagte Dasein. „Ein Versager, was?"

„Ich glaube nicht." Er seufzte. „Ich hole Ihnen noch etwas Jaspers. Vielleicht können Sie dann . . ."

„Sie glauben, daß ich das Flattern hinter den Augen habe?" fragte Dasein.

Piaget lächelte. „Sarah hält sich an die alten Ausdrücke. Aber Sie dürfen sie nicht auslachen. Sie hat das Auge der Unschuld."

„Das mir fehlt."

„Sie besitzen immer noch einige Vorurteile der Nicht-Menschen", sagte Piaget.

„Und ich habe hier so viel gehört und erfahren, daß man mir nicht mehr erlauben kann, das Tal zu verlassen."

„Wollen Sie nicht einmal versuchen, hier etwas zu werden?" fragte Piaget.

„Was zu werden?" Piagets Gerede machte ihn wütend.

„Das können nur Sie wissen", sagte Piaget.

„Was kann nur ich wissen?"

Piaget starrte ihn lediglich an.

„Ich sage Ihnen, was ich weiß", fauchte Dasein. „Ich weiß, daß mein Vorschlag Ihnen Angst macht. Sie wollen nicht, daß ich erfahre, wie Vinas Schabenmittel in meinen Kaffee kam. Sie wollen nicht wissen, wie Clara Scheler das Ragout vergiftet hat. Sie wollen nicht wissen, weshalb mich jemand ins Wasser stieß. Sie wollen nicht wissen, warum ein fünfzehnjähriger Junge mir unbedingt einen Pfeil durch die Brust schießen wollte. Sie wollen nicht wissen, wie Jenny die Eier vergiftete. Sie wollen nicht wissen, weshalb der Wagen so kippte, daß er mich beinahe erdrückte, und weshalb der andere Wagen explodierte . . ."

„Schon gut!" Piaget rieb sich über das Kinn und wandte sich ab. „Sie haben mir genug zum Nachdenken gegeben. Ich lasse Sie jetzt eine Weile allein und versuche, eine Lösung zu finden. Am Kopfende Ihres Bettes ist eine Klingel, wenn Sie etwas brauchen. Im Notfall kann eine Krankenschwester schnell herkommen. Man wird von Zeit zu Zeit nach Ihnen sehen. Möchten Sie etwas zu lesen haben? Vielleicht unsere Zeitung?"

„Schreibpapier und einen Kugelschreiber", sagte Dasein. Er zögerte, dann fügte er hinzu: „Und die Zeitung, bitte."

„Gut. Versuchen Sie zu schlafen. Sie scheinen wieder etwas zu Kräften zu kommen, aber Sie dürfen sich nicht übernehmen." Piaget drehte sich um und verließ das Zimmer.

Nach kurzer Zeit hastete eine rothaarige Krankenschwester mit einem Stoß Zeitungen, einem Schreibblock und einem grünen Kugelschreiber herein. Sie legte alles auf das Nachtkästchen und fragte: „Möchten Sie, daß ich das Bett richte?"

„Nein, danke."

Dasein bemerkte die frappante Ähnlichkeit mit Al Marden.

„Sie sind eine Marden", sagte er.

„Und?" fragte sie und verließ das Zimmer.

Dumme Gans! dachte er und wandte sich den Zeitungen zu. Er erinnerte sich an seine Suche nach dem Verlag. Jetzt hatte er die Blätter so leicht bekommen, daß sie ihn nicht mehr recht interessierten. Er stand auf.

Die Konservendosen fielen ihm ins Auge.

Dasein kramte in der Schachtel herum, entdeckte eine Apfelcreme und aß sie schnell, solange der Jaspersgeschmack noch anhielt. Während er aß, überlegte er, wann er wieder diesen Moment klarer Einsicht erleben würde wie damals vor der defekten Brücke.

Die Apfelcreme stillte seinen Hunger und machte ihn ein wenig unruhig, aber sonst nichts.

Gewöhnte er sich an das Jaspers? Mußte er jedesmal mehr davon nehmen? War er süchtig?

Er dachte an Jennys eindringliche Bitten. *Ein Bewußtseinstreibstoff! Was hatte Santaroga da entdeckt?*

Dasein starrte durch das Fenster auf die Hügelkuppen, die das Tal begrenzten. Irgendwo brannte ein Feuer, und der Rauch stieg spiralenförmig in den Himmel. Der Rauch nahm mit einemmal einen sonderbaren Mystizismus an. Es war ein primitives Urgefühl. Eine Unterschrift war in den Rauch gewoben, etwas aus seiner eigenen Vergangenheit. Keine Furcht begleitete dieses Gefühl. Im Gegenteil, es war, als hätte er sich mit einem Teil seines Wesens vereint, der ihm seit seiner Kindheit verloren war.

Zur Oberfläche der Kindheit zurückstoßen! dachte er.

Er erkannte in diesem Moment, daß die Santaroger ihre primitive Vergangenheit nicht abtrennten. Sie behielten sie bei und verstanden sie.

Wie weit kann ich noch gehen, bis ich umkehren muß? fragte er sich. Ich muß meine Pflicht Selador gegenüber erfüllen. Wann breche ich hier die Zelte ab?

Der Gedanke erfüllte ihn mit tiefem Abscheu. Er haßte die Außenwelt. Aber er mußte es tun. Übelkeit stieg in ihm hoch, seine Schläfen hämmerten. Er dachte an die eklige Leere der Außenwelt – an die Menschenwracks, an die Heuchler, an das Leben, in dem es nichts gab, das die Seele erhob.

Das Leben draußen wurde von nichts zusammengehalten, dachte er. Es gab einen einzigen leichten, glitzernden Weg, auf dem grelle, hypnotische Ablenkungen dargeboten wurden. Und hinter dem Glitzern – die nackten Stützen . . . und Verzweiflung.

Ich kann nicht zurück, dachte er. Er ging zu seinem Bett und warf sich auf die Kissen. *Meine Pflicht – ich muß es tun. Was geht mit mir vor? Habe ich zu lange gewartet?*

Hatte Piaget gelogen, als er die Jaspers-Wirkung beschrieb?

Dasein legte sich auf den Rücken und preßte einen Arm über die Augen. Wie war die chemische Zusammensetzung des Jaspers? Selador konnte ihm dabei nicht helfen. Die Substanz zerfiel in der Außenwelt.

Ich wußte das, dachte Dasein. Ich wußte es die ganze Zeit.

Er nahm den Arm von den Augen. Es war klar, was er getan

hatte – er hatte sich vor seiner Verantwortung gedrückt. Dasein starrte die Türen vor sich an. Küche, Labor . . .

Er seufzte. Käse war der beste Träger, das wußte er. Er enthielt die Jaspers-Substanz am längsten. Das Labor – und etwas Käse.

Dasein drückte auf die Klingel über seinem Bett.

Eine Stimme erschreckte ihn, da sie direkt hinter seinem Kopf ertönte. „Brauchen Sie eine Schwester?"

Dasein drehte sich um und sah den Lautsprecher in der Wand. „Ich – hätte gerne etwas Jaspers-Käse."

„Oh – sofort, Sir." Auch über das Mikrofon merkte man der Stimme die Freude an.

Kurze Zeit später kam die rothaarige Schwester herein. Sie trug ein Tablett, das sie auf den Zeitungen abstellte.

„So, Doktor", sagte sie. „Ich habe Ihnen gleich ein paar Kräcker mitgebracht."

„Danke", sagte Dasein.

Bevor sie ging, blieb sie noch einmal an der Tür stehen. „Jenny wird sich freuen, wenn sie das hört."

„Ist Jenny wach?"

„O ja. Die Hauptschwierigkeit war die Allergie gegen den Eisenhut. Wir haben das Gift unschädlich gemacht. Seitdem erholt sie sich schnell. Sie möchte schon aufstehen. Das ist immer ein gutes Zeichen."

„Wie konnte das Gift in das Essen geraten?" erkundigte sich Dasein.

„Eine der Lernschwestern hielt es für einen Behälter mit MSG . . ."

„Aber wie konnte es in die Küche gelangen?"

„Das konnten wir noch nicht feststellen. Zweifellos irgendein dummer Zufall."

„Zweifellos", murmelte Dasein.

„So", sagte sie, „Sie essen jetzt Ihren Käse und ruhen sich aus. Klingeln Sie ruhig, wenn Sie etwas brauchen." Sie schloß die Tür hinter sich.

Dasein warf einen Blick auf den goldenen Käse. Der Jaspersgeruch stieg ihm in die Nase. Er brach eine kleine Ecke ab und hielt die Zunge daran. Seine Sinne wurden schärfer. Ohne es recht zu merken, aß er das Stück. Ein herrliches Aroma! Und seine Gedanken waren klar und geordnet.

Was auch geschieht, dachte er, die Welt muß von dieser Substanz erfahren.

Dasein nahm das Käsemesser vom Tablett und trennte eine dünne Scheibe von dem goldgelben Block. Er beherrschte sich eisern, um sie nicht zu essen.

Dasein schwang die Füße auf den Boden und stand auf. Er spürte, wie sehr sein Körper nach dem Käse verlangte, und versprach sich ein großes Stück – später. Zuerst das Labor.

Es war ganz so, wie er es sich vorgestellt hatte: spärlich eingerichtet, doch für seine Zwecke ausreichend. Er fand eine gute Zentrifuge, ein Mikroskop mit veränderbarer Beleuchtung, einen Bunsenbrenner, eine Reihe sauberer Reagenzgläser – alles, was man für die Arbeit brauchte.

Dasein entdeckte einen Behälter mit sterilem Wasser, dazu einen mit Alkohol. Er streute Käsebrösel in die Flüssigkeiten. Das Ergebnis strich er auf Objektträger und hielt sie unter das Mikroskop.

Eine fadenartige Bindestruktur zeigte sich im Käse. Als er die Vergrößerung verstärkte, lösten sich die Fäden in längliche Spiralen auf, die Ähnlichkeit mit Zellen hatten, welche an der normalen Teilung gehindert worden waren.

Dasein lehnte sich verwirrt zurück. Die Fäden hatten Ähnlichkeit mit den Myzelfäden von Pilzen. Das paßte auch zu seinen früheren Beobachtungen. Er hatte es mit einer Pilzart zu tun.

Was allerdings war die wirkende Kraft?

Er schloß die Augen, um nachzudenken, und spürte, daß er vor Erschöpfung zitterte.

Immer langsam, dachte er. Schließlich bist du nicht gesund.

Einige der Experimente erforderten Zeit, sagte er sich. Sie konnten warten. Er wankte zurück zum Bett und streckte sich auf den Decken aus. Seine linke Hand tastete nach dem Käse und brach ein Stück ab. Dasein bemerkte es erst, als er den Käse schluckte. Er sah auf die Krümel in seiner Hand, zerrieb sie, spürte die ölige Glätte. Ein köstliches Wohlbehagen breitete sich in seinem Körper aus.

Es ist rein eine Angelegenheit des Körpers, dachte Dasein. Konnte der Körper einen Mann töten, ohne daß der Wille beteiligt war? Wahrscheinlich.

Er spürte, wie Schlaf in sein Bewußtsein eindrang. Der Körper brauchte Schlaf. Der Körper sollte seinen Schlaf bekommen.

Aber der Verstand baute einen Traum auf – Bäume, die zu gigantischer Größe wuchsen, während er sie beobachtete. Die Zweige breiteten sich aus, trugen Blätter und Früchte. Und alles reifte unter einer Sonne von der Farbe goldenen Käses.

12

DER Sonnenuntergang brannte orangerot im Westen, als Dasein erwachte. Er lag da, den Kopf den Fenstern zugewandt, und betrachtete den feurigen Himmel. Seine Gefühle ähnelten einen Moment lang denen eines Sonnenanbeters. Das Schiff des Lebens segelte für die Nacht in einen ruhigen Hafen. Bald würde stählerne Dunkelheit das Land ergreifen.

Ein Klicken ertönte hinter Dasein. Künstliches Licht überflutete das Zimmer. Er drehte sich um. Der Bann war gebrochen.

Jenny stand in der Tür. Sie trug einen langen grünen Morgenmantel, der ihr bis an die Knöchel reichte. Die Füße steckten in grünen Slippern. „Es wird Zeit, daß du aufwachst", sagte sie.

Dasein starrte sie an wie eine Fremde. Er konnte sehen, daß es die Jenny war, die er liebte – das lange Haar wurde von einem roten Band zurückgehalten, die vollen Lippen waren halb geöffnet, und ein Grübchen zeigte sich in der linken Wange. Aber ihre blauen Augen waren wie von Rauch verschleiert. Sie hatte die Ruhe einer Göttin an sich.

Ihr Körper bewegte sich mit vollendeter Schönheit, als sie näher kam.

Dasein zuckte zusammen. Er hatte Angst. Die Angst eines attischen Bauern, der plötzlich vor einer Priesterin von Delphi stand. Sie war schön – und tödlich.

„Willst du mich nicht fragen, wie es mir geht?" meinte sie.

„Ich sehe, daß du dich erholt hast."

Sie kam noch einen Schritt näher. „Clara hat Hofstedders Wagen gebracht und für dich hiergelassen. Er ist unten in der Garage."

Dasein dachte an das herrliche Automobil – wieder ein Spielzeug, mit dem man ihn fangen wollte.

„Und was hast du diesmal mitgebracht?" fragte er.

„Gil!"

„Du hast nichts zu essen dabei", sagte er. „Ist es eine vergiftete Hutnadel oder sonst etwas?"

Tränen liefen ihr über die Wangen.

„Bleib weg von mir", sagte er. „Ich liebe dich."

Sie nickte. „Ich liebe dich wirklich. Und – ich habe gespürt, wie gefährlich ich dir sein könnte. Es war . . ." Sie schüttelte den Kopf. „Ich wußte, daß ich nicht in deine Nähe kommen durfte. Aber das ist jetzt vorbei. Ganz vorbei."

„Gut, es ist vorbei", sagte er. „Lassen wir Vergangenes ruhen. Wäre eine Pistole nicht schneller und schmerzloser?"

Sie stampfte mit dem Fuß auf. „Gil, du bist unmöglich!"

„Ich bin unmöglich?"

„Hast du dich verändert?" flüsterte sie. „Fühlst du nichts mehr?"

„Ich liebe dich immer noch", sagte er. „Bleib weg von mir. Ich liebe dich."

Sie biß sich auf die Lippen.

„Wäre es nicht human, mich im Schlaf zu erledigen?" fragte er. „Dann weiß ich wenigstens nicht, wer . . ."

„Hör auf!"

Mit einer plötzlichen Geste riß sie sich den Morgenmantel herunter. Ein weißes, spitzengesäumtes Nachthemd kam zum Vorschein. Sie zog es über den Kopf, warf es auf den Boden und stand nackt da. Sie funkelte ihn wütend an. „Da!" sagte sie. „Nichts als eine Frau! Eine Frau, die dich liebt!" Tränen strömten ihr über die Wangen. „Kein Gift und nichts . . . O Gil!" Sein Name klang wie ein Wimmern.

Dasein zwang sich, sie nicht anzusehen. Er wußte, daß er sie nicht ansehen konnte – schön, geschmeidig, begehrenswert –, ohne den Kopf zu verlieren. Sie war schön und tödlich – der verlockendste Köder, den Santaroga ihm anbot.

Er hörte das Rascheln von Stoff in der Nähe der Tür. Er sah sich um. Sie stand wieder in ihrem grünen Morgenmantel da. Ihre Wangen brannten, die Lippen zitterten, die Augen waren niedergeschlagen.

Langsam hob sie den Kopf und sah ihn an. „Ich schäme mich nicht vor dir, Gil", sagte sie. „Ich liebe dich. Ich will nicht, daß Geheimnisse zwischen uns sind . . ."

Dasein versuchte den Klumpen in seiner Kehle herunterzuschlukken. Die Göttin war verwundbar. Es war eine Entdeckung, die einen Schmerz in der Brust verursachte. „Ich verstehe dich und fühle das gleiche wie du“, sagte er. „Jenny – es ist besser, wenn du jetzt gehst. Wenn nicht – ich könnte mich vergessen . . .“

Sie versuchte zu lächeln, doch es mißlang ihr. So wirbelte sie herum und rannte aus dem Zimmer.

Die Tür schlug zu. Einen Moment lang herrschte Stille. Dann wurde sie wieder geöffnet. Piaget stand im Eingang und sah auf den Korridor hinaus. Dasein hörte deutlich, wie sich die Lifttüren schlossen. Piaget betrat das Zimmer.

„Was war denn mit euch beiden los?“ fragte er.

„Wir hatten einen Streit und haben uns wieder versöhnt – glaube ich wenigstens“, sagte Dasein.

Piaget räusperte sich. In seinem runden Gesicht war neue Zuversicht. Doch dann verschwand sie, und der Doktor musterte Dasein sorgfältig. „Sie wirken viel gesünder“, sagte er. „Und Sie haben eine bessere Hautfarbe. Fühlen Sie sich kräftiger?“

„Ja.“

Piaget sah sich die Käsereste an, roch daran und sagte: „Etwas fade. Ich lasse Ihnen ein frisches Stück kommen.“

„Tun Sie das.“

„Soll ich nach Ihrem Verband sehen?“

„Ich dachte, das sollte Burdeaux besorgen.“

„Win muß daheim bleiben. Seine Tochter heiratet nämlich morgen. Er sieht später noch einmal vorbei.“

„Das wußte ich nicht.“

„Wir bekamen die neuen Häuser gerade noch rechtzeitig fertig“, erzählte Piaget. „Eine kleine Verzögerung, weil wir beschlossen, gleich vier davon zu bauen. Gute Lage – vielleicht gefällt Ihnen und Jenny eines davon.“

„Das ist nett“, sagte Dasein. „Ihr tut euch alle zusammen und baut Häuser für Jungvermählte.“

„Wir kümmern uns um unsere Leute“, sagte Piaget. „Dann sehen wir uns also die Bandagen an, ja?“

„Bitte.“

„Es freut mich, daß Sie vernünftiger werden“, meinte Piaget. „Ich bin gleich wieder da.“ Er ging ins Labor und kam mit einem Vorratswagen wieder, den er neben Daseins Bett stellte. Er schnitt den Verband am Kopf auf.

„Ich sehe, Sie waren im Labor“, sagte er.

Dasein zuckte zusammen, als zum erstenmal Luft an die Brandwunde kam. „Ja."

„Was haben Sie denn gemacht?" Piaget untersuchte Daseins Wange. „Das sieht ja prächtig aus. Ich glaube, Sie werden nicht einmal eine Narbe behalten."

„Ich suche nach dem Wirkstoff des Jaspers", erklärte Dasein.

„Das ist schon mehrmals versucht worden", erwiderte der Arzt. „Leider kommen uns immer wieder wichtigere Dinge dazwischen."

„Haben Sie selbst es auch versucht?"

„Ja, früher einmal."

Dasein wartete, bis der Kopfverband ganz entfernt war, dann fragte er: „Haben Sie irgendwelche Aufzeichnungen oder eine Zusammenfassung?"

„Keine. Hatte nie die Zeit dazu."

Piaget kümmerte sich um Daseins rechten Arm.

„Aber was haben Sie entdeckt?"

„Ich erhielt eine an Aminosäuren reiche Flüssigkeit", meinte Piaget. „Hefeartig. Sie werden eine Narbe am Arm zurückbehalten, aber nichts Beunruhigendes. Der Heilungsprozeß verläuft schnell. Das verdanken Sie dem Jaspers."

„Wie?" Dasein sah ihn überrascht an.

„Die Natur gibt und nimmt. Die Jaspersveränderung in Ihrem Körper macht Sie anfälliger für Allergien, aber Wunden heilen zehnmal schneller als draußen."

Dasein warf einen Blick auf seinen freigelegten Arm. Rosige neue Haut bedeckte bereits die Brandstellen. Er konnte die Narbe sehen, von der Piaget gesprochen hatte.

„Was für eine Jaspersveränderung?" fragte er.

„In der Hauptsache ein besserer Hormonhaushalt", sagte Piaget.

„Das paßt aber nicht zu den Allergien", widersprach Dasein.

„Ich sage ja nicht, daß die Sache leicht verständlich ist", meinte Piaget. „Strecken Sie jetzt den Arm aus. Ruhig halten."

Dasein wartete, bis der neue Verband angelegt war, dann sagte er: „Was ist mit der Struktur und . . ."

„Ein Zwischending aus Virus und Bakterie", sagte Piaget. „Pilzartig in mancher Hinsicht, aber . . ."

„Ich habe bei einer Probe unter dem Mikroskop eine Zellenstruktur entdeckt."

„Ja, aber ohne Zellkern. Ein wenig Kernmaterial ist vorhanden, gewiß, aber man kann es dazu bringen, virusartige Kristalle zu bilden."

„Haben die Kristalle die Jaspers-Wirkung?"

„Nein. Wenn man sie aber in die richtige Umgebung bringt und ihnen Zeit zur Entwicklung läßt, zeigen sie die gewünschte Wirkung."

„Was für eine Umgebung?"

„Sie kennen die Umgebung, Gilbert."

„Die Höhle in der Genossenschaft?"

„Ja." Piaget machte Daseins linken Arm frei. „Ich glaube nicht, daß Sie hier Narben zurückbehalten werden."

„Was ist an der Höhle so einzigartig?" wollte Dasein wissen.

„Wir wissen es nicht genau."

„Hat noch nie jemand versucht . . .?"

„Wir haben eine Menge wichtigerer Probleme, um unsere Gemeinschaft zu erhalten, Gilbert", sagte Piaget.

Dasein sah nach unten und beobachtete Piaget beim Anlegen des Verbandes. *Um die Gemeinschaft zu erhalten?*

„Haben Sie etwas dagegen, wenn ich mich damit beschäftige?" fragte er.

„Aber nein – wenn Sie die Zeit dazu finden." Piaget legte die Instrumente und die Verbandreste wieder auf den Wagen und schob ihn zur Seite. „So. Ich glaube, daß wir morgen den Verband ganz abnehmen können. Sie machen schöne Fortschritte."

„Ja?"

Piaget lächelte ihn an. „Die Versicherung der Werkstatt will Ihnen den Wagen ersetzen. Wahrscheinlich hat Ihnen Jenny schon über Ihren neuen Besitz Bescheid gesagt."

„Ja, das hat sie."

„Wir ersetzen Ihnen auch die Kleidung. Haben Sie sonst noch Wünsche?"

„Wie wäre es, wenn man mir meine freie Wahl wiedergeben würde?"

„Sie haben freie Wahl, Gilbert, und Sie können aus einem größeren Angebot wählen als die anderen. Und nun habe ich noch ein paar interessante Informationen für Sie. Ihr Vorschlag, daß ich mir die Leute ansehen sollte, die Ihnen nach dem Leben trachteten . . ."

„Ich habe vorgeschlagen, daß Sie sich die Leute ansehen sollen?"
„Ich nahm mir die Freiheit, Ihre Worte dahingehend aufzufassen."
„Sie haben also einige hypnotisiert", sagte Dasein. „Haben Sie Karten angelegt, die . . ."
„Ich habe sie nicht hypnotisiert", fauchte Piaget. „Wollen Sie mich endlich ausreden lassen?"
Dasein seufzte und sah zur Decke.
„Ich habe verschiedene dieser Leute ausgefragt", sagte Piaget. „Zuerst den Jungen, Petey Jorick, weil ich ihn eben erst aus der Schule entlassen hatte. Bei allen Personen fiel mir eine Gemeinsamkeit auf."
„Oh?"
„Sie haben einen starken, wenn auch unterbewußten Grund, die Außenwelt zu fürchten oder zu hassen."
„Wie?" Dasein warf Piaget einen verwunderten Blick zu.
„Man hat Sie nicht angegriffen, weil Sie Gilbert Dasein sind, sondern weil Sie der Fremde, der Outsider sind . . ."
„Dann liebt und haßt Jenny mich gleichzeitig? Sie haßt mich, weil ich von draußen komme?"
„Gilbert, Jenny hat nicht versucht, Sie umzubringen. Es war eine Lernschwester, die . . ."
„Jenny hat mir selbst gesagt, daß sie das Essen hergerichtet hatte . . ."
„Das stimmt nur im weitesten Sinn des Wortes", meinte Piaget. „Jenny ging in die Diätküche, bestellte Ihr Essen und sah zu, wie es zubereitet wurde. Aber sie konnte doch nicht auf jede Einzelheit . . ."
„Sie glauben also tatsächlich, daß dieser Haß einiger Leute gegenüber der Außenwelt an allem die Schuld trägt?"
„Es sieht so aus."
„So muß ich also, solange ich in Santaroga lebe, Leuten ausweichen, die Fremde hassen?"
„Sie haben jetzt nichts mehr zu befürchten, Gilbert", beruhigte ihn Piaget. „Sie gehören zu uns. Und wenn Sie erst einmal Jenny geheiratet haben . . ."
„Das ist doch der größte Unsinn, den ich je im Leben gehört habe", platzte Dasein heraus. „Dieses Kind, dieser Petey, wollte mich mit einem Pfeil erschießen, weil . . ."

„Er hat eine pathologische Angst davor, aufs College zu gehen", sagte Piaget. „Er wird sie natürlich überwinden, aber die kindlichen Gefühle . . ."

„Und das Schabenmittel im Kaffee?" sagte Dasein. „Das war nichts als . . ."

„. . . ein sehr trauriger Fall", sagte Piaget. „Vina verliebte sich während der Collegezeit in einen Fremden – wie Jenny in Sie. Der Unterschied war, daß ihr Freund sie verführte und sitzenließ. Sie hat eine Tochter, die . . ."

„Mein Gott!" Dasein schüttelte den Kopf. „Sie scheinen dieses Zeug tatsächlich selbst zu glauben."

„Jedenfalls ist es einleuchtender als Ihre wilde Theorie, daß ganz Santaroga sich gegen Sie verschworen hat. Sie müssen doch selbst einsehen . . ."

„Natürlich", sagte Dasein. „Und jetzt erklären Sie mir bitte den Unfall an der Brücke. Das war . . ."

„ . . . der einfachste Fall", unterbrach ihn Piaget. „Der junge Mann, von dem die Rede ist, war in Jenny verliebt, bevor Sie auf der Bildfläche erschienen."

„Und da hat er einfach einen Moment abgewartet . . ."

„Es geschah vollkommen im Unterbewußtsein, das kann ich Ihnen versichern."

Dasein starrte ihn nur an.

„Überlegen Sie das eine Zeitlang", meinte Piaget. „Sicher werden auch Sie die Wahrheit erkennen."

„Oh, daran zweifle ich nicht", erwiderte Dasein.

„Ich – äh – lasse Ihnen noch etwas frischen Käse kommen", sagte Piaget. „Sonderklasse."

„Tun Sie das."

„Sie halten sich im Moment für sehr zynisch und klug", meinte Piaget. „Aber Sie werden es schon noch schaffen." Er verließ das Zimmer.

Dasein starrte lange auf die geschlossene Tür. Der Mann konnte es nicht verstehen, würde es nie verstehen können. Kein Santaroger war dazu in der Lage. Nicht einmal Jenny, trotz ihres geschärften Bewußtseins. Piagets Erklärung war zu einfach.

Ich muß fort aus diesem verrückten Tal!

Er stand im gleichen Moment auf, als sich die Tür öffnete und eine rundliche Lernschwester ohne Häubchen das Zimmer betrat. „Oh, Sie sind nicht im Bett“, sagte sie. „Gut.“

Sie nahm das alte Tablett vom Nachttisch und stellte ein neues darauf. „Dann kann ich auch gleich Ihre Kissen richten.“

Dasein stand herum, während sie eifrig das Bett glattstrich. Dann ging sie mit dem alten Tablett.

Er sah nach, was sie mitgebracht hatte: einen Keil Käse, Kräcker, ein Glas und eine Flasche mit Jaspersbier.

In plötzlich aufwallendem Zorn warf Dasein den Käse gegen die Wand. Er starrte den Klecks an der Wand an, bis ihm ein warmes Gefühl auf der Zunge verriet, daß er sich die Brösel von den Fingern leckte.

Dasein sah seine Hand an, als gehörte sie nicht zu ihm. Er zwang sich mit Gewalt dazu, den Käse am Boden liegen zu lassen, und wandte sich dem Bier zu. Gleich hinter der Flasche lag ein Öffner. Er schenkte sich das Bier ein und trank es in langen, gierigen Zügen. Erst als das Glas leer war, bemerkte er den starken Jaspersgeschmack.

Er kämpfte einen Schüttelfrost nieder und kletterte ins Bett, als sei er nur hier sicher.

Sein Körper gab keine Ruhe. Das Jaspers macht die Menschen besessen, dachte er. Er spürte, wie sich sein Bewußtsein ausweitete, wie jemand in seiner Psyche herumschnüffelte. Die Zeit wurde schneller, explosiv.

Irgendwo in einem Krankenzimmer hörte er resolute Schritte. Die Lichter wurden ausgeschaltet. Eine Tür schloß sich.

Dasein machte die Augen auf und sah durch das Fenster zu den Sternen hinaus. Er entdeckte ein neues Stück Käse auf dem Tablett neben sich. Jemand hatte die Brösel von Wand und Boden entfernt. Er erinnerte sich an Jennys Stimme – sanft, melodisch, wie Wasser, das über Felsen in die Tiefe fiel.

War Jenny in der Dunkelheit hier gewesen?

Er wußte die Antwort darauf nicht.

Dasein drückte die Klingel über seinem Bett.

Eine Stimme drang aus dem Lautsprecher. „Brauchen Sie eine Schwester?“

„Wie spät ist es?“ fragte Dasein.

„Drei Uhr vierundzwanzig. Möchten Sie eine Schlaftablette?“

„Nein – danke.“ Er setzte sich auf und starrte den Käse an.

„Wollten Sie nur wissen, wie spät es ist?"

„Wieviel wiegt ein ganzer Laib Jaspers-Käse?"

„Das Gewicht . . ." Es entstand eine Pause. „Das ist verschieden. Die kleineren wiegen an die dreißig Pfund. Weshalb?"

„Schicken Sie mir einen ganzen Laib nach oben."

„Einen ganzen – haben Sie denn nichts mehr?"

„Ich brauche ihn für Labortests", sagte er und dachte: Mal sehen, ob Piaget es ehrlich gemeint hat!

„Brauchen Sie ihn morgen früh?"

„Nein, jetzt. Und bringen Sie mir einen Morgenmantel und Slipper, wenn es möglich ist."

„Möchten Sie nicht lieber warten, Doktor?"

„Sprechen Sie mit Piaget, wenn Sie mir nicht glauben", sagte Dasein. „Ich brauche diesen Laib sofort."

„Also gut." Das klang mißbilligend.

Dasein blieb am Bettrand sitzen und wartete. Er starrte durch das Fenster in die Nacht hinaus. Geistesabwesend brach er ein Stück von dem Käse auf seinem Nachttisch ab und aß es.

Nach einiger Zeit wurde im Korridor ein Licht angeknipst. Eine große grauhaarige Schwester kam herein. Sie trug einen riesigen Laib Käse, an dem noch die Wachsschicht glänzte.

„Sechsunddreißig Pfund erstklassiger Jaspers-Käse", sagte sie. „Wohin soll ich ihn legen?" Ihre Stimme hatte einen recht indignierten Klang.

„Suchen Sie einen Platz im Labor", sagte er. „Wo ist der Mantel?"

„Wenn Sie sich etwas gedulden, werde ich ihn holen", sagte sie. Sie ging ins Labor, legte den Käse ab und trat dann an einen schmalen Schrank, aus dem sie einen grünen Morgenmantel und schwarze Slipper holte. Die Schuhe stellte sie mit einem hörbaren Knall vor Dasein ab. „Ist das alles – Sir?"

„Für den Augenblick, ja."

„Gut." Sie verließ das Zimmer und schloß die Tür sehr bestimmt.

Dasein nahm noch ein Stückchen Käse von seinem Nachttisch, zog den Morgenmantel und die Slipper an und ging ins Labor. Der Käse lag auf einem Metalltisch.

Alkohol kann ihm nichts anhaben, dachte er. Sonst wäre es nicht im Bier enthalten. Wodurch wird es vernichtet? Durch Sonneneinstrahlung?

Er erinnerte sich an das schwache rötliche Licht in der Höhle. Nun, es gab Wege, um das herauszufinden. Er rollte die Ärmel hoch und machte sich an die Arbeit.

Nach einer Stunde hatte er drei Viertel des Laibs in einem Glasballon zu einer milchigen Suspension aufgeschwemmt und machte sich daran, sie in die Zentrifuge zu schütten.

Die ersten Teströhrchen zeigten eine vielschichtige Anordnung. Ziemlich weit oben befand sich eine dünne silbergraue Fraktion.

Dasein goß die Flüssigkeit ab und schmierte etwas von der grauen Materie auf einen Objektträger.

Wieder zeigte sich die Myzelstruktur, verzerrt, aber erkennbar. Er roch an dem Glas. Jaspers. Dann schaltete er das Licht des Mikroskops ein. Er drehte es immer stärker auf. Abrupt begann die Probe zu schrumpfen und vor seinen Augen zu kristallisieren.

Dasein warf einen Blick auf den Anzeiger für die Lichtwellenlänge. 4000 bis 5800 Ångström. Ein weiterer Blick durch das Mikroskop zeigte ihm, daß die Probe zu einer weißen, kristallinen Masse reduziert worden war.

Also Sonnenlicht.

Was konnte er also tun? fragte er sich. Eine Bombe, die die Höhle freilegte? Eine tragbare Höhensonne?

Während er darüber nachdachte, spürte Dasein, daß sich die Dunkelheit vor der Klinik teilte, daß ein Ungeheuer aus der Schwärze stieg. Er schauderte, wandte sich der milchigen Flüssigkeit im Glasballon zu. Mechanisch schüttete er den Rest in die Zentrifuge, trennte die silbergraue Schicht heraus und sammelte die Substanz in einer dunkelbraunen Flasche. Die Lösung ergab fast einen halben Liter Jaspers-Substanz.

Dasein roch an der Flasche – eindeutig Jaspers. Er leerte den Inhalt in eine flache Schale, nahm mit einer Spachtel eine Spur auf und kostete sie.

Es war, als ginge ein elektrischer Funke von seinen Geschmacksnerven zum Rückgrat. Dasein spürte, wie sein Bewußtsein zurückgedrängt wurde. Er konzentrierte seine ganze Energie, zwang sich, auf die Schale zu sehen.

Leer!

Weshalb war die Substanz verschwunden?

Er warf einen Blick auf seine rechte Handfläche. Wie nahe sie seinem Gesicht war! Er sah silbergraue Tupfen an dem rosigen Fleisch.

Ein Kribbeln breitete sich in Hals und Magen aus, in seinen Armen und Beinen. Er spürte, daß seine ganze Haut zum Leben erwacht war. Irgendwo, weit weg, fiel ein Körper zu Boden, und überall, wo er den Boden berührte, glühte er.

Ich habe die Substanz ganz gegessen, dachte er.

Was würde der Wirkstoff von dreißig Pfund Jaspers-Käse in ihm anrichten? Was richtete er an? Dasein spürte, daß die letzte Frage interessant war. Was richtete er an?

Während er sich die Frage stellte, wurde er von Angst gequält. Er hatte das Gefühl, die Verbindung zur Wirklichkeit zu verlieren.

Wo befand sich sein Ich? Auf welcher Stufe des Bewußtseins war es? Wie rasend versuchte Dasein, sein Bewußtsein auszuweiten. Er erlebte, wie sein Ich ins Universum projiziert wurde. Aber gleichzeitig spürte er die Projektion des Universums. Er folgte den Strahlen dieser Projektion und spürte, daß sie ihn durchdrangen wie einen Schatten.

In diesem Moment war er verloren. Ich war nur ein Schatten, dachte er.

Der Gedanke faszinierte ihn. Er erinnerte sich an das Schattenspiel seiner Kindheit und fragte sich, welche Schatten er projizieren konnte, wenn er das Ich verzerrte. Er sah Formen Gestalt annehmen. Er zwang die Formen, sich zu verändern.

Ein muskulöser Held trommelte sich mit den Armen auf die Brust. Die Form veränderte sich nach seinem Willen.

Er sah einen kurzsichtigen, gebeugten Wissenschaftler in einem langen Morgenmantel. Wieder eine Veränderung: Apollo raste nackt über eine Landschaft, die aus weiblichen Gestalten bestand.

Dasein kicherte.

Wer kichert?

Füße stampften über den Boden. Stimmen.

Er erkannte den Tonfall der grauhaarigen Schwester, und in ihrer Stimme schwang deutlich Panik mit. Piaget.

„Wir müssen ihn ins Bett legen", sagte Piaget. Die Worte waren klar und deutlich.

Verwischt dagegen war das Universum, das zu Regenbogen geworden war.

„Es ist schwer, sich über das Bewußtsein bewußt zu werden", murmelte Dasein.

„Hat er etwas gesagt?" wollte die Schwester wissen.

„Ich konnte es nicht verstehen." Piaget.

„Haben Sie das Jaspers hier drinnen gerochen?" Die Krankenschwester.

„Ich glaube, er hat die Substanz herausgelöst und eingenommen."

„Oh, mein Gott! Was können wir tun?"

„Abwarten und beten. Bringen Sie mir eine Zwangsjacke und einen Instrumentenwagen."

Eine Zwangsjacke? wunderte sich Dasein. Was für ein komisches Verlangen!

Er hörte hastige Schritte. Wie laut sie waren! Eine Tür schlug zu. Noch mehr Stimmen. So ein Wirbel!

Seine Haut fühlte sich an, als wollte sie dunkel werden. Alles wurde ausgelöscht.

Abrupt fühlte sich Dasein in den Zustand seiner Kindheit versetzt. Er schlug um sich, strampelte, schrie, tastete alles an.

„Helft mir!" Das war Piaget.

„Himmel, da sieht es ja aus!" Das war eine andere männliche Stimme.

Aber Dasein spürte bereits, daß er ein Mund wurde, einfach ein Mund. Er blies und blies und blies – so ein Wind! Die ganze Welt mußte vor diesem Wirbelsturm zusammenbrechen.

Er war ein schaukelndes Brett. Eine Wippe. Auf, ab – auf, ab . . .

Ein guter Läufer ist besser als ein schlechter Kämpfer.

Und er lief und lief – atemlos, keuchend.

Eine Bank stand düster zwischen den Wolken. Er warf sich darauf, wurde selbst zur Bank – wieder ein Brett. Dieses hier tauchte immer wieder in das schäumende grüne Meer.

Leben in einem Meer von Unterbewußtsein.

Es wurde immer dunkler.

Tod, dachte er. Das ist der Hintergrund, gegen den ich mich am besten erkenne.

Die Dunkelheit löste sich auf. Er schoß nach oben, in einen blendenden Glanz. Dunkle Schatten bewegten sich in dem Glanz.

„Er hat die Augen offen", sagte die Schwester.

Ein Schatten stellte sich vor den Glanz. „Gilbert?" Das war Piaget.

„Gilbert, können Sie mich hören? Wieviel Jaspers haben Sie eingenommen?“

Dasein versuchte zu sprechen. Seine Lippen gehorchten ihm nicht.

Der Glanz war wieder da.

„Wir werden schätzen müssen“, sagte Piaget. „Wieviel wog der Käse?“

„Sechsunddreißig Pfund.“ Die Krankenschwester.

„Der körperliche Zusammenbruch ist stark.“ Piaget. „Sorgen Sie dafür, daß ein Sauerstoffgerät in der Nähe ist.“

„Doktor, was ist, wenn er . . .“ Die Schwester wollte den Satz offenbar nicht zu Ende sprechen.

„Ich – halte mich bereit.“

Wofür? überlegte Dasein.

Wenn er sich konzentrierte, ließ der Glanz ein wenig nach. Einen Moment lang löste er sich in einen klaren Tunnel, an dessen Ende Piaget stand. Dasein lag hilflos da und konnte sich nicht rühren, als Piaget mit einem rauchenden, dampfenden Glaszylinder auf ihn zukam.

Säure, dachte Dasein und verstand plötzlich die Worte der Schwester. Wenn ich sterbe, lösen sie mich auf und spülen mich in einen Abfluß. Kein Leichnam, kein Indiz.

Der Tunnel brach zusammen.

Der Glanz weitete sich aus, zog sich zusammen.

Vielleicht kann ich nicht leben, dachte Dasein.

Es wurde dunkler.

Vielleicht kann ich nicht tun.

Noch dunkler.

Vielleicht kann ich nicht haben.

Nichts.

13

„ES WAR eine Sache auf Leben und Tod“, sagte der gelbe Gott.

„Ich wasche meine Hände und will nichts mit dir zu tun haben“, sagte der weiße Gott.

„Wie?“ Es war eine tiefe, vibrierende Stimme.

„Du bist aber ein komisch klingender Gott“, sagte Dasein. Er öffnete die Augen und sah in Burdeaux' Züge. Das dunkle Gesicht sah verwundert auf ihn hinunter.

„Ich bin überhaupt kein Gott", meinte Burdeaux. „Was sagen Sie da, Doktor Gil? Haben Sie schon wieder einen Alptraum?"

Dasein blinzelte, versuchte die Arme zu bewegen. Nichts geschah. Er hob den Kopf, sah auf seinen Körper hinunter. Er war in eine Zwangsjacke geschnallt. Es stank nach Desinfektionsmitteln, Jaspers und etwas abstoßend Säuerlichem. Er sah sich um. Er befand sich immer noch in der Isolierstation. Sein Kopf sank zurück in die Kissen.

„Weshalb bin ich so festgeschnallt?" flüsterte er.

„Was sagten Sie, Sir?"

Dasein wiederholte seine Frage.

„Nun, Doktor Gil, wir wollten nicht, daß Sie sich selbst etwas antaten."

„Wann – wann kann ich befreit werden?"

„Doktor Larry sagte, ich solle Sie losbinden, sobald Sie wach sind."

„Ich bin – wach."

„Ich weiß, Sir. Ich dachte nur . . ." Er zuckte mit den Schultern und begann die Schnüre der Ärmel zu lösen.

„Wie lange?" wisperte Dasein.

„Wie lange Sie schon so daliegen?"

Dasein nickte.

„Ganze drei Tage und etwas mehr. Es ist jetzt schon fast Mittag."

Die Fesseln wurden gelöst. Burdeaux half Dasein beim Aufrichten. Dann löste er die Bänder im Rücken und streifte ihm die Jacke ab.

Daseins Rücken war wund und empfindlich. Seine Muskeln gehorchten ihm, als gehörten sie einem Fremden. Ein ganz neuer Körper, dachte Dasein.

Burdeaux kam mit einem weißen Krankenhausnachthemd und zog es Dasein über.

„Wollen Sie, daß die Schwester Ihnen den Rücken massiert?" fragte er. „Sie haben ein paar rote Stellen, die nicht sehr schön aussehen."

„Nein – nein, danke."

Dasein bewegte einen der fremden Arme. Eine vertraute Hand war vor seinem Gesicht. Es war seine eigene Hand. Wie konnte es seine eigene Hand sein, wenn die Armmuskeln einem Fremden gehörten?

„Doktor Larry sagte, daß noch niemand eine solche Menge Jaspers auf einmal genommen hat“, erzählte Burdeaux. „Jaspers ist etwas Gutes, Sir, aber jeder weiß, daß man nicht zuviel davon erwischen darf.“

„Ist – Jenny . . .“

„Ihr geht es gut, Doktor Gil. Sie hat sich Ihretwegen fürchterlich gesorgt. Wir anderen übrigens auch.“

Dasein bewegte eines der fremden Beine, dann das andere. Er schwang sich über den Bettrand. Er sah seine eigenen Knie. Ein merkwürdiges Gefühl.

„Na, na“, sagte Burdeaux. „Bleiben Sie lieber im Bett.“

„Ich habe – ich . . .“

„Sie wollen ins Bad? Ich bringe Ihnen lieber die Bettschüssel.“

„Nein – ich . . .“ Dasein schüttelte den Kopf. Abrupt erkannte er, was ihm fehlte. Sein Körper lechzte nach Nahrung. „Hunger“, sagte er.

„Na, warum haben Sie das nicht gleich gesagt? Das Essen wartet ja schon auf Sie.“

Burdeaux hob eine Schüssel und stellte sie vor Dasein hin. Kräftiges Jaspers-Aroma stieg ihm in die Nase. Dasein griff nach der Schüssel, doch Burdeaux sagte: „Es ist besser, wenn ich Sie füttere, Doktor Gil. Sie sehen noch reichlich angegriffen aus.“

Dasein saß geduldig da und ließ sich füttern. Er spürte, wie sich die Kräfte in seinem Körper sammelten. Dieser Körper hatte eine schlechte Paßform, fand er. Er war nur locker um seine Psyche drapiert.

Er fragte sich, was dieser Körper eigentlich aß (abgesehen von dem Jaspers). Haferbrei, verriet ihm die Zunge. Jaspers-Honig und Jaspers-Sahne.

„Es wartet ein Besucher auf Sie“, sagte Burdeaux, als die Schüssel leer war.

„Jenny?“

„Nein – ein gewisser Doktor Selador.“

Selador! Der Name drang wie eine Explosion in Daseins Bewußtsein. Selador hatte ihm vertraut, sich auf ihn verlassen. Selador hatte ihm per Post eine Pistole geschickt.

„Fühlen Sie sich kräftig genug, um ihn zu empfangen?“ fragte Burdeaux.

„Ihnen – macht es nichts aus?“ meinte Dasein.

„Aber weshalb sollte es mir etwas ausmachen, Sir?"

Burdeaux war damit auch nicht gemeint, dachte Dasein.

In ihm war der Drang, Selador fortzuschicken. Das konnte so leicht sein. Santaroga würde ihn vor den Seladors der Außenwelt isolieren. Er brauchte es nur Burdeaux zu sagen.

„Ich – äh – ich möchte ihn sehen", sagte Dasein. Er sah sich im Zimmer um. „Könnten Sie mir vielleicht den Morgenmantel reichen – und gibt es einen Stuhl, den ich . . .?"

„Weshalb nehmen Sie keinen Rollstuhl, Sir? Doktor Larry ließ einen heraufschicken, für den Fall, daß Sie wach werden sollten. Er wollte nicht, daß Sie sich überanstrengen. Sie dürfen nicht müde werden, verstehen Sie?"

„Ja – ja, ich verstehe. Ein Rollstuhl."

Kurze Zeit später war Daseins schlecht angepaßter Körper im Rollstuhl. Burdeaux war fortgegangen, um Selador zu holen. Dasein befand sich vor einer Glastür, die auf eine Sonnenterrasse hinausführte.

Er hatte das Gefühl, daß man ihn brutal allein gelassen hatte. Seine Seele war nackt und angsterfüllt. Eine schwere Last drückte ihn nieder. Die Aussicht, Selador gegenüberzutreten, machte ihn unruhig. Selador konnte durch Vorwände und Vorspiegelungen hindurchsehen. Vor Selador konnte er keine Maske tragen.

Selador wird mich demütigen, dachte Dasein. Weshalb habe ich mich auf den Besuch überhaupt eingelassen? Er wird sticheln und bohren, und ich werde darauf reagieren. Meine Reaktion wird ihm alles verraten, was er wissen will – vor allem mein Versagen.

Die Tür ging auf.

Dasein zwang sich, den Kopf zu drehen.

Selador stand im Eingang, groß, hakennasig, die dunkle Haut und die Wildheit Indiens durch einen silbergrauen Tweedanzug gedämpft. Die Farbe paßte zu seinen silbergrauen Schläfen. Dasein hatte den verwischten Eindruck, dieses Gesicht in einem anderen Leben schon einmal gesehen zu haben – und die durchdringenden Augen hatten unter einem Turban geglüht. Es war ein Turban mit einem roten Edelstein gewesen.

Dasein schüttelte den Kopf. Wahnsinn.

„Gilbert!" rief Selador und kam mit großen Schritten durch das Zimmer. „Um Himmels willen, was haben Sie nur angestellt!" Der deutliche Oxford-Akzent hämmerte jedes Wort in Daseins Ohren. „Es hieß, daß Sie schwer verletzt seien."

So fängt es an, dachte Dasein.

„Ich – die Arme und Hände", sagte Dasein. „Und eine Stelle an der Wange."

„Ich kam erst heute morgen an", sagte Selador. „Wir machten uns große Sorgen um Sie. Seit Tagen hatten Sie nichts mehr von sich hören lassen."

Er blieb vor Dasein stehen und versperrte die Aussicht zur Sonnenterrasse. „Ich muß sagen, Sie sehen schrecklich aus, Gilbert. Aber wenigstens scheinen im Gesicht keine Narben zu bleiben."

Dasein legte die Hand an die Wange. Plötzlich war es seine Wange und nicht die eines Fremden. Die Haut fühlte sich glatt und neu an.

„Also dieses Zimmer riecht verdammt muffig", sagte Selador. „Macht es Ihnen etwas aus, wenn ich die Türen öffne?"

„Aber nein – bitte."

Dasein kämpfte plötzlich gegen das Gefühl an, daß Selador gar nicht Selador war. In seiner Sprache und in seinen Gesten war eine Seichtheit, die er an dem früheren Selador gar nicht gekannt hatte. Sollte sich Selador irgendwie geändert haben?

„Sonniger Tag", meinte Selador. „Eigentlich könnte ich Sie auf die Sonnenterrasse fahren. Wird Ihnen guttun."

Panik schnürte Daseins Kehle zu. Die Terrasse – ein Ort der Drohung. Er versuchte zu widersprechen. Sie konnten nicht da hinaus. Aber er fand keine Worte.

Selador faßte sein Schweigen als Zustimmung auf und rollte Daseins Stuhl nach draußen. An der Schwelle ruckte das Gefährt leicht. Dann waren sie im Freien.

Sonnenlicht umflutete Dasein. Eine Brise, in der kein Jaspers zu spüren war, spielte über seine Haut und machte seine Gedanken klar. Er sagte: „Wollen wir nicht lieber . . ."

„Ist diese Luft nicht herrlich?" unterbrach ihn Selador. Er blieb an der schmalen Brüstung stehen. „So. Sie können die Aussicht bewundern, und ich kann mich aufs Geländer setzen."

Selador setzte sich und legte eine Hand auf die Lehne von Daseins Rollstuhl. „Ich könnte mir denken, daß sich im Krankenraum Abhörvorrichtungen befinden", sagte Selador. „Aber hier draußen wäre so etwas nicht ganz einfach."

Dasein krampfte die Hände um die Räder des Rollstuhls. Er hatte Angst, daß er vorwärtsfahren und in die Tiefe stürzen könnte. Er starrte hinunter auf den gepflasterten Parkplatz, die Wagen, den Rasen, die Blumenbeete und Bäume. Erst allmählich verstand er den Sinn von Seladors Worten.

„Abhörvorrichtungen . . .", wiederholte er. Er fing einen amüsierten Blick aus den dunklen Augen auf.

„Offensichtlich sind Sie noch nicht wieder voll bei Kräften", sagte Selador. „Verständlich. Sie haben allerhand durchgemacht. Ich werde Sie hier herausholen, sobald Sie reisen können. Beruhigen Sie sich also. Bevor die Woche um ist, kommen Sie in ein normales, sicheres Krankenhaus in Berkeley."

Daseins Gefühle waren in Aufruhr. Sicher! Was für ein beruhigendes Wort. Fort von Santaroga? Er konnte nicht fort. Aber er mußte. Nach draußen! In diese entsetzliche Welt?

„Stehen Sie unter Drogeneinfluß, Gilbert?" fragte Selador. „Sie scheinen so . . . so . . ."

„Ich . . ., es ist alles in Ordnung."

„Wirklich, Sie benehmen sich merkwürdig. Sie haben noch nicht einmal gefragt, was unsere Nachforschungen ergeben haben."

„Was . . ."

„Die Sache mit dem Benzin war ein Reinfall. Alles ganz normal – wenn man ihre kaufmännische Verhaltensweise in Betracht zieht. Sie kaufen bar bei einem unabhängigen Anbieter. Das Wirtschaftsministerium hat an dem Käse der Genossenschaft nicht das geringste auszusetzen. Der Grundstücksausschuß allerdings interessiert sich für die Tatsache, daß nur Santaroger im Tal Grundbesitz erwerben können. Es könnte sein, daß sie die Gesetze hinsichtlich . . ."

„Nein", widersprach Dasein. „Sie . . . das scheint mir nicht der Fall zu sein."

„Ah! Sie sprechen wie einer, der entdeckt hat, wie die Verwaltung von Santaroga läuft. Nun, Gilbert, was konnten Sie feststellen?"

Dasein spürte, daß ihn der Pflichtvampir gefangen hatte. Er würde ihm das Blut aussaugen. Langsam schüttelte er den Kopf.

„Geht es Ihnen nicht gut, Gilbert? Ermüde ich Sie?"

„Nein. Solange ich mich nicht überanstrenge . . . Doktor, Sie müssen verstehen, ich habe . . ."

„Haben Sie Notizen, Gilbert? Vielleicht könnte ich Ihren Bericht lesen und . . ."

„Nein . . . Feuer."

„Ach ja. Der Arzt, dieser Piaget, sagte etwas davon, daß Ihr Wagen in Brand geriet. Ich nehme an, daß alles in Flammen aufging?"

„Ja."

„Nun, Gilbert, dann müssen Sie mir den Bericht mündlich abgeben. Gibt es irgendeine Kerbe, an der wir einhaken können?"

Dasein dachte an die Gewächshäuser – Kinderarbeit. Er dachte an die Santaroger, die das Jaspers vernichtet hatte. Er dachte an die Drogenerscheinungen des Jaspers. Es reichte für eine Zerstörung Santarogas.

„Es muß etwas geben", sagte Selador. „Sie haben länger als alle anderen durchgehalten. Offensichtlich durften Sie sich hier frei bewegen. Sie müssen etwas entdeckt haben."

Länger als alle anderen durchgehalten, dachte Dasein. Dieser Satz war nackt und deutlich. Dasein sah die Diskussionen, als wäre er dabeigewesen. *„Dasein hat Verbindungen im Tal – ein Mädchen. Das ist vielleicht der Keil, den wir brauchen. Natürlich, wir haben Hoffnungen, daß er länger als die anderen durchhält."*

Irgend etwas dieser Art war es gewesen, das wußte Dasein. Die Gefühllosigkeit dieser Denkweise stieß ihn ab.

„Waren es mehr als zwei?" fragte er.

„Zwei? Zwei was, Gilbert?"

„Zwei andere Forscher – vor mir?"

„Ich verstehe nicht, was das . . ."

„Waren es mehr?"

„Also, das ist sehr scharfsichtig von Ihnen, Gilbert . . ." Er räusperte sich. „Ja, es waren mehr als zwei. Acht oder neun, glaube ich."

„Weshalb . . ."

„Weshalb wir Ihnen nicht Bescheid sagten? Wir wollten zwar, daß Sie vorsichtig sind, aber es wäre sinnlos gewesen, Ihnen Angst einzujagen."

„Aber Ihrer Meinung nach wurden sie hier ermordet – von den Santarogern?"

„Es war alles so entsetzlich mysteriös, Gilbert. Wir konnten nicht sicher sein." Er sah Dasein forschend an. „Das ist es, nicht wahr? Mord. Sind wir in Gefahr? Haben Sie die Waffe, die . . ."

„Wenn es nur so einfach wäre", meinte Dasein.

„Mein Gott, Gilbert, was ist es denn? Sie müssen etwas herausgefunden haben. Ich hatte solche großen Hoffnungen in Sie gesetzt."

Große Hoffnungen in mich gesetzt, dachte Dasein. Wieder eine Phrase, die eine Tür zu den Geheimverhandlungen aufstieß. Weshalb war Selador so leicht zu durchschauen? Dasein war schockiert von der Seichtheit dieses Mannes. Wo blieb der allmächtige Psychoanalytiker? Wie konnte er sich so grundlegend geändert haben?

„Ihr – ihr habt mich einfach ausgenützt", sagte Dasein. Während er sprach, erinnerte er sich an Mardens Anschuldigung. Marden hatte es erkannt – ja.

„Aber, Gilbert, das ist doch keine Einstellung. Kurz bevor ich abfuhr, hat sich Meyer Davidson nach Ihnen erkundigt. Sie erinnern sich doch an Davidson, den Vertreter des Kaufhauskonzerns? Sie haben einen großen Stein bei ihm im Brett, Gilbert. Er sagte mir, daß er daran gedacht habe, Ihnen eine Stelle in seinem Büro anzubieten."

Dasein starrte Selador an. Der Mann konnte das nicht im Ernst meinen.

„Das wäre ein schöner Schritt nach oben, Gilbert."

Dasein unterdrückte ein Lachen. Er erlebte das merkwürdige Gefühl, von seiner Vergangenheit losgelöst zu sein und ein Pseudowesen zu studieren, das er selbst gewesen war. Der andere Dasein hätte das Angebot mit Begeisterung aufgenommen. Der neue Dasein sah Seladors echte Meinung über „diesen ganz nützlichen, aber nicht sehr hellen Gilbert Dasein".

„Haben Sie sich Santaroga angesehen?" fragte Dasein. Er fragte sich, ob Selador Clara Schelers Gebrauchtwagenpark oder die Anzeigen in den Schaufenstern gesehen hatte.

„Heute vormittag, noch vor der Besuchszeit, fuhr ich ein wenig durch die Stadt", sagte Selador.

„Was halten Sie von dem Ort?"

„Meine aufrichtige Meinung? Ein sonderbares Dorf. Als ich einen Einheimischen nach dem Weg fragte, war die Antwort so – komisch. Und der Dialekt ist sonderbar. Gar nicht so – nein, Englisch ist es nicht, aber auch die Amerikanismen sind nicht so ausgeprägt . . ."

„Ihre Sprache ist wie ihr Käse", sagte Dasein. „Scharf und mit einem Nachgeschmack."

„Scharf! Eine sehr gute Wortwahl!"

„Eine Gemeinschaft von Individuen, würden Sie nicht auch sagen?“ fragte Dasein.

„Vielleicht – aber sie sind sich irgendwie alle ähnlich. Sagen Sie, Gilbert, hat das etwas mit Ihrem Auftrag zu tun?“

„Was?“

„Diese Fragen. Ich muß sagen, Sie sprechen wie – ja, ich will verdammt sein, wenn Sie nicht wie ein Einheimischer sprechen.“ Ein gezwungenes Lachen kam von den dunklen Lippen. „Sind Sie hier heimisch geworden?“

Die Frage, die von diesem Mann mit dem Oxford-Akzent kam, war für Dasein urkomisch. Ausgerechnet Selador! So eine Frage zu stellen! Dasein lachte schallend.

Selador legte das Lachen falsch aus. „Ich hatte doch gehofft, daß es nicht der Fall sein würde.“

„Die Menschheit sollte von erstrangigem Interesse für die Menschen sein“, sagte Dasein.

Wieder verstand ihn Selador falsch. „Ah, und Sie haben die Santaroger als Psychologe studiert. Gut. Nun – erzählen Sie mir die Sache in Ihren eigenen Worten.“

„Ich will es anders ausdrücken“, sagte Dasein. „Um Freiheit zu haben, muß man etwas mit ihr anfangen können. Es besteht eindeutig die Möglichkeit, daß manche Menschen die Freiheit so jagen, daß sie ihre Sklaven werden.“

„Das ist sicher alles sehr philosophisch“, meinte Selador. „Aber was hat es damit zu tun, Gerechtigkeit für unsere Auftraggeber zu suchen?“

„Gerechtigkeit?“

„Aber gewiß, Gerechtigkeit. Sie wurden in dieses Tal gelockt und betrogen. Sie haben große Summen ausgegeben und nichts dafür bekommen. Sie sind nicht die Leute, die sich so eine Behandlung gefallen lassen.“

„Hergelockt?“ fragte Dasein. „Ich bin überzeugt davon, daß keiner ihnen ein Grundstück verkaufen wollte. Überhaupt, wie kamen sie zu dem Land?“

„Das ist doch unwichtig, Gilbert.“

„O doch, es ist wichtig. Wie kamen sie an das Land von Santaroga?“

Selador seufzte. „Also gut, wenn Sie darauf bestehen – sie

erzwangen den Verkauf von einem Stück Staatsland und waren die ersten, die ein Angebot machten . . ."

„Eines, das die anderen nicht überbieten konnten", fügte Dasein hinzu. Er lachte. „Machten sie eine Marktstudie?"

„Sie wußten ziemlich genau, wie viele Leute hier leben."

„Aber nicht, was für Leute!"

„Was wollen Sie damit sagen, Gilbert?"

„Santaroga hat sehr viel Ähnlichkeit mit einer griechischen Polis", sagte Dasein. „Es ist eine Gemeinschaft von einzelnen, aber kein Kollektiv. Die Santaroger sind keine Sklaven, die schuften und schuften. Sie kümmern sich nur um das, was die Menschen brauchen. Ihr erstes Interesse gilt den Menschen. Nun, was die Gerechtigkeit –"

„Gilbert, Sie reden merkwürdiges Zeug."

„Lassen Sie mich bitte zu Ende sprechen, Doktor."

„Bitte, aber ich hoffe, daß es etwas sinnvoller wird . . ."

„Gerechtigkeit", sagte Dasein. „Die Auftraggeber, von denen Sie dauernd sprechen, und die Regierung, die von ihnen beherrscht wird, haben weniger Interesse an der Gerechtigkeit als an der öffentlichen Ordnung. Sie haben die Phantasie durch die zu lange und zu enge Verbindung mit einem System der ewigen Präzedenzfälle betäubt. Möchten Sie wissen, wie ihr Regierungsapparat für einen Santaroger aussieht?"

„Darf ich Sie daran erinnern, Gilbert, daß das einer der Hauptgründe war, aus denen Sie hergeschickt wurden?"

Dasein lächelte. Seladors vorwurfsvoller Ton berührte ihn nicht.

„Rücksichtsloses Machtstreben", sagte Dasein. „So sieht die Außenwelt für die Santaroger aus. Ein Ort für rücksichtsloses Machtstreben. Geld und Macht haben alles erobert."

„Die Außenwelt", sagte Selador. „Was für eine interessante Betonung Sie diesem interessanten Wort geben."

„Rücksichtsloses Machtstreben ist Bewegung ohne eine Möglichkeit zum Bremsen", fuhr Dasein fort. „Es wird dahinrasen, bis es sich selbst und alles mit sich zerstört hat. Da draußen gibt es nichts als Schlachtfelder. Sie haben besondere Namen: Marktwirtschaft, Handel, Rechtsprechung, Wahlen, Senat, Streik – doch es sind Schlachtfelder. Das kann man nicht leugnen."

„Ich glaube allmählich, daß Sie diese Schurken von Santaroga unterstützen", sagte Selador.

„Natürlich verteidige ich sie! Ich sage Ihnen, mir wurden hier die Augen geöffnet. Ich habe länger durchgehalten als die anderen, ja? Sie hatten solche großen Hoffnungen in mich gesetzt! Wie können Sie nur so verdammt durchsichtig sein?"

„Nun hören Sie aber, Gilbert!" Selador stand auf und sah Dasein wütend an.

„Doktor Gil?"

Burdeaux' Stimme klang vom Eingang her. Dasein rollte das linke Rad des Stuhls zurück und zog das rechte nach vorn. Der Stuhl machte eine Kurve. Dasein sah Burdeaux in der Doppeltür stehen und spürte zugleich, wie sein Stuhl gegen etwas stieß. Er wandte den Kopf, um nach Selador zu sehen, und erkannte gerade noch zwei Füße am Rand der Terrasse. Ein langgezogener verzweifelter Schrei wurde von einem grausigen, dumpfen Aufschlag beendet.

Burdeaux war mit einemmal neben ihm und beugte sich über das Geländer.

„Oh, mein Gott", sagte Burdeaux. „Oh, mein Gott! Was für ein furchtbarer Unfall!"

Dasein hob die Hände, sah sie an – seine Hände. Ich bin nicht stark genug, um so etwas zu tun, dachte er. Ich bin krank. Ich bin nicht stark genug.

14

„Ein Hauptfaktor für den Unfall war der Leichtsinn des Opfers", führte Piaget aus. „Wie konnte er sich so nahe an den Terrassenrand stellen?"

Das Verhör war in Daseins Krankenraum verlegt worden – „da es die Szene des Geschehens war und da Doktor Dasein, der noch Schonung braucht, sich so wenig wie möglich bewegen soll".

Ein Sonderfahndungsbeamter der Staatsanwaltschaft war kurz vor zehn Uhr eingetroffen. Er hieß William Garrity und war Piaget offensichtlich kein Unbekannter. Sie begrüßten einander mit „Bill" und „Larry". Garrity war ein schmaler, zerbrechlich wirkender Mann mit sandfarbenem Haar und einem schmalen, maskenhaft starren Gesicht.

Santarogas Leichenbeschauer und Untersuchungsrichter, ein

Schwarzer namens Leroy Cos, führte das Verhör. Er hatte gekraustes Haar und ein eckiges, sehr würdevolles Gesicht. Er trug einen schwarzen Anzug und hielt sich von allen Leuten fern, bis um Punkt zehn Uhr die Verhandlung begann.

Zuschauer und Zeugen hatten auf Klappstühlen Platz genommen. Garrity saß an einem Tisch mit dem Bezirksstaatsanwalt, der, wie es sich herausstellte, ein Nis war – Swarthout Nis.

In den zwei Tagen seit der Tragödie war Daseins Ärger über Selador ständig gewachsen. *Dieser Narr, dieser verdammte Narr, wie konnte er sich nur auf diese Weise umbringen?*

Piaget war Zeuge und faßte die Angelegenheit für Dasein zusammen. „Erstens", sagte er indigniert, „hat er eigenmächtig Doktor Dasein nach draußen gebracht. Ich habe Doktor Daseins körperliche Verfassung bereits vorher gründlich besprochen."

Garrity unterbrach ihn mit einer Frage. „Sie haben den Unfall gesehen, Doktor Piaget?"

„Ja. Mister Burdeaux hatte festgestellt, daß sich der Rollstuhl mit Mister Dasein auf der Sonnenterrasse befand. Da er wußte, wie schädlich das für meinen Patienten war, rief er mich. Ich kam gerade in dem Moment, als Doktor Selador stolperte und fiel."

„Sie sahen ihn stolpern?" fragte Swarthout Nis.

„Eindeutig. Er schien nach der Lehne des Rollstuhls greifen zu wollen. Ich betrachte es als ein Glück, daß es ihm nicht mehr gelang. Wir hätten sonst wahrscheinlich zwei Tote."

Selador stolperte, dachte Dasein. Erleichterung überkam ihn. Selador stolperte! Ich habe ihn nicht gestoßen. Ich wußte, daß ich nicht die Kraft dazu hatte. Aber wogegen bin ich gestoßen? Wahrscheinlich gegen das Geländer. Einen Moment lang erinnerte er sich, wie seine Hände auf den harten Rädern geruht hatten. Aber er war gegen etwas Weiches gestoßen. Ein Brett konnte auch weich sein.

Burdeaux war der zweite Zeuge, der Piagets Aussage bestätigte. Also mußte sie stimmen. Dasein spürte, wie ihn neue Kraft durchströmte.

Garrity stellte weitere Fragen: „Sie sind unmittelbar danach an Mister Daseins Seite gelaufen?"

„Ja, Sir. Er war sehr krank und schwach. Ich fürchtete, er würde versuchen aufzustehen und selbst stürzen."

„Und Dr. Piaget?"

„Er lief nach unten, Sir, um zu sehen, was er für den Mann noch tun konnte."

Der Untersuchungsrichter wandte sich an ihn. „Dr. Dasein?"

Dasein wurde vereidigt. Alle Augen im Raum wandten sich ihm zu. Nur bei Garrity störte ihn das – seine Blicke waren verschleiert, rätselhaft, fremd.

„Haben Sie Dr. Selador stürzen gesehen?"

„Ich . . . Mister Burdeaux rief mich. Ich drehte mich um, und dann hörte ich einen Schrei. Als ich mich wieder umwandte, sah ich eben noch Dr. Seladors Füße . . ."

„Seine Füße?"

„Ja. Mehr sah ich nicht."

Dasein schloß die Augen und erinnerte sich mit Entsetzen an jenen Augenblick. Ein Unfall – ein schrecklicher Unfall. Er öffnete die Augen und drängte die Erinnerung beiseite, weil er den gellenden Schrei nicht mehr hören wollte.

„Kennen Sie Dr. Selador schon lange?"

„Er war – ja." Was wollte Garrity mit seinen verschleierten Augen?

Garrity holte ein Blatt Papier aus einer Mappe, warf einen Blick darauf und sagte: „Ich habe hier ein Blatt aus Mister Seladors Tagebuch. Seine Gattin hat es mir geschickt. Ein Abschnitt interessiert mich besonders. Ich werde ihn vorlesen . . ."

„Ist das wichtig?" fragte Untersuchungsrichter Cos.

„Vielleicht nicht, Sir", sagte Garrity. „Vielleicht aber doch. Ich hätte gern Dr. Daseins Ansicht darüber gehört. Schließlich sind wir hier, um Licht in eine schreckliche Tragödie zu bringen."

„Darf ich den Auszug sehen?" Das war Swarthout Nis, der Bezirksstaatsanwalt. Seine Stimme war sanft.

„Gewiß."

Nis nahm das Papier und las es.

Was ist das? fragte sich Dasein. Was hat Selador geschrieben? Weshalb schickte es seine Frau einem Staatsanwalt? Kam Garrity deshalb her?

Nis gab das Blatt Garrity zurück. „Wenn wir im Auge behalten, daß Selador Psychiater war, könnte dieser Absatz mehrere Bedeutungen haben. Aber Dr. Dasein kann ihn sich ruhig anhören. Vielleicht weiß er eine Interpretation."

„Darf ich das Blatt sehen?" fragte der Untersuchungsrichter.

Garrity reichte das Papier Cos und wartete, bis er es gelesen hatte.

„Gut“, sagte Cos und gab es ihm zurück. „Sie können den Zeugen befragen.“

Garrity hielt das Blatt steif vor sich und sah Dasein an. Dann las er: „Dasein – ein gefährliches Instrument für dieses Projekt. Man sollte sie warnen.“

Er senkte das Blatt. „Welches Projekt, Dr. Dasein?“

Es war Stille im Raum eingetreten.

„Ich – wann hat er das geschrieben?“

„Nach Angaben seiner Frau vor etwa einem Monat. Ich wiederhole: Welches Projekt?“

Dasein suchte in seiner Erinnerung. Projekt – gefährlich?

„Das – einzige Projekt . . .“ Er schüttelte den Kopf. Der Satz ergab keinen Sinn.

„Weshalb kamen Sie nach Santaroga, Dr. Dasein?“

„Weshalb? Weil meine Verlobte hier wohnt.“

„Ihre Verlobte?“

„Meine Nichte, Jenny Sorge“, erklärte Piaget.

Garrity warf Piaget einen Blick zu und wandte sich wieder an Dasein. „Kamen Sie nicht her, um eine Marktstudie zu machen?“

„Oh, das – ja. Aber ich verstehe nicht, in welcher Hinsicht das gefährlich sein sollte“, Dasein zögerte, „außer er fürchtete, ich könnte mich zu sehr mit anderen Dingen beschäftigen.“

Ein leises Lachen ging durch den Raum. Der Untersuchungsrichter klopfte mit dem Bleistift auf das Pult und sagte: „Ich erinnere Sie daran, daß es sich um eine ernste Angelegenheit handelt.“

Stille.

Garrity warf wieder einen Blick auf das Blatt. Es schien an Gewicht gewonnen zu haben.

„Was steht sonst noch darin?“ erkundigte sich Dasein. „Vielleicht läßt sich daraus etwas schließen.“

„Wer sind die Leute, die gewarnt werden sollen?“

Dasein schüttelte den Kopf. „Ich weiß nicht. Vielleicht die Leute, für die wir die Arbeit durchführen sollten.“

„Haben Sie die Marktstudie vorbereitet?“

„Ich werde sie beenden, sobald ich wieder gesund bin.“

„Ah, Ihre Verletzungen“, sagte Garrity mit leichter Verärgerung.

„Ich hörte etwas von Verbrennungen, aber ich weiß nicht genau, wie . . .“

„Einen Moment bitte“, sagte der Untersuchungsrichter. „Wir dürfen Dr. Dasein nicht zu sehr beanspruchen. Er ist noch sehr schwach. Es ist allgemein bekannt, daß er sich die Verletzungen zuzog, als er einen jungen Mann aus den Flammen rettete. Dr. Dasein ist in der Stadt so etwas wie ein Held.“

„Oh.“ Garrity kehrte zu seinem Platz am Tisch zurück und legte das Blatt weg. Er war offensichtlich verärgert und verwirrt.

„Dr. Dasein fragte nach den übrigen Eintragungen des Tagebuchs“, erinnerte der Untersuchungsrichter. „Stehen sie uns zur Verfügung?“

„Leider hat Mrs. Selador die testamentarischen Wünsche ihres Gatten befolgt und das Tagebuch verbrannt. Ihren Worten nach enthielt es zu viele vertrauliche Notizen über Patienten. Sie hat nur diese Eintragung aufgehoben und uns zugesandt . . .“ Garrity zuckte mit den Schultern.

„Ich fürchte, der einzige Mann, der den Satz erklären könnte, lebt nicht mehr“, sagte der Untersuchungsrichter. „Wenn es sich jedoch um ein Tagebuch mit psychiatrischen Notizen handelte, ist der Fall meiner Meinung nach relativ leicht zu klären. Im psychiatrischen Zusammenhang hat das Wort gefährlich viele Bedeutungen.“

Garrity nickte.

„Haben Sie noch weitere Fragen?“ erkundigte sich Cos.

„Ja. Noch eine.“ Garrity sah Dasein mit seinem verschleierten, unsicheren Blick an. „Hatten Sie zu Dr. Selador ein freundschaftliches Verhältnis?“

Dasein schluckte. „Er war mein Lehrer und – Freund. Sie können meine Kollegen in Berkeley fragen.“

Ein verzweifelter Ausdruck zeigte sich in Garritys Zügen.

Er weiß es, dachte Dasein. Und sofort fragte er sich, was Garrity wissen konnte. Es war ein Unfall gewesen. Vielleicht kannte er Seladors Verdacht Santaroga gegenüber. Aber das war Unsinn – es sei denn, Garrity war ein neuer Forscher, der die Geheimnisse des Tales ergründen sollte. Einen Moment lang verzerrte sich die Umgebung, und er sah Garrity mit einem Totenschädel vor sich. Dann war alles vorbei.

Garrity zuckte mit einem entschuldigenden Lächeln die Achseln.

„Offensichtlich hat mich eine unglückliche Frau auf eine falsche Fährte geschickt." Er setzte sich und sagte: „Ich habe keine Fragen mehr."

Der Untersuchungsrichter schloß die Verhandlung. Er zählte noch einmal die Verletzungen auf, die zum Tode von Selador geführt hatten. Ob Mister Garrity eine Obduktion vornehmen lassen wolle? Nein, er wollte nicht.

In diesem Moment kam Dasein zu Bewußtsein, daß das alles eine Vorstellung für Garrity gewesen war. Man hatte ihn beruhigen wollen. Garrity und Piaget waren Freunde. Garrity konnte Piaget nicht in eine dumme Sache verwickeln.

Es war also vorbei – Tod durch ein Mißgeschick. Ein Unfall.

Garrity reichte Untersuchungsrichter Cos die Hand, dann Piaget. Ob Piaget zum nächsten Klassentreffen käme? Vielleicht, wenn die Praxis es erlaubte. Aber bei Landärzten könne man nie wissen . . .

„Das war eine schreckliche Tragödie", sagte Garrity.

„Ja, entsetzlich." Piaget seufzte.

Garrity blieb im Gang stehen. Die Leute hasteten zum Aufzug. Dasein erkannte einen ärgerlichen und nachdenklichen Ausdruck im Gesicht des Mannes.

Piaget beugte sich über Dasein. „Die Anstrengung war sehr groß für Sie, und ich möchte, daß Sie sich jetzt gründlich ausruhen. Jenny kommt noch auf einen Sprung vorbei, aber sie darf nicht zu lange bleiben."

Er trat zur Seite.

Der Eingang war jetzt leer.

„Haben Sie mich verstanden?" fragte Piaget.

„Ja – Jenny kommt."

Wie war Garritys Augenausdruck gewesen? überlegte Dasein. Ein Wilder hätte so ausgesehen, wenn er zum erstenmal die Hauptstadt eines Weißen erblickt hätte. Fremd – verärgert – verzweifelt . . . Wenn Meyer Davidson und seine Leute Garrity als Spitzel einsetzten, so würde er ein gefährlicher Mann sein. Aber darüber konnte man später nachdenken – wenn es soweit war. Viele Dinge konnten einem Menschen auch in der weiten Welt draußen zustoßen. Dasein konnte es spüren – Santaroga bereitete sich darauf vor, die Außenwelt zu erobern.

Deshalb wurde ich ausgewählt, dachte er. Und Burdeaux . . . und die anderen . . ., wer sie auch sein mögen. Die einzige gute Verteidigung ist ein guter Angriff.

Das war ein beunruhigender Gedanke, der ihn zusammenzucken und zittern ließ.

Weshalb zittere ich?

Er versuchte den Gedanken wieder einzufangen, der ihn beunruhigt hatte, aber es gelang ihm nicht. Es war unwichtig, ein kurzes Kräuseln auf einem See. Dasein ließ es zu, daß das ruhige grüne Wasser sich um ihn schloß. Er merkte, daß er mit Jenny allein im Zimmer war.

Sie war die Ruhe in Person: blaue Augen mit Lachfältchen, volle Lippen, die ihm zulächelten. Sie trug ein orange Kleid und ein orange Band im dunklen Haar.

Jenny legte ein Päckchen auf den Nachttisch, beugte sich über ihn und küßte ihn. Warme Lippen, das tiefe Gefühl von Frieden.

Dasein fand, daß sie noch nie schöner ausgesehen hatte.

„Onkel Larry sagt, daß du heute nachmittag noch ausruhen mußt, aber am Samstag wirst du entlassen", sagte sie.

Dasein fuhr mit den Fingern durch ihr Haar – seidigglattes Haar. „Weshalb heiraten wir dann nicht am Sonntag?"

„O Liebling . . ."

Wieder küßte sie ihn, doch dann zog sie sich zurück. „Lieber nicht. Du mußt erst zu Kräften kommen." Das Grübchen in der Wange wurde sichtbar. „Schließlich sollst du am Sonntag wieder ganz gesund sein."

Dasein zog sie zu sich herunter und streichelte ihr Haar.

„Wir können eines der neuen Häuser haben", flüsterte sie. „Wir wären gleich neben Cal und Willa. Oh, ich bin so glücklich."

„Du hast schon eines ausgesucht?"

„Ich war dort – und habe gehofft . . ."

„Was ist das eigentlich für ein Päckchen?" unterbrach er sie.

„Päckchen?" Sie hob den Kopf. „Oh, das. Das ist von der Genossenschaft. Die Leute haben ein Genesungspaket für dich zusammengestellt."

„Mit Jaspers?"

„Natürlich." Sie glättete ihr Haar.

„Wo werde ich arbeiten?" fragte er.

„Onkel Larry möchte dich in der Klinik haben, aber zuerst

bekommen wir einen Monat für Flitterwochen frei. Liebling – ich kann kaum noch bis Sonntag warten."

In der Klinik, dachte Dasein. Nicht als Patient, Gott sei Dank.

Jenny öffnete das Paket. Ein Stück Käse, zwei Flaschen Bier, dunkle Weizenkräcker, ein weißer Behälter mit irgendeiner Flüssigkeit. Er fragte sich, wann sie dem Jaspers ausgesetzt worden waren.

Dasein hatte das plötzliche Gefühl, daß er sich wie eine Motte in einem Käfig befand und verzweifelt das Gitter anflog, verwirrt, hilflos.

„Liebling, ich ermüde dich." Jenny legte ihm die Hand auf die Stirn. Es beruhigte ihn.

„Wann kommst du wieder?" fragte er.

„Ich schaue bald vorbei."

Sie warf ihm eine Kußhand zu. Dasein starrte Jenny nach, bis sich die Tür hinter ihr geschlossen hatte.

Einen Moment lang hatte er das Gefühl, daß die Verbindung mit der Wirklichkeit verlorengegangen war. Dasein nahm ein Stück Käse und stopfte es sich in den Mund. Er spürte die beruhigende Jaspersgegenwart. Sein Bewußtsein weitete sich aus, wurde fest und lenkbar.

Was ist denn die Wirklichkeit? fragte er sich. Sie ist ebenso vergänglich wie das Stück Käse, ebenso von Irrtümern verzerrt wie alles andere, das Grenzen besitzt.

Er beschäftigte sich entschlossen mit dem Haus, das er und Jenny bewohnen würden.

Frank Herbert

Der 1986 verstorbene Autor hat sich vor allem mit einem Buch weltweiten Ruhm erworben: „Der Wüstenplanet", ein äußerst umfangreicher Roman über den Kampf zweier Adelsgeschlechter im 11. Jahrtausend, stieg zum größten Science-fiction-Bestseller aller Zeiten auf und zog noch weitere fünf Bände nach sich, die allesamt auf dem sturmumtosten Wüstenplaneten Arrakis spielen.

Angesichts des immensen Erfolgs der Geschichten vom Wüstenplaneten, dessen Wanderdünen von gigantischen Sandwürmern bewohnt werden, erscheint es beinahe unfaßbar, daß Herberts Manuskript zunächst von zwanzig Verlegern abgelehnt wurde. Freilich schreckte der gewaltige Umfang, und zudem war der Autor zuvor in den fünfziger Jahren nur mit recht mäßigen SF-Stories in Erscheinung getreten.

1920 im Bundesstaat Washington geboren und aufgewachsen, hatte Herbert zunächst Journalismus studiert und danach als Reporter für die Tagespresse sowie als Kameramann und Rundfunksprecher gearbeitet. Erst nach dem Durchbruch mit dem 1963 publizierten „Der Wüstenplanet" konnte er sich mehr und mehr der Schriftstellerei widmen. So entstanden neben dem sechsbändigen Wüstenplaneten-Zyklus noch eindrucksvolle Romane wie „Die Leute von Santaroga", „Der letzte Caleban" und „Hellstroms Brut", in denen der Autor immer wieder sektiererische Bewegungen und deren Lebensphilosophien zu porträtieren verstand.

Das große Abenteuer des Mutanten

von ANDRE NORTON

Ins Deutsche übertragen von Gisela Stege
Titelillustration: Fred Gambino

I

DICKER nächtlicher Nebel verhüllte das Bergdorf.

Auf Armen und Lederwams des Mannes glänzten die Tropfen. Er leckte sich die Feuchtigkeit von den Lippen, aber er machte keinerlei Anstalten, Schutz vor der Nässe zu suchen. Lange dunkle Stunden schon saß er hier oben und blickte ins Tal hinab.

Heiße Wut hatte ihn hier heraufgetrieben, auf den Felsen über dem Dorf seines Stammes, und tiefer Kummer hielt ihn fest. Er stützte das Kinn – kräftig, eigensinnig, mit einem Grübchen – auf die schmutzige Hand und versuchte, die rechteckigen Gebäude im Tal auszumachen.

Direkt unter ihm lag das Sternhaus. Beim Anblick der rohen Steinmauern verzog sich sein Gesicht zu einer bösartigen Grimasse. Das war immer sein Traum gewesen: einer von den Sternmännern zu sein, hochgeehrt vom ganzen Stamm. Und nie hatte er, Fors, aus dem Puma-Klan, sich etwas anderes gewünscht. Ein Sternmann zu sein bedeutete, sein Leben dem Sammeln und Hüten von Wissen, dem Finden neuer Pfade und der Erforschung verlorener Landstriche zu weihen. Bis gestern abend, bis zur Stunde des Beratungsfeuers, hatte er gehofft, doch noch als einer der Auserwählten ins Sternhaus einziehen zu dürfen. Doch es war kindisch und dumm gewesen, diese Hoffnung zu hegen, während alle Anzeichen auf das Gegenteil hindeuteten. Fünf Jahre lang war er bei der Auswahl der jungen Männer übergangen worden. Wieso sollte man sich im sechsten Jahr plötzlich seiner Verdienste erinnern?

Nun war dies – er biß die Zähne zusammen – für ihn das letzte Jahr. Nächstes Jahr war er zu alt, um Novize zu werden. Wenn er gestern abend wieder übergangen worden war . . .

Vielleicht, wenn sein Vater von seiner letzten Erkundungsfahrt zurückgekommen wäre, wenn er selbst nicht so deutlich sichtbar das Stigma trüge . . . Verzweifelt vergrub er die Finger in seinem dichten Haar. Sein überscharfes Gehör und die Fähigkeit, nachts nicht weniger deutlich zu sehen als tags, hätte man vielleicht hingenommen; er hätte diese Eigenschaften auch verbergen können, sobald er lernte, daß es nicht gut ist, anders zu sein. Aber die Farbe seines Haares konnte er nicht verbergen, und das hatte ihn vom ersten Tag an zum Außenseiter gestempelt. Die anderen hatten braunes, schwarzes oder schlimmstenfalls blondes Haar, er dagegen hatte silberweißes, das weithin sichtbar verkündete, daß er anders war als die übrigen Mitglieder seines Klans. *Mutant!*

Seit mehr als zweihundert Jahren, seit der chaotischen Zeit nach der Großen Explosion, dem Atomkrieg, genügte dieser Schrei, um einen Menschen blindlings zu verdammen. Ursache war die Furcht, die starke, instinktive Furcht einer ganzen Rasse vor jedem, dessen Körper anders geartet war oder der ungewöhnliche Eigenschaften besaß.

Böse Geschichten wurden erzählt über das, was mit den Mutanten geschehen war, jenen Unglücklichen, die in den ersten Jahren nach der Explosion geboren wurden. Manche Stämme hatten sehr drastische Schritte unternommen, um die menschliche Rasse rein zu erhalten.

Hier im Bergdorf, weit von den Gefahrenzonen der bombardierten Gebiete, waren Mutationen fast unbekannt. Doch er, Fors, hatte Prärieblut in sich, vergiftetes, unsauberes Blut, und solange er denken konnte, hatte man ihn das spüren lassen.

Als sein Vater, Langdon, noch lebte, war es nicht so schlimm gewesen. Sicher, die anderen Kinder hatten ihn ausgelacht, und oft hatte er sich mit ihnen gerauft. Aber irgendwie hatte das Vertrauen, das sein Vater in ihn setzte, ihn zu einem normalen Menschen gemacht. Und abends, wenn sie allein waren, hatte der Vater ihn Lesen und Schreiben gelehrt, hatte ihn Karten zeichnen lassen und all sein Wissen über dieses Land an ihn, den Sohn, weitergegeben. Sein Vater war ein Meister gewesen, selbst unter den Sternmännern. Und nie hatte Langdon daran gezweifelt, daß sein einziger Sohn Fors ihm in das Sternhaus nachfolgen werde.

Und so hatte Fors, auch als sein Vater nicht mehr zurückkehrte, zuversichtlich in die Zukunft geschaut. Er hatte sich, den Gesetzen entsprechend, eigenhändig seine Waffen angefertigt – den langen Bogen, das Kurzschwert, das Jagdmesser –, hatte alles gelernt, was es über dieses Land zu lernen gab, und sich mit Lura zusammengetan, seiner großen Jagdkatze – genau wie es für die Wahl vorgeschrieben war. Fünfmal war er beim Feuer erschienen, jedesmal mit geringerer Hoffnung, und fünfmal war er übergangen worden. Und nun war er zu alt, um es noch einmal zu versuchen.

Morgen – nein, heute! – mußte er seine Waffen ablegen und sich dem Spruch des Rates beugen. Vermutlich würde man ihn als Arbeiter in die unterirdischen Hydrofarmen schicken.

Dann war es aus mit dem Lernen, war es vorbei mit weiteren Jahren als Lehrer und Hüter des Wissens. Er würde kein Sternmann sein, würde nicht die Wildnis durchforschen, die von der großen Explosion den Menschen feindlich gemacht worden war, nicht die alten Städte aufsuchen, um dort vergessenem Wissen nachzuspüren und das Gefundene ins Bergdorf zurückzutragen, damit wieder Licht in das Dunkel gebracht werde. Nein, unmöglich konnte er diesen schönen Traum dem Willen des Rates opfern!

Ein leise fragender Laut kam aus der Dunkelheit, und geistesabwesend beantwortete er ihn mit einem beruhigenden Gedanken. Ein Schatten löste sich aus dem Geröll und kam auf Samtpfoten zu ihm. Dann stieß ihn eine Schulter an, eine breite, kräftige Schulter, und er kraulte das Fell hinter den hochgestellten Ohren. Lura war ungeduldig. Sie roch die lockenden Düfte der Wildnis und sehnte sich nach der Jagd. Nur widerwillig ließ sie sich die Liebkosung gefallen.

Lura liebte die Freiheit. Gehorchte sie ihm, so nur, weil sie es so wollte. Er war sehr stolz gewesen, als ihm vor zwei Jahren das schönste Kätzchen aus Kandas letztem Wurf seine Zuneigung bewies! Sogar Jarl, der Stern-Hauptmann, hatte eine Bemerkung darüber gemacht. Fors rieb seine heiße Wange an Luras erhobenem Kopf. Wieder stieg tief aus ihrer Kehle der leise, fragende Laut auf. Sie spürte, daß er unglücklich war.

Der Nebel war zu feinem Regen geworden, aber Fors konnte nicht ins Haus gehen. Betrat er ein Haus, so bedeutete das Unterwerfung und ein Leben voller Scham mit dem Stigma des Mutanten, mit dem Gefühl, versagt zu haben. Er konnte nicht!

Ja, wenn Langdon gestern abend vor dem Rat gesprochen hätte ... Er sah seinen Vater deutlich vor sich – groß, stark, hoch erhoben der Kopf, schmaler Mund, festes Kinn. Nur war Langdons Haar dunkel gewesen. Er, Fors, hatte sein helles Haar von der Mutter, einer unbekannten Frau aus der Prärie.

Langdons Schultertasche mit dem Stern hing nun in der Schatzkammer des Sternhauses. Man hatte sie neben seinem zerschundenen Leichnam gefunden. Nur selten trugen die Bergbewohner bei einem Kampf mit den Tierwesen den Sieg davon.

Sein Vater war auf der Spur einer verlorenen Stadt gewesen, als er den Tod fand. Keiner „blauen“ Stadt, die man meiden mußte, wollte man am Leben bleiben, sondern einer sicheren, ohne Strahlung, die zum Nutzen des Bergdorfes geplündert werden konnte. Wohl zum hundertsten Male fragte sich Fors, ob die Theorie seines Vaters zutraf, ob wirklich irgendwo im Norden an einem riesigen See eine große, sichere Stadt lag, die nur auf den Mann wartete, der genug Mut und Glück hatte, sie zu finden . . .

„Genug Mut und Glück . . .“ Fors sprach die Worte laut aus. Und dann krallte sich seine Hand tief in Luras Fell. Mein Gott, das war der Ausweg! Vor fünf Jahren hätte er nicht daran zu denken gewagt, aber nun war sein langes Warten doch nicht umsonst gewesen, denn jetzt war er bereit. Seine Kraft und die Fähigkeit, sie richtig anzuwenden, sein Wissen, seine Klugheit – alles war bereit.

Es wurde noch immer nicht heller. Die Wolken verlängerten die Nacht. Trotzdem mußte er sich beeilen. Bogen, Köcher mit Pfeilen und sein Kurzschwert lagen zwischen den Felsen versteckt. Lura lief zu den Waffen und wartete. Sein unausgesprochener Vorschlag entsprach genau ihren Wünschen.

Vorsichtig schlich sich Fors den gewundenen Pfad zum Bergdorf hinunter und zum Sternhaus. Die wachhabenden Sternmänner schliefen alle im vorderen Teil des Hauses; direkt vor ihm befand sich die Schatzkammer. Und das Glück war mit ihm! Er tastete sich an der Wand entlang und entdeckte einen nicht verriegelten Fensterladen. Nun, schließlich hatte noch nie jemand versucht, unaufgefordert in das Sternhaus einzudringen.

Mit Hilfe seiner Nachtsichtigkeit fand er schnell, was er suchte, und bald schlossen sich seine Finger um die Tasche, die seinem Griff so vertraut war. Als er sie vom Haken nahm, glitzerte an ihrem Riemen etwas Metallisches. Fors zögerte.

Auf die Papiere und die anderen Sachen seines Vaters mochte er ein Recht haben – auf diesen Stern nicht. Bitter verzog sich sein Mund, als er das Abzeichen auf den langen Tisch legte und in die graue Nässe zurückkletterte.

Nun, da die Tasche an seiner Schulter hing, ging er zum Vorratshaus und nahm sich eine leichte Wolldecke, eine Jagdflasche und einen Sack Mais. Dann holte er Lura und seine Waffen und machte sich auf den Weg zu den verbotenen Prärien. Er fröstelte, mehr vor Aufregung als vom scharfen Wind, doch sein Schritt war fest, als er den Pfad einschlug, den Langdon vor mehr als zehn Jahren markiert hatte, einen Pfad, der durch keinen Wachtposten gesichert war.

Immer wieder hatten die Männer des Bergdorfes am abendlichen Feuer über die Prärien unten im Tal und die unbekannte, fremde Welt diskutiert, die sich durch die Große Explosion für jeden, der sich nicht auskannte, in eine tödliche Falle verwandelt hatte. So gefährlich, daß sogar die Sternmänner in den vergangenen zwanzig Jahren nur vier Städte entdeckt hatten, und eine davon war sogar noch „blau" und mußte gemieden werden.

Man wußte eine ganze Menge über die alte Zeit. Langdon hatte jedoch wiederholt darauf hingewiesen, daß man nicht sicher sein könne, ob diese Informationen auch stimmten. Woher wollte man wissen, ob die menschliche Rasse noch dieselbe war wie die aus der Zeit vor der Explosion? Die Strahlungskrankheit, die auch die Anzahl der Bergdorfbewohner zwei Jahre nach der Explosion auf die Hälfte reduziert hatte, mochte auch in den kommenden Generationen Veränderungen hervorgerufen haben. Ganz sicher waren auch die mißgestalteten Tierwesen menschlicher Abstammung, obgleich das für jeden, der sie zu Gesicht bekam, unvorstellbar schien.

Die Männer des Bergdorfes besaßen Dokumente, die bewiesen, daß ihre Vorfahren zu einer kleinen Gruppe mit geheimen Untersuchungen betrauter Techniker und Wissenschaftler gehört hatten, die hier oben, von der so unversehens untergegangenen Welt abgeschnitten, lebte. Doch auch die Präriebewohner aus den weiten Grassteppen hatten die Explosion überlebt und zogen mit ihren Herden nomadisierend umher.

Und vielleicht gab es auch noch andere Überlebende.

Wer den Atomkrieg begonnen hatte, wußte man nicht. Fors hatte lediglich einmal ein altes Buch mit Fragmenten von Berichten gesehen. Alle diese Meldungen kündeten vom Untergang einer Welt.

Mehr wußten die Bergbewohner nicht vom letzten Krieg. Und obgleich sie sich unablässig bemühten, die Kunst und das Wissen der Alten am Leben zu erhalten, blieb immer noch unendlich viel, aus dem sie nicht klug wurden. Da waren alte Landkarten mit rosa, grünen, blauen und gelben Flecken. Doch die rosa, grünen, blauen und gelben Gebiete existierten nicht mehr. Erst jetzt war es einzelnen Männern möglich, von ihrem sicheren Hort aus ins Unbekannte vorzustoßen und bruchstückhaftes Wissen mitzubringen, das man vielleicht einmal zu einem Stück Geschichte zusammenfügen konnte.

Irgendwo, das wußte Fors, mußte der Pfad, den er eingeschlagen hatte, an einer alten Landstraße entlanglaufen. Und so schritt er schneller aus, denn er war neugierig. Er selbst war noch nie in der Ebene gewesen. Doch als er die Straße fand, war er enttäuscht. Früher einmal mußte ihre Oberfläche glatt gewesen sein, doch die Zeit und die mit Macht sich ausbreitende wild wuchernde Vegetation hatten sie eingeengt und aufgebrochen. Trotzdem war sie für einen, der so etwas noch nicht gesehen hatte, hochinteressant. Von Bildern her wußte Fors, daß früher die Menschen auf solchen Straßen mit Maschinen gefahren waren, doch wie diese Maschinen hergestellt wurden, das war heute ein Geheimnis.

Lura mochte die Straße nicht. Sie setzte vorsichtig eine Pfote aufs Pflaster, schnüffelte an einem ausgebrochenen Stein und kehrte auf sicheren Boden zurück. Fors jedoch schritt munter aus.

Lura leckte sich das nasse Fell, und Fors fing einen Gedanken von ihr auf. Oder war es nur ein flüchtiges Gefühl? Niemand hatte je ergründen können, wie sich die großen Katzen mit den Männern, die sie ihrer Freundschaft für wert hielten, verständigten. Früher waren Hunde die Begleiter der Menschen gewesen; Fors hatte davon gelesen. Doch die Strahlungskrankheit hatte sie ausgerottet.

Und dieselbe Seuche hatte auch die Katzen verändert. Kleine Haustiere mit eigenwilligem Charakter hatten größere Nachkommen mit schärferem Verstand und einem Vielfachen an Stärke gezeugt. Die Katze, die Fors begleitete, war so groß wie ein Berglöwe aus Vor-Explosionszeiten, doch ihr dichtes Fell war hellbraun und nur an Kopf, Beinen und Schwanz etwas dunkler – genau wie das der siamesischen Urahnin, die die Frau eines Ingenieurs mit in die Berge gebracht hatte. Ihre Augen waren – der Rasse entsprechend – saphirblau, doch ihre Krallen waren messerscharf, und sie war eine meisterhafte Jägerin.

Diese Eigenschaft meldete sich jetzt, als Lura Fors' Aufmerksamkeit auf einen Fleck feuchter Erde lenkte, wo sich deutlich die Fährte eines Rehs abzeichnete. Die Spur war frisch, Rehfleisch gut, und er hatte nur wenig Proviant. Es mochte sich lohnen, von der Marschroute abzuweichen. Zu Lura brauchte er nichts zu sagen – sie kannte seine Gedanken und war augenblicklich auf und davon. Er trottete hinter ihr her mit dem lautlosen Waldläufergang, den er bereits in frühester Jugend gelernt hatte.

Die Spur führte rechtwinklig von der alten Straße fort, quer über eine eingestürzte Mauer, deren Steine von Erde und Moos überwuchert waren. Wasser rann von Blättern und Zweigen und durchnäßte beide Jäger bis auf die Haut. Fors' handgewebte Beinkleider klebten am Körper, und seine Stiefel quietschten.

Er war verwirrt. Alles deutete darauf hin, daß das Tier um sein Leben gerannt war, und doch hatte das, vor dem es Angst hatte, keine Spur hinterlassen. Angst jedoch verspürte Fors nicht. Noch kein Lebewesen, Mensch oder Tier, hatte seinen stahlgespitzten Pfeilen standgehalten, und nie hatte er gezögert, einem Feind mit dem Schwert in der Hand entgegenzutreten.

Zwischen den Bergbewohnern und den nomadisierenden Prärieleuten herrschte Frieden. Oft wohnten Sternmänner eine Zeitlang in den Zelten der Hirten und tauschten mit den ewigen Wanderern Informationen über ferne Stätten aus. Sein Vater hatte sich sogar seine Frau unter den Fremden gewählt. Zwischen den Menschen und den Tierwesen in den Ruinen der Städte hingegen herrschte heftigste Fehde. Doch diese entfernten sich nie weit von ihren feuchten, übelriechenden Schlupfwinkeln in den zerfallenen Gebäuden, und hier im weiten, offenen Land brauchte man keinesfalls eine Begegnung mit ihnen zu fürchten. Also folgte er der Spur unbesorgt.

Sie endete abrupt am Rand einer kleinen Schlucht. Etwa zehn Fuß tiefer schäumte ein vom Regen angeschwollener Fluß über die Felsen. Lura kroch auf dem Bauch am Rand des Abhangs entlang. Fors warf sich nieder und robbte hinter einen Busch. Er durfte Luras Anschleichmanöver nicht stören.

Ihre braune Schwanzspitze zuckte; er wartete auf das Beben der Flanken, das den Sprung ankündigte. Doch statt dessen sträubten sich plötzlich ihre Schwanzhaare, und sie zog die Schultern hoch, wie um die gespannten Muskeln wieder zu bremsen. Er spürte ihre Unsicherheit, ja, ihre Angst.

Trotz seiner außergewöhnlichen Sehschärfe konnte er das, was Lura diese Angst eingeflößt hatte, nicht mehr erspähen. Nur ein Busch schwankte weiter flußaufwärts, als sei etwas an ihm vorübergestrichen. Doch das Rauschen des Wassers überdeckte alle Geräusche, und sosehr er die Augen auch anstrengte – es war nichts mehr zu sehen.

Lura hatte die Ohren flach an den Kopf gelegt; ihre Augen waren zu grimmig wirkenden Schlitzen zusammengezogen. Doch unter ihrer Wut spürte Fors die Angst. Die große Katze mußte etwas gesehen haben, das ihr fremd war und das sie daher mit Mißtrauen betrachtete. Vorsichtig kletterte Fors den Abhang hinab. Lura machte keinen Versuch, ihn zu halten. Was sie so verstört hatte, war fort, doch er war entschlossen, die Spuren zu suchen, die es hinterlassen haben mußte.

Die grünen Steine des Flußufers waren glatt und schlüpfrig, und zweimal mußte er sich an einem Busch festhalten, um nicht ins Wasser zu fallen. Auf Händen und Knien kroch er über einen Felsen, und dann war er bei dem Busch, der sich bewegt hatte.

Eine rote Pfütze, bereits verdünnt von Regen und Gischt, füllte eine flache Lehmkuhle. Er tauchte einen Finger hinein und leckte daran. Blut. Vermutlich das des Rehs, das er verfolgt hatte.

Und dann sah er die Fährte des Jägers, tief in den Lehm gedrückt, als habe er etwas Schweres getragen, vielleicht das erlegte Tier. Sie war so deutlich, daß kein Zweifel möglich war: Es war der Abdruck eines nackten Fußes.

Aber er stammte weder von einem Mann aus dem Bergdorf noch von einem Präriebewohner! Er war schmal, von der Ferse bis zu den Zehen gleichmäßig breit, als habe das Wesen, von dem er stammte, Plattfüße. Die Zehen waren überlang und knochendürr. Und dicht vor den Zehenspitzen waren Eindrücke wie von Krallen!

Fors schauderte. Krankhaft – das war das einzige Wort, das ihm beim Anblick des Abdrucks einfiel. Er war froh, den Jäger nicht selbst gesehen zu haben.

Lura kam und leckte das Blut auf. Dann inspizierte auch sie den Fußabdruck und tat mit entblößten Fängen und flach angelegten Ohren ihre Meinung über den Jäger kund. Fors nahm seinen Bogen. Ihn fror. Etwas vorsichtiger kletterte er den Abhang wieder hinauf. Auch Lura zeigte keine Neigung, der Spur des unbekannten Jägers zu folgen.

Sie kamen wieder zur Straße, und Fors wandte seine ganze Kunst im Spurenverwischen an. Es hatte aufgehört zu regnen, doch die Wolken blieben tief.

Gegen Mittag schoß er einen fetten Vogel, den Lura in einem dichten Gebüsch aufstöberte, und sie teilten sich die Beute brüderlich.

Es dämmerte schon, da sahen sie von einer Hügelkuppe aus die Stadt liegen, zu der die Landstraße führte.

II

Selbst vor der Explosion konnte die Stadt weder groß noch eindrucksvoll gewesen sein, doch auf Fors, der nur die Häuser des Bergdorfes kannte, wirkte sie fremdartig und sogar ein wenig beängstigend. Die wild wuchernde Vegetation hatte die zerfallenen Häuser in grüne Hügel verwandelt. Am Fluß, der die Stadt teilte, markierte eine wasserzerfressene Pier eine nicht mehr existierende Brücke.

Auf der Straße lag ein Haufen verrostetes Metall; die Reste eines dieser Wagen, die die Menschen früher zur Fortbewegung benutzt hatten. Aber auch damals schon war er wohl alt gewesen, denn direkt vor der Explosion hatte man einen anderen, von Atomkraft getriebenen Typ benutzt. Hin und wieder hatte ein Sternmann einen gefunden, der noch in Ordnung war. Fors machte einen Bogen um das Wrack und stieg weiter zur Stadt hinab.

Lura trabte neben ihm her; sie steckte die Nase in den Wind, um sich keine Witterung entgehen zu lassen. Wachteln liefen durch das hohe Gras; irgendwo rief ein Fasan. Zweimal zeigte sich leuchtend weiß vor dem vielen Grün der Stummelschwanz eines Kaninchens.

Auch Blütenpflanzen gab es, die sich mit krummen Dornen gegen die sie umschlingenden Weinranken wehrten.

Die Wanderer schritten durch eine auf beiden Seiten von Schutthügeln umrahmte Lichtung. Von irgendwo kam das Plätschern von Wasser, und Fors schlug sich einen Pfad durch das dichte Grün, dorthin, wo ein dünner Strahl in ein von Menschenhand geschaffenes Becken rann.

Im Flachland barg das Wasser Gefahr, das wußte er. Doch die klare Frische des Brunnens wirkte viel appetitlicher als das abgestandene

Zeug, das er den ganzen Tag in seiner Jagdflasche mit sich herumgeschleppt hatte. Lura leckte es ohne Bedenken, also wagte er es ebenfalls. Er schöpfte eine Handvoll auf und trank vorsichtig.

Der Brunnen lag direkt vor einer eigenartigen Felsformation, die früher wohl eine Höhle hatte darstellen sollen. Und das Laub, das sich drinnen angesammelt hatte, war trocken. Er kroch hinein. Es konnte kaum gefährlich sein, hier zu lagern. Er fand weiße Knochen. Ein anderer Jäger – ein vierbeiniger – hatte bereits gespeist.

Fors stieß den Abfall mit dem Fuß hinaus und ging Holz holen. Draußen in der Ebene konnte das Feuer zum Feind werden, wenn es das Gras in Brand setzte und einen Feuersturm entfachte, der alles Leben vernichtete. Und in Feindesland bedeutete Feuer sofortiges Entdecktwerden. So zögerte Fors, als er schon aus Stöckchen einen kleinen Kreis gelegt hatte, Feuerstein und Stahl zu benutzen. Dieser geheimnisvolle Jäger . . . Was, wenn er hier in den Ruinen lauerte?

Doch beide, Lura und er, froren und waren durchnäßt. Vom Schlafen in nassen Kleidern konnte man krank werden. Und machte es ihm auch nichts aus, Fleisch roh zu essen, so schmeckte es ihm gebraten doch weit besser. Schließlich war es der Gedanke an gebratenes Fleisch, der ihn die Vorsicht vergessen ließ, und als Lura dann kam und sich wohlig am Feuer dehnte, war er beruhigt. Sie wäre kaum so entspannt gewesen, hätte sie Gefahr gewittert. Luras Geruchssinn und Sehvermögen waren noch viel besser als die seinen.

Später gelang es ihm, indem er still am Brunnen hockte, drei Kaninchen zu fangen. Er gab Lura zwei und häutete und briet das dritte für sich. Am Himmel stand Abendrot; das bedeutete gutes Wetter für den nächsten Tag. Er leckte sich die Finger, spülte sie im Wasser ab und rieb sie mit Gras trocken. Dann öffnete er zum erstenmal, seit er sie gestohlen hatte, die Tasche.

Er wußte, was sie enthielt, doch seit Jahren hatte er das brüchige, alte Papier nicht mehr in der Hand gehalten und die Worte gelesen, die sein Vater sorgsam in seiner gleichmäßigen Handschrift darauf geschrieben hatte. Ja, da war sie, die alte Karte, die Langdon so gehütet hatte, die Karte, auf der im Norden die Stadt eingezeichnet war, die sein Vater für sicher gehalten und in der er reiche Beute für das Bergdorf ausgemacht hatte.

Leicht war es nicht, seines Vaters Notizen zu entziffern; Langdon hatte sie nur für den eigenen Gebrauch angefertigt. Während Fors die

Karte studierte, die seinen Vater in den Tod geführt hatte, kam ihm allmählich eine Ahnung von der Größe der Aufgabe, die er sich gestellt hatte. Er kannte alle sicheren Wege, die die Sternmänner im Laufe der Jahre markiert hatten, nur vom Hörensagen! Und wenn er sich verirrte . . .

Er griff in die Tasche und fand noch einen Kompaß, ein kleines Holzkästchen mit Bleistiften, ein Päckchen mit Verbandstoff und Wundsalbe, zwei kleine chirurgische Messer und ein einfaches Notizbuch – das Tagebuch seines Vaters. Doch zu seiner Enttäuschung enthielt es lediglich eine Liste von Entfernungen. Kurz entschlossen beschrieb er auf einer leeren Seite den bisherigen Verlauf seiner Wanderung und fügte eine Skizze des seltsamen Fußabdrucks hinzu. Dann packte er alles wieder in die Tasche zurück.

Lura streckte sich auf dem Laub aus; Fors warf sich daneben und zog die Decke über sie beide. Er schob die Holzstücke näher an die Flamme heran, damit sie abbrannten. Das sanfte Schnurren der Katze machte ihn schläfrig. Er legte ihr den Arm über den Rücken, und sie leckte ihm das Gesicht. Das rauhe Streicheln ihrer Zunge war das letzte, an das er sich erinnerte.

Am anderen Morgen erwachte er von dem Geschrei eines Vogelschwarms, den Luras Erscheinen aufgeschreckt hatte. Er rieb sich die Augen und blickte benommen in eine graue Welt hinaus. Lura saß, ohne das Konzert über ihr zu beachten, im Höhleneingang, gähnte und sah sich ungeduldig nach Fors um.

Er kroch hinaus, legte die trocken gewordenen Kleider ab und nahm ein gründliches Bad im eiskalten Wasser des Brunnens. Lura zog sich in sichere Entfernung zurück. Beim Ankleiden verschnürte Fors Gürtel, Lederwams und Stiefel mit besonderer Sorgfalt.

Ein erfahrener Forscher hätte keine Zeit auf die vergessene Stadt verschwendet, doch Fors ging noch einmal auf Entdeckungsreise. Vor langer Zeit einmal hatte sie wohl brauchbare Beute enthalten, inzwischen war sie jedoch vollständig geplündert. Aber es war die erste ausgestorbene Stadt, die Fors zu Gesicht bekam, und er konnte sich nicht von ihr trennen. Er folgte der Straße rund um den Platz. Nur ein Gebäude war noch in einem Zustand, der ein Betreten erlaubte. Die Mauern waren mit Efeu und Moos überzogen, die Fensterhöhlen gähnten leer. Er ging durch trockenes Laub und Gras die Stufen hinauf zu einem breiten Portal.

Im Laub raschelten aufgestörte Grashüpfer. Lura spielte mit einem Gegenstand, den sie hinter der Tür aufgestöbert hatte. Fors blieb stehen und zog mit dem Finger die Buchstaben einer Bronzeplatte nach: *First National Bank of Glentown.*

Er las die Worte laut; hohl hallten sie durch den langgestreckten Raum, durch die leeren, käfigartigen Boxen entlang der Wände.

„First National Bank", wiederholte er. Was war eine Bank? Er hatte nur eine vage Vorstellung davon. Eine Art Lagerhaus. Und Glentown, das mußte diese Stadt hier sein – oder vielmehr gewesen sein.

Lura rollte ihr Spielzeug auf dem geborstenen Fußboden vor sich her. Es prallte direkt vor Fors' Füßen gegen die Wand. Aus einem zerschmetterten Schädel starrten ihn anklagend runde Augenhöhlen an. Er bückte sich, hob ihn auf und setzte ihn auf die Steinbrüstung. Dicke Staubwolken flogen auf. Ein Stoß Münzen fiel zusammen; sie rollten in allen Richtungen klingend davon.

Überall lagen hier Münzen herum, vor allem auf den Tischen hinter den Brüstungen der Käfige. Er nahm eine ganze Handvoll auf und rollte sie, zum größten Vergnügen Luras, quer durch den Raum. Doch Wert besaßen sie keinen. Ein Stück guten rostfreien Stahls wäre des Mitnehmens wert gewesen – die Münzen nicht. Die Dunkelheit des Ortes begann ihn zu deprimieren. Er rief Lura und verließ das Gebäude.

Über Geröll stieg er zum Fluß hinab. Wollte er den kürzesten Weg zu seinem Ziel nehmen, mußte er ihn überqueren. Für ihn selbst war das nicht schwer; er war ein guter Schwimmer. Aber Lura scheute das Wasser, vor allem, wenn es, wie dieses hier, vom Unwetter noch lehmig und aufgewühlt war.

Fors wanderte am Ufer entlang. Ein Floß mußte er bauen, aber dazu brauchte er Bäume, und die wuchsen hier nicht in den Ruinen.

Er ärgerte sich über den Zeitverlust.

Eine halbe Stunde später fand er etwas, das ihm lange Stunden mühseliger Arbeit ersparte. In einer kleinen, von einer scharfen Biegung des Flusses gebildeten Bucht hatte das Hochwasser Treibgut angeschwemmt, darunter starke Stämme und biegsame, von der Sonne gebleichte Zweige. Er brauchte nur zu wählen.

Gegen Mittag war das Floß fertig, und als Lura sich nach langem Zureden endlich bequemte, sich dem schwankenden Gebilde anzuvertrauen, stieß Fors mit einer langen Stange vom Ufer ab.

Da die Strömung nach Osten lief, in die Richtung, die er sowieso einschlagen mußte, hatte Fors es nicht allzu eilig, das andere Ufer zu erreichen. Erst als sich ein Stück des ungeschickt zusammengebastelten Bauwerks löste, nahm er wieder die Stange zur Hand und steuerte die Reste des Floßes aus der Strömung hinaus.

Das Ufer war steil und eine Landung fast unmöglich, doch an einer Stelle hatte ein Erdrutsch ein Loch gerissen, und es gelang Fors mit einiger Mühe, dort anzulegen. Lura sprang mit einem Riesensatz an Land, und kaum war Fors ihr gefolgt, da riß das Wasser das Floß gänzlich auseinander und trug die einzelnen Stücke davon.

Sie kletterten die lehmige Böschung hinauf und waren wieder im weiten, offenen Land. Hier wuchs das Gras hoch, dazwischen staubiges Gebüsch, und hier und da hatten kleine Gehölze begonnen, die Felder zurückzuerobern. Doch ganz war ihnen das nicht gelungen; zu lange hatte das Land unter dem Pflug gelegen.

Lura mahnte ihn, daß es langsam Zeit sei, sich eine Mahlzeit zu verschaffen; sie wollte etwas unternehmen. Geschmeidig glitt das braune Tier davon. Kaninchen gab es in Hülle und Fülle, und überall huschten Moorhühner davon, doch verächtlich ignorierte die Katze solch niederes Wild. Sie lief weiter, Fors ein halbes Feld hinter ihr her, auf einen von einem Wäldchen gekrönten Hügel zu. Von jetzt an mußte er Lura die Jagd überlassen.

Er blickte über das wogende Gras hinweg. Es schien eine verkümmerte Getreideart zu sein, noch nicht ganz reif, doch an der Spitze bereits mit Fruchtrispen. Der Himmel war blau, gesprenkelt mit kleinen weißen Wolken. Nur die abgerissenen Halme unter seinen Füßen erinnerten noch an das Unwetter.

Dumpfes Brüllen riß ihn aus seinen Träumen. Er sprang auf, den Bogen in der Hand. Dann kam ein schriller Schrei; das war Lura. Fors lief hügelan und arbeitete sich, als erfahrener Jäger jede sich bietende Deckung benutzend, vorsichtig an den Kampfplatz heran.

Tatsächlich, Lura war auf Großwild gestoßen! Er sah sie gerade noch wie einen braunen Pfeil von einem reglosen Körper fortschießen, um dem Angriff eines größeren Tieres zu entgehen. Eine wilde Kuh! Lura hatte ihr Kalb gerissen.

Fors hatte den Pfeil bereits abgeschossen. Die Kuh brüllte noch einmal auf und warf den Kopf mit den gefährlichen Hörnern hoch. In schwerfälligem Trab lief sie zu ihrem toten Kalb und schnaubte wütend. Dann trat rötlicher Schaum aus ihren Nüstern; sie stolperte und fiel. Hinter einem Grasbüschel tauchte Luras runder Kopf auf, und auch Fors verließ die Deckung. Er strahlte. Der Pfeil hatte genau getroffen.

Schade um das viele schöne Fleisch! Drei Familien hätten eine Woche davon leben können. Sicher, er konnte versuchen, es zu trocknen, doch kannte er weder die richtige Methode, noch konnte er alles mitschleppen. So machte er sich nur einen Vorrat für die nächsten Tage zurecht, während Lura, die sich den Bauch vollgeschlagen hatte, unter einem Busch lag und schlief.

Das Lager schlugen sie für die Nacht in der Nische einer alten Mauer auf, doch keiner von beiden schlief sehr gut.

Schon früh am Morgen brachen sie wieder auf, marschierten dem Kompaß nach, den Fors in der Hand hielt. Er ließ recht wenig Vorsicht walten, denn hier im offenen Gelände drohte kaum eine Gefahr. Wo waren überhaupt die Gefahren des Flachlandes, von denen man im Bergdorf immer sprach? Sicher, die „blauen" Städte mußte man meiden; auch mußte man sich vor den Tierwesen hüten. Doch soweit Fors wußte, verkrochen die sich in den Städten und waren im offenen Land nicht gefährlich.

Er erklomm eine sanfte Erhebung und blieb verwundert stehen. Vor ihm lag eine Straße, aber was für eine Straße! Das geborstene Betonband war viermal so breit wie das andere, das er entlanggegangen war. Eigentlich waren es sogar zwei Straßen mit einem Erdstreifen dazwischen, die schnurgerade von Horizont zu Horizont liefen.

Doch etwa zweihundert Meter weiter war die Straße von einem Gewirr rostigen Metalls verbarrikadiert. Zerstörte Maschinen füllten sie in ihrer ganzen Breite. Langsam ging Fors darauf zu. Es lag etwas Unheimliches über diesem grausigen Hindernis.

Er ging um den Trümmerhaufen herum. Die Maschinen mußten hintereinander die Straße entlanggefahren sein, als der Tod kam – auf geheimnisvolle Weise kam, denn viele Maschinen waren ineinandergefahren. Andere wiederum standen allein, als habe der sterbende Fahrer sie noch anhalten können. Fors versuchte zu erkennen, was für Maschinen es gewesen waren. Das hier, das war ganz sicher ein „Panzer" gewesen, eine von den rollenden Festungen der Alten. Sein Geschütz war noch immer drohend gen Himmel gerichtet.

Die Maschinenkolonne erstreckte sich über einen Kilometer. Fors lief neben der Straße durch das hohe Unkraut. Er hatte weder Lust, die Maschinen näher zu untersuchen, noch das rostige Metall zu berühren.

Die rollenden Festungen hatten Geschütze, und auch Männer waren dagewesen, Hunderte von Männern. Zwischen Rost und vom Wind hereingetriebenem Abfall sah er ihre bleichen Knochen. Männer und Geschütze. Wohin wollten sie, als das Ende kam? Und was war das Ende? Er sah keinen Krater, wie es sie – das hatte er gehört – dort gab, wo Bomben gefallen waren. Nur zerstörte Maschinen und tote Männer, als sei das Ende in Form von Nebel oder Wind gekommen.

Männer mit Geschützen auf dem Marsch. Um eine Invasion abzuwehren? Das Buch mit den Berichten, das im Bergdorf aufbewahrt wurde, sprach ein- oder zweimal von Invasoren, die aus dem Himmel kamen, von Feinden, die mit lähmender Schnelle zugeschlagen hatten. Doch auch diesen Feinden mußte etwas zugestoßen sein, denn warum hatten sie nicht vom Land Besitz ergriffen? Nun, auf diese Fragen würde es wohl nie eine Antwort geben.

Fors erreichte das Ende der langen Kolonne. Doch er hielt sich weiter neben der Straße, bis ein Hügel ihm den niederschmetternden Anblick verbarg. Erst dann wagte er wieder, die Straße der Alten zu betreten.

III

Etwa einen halben Kilometer weiter nördlich wurde die Straße vom Wald verschluckt. Fors fühlte sich wieder froher. Das weite Land war ihm als Bergbewohner fremd, im Wald aber fühlte er sich zu Hause – genau wie Lura. Und dann trug ihm die Brise einen Duft zu – Holzrauch!

Fors und Lura hatten denselben Gedanken. Sie stand einen Augenblick ganz still und nahm Witterung auf, dann glitt sie zwischen den Birken hindurch. Fors folgte ihr. Die Brise, nach der sie sich hätten richten können, hatte sich gelegt, doch jetzt roch er etwas anderes. Es mußte Wasser in der Nähe sein; kein fließendes, sonst hätte man Rauschen gehört, aber vielleicht ein Teich.

Vor ihnen war eine Lücke im dichten Laub. Lura preßte sich dicht an den felsigen Boden und kroch weiter. Fors folgte ihrem Beispiel und robbte hin zu ihr.

Sie lagen auf einer Felsnase, die über einen waldumstandenen See hinausragte, in den ein Bach mündete. Im Wasser lagen zwei Inselchen, das eine durch eine Reihe Tretsteine mit dem Ufer verbunden. Am Strand brannte ein Feuer, an dem ein Mann hockte.

Der Fremde war kein Bergbewohner, soviel stand fest. Zunächst einmal war sein breiter, kräftiger Körper bis zur Taille nackt und gleich um einige Töne dunkler als der braunste der Bergbewohner. Dann war sein Haar auf dem runden Schädel tiefschwarz und kraus. Der Mann hatte breite Züge, einen wulstigen Mund, flache Wangenknochen und weit auseinanderstehende, große dunkle Augen. Sein einziges Kleidungsstück bestand aus einer Art Lendenschurz, gehalten von einem breiten Gürtel, von dem die quastengeschmückte Scheide eines Messers herabhing. Das Messer selbst war aus blauem Stahl und blitzte in der Hand des Mannes, der energisch einen soeben gefangenen Fisch abschuppte.

Senkrecht in den Boden gerammt, standen dicht neben ihm drei kurzschäftige Speere; über einen dieser Speere war eine rauhe rötliche Wolldecke drapiert. Von dem Feuer stieg Rauch auf.

Der Fremde sang bei seiner Arbeit eine leise, monotone Melodie, die auf Fors einen ganz seltsamen Zauber ausübte. Ein Präriebewohner war der Mann bestimmt auch nicht. Und ebensowenig hatte Fors es hier mit einem der Tierwesen zu tun. Die fischten nicht und besaßen auch kein so freundliches, intelligentes Gesicht.

Nein, dieser dunkelhäutige Fremde gehörte einer anderen Rasse an. Fors stützte das Kinn in die Hand und versuchte aus dem, was er sah, auf die Herkunft des Mannes zu schließen.

Nun, die mangelhafte Bekleidung bedeutete, daß er an ein wärmeres Klima gewöhnt war. Hier konnte man sich nur im Sommer so kleiden. Als Waffen hatte der Mann die Speere und . . . Ja, das war ein Bogen, der da lag. Und daneben auch ein Köcher. Aber der Bogen war viel kürzer als Fors' und schien nicht aus Holz zu sein, sondern aus einer anderen, dunklen Substanz, die in der Sonne schimmerte.

Er mußte aus einem Land kommen, in dem seine Rasse eine Machtstellung einnahm und nichts zu fürchten hatte, denn er lagerte hier ganz unbekümmert und sang beim Kochen, als sei es ihm gleich, ob er Aufmerksamkeit erregte oder nicht. Und doch hatte er sich auf die Insel zurückgezogen, die leichter zu verteidigen war als eine Lagerstelle an Land.

Jetzt steckte der Fischer den gesäuberten Fisch auf einen zugespitzten Zweig und ließ ihn braten, während er aufstand und eine Leine mit Köder ins Wasser zurückwarf. Fors riß die Augen auf. Der Mann auf der Insel überragte den größten der Bergbewohner um mindestens eine Handbreit! Wie er dastand, vor sich hin summte und geschickt die Angelleine handhabte, bot er ein Bild voller Kraft und Macht, das selbst ein Tierwesen einschüchtern mußte.

Ein Duft von gebratenem Fisch wehte herüber. Lura leckte sich die Schnauze. Fors schwankte. Sollte er den Dunkelhäutigen anrufen, das Friedenszeichen machen und Freundschaft mit ihm schließen, oder . . .

Die Entscheidung wurde ihm abgenommen. Ein Ruf durchbrach die Stille über dem See. Der Dunkle verschwand so rasch, daß Fors seinen Augen nicht traute. Und mit ihm verschwanden Speere, Decke, Bogen – und der gebratene Fisch. Die Zweige eines Busches bewegten sich, und dann war alles still. Nur noch das Feuer brannte am verlassenen Ufer.

Ein zweiter Ruf, dann Hufgetrappel, und eine Herde von Pferden, meist Stuten mit einem Fohlen an der Seite, tauchte auf. Zwei Reiter, die sich, um den tiefhängenden Zweigen auszuweichen, flach über die Hälse ihrer Tiere beugten, trieben diese zum Wasser.

Fast vergaß Fors über diesem Anblick den dunklen Jäger. Pferde! Bisher hatte er sie nur auf Bildern gesehen, doch nun ergriff das uralte Sehnen seiner Rasse von ihm Besitz. Ein Pferd sein eigen zu nennen!

Einer der Reiter war abgestiegen und rieb sein Pferd mit einem Grasbüschel trocken. Der da war zweifellos ein Präriebewohner. Er trug das gleiche Lederwams wie Fors, nur seine Beinkleider bestanden aus Leder und waren von vielen Stunden auf einem Pferderücken abgewetzt. Als Zeichen freier Geburt trug er das Haar schulterlang, von einem breiten, mit dem Stammes- und Klanzeichen bemalten Band aus der Stirn gehalten. Die lange Lanze, die schreckliche Waffe der Reiter, hing in einer Schlinge am Sattel, und am Gürtel trug er das Abzeichen seines Volkes, das gebogene Hauschwert.

Zum zweitenmal überlegte Fors, ob er sich zeigen sollte, und zum zweitenmal wurde ihm die Antwort abgenommen. Zwischen den Bäumen tauchten zwei weitere Reiter auf, ältere Männer. Einer davon war der Häuptling der Präriebewohner. Das Zeichen auf seinem Stirnband wies ihn als solchen aus. Aber der andere . . .

Fors fuhr zusammen; Lura, die seinen Schrecken bemerkte, zeigte lautlos die starken Zähne.

Der andere war Jarl! Jarl, der Sternhauptmann, der eigentlich keine Fahrten in die Ebene mehr zu unternehmen brauchte. Seine Aufgabe war es, im Bergdorf zu bleiben und den Sternmännern ihre Pflichten zuzuweisen. Und trotzdem ritt er da unten mit dem Häuptling der Präriebewohner! Was hatte ihn veranlaßt, so gegen Regeln und Gebräuche zu verstoßen?

Fors verzog das Gesicht. Es gab einen Grund! Nie zuvor war in das Heiligtum des Sternhauses eingebrochen worden. Und wenn er, Fors, gefaßt wurde . . . Was wäre wohl seine Strafe? Ganz sicher würde sie sehr schwer sein. Darum mußte er sich jetzt still verhalten und hoffen, daß er nicht entdeckt wurde.

Gott sei Dank hatten die Pferde inzwischen genug getrunken. Fors sah ihnen sehnsüchtig nach. Mit so einem Tier wäre er bestimmt außer Reichweite, bevor der Sternhauptmann von seiner Anwesenheit erfuhr. Und erfahren würde er davon. Fors hielt sehr viel von Jarls Können im Spurenlesen.

Während die beiden ersten Reiter mit den Pferden davonzogen, blieben Jarl und der Häuptling noch sitzen und blickten auf den See hinaus. Lura grollte leise. Sie wollte weiter, doch Fors wagte nicht, sich zu rühren. Und dann drehte sich auf einmal der Wind und trug den Pferden Luras Witterung zu.

Chaos brach los. Stuten schrien vor Angst um ihre Fohlen, rasten wie irr am Ufer auf und ab, brachen zwischen den Reitern hindurch, um der Gefahr zu entfliehen. Die Reiter waren überrumpelt. Einer wurde auf seinem Tier mit fortgerissen; dem anderen blieb nichts übrig, als ihm nachzureiten.

Die Lanze in der Hand, jagte der Häuptling hinterher. Doch Jarl blieb noch einen Moment und suchte mit zusammengekniffenen Augen den See und seine Umgebung ab. Fors preßte sich eng an den Fels. Glücklicherweise befand Jarl sich am anderen Ufer, und seine Augen waren nicht so scharf wie die von Fors.

Kriechend zogen sich Fors und die Katze zurück. Kaum wagten sie zu atmen. Jarl sah sich immer noch aufmerksam um. Da ertönte das Donnern von Hufen, und Fors konnte sich ungehört davonmachen, nach Norden zu, weg von dem Lager, das irgendwo drüben am See liegen mußte.

Während er tüchtig ausschritt, überlegte er, wo jetzt wohl der Jäger von der Insel sein mochte und ob dieser wohl auch versuchte, eine möglichst große Entfernung zwischen sich und das Lager der Prärieleute zu bringen. Nun, der hatte wenigstens den Bratfisch!

Sie waren am See entlanggelaufen, bis sich der Wald lichtete und sie wieder auf freies Feld hinauskamen. Und dann entdeckten sie die verfaulten Balken eines ehemaligen Bauernhauses, in dessen halb freigelegten Keller Fors um ein Haar hinabgestürzt wäre.

Sein erstickter Ausruf wurde von einem Geräusch beantwortet, das seine Hand an den Schwertgriff fahren ließ. Er schoß herum, den blanken Stahl in der Hand. Aus einem Gebüsch schob sich ein häßlich nackter rosa Rüssel, und die Hauer eines wilden Tieres glänzten drohend im Sonnenlicht. Fors schleuderte Tasche und Bogen von sich und erwartete geduckt den gefährlichsten Angriff, den es gibt: den eines Keilers.

Und er kam – mit all der Wildheit und Wut, die Fors erwartet hatte. Er stieß zu, doch das Tier wich aus, so daß der Hieb ihm nur Kopf und Schulter ritzte. Es grunzte laut – und bekam Antwort. Fors' Kehle zog sich zusammen. Ein ganzes Rudel Wildschweine!

Aus dem Gebüsch vor ihm kam wütendes Schnaufen. Der Keiler warf den Kopf hoch und blies Schaum in die Luft. Die Augen in dem schwarzweiß gefleckten Gesicht waren rot und böse. Wieder das Quieken des Rudels, beantwortet diesmal von einem Fauchen. Fors atmete auf.

Lura hielt das Rudel in Schach. Vor ihren scharfen Krallen würden die jüngeren, schwächeren Tiere bald die Flucht ergreifen, aber dieser alte, kampferprobte Anführer . . . Da, er griff schon wieder an.

Fors warf sich nach links und stieß gleichzeitig zu. Der Streich verletzte den Keiler am Auge und riß ihm ein Ohr ab. Das Tier schüttelte den Kopf und quiekte. Der heftige Schmerz ließ es alle List vergessen; nur blind zustoßen wollte es noch, zertrampeln, töten!

Als Fors sah, wie sich die mächtigen Schultermuskeln spannten, trat er einen Schritt zurück, um besseren Stand zu haben. Dabei verfing sich sein Absatz in einer Spalte des morschen Holzes, das überall herumlag, und er saß fest wie in einer Falle. Während er sich noch zu befreien suchte, griff der Keiler zum drittenmal an.

Fors stürzte jetzt vornüber, fast direkt auf das angreifende Tier. Ein wilder Schmerz durchfuhr sein Bein; widerlicher Gestank stieg ihm in die Nase. Er stach blindlings zu und fühlte, wie sich die Klinge tief in den Tierkörper bohrte. Blut spritzte auf ihn und das Tier, und dann wurde Fors der vom Blut schlüpfrige Schwertgriff aus der Hand gerissen, als der Keiler sich befreien wollte. Das Tier wankte hinaus ins helle Sonnenlicht und fiel, das Schwert zwischen den Schultern, auf die Seite. Fors wiegte sich mit schmerzverzerrtem Gesicht hin und her; er versuchte, den Stoff seiner Hose rings um die böse, stark blutende Wunde an seinem linken Bein herunterzureißen.

Lura kam aus dem Gebüsch. Ihr sonst so sorgsam gepflegtes Fell hatte häßliche Flecke, und sie zeigte sich überaus selbstzufrieden. Als sie an dem toten Keiler vorbeikam, fauchte sie kurz und versetzte ihm einen Prankenhieb.

Fors löste seinen Absatz aus der verrotteten Planke und kroch zu seiner Tasche. Er brauchte Wasser, doch das würde Lura schon aufstöbern. Das schlimmste war, daß er eine Zeitlang das Bein nicht gebrauchen konnte. Er durfte von Glück sagen, wenn er nicht ein, zwei Tage hier liegenbleiben mußte.

Lura fand hinter dem Haus eine Quelle. Von Schmerzen gequält, schleppte er sich dorthin. Mit trockenen Zweigen machte er ein Feuer und setzte ein Töpfchen Wasser auf. Jetzt kam das Schlimmste; Keilerhauer waren immer voll Schmutz und somit gefährlich.

Mit zusammengebissenen Zähnen schnitt und riß er den Stoff seiner Hose entzwei, bis die noch immer blutende Wunde bloßlag. In das kochende Wasser gab er ein winziges Quantum der Wundsalbe aus seiner Tasche. Dann ließ er das Wasser abkühlen.

Er goß mehr als die Hälfte davon in seine Wunde. Seine Finger zitterten, als er sie in das restliche Wasser tauchte und dort etwa eine Minute badete, ehe er das Verbandspäckchen aufriß. Vorsichtig wusch er den Wundrand aus. Dann strich er etwas von der Salbe darauf und band eine Kompresse darüber. Die Blutung war zum Stillstand gekommen, doch die Wunde brannte wie Feuer vom Fuß bis herauf zur Hüfte. Aber gehorsam befolgte er alle Vorschriften, die ihm vom ersten Jagdausflug an eingedrillt worden waren.

Endlich konnte er das Feuer löschen und sich ausruhen. Lura leckte ihm sanft den Arm. Der Himmel hatte rosa und goldene Streifen; es ging auf den Abend zu, und er brauchte einen Unterschlupf. Sein

Bein war fast steif; beim Gehen mußte er sich an Bäumen und Sträuchern festhalten.

Lura lief voraus, und er folgte ihr, so gut es ging. Sie führte ihn zum besten Unterschlupf, den er seit dem Verlassen seines Dorfes gefunden hatte, einem Bauwerk aus Stein. Es besaß nur eine Tür, keine Fenster und war leicht zu verteidigen.

Er aß nichts als ein wenig getrockneten Mais. Lura sprang über den Steinwall, den er vor der Türöffnung aufgehäuft hatte, und ging auf Jagd, während Fors sein Feuerchen hütete und in die Nacht hinausstarrte. Unter den uralten Obstbäumen tanzten die Glühwürmchen. Er sah ihnen zu und trank einen Schluck aus der Wasserflasche. Der Schmerz im Bein hatte sich jetzt in ein Klopfen verwandelt. Bis hinauf in seinen Kopf hämmerte es. Klopf – klopf – klopf –

Und dann merkte Fors plötzlich, daß das Klopfen keineswegs von Schmerz und Fieber hervorgerufen wurde. Es war ein richtiger Ton, der da durch die Nacht dröhnte, eine Melodie und ein Rhythmus, ganz anders als alles, was er je gehört hatte. Aber irgend etwas daran erinnerte ihn an den seltsamen Gesang des Fischers. Es war, als werde der gleiche Takt jetzt auf einer Trommel geschlagen.

Fors fuhr hoch. Die Nacht war still und friedlich, bis auf dieses ferne Signal. Plötzlich brach es ab. Was konnte es bedeuten? Hier in der Ebene waren Geräusche weithin zu hören, und so eine Trommelbotschaft sicherlich über Meilen hinweg.

Da – wieder der Klang! Aber diesmal weit aus dem Süden, so leise, daß Fors fast meinte, es sich nur einzubilden.

Doch das konnte nicht sein. Es war die Antwort an den Trommler. Mit angehaltenem Atem zählte Fors die Sekunden – fünf, zehn, fünfzehn – Stille. Noch einmal stellte er sich den dunklen Fremden vor und kam wieder zu demselben Schluß: Er war kein Präriebewohner, sondern vermutlich ein Pionier, ein Entdecker aus dem Süden. Was suchte er hier in diesem Land?

IV

Noch vor Tagesanbruch begann es zu regnen, ein kräftiger Landregen, der nicht so bald wieder aufhören würde. Fors' Bein war steif; nur mühsam konnte er in den Schutz des Dachrestes kriechen. Lura schmiegte sich an ihn, doch Fors konnte nicht wieder einschlafen. Der Gedanke an die vor ihm liegenden Tage quälte ihn. Ein weiter Marsch würde die Wunde wieder aufreißen; außerdem glaubte er, leichtes Fieber zu haben. Trotzdem brauchte er Nahrung und einen besseren Unterschlupf. Und dann dieses Trommeln! Er sollte so schnell wie möglich aus der Nähe des Trommlers verschwinden.

Sobald es hell wurde, holte er die Karte noch einmal hervor und versuchte, seine Position zu bestimmen. Zwischen den einzelnen Punkten waren kleine rote Zahlen eingezeichnet – die Entfernungen in Kilometern, die die Alten gemessen hatten. Danach würde er noch etwa drei Tage brauchen bis zu der Stadt. Drei Tagereisen für einen starken, ausgeruhten Wanderer, aber nicht für einen Gehbehinderten. Ja, wenn er ein Pferd hätte . . .

Doch die Erinnerung an Jarl trieb ihm den Gedanken gleich wieder aus. Würde er, Fors, sich bei den Präriebewohnern ein Pferd einhandeln, so mußte Jarl davon hören. Und sich eins stehlen – unmöglich für einen Anfänger, noch dazu für einen verwundeten! Trotzdem wurde, entgegen aller Vernunft, der Wunsch nach einem Pferd immer stärker in ihm.

Lura war auf die Jagd gegangen. Fors zog sich hoch und biß vor Schmerzen die Zähne zusammen. Er brauchte einen Stock, wenn er sich fortbewegen wollte. In Reichweite fand er einen kräftigen Ast, der fast gerade war, und schnitt ihn mit seinem Messer zurecht. Mit seiner Hilfe konnte er umherhumpeln, und je mehr er sich bewegte, desto gelenkiger wurde sein Bein. Als Lura mit einem fetten Truthahn zurückkehrte, war Fors besserer Laune und freute sich aufs Frühstück.

Doch nachdem sie aufgebrochen waren, war seine Marschgeschwindigkeit erschreckend gering. Instinktiv schlug Fors den Weg ein, der ehemals den Bauernhof mit der Straße verbunden hatte, und wanderte, auf den Stock gestützt, langsam zwischen den wuchernden Büschen dahin.

Lura klagte ständig über das Wetter und das langsame Vorwärtskommen, doch sie unternahm keine Streifzüge wie sonst, sondern hielt sich dicht bei ihrem Freund. Und Fors sprach ständig auf sie ein.

Als der Weg in die Straße mündete, ging er auf dieser weiter, da sie in die gewünschte Richtung führte. Lura lief vor ihm her und machte immer wieder einen kurzen Abstecher in die Büsche.

Auf einmal kam sie aus dem Gestrüpp hervorgejagt und drückte

Fors mit ihrem Körper sanft auf den Graben zu, der neben der Straße lag. Er verstand die Warnung und gehorchte ihrem Drängen, so schnell er konnte. Und kaum lag er flach an den schmierigen roten Lehmboden gepreßt, da hörte er schon das Hufgetrappel, lange bevor die Herde in Sicht war. In ruhigem Trab kamen die Tiere die alte Straße entlang. Es waren Wildpferde ohne die aufgemalten Eigentumszeichen der Präriebewohner. Mehrere Stuten mit Fohlen waren dabei, ein paar Jährlinge und ein schnaubender, mit Kampfnarben bedeckter Hengst.

Eine Stute jedoch hatte kein Fohlen. Ihr rauhes, ungepflegtes Fell war braunrot, der verfilzte Schwanz und die Mähne tiefschwarz. Immer wieder blieb sie zurück und knabberte genüßlich am Laub, ein Verhalten, das ihr einen derben Anrempler des Hengstes eintrug. Sie wieherte, schlug aus und galoppierte davon, der Herde weit voraus. Fors sah ihr wehmütig nach. Hätte er zwei gesunde Beine gehabt, wäre die Stute genau das richtige für ihn gewesen. So aber mußte er sich den Gedanken aus dem Kopf schlagen.

Jetzt verschwand die Herde um eine Biegung. Mühsam kletterte Fors auf die Straße zurück. Lura trippelte ungeduldig auf den Vorderpfoten hin und her und sah den Tieren nach. Für sie waren sie einfach Fleisch, lecker und saftig. Nur zu gern hätte sie ihnen nachgesetzt. Aber auch Fors konnte die eigenwillige Stute nicht vergessen.

Bereits nach einer knappen Stunde trafen sie die Pferde wieder. Die Straße fiel plötzlich ab in ein Tal. Im hohen, fetten Gras weidete die Herde, während der Hengst am Abhang stand und Wache hielt.

Doch was Fors' Aufmerksamkeit als erstes auf sich zog, war das leere Gemäuer eines Hauses. Er leckte sich die Lippen. Dieser Umstand verschaffte ihm eine Chance – eine ganz kleine Chance.

Alles hing von Luras Mitarbeit ab, doch auf die Katze war Verlaß. Er versuchte, ihr im Geist ein Bild von dem zu malen, was er vorhatte, und dachte ganz langsam alle Punkte durch. Dann wiederholte er das Ganze noch einmal, und lautlos verschwand Lura im hohen Gras.

Fors wischte sich den Schweiß von der Stirn und kroch auf eine zerfallene Ziegelwand zu. Er schwang sich auf einen Vorsprung über dem größten Loch in der zerstörten Wand und löste das dünne, feste Seil von der Hüfte, das die Bergbewohner stets mit sich führten. Die mit einem Gewicht beschwerte Schlinge an einem Ende lag sicher in seiner Hand. Jetzt.

Er stieß einen Vogelruf aus; obgleich er nichts sah, wußte er, daß Lura auf ihrem Platz war.

Plötzlich warf die Stute den Kopf hoch, schnaubte und scheute vor einem dichten Gebüsch. Gleichzeitig stieg am anderen Ende des Tales der Hengst und stieß einen durchdringenden Warnruf aus. Doch er war zu weit entfernt und machte auch noch halt, um die übrige Herde in Sicherheit zu schicken, ehe er der Stute zu Hilfe kam. Sie wollte ihm folgen, doch Lura versperrte ihr den Weg in die Freiheit. Die Stute warf sich herum und kam auf die Ruine zugejagt, in der Fors wartete. Zweimal versuchte sie, zur Herde durchzubrechen; zweimal wurde sie in die entgegengesetzte Richtung zurückgedrängt.

Fors legte das Seil in Schleifen. Als schließlich die Stute mit entsetzt aufgerissenen Augen durch das Loch in der Mauer brach, warf er das Seil hinab und schlang gleichzeitig das andere Ende um einen rostigen Eisenträger, der aus dem Mauerwerk ragte. Der Schrei des erregten Hengstes, der das Tal entlanggedonnert kam, fuhr ihm in die Glieder. Er verstand nicht viel von Pferden, aber er ahnte, daß er sich jetzt in Gefahr befand.

Doch der Hengst kam nicht bis zur Ruine. Direkt vor ihm schoß Lura aus dem Gebüsch, hieb mit grausamen Pranken zu und jagte ihn fauchend davon.

Fors lehnte sich an einen Trümmerhaufen. Jetzt hatte er sie, die Stute, mit einem Strick um den Hals, der all ihrem Aufbäumen, ihren Versuchen, sich loszureißen, standhalten würde. Aber wie sollte er bei diesem sich wie wild gebärdenden Tier mit seinem lahmen Bein aufsitzen?

Nach einer Weile ließen die Kräfte der Stute nach. Sie stand mit gesenktem Kopf da; nur ein Schauer lief hier und da über die schweißnassen Flanken. Fors rührte sich nicht, begann aber, ihr leise und beruhigend zuzusprechen. Dann hinkte er ein paar Schritte näher. Sie warf den Kopf hoch und schnaubte. Doch er sprach weiter, immer in demselben monotonen Singsang. Schließlich war er nahe genug, um ihr rauhes Fell zu berühren, und dabei fuhr er zusammen. Auf dem Fell des Tieres entdeckte er verwaschene Farbe! Also war es das Tier eines Präriebewohners und zugeritten! Fors schluckte. Soviel Glück kam ihm fast verdächtig vor. Jetzt wagte er es auch, der Stute die Nüstern zu streicheln. Sie zitterte; dann wieherte sie. Er tätschelte ihren Rücken, und sie gab ihm spielerisch einen Nasenstüber. Fors lachte und zupfte an der wirren Stirnlocke des Tieres.

„Jetzt erinnerst du dich, was, altes Mädchen? Brav, brav!“

Blieb noch Lura – ein Problem, das so schnell wie möglich gelöst werden mußte. Er machte das Seil los und zog vorsichtig. Die Stute folgte ihm willig nach draußen. Witterte sie denn nicht die Katze? Vermutlich nicht, weil seine Kleider naß waren.

Er band die Stute an einen Baum und pfiff wieder den Vogelruf. Die Antwort kam von unten aus dem Tal. Lura folgte wohl der Herde. Fors sprach leise auf die Stute ein und wartete. Dann rieb er ihre Flanken mit Gras ab. Auf einmal fuhr sie zusammen und zitterte; er drehte sich um.

Hinter ihm saß Lura, den Schweif säuberlich um die Vorderpfoten geringelt. Sie gähnte, als interessiere sie sich nicht im geringsten für das Tier, das ihr Kamerad so liebevoll tätschelte.

Die Stute wich zurück, so weit es das Seil zuließ, und verdrehte die Augen. Lura ignorierte ihre Angst. Sie erhob sich, streckte sich und schritt würdevoll auf das Tier zu. Die Stute stieg und wieherte. Fors wollte Lura zurückdrängen, doch die große Katze stolzierte langsam im Kreis um das Pferd und inspizierte es von allen Seiten. Die Stute ließ sich wieder auf alle vier Beine fallen und drehte sich, die Katze immer im Auge, um sich selbst. Sie war offenbar verblüfft, daß der erwartete Angriff ausblieb.

Vielleicht verständigten sich die Tiere irgendwie, denn Lura wandte sich gleichgültig ab, und die Stute hörte auf zu zittern. Nach einer Stunde hatte Fors aus dem Seil einen Zügel und aus der Decke einen Sattel gemacht. Er kletterte auf einen Steinhaufen und legte das gesunde Bein über den Rücken der Stute.

Ihr Besitzer hatte sie gut zugeritten. Ihr Gang war so gleichmäßig, daß Fors, ungeübt, wie er war, sich im Sattel halten konnte. Er lenkte das Tier zurück auf die Straße, die ihn ins Tal geführt hatte.

Nach einer Weile klang das Geräusch der Hufe plötzlich anders, und Fors, der in Gedanken versunken gewesen war, blickte auf. Überall lagen Trümmerhaufen, die Reste ehemaliger Gebäude, und das Pferd suchte sich vorsichtig einen Weg über Straßenpflaster, in das lange, rostige Schienen gebettet waren. Fors hielt an. Die Ruinen standen immer dichter beisammen. Eine Stadt, vielleicht sogar eine größere.

Es lag etwas in der Atmosphäre, das ihn nervös machte, etwas, das ihn an den zerstörten Konvoi denken ließ. Es hing trotz des ständigen Regens in der Luft wie Nebel.

Nebel – jawohl, es war tatsächlich neblig! Wie schmutzige Watte zog er um die verrotteten Balken und Trümmerhügel, dick und angsteinflößend. Dieser Umstand setzte der Reise für heute ein Ende. Fors brauchte einen sicheren Platz, wo er unterkriechen und ein Feuer machten konnte, um seine Wunde zu versorgen. Und wo er Schutz vor dem Regen fand.

Sie kamen schließlich an einen Hügel mit einem weißen Gebäude darauf, das noch ein Dach besaß. Da der Hügel nur von wenigen Büschen bewachsen war und man von oben einen ungehinderten Blick über die Umgebung hatte, hielt Fors entschlossen darauf zu.

Zu seiner Enttäuschung deckte das Dach nur einen Teil des Gebäudes. Es handelte sich um ein Amphitheater. Nur der äußere Ring war überdacht, barg jedoch eine Reihe kleinerer Räume, und in einem davon schlug Fors sein Lager auf. Die Stute band er an eine Säule und fütterte sie mit Gras und ein wenig getrocknetem Mais, den sie offenbar liebte.

Beide Tiere stillten ihren Durst aus kleinen Pfützen, und Fors schichtete abgerissene Zweige dicht hinter einer Mauer – damit man es von unten nicht sehen konnte – für ein Feuer auf. Bald brodelte das Wasser im Topf, und er machte sich daran, seine Wunde frisch zu verbinden. Die Salbe hatte gewirkt. Die Wunde war sauber und nicht entzündet, und an den Rändern begann sie bereits zu heilen. Nur eine Narbe würde er davontragen.

Lura machte keine Anstalten, auf Jagd zu gehen, obgleich sie hungrig sein mußte. Sie lag beim Feuer und starrte stumm in die Flammen. Er drängte sie nicht, jagen zu gehen. Sie war ein erfahrener Jäger, und wenn sie es vorzog hierzubleiben, so mußte sie einen Grund haben.

So gingen sie also hungrig zu Bett. Alles blieb still.

Fors konnte nicht einschlafen; auch Lura war noch wach. Er spürte ihre Unruhe, noch bevor er sie auf die Tür zuschleichen sah. Er kroch hinterher, um sein Bein zu schonen. Unter dem äußeren Portikus des Gebäudes machte sie halt und blickte auf die schwarzen Ruinen der Stadt hinab. Und dann sah auch er, was sie zurückhielt: das Flackern eines Feuers weit im Norden.

Also gab es hier doch lebende Wesen! Prärieleute konnten es nicht sein; die hielten sich fern von Ruinen. Und die Tierwesen – kannten die das Feuer? Niemand wußte etwas über das Maß ihrer Intelligenz und über ihre Zivilisation.

Der Wunsch, die Stute zu besteigen und zu dem fernen Feuer zu reiten, war stark. Feuer und Gesellschaft – ein verführerischer Gedanke!

Doch dann hörte er es: einen leisen Chor von kläffenden, heulenden Stimmen. Luras Fell sträubte sich. Sie fauchte, rührte sich aber nicht. Das Geschrei war weit entfernt; es kam aus der Richtung des Feuers. Die Urheber des Lärms waren vermutlich von den Flammen herbeigelockt worden.

Fors schauderte. Er konnte nichts tun, konnte dem, der das Feuer entzündet hatte, nicht helfen. Dazu war die Entfernung zu groß. Und jetzt . . . Jetzt war es dunkel da hinten! Der freundliche rote Schein war verschwunden!

V

Fors kroch hinaus in die Morgensonne. Er hatte schlecht geschlafen und war ganz steif, doch seine Wunde heilte, und nachdem er sich etwas bewegt und von Luras Jagdbeute ein herzhaftes Frühstück bereitet hatte, fiel es ihm nicht allzu schwer, auf den Rücken der Stute zu klettern.

Er mußte hinüberreiten und feststellen, was während der Nacht geschehen war, dort, wo das Feuer gebrannt hatte.

Nicht lange, und sie kamen an eine Stelle, wo ein Brand gewütet haben mußte. Der Boden war schwarz; hier und da blühten zwischen rußigem Gestein gelbe, weiße und blaue Blumen. Rote Kletterpflanzen überzogen uralte Mauern. Katze und Pferd bewegten sich mit äußerster Vorsicht.

Am anderen Ende der verbrannten Zone fanden sie den nächtlichen Kampfplatz. Fors saß ab und humpelte dorthin, wo das Gras zertrampelt war.

Auf dem blutgetränkten Boden lagen zwei sauber abgenagte Häufchen Knochen. Auch Schädelknochen waren dabei, doch sie stammten nicht von Wesen seiner Rasse. Solche langen, schmalen Köpfe mit so grausamen gelben Zähnen hatte er noch nie gesehen. Dann sah er Metall blinken und hob einen zerbrochenen Speer auf, dessen Schaft dicht über der Spitze abgeknickt war. Und dieser Speer kam ihm bekannt vor! Er gehörte dem Jäger auf der Insel!

Fors schritt den Kampfplatz ab. Er fand ein weiteres dieser seltsamen Skelette, aber von dem Jäger entdeckte er keine Spur.

Lura zeigte ausgesprochene Abneigung gegen die Knochen, doch nun stand sie auf den Hinterbeinen und schnüffelte an einem großen Haufen aus Steinen und Ziegeln.

So war das also gewesen! Der Jäger war von dem Angriff keineswegs überrascht worden, sondern hatte sich noch auf diesen Schutthügel retten können, von wo aus er die Angreifer abwehren und die Verwundeten und Toten den scharfen Zähnen der eigenen Artgenossen überlassen konnte. Er selber mußte entkommen sein.

Fors fuhr mit dem Fuß noch einmal durch das Gestrüpp, um ganz sicherzugehen. Und da rollte ihm etwas Rundes, Braunes vor die Füße. Er hob es auf und hielt eine kleine, blank polierte Trommel aus dunklem Holz in der Hand, deren ledernes Fell so straff gespannt war, daß es fast wie Metall wirkte. Die Signaltrommel! Unwillkürlich schlug er auf das glatte Fell und zuckte bei dem dröhnenden Ton, den die Berührung hervorrief, erschrocken zusammen.

Als er weiterritt, nahm er die Trommel mit. Warum, wußte er selber nicht, aber dieses bei seinem Volk gänzlich unbekannte Signalinstrument faszinierte ihn.

Nach einer halben Stunde lagen die Ruinen weit hinter ihm. Er war froh, wieder im offenen Gelände zu sein. Er ritt gemächlich dahin und hielt Ausschau nach irgendwelchen Zeichen, die die Anwesenheit des Jägers verrieten. Er war überzeugt, daß der Mann, genau wie er, nach Norden strebte. Und ohne die Trommel konnte er keine Signale mehr geben.

Die nächsten zwei Tage verliefen ruhig. Hierher war anscheinend noch kein Präriebewohner gekommen, denn das Land war ein Paradies für Jäger. Lura genoß die Gelegenheit und versorgte Fors überreichlich mit Nahrung.

Zwei weitere Ortschaften umgingen sie, denn die düsteren, modrigen Ruinen schreckten sie ab. Da sich sein Bein wesentlich gebessert hatte, ging Fors jeden Tag ein Stückchen zu Fuß, um die Muskeln zu trainieren.

Am Morgen des vierten Tages stießen sie auf windgeformte Dünen und sahen den großen, sagenhaften See. Weit und endlos dehnte sich die blaue Wasserfläche; sie mußte fast ebenso groß sein wie das ferne Meer. Überall lag gebleichtes Treibholz am Strand, und Lura untersuchte begeistert die vielen toten Fische. Anscheinend hatte es hier ein schweres Unwetter gegeben.

Das also war der See! Und irgendwo an seinem Ufer mußte die Stadt liegen, die sein Vater gesucht hatte. Fors hockte sich in den Windschatten einer Düne und studierte die Karte. Die letzte Stadt hatte er westlich umgangen; also mußte er sich diesmal nach Osten halten. Er konnte am Ufer entlangreiten . . .

Doch der Sand erschwerte das Vorwärtskommen; das Pferd sank zu tief ein. Also gab er es auf und lenkte das Tier weiter landeinwärts auf festeren Boden. Nach wenigen Metern schon war er auf einer Straße; und da sie am Wasser entlangführte, ritt er auf ihr weiter, bis wieder die altvertrauten Schutthügel auftauchten. Doch diesmal waren es die Ruinen einer weit größeren Stadt, denn vor ihm in der Ferne ragten, von der Morgensonne beschienen, riesige Türme in den Himmel. Dies war eine der Metropolen, eine der großen Turmstädte! Und es war keine „blaue" Stadt, sonst hätte er in der Nacht zuvor schon das Zeichen am Himmel gesehen.

Seine Stadt! Langdon hatte recht gehabt. Sie war ein unberührtes Vorratslager, das nur darauf wartete, von den Bergbewohnern geplündert zu werden. Fors rief sich die Vorschriften ins Gedächtnis zurück. Bibliotheken mußte er suchen. Und Geschäfte, speziell solche, die Eisenwaren, Papier und ähnliches führten. Lebensmittel durfte man nicht anrühren, auch wenn die Behälter intakt waren. Experimente dieser Art hatten schon oft zu Vergiftungen geführt. Krankenhausartikel waren am wertvollsten, doch die mußten von einem Fachmann ausgewählt werden. Unbekannte Drogen bargen Gefahr.

Am besten nahm er von allem, was er fand, ein paar Proben mit – Bücher, Schreibwaren, Landkarten. Und mit der Stute konnte er eine hübsche Menge transportieren.

Hier hatte es auch gebrannt. Er ritt weite Strecken durch Asche. Doch die Türme schienen kaum zerstört.

Die Straße, der sie folgten, verengte sich zu einer schmalen Schlucht zwischen hoch aufragenden Häuserruinen, deren obere

Stockwerke eingestürzt waren und nun als Trümmerhaufen stellenweise die Straße gänzlich blockierten. Hier standen unzählige dieser Maschinen herum, in denen die Alten die Straßen befahren hatten. Und hier gab es Skelette – ein ganzes Heer von Toten. Die Bevölkerung dieser Stadt mußte an einer Seuche gestorben sein oder an Gas oder an der Strahlungskrankheit. Doch Sonne, Wind und Aasfresser hatten mit der Fäulnis des Todes aufgeräumt und nur noch übriggelassen, was niemand mehr Schaden zufügen konnte.

Noch versuchte Fors nicht, die überwucherten Höhlen zu erforschen, die einstigen Erdgeschosse jener Gebäude. Jetzt wollte er lediglich bis ins Herz der Stadt vordringen, zu den Türmen, deren Anblick ihn bis hierher geleitet hatte. Doch ehe er sein Ziel erreichte, traf er auf ein Hindernis.

Es war ein tiefer Graben, der die Stadt in zwei Hälften teilte. Auf seinem Grund wälzte sich, von Brücken überspannt, ein breiter Fluß dahin. An eine dieser Brücken führte ihn die Straße, doch davor türmte sich ein riesiger Berg rostigen Metalls zu einer unüberwindlichen Mauer auf. Die Brücke lag in Trümmern; Fors hätte vielleicht über die Stahlträger klettern können, aber die Tiere nicht. Am besten umging er das Stadtzentrum und überquerte den Fluß im Süden, denn soweit er sehen konnte, waren auch alle anderen Brücken von solchen Metallhaufen blockiert.

Eine Nebenstraße, die ebenfalls mit rostigen Maschinen vollstand, führte ihn Richtung Süden, und die drei – Mann, Katze und Pferd – arbeiteten sich langsam vorwärts. Hier standen auf rostigroten Schienen viele Züge – die ersten, die Fors sah. Zwei waren zusammengestoßen, die Lokomotiven ineinandergeschoben.

Fors schauderte und suchte sich einen Weg an den verrosteten Zügen entlang. Dann entdeckte er einen Durchlaß, und er hatte Glück: Auf dem Fluß hatten sich Kähne befunden. Sie waren gesunken und bildeten nun eine etwas unsichere Brücke über das Wasser. In der Mitte klaffte zwar eine Lücke, durch die das Wasser in mächtigen Strudeln schoß, doch die Stute gelangte mit einem gewaltigen Satz auf die andere Seite. Lura folgte.

Weitere dunkle Straßen mit hohläugigen Häusern führten ihn endlich in die Nähe der Türme. Über ihm schrien Vögel; hier und da huschte ein bräunliches Tier durch die Trümmer. Dann stieß er auf eine Glaswand, die zwar wie durch ein Wunder heil geblieben, aber so verschmutzt war, daß er nicht sehen konnte, was dahinter lag. Er saß ab, ging hin und wischte mit der Hand über die staubige Fläche.

Was er durch sein Guckloch sah, ließ ihn zurückfahren; doch dann fielen ihm die Erzählungen der Sternmänner ein. Das waren nicht die Alten selbst, die da in der Höhle standen, sondern ihnen nachgebildete Puppen, die dazu dienten, Kleider zur Schau zu stellen. Er drückte seine Nase an der Scheibe platt und starrte auf die drei Frauen, an denen noch Fetzen modernden Stoffes hingen. Bei der ersten Berührung, das wußte er, würden sie zu Staub zerfallen.

Es gab noch viele andere Schaufenster, aber die hatten kein Glas mehr und waren leer. Durch alle Fenster konnte man in die dahinterliegenden Läden eindringen, doch Fors hatte anderes zu tun, bevor er derartige Streifzüge unternehmen würde.

Langsam ging er weiter, die Stute am Zügel, Lura als Pfadfinder vorausschickend. Doch keines der Tiere schien große Lust zu haben, sich weit von ihm zu entfernen. Das Geräusch eines rollenden Steines, Vogelschreie – das alles hallte unheimlich in den leeren Gebäuden wider. Zum erstenmal sehnte er sich nach einem menschlichen Begleiter. Dann wäre ihm wohler gewesen, hier, wo nur die Toten regierten.

Die Sonne stand hoch und wurde von der zerbrochenen Fensterscheibe eines Ladens reflektiert. Fors stieg über ein in den Beton eingelassenes Eisengitter und sah Ringe, viele Ringe, manche mit glitzernden Steinen – Brillanten, wie er glaubte. Vorsichtig suchte er sie aus Staub und Trümmern heraus. Die meisten waren zu klein für seine Hand, aber vier der schönsten steckte er ein, vielleicht mit dem Gedanken, damit zu Hause Eindruck machen zu können. Einer davon war ziemlich breit und trug einen tiefroten Stein; der schien wie gemacht für ihn, und vergnügt schob er ihn auf den Mittelfinger. Er wollte ihn als Talisman tragen.

Doch Nahrung war im Augenblick wichtiger als glitzernde Steine, und hier war nichts als eine Steinwüste. Um einen Lagerplatz zu finden, mußte er zum Stadtrand reiten; aber nicht zum Platz der Züge. Es war besser, wenn er die Stadt in ihrem ganzen Ausmaß kennenlernte und darum quer durch sie hindurchritt.

Unterwegs merkte sich Fors alle Läden, die ihm einer näheren Inspektion wert schienen. Der Weg durch die mit Trümmern übersäten Straßen war beschwerlich. Außerdem begann sein Bein wieder zu schmerzen, und auch der Magen rebellierte. Lura protestierte; auch sie trieb es hinaus aus dieser Steinwüste, hinaus auf die Felder, wo sie jagen konnte.

Nach drei Stunden erreichten sie einen Zauberwald. Das heißt, Fors schien es einer zu sein. Ein wuchernder, grüner Streifen inmitten der grauen Einöde! Früher einmal mochte es wohl ein Park gewesen sein, jetzt aber war es ein richtiger Wald, den Lura freudig begrüßte. Auch die Stute wieherte vergnügt und brach durch die Büsche, bis sie ans Ufer eines grünüberzogenen Sees kam. Große rotgoldene Fische schwammen eiligst davon, denn das Tier stand mit allen vieren im Wasser und trank.

Fors ließ sich auf einem breiten Stein nieder und zog die Stiefel aus, um seine brennenden Füße auszuruhen. Über das Wasser kam eine leichte Brise und kühlte seinen verschwitzten Körper. Gegenüber, am anderen Ufer, führten breite weiße Stufen, geborsten und moosüberzogen, zu einem weißen Gebäude hinauf.

Weiches Dämmerlicht lag über dem See. Solange es noch hell genug war, unternahm Fors einen Streifzug hinüber zu dem Gebäude mit dem Säulenvorbau oben an der Treppe. Es handelte sich um ein Museum, eines von jenen Schatzhäusern, die ganz oben auf der Liste der Sternmänner standen; eine Fundgrube unermeßlicher Werte! Er wanderte durch die hohen Räume, wischte den Staub von Vitrinen und versuchte die verblaßte Schrift zu entziffern.

Doch die Dunkelheit drängte ihn, im Vorhof Schutz zu suchen. Morgen war Zeit genug, den Wert seiner Funde abzuschätzen. Ach was, morgen! Endlos hatte er Zeit, alles, was diese Stadt barg, zu sichten und zu sortieren! Er hatte ja noch nicht einmal begonnen.

Aus dem Schatten tauchte Lura auf; auf leichten Pfoten kam sie die moosigen Stufen vom Wasser herauf. Und auch die Stute trabte ungerufen herbei; ihre Hufe klapperten auf dem geborstenen Marmor. Es war fast, als suchten sie in der fremden, unheimlichen Welt seinen Schutz und seine Nähe. Und doch spürte er hier nicht die Unruhe, die ihn inmitten der Ruinen gequält hatte. Dieser Wald barg kein Entsetzen.

Trotzdem erhob er sich und suchte alle trockenen Zweige zusammen, die er finden konnte. Lura saß wie eine Statue oben an der Treppe und beobachtete ihn und die Umgebung. Auch die Stute wagte sich nicht mehr ins Freie.

Schließlich, als seine Hände bereits vor Müdigkeit zitterten, der seltsame Zwang ihn aber immer noch zu weiteren Vorsichtsmaßnahmen trieb, legte Fors seinen Bogen griffbereit neben sich und lockerte das Schwert in der Scheide. Der Wind hatte sich gelegt. Es war fast drückend warm.

Dann gab es einen Donnerschlag, und ein violetter Blitz zuckte über den südlichen Horizont. Ein Gewitter ohne Regen, aber vielleicht kam der Regen noch. Das war es vermutlich, was die Atmosphäre so aufgeladen hatte. Doch Fors ließ sich nicht täuschen. Dort draußen in der Nacht wartete noch etwas anderes.

Lura sah ihn über das Feuer hinweg an, die blauen Augen leuchteten im Licht der Flammen wie Topas. Sie schnurrte heiser, beruhigend. Fors entspannte sich. Luras Verhalten war das beste Gegenmittel für düstere Gedanken. Aus der Tasche holte er das Fahrtenbuch und begann, seine Beobachtungen, die er während des Tages gemacht hatte, gewissenhaft einzutragen.

VI

FORS erwachte mit Kopfschmerzen und der undeutlichen Erinnerung an schlechte Träume. Sein Bein schmerzte, doch als er nachsah, fand er kein Zeichen für eine gefürchtete Entzündung. Er hätte gern im See gebadet, wagte es aber nicht, solange sich die Wunde nicht geschlossen hatte, und begnügte sich damit, im seichten Wasser ein wenig herumzuplanschen.

Drinnen im Museum war die Luft modrig. Augenlose Masken hingen an den Wänden, und als er einige der ausgestellten Schwerter und Messer ausprobierte, zerbrachen sie in kleine Stücke.

Er nahm nur sehr wenig mit; das meiste war entweder zu groß oder zu zerbrechlich zum Transport. Er wählte aus einer Vitrine, auf der „Ägypten“ stand, ein paar kleine Figurinen und vom Nachbarregal einen klobigen Ring mit einem geschnitzten Käfer. Zum Schluß nahm er noch einen kleinen schwarzen Panther mit, der ihm glatt und kühl in der Hand lag und dem er nicht widerstehen konnte.

Die Stute verließ den Wald nur unwillig. Fors ritt langsam, da er sehen wollte, was hinter den noch vorhandenen Glasscherben der Fenster in den Geschäften zu holen war.

Im vierten Laden, den er betrat, fand er herrliche Dinge. Ein noch unzerstörter Glasschrank enthielt einen Schatz, der größer war als alles, was das Museum zu bieten hatte: ganze Kästen voller Papierblöcke und Bleistifte!

Das Papier war natürlich vergilbt und brüchig, doch im Bergdorf konnte man es zu neuen, brauchbaren Blättern verarbeiten. Und die Bleistifte! In einer Schachtel fand er sogar farbige! Mit seinem Jagdmesser spitzte er zwei davon an und zog herrlich rote und grüne Striche über den staubigen Boden. Die Stifte mußte er alle mitnehmen. Hinten im Laden fand er einen Metallbehälter; er stopfte ihn voll mit allem, was hineinging. Dies alles – und nur aus einem einzigen Laden! Welche Reichtümer mußte die Stadt bergen!

Hier konnten die Männer des Bergdorfes nach Herzenslust plündern. Es würde Jahre dauern, bis alles geborgen war. Die einzigen sicheren Städte, die sie bisher entdeckt hatten, waren schon anderen Stämmen bekannt und fast gänzlich ausgeräumt gewesen. Oder die Tierwesen hausten dort und machten das Gebiet gefährlich.

Fors marschierte weiter, über Glasscherben und Trümmerhaufen. Viele Geschäfte waren von Schuttmassen geradezu verbarrikadiert. Erst mehrere Häuserblocks weiter fand er einen zweiten begehbaren Laden; wie der erste vom Tag zuvor enthielt er Schmuck und Ringe. Doch hier herrschte wildes Durcheinander, als sei er bereits geplündert worden. Behälter lagen herum, der Fußboden war bedeckt mit Glas-, Metall- und Steintrümmern. Gerade als er sich wieder zum Gehen wandte, fiel sein Blick auf etwas, das ihn zurückhielt.

Auf dem Boden lag ein Klumpen Lehm, hart und trocken. Und tief hineingedrückt war ein Teil einer Fußspur. Eine ähnliche Spur hatte er schon einmal gesehen – bei der Blutlache des Rehs! Diese langen, schmalen Zehenabdrücke mit den Krallen daran konnte er nicht vergessen. Die damalige Spur war frisch gewesen; diese hingegen war alt, Monate, vielleicht Jahre alt. Unter seiner Berührung zerfiel der Lehm zu Staub. Fors lief aus dem Laden und lehnte sich an eine zerfallene Mauer. Der Instinkt, der ihn zur Flucht getrieben hatte, ließ ihn nun aufmerksam die Straße entlangblicken.

In den leeren Fensterhöhlen der Häuser nisteten Vögel; ununterbrochen flogen sie ein und aus. Und kaum zehn Fuß entfernt von Fors saß auf einem Steinhaufen eine große graue Ratte und beobachtete ihn mit fast intelligentem Gesichtsausdruck.

Fors rief Lura herbei. Mit der Katze an seiner Seite fühlte er sich sicherer.

Während der nächsten Stunde wanderte er etwa einen Kilometer die Hauptstraße entlang und betrat nur solche Gebäude, die Lura für sicher erklärte. Die Stute trug bereits eine stattliche Anzahl Bündel; er würde das Wertvollste heraussuchen müssen. Den Rest konnte er im Museum verstecken und die weitere Inspektion der Stadt den Fachleuten des Bergdorfes überlassen. Und je eher er sich auf den Rückweg machte, desto mehr Zeit blieb zu diesen Unternehmungen.

Es wurde immer heißer, und er beschloß, umzukehren und seine Fundstücke zu sortieren. Doch als sie an dem Laden vorüberkamen, wo er das Papier entdeckt hatte, ging er rasch noch einmal hinein, um all dem, was er zurücklassen mußte, einen letzten Blick zu schenken. Die Sonne legte ein breites, grelles Band über den Boden und brachte die Farbstriche, die er gezogen hatte, zum Leuchten. Aber was war das? Er hatte doch vorhin weder einen gelben noch einen blauen Stift gebraucht!

Jetzt aber kreuzten kräftige gelbe und blaue Striche seine roten und grünen wie eine Herausforderung. Und die Schachtel mit den Bleistiften, die er zum Mitnehmen bereitgestellt hatte, war geöffnet, und zwei waren sogar verschwunden!

Auf dem staubigen Boden sah er Fußspuren – von seinen eigenen Stiefeln, und quer darüber entdeckte er einen weniger konturenscharfen Abdruck. Und in die Ecke neben der Tür hatte jemand einen Kirschkern gespuckt!

Fors pfiff Lura herbei. Sie untersuchte die Spuren und wartete auf seine Befehle, doch sie zeigte durchaus nicht den Abscheu, den sie angesichts der anderen Spur an den Tag gelegt hatte. Dieser Abdruck mußte von einem herumstreifenden Präriebewohner stammen, und das war ein weiterer Grund zur Eile. Man mußte hiersein, um so bald wie möglich Ansprüche geltend machen zu können. Schon allzuoft waren den Bergbewohnern andere Stämme zuvorgekommen.

Im Museum breitete Fors seine Schätze auf dem Boden aus. Die Wahl war schwer, doch schließlich hatte er ein Bündel zusammengestellt, das sowohl den Wert seiner Entdeckung als auch seine Klugheit bei der Auswahl unter Beweis stellte. Alles übrige konnte er bis zu seiner Rückkehr irgendwo in den weiten Sälen des Museums verbergen.

Er seufzte, als er ordnete, was er zurücklassen mußte. Schade, es waren so viele schöne und wertvolle Dinge darunter! Die Trommel fiel ihm in die Hand, und gedankenverloren spielte er darauf. Der eigenartige Klang dröhnte weit durch die Säle.

Als er verebbte, glitt Lura herein, die Augen unheimlich glühend. Jede ihrer Bewegungen drückte Hast und Dringlichkeit aus. Er sollte mit ihr kommen, und zwar sofort. Fors ließ die Trommel fallen und griff nach dem Bogen. Lura stand schon an der Tür; ihr Schweif zuckte.

Mit zwei Sätzen war sie die Treppe hinabgerannt. Fors folgte ihr, ohne Rücksicht auf sein krankes Bein. Die Stute stand ruhig im seichten Wasser des Sees. Lura lief weiter, durch Bäume und Dickicht tief in den Wald hinein. Fors blieb etwas zurück; er konnte sich nicht so schnell durch das grüne Gewirr hindurcharbeiten.

Er war noch nicht weit gekommen, da hörte er es: einen schwachen, stöhnenden Laut, fast einen Seufzer. Er steigerte sich zu heiserem Krächzen, zu dumpfen Worten, die er nicht verstand. Aber sie kamen aus einem menschlichen Mund! Zu einem Tierwesen hätte Lura ihn, Fors, niemals geholt.

Der Strom der fremden Worte erstarb in einem neuen Stöhnen, das vor ihm aus dem Boden zu kommen schien. Fors scheute zurück vor einer weiten, ebenen Fläche aus trockenem Gras und Blättern, die vor ihm auf dem Boden ausgebreitet lagen. Lura verharrte eng an den Boden gepreßt und streckte prüfend die Tatze aus, ohne auf die verdächtige Fläche zu treten.

Einer von den Kratern, die es überall gibt, dachte Fors zunächst. Dann sah er ein Loch in der Grasdecke, drüben am anderen Ende. Vorsichtig turnte er hinüber, wobei er an herausragenden Baumwurzeln und struppigem Buschwerk Halt suchte.

Aus dem Loch stieg ekelerregender Gestank auf. Fors ließ sich auf die Knie nieder und spähte suchend in die dunkle Tiefe. Das Loch war eine hinterlistige Falle, kunstvoll konstruiert und geschickt getarnt durch die Grasdecke! Und sie hatte bereits ihre Opfer gefordert. Ein kleines Reh war wohl schon seit Tagen tot, doch das andere Lebewesen, das Fors sich schwach bewegen sah, konnte erst seit kurzem hier liegen. Die aufgespießte Schulter blutete stark.

Spitze Pfähle waren in den Boden gerammt, um die in die Falle Geratenen hier unten festzuhalten und sie eines grausigen Todes sterben zu lassen. Und der Mann, der dort halb hing, halb lag, war diesem Tod nur um Haaresbreite entgangen.

Er hatte versucht loszukommen; Beweis dafür war die klaffende Wunde. Doch all seine Kraft hatte ihm nichts geholfen. Fors schätzte den Raum zwischen den Pfählen ab und sah sich dann nach einem kräftigen Baum um.

Er holte sein Kletterseil und knüpfte eine Schlinge. Der Mann in der Falle starrte mit glasigen Augen zu ihm herauf. Ob er sah oder verstand, was sein Retter vorhatte, war nicht zu erkennen. Fors befestigte das Ende des Seils an einem seiner Pfeile und schoß es über den Ast, der der Falle am nächsten war.

Schnell verknotete er es dann am Baum und ließ sich, das andere Ende in der Hand, vorsichtig in das Loch hinab. Ein Schwarm schwarzer Fliegen erhob sich; wütend schlug Fors sie beiseite und näherte sich dem halb Bewußtlosen. Der Gürtel, den der Fremde um die Hüften trug, schien haltbar genug. Fors knotete das Seil daran fest.

Der Weg hinauf war schwieriger, da die Konstrukteure der Falle alles getan hatten, um ein Entkommen zu verhindern. Doch nach einem Erdrutsch an der einen Seite bekam Fors einigen Halt, und so kämpfte er sich wieder nach oben. Es war klar, daß die Erbauer die Falle seit langem nicht mehr besucht hatten; trotzdem hieß Fors Lura Wache halten.

Er löste das Seil von dem Baum und wickelte es sich um die Hände. Lura kam unaufgefordert herbei und nahm das herabhängende Ende zwischen die Zähne. Gemeinsam zogen sie mit aller Kraft und erhielten als Antwort einen wilden Schmerzensschrei. Doch Fors ließ nicht nach und zog weiter, langsam, Schritt für Schritt.

Aus dem schwarzen Loch tauchten der schlaff herabhängende Kopf und die blutigen Schultern des Fremden auf. Fors machte das Seil fest und beeilte sich, den leblosen Körper auf festen Boden zu ziehen und ihn vom Seil zu befreien. Seine Hände waren naß von Blut. Hier, im hellen Sonnenlicht, erkannte er in dem Bewußtlosen den Jäger von der Insel. Doch sein mächtiger Körper war kraftlos und sein Gesicht unter der braunen Haut grünlich-fahl. Er mußte ihn zum Museum schaffen, aber wie? Tragen konnte er ihn nicht – nicht mit seinem verwundeten Bein . . .

Es knackte im Gebüsch. Fors stürzte zu seinem Bogen, den er abgelegt hatte. Doch es war Lura, und sie trieb die Stute vor sich her, die, als sie das Blut roch, wild die Augen rollte und ausbrechen wollte. Gemeinsam mit Lura brachte Fors sie zur Vernunft, und sie hielt still, als Fors ihr seinen Patienten quer über den Rücken legte.

Im Museum angelangt, stieß er einen erleichterten Seufzer aus. Er legte den Fremden auf seine Decke. Der hatte die Augen jetzt wieder aufgeschlagen, und nun lag auch wieder Begreifen in seinem Blick. Der Mann war jung, kaum älter als Fors – trotz seiner männlichen Gestalt mit den breiten, muskulösen Schultern. Geduldig wartend lag er da und sah zu, wie Fors ein Feuer entzündete und die Salbe herausholte.

Der Pfahl hatte ein böses Loch in die Schulter gerissen, aber, wie Fors erleichtert feststellte, keinen Knochen verletzt. Falls keine Entzündung eintrat, würde sich der Mann bald erholen.

Die Wundbehandlung mußte dem Fremden furchtbare Schmerzen bereitet haben, doch kein Laut war über seine Lippen gekommen. Mit der gesunden Hand deutete er auf eine Tasche an seinem Gürtel; Fors machte sie los. Mit bebenden Fingern suchte der Verletzte einen kleinen weißen Beutel heraus und schob ihn seinem Retter in die Hand, während er mit dem Daumen auf den Wassertopf deutete, den Fors während seiner Samariterarbeit benutzt hatte. Der Beutel enthielt ein grobes braunes Pulver. Fors holte frisches Wasser, schüttete ein wenig von dem Pulver hinein und setzte den Topf wieder aufs Feuer. Sein Patient nickte und lächelte schwach. Dann zeigte er auf sich. „Arskane . . .", erklärte er.

Auch Fors stellte sich vor, ehe er auf Lura deutete: „Lura."

Arskane nickte und sagte etwas mit seiner tiefen, fast rollenden Stimme, die ähnlich klang wie die Trommel.

Fors runzelte die Stirn; manche der Wörter erinnerten an seine eigene Sprache. Doch der Akzent war anders – schleppender. Jetzt versuchte er sein Glück. „Ich bin Fors vom Puma-Klan aus den rauchenden Bergen . . ." Mit Gesten versuchte er, seine Worte zu übersetzen.

Doch Arskane seufzte. Sein Gesicht war abgespannt, die Augen hatte er geschlossen. Fors stützte das Kinn in die Hand und starrte ins Feuer. Dies änderte seine Pläne. Er konnte den hilflosen Arskane nicht allein hier zurücklassen. Und der wiederum würde noch tagelang marschunfähig sein.

Das kochende Wasser strömte einen würzigen Duft aus – neu für ihn, aber angenehm. Er schnupperte, als das Wasser sich langsam braun färbte; dann nahm er den Topf vom Feuer in der Annahme, daß es wohl so richtig sei. Arskane wandte den Kopf. Er lächelte, als er den Dampf aufsteigen sah, und gab zu erkennen, daß er trinken wolle.

Aha, das war also eine Medizin! Fors wartete, bis die Brühe kühler wurde, stützte den dunklen Kopf des Fremden vorsichtig mit seinem Arm und hielt den Topf an die dürstenden Lippen. Das Gefäß war halb leer, als Arskane winkte, er habe genug. Mit einer Handbewegung forderte er Fors auf, auch etwas zu trinken, doch ein Schluck genügte dem Bergbewohner. Das Zeug schmeckte scheußlich!

Den ganzen Nachmittag über arbeitete Fors angestrengt. Er jagte mit Lura, vergrößerte den Stapel Feuerholz und sammelte eine Unmenge Beeren. Als er sich schließlich erschöpft am Feuer ausstreckte, schmerzte sein Bein wieder so sehr, daß er sich kaum noch rühren konnte, aber sie hatten nun Proviant für mehrere Tage. Die Stute hatte eine Neigung zum Umherstreunen gezeigt, also schloß er sie für die Nacht in einen der großen Korridore ein.

Nach dem Fieberschlaf am Nachmittag war Arskane jetzt wieder wach und sah zu, wie Fors ein paar Vögel aus seiner Jagdbeute zubereitete. Er aß, wenn auch nicht viel. Fors machte sich Sorgen; die Pfähle konnten mit Gift präpariert gewesen sein, und er hatte nichts, um das zu bekämpfen. Er wärmte das bittere braune Wasser auf und sorgte dafür, daß Arskane es bis zum letzten Tropfen austrank. Wenn die Brühe guttat, brauchte der große Mann dringend jeden Schluck.

Als es dunkel wurde, schlummerte der Patient wieder ein, Fors jedoch wachte am Feuer. Die Falle beschäftigte ihn. Sicher, den Anzeichen nach war sie seit langem nicht mehr aufgesucht worden, doch man hatte viel Zeit und Mühe auf ihre Konstruktion verwandt, und diese Konstruktion war ebenso listig wie grausam. Nie hatte er von einem Präriebewohner gehört, der dieser Art Jagd frönte, und auch dem Bergbewohner war so etwas fremd. Selbst Arskane war nicht mit ihr vertraut, sonst wäre er nicht so leicht ihr Opfer geworden. Also mußte es hier andere Wesen geben, die ungestört die Stadt durchstreiften, und das taten nur – die Tierwesen!

Fors' Mund war trocken; er rieb die Hände an den Knien. Langdon hatte unter ihren Wurfspießen sein Leben ausgehaucht; andere Sternmänner waren ihnen begegnet und nicht mehr heimgekehrt. Auch Jarls Arm zierte eine häßliche rote Narbe – ein Andenken an eine

Auseinandersetzung mit einem ihrer Kundschafter. Sie waren schreckliche, unmenschliche Ungeheuer. Auch Fors war ein Mutant – sicher. Aber er war doch ein Mensch. Die da waren keine. Und wegen der Tierwesen wurden die Mutanten so gefürchtet. Zum erstenmal begann Fors diese Furcht zu verstehen. Der Haß gegen die Mutanten hatte einen Grund.

Was nun, wenn die Falle von den Tierwesen geschaffen worden war? Dann lebten sie also hier. In den Ruinen gab es Tausende und aber Tausende von Schlupfwinkeln, in denen sie sich verstecken konnten. Und er hatte nur Luras Instinkt und Jagdgeschick und seine eigenen Augen und Ohren dagegenzusetzen. Er blickte hinaus in die Dunkelheit und schauderte. Augen und Ohren, Bogen und Schwert, Zähne und Krallen – vielleicht war das alles nicht genug!

VII

VIER Tage lang lag Arskane in der kühlen Halle des Museums, während Fors jagte oder Erkundungsgänge durch den Wald unternahm. Abends am Feuer lernte dann einer des anderen Sprache, und sie erzählten sich ihre Lebensgeschichte.

„Unsere Alten waren fliegende Menschen", sprach Arskane mit seiner vollen dunklen Stimme. „Nach der letzten Schlacht kamen sie herab vom Himmel und fanden ihre Heimat zerstört. Sie wendeten ihre Maschinen und flohen nach Süden, und als die Maschinen sie nicht länger tragen wollten, landeten sie in einem engen Wüstental. Später nahmen sie die Mädchen des Landes zu Frauen. So entstand mein Stamm. Das Leben am Rande der Wüste ist hart, doch meine Leute lernten, sie fruchtbar zu machen, und wir litten keine Not. Bis vor zweimal zwölf Monden. Da zitterte die Erde und bebte so, daß niemand mehr aufrecht stehen konnte. Von den Bergen kam das Feuer und verbreitete üblen Geruch. Als sich dann der tödliche Nebel auf unser Dorf legte, husteten sich viele Menschen zu Tode. Und am nächsten Morgen bebte die Erde abermals, und diesmal spien die Berge brennenden Fels aus, der herabfloß und unsere besten Felder bedeckte. So nahm also der Stamm, was er tragen konnte, und floh. Mit uns führten wir die Schafe und hochbeladene Pferdekarren. Wir zogen nach Norden und entdeckten, daß die Erde an anderen Stellen ebenfalls aufgebrochen war und das Meer sich ins Land gefressen hatte. Dann mußten wir abermals fliehen – diesmal vor dem steigenden Wasser. Nirgends hatten wir mehr einen Platz, den wir unser eigen nennen konnten. Bis wir schließlich in dieses Land kamen, wo einstmals so viele der Alten gelebt haben. Mehrere junge Krieger, darunter ich, wurden ausgesandt, um eine Stelle zu suchen, wo wir wieder unser Korn bauen und ein neues Vogeldorf gründen konnten . . ."

Arskane deutete nach Süden. „Ich habe viel gesehen", fuhr er fort, „und hätte schon längst wieder umkehren sollen, doch mein Herz wollte nicht ruhen; ich mußte mehr sehen. Heimlich beobachtete ich die Prärieleute, doch sie sind anders als wir. Sie leben in Häusern aus Fellen, die sie aufbauen und wieder abbrechen, wie es ihnen beliebt. Euch Bergbewohner kenne ich nicht. Die Totenstädte haben auch ihr Gutes. Man findet viel Wertvolles dort – wie du ja weißt. Aber man findet auch Schlimmes." Er berührte Fors' Schulter. „Ich glaube nicht, daß meine Leute die Städte mögen. Sobald ich wieder kräftig genug bin, werde ich zu meinem Stamm zurückkehren und Bericht erstatten, und vielleicht lassen wir uns dann irgendwo nieder, an einem Fluß, wo der Boden fett und schwarz ist, wo unser Korn wachsen kann und unsere Schafe grasen können. Dann wird ein neues Vogeldorf entstehen in einem schönen und fruchtbaren Land." Er seufzte.

„Du nanntest dich einen Krieger", sagte Fors bedächtig. „Gegen wen führt ihr denn Krieg? Gibt es in eurer Wüste auch Tierwesen?"

Arskane lächelte bitter. „Zur Zeit der Großen Explosion gaben die Alten einen Zauber frei, den sie bald nicht mehr beherrschten. Unsere Weisen kennen das Geheimnis nicht; sie wissen nur von den Erzählungen unserer Väter, der fliegenden Menschen. Doch dieser Zauber wirkte auf seltsame und schreckliche Weise. In der Wüste lebten Wesen, Feinde der Menschen, schuppige Kreaturen, entsetzlich anzusehen. Der Zauber hat sie listig und schnell gemacht, und so herrschte ewiger Krieg zwischen ihnen und uns. Doch es waren nur wenige, und vielleicht hat der geschmolzene Fels von den Bergen sie alle verschluckt, denn seitdem haben wir keines von ihnen mehr gesehen."

„Strahlung." Fors spielte mit seinem Schwertgriff. „Strahlungsmutationen . . . Aber manchmal bewirkte der Zauber auch Gutes. Luras Rasse ist so entstanden."

Der dunkle Südländer betrachtete die Katze, die träge in der Nähe lag. „Das war guter Zauber, nicht böser. Ich wünschte, wir hätten auch solche Freunde gehabt, die uns auf unseren Wanderungen beschützten. Wir mußten uns wehren gegen Mensch und Tier. Die Prärieleute haben sich uns nicht als Freunde gezeigt. Und eines Nachts in einer toten Stadt hat mich ein Rudel Ungeheuer überfallen. Hätte ich nicht auf ein paar Trümmer klettern und mein Messer gebrauchen können, hätten sie mir das Fleisch von den Knochen gerissen."

„Ich weiß", Fors holte die Trommel heraus und drückte sie Arskane in die Hand; der stieß einen Freudenschrei aus.

„Jetzt kann ich mit dem Meister der Kundschafter sprechen!" Mit den Fingern begann er einen komplizierten Rhythmus zu schlagen, doch Fors packte ihn am Handgelenk.

„Nicht!" Er nahm die Hand des anderen von der Trommel. „Das könnte ungebetene Gäste anziehen. Die Falle muß von den Tierwesen gebaut worden sein, und wenn sie sich noch hier in der Nähe herumtreiben, lockt dein Trommeln sie sicher hierher."

„Du hast recht." Arskane legte die Trommel beiseite. „Wir werden diesen Ort der Schatten verlassen; erst dann werde ich mit meinem Stamm sprechen. Morgen können wir uns auf den Weg machen. Laß uns bei Tagesanbruch aufbrechen."

Fors knotete ein kleines Bündel mit seinen Beutestücken zusammen und versteckte den Rest in einem der inneren Säle. Sein Bein war wieder ganz in Ordnung. Bedauernd betrachtete der Bergbewohner alles, was er zurücklassen mußte, aber er besaß ja die Karte, die er gezeichnet hatte, und das Tagebuch seiner Wanderung, beides mit einigen Farbstiften und Figurinen aus dem Museum sicher in der Sterntasche verpackt.

Arskane wanderte, um seine Beine zu trainieren, wie er sagte, den ganzen Nachmittag in dem Gebäude umher. Als er wiederkam, trug er am Handgelenk ein breites Goldband und war bewaffnet mit einem mächtigen Knüppel, in dessen Ende ein Dorn eingebettet war. Seine Speere und den Bogen hatte er zwar aus der Falle geholt, aber die Schäfte der Speere waren zerbrochen, und den Bogen würde er erst wieder spannen können, wenn seine Schulter verheilt war.

Als sie am nächsten Morgen ihr letztes Frühstück in dem Museum einnahmen, war der Tag noch angenehm kühl. Arskane wollte nicht reiten, doch Fors redete ihm zu, bis er aufsaß. Und dann zogen sie los, auf einem Weg, den Fors entdeckt und aufgezeichnet hatte und der sie in die Stadt bringen würde. Sie machten nicht halt, bis sie die hohen Türme sahen, die Fors am ersten Tag zum Ziel gehabt hatte. Wenn alles gutging, konnten sie bis zum Abend die Ruinen hinter sich gelassen haben.

Arskane legte die Hand über die Augen und betrachtete staunend die hoch aufragenden Häuser, zwischen denen sie einherzogen.

„Berge – von Menschen gemacht . . . Aber warum lebten die Alten so dicht beisammen? Hatten sie Angst vor ihrem eigenen Zauber? Nun, sie sind ja auch daran gestorben. Wir haben es besser als sie . . ."

„Glaubst du?" Fors stieß einen Stein beiseite. „Sie wußten so viel . . . Wir dagegen tasten im dunkeln nach winzigen Bruchstücken . . ."

„Aber sie haben ihr Wissen nicht richtig angewandt!" Arskane wies auf die Ruinen. „Ihr Geist hat diese Stadt geschaffen, und ihr Geist hat sie auch wieder zerstört. Sie bauten, um wieder einzureißen. Wir dagegen wollen bauen, um zu erhalten."

Als seine Worte verklangen, fuhr Fors herum. Er hatte ein leises Wispern vernommen, ein kaum vernehmbares Patschen. Hatte er da nicht etwa eine ekelhaft fette Ratte in das zerschmetterte Schaufenster huschen sehen? Da rührte sich etwas zwischen den Trümmern, gerade so, als folge ihnen etwas!

Lura hatte die Ohren angelegt; ihre Augen waren schmale Schlitze, die auf Kampfbereitschaft schließen ließen. Sie stand da, die Vorderpfoten auf eine umgestürzte Säule gestellt, und starrte mit zitternder Schwanzspitze zurück in die Richtung, aus der sie gekommen waren.

Arskane bemerkte ihre Unruhe. „Was ist . . .?"

Zuerst dachte Fors, der Schrei, der diese halbe Frage beantwortete, sei aus der Kehle eines Vogels gekommen. Doch dann warf die Stute den Kopf hoch und stieß einen zweiten, ebenso wilden Schrei aus. Arskane ließ sich von ihrem Rücken fallen, und im selben Augenblick stieg sie und schlug schwer zu Boden. Und dann sah Fors den Pfeil, der ein klaffendes Loch in ihre Kehle gerissen hatte.

„Hinein!" Die Hand um Fors' Arm geklammert, zog Arskane ihn in eine höhlenähnliche Öffnung in dem höchsten der Türme. Luras schriller Schlachtruf zerriß die Luft, doch Sekunden später jagte auch sie an ihnen vorbei in das dunkle Innere des Gebäudes.

Oben an einer in die finsteren Tiefen führenden Rampe blieben sie stehen. Unterirdisch gab es weitere Stockwerke; man konnte ein bißchen davon sehen. Doch Arskane zeigte auf den Boden. In Staub und trockenem Lehm verlief ein regelrechter Pfad von Spuren – Abdrücke von überschmalen Füßen mit Krallen daran!

Fauchend und knurrend wich Lura vor den Fußspuren zurück. Sie waren also dem Feind nicht entkommen, sondern direkt in seine Höhle gelaufen! Und es bedurfte nicht des Triumphgeschreis von draußen, dieses schrillen, unmenschlichen Ausbruchs, um diese Feststellung zu bestätigen.

Doch die Spur führte hinab, also blieb ihnen immer noch der Weg nach oben! Lura und Arskane waren derselben Meinung wie Fors, denn schon stürmten beide hinein in den Korridor zur Linken, der parallel zur Straße verlief. Überall mündeten dicke Türen in den Flur, doch so kräftig sie sich auch dagegen stemmten, keine davon gab nach. Nur eine, ganz am anderen Ende, stand offen, und sie drängten sich an der Öffnung zusammen und starrten hinab in einen dunklen, abgrundtiefen Schacht.

Doch Fors hatte noch etwas gesehen. „Halt mich am Gürtel!" befahl er Arskane. „Da links, da ist etwas . . ."

Von des Südländers Hand gesichert, schwang er sich über den Rand der Öffnung. Es stimmte: An der Wand lief eine Leiter mit Metallsprossen empor. Und als Fors den Kopf hob, sah er über sich ein mattes Viereck aus Licht. Das bedeutete, daß oben, ein oder zwei Stock höher, ebenfalls eine Tür offen war. Aber konnten Lura und Arskane klettern?

Arskane spannte versuchsweise die Armmuskeln, als Fors ihm erklärte, was er vorhatte. „Wie weit geht es hinauf?" wollte er wissen.

„Vielleicht zwei Stock –"

Während sie noch zögerten, kam Lura an den Rand des Schachtes heran, maß mit den Augen die Entfernung zur Leiter und war gesprungen, bevor Fors sie zurückhalten konnte. Sie hörten das Kratzen ihrer Krallen auf dem Metall, sofort jedoch übertönt von einem anderen Geräusch – dem Schlurfen vieler Füße. Die Bewohner der unteren Räumlichkeiten hatten sich zur Jagd aufgemacht.

Arskane tastete nach dem Morgenstern, den sie aus dem Museum mitgenommen hatten. Dann grinste er. „Zwei Stockwerke? Das werd ich schon schaffen. Komm, Freund, versuchen wir's!"

Er schätzte, genau wie die Katze, die Entfernung zur Leiter ab und schwang sich hinüber. Mit klopfendem Herzen wartete Fors, doch das Geräusch, vor dem er Angst hatte – das Geräusch eines fallenden Körpers –, kam nicht. Er legte einen Pfeil in den Bogen und wartete.

Er brauchte nicht lange zu warten. Ein grauer Schatten tauchte am Ende des Korridors auf. Fors schoß und nagelte mit seinem Pfeil den grauen Schatten an die Wand. Der Schatten schrie und versuchte loszukommen, doch bevor das geschah, hatte Fors schon den Bogen geschultert und war auf der Leiter. Hastig kletterte er die dünnen Stahlsprossen empor. Keuchend zog er sich durch die obere Öffnung wieder auf festen Boden, wo Lura und Arskane ihn bereits ängstlich erwarteten.

Wieder befanden sie sich in einem von Türen gesäumten Korridor, doch hier standen die meisten offen. Arskane verschwand durch die nächstbeste, während sich Fors, den Kopf in den Schacht gesteckt, bäuchlings auf den Boden legte und auf die Geräusche lauschte, die aus der Tiefe zu ihm empordrangen. Das Jammern des verwundeten Wesens war verstummt, doch das Schlurfen wurde immer lauter und vermischte sich mit Lauten, die möglicherweise so etwas wie eine Sprache waren. Bis jetzt hatten die Grauen noch nicht entdeckt, wohin ihre vermeintliche Beute geflohen war.

Fors stand wieder auf und zerrte an der Tür, die einstmals den Schacht verschlossen hatte. Mit leisem Knirschen gab sie ein wenig unter seinen Händen nach. Nun zog er mit aller Kraft und gewann wieder einen Fuß Raum.

Doch das Knirschen hatte sie verraten. Ein Ruf erklang von unten, und ein Pfeil kam durch den Schacht heraufgesaust. Ohne Schaden anzurichten, fiel er wieder zurück. Arskane erschien, ein Sammelsurium modriger Möbel vor sich herschiebend. Er half Fors bei der Tür. Gemeinsam kämpften sie gegen das widerwillige Metall; Schweiß rann ihnen in die Augen, tropfte vom Kinn.

Die Geräusche im Schacht wurden lauter. Mehrere Pfeile schossen ans Licht und fielen zurück. Arskane drehte sich um und zerrte seinen Möbelberg heran. Er versetzte ihm einen kräftigen Stoß, und der ganze Aufbau stürzte in den Schacht. Von unten antwortete wütendes Geschrei. Dann ein Aufschlag. Arskane rieb sich mit der staubigen Hand über das nasse Kinn. „Bei der gehörnten Eidechse, einer von denen ist erledigt!"

Die Tür war jetzt zur Hälfte geschlossen. Plötzlich gab sie mit einem Ruck nach, so daß beide Männer fast stürzten. Fors schrie triumphierend auf, doch zu früh. Nur einen weiteren Fuß hatten sie gewonnen. Noch immer blieb ein Spalt, groß genug, um einen Angreifer durchzulassen.

Arskane trat zurück und sah die Tür lange und nachdenklich an. Dann sammelte er alle Kraft, die er noch aufbieten konnte, für einen mächtigen Schlag mit der flachen Hand. Wieder gab der Stahl nach und glitt wenige Zoll weiter. Doch unten hatte der Lärm wieder begonnen.

Jetzt kam etwas aus der Dunkelheit und landete dicht neben Fors' Fuß. Es war eine Hand, knochendürr und bedeckt mit runzliger, grauer Haut. Fors hob den Fuß und trat mit seinem genagelten Bergstiefel zu. Ein gellender Schrei ertönte. Sie warfen sich in einem letzten, wütenden Versuch noch einmal gegen die Tür. Ihre Nägel brachen und kratzten über das Metall – aber es gab nach, und die Tür schnappte in die Verankerung in der Seitenwand.

Minutenlang lehnten sie keuchend, die zerschundenen, blutenden Hände von sich gestreckt, an der Korridorwand. Faustschläge dröhnten gegen die Tür, doch sie gab nicht nach.

„Die bekommen sie nicht auf", meinte Arskane schließlich keuchend. „Von der Leiter aus können sie sie nicht aufbrechen. Wenn es keinen anderen Weg hierherauf gibt, sind wir fürs erste in Sicherheit . . ."

Lura kam von einem Rundgang durch die leeren Räume zurück; dort drohte anscheinend keine Gefahr. Sie konnten durchatmen.

Der Südländer trat an eines der großen leeren Fenster, die den Blick auf die Straße freigaben; Fors gesellte sich zu ihm. Dort unten lag die tote Stute, doch das Bündel, das sie getragen hatte, war fort . . . Und irgend etwas war unnatürlich an der Art, wie sie da lag . . .

„Aha, Fleischfresser sind sie also . . ."

Fors schluckte verkrampft. Er blickte auf und las in Arskanes Gesicht denselben Gedanken. Doch dessen Hand lag an seiner Waffe.

„Ehe dieses Fleisch in ihrem Topf kocht, müssen sie sich schon gewaltig anstrengen! Sind das wirklich die Tierwesen, von denen du sprachst, Kamerad?"

„Ich glaube schon. Und sie sollen sehr listig sein."

„Dann werden wir ebenso listig sein. Und jetzt wollen wir sehen, was über uns ist."

Fors sah den Tauben zu, die um die Ruinen segelten. „Wir haben keine Flügel."

„Nein, aber ich stamme von Menschen ab, die fliegen konnten." In Arskanes Stimme lag leiser Humor. „Wir werden uns einen Weg nach draußen suchen, auf dem uns die Meute da unten nicht folgen kann."

Sie gingen endlose Korridore entlang. In allen Räumen fanden sie nur Möbelreste und Knochen. Im dritten Raum stießen sie auf weitere Schachttüren – alle verschlossen. Und dann, ganz hinten am Ende eines Seitenganges, riß Arskane eine Tür auf und stand in einem Treppenhaus.

Lura schlüpfte an ihnen vorbei und glitt lautlos die Treppe hinab. Sie hockten sich in den Schatten und warteten auf ihre Rückkehr.

Arskanes Gesicht war fahl. Die anstrengende Kletterei auf der Leiter und der Kampf mit der Tür hatten ihre Spuren hinterlassen. Er stöhnte und lehnte sich mit der Schulter behutsam gegen die Wand. Fors beugte sich vor. Da es ganz ruhig war, konnte er sich auf Lura konzentrieren.

Hier gab es kein Anzeichen dafür, daß die Tierwesen die Treppe benutzt hatten, und doch . . . Lura war stehengeblieben! Fors schloß die Augen und stellte sich ganz auf die Katze ein. Sie war nicht in Gefahr, aber sie war ratlos. Der Weg war versperrt; sie konnte nicht weiter. Und als ihr brauner Kopf wieder an der Tür erschien, wußte Fors, daß dies nicht der rettende Ausweg war. Er sagte es Arskane.

Der große Mann kam mühsam hoch. „Dann steigen wir also hinauf, aber langsam, Kamerad! Diese Treppen der Alten rauben dir den Atem!"

Fors legte sich Arskanes Arm um die Schultern und stützte ihn. „Ganz langsam, mein Freund. Wir haben den ganzen Tag vor uns . . ."

„Und die Nacht vielleicht auch. Und noch weitere Tage. Los, steigen wir, Kamerad."

Nach fünf Stockwerken sank Arskane, Fors mit sich ziehend, zu Boden, und der Bergbewohner war froh über die Pause.

Lange saßen sie einfach da, atmeten tief und ruhten sich aus. Dann stellte Fors voll Schrecken fest, daß die Lichtstreifen auf dem Boden schwächer wurden. Er ging an ein Fenster und blickte hinaus. Weit hinten sah er das Wasser des Sees, und die Sonne stand tief im Westen. Es mußte Spätnachmittag sein.

Arskane schüttelte sich, um wach zu werden. „Und nun erhebt sich", bemerkte er, „die Frage des Essens. Außerdem haben wir uns vielleicht ein bißchen zu oft aus deiner Feldflasche erfrischt . . ."

Wasser! Das hatte Fors ganz vergessen. Und wo in diesem Labyrinth sollten sie Nahrung und Wasser finden? Doch Arskane war aufgestanden und trat durch die Tür, die vom Treppenhaus in den Gang hineinführte.

Sie kamen in einen langen Raum, dessen Boden mit weichem Stoff bedeckt war. In endlosen Reihen standen Tische und Stühle. Auf den Tischplatten waren symmetrisch Metallstücke ausgelegt. Fors nahm eines davon in die Hand. Eine Gabel! Dann war dies also ein Eßplatz der Alten. Aber alles Eßbare war sicher längst verdorben.

Jedoch, als er das sagte, schüttelte Arskane den Kopf. „Durchaus nicht, Kamerad. Eher möchte ich sagen, daß das Gück mit uns ist. Auf meiner Wanderung nach Norden habe ich schon einmal einen solchen Raum gefunden und in den kleineren Räumen dahinter viele Behälter mit Lebensmitteln, die noch eßbar waren. In jener Nacht habe ich gespeist, wie sonst nur ein Häuptling speist, wenn die Herbsttänze beginnen . . ."

„Das Essen in den Städten der Alten bringt den Tod!" wiederholte Fors hartnäckig, blieb aber nicht zurück, als Arskane jetzt zielbewußt auf eine Tür im Hintergrund zuging.

„Es gibt viele verschiedene Nahrungsmittel. Soviel weiß ich, daß der Behälter nicht verletzt sein darf. Ich lebe doch, nicht wahr? Und ich habe von dem gegessen, was die Alten übriggelassen haben. Machen wir uns also auf die Suche."

Arskane, der in diesen Dingen bereits Erfahrung hatte, führte Fors in einen Raum, dessen Wände voller Regale standen. Auf den Brettern waren unzählige Glas- und Metallbehälter aufgereiht. Fors staunte, doch der Südländer machte bedächtig die Runde und inspizierte die Glasbehälter. Den rostigen Metalldosen schenkte er keine Beachtung. Schließlich kam er mit einem halben Dutzend Flaschen zurück und stellte sie auf einen Tisch in der Mitte des Eßraumes.

„Achte gut auf den Verschluß, Kamerad! Wenn alles in Ordnung ist, schlage ihn herunter und iß!"

Zehn Minuten darauf leckten sie sich genießerisch die klebrigen

Finger, gesättigt von eingemachtem Obst, das seit Generationen hier lagerte. Der Saft stillte ihren Durst, und von nebenan drangen Geräusche herüber, die zeigten, daß auch Lura ein Festmahl hielt. Also nisteten hier Vögel!

Arskane öffnete einen weiteren Behälter mit seinem Messer. „Um unser Essen brauchen wir uns keine Sorgen zu machen. Und morgen werden wir einen Weg nach draußen suchen. Diesmal haben die Tierwesen ihren Meister gefunden!"

Fors, satt und zufrieden, stimmte begeistert zu.

VIII

SIE schliefen unruhig in dieser Nacht und aßen und tranken beim Erwachen wieder von den Vorräten in der Speisekammer. Dann stiegen sie weiter nach oben, bis die Treppe in einer Plattform endete, die ehemals von großen Glasscheiben umschlossen gewesen sein mußte. Unter ihnen breitete sich die Stadt in ihrer versunkenen Größe aus. Fors erkannte die Route, die er gekommen war, und zeigte sie Arskane, und der wiederum erläuterte die seine.

„Nach Süden sollten wir nun gehen – direkt nach Süden."

Fors lachte kurz auf. „Zuerst einmal müssen wir versuchen, hier herauszukommen", wandte er ein.

Doch Arskane wußte auch darauf eine Antwort. „Komm!" Er legte dem Bergbewohner die breite Hand auf die Schulter und drehte ihn hinüber zum Ostfenster. Tief unten lag das flache Dach eines angrenzenden Gebäudes.

„Du hast doch das!" Arskane zupfte am Ende des Kletterseils, das Fors noch um die Hüfte geschlungen trug. „Wir steigen hinunter zu den Fenstern direkt über jenem Dach und lassen uns daran hinab. Siehst du, nach Süden zu liegt eine ganze Reihe von Dächern, die wir benutzen können. Die Tierwesen mögen schlau sein, aber diesen Fluchtweg bewachen sie nicht; er gehört nicht zu ihren Lieblingspfaden. Ich glaube, daß sie sich unterirdisch fortbewegen . . ."

„Man sagt, daß sie nur in Höhlen hausen", bestätigte Fors. „Und sie sollen das Tageslicht scheuen . . ."

„Nachtjäger, wie? Nun, dann ist der Tag die rechte Zeit für unsere Flucht."

Erleichtert begaben sie sich wieder nach unten. In dem Stockwerk über dem angrenzenden Dach fanden sie in der Mitte des an jener Wand entlangführenden Flurs ein Fenster, brachen die letzten, messerscharfen Glassplitter heraus und beugten sich über die Brüstung.

„Wir brauchen das Seil gar nicht", bemerkte Arskane. „Es ist nicht sehr tief." Er packte den Fensterrahmen und spannte die Muskeln.

Fors trat ans Nachbarfenster und legte einen Pfeil in den Bogen. Doch die schwarzen Fensterhöhlen unter dem Dach waren leer.

Arskane stöhnte; seine Schulter tat weh. Aber dann war er draußen, stand noch ein wenig unsicher auf der Dachfläche. Gleich darauf hatte er hinter einer hohen Brüstung Deckung genommen.

Lange warteten sie, ohne sich zu rühren. Dann schoß Lura wie ein brauner Pfeil durch die Öffnung und landete graziös auf allen vieren. Sie jagte über das Dach.

So weit, so gut. Fors legte Köcher, Sterntasche und Bogen ab und schleuderte sie etwa dorthin, wo Arskane sein mußte. Dann stemmte er sich auf die Fensterbank und sprang. Noch während er in der Luft war, hörte er Arskanes Warnruf. Vor Schreck konnte er sich nicht auf die Landung vorbereiten und traf hart und schmerzhaft auf.

Er drehte sich auf den Rücken. Ein Pfeil zitterte im Fensterrahmen, dort, wo er sich mit der Hand festgehalten hatte. Mit Schwung rollte er sich hinüber in den Schutz der Brüstung und stieß heftig gegen Arskanes Knie.

„Woher kam der Pfeil?"

„Von dort!" Der Südländer wies auf eine Reihe Fenster in einem Gebäude auf der anderen Straßenseite.

„Los, machen wir uns davon!"

Auf dem Bauch robbte Fors quer über das Dach. Zurück konnten sie nicht mehr. Ein Versuch, zum Fenster hinaufzuklettern, würde sie zu lebenden Schießscheiben machen. Doch nun war die Jagd eröffnet.

Ein dünnes Pfeifen durchschnitt die Luft irgendwo hinter ihnen. Wahrscheinlich das Signal, das Fors am meisten fürchtete: das Zeichen, daß das Wild aus seinem Schlupfwinkel aufgestöbert und nun im Freien zu jagen war.

Arskane hatte sich schon weiter vorgearbeitet. Und weil er genau zu wissen schien, was er wollte, akzeptierte Fors seine Führerrolle.

Sie gelangten an eine Ecke der Brüstung im südöstlichen Winkel des Daches. Lura war schon hinüber; leise rief sie von unten herauf.

„Jetzt müssen wir auf unser Glück vertrauen, Kamerad. Wir springen gleichzeitig hinüber, dann wissen sie vielleicht nicht, welche von beiden Zielscheiben sie wählen sollen. Fertig?"

„Fertig!"

„Achtung – los!"

Fors griff hinauf und packte die Oberkante der Brüstung genau im selben Moment wie Arskane. Gleichzeitig schwangen sie sich hinüber und rollten quer über das nächste Dach. Sie hockten sich hinter einen Mauerrest und lauschten. Das Pfeifen ertönte abermals.

Arskane rieb sich den Staub von den Händen. „Hinter diesem Gebäude verläuft eine andere Straße, und weiter unten ist das Flußtal, das du durchquert hast . . ."

Fors nickte. Vor seinen Augen entstand das Bild, das sich ihm vom Turm herab geboten hatte: Das Flußtal machte einen Bogen und verlief von hier an weiter nach Osten.

„Wir müssen weiter!" Arskane schüttelte sich. „Wenn wir ihnen zuviel Zeit geben, bereiten sie uns unten einen höchst unwillkommenen Empfang. Nun, da sie uns auf den Dächern wissen, ist es vielleicht besser, zur Straße hinabzusteigen."

„Sieh mal hier!" Fors hatte die Trümmer in der Nähe durchforscht. Eingebettet in das Dach, lag schräg eine Tür. Freudig schlug Arskane mit der Faust dagegen.

Eilig gruben sie sie frei. Dann zogen sie, und die Tür gab nach. Sie blickten in modrige Schwärze und machten eine Treppe aus. Sie stiegen hinab.

Lange Gänge und noch mehr Treppen! Hier und da blieben sie stehen, um zu lauschen. Doch Lura zeigte keinerlei Unruhe, und Fors hörte nichts außer herabfallendem Mörtel und knarrenden Dielen.

„Augenblick!" Er hielt Arskane zurück, der eben wieder eine Treppe hinabsteigen wollte. Seine Hand war gegen eine Tür in der Wand gestoßen. Er zog sie auf und trat hinaus auf eine Art Plattform über einer riesigen Halle.

Arskane war überwältigt, und Fors umklammerte das Geländer, das die Plattform umgab.

Sie blickten hinab auf einen Raum, der einst eine Garage für die schweren Lastwagen gewesen sein mußte, die die Alten zum

Gütertransport benutzt hatten. Zehn, fünfzehn dieser Monstren standen da, als warteten sie auf ihre Herren. Und einige davon waren mit diesen luftdicht versiegelten Motoren ausgestattet, einer der letzten Erfindungen der Alten. Sie wirkten unverändert durch die Zeit, noch immer einsatzbereit.

Ein Wagen stand mit der Nase direkt vor einem breiten, geschlossenen Tor. Einem Tor, von dem Fors glaubte, es müsse auf die Straße führen. Ein kühner Gedanke begann sich in seinem Kopf zu formen. Er wandte sich an Arskane.

„Ins Tal der Züge hinunter führt eine Straße – eine Straße, die einen steilen Abhang bildet . . ."

„Das ist wahr . . ."

„Siehst du die Maschine da bei dem Tor? Wenn wir sie hinausschaffen könnten, würde sie diese Straße hinabrollen, und nichts könnte sie aufhalten!"

Arskane leckte sich die Lippen. „Die Maschine ist vermutlich tot. Und schieben können wir sie nicht."

„Wir brauchen sie vielleicht gar nicht zu schieben. Weshalb bist du so sicher, daß der Motor nicht arbeitet? Jarl, unser Sternhauptmann, hat einmal einen versiegelten Maschinenwagen einen halben Kilometer weit gefahren, ehe er wieder stillstand. Wenigstens versuchen sollten wir's. Auf die Art erreichen wir mit Sicherheit das Tal."

„Wie du sagst – wir können's versuchen!" Arskane sprang die Treppe hinunter und lief auf den Lastwagen zu.

Die Tür zum Fahrersitz stand offen. Fors ließ sich auf dem sich auflösenden Polster vor dem Armaturenbrett nieder.

Arskane schob sich neben ihn und beugte sich vor, um die Reihen von Skalen und Knöpfen zu mustern. Einen Knopf berührte er. „Das hier blockiert die Räder . . ."

„Woher weißt du das?"

„Wir haben einen Gelehrten in unserem Stamm. Er hat viele von diesen alten Maschinen auseinandergenommen, um ihr Geheimnis zu ergründen. Leider besitzen wir nicht den Treibstoff, den sie benötigen, und daher können wir nichts mit ihnen anfangen. Aber ich habe einiges über ihre Konstruktion gelernt."

Fors überließ ihm seinen Platz nur zögernd. Er sah zu, wie Arskane vorsichtig die Instrumente ausprobierte. Dann trat der Südländer schließlich mit dem Fuß auf einen im Boden eingebetteten Knopf, und was sie nicht für möglich gehalten hatten, geschah! Die uralte Maschine erwachte zum Leben. Der versiegelte Motor war nicht tot!

„Das Tor!" Arskanes Gesicht war weiß unter der braunen Haut; er umklammerte das Lenkrad, voll Furcht ob der ungeheuren Kraft, die unter ihm hämmerte und klopfte.

Fors sprang aus der Kabine und schob den schweren Riegel zurück, der die Torflügel verband. Die Stahltüren schwangen auf und gaben den Blick auf eine Straße frei. Fors mußte sich beeilen; der Klang der sterbenden Maschine hinter ihm war furchtbar. Unter Knirschen und Krachen hauchte sie ihr letztes Restchen Leben aus.

Fors schwang sich wieder neben Arskane, Lura zur Seite. Mit klopfendem Herzen hockten sie da, während Arskane das Lenkrad umklammerte. Doch nun setzte ein letzter Schub der versiegenden Kraft den riesigen Wagen in Bewegung. Die Räder begannen sich zu drehen, schleuderten die letzten Fetzen der Gummibereifung von sich. Die Maschine stotterte und erstarb, während sie aus der Garage rollte, doch die Bewegung hielt an, trug die Insassen an den Abhang, und schneller und schneller rollten sie den steilen Hügel ins Tal hinab.

Fors schloß zweimal die Augen, riß sie aber sogleich wieder auf. Seine Hände gruben sich tief in Luras Fell. Die Katze brüllte; auch ihr behagte diese Fortbewegung nicht sehr.

Doch weiter und weiter rollte der Wagen, bis sie auf ebenen Boden gelangten und über rostige Eisenbahnschienen holperten. Die Fahrt wurde langsamer, und schließlich kam die Maschine zum Stillstand, die Nase tief in einen Kohlenhaufen gebohrt.

Einen Augenblick blieben die drei reglos und erschöpft sitzen. Dann kletterten sie mühsam hinaus. Arskane lachte, doch seine Stimme klang unnatürlich schrill, als er sagte: „Nun, wenn jemand uns gefolgt ist, sind wir ihm jetzt ein schönes Stück voraus. Wir müssen darauf bedacht sein, den Abstand noch mehr zu vergrößern."

Im Schutz der vielen Wracks auf den Gleisen wanderten sie südwärts, bis das Flußtal eine Biegung machte und von ihrer festgelegten Route abwich. Nun klommen sie einen Abhang hinauf und marschierten weiter, durch die baumüberwachsenen Ruinen am Stadtrand.

Die Sonne stand hoch; glühend brannte sie auf Kopf und

Schultern. Die Brise, die vom See her wehte, trug Fischgeruch herüber. Arskane schnupperte.

„Regen", erklärte er dann. „Etwas Besseres könnte uns nicht passieren. Er wird unsere Spuren verwischen."

Aber die Tierwesen würden doch die Verfolgung nicht über die Grenzen der Stadt hinaus fortsetzen – oder? Die Fährte, die der Jäger bei dem Reh hinterlassen hatte, bewies, daß sie sich jetzt doch weiter vorwagten. Und Fors' Vater war von einem ganzen Rudel getötet worden und nicht in einer Stadt, sondern am Rande des Waldgebietes. Man durfte sich nicht in Sicherheit wiegen, nur weil man nun den Ruinen entkommen war.

„Wenigstens haben wir nichts zu tragen", bemerkte Arskane etwas später, als sie Rast machten und den dickflüssigen Saft tranken, mit dem Fors am Morgen die Feldflaschen gefüllt hatte.

Traurig dachte Fors an die Stute und die Beute, die sie verloren hatten. Nicht viel war ihm geblieben, um seine Geschichte zu beweisen – nur der Ring an seiner Hand und die Dinge in seiner Sterntasche. Aber die Karte hatte er noch und sein Reisetagebuch; diese beiden Dinge konnte er dem Rat vorlegen bei der großen Abrechnung mit dem Bergdorf, nach der er sich so sehnte.

Arskane hatte sogar noch weniger als Fors. Als einzige Waffe war ihm der Morgenstern aus dem Museum geblieben; außer diesem besaß er nur noch sein Messer. In der Tasche trug er Feuerstein und Stahl, zwei Angelhaken und eine Leine.

„Wenn ich nur die Trommel hätte", klagte er. „Dann könnten wir uns mit meinen Leuten in Verbindung setzen. Ohne Signale wird es schwer sein, sie zu finden."

„Komm doch mit mir – ins Bergdorf!" sagte Fors impulsiv.

„Kamerad, als du mir deine Geschichte erzähltest, hast du da nicht gesagt, daß du entflohen bist? Meinst du, der Empfang, den man dir bereitet, wird herzlicher, wenn du einen Fremden mitbringst? Noch lebt der Haß in unserer Welt. Laß mich dir von meinem Volk erzählen. Die fliegenden Männer, die meinen Stamm gründeten, waren mit dunkler Haut geboren und hatten darum von hellhäutigen Menschen viel erdulden müssen. Wir sind ein friedliebendes Volk, aber wir mußten viele Kränkungen hinnehmen, und die Bitterkeit, die sie hervorriefen, steckt noch in uns. Als wir nach Norden zogen, wollten wir Freundschaft schließen mit den Prärieleuten. Dreimal haben wir

Boten zu ihnen geschickt. Und jedesmal wurden wir mit Pfeilschüssen begrüßt. Und so haben wir nun unsere Herzen hart gemacht und stehen für uns selbst ein, wenn es sein muß. Kannst du mir garantieren, daß die Bergbewohner uns ihre Freundeshand bieten, wenn wir sie aufsuchen?"

Fors stieg das Blut in die Wangen. Er fürchtete, die Antwort auf diese Frage zu kennen. Fremde waren Feinde – das war die uralte Regel. Aber warum mußte das so sein? Dieses Land war groß und reich, und Menschen gab es wenige. Es war genug für alle da. Und in den alten Zeiten hatten die Menschen Schiffe gebaut, die Meere befahren und noch mehr große Länder entdeckt.

Er sprach seine Gedanken aus, und Arskane stimmte ihm aus ganzem Herzen zu.

„Du denkst gute Gedanken, Kamerad. Warum sollte Mißtrauen herrschen zwischen uns, nur weil unsere Haut von verschiedener Farbe ist und wir verschiedene Sprachen sprechen? Mein Volk lebt vom Ackerbau; wir pflanzen und säen, züchten Schafe, die uns die Wolle liefern, aus denen wir unsere Mäntel und Decken weben. Aus Ton stellen wir Töpfe und Krüge her und brennen sie steinhart. Wir regen unsere Hände und haben Freude daran. Die Präriebewohner dagegen sind Jäger; sie zähmen wilde Pferde und züchten Vieh. Sie ziehen umher und sehen ferne Stätten. Und dein Volk?"

Fors kniff die Augen im hellen Sonnenlicht zusammen. „Mein Volk? Wir sind nur ein kleiner Stamm aus wenigen Klans, und im Winter müssen wir oft darben, denn die Berge sind ein karges Land. Doch vor allem lieben wir das Wissen; wir plündern die Ruinen und versuchen die Dinge zu verstehen und wieder zu erlernen, durch die die Alten groß geworden sind. Unsere Medizinmänner bekämpfen die Krankheiten des Körpers, unsere Lehrer und Sternmänner die Unwissenheit des Geistes ..."

„Und doch haben dich diese Menschen, die die Unwissenheit bekämpfen, vertrieben, weil du anders bist als sie ..."

Zum zweitenmal brannten Fors' Wangen. „Ich bin ein Mutant. Und die Erbanlagen der Mutanten sind gefährlich. Die ... die Tierwesen sind auch Mutanten ..." Er konnte nicht weitersprechen, seine Kehle zog sich zusammen.

„Lura ist auch ein Mutant ..."

Fors' Augen weiteten sich. Diese ruhigen Worte des Südländers waren mehr als nur eine Feststellung von Tatsachen. Seine Spannung wich. Eine große Wärme erfüllte ihn, eine Wärme, wie er sie noch nie erlebt hatte.

Arskane stützte das Kinn in die Hand und starrte in das Dickicht. „Mir scheint", begann er nachdenklich, „wir sind wie Teile eines Körpers. Meine Leute sind die fleißigen Hände, die Dinge schaffen, die das Leben leichter und schöner machen. Die Prärieleute sind die rastlosen, eiligen Füße, die es auf neue Pfade und zu fremden Dingen zieht, die weit hinter dem Horizont liegen. Und dein Klan ist der Kopf, der denkt, Wissen sammelt und Hände und Füße lenkt. Zusammen . . ."

„Zusammen", fiel Fors ein, „würden wir eine Nation bilden, wie sie dieses Land seit den Tagen der Alten nicht mehr gesehen hat!"

„Nein, keine Nation, wie die Alten sie kannten!" widersprach Arskane scharf. „Sie waren nicht ein Körper, denn sie kannten den Krieg. Und aus dem Krieg entstand, was heute ist. Wenn der Körper wieder zusammenwächst, dann nur, weil jeder Teil weiß, was er wert ist und stolz darauf ist und trotzdem den Wert der beiden anderen kennt und sie achtet. Hautfarbe, Augenfarbe und Stammesbräuche dürfen für Fremde, wenn sie sich treffen, nicht mehr bedeuten als der Staub, den sie sich von den Händen waschen, ehe sie sich zur Mahlzeit setzen. Wir müssen uns frei von diesem Staub gegenübertreten, sonst laufen wir Gefahr, daß er uns blind macht. Und dann wird das, was die Alten begonnen haben, ewig leben und ewig die Erde vergiften.

Bruder" – zum erstenmal gebrauchte Arskane diese Anrede –, „meine Leute glauben, daß unser Leben von einer verborgenen Kraft gelenkt wird. Mir scheint, wir beide wurden an diesen Ort geführt, damit wir zusammentreffen, und vielleicht entsteht aus unserem Treffen etwas, das stärker und mächtiger ist als alles, was wir kennen. Doch wir haben uns hier schon zu lange aufgehalten; der Tod kann uns dicht auf den Fersen sein. Wir dürfen nicht zulassen, daß man uns von unserem vorgezeichneten Pfad abbringt."

Etwas in der Stimme des großen Mannes berührte Fors tief. Nie hatte er einen Freund besessen; sein Mutantenblut hatte ihn von den anderen Jungen des Bergdorfes abgesondert. Und das Verhältnis zu seinem Vater war eher das eines Schülers zu seinem Lehrer gewesen. Jetzt aber wußte er, daß er niemals dulden würde, daß der dunkelhäutige Krieger wieder aus seinem Leben verschwand. Wo Arskane war, da wollte auch er sein.

Als die Sonne fast senkrecht stand, befanden sie sich in einem Dickicht, wo sie größte Vorsicht walten lassen mußten, um nicht in klaffende Kellerlöcher oder über modrige Balken zu fallen. Doch Lura fand die Fährte einer wilden Kuh, und kaum war eine Stunde vergangen, da brieten sie schon frisches Fleisch an ihrem Feuer. Mit einem in das abgehäutete Fell verpackten Vorrat für zwei weitere Mahlzeiten zogen sie weiter. Fors' Kompaß wies ihnen den Weg.

Und dann standen sie plötzlich am Rande des Platzes der fliegenden Männer. So plötzlich, daß sie fast in den Schutz der Bäume zurückflohen, als sie sahen, was dort lag.

Beide hatten schon Bilder von diesen Maschinen gesehen, doch hier standen sie in Lebensgröße, Reihe um Reihe. „Flugzeuge!" Arskanes Augen blitzten. „Die Himmelsmaschinen der Väter meines Vaters! Eines hatten wir bei uns aufbewahrt, aber hier ist ein ganzes Feld voll!"

„Diese da wurden zerstört, ehe sie in den Himmel steigen konnten", erklärte Fors. Eine seltsame Erregung ergriff von ihm Besitz. Die Maschinen, die sich auf der Erde bewegten, hatten ihn nie so fasziniert. Ohne zu wissen, was er tat, trat Fors auf das offene Flugfeld hinaus und strich mit der Hand traurig am Rumpf der nächststehenden Maschine entlang.

„Diese Maschinen waren es, mit denen die Alten den Tod über die Erde gebracht haben . . .", begann Arskane.

„Aber in den Wolken zu fliegen . . ." Fors weigerte sich, Arskanes düsterer Stimmung nachzugeben. „Hoch über der Erde . . . Sie müssen göttergleich gewesen sein, die Alten!"

„Eher teufelsgleich! Sieh doch!" Arskane nahm ihn am Arm, führte ihn zwischen den Reihen der Flugzeuge zum Rand des Flugfeldes und zeigte ihm die zahllosen tiefen, häßlichen Krater, die aus dem Zentrum des Flughafens einen Trümmerhaufen gemacht hatten. „Der Tod kam aus der Luft, und bereitwillig warfen die Männer den Tod auf ihre Mitmenschen hinab. Vergessen wir das nicht, Bruder!"

Sie schlugen einen Bogen um die Trümmer und folgten den Reihen der unzerstörten Flugzeuge zu einem Gebäude. Hier lagen Knochen herum. Viele Männer hatte der Tod ereilt, während sie versuchten, die Maschinen in die Luft zu bringen – zu spät.

Als Fors und Arskane das Gebäude erreicht hatten, wandten sie sich um und blickten über das Feld der Zerstörung und über die Reihen der unberührten wartenden Bomber hinweg. Der Himmel, in den sie sich nie wieder erheben würden, war blau, gesprenkelt mit kleinen weißen Wolken. Im Westen sammelten sich dunklere Wolken. Ein Gewitter zog auf.

„Das hier“ – Arskanes Geste umfaßte das Flugfeld – „darf nie wieder geschehen. Nie dürfen unsere Söhne sich wieder gegeneinander stellen. Stimmst du mir zu, Bruder?“

Fors blickte tief in die dunklen, leuchtenden Augen des Südländers. „Ich stimme dir zu. Und was ich tun kann, soll geschehen. Aber – wo einst die Menschen flogen, sollen sie wiederum fliegen. Das müssen wir ebenfalls schwören!“

IX

Fors stand über den Tisch gebeugt, auf die Ellbogen gestützt; kaum wagte er zu atmen, damit die kostbaren, auf Stoff gezogenen Quadrate nicht zu pudrigem Staub zerfielen. Karten – ein solcher Reichtum an Karten, wie er sich nie hätte träumen lassen! Er legte die Fingerspitze auf den blauen Fleck, der den großen See darstellte, und zog eine Linie quer über das Land bis zum . . . A-T-L-A-N-T-I-S-C-H-E-N Ozean. Donnerwetter, das war das sagenhafte Meer!

Ungeduldig schaute er auf, als Arskane hereinkam. „Arskane – hier sind wir! Genau hier!“

„Und hier werden wir bleiben müssen, wenn wir uns nicht beeilen . . .“

Fors richtete sich auf. „Wieso . . .?“

„Ich komme gerade von dem Turm am Ende dieses Gebäudes. Weit hinten am Rand des Flugfeldes bewegt sich etwas, und zwar sehr zielsicher. Ich glaube, unsere Freunde aus der Stadt haben uns aufgestöbert. Und ich habe keine Lust, mich hier festnageln zu lassen!“

Fors ließ die Karten nur widerwillig zurück. Wie hätte sich Jarl darüber gefreut! Aber beim Versuch, sie mitzunehmen, würde er sie nur zerstören. Sie mußten bleiben, wo sie waren. Er nahm seinen Köcher und zählte die ihm verbliebenen Pfeile. Nur noch zehn. Und wenn die verschossen waren, hatte er nur noch das Kurzschwert und sein Jagdmesser . . .

Arskane mußte seine Gedanken gelesen haben, denn er nickte. „Komm." Er führte ihn zu der steilen Treppe, die in Spiralen hinaufführte in einen Raum, der einstmals vollständig von Glas umschlossen gewesen sein mußte. „Da drüben! Was hältst du davon?"

Der Südländer deutete nach Südosten. Fors sah eine seltsame Narbe in der Vegetation dort, ein keilförmiges Stück Land, wo nicht eine Pflanze wuchs. Der Boden glänzte im Sonnenlicht seltsam metallisch.

„Wüste . . .?" fragte er zögernd.

„Nein. Du weißt doch, ich bin ein Sohn der Wüste, und das da ist kein natürliches Ödland. So etwas habe ich noch niemals gesehen!"

„Pst!" Fors fuhr herum. Er meinte, das Klingen von Metall auf Metall gehört zu haben, weshalb er an den Reihen der stummen Maschinen entlangblickte. Und da, in der Mitte der zweiten Reihe, hatte er eine Bewegung gesehen!

Er schirmte die Augen vor der Sonne ab und trat dicht an das nicht mehr vorhandene Fenster. Im Schatten der riesigen Flugzeugflügel hockte ein grauschwarzer Fleck. Und er schnüffelte am Boden herum!

Fors' Flüstern war kaum lauter als Arskanes Atem. „Nur einer . . ."

„Nein. Sieh da hinten am Waldrand . . . Rechts . . ."

Ja, der Südländer hatte recht. Fors' Hand fuhr an den Schwertgriff. „Wir müssen fort!"

Arskane eilte schon die Treppe hinab. Bei einem letzten Blick hinaus sah Fors noch, wie das graue Ding aus dem Schatten des Flugzeugs hervorhuschte. Und zwei andere lösten sich aus dem Schutz der Bäume am Rande der Rollbahn und versteckten sich zwischen den Maschinen. Das Rudel kam näher.

„Wir müssen im Freien bleiben", warnte Arskane. „Wenn wir unseren Vorsprung wahren und uns nicht in eine Ecke drängen lassen, haben wir eine gute Chance."

Sie fanden eine Tür, durch die sie auf einen anderen Teil des Flugfeldes hinausgelangten. Hier herrschte Chaos. Granattrichter durchzogen wie Pockennarben die Startbahnen; Maschinen und Abwehrkanonen waren ebenfalls zerstört. Die beiden Männer bogen um den zum Himmel weisenden Lauf eines Flakgeschützes. Und dann war die Luft erfüllt von einem gräßlichen Kreischen, begleitet von Luras wütendem Fauchen. Ineinander verkrallt rollten Katze und Beute ihnen vor die Füße.

Arskane schwang seinen Morgenstern. Er schlug zu. Dürre, knochengraue Arme fielen schlaff herab, und Lura hielt ein totes Wesen in den Pranken. Ein Geschoß aus den Trümmern streifte Fors am Kopf; er fuhr zurück und prallte gegen das Geschützrohr, gleichzeitig über das tote Wesen stolpernd, das einen ekligen Geruch ausströmte. Dann zog ihn Arskane unter die himmelwärts gerichtete Nase eines Flugzeugs.

Noch immer den dröhnenden Kopf schüttelnd, folgte Fors seinem Freund. Von Deckung zu Deckung eilten sie weiter.

„Sie machen Treibjagd auf uns . . .", keuchte Arskane.

Fors versuchte, sich aus dem verkrampften Griff des Südländers zu befreien. „Lura . . . voraus . . ." Trotz der Kopfschmerzen hatte er die Botschaft der Katze empfangen. „Der Weg ist frei . . ."

Arskane zögerte, die Deckung zu verlassen, doch Fors riß sich los und schlüpfte durch eine Lücke in der aufgewühlten Erde. Schließlich kamen sie an die seltsame Narbe im Boden, die sie vom Turm aus gesehen hatten. Und da hockte auch Lura, eng an den Boden gepreßt.

„Da in den Graben hinein, rasch!" Arskane verschwand. Der eigenartige Boden knirschte unter Fors' Stiefeln. Dies war der einzige Weg in die Freiheit, der ihnen noch blieb. Grollend strich Lura an ihm vorbei.

Hier gab es noch nicht einmal Moos, und das Gestein besaß einen glasigen Glanz. Fors wagte nicht, es mit den bloßen Händen zu berühren. Von den Verfolgern war nichts mehr zu hören. Fast zu ruhig war es hier. Und plötzlich fiel ihm auf, daß er das Summen der Insekten vermißte, das sie in der normal bewachsenen Welt stets begleitet hatte.

Dieses Land war ihm unheimlich, fremd, ohne das gewohnte Grün und Braun, ohne die vertrauten Geräusche. Arskane war stehengeblieben, und als Fors ihn einholte, stellte er die Frage, die ihm schon lange auf der Zunge lag. „Was ist das hier?"

Doch der Südländer antwortete ebenfalls mit einer Frage. „Was weißt du über die Explosionsgebiete?"

„Explosionsgebiete?" Fors überlegte. Das waren Landstriche, wo Atombomben gefallen waren und wo der Tod so tief in den Boden gedrungen war, daß Generationen vergehen mußten, ehe der Mensch dieses Gebiet wieder betreten konnte.

Er wollte etwas sagen, blieb aber stumm. Nein, er brauchte nicht noch einmal zu fragen. Er wußte es. Und dieses Wissen war furchtbarer als die Schmerzen, die ein Wurfspieß der Tierwesen verursachte. Kein Wunder, daß die Verfolger zurückgeblieben waren. Selbst die mutierten Tierwesen mußten vor einem solchen Unternehmen zurückschrecken!

„Wir müssen zurück", flüsterte er und wußte doch, daß das unmöglich war.

„In den sicheren Tod? Nein, Bruder. Außerdem ist es bereits zu spät. Sollten die alten Erzählungen stimmen, sind wir schon jetzt todgeweiht. Wenn wir aber weitergehen, ist es möglich, daß wir durchkommen . . ."

Fors unterdrückte sein Entsetzen. Er erinnerte sich an eine alte Theorie, die im Bergdorf diskutiert worden war. „Sag, Arskane, ist in den ersten Jahren nach der Explosion in eurem Stamm die Strahlungskrankheit aufgetreten?"

Der große Mann zog die dichten Brauen zusammen. „Ja. Ein Jahr war ein richtiges Todesjahr. Innerhalb von drei Monaten starb fast der ganze Klan, bis auf zehn, und die blieben kränklich und schwach. Erst eine Generation später waren wir wieder stark."

„Genauso war es bei uns im Bergdorf. Die Männer meines Klans, die die alten Bücher studiert haben, sagen, daß wir wegen dieser Krankheit anders sind als die Alten, von denen wir stammen. Und weil wir anders sind, können wir uns vielleicht, ohne Schaden zu nehmen, dort bewegen, wo die Alten der Tod geholt hätte."

„Aber das ist nicht bewiesen!"

Fors zuckte die Achseln. „Wir werden es beweisen. Wir werden sehen, ob es stimmt. Ich weiß, daß ich ein Mutant bin."

„Und ich bin wie die anderen meines Stammes. Doch das bedeutet nicht, daß sie so sind wie die Alten. Nun, ändern können wir nichts mehr, und hinter uns wartet der sichere Tod. Jetzt aber . . . Dort kommt ein Gewitter. Wir sollten irgendwo unterkriechen."

Es war schwierig, sich auf dem schlüpfrigen Boden fortzubewegen; bei Regen wurde es gewiß noch schlimmer. Sie gingen weiter und hielten Ausschau nach einer Höhle oder einem Überhang, wo sie wenigstens etwas Schutz finden konnten.

Die dunklen Wolken hatten sich zu einer grauen Wand zusammengeschoben. Ein gezackter, blutigroter Blitz schoß über den Himmel, und beide schützten ihre Augen, als er nicht weit von ihnen einschlug. Der darauf folgende Donnerschlag zerriß ihnen fast das Trommelfell. Dann kam der Regen herabgestürzt. Die beiden hockten mit Lura im Schutz einer Felswand eng beieinander und zogen die Köpfe ein, als der Blitz abermals einschlug. Das Wasser schoß in reißendem Strom durch den Graben und wusch die Erde von dem glasigen Felsgestein. Fors machte seine Feldflasche los, nahm auch die von Arskane und stellte dann beide Behälter hinaus in den Regen. Das Wasser, das an ihnen vorbeirauschte, war verseucht, der Regen aber, der noch nicht den Boden berührt hatte, mochte trinkbar sein.

Lura, die wohl die Nässe am unangenehmsten von allen empfand, war ungewöhnlich still. Seit sie in das Explosionsgebiet eingedrungen waren, hatte sie keinen Laut mehr von sich gegeben. Fors versuchte, ihre Gedanken zu erfassen, doch er griff ins Leere. Lura preßte ihr feuchtes Fell zwar gegen seine Beine, doch sie selbst war weit, weit fort.

Und dann merkte er, daß sie lauschte, so konzentriert, daß ihr ganzer Körper zu einem Horchinstrument wurde. Warum nur?

Er legte den Kopf auf die um die Knie verschränkten Arme. Angestrengt versuchte er, alle Geräusche ringsum auszuschließen: das Rauschen des Regens, Arskanes Atem, das Gurgeln des Wassers zu ihren Füßen. Gedonnert hatte es nicht mehr. Er hörte nur noch das Klopfen des eigenen Herzens in seinen Ohren, das Geräusch seines eigenen Atems, und er versuchte, auch diese Geräusche zu ignorieren. Das war ein Trick, den er schon oft angewandt hatte, aber nie mit solcher Kraft. Er mußte *hören!*

Er vernahm ein schwaches Klatschen. Aber es war nur unterspülte Erde, die ins Wasser stürzte. Er lauschte tiefer hinein in das Dunkel. Und dann, als ihn allmählich Schwindel packte, hörte er es: ein Geräusch, weder vom Wind noch vom Regen verursacht. Lura richtete sich auf. Sie wandte den Kopf und sah ihm in die Augen, als er aufblickte.

„Was . . .?“ fragte Arskane unruhig und sah von Fors zu Lura.

Fors mußte lachen, so verwirrt war Arskanes Blick.

Das Schwindelgefühl verebbte. Seine Augen gewöhnten sich an das Dunkel. Er stand auf, legte Bogen und Köcher ab und behielt nur den Gürtel mit Schwert und Messer. Arskane hob protestierend die Hand, doch Fors beachtete ihn nicht.

„Da hinten ist etwas. Ich muß wissen, was. Warte du hier . . ."

Arskane wollte sich ebenfalls erheben.

Fors sah, wie der Freund vor Schmerzen das Gesicht verzog, als er sich zufällig auf den kranken Arm stützte, und schüttelte den Kopf. „Hör zu, Arskane, ich bin ein Mutant. Du hast nie gefragt, was mich von anderen unterscheidet, aber jetzt sage ich es dir. Ich kann im Dunkeln sehen; für mich ist die Nacht kaum anders als die Dämmerung. Und hören kann ich fast ebenso gut wie Lura. Jetzt ist der Zeitpunkt gekommen, wo uns diese Eigenschaften helfen werden. Lura!" Wieder sah er der Katze tief in die blauen Augen. „Du bleibst hier – bei unserem Bruder. Du wirst ihn beschützen, als sei ich es selber!"

Sie trat unruhig auf den Vorderpfoten hin und her; sie weigerte sich, seinem Befehl zu gehorchen. Doch er gab nicht nach. Er mußte sich gegen sie durchsetzen!

Lura hob jetzt den Kopf. Erleichtert streichelte Fors ihr nasses Fell. Er war glücklich darüber, daß sie seinen Wunsch akzeptierte. Liebevoll kraulte er sie hinter den Ohren.

„Ihr beide bleibt hier", sagte er dann. „Ich komme zurück, so schnell es geht. Aber ich muß wissen, was dort hinten vorgeht."

Und dann war er fort.

Fors folgte unbeirrt der Route, die sie gekommen waren. Der Regen ließ nach und hatte ganz aufgehört, als er auf einen Felshügel kam und wieder hinabblickte auf den alten Flughafen. Er erkannte das bombardierte Feld und die Gebäude, wo sie die Karten gefunden hatten. Doch was sich direkt unter ihm abspielte, interessierte ihn weit mehr.

Man schien eine Ratsversammlung abzuhalten. Der Anblick der Tierwesen, die da unten geduckt im Kreis hockten, erinnerte Fors irgendwie an die Versammlungen der Ältesten im Bergdorf. Die Gestalten saßen still da, waren eigentlich nur graue Flecken. Ein Wesen stand in der Mitte des Kreises und hielt anscheinend eine Rede, obgleich die Laute, die es ausstieß, an keine Sprache erinnerten.

Was der Anführer vorbrachte, war nicht zu ermitteln, wichtig jedoch war, zu erfahren, was nun beschlossen wurde. Die Tierwesen waren mit den Jahren immer kühner geworden. Zuerst hatten sie sich nicht aus den Städten herausgewagt, doch jetzt verfolgten sie ihre Beute bereits bis an den Rand der Städte, ja, vielleicht schickten sie ihre Kundschafter sogar ins offene Gelände. Sie entwickelten sich zu einer Gefahr für die Menschheit.

Der Anführer brach seine Rede unvermittelt ab. Jetzt drehte er sich um und wies hinüber zum Ödland, wo Fors kauerte, fast als hätte er den stummen Beobachter gesehen. Ein oder zwei der Wesen standen auf und watschelten zu der Stelle hin, wo das Explosionsgebiet begann, senkten die Nasen auf den Boden und schnupperten. Doch lange brauchten sie nicht, um einen Entschluß zu fassen. Bald nahmen sie ihre Spieße und formierten sich zu einer langen Reihe.

Fors blieb nur so lange, bis er sicher war, daß sie tatsächlich losmarschierten. Dann floh er zurück zu Lura und Arskane. Den Tierwesen schien jedoch ihr Vorhaben nicht übermäßig zu behagen, denn ihr Tempo war langsam. Sie bewegten sich so, als erwarteten sie, in einen Hinterhalt zu geraten. Es bestand Hoffnung, daß die Flüchtigen ihren Vorsprung hielten.

Arskane wartete schon ungeduldig, als Fors ankam. Lura lag auf einer Felsnase, die Augen im Dunkeln glühend. Fors erzählte.

„Ich habe nachgedacht“, unterbrach Arskane mit seiner dunklen Stimme seinen Bericht. „Solche Gebiete, wo Bomben gefallen sind, müssen im Zentrum gefährlicher sein als am Rand. Wenn wir jetzt das Gebiet durchqueren, ereilt uns vielleicht doch noch der Tod, von dem die alten Geschichten erzählen. Wenn wir aber dem Rand folgen . . .“

„Das ist eine Frage der Zeit. Ich sage doch, die Verfolger sind uns auf den Fersen!“

„Ja, und sie folgen der Witterung. Dagegen gibt es ein gutes Mittel.“

Arskane marschierte los, seine Mokassins platschten durch eine Pfütze. Fors verstand. Der kleine Bach war nun vielleicht ihre Rettung. Doch da es aufgehört hatte zu regnen, sank auch der Wasserspiegel rasch, fast als sauge der felsige Boden die Feuchtigkeit auf wie ein Schwamm.

Fors ging voraus; seine Nachtaugen fanden einen sicheren Weg. Arskanes Atem ging in schweren, hastigen Zügen. Fors wußte, was den anderen quälte; ihn schmerzten auch die Muskeln seiner Beine.

Aber sie mußten Boden gewinnen, während die Verfolger, noch immer mißtrauisch das Explosionsgebiet meidend, nur langsam vorwärts kamen.

Doch dann, nachdem sie schon lange marschiert waren, brach Arskane zusammen, und obgleich Fors ihm eine Ruhepause gönnte, kam er nicht wieder auf die Füße. Der Kopf sank ihm auf die Brust, den Mund hatte er vor Schmerzen verzogen.

Fors preßte die Handflächen auf die brennenden Augen. Er versuchte sich zu erinnern. War es erst gestern gewesen, daß sie in dem Turm in der Stadt geschlafen hatten? Es schien Ewigkeiten her zu sein. In diesem Tempo konnte es nicht weitergehen, das war klar. Auch er fürchtete, als er erst einmal entspannt auf dem sandigen Ufer lag, nicht wieder aufstehen zu können. Er mußte schlafen. Und dann war da noch die Essensfrage. Wie groß war dieses Explosionsgebiet? Was, wenn es Tage dauerte, bis sie es durchquert hatten?

Das würden sie nicht überstehen. War es vielleicht besser, sich jetzt eine Verteidigungsstellung auszubauen und bis zum letzten Atemzug den Tierwesen Widerstand zu leisten? Er riß angestrengt die Augen auf. Er wagte nicht zu schlafen. Aber da war doch Lura!

Sie lag flach auf einem kleinen Felsvorsprung über ihren Köpfen und leckte sich die Pfoten, nur ab und zu die Ohren aufstellend und lauschend. Lura würde auch schlafen, aber auf ihre ganz besondere Art, und während sie Wache hielt, kam niemand unbemerkt heran. Er legte den Kopf gegen Arskanes Arm und schlief ein.

X

Der Sonnenglanz auf der glitzernden Felsoberfläche stach Fors schmerzend in die Augen. Es war hart, in gleichmäßigem Tempo weiterzumarschieren, wenn der Hunger quälte. Doch war er, Fors, noch nicht so schlimm dran wie Arskane. Der Südländer murmelte Unverständliches vor sich hin, seine Augen glänzten fiebrig, und er mußte an der Hand geführt werden wie ein müdes Kind. Der rote Fleck auf seiner bandagierten Schulter war trocken und verkrustet.

Wo war das Ende des Explosionsgebietes? Wenn sie nicht im Kreis gegangen waren, mußten sie kilometerweit durch die scharfkantigen Täler und über die felsigen Plateaus gezogen sein. Und immer noch sahen sie vom Gipfel jeder Erhebung nur weitere endlose Strecken verwüsteten Landes.

„Wasser . . .“ Arskane fuhr sich mit der geschwollenen Zunge über die aufgesprungenen Lippen.

Der ganze gestrige Wassersegen war verschwunden, vom Boden verschluckt, als habe es ihn niemals gegeben. Fors lehnte den großen Freund gegen einen Felsen und griff nach seiner Feldflasche. Er tat dies sehr langsam, damit seine zittrige Hand nichts von dem kostbaren Naß verschüttete. Nicht ein Tropfen durfte verlorengehen!

Doch er hatte nicht mit Arskane gerechnet. Dessen Blick fiel plötzlich auf die Flasche, und er griff gierig danach. Wasser spritzte über seine Hand und sammelte sich in einer flachen Mulde im Gestein. Fors sah sehnsüchtig darauf hinab, doch immer noch wagte er nichts zu sich zu nehmen, das mit dem verseuchten Boden in Berührung gekommen war.

Er ließ Arskane trinken und entriß ihm nach zwei Schlucken die Flasche. Als er sie wieder an seinem Gürtel befestigte, fiel sein Blick zufällig auf den Boden, und was er da sah, ließ ihn wie angewurzelt stehenbleiben.

Aus dem Schatten eines Felsens kam etwas auf die Wasserpfütze zugekrochen. Es war dunkelgrün, mit rötlich-gelben Flecken, und die uralte Furcht der Menschen vor Reptilien trieb ihn, das Wesen mit dem Stiefel zu zermalmen. Doch rechtzeitig noch sah er, daß das, was da über den Boden kroch, keine Schlange war, sondern der fleischige Stiel einer Pflanze. Das flache Ende bog sich über die Lache, dann kam ein Pflanzengebilde heraus und trank. Es bestand aus drei steifen Blättern, die einen hohen Mittelstamm mit einer roten Zwiebel umstanden. Nachdem die Pflanze getrunken hatte, hob sich der Stiel vom Boden und rollte sich wieder in den Schatten zurück. Wo eben noch Wasser gewesen war, sah Fors jetzt nur noch einen feuchten Fleck auf dem Gestein.

Es gab also doch Leben hier, wenn auch fremdartiges. Dieser Gedanke machte Fors wieder ein wenig Mut.

Die Wanderung wurde allmählich zum Alptraum. Nur mit äußerster Anstrengung gelang es Fors, in Bewegung zu bleiben, Arskane immer wieder auf die Füße zu stellen und neue Punkte zu finden, die er ansteuerte. Das war leichter, als nur einfach ins Blaue hineinzumarschieren.

Manchmal glaubte er, im Schatten Bewegungen wahrzunehmen, doch ob es sich um wassertrinkende Pflanzen oder um andere Bewohner dieser Hölle handelte, die die Wanderer beobachteten, war nicht zu ermitteln. Es war auch nicht wichtig. Wichtig war nur, weiterzugehen und zu hoffen, daß einmal der Zeitpunkt kam, wo er von der nächsten Erhebung aus nicht nur wieder Wüste vor sich sah, sondern das gesunde Grün der normalen Welt.

Hin und wieder kam Lura zu ihm. Ihr sonst so glänzendes Fell war rauh und struppig geworden, ihr Körper mager, und ihre Flanken waren eingesunken. Streckenweise trottete sie neben ihnen her, dann eilte sie wieder davon, ging ihre eigenen Wege, wachsam und vorsichtig.

Es war jetzt fast unmöglich, Arskane in Bewegung zu halten. Zweimal wäre er der Länge nach hingeschlagen, hätte Fors ihn nicht gehalten, und das zweite Mal zwang das Gewicht des Freundes den Bergbewohner fast in die Knie. Und jetzt entschloß Fors sich, den letzten Rest Wasser zu opfern, um seinen Gefährten ein wenig anzuspornen. Es wirkte, aber nun war die Flasche leer.

Sie kämpften sich durch ein Labyrinth von schmalen Schluchten, immer in der Richtung, die sie gewählt hatten. Fors sank fast unter Arskanes Gewicht zusammen, doch auf einmal erblickte er etwas, das Hoffnung in ihm wie eine riesige Woge aufbranden ließ.

Das da hinten, das waren Baumwipfel! Noch nie waren ihm Zweige, die sich vom Abendhimmel abhoben, so schön erschienen! Fors legte sich Arskanes Arm um die Schultern, ließ Bogen, Köcher und Sterntasche fallen und machte sich an die Überwindung dieses letzten Stücks Ödland.

Nach einer Ewigkeit lag er dann endlich mit dem Gesicht auf weicher, natürlicher Erde, den guten Geruch feuchter Blätter in der Nase. Und über ihm fächelte der Wind durch Blätter, die echt und grün und sauber waren. Nach einer langen Weile hob er den Kopf. Neben ihm lag Arskane auf dem Rücken, mit geschlossenen Augen, schlafend. Fors seufzte erleichtert.

Er mußte zurückgehen und vor Anbruch der Nacht Bogen und Tasche holen. Doch die Anstrengung, wieder auf die Füße zu kommen, war fast zuviel. Erst jetzt merkte er, daß Lura nicht da war. Nun, vielleicht war sie auf Jagd. Aber er mußte die Tasche holen. Sie enthielt die einzigen Beweise für seinen Erfolg!

Schleppenden Schrittes taumelte er dahin, sein Kopf war wirr und schwer. Aber noch konnte er die Fährte ausmachen, die sie hinterlassen hatten. Er wankte weiter.

Jetzt umfingen ihn die Steilwände der ersten Schlucht. Als er sich umblickte, sah er zwar die Bäume, aber nicht die Stelle, wo Arskane lag. Es wurde dunkel – er mußte sich beeilen.

Ein wahnsinniger Schmerz drohte seinen Kopf zu sprengen. Er spürte, daß er fiel, merkte aber kaum noch, wie er aufschlug.

Als er aus der Bewußtlosigkeit erwachte, fühlte er zunächst, daß jemand an ihm zerrte, so brutal zerrte, daß der Schmerz in seinem Kopf unerträglich wurde. Dann tauchte er auf aus der Dunkelheit und versuchte, seine Gedanken zu sammeln. Dem wurde jedoch ein Ende gemacht, als er abermals fiel, schmerzhaft auf Fels stürzte und davonrollte. Anscheinend hatte man ihn getragen und dann hingeworfen. Und der eklige Geruch sagte ihm auch, wer ihn getragen hatte. Er lag kraftlos da, wagte nicht, die Augen zu öffnen. Solange sie ihn für bewußtlos hielten, war er möglicherweise in Sicherheit.

Er war gefesselt. Die Hände waren schon taub, und die Fesseln schnitten tief ins Fleisch. Aber hören konnte er, und er versuchte zu erraten, was seine Überwältiger taten. Sie schienen sich zu setzen. Dann nahm er leichten Rauch wahr und wagte es, unter den halbgeschlossenen Lidern hervorzuspähen.

Ja, sie hatten ein Feuer gemacht. Ein Wesen kam ins Licht der Flammen und warf einen Armvoll wassertrinkender Pflanzen zu Boden, die noch lebendig genug waren, um eiligst von der Hitze fortzustreben.

Doch sogleich wurden sie gepackt. Die Tierwesen schlugen ihre gelben Zähne mit behaglichem Grunzen in die roten Zwiebeln und saugten sie aus. Dann wurden die Pflanzen ins Feuer geworfen. Fors schluckte mit trockener Kehle. War er jetzt an der Reihe?

Doch eines der Tierwesen fuhr mit unglaublicher Geschwindigkeit herum, sprang auf die Felswand zu und packte etwas, das zappelte und schrill quiekte. In jeder Faust ein Beutetier, kam der Jäger zurück und schlug die winzigen Körper gegen einen Felsen, bis sie leblos in seiner Hand hingen. Die Beute erregte den Neid seiner Gefährten, und bald versuchten alle ihr Glück, wenige jedoch mit Erfolg.

Irgendwo hinter sich hörte Fors im Geröll rasche Bewegungen, als ob kleine, flinke Wesen liefen, um sich in Sicherheit zu bringen. Der langsamste der Jäger kehrte grollend mit leeren Händen ans Feuer zurück. Als der Fang ausgelegt wurde, sah Fors endlich, was es war: Eidechsen! Sie glichen genau denen, die er so oft schon an felsigen Plätzen beobachtet hatte, und doch war etwas Seltsames an der Form ihrer Köpfe . . . Doch ehe er sie genau betrachten konnte, waren die kleinen Körper bereits zum Braten über die Flammen gehängt.

Vier Tierwesen saßen dort. Es war das erstemal, daß Fors sie aus der Nähe sah.

Sie waren vermutlich nicht größer als er, doch die dürren Körper auf den hageren Beinen wirkten riesengroß. Die graue Haut, die sich straff über die Knochen spannte, war körnig, fast schuppig, und sie waren nackt, bis auf einen Streifen schmutzigen, zerrissenen Tuches, das sie um die Lenden trugen. Und ihre Gesichter . . .!

Fors zwang sich, hinzusehen, sie zu studieren und sich alles genau einzuprägen. In ihren Grundzügen waren sie menschenähnlich, doch diese tiefliegenden, von dicken Knochenwülsten umrandeten Augen, das lange Kinn mit den scharfen Fängen, niemals ganz bedeckt von rudimentären Lippen – die waren nicht menschlich. Sie waren – und er schauderte bei dem Vergleich, der sich in seinem Hirn formte –, sie waren wie Ratten!

Fors' schmerzgequälter Körper wollte nicht aufhören zu zittern. Dann spannte er plötzlich jeden Muskel. Hinter ihm kam etwas den Abhang herunter mit schweren, sicheren Schritten, als wisse es, daß es nichts zu fürchten habe. Fors spürte ein Kratzen und dann Luras weiches Fell an seinem Arm. Die Schritte gingen weiter.

Lura lag neben ihm, die Augen sprühend vor hilflosem Zorn, die Pranken mit Riemen gebunden, eine festgezurrte Schlinge um die Schnauze. Ihr Schweif zuckte. Als ihr Blick sich mit seinem traf, entspannte sie sich. Noch konnte er sich nicht rühren . . .

Zu den anderen am Feuer hatten sich jetzt zwei weitere Tierwesen gesellt und verlangten einen Anteil am Essen. Hohngelächter beantwortete ihre Forderung. Dann schnarrte jemand einen Befehl, und knurrend wurde das Fleisch geteilt. Sie aßen schweigend, und als der Anführer fertig war, wischte er sich sorgsam die Hände an den Hüften ab, bevor er daranging, einige Gegenstände zu untersuchen.

Fors erkannte seinen Bogen. Der Anführer spannte neugierig die Schnur, und sie schlug schmerzhaft gegen seinen Daumen. Mit bösartigem Knurren zerbrach er den Bogen und warf ihn ins Feuer.

Der Köcher folgte, doch waren die Wesen schlau genug, zuvor die Stahlspitzen von den Pfeilen zu brechen.

Als die Kreatur das letzte Beutestück nahm, die Sterntasche, biß sich Fors krampfhaft auf die Lippe. Der kostbare Inhalt wurde herausgeschüttelt und wanderte Stück für Stück in die Flammen. Karte, Tagebuch – alles, bis auf die Figurinen aus dem Museum, die den Anführer zu faszinieren schienen.

Nach dieser Inspektion kam er herüber zu seinen Gefangenen. Fors lag still, bewußt jeden Muskel entspannend. Ein Fuß mit krallenbewehrten Zehen bohrte sich schmerzhaft in seine Rippen und rollte ihn fort von Lura in den Schein des Feuers. Er bekämpfte mit Anstrengung seine Wut und den Ekel, als stinkige Tatzen ihm jeden Faden vom Leib rissen und seinen Körper abtasteten. Dann ließ man ihn liegen und unterzog Lura der gleichen Behandlung.

Als diese beendet war, packten sie mit ihren Klauen die Fesseln, die seine Hände banden, und schleiften ihn an seinen alten Platz zurück. Das Geröll riß ihm die Haut am Rücken auf. Lura drehte und wand sich. Sie fand ganz und gar keinen Geschmack an der Aufmerksamkeit, die ihr zuteil geworden war. Jetzt lag sie dicht an ihn gepreßt, ihre gebundene Schnauze an seiner Schulter.

Fors schlief ein. Als er erwachte, war der Himmel fahlgrau; die Dämmerung kam. Einer seiner Quälgeister saß am Feuer und achtete darauf, daß es nicht erlosch. Die anderen hatten sich im tiefen Schlaf zusammengerollt.

Fors war jetzt hellwach. Wieder hörte er ganz deutlich, wie die Eidechsen über die Felsen huschten. Warum begaben sie sich nur wieder in die Gefahrenzone? Und dann entdeckte er, wie die Wände des Talkessels beschaffen waren.

Terrassen, zu Hunderten, einige nur wenige Zoll breit, andere hingegen mehrere Fuß, bildeten eine durchgehende Treppe bis hoch hinauf. In mühevoller Arbeit waren sie, eine wie die andere, künstlich angelegt worden, sorgfältig abgestützt mit Kieseln und kleinen Steinen. Und auf ihnen wuchs das Gras, mit dem seine Peiniger ihr Feuer nährten. Das halbe Tal war bereits geplündert. Und jetzt, während er dies alles beobachtete, schleppte der Wächter schon wieder einen Armvoll heran.

Eidechsen und Terrassen ... Hatten die Eidechsen sie gebaut? Und diese schwarzen Löcher, die rings um die Oberkante des Tales liefen – was bedeuteten sie? Seine Frage wurde sogleich beantwortet. Ein Wesen mit schuppigem Kopf und einem Kamm auf der Stirn zeigte sich in einem der Löcher und blickte aus hellglänzenden Augen über das Tal und die Eindringlinge hinweg.

Da er jetzt wußte, wonach er Ausschau halten mußte, suchte Fors abermals die oberste Terrasse ab. Wo er auch hinsah, überall Wesen mit diesen Köpfen!

Wenn die Eidechsen, überrascht von der Übermacht, gestern abend geflohen waren – jetzt waren sie wieder da, und zwar mit Verstärkung. Doch was konnten sie gegen die stählerne Kraft und die überlegene Größe der Tierwesen schon ausrichten?

Kundschafter glitten die Seiten des Tales herab. Von Zeit zu Zeit sichtete Fors schmale Schatten, die von Deckung zu Deckung huschten, immer näher an den Gegner heran. Und dann sah er etwas, was er kaum glauben konnte. In aller Offenheit kam eine Gruppe Eidechsen aus einer der Höhlenöffnungen in der gegenüberliegenden Wand herausmarschiert. Lautlos und ohne den Versuch, ihren Vormarsch zu tarnen, näherten sie sich den Feldern, die die Tierwesen noch nicht geplündert hatten.

Sie gingen auf den Hinterbeinen in fast menschenähnlicher Haltung; in den Vorderpfoten hielten sie nicht zu erkennende Gegenstände. So schritten sie hinab zu ihren winzigen Wiesen und machten sich an die Arbeit. Fors wollte seinen Augen nicht trauen: Sie mähten das Gras und banden es in Garben! Und sie arbeiteten, ohne einen Blick nach unten zu werfen, wo ihre Feinde saßen.

Fors wäre am liebsten aufgesprungen und hätte ihnen eine Warnung zugerufen, doch gleichzeitig entdeckte er, daß sich am Abhang stumm und entschlossen eine Streitmacht gesammelt hatte. Und jetzt begann er zu ahnen, was sie vorhatten, und hob den Kopf, um besser sehen zu können.

Köder! Die Erntearbeiter waren Köder! Diese kleinen, schuppigen Wesen wußten genau, was sie taten – sie waren die Helden des Klans, die sich vermutlich freiwillig gemeldet hatten.

Der Wächter am Feuer gähnte, rülpste und reckte sich. Dann entdeckte er das Treiben über sich. Er grinste, die fleckigen Zähne entblößend, und stieß einen seiner schlafenden Kameraden an. Der war zunächst verärgert über die Störung, doch als er die Schnitter sah, rieb er sich den Schlaf aus den Augen und machte sich ans Werk.

Er hob eine Handvoll walnußgroßer Steine auf, die, von den beiden Tierwesen mit größter Präzision geschleudert, mindestens zwei der Echsen töteten. Das Triumphgeschrei der Werfer weckte das ganze Lager.

Aber warum ging die Flucht der Eidechsen nur so langsam vonstatten? Fors war ganz elend zumute, als er sah, wie ein Schnitter nach dem anderen sein Leben aushauchte. Und dann verstand er: Sie wollten gar nicht entkommen! Sie opferten ihr Leben für einen Plan, der ihre Kolonie retten sollte.

Er konnte das Gemetzel nicht länger mit ansehen und drehte den Kopf weg – gerade noch rechtzeitig, um zu sehen, wie von der Talwand her ein kleiner, runder Gegenstand geflogen kam und dicht beim Feuer zu Boden fiel. Immer mehr dieser Dinge prasselten herab; es war wie ein brauner Hagel. Auf den Steinen und zwischen dem Geröll waren sie kaum auszumachen. Und wäre nicht eins der Geschosse in Reichweite von Fors niedergegangen, hätte er nie herausbekommen, was es wirklich war.

Eine winzige Kugel, vermutlich aus Lehm – mehr sah er nicht. Aber was hatten diese kleinen Dornen zu bedeuten, mit denen die Kugel bestückt war? Wenn sie verwunden sollten, warum wurden sie abgeschossen, während die Tierwesen ganz woanders waren? Diese Fragen beschäftigten Fors, als die Sieger, stolz ihre Beute schwingend, zurückkamen.

Trotz seines Ekels konnte Fors nicht verhindern, daß sich sein Magen rührte, als der Duft gebratenen Fleisches die Luft durchzog. Nur schwach erinnerte er sich an seine letzte Mahlzeit. Doch er beabsichtigte nicht, die Aufmerksamkeit der Kreaturen, die jetzt gierig das halbgare Fleisch hinunterschlangen, auf sich zu lenken.

Eines der Tierwesen griff nach einer neuen gebratenen Eidechse. Plötzlich stieß es einen ärgerlichen Ruf aus, pflückte sich etwas vom Arm und schleuderte es von sich. Es war von einer der Eidechsenkugeln getroffen worden, doch rief die Verletzung kaum mehr als vorübergehenden Ärger hervor. Fors beobachtete die Esser scharf und stellte fest, daß zwei auf die Dornenbälle traten, der eine, als er aufstand, um eine frische Ladung wassertrinkender Pflanzen zu holen. Als das Tierwesen wiederkam, ging es langsamer, blieb immer wieder stehen, um den schmalen Kopf zu schütteln und heftig mit den Händen vor den Augen hin und her zu fahren.

Sie tranken aus den sterbenden Pflanzen, nagten den letzten, dünnen Echsenknochen ab und erhoben sich. Nun richtete sich ihre Aufmerksamkeit auf die Gefangenen.

Die Tierwesen bildeten einen Kreis um ihre Opfer. Sie traten Fors und lachten laut dabei, aber töten wollten sie ihn offenbar noch nicht. Statt dessen bückte sich der Anführer, das Messer des Gefangenen in der Hand, um die Fesseln um dessen Knöchel zu zerschneiden.

Doch er kam nicht dazu. Eine der Bestien, die um Fors herumstanden, stieß ein tiefes Gebrüll aus und biß sich selbst in den Arm. Weißer Schaum stand ihr in den Mundwinkeln. Wie wahnsinnig hieb sie die Fänge in das eigene Fleisch und lief dann schwankend das Tal entlang. Erstaunt blieben die anderen, wo sie waren, und sahen ihrem Gefährten nach, der sich schreiend krümmte und schließlich ins Feuer fiel.

Gift! Jetzt verstand Fors, warum sich die Schnitter geopfert hatten. Wie klug! Die Dornenkugeln waren vergiftet! Und es dauerte eine Weile, bis das Gift wirkte. Aber – war es ihnen gelungen, alle Tierwesen zu vergiften?

Schließlich war der Anführer der letzte Überlebende. Er konnte noch bis ans andere Ende des Tales laufen und mit den Klauen am Fels scharren in dem Versuch, seinen gemarterten Leib aus der Todesschlucht herauszuziehen. Doch er fiel zurück, stöhnte auf und lag dann genauso still da wie die anderen.

Fors hörte die Echsen, noch ehe er sie sah. Alle Hänge waren von ihnen bedeckt; eine rotbraune Woge schwappte herab zu den Toten. Er leckte sich die aufgesprungenen Lippen. Sollte er sich bemerkbar machen? Konnte er sie dazu bewegen, das Messer zu nehmen und seine Fesseln zu zerschneiden?

Lange zögerte er. Dann wagte er es. Er stieß einen heiser krächzenden Laut aus. Mehr wollte seine ausgedörrte Kehle nicht hergeben.

Als Antwort wandten alle den Kopf zu ihm um, und aus kalten Augen maßen sie ihn abschätzend. Abermals machte er einen Versuch. Jetzt steckten einige der Echsen die kammbewehrten Köpfe zusammen. Dann kamen sie auf ihn zu. Fors versuchte sich aufzurichten, doch heißes Entsetzen lähmte ihn.

Jede der Echsen trug in ihrer vierfingrigen Pfote eine Waffe – einen mit Dornen besetzten Zweig!

XI

„NICHT! Ich . . . Freund! Euer Freund . . .", stammelte Fors. Doch die Worte verhallten ohne Wirkung; die Eidechsen verstanden sie nicht. Der lautlose, drohende Vormarsch ging weiter.

Aufgehalten wurde er schließlich von etwas anderem, einem Zischlaut, der vom Abhang oberhalb der hilflosen Gefangenen kam. Und dieses Zischen schienen die Echsen zu verstehen. Mitten im Schritt hielten sie an. Ihre fadendünnen Zungen zuckten ein und aus, ihre dunkelroten, gezackten Kämme waren steif aufgestellt.

Steine rollten herab. Vergebens versuchte Fors den Kopf zu wenden, um zu erkennen, was da kam. Lura drehte und wand sich krampfhaft.

Eine der Eidechsen trat vor, den Dornenspeer wurfbereit in der Pfote. Die schuppige Kehle schwoll; ein Zischen kam heraus. Es wurde prompt beantwortet, und gleich danach hörte Fors vier Wörter, die sein Herz schneller klopfen ließen.

„Kannst du dich bewegen?"

„Nein. Und paß auf! Auf dem Boden . . . Kugeln mit vergifteten Dornen . . ."

„Ich weiß." Die Antwort klang ganz ruhig. „Halt still . . ."

Zum drittenmal zischte Arskane. Die Eidechsen zogen sich zurück, nur der Anführer blieb stehen, wachsam und mißtrauisch. Dann war Arskane da und durchschnitt die Fesseln der beiden. Fors versuchte, sich auf seine abgestorbenen Arme zu stützen, doch sie versagten den Dienst.

„Unmöglich . . . Kann nicht . . ."

Doch Arskane rieb ihm die geschwollenen Knöchel. Der Schmerz der wiederkehrenden Blutzirkulation war fast zuviel für den Bergbewohner. Dann zog Arskane ihn auf die Füße und schob ihn auf den rückwärtigen Abhang zu.

„Da hinauf!"

Dieser Befehl klang so dringend, daß Fors ihn mit aller Energie sofort befolgte. Lura zog sich vor ihm hinauf. Er wagte nicht mehr, sich umzusehen, sondern konzentrierte alle Kraft darauf, sich in Sicherheit zu bringen.

Arskane half ihm, so gut es ging. Der Südländer hatte noch Zeit gefunden, Fors' Messer und Schwert zu retten.

Schweigend schleppten sie sich weiter, bis Fors Gras unter den Füßen spürte. Er warf sich zu Boden. Wasser benetzte seine ausgetrocknete Haut.

Er wußte nicht, wieviel Zeit vergangen war, als er erwachte. Arskane versuchte, ihm etwas Brühe einzuflößen, und er schluckte gierig, bis sich seine Augen von selber schlossen und er wiederum in tiefen Schlaf fiel.

„Wie hast du uns gerettet?" fragte er Stunden später. Er lag bequem auf einer Lagerstatt aus Farnen und Blättern. Arskane hockte auf der anderen Seite des Feuers und schnitzte an einem Schaft für seinen kurzen Jagdspeer.

„Das war nicht schwer, als die Tierwesen erst einmal tot waren." Der Freund lächelte, und seine weißen Zähne blitzten in seinem dunklen Gesicht. „Ich sage dir ehrlich, Bruder, hätten jene noch geatmet, hätte dieses Abenteuer leicht anders ausgehen können. Als ich hier im Wald erwachte und sah, daß du fort warst, dachte ich zuerst, du wärest auf Nahrungs- oder Wassersuche. Aber ich war trotzdem unruhig. Ich aß. Hier gibt es dicke, dumme Kaninchen, die sich leicht fangen lassen. Und da hinten ist der Bach. Das machte mich noch unruhiger, denn da Nahrung und Wasser so nahe waren, hättest du mich niemals allein gelassen, vor allem nicht so lange. Also verfolgte ich unsere Spuren zurück. Am Weg fand ich dann auch die Stelle, wo die Tierwesen im Hinterhalt gelegen und dir aufgelauert hatten. Und dann kam ich ins Tal der Eidechsen . . ."

„Wie hast du eigentlich deren Angriff aufgehalten?"

Arskane untersuchte einen Haufen Steine, die er aus dem Bach geholt hatte, wog sie in den Händen und sortierte sie. Den glatten Speerschaft hatte er beiseite gelegt.

„Das Eidechsenvolk kenne ich. In meiner Heimat gab es auch eine solche Kolonie. Sie waren eines Tages von Westen her durch die Wüste gekommen und hatten sich in einer Schlucht niedergelassen, eine halbe Tagereise von unserem Dorf entfernt. Wir waren neugierig und sahen ihnen oft aus der Ferne zu. Später trieben wir sogar Handel mit ihnen; wir gaben ihnen Metallstücke, und sie bezahlten uns mit blauen Steinen, die sie aus der Erde gegraben hatten. Unsere Frauen lieben nämlich Schmuck. Was ich vorhin zu ihnen gesagt habe, weiß ich nicht; ich glaube, es war nur meine Imitation ihrer Sprache, die sie überraschte. Aber es war gut, daß wir uns schnell davongemacht haben. Die Giftkugel ist ihre stärkste Waffe. Ich habe gesehen, wie sie sie gegen Kojoten und Schlangen benutzten. Sie wollen nur ihre Ruhe."

„Aber ... aber sie sind doch fast ... fast menschlich ..." Fors erzählte von den Schnittern und ihrem Opfergang.

Arskane legte drei Steine von gleicher Größe zurecht. „Um so weniger können wir ihnen ein Recht auf ihr Tal streitig machen. Ich weiß nicht, ob wir ebenso mutig gewesen wären!" Geschickt flocht er aus dünnen Streifen Kaninchenhaut ein Netz um jeden der drei Steine. Fors sah ihm verwundert zu.

Seine Gedanken schweiften ab. Heute früh war der Wind schon recht frisch gewesen; es wurde Herbst. Er mußte so schnell wie möglich ins Bergdorf zurückkehren!

Und dann fiel ihm ein, daß er ja seine Tasche nicht mehr hatte. Seine Finger krampften sich zusammen. Jetzt war es sinnlos, wieder nach Hause zu gehen. Mit dem Verlust seines Beweismaterials hatte er die letzte Chance verloren, sich die Rückkehr in den Klan zu erkaufen. Nichts war ihm geblieben als das, was Arskane für ihn gerettet hatte: sein Messer und sein Schwert.

„Gut! Jetzt werden wir Fleisch für unseren Topf bekommen, Bruder ..."

Fors runzelte die Stirn und sah auf. Der Südländer stand aufrecht da und wirbelte ein seltsames Intrument um seinen Kopf. Die drei Steine in ihren Netzen waren an Riemen aus Leder befestigt und die drei Riemen mit einem einzigen Knoten zusammengefügt worden. Diesen Knoten hielt Arskane zwischen den Fingern und schwang daran die Steine um seinen Kopf. Er lachte über Fors' staunendes Gesicht.

„Wir werden nach Süden gehen, Bruder, und in der Ebene ist dies eine sehr brauchbare Waffe, wie ich dir beweisen werde. Ha, und da kommt unser Abendessen!"

Lura kam, einen Frischling in den Fängen, ans Feuer stolziert. Sie ließ ihre Last fallen und warf sich mit einem fast menschlichen Seufzer zu Boden. Geschickt betätigte sich Arskane als Schlachter.

Fors aß gebratenes Wildschweinfleisch und kam zu dem Schluß, daß sein Los doch nicht so hoffnungslos war, wie er geglaubt hatte. Die Tierwesen waren tot. Er konnte ausruhen, bis er seine Kräfte wieder beisammenhatte, und dann noch einmal in die Stadt zurückkehren. Oder, wenn er sich beeilte, zum Bergdorf marschieren, so daß noch Zeit war, vor Einbruch des Winters eine Expedition in die Stadt zu schicken. Er leckte das Fett von den Fingern und überlegte. Arskane sang die traurige Weise, die er schon damals gesungen hatte, als Fors ihn beim Fischen beobachtete. Lura schnurrte und leckte sich die Pfoten. Alles war still und friedlich.

„Und jetzt", sagte Arskane plötzlich, „stehen wir vor dem Problem deiner Kleidung . . ."

„Ich stehe davor", entgegnete Fors schläfrig. „Leider vergnügen sich jetzt wohl die Eidechsen mit meiner Garderobe, und ich habe nicht die geringste Lust, sie von ihnen zurückzufordern."

„Du hast unrecht, mein Freund. Ein Besuch im Eidechsental – immer in sicherer Entfernung natürlich – kann uns sehr nützlich sein."

Fors richtete sich auf. „Wieso?"

„Fünf der Tierwesen sind dort umgekommen. Aber wie viele haben uns ins Explosionsgebiet verfolgt?"

Fors versuchte sich zu erinnern, wie viele er damals bei der Beratung belauscht hatte. Er wußte es nicht mehr, hatte aber das unangenehme Gefühl, daß noch fünf andere dabeigewesen waren. Wenn das stimmte, mußten sie sich so schnell wie möglich davonmachen. „Glaubst du, die Eidechsen haben noch mehr erledigt?"

Arskane zuckte die Achseln. „Möglich. Aber wir brauchen die Beute, die sie gemacht haben. Dein Bogen ist hin, aber die Pfeilspitzen, die könnten wir gut brauchen . . ."

„So gut, daß wir uns den Giftdornen dafür aussetzen?"

„Wahrscheinlich."

Und da Arskane mit diesem Besuch des Eidechsentals etwas zu bezwecken schien, folgte ihm Fors schließlich dorthin, obgleich er nicht wußte, warum. Lura blieb am Rand des Explosionsgebietes zurück; sie war nicht einverstanden mit diesem Plan und gab dies durch angelegte Ohren und peitschenden Schweif zu erkennen.

Sie blickten hinab auf eine wüste Szene. Fors schluckte und ballte die Fäuste, um der Übelkeit Herr zu werden. Die Eidechsen mochten sich von dem Gras auf den Terrassen ernähren, aber sie waren ganz sicher auch Fleischfresser und jetzt damit beschäftigt, sich diesen vom Zufall geschickten Vorrat zu sichern.

Von zwei Tierwesen war nur noch das Skelett übrig, und an den anderen arbeitete eine Gruppe Eidechsen mit einer Emsigkeit, die sie alles vergessen ließ.

„Sieh mal! Da, links von dem Felsen!" Arskane berührte Fors am Arm, und gehorsam sah er hinüber.

Dort lag ein Haufen Zeug. Fors erkannte die Reste seiner Hose und einen Gürtel, wie ihn die Tierwesen getragen hatten. Interessanter jedoch war etwas, das hinter der aufgehäuften Beute farbig aufblitzte. Es stand in einer kleinen Höhlung der Wand – drei blaue Klötze, etwa fingerhoch. Sie kamen ihm bekannt vor.

Dann wußte Fors, was es war: die kleinen Figurinen, die er aus dem Museum geholt hatte. Hier waren sie aufgestellt, und zu ihren Füßen lag je ein Haufen Opfergaben!

Es waren Götter! Darum opferten ihnen die Eidechsen. Fors machte seinen Freund darauf aufmerksam.

Der große Südländer rieb sich verwirrt das Kinn. Dann suchte er in der Tasche an seinem Gürtel und holte eine vierte Figur hervor.

„Siehst du, darum beten sie sie an!" Fors zeigte auf den Kopf der Figur. Es war der krummschnabelige Kopf eines Raubvogels, obgleich der Körper menschlich war. „Eine von den Figuren da hinten hat einen Eidechsenkopf!"

„Ach so! Und daher . . . Ja, jetzt verstehe ich!"

Arskane begann den Abhang hinabzuschreiten und stieß dabei den Zischlaut aus, den Fors schon kannte. Im selben Augenblick waren alle Arbeiter verschwunden, waren verschmolzen mit den Felsen, und das Tal war leer.

Der Südländer wartete geduldig ein, zwei Minuten, dann zischte er abermals. In der ausgestreckten Hand hielt er mit zwei Fingern die Figur mit dem Vogelkopf. Sie glänzte blau und war weithin sichtbar. Vielleicht lockte das die Anführer aus ihren Verstecken.

Sie kamen vorsichtig näher, immer im Schutz von Steinen, so daß nur der aufmerksamste Beobachter sie erkennen konnte. Und sie trugen, wie Fors angstvoll bemerkte, ihre Dornenstecken mit sich. Doch Arskane befand sich hoch über ihnen, so daß ihn die Kugeln nicht erreichen konnten. Und jetzt stellte er die blaue Figur auf den Boden und zog sich zurück.

Drei wagten sich vor. Bei der Figur machten sie halt und sahen sich nach allen Seiten um, als fürchteten sie eine Falle.

Als einer die Pfote auf die Gabe legte, setzte sich Arskane in

Bewegung. Nicht auf die Eidechsen zu, sondern hinüber zu den Beutestücken. Er ging vorsichtig, bei jedem Schritt den Boden absuchend, ohne den Eidechsen Beachtung zu schenken. Sie standen wie erstarrt, folgten ihm nur mit den Blicken.

Langsam und methodisch durchsuchte der Südländer den Haufen. Als er zurückkam, trug er Fors' Stiefel und die Reste seiner Kleidung in der Hand. An den Eidechsen ging er vorbei, als existierten sie nicht. Kaum war er vorüber, da packten sie die blaue Figur und schossen davon. Arskane kam ruhig den Abhang herauf, aber auf Wangen und Stirn standen ihm dicke Schweißtropfen.

Fors setzte sich und zog die Stiefel über seine wunden Füße. Dann sah er noch einmal ins Tal hinab. Die Arbeiter hielten sich noch in den Höhlen versteckt, aber in dem Felsschrein standen jetzt vier blaue Götter.

Am nächsten Tag brachen sie auf nach Süden und ließen das Explosionsgebiet mit seinen seltsamen Lebensformen weit hinter sich. Am zweiten Tag schon waren sie tief in der Ebene, wo das wilde Korn unter der Sonne reifte.

Beim Überklettern einer Steinmauer hielt Fors plötzlich inne. Was er gehört hatte, war ein zu schwaches und tiefes Rumpeln, als daß es Donner sein konnte; außerdem hatte es einen bestimmten Rhythmus gehabt. „Warte!"

Als Arskane stehenblieb, fiel Fors ein, daß er diesen Klang schon einmal gehört hatte. Es war die Signaltrommel. Arskane warf sich hin und legte das Ohr auf den Boden. Als er aufstand, lag seine Stirn in tiefen Falten.

„Was . . .?" begann Fors.

„Das war das Signal zur Heimkehr. Meine Leute rufen uns zurück. Sie sagen, alles steht schlecht. Böses droht, und sie brauchen alle Speere zur Verteidigung unseres Klans . . ."

Arskane zögerte, Fors jedoch kam ihm zuvor. „Ich bin kein Speermann und jetzt auch kein Bogenschütze mehr. Aber ich trage ein Schwert am Gürtel und kann es wohl handhaben. Gehen wir?"

Arskane hatte ihn beim Wort genommen, und der Trab, den er vorlegte, ging doch ein wenig über Fors' Kräfte. „Wie weit?" keuchte er wenige Minuten später.

„Das kann ich nur schätzen. Die Trommel ist für die Wüste gedacht. Hier trägt ihr Klang vielleicht weiter."

Noch zweimal an diesem Tag hörten sie über die fernen Hügel den dumpfen Ruf. Er werde so lange wiederholt, sagte Arskane, bis die Kundschafter alle zurück seien.

Am nächsten Tag durchquerten sie Landstriche, die Fors noch nie auf einer Karte verzeichnet gesehen hatte, am dritten jedoch kamen sie an einen Fluß, den Fors für denjenigen hielt, den er bereits einmal überquert hatte.

Einen großen Teil des Tages verbrachten sie damit, ein Floß zu bauen. Die Strömung trieb sie kilometerweit ab, bis sie es schafften, das andere Ufer zu erreichen.

Bei Sonnenuntergang hörten sie wieder die Trommel, diesmal so nahe, daß es wie Donner klang. Arskane war erleichtert, denn dies bewies, daß sie die richtige Route eingeschlagen hatten. Doch während er lauschte, fuhr die Hand an den Griff seines Messers.

„Gefahr!" Er las die Worte aus dem Trommelrhythmus. „Gefahr – Tod – geht um – Gefahr – Tod – in – der – Nacht . . ."

„Ist das die Bedeutung?"

Arskane nickte. „Die Trommelsprache. Aber noch nie habe ich diese Worte gehört. Ich sage dir, Bruder, dies ist keine gewöhnliche Gefahr. Horch!"

Fors hatte das neue Geräusch auch schon gehört. Das leise *Tap-tap* war die Antwort, weiter fort als das Klan-Signal, aber deutlich.

Und dann übersetzte Arskane ihm die Botschaft. „Hier Uran – ich komme . . . Das ist Uran mit dem schnellen Arm, der Führer der Kundschafter. Er ist nach Westen gegangen. Und . . ."

Noch einmal unterbrach ihn ein Trommeln, wieder sehr leise.

„Balakan kommt, Balakan kommt. Und jetzt . . ." Arskane befeuchtete seine Lippen „. . . fehlt nur noch Noraton. Und ich, der ich nicht antworten kann."

Doch solange sie auch warteten, es kam keine Antwort mehr. Stattdessen wurde nach einer Weile das Klan-Signal wiederholt und dann immer wieder, die ganze Nacht hindurch.

Nur bei Morgengrauen legten sie eine kurze Rast ein, um etwas zu essen. Jetzt schwieg die Trommel. Fors fand das Schweigen unheimlich. Arskanes Miene war finster, und er drängte vorwärts, als habe er seine Begleiter vergessen.

Wild jagte davon, weiße Kaninchenschwänze leuchteten auf und waren verschwunden. Und dann sah Fors noch etwas: Am Himmel segelten schwarze Vögel. Während er sie beobachtete, löste sich einer aus dem Schwarm und glitt zur Erde.

Fors packte Arskane am Arm. „Totenvögel!" Er zwang den Südländer stehenzubleiben. Wo Totenvögel ihr Mahl hielten, drohte Gefahr.

XII

SIE fanden eine flache Mulde im Boden, und was dort auf der blutgetränkten, aufgewühlten Erde lag, bot keinen schönen Anblick. Arskane ließ sich neben dem Toten auf die Knie nieder, während Lura die häßlichen Vögel anfauchte, die mit empörtem Geschrei gegen die Störung ihres Festmahls protestierten.

„Tot. Ein Speer mitten durch die Brust!"

„Seit wann?"

„Wahrscheinlich seit heute morgen. Ist dir das hier bekannt?" Arskane zog den abgebrochenen Schaft mit der verschmierten, blattförmigen Spitze aus der Leiche und hielt ihn hoch.

„Das stammt von einem Präriebewohner. Es ist eine Lanze, kein Speer. Aber wer . . ."

Mit einem Grasbüschel säuberte Arskane das entstellte Gesicht des Toten.

„Noraton!" Er preßte den Namen zwischen den zusammengebissenen Zähnen hindurch. Es war der andere Kundschafter, derjenige, der den Trommelruf nicht beantwortet hatte.

Arskane wischte sich die Hände ab. Seine Miene war versteinert. „Wenn der Stamm Kundschafter ausschickt, müssen die einen Schwur ablegen. Sie müssen schwören, das Schwert nicht zu ziehen, wenn sie nicht angegriffen werden. Wir wünschen Frieden. Und Noraton war ein weiser Mann, kühl und überlegt. Er hat den Kampf sicher nicht herausgefordert . . ."

„Euer Volk zieht nordwärts, um sich dort anzusiedeln", überlegte Fors laut. „Die Prärieleute haben stolze Herzen und ein rasches Temperament. Vielleicht sehen sie in euch eine Gefahr für ihre Art zu leben . . . Sie legen viel Wert auf Bräuche und Überlieferungen . . ."

„So, sie pflegen also ihre Differenzen mit dem Schwert auszutragen! Nun, das können sie haben!" Arskane legte den Toten zurecht.

Fors zog das Schwert. Gemeinsam hoben sie eine Grube aus. Nachher steckten sie in das fertige Grab Noratons langes Messer. Es warf einen kreuzförmigen Schatten über den Hügel.

Und weiter ging es durch das unheimliche Land. Der Tod, der Noraton ereilt hatte, mochte auch ihnen drohen. Arskane holte seine Schleuderwaffe heraus und hielt sie in Bereitschaft.

Das Ende ihrer Wanderung war gekommen, als sie um eine kleine Ruine bogen und vor sich ein weites Feld liegen sahen. Es zu umgehen hätte großen Zeitverlust bedeutet, und Arskane beschloß, es einfach zu überqueren. Fors akzeptierte seinen Entschluß, aber er war froh, daß Lura vorauslief.

Hier wuchsen das Gras und das wilde Korn hüfthoch, und sie konnten nicht laufen, da die langen Halme sich sofort um ihre Füße gewickelt und sie zu Fall gebracht hätten. Arskane trat in ein Kaninchenloch und schlug der Länge nach zu Boden. Rasch setzte er sich wieder auf und rieb sich mit schmerzverzerrtem Gesicht den Knöchel.

Fors griff sich an die Kehle. Aus dem Schatten einiger Ruinen kam in wildem Galopp, die Lanzen schräg nach unten gerichtet, eine Horde Reiter auf sie zu!

Der Bergbewohner warf sich auf Arskane, und beide rollten gerade noch rechtzeitig zur Seite, um den grausamen Lanzen zu entgehen. Arskane befreite sich aus Fors' Griff, während dieser aufstand, das Schwert in der Hand.

Arskane wirbelte die Schleuder um den Kopf und erwartete den Feind. Der Schwung des Angriffs hatte ein rasches Wenden der Pferde verhindert, so daß sie erst weit entfernt zum Stehen kamen. Aber dieses Spiel war den Reitern vertraut. Sie schwärmten aus; offensichtlich wollten sie ihre Opfer umzingeln.

Auf dem Rücken ihrer Pferde lachten sie und machten verächtliche Gesten. Fors fluchte. Er schwor sich, mindestens einen mitzunehmen, wenn das Ende kam. Die Reiter umkreisten die Gefangenen immer schneller.

Doch Lura brachte sie aus dem Konzept. Sie richtete sich auf und zog ihre scharfen Krallen über die glatte Flanke eines Pferdes. Mit einem Schmerzensschrei stieg das Tier und stemmte sich gegen die Zügel. Es gewann den Kampf und jagte fort mit seinem Reiter, weit, weit fort.

Aber die anderen wußten nun Bescheid, und als Lura noch einmal sprang, verfehlte sie nicht nur ihr Ziel, sondern mußte auch einen häßlichen Lanzenstich einstecken. Ihr Eingreifen jedoch gab Arskane die Chance, auf die er gewartet hatte. Seine Schleuder sirrte durch die Luft und wickelte sich um den Hals eines Reiters. Leblos sank er ins hohe Gras.

Zwei von acht! Die übrigen sechs lachten jetzt nicht mehr. Sie waren entschlossen, den Feind in Grund und Boden zu reiten.

Arskane wog sein langes Messer in der Hand. Die Reiter formierten sich zu einer Reihe, Knie an Knie. Fors machte eine knappe Handbewegung nach links, und grimmig lächelnd zeigte der Südländer nach rechts. Sie standen da und warteten. Der Angriff kam, aber sie warteten noch eine ganze Sekunde. Dann handelten sie.

Fors warf sich nach links, landete auf einem Knie und stieß gleichzeitig mit dem Messer nach oben gegen die Beine des Pferdes, das auf ihn zukam. Mit aller Kraft stieß er zu. Dann sprang er auf und krallte die Hand in die Hose des Reiters, der mit der Lanze nach ihm zielte. Er parierte den Stoß mit dem Schwert.

Der Reiter fiel ihm in die Arme. Fors grub die Finger in dessen Wangen. Das waren Nahkampftricks, die Langdon seinen Sohn gelehrt hatte. Fors blieb oben, wenn auch nicht lange. Von links sah er einen Schatten auf sich zufliegen. Er duckte sich, doch nicht schnell genug. Der Schlag warf ihn in hohem Bogen zu Boden. Fors blinzelte vor Schmerzen und wollte sich aufrichten, da fiel eine Lederschlinge über seine Schultern und fesselte ihm die Arme fest an den Körper.

Verblüfft saß er im Gras. Als er versuchte, den dröhnenden Kopf zu drehen, wurde ihm übel.

„. . . diesmal kein Irrtum, Vocar. Wir haben zwei von diesen Burschen geschnappt. Der Große Häuptling wird sich freuen . . ."

Fors verstand jedes Wort. Der schleppende Akzent der Präriebewohner klang zwar fremd in seinen Ohren, aber man gewöhnte sich daran. Er hob vorsichtig den Kopf und sah sich um.

„. . . White Bird die Sehnen zerschnitten! Mögen die Nachtteufel ihn in Stücke zerreißen und sich an seinem Fleisch sättigen!"

Ein Mann trat zurück von einem gestürzten Pferd. Er kam direkt auf Fors zu und schlug ihm ins Gesicht. Fors starrte ihn an. Der Bursche hatte ein Gesicht, das man nicht so leicht vergißt: Eine tiefe Narbe zog sich über sein Kinn. Er, Fors, würde später mit ihm abrechnen.

„Binde mich los!“ sagte Fors; er war froh, daß seine Stimme klar und ruhig klang. „Binde mich los, großer Held, dann werden wir sehen, wessen Fleisch sich die Nachtteufel schmecken lassen!“

Ein zweiter Schlag war die Antwort, doch ehe der Mann abermals zuschlagen konnte, wurden seine Handgelenke gepackt.

„Ruhig Blut, Sati. Der Mann hat sich verteidigt, so gut er konnte. Wir sind doch keine Tierwesen, daß wir uns einen Spaß daraus machen, unsere Gefangenen zu martern!“

Fors hob seinen schmerzenden Kopf noch einen Zoll, um den Sprecher sehen zu können. Er war groß, fast noch größer als Arskane, aber schlanker, und das zum Reiten zurückgebundene Haar war von warmer brauner Farbe. Er mußte ein erfahrener Krieger sein. Tiefe Falten, die Humor verrieten, zogen sich um seinen gut geschnittenen Mund.

„Der andere ist jetzt auch wach, Vocar.“

Der Anführer wandte sich um. „Bringt ihn her! Wir haben noch einen weiten Weg vor uns bis zum Sonnenuntergang!“

Das gestürzte Pferd wurde von seinen Leiden erlöst.

Lura! Fors versuchte, die Umgebung abzusuchen, ohne allzuviel Aufmerksamkeit zu erregen. Die Katze war verschwunden, und da die Männer sie nicht erwähnten, war sie sicherlich nicht tot. Wenn Lura frei war, bestand vielleicht die Möglichkeit zur Flucht. Diese Hoffnung hielt ihn aufrecht, während man ihm die rechte Hand an den eigenen Gürtel band und die linke mit einer festen Schlinge am Sattel eines Reiters befestigte. Gott sei Dank nicht an Satis; der hatte sich auf das Pferd des von Arskanes Schleuder Getöteten geschwungen.

Doch der Südländer hatte noch einen zweiten Mann erledigt. Beide Leichen wurden auf je ein Pferd geladen. Zwei Männer gingen zu Fuß voraus, die bepackten Tiere am Zügel. Fors' Pferd war das dritte in der Reihe, die jetzt losmarschierte; Vocar mit Arskane an der Seite bildete den Schluß.

Bevor ihn ein schmerzhafter Ruck an seinem Handgelenk in Marsch setzte, sah Fors sich noch einmal um. Das Gesicht des Freundes war voll Blut, und er bewegte sich steif, doch schien er nicht schwer verletzt zu sein. Wo war nur Lura? Er versuchte, einen stummen Ruf nach ihr auszusenden, doch sofort hielt er wieder inne.

Die Präriebewohner standen seit langem in Verbindung mit den Leuten des Bergdorfes. Wahrscheinlich wußte der Mann von den großen Katzen und ihrem Verhältnis zu den Menschen. Es war besser, Lura nicht herzurufen. Er wollte nicht, daß sie ihr Leben unter einer dieser mörderischen Lanzen aushauchte.

Der Marsch ging nach Westen. Die Sonne schien heiß und grell. Fors betrachtete das Eignerzeichen auf der Kruppe des Pferdes neben ihm. Er hatte es noch nie gesehen. Dies war kein Stamm, den seine Leute kannten. Auch die Sprache der Männer war voll unbekannter Wörter. Wahrscheinlich ein Stamm, der wie Arskanes Volk aus seiner Heimat durch eine Naturkatastrophe vertrieben worden war und neues Land suchte.

Nach langem, staubigem Marsch trafen sie auf einen ausgetretenen Pfad. Hier brach eine zweite Reitergruppe aus dem Gebüsch und rief neugierige Fragen herüber.

Die Hauptaufmerksamkeit galt Fors, und sie redeten über ihn, während er dabeistand, mit einer Offenheit, die ihn die Fäuste ballen ließ. Er sei gar nicht wie die anderen, hieß es. Offensichtlich kannten sie Arskanes Volk bereits und mochten es nicht. Doch Fors mit seinem eigenartig silbrigen Haar und der hellen Haut war eine fremde Erscheinung für sie, die sie interessierte.

Gemeinsam ritten die beiden Gruppen weiter. Nach einem Kilometer trafen sie auf das Lager. Fors war überrascht von der unübersehbaren Menge der Zelte. Hier war kein kleiner Familienklan unterwegs, hier wanderte ein ganzer Stamm. Während er durch die Lagergasse geführt wurde, versuchte er die Klan-Wimpel an den Zelten der Unterhäuptlinge zu zählen und kam bis zehn, doch abseits der Hauptstraße flatterten noch unzählige andere.

Beim Anblick der Toten stimmten die Frauen ihren schrillen Klagegesang an, widmeten jedoch den Gefangenen keinen Blick. Diese wurden jetzt von den Sätteln losgemacht. Nachdem man ihnen die Hände auf den Rücken gebunden hatte, steckte man sie in ein kleines Zelt im Schatten der geräumigen Behausung des Großen Häuptlings.

Fors schlängelte sich zu Arskane hinüber.

„Kennst du diesen Stamm?" fragte Arskane.

„Nein. Sowohl die Klan-Wimpel wie auch die Eignerzeichen der Pferde habe ich noch nie gesehen, ebenso sind mir einige der Worte, die sie gebrauchen, unbekannt. Ich glaube, daß sie von weit her gekommen sind. Die Stämme, die den Sternmännern bekannt sind, greifen nicht ohne Warnung an, ausgenommen natürlich, es geht gegen die Tierwesen. Nein, dies ist ein ganzes Volk, das auf der Wanderung ist. Ich habe mindestens zehn Klans gezählt, und das ist vermutlich nur ein kleiner Teil von ihnen."

„Ich möchte wissen, was die von uns wollen", sagte Arskane nüchtern. „Wenn die nicht glaubten, von unserer Gefangennahme zu profitieren, wären wir schon tot. Aber wozu brauchen sie uns?"

Fors überlegte, was er über das Prärievolk gehört hatte. Sie schätzten die Freiheit über alles und banden sich niemals an ein Stück Land. Sie logen nicht – niemals! Das gehörte zu ihrem Ehrenkodex. Doch gleichzeitig fühlten sie sich allen anderen gegenüber überlegen und besaßen einen unangenehmen Stolz. Sie waren mißtrauisch allem Neuem gegenüber und legten großen Wert auf Überlieferungen – trotz ihres Geredes von Freiheit. Das Wort, das ein Mann gab, durfte nicht gebrochen werden; er mußte halten, was er versprach, komme, was wolle. Und wer die Stammesgesetze verletzte, wurde vom Ältestenrat feierlich für tot erklärt. Niemand durfte mehr Notiz von ihm nehmen, ihm Nahrung oder Unterkunft bieten; er hatte aufgehört zu existieren.

Sternmänner waren ihre Gäste gewesen. Sein eigener Vater hatte die Tochter eines Häuptlings zur Frau genommen. Doch das war nur, weil die Sternmänner etwas besaßen, was der Stamm sehr begehrte: Kenntnisse über ferne Landstriche.

Wilder Kampfgesang unterbrach seine Gedanken, begleitet von einer Flöte und einer Trommel. Es war ein wilder Rhythmus, der den Zuhörern das Blut durch die Adern jagte. Fors' eigenes Volk war still. Die Berge hatten in ihren Bewohnern wohl jeden Wunsch nach Musik unterdrückt. Sie kannten nur die Beratungshymne, eine düstere, schwere Melodie. Die Männer des Bergdorfes zogen niemals singend in die Schlacht.

„Die Krieger singen!" Arskane hatte die gleichen Gedanken gehabt. „Ob sie ihren Großen Häuptling so begrüßen?"

Doch wenn es der Häuptling war, den sie begrüßten, so zeigte er keinerlei Interesse an den Gefangenen. Lange, endlose Stunden blieben die beiden in ihrem Zelt. Als es dunkel wurde, sprangen überall vor den Zelten Feuer auf, und dann kamen zwei Männer herein und befreiten sie von ihren Fesseln. Während die Gefangenen sich die steifen Gelenke rieben, stellten die Männer zwei Schalen mit gekochtem Fleisch vor sie ihn. Es schmeckte gut. Kaum waren die Schüsseln leer, da begann Fors in der Sprache der Prärieleute zu sprechen, die er von seinem Vater gelernt hatte.

„Heil und Glück im Sattel, Sohn der Prärie! Und jetzt, Windreiter, bitten wir nach dem Brauch unter dem Schutz des Feuers und der Wasserschale um Zwiesprache mit dem Großen Häuptling dieses Stammes . . ."

Der Mann machte große Augen. Zuletzt hätte er erwartet, von diesem schmutzigen und zerlumpten Gefangenen den zeremoniellen Gruß zu hören. Als er sich gefaßt hatte, lachte er laut auf, und sein Genosse stimmte wiehernd in das Gelächter ein.

„Das Vergnügen werdet ihr bald genug haben, ihr Ungeziefer des Waldes! Aber großen Spaß werdet ihr nicht daran haben."

Wieder wurden ihre Hände gebunden, und man ließ sie allein. Fors wartete, bis alles still war, dann rutschte er dicht an Arskane heran.

„Mit dem Essen haben sie einen Fehler gemacht. Die Prärieleute haben strenge Gesetze der Gastfreundschaft. Sobald ein Fremder Fleisch gegessen hat, das an ihrem Feuer gekocht wurde, oder Wasser aus ihrem Vorrat getrunken hat, müssen sie ihn unbehelligt einen Tag, eine Nacht und noch einen Tag beherbergen. Das Fleisch, das wir gegessen haben, ist mit Wasser gekocht worden. Wenn sie uns hinausführen, werde ich ihrem Gesetz entsprechend Schutz verlangen . . ."

Es sah aus, als sei Fors' Begrüßungsformel weitergeleitet worden, denn bald darauf kamen die beiden Männer zurück und führten die Gefangenen zwischen Reihen bewaffneter Krieger hindurch in das riesige Beratungszelt in der Mitte des Lagers. Hunderte von Rehen und ganze Herden wilder Rinder hatten ihr Leben gelassen, um die Häute für die Wände dieser Halle zu liefern. Und innen, so dicht gedrängt, daß zwischen ihnen nicht eine Schwertklinge Platz hatte, saßen die Unterhäuptlinge, die Häuptlinge, die Krieger und die Weisen des Stammes.

Fors und Arskane wurden einen Gang entlanggeschoben, der vom Eingang zum Zentrum führte. Hier brannte das zeremonielle Feuer, das, genährt von Bündeln trockener Kräuter und Scheiten von Zedernholz, aromatischen Rauch verströmte.

Am Feuer standen drei Männer. Der eine, ein langes weißes Gewand über seine Kriegerkleidung drapiert, war der Medizinmann. Der andere, in Schwarz, war der Meister der Bücher, der Hüter des Brauchtums und der Gesetze. Zwischen ihnen stand der Große Häuptling.

Als die Gefangenen vortraten, erhob sich Vocar und grüßte den Häuptling, beide Hände an die Stirn gelegt. „Großer Häuptling, Führer des Stammes von den Winden, Ernährer der Totenvögel, diese Männer, die wir in fairem Kampf überwältigten, als wir auf deinen Befehl nach Westen ritten als Kundschafter, geben wir, die Männer vom Klan des Streifenden Stiers, in deine Hände, auf daß du mit ihnen verfährst nach deinem Belieben. Ich habe gesprochen!"

Der Große Häuptling dankte mit kurzem Kopfnicken. Er maß die Gefangenen aufmerksam; nichts schien ihm zu entgehen. Fors gab den Blick kühn zurück.

Was er sah, war ein Mann im mittleren Alter, schlank und drahtig, mit einer weißen Haarsträhne, die mitten über seinen Kopf lief wie ein Kamm. Unter dem schweren zeremoniellen Kragen, der bis auf die Brust reichte, wies sein Oberkörper viele alte Kampfnarben auf. Er war ohne Zweifel ein ruhmreicher Krieger.

Aber als Großer Häuptling eines Stammes mußte er mehr sein als nur ein Krieger. Er mußte darüber hinaus klug sein und mit fester Hand regieren können.

„Du" – wandte sich der Häuptling zunächst an Arskane – „gehörst zu den Dunklen, die jetzt unten im Süden Krieg führen . . ."

Arskane sah den Häuptling an, ohne zu zucken. „Meine Leute führen nur Krieg, wenn er ihnen aufgezwungen wird. Gestern fand ich einen Stammesbruder als Futter der Totenvögel, und in seiner Brust steckte eine Lanze der Prärieleute . . ."

Doch der Häuptling ging darüber hinweg. Er hatte sich schon an Fors gewandt. „Und du – welcher Stamm hat dich hervorgebracht?"

XIII

„Ich bin Fors aus dem Puma-Klan, vom Stamme des Bergdorfes in den rauchenden Bergen." Wegen der Fesseln um seine Hände konnte er den Häuptling nicht grüßen, wie es sich für einen freien Mann gehörte. Aber er ließ auch nicht den Kopf hängen, sondern zeigte in seiner ganzen Haltung, daß er sich dem anderen durchaus ebenbürtig fühlte.

„Von deinem Bergdorf haben wir nie gehört. Und nur weitgereiste Kundschafter haben die rauchenden Berge gesehen. Wenn du nicht zu den Dunklen gehörst, warum wanderst du dann mit einem von ihnen?"

„Wir sind Kampfkameraden. Gemeinsam haben wir gegen die Tierwesen gekämpft, gemeinsam haben wir das Explosionsgebiet durchzogen . . ."

Bei diesen Worten machten die drei Männer vor ihm ungläubige Gesichter, und der mit der weißen Robe lachte sogar. Der Häuptling nahm das Lachen auf, und bald fiel die ganze Gesellschaft ein. „Nun wissen wir, daß deine Zunge lügt, Fremdling. Denn seit Menschengedenken hat kein Mann je das Explosionsgebiet durchzogen und diese Wanderung überlebt. Es liegt ein Fluch darüber, und der, dessen Fuß es betritt, stirbt einen furchtbaren Tod. Sag die Wahrheit, Waldläufer, sonst bist du nicht besser als die Tierwesen und nur noch wert, dein Leben auf der Spitze einer Lanze auszuhauchen!"

Fors biß sich auf die Zunge, bis seine erste Wut sich legte. Als er sich wieder in der Gewalt hatte, sagte er ruhig: „Nenne mich, wie du willst, Häuptling. Aber bei euren Göttern schwöre ich, daß ich die reine Wahrheit spreche. Vielleicht hat sich inzwischen der Todeshauch des Explosionsgebietes gelegt!"

„Du nennst dich einen Bergbewohner", unterbrach ihn der Weise. „Ich habe von Männern aus den Bergen gehört, die in das unbekannte Land vordringen, um verlorenes Wissen zu suchen. Sie haben geschworen, niemals zu lügen. Wenn du zu diesen gehörst, zeige uns deinen Stern, das Zeichen ihrer Würde. Dann werden wir dich nach unserem Brauch und Gesetz willkommen heißen . . ."

„Ich stamme aus den Bergen", wiederholte Fors grimmig, „aber ich bin kein Sternmann."

„Nur Gesetzlose und Übeltäter verlassen ihre Klanbrüder." Diesmal hatte der Schwarze gesprochen.

„Und für die gibt es keinen Schutz. Sie sind es nicht wert . . ."

Jetzt – jetzt mußte er sein einziges Argument anbringen! Mit erhobenem Kopf sah er den Häuptling an und unterbrach ihn mit der uralten Formel, die sein Vater ihn vor Jahren gelehrt hatte.

„Bei der Flamme, bei dem Wasser, bei dem Fleisch, bei dem Zeltrecht begehren wir Zuflucht unter dem Banner dieses Klans. Wir haben euer Fleisch gegessen und unseren Durst gestillt in euren Zelten!“

Es wurde totenstill im Zelt. Der Große Häuptling steckte die Daumen in den breiten Gürtel und trommelte mit den Fingern in ungeduldigem Rhythmus auf dem Leder. Doch der Schwarze trat zögernd einen Schritt vor und gab der Wache einen Wink. Ein Messer blitzte auf, und die Fesseln fielen von ihren tauben Armen. Fors rieb sich die Handgelenke. Die erste Runde hatte er gewonnen, aber . . .

„Von der Stunde des Feueranzündens heute abend bis zur festgelegten Stunde seid ihr unsere Gäste.“ Die Worte des Häuptlings klangen bitter. „Gegen die Überlieferung hilft kein Einspruch. Doch seid gewiß, wenn die Gnadenfrist abgelaufen ist, gibt es eine große Abrechnung . . .“

Jetzt wagte Fors ein Lächeln. „Wir verlangen nur, was uns nach euren Gesetzen zusteht, Häuptling der vielen Zelte.“ Mit beiden Händen entbot er den vorschriftsmäßigen Gruß.

Des Häuptlings Augen hatten sich zu schmalen Schlitzen verengt, als er seine beiden Begleiter herbeiwinkte. „Und nach dem Gesetz seien diese beiden eure Hüter, Fremdling. Sie werden für euch sorgen heute nacht.“

Und so verließen sie das Ratszelt als freie Männer. Auf der Lederwandung des kleineren Zeltes, zu dem sie geführt wurden, entdeckte Fors im Licht der Feuer viele gemalte Symbole. Einige kannte er. Die beiden Schlangen, die sich um den Stab wanden, das war das allgemeine Zeichen der Medizinmänner. Und die Waage bedeutete die Gerechtigkeit. Die Kugel mit der Flammenkrone war ihm unbekannt, aber beim Anblick von zwei ausgebreiteten Schwingen, die einen spitzen Gegenstand zwischen sich hatten, stieß Arskane einen überraschten Ruf auf.

„Das ist das Zeichen der Alten, der Fliegenden Männer! Das ist das Hauptzeichen meines Klans!“

Bei diesen Worten drehte sich der schwarzgekleidete Präriemann hastig um und fragte ärgerlich: „Was weißt du von den Fliegenden Männern, du kriechender Wurm?“

Doch Arskane lächelte stolz, mit hoch erhobenem Kopf. „Unser Stamm kommt von den Fliegenden Männern, die mit ihren Maschinen aus der Luft kamen, als ihre Heimat zerstört war. Und das ist unser Zeichen." Liebevoll berührte er die beiden Schwingen. „Unser Häuptling trägt es noch um den Hals, wie es von den toten Maschinen der Fliegenden Männer kam, ererbt von seinen Vätern."

Langsam wich der Ärger aus dem Gesicht des Schwarzgekleideten. Er wirkte jetzt wie ein trauriger, verwirrter alter Mann. „So wird das Wissen zusammengetragen – Stückchen für Stückchen", sagte er und wandte sich um. „Kommt herein!"

Drinnen blickte sich Fors neugierig um. In der Mitte stand auf in den Boden gerammten Hölzern ein langer, polierter Tisch, auf dem einige Gegenstände lagen, die Fors von seinem Besuch im Sternhaus bekannt waren. Ein ausgehöhlter Stein diente zum Zerkleinern von getrockneten Heilkräutern. Daneben lag der Stößel nebst vielen Schalen und Kästen, die ebenso wie die von den Stützpfeilern hängenden Kräuterbündel dem Medizinmann gehörten.

Aber die Bücher aus Pergament mit ihren Schutzhüllen aus dünnem Holz, das Tintenhorn und die Federn, das war das Arbeitsgerät des Rechtshüters. Er wachte über die Stammesbücher, die Bräuche und die Geschichte. Jedes Buch trug, eingeschnitzt auf dem Deckel, das Zeichen eines Klans, jedes war eine Fundgrube an Informationen über die jeweilige Familie.

Arskane zeigte auf ein Stück weichgegerbten Leders, das auf einen Rahmen gespannt war. „Der große Fluß?"

„Ja. Du kennst ihn auch?" Der Rechtshüter schob einen Bücherstapel beiseite und holte die Karte ans Licht.

„Hier – das habe ich mit eigenen Augen gesehen." Der Südländer zog mit dem Finger eine blaue Schlangenlinie nach. „Hier sind wir übergesetzt. Hier aber ist mein Bruder nach Norden geritten und hat noch eine Krümmung gefunden – etwa so!" Er korrigierte die Linie mit dem Nagel. „Und dann haben die Berge Feuer gespuckt, und die Erde hat gezittert, und das salzige Wasser vom Meer ist gekommen, so daß dort jetzt kein Land mehr ist, sondern nur noch Wasser . . ."

Der Rechtshüter betrachtete stirnrunzelnd die Karte. „So! Nun, wir haben zehnmal zehn Jahre dort am großen Fluß gelebt und kennen ihn gut. Oft genug wechselt er seinen Lauf. Die Alten haben versucht, ihn auf seinem Kurs zu halten, aber diese Kunst ist auch verlorengegangen wie so vieles andere . . ."

„Wenn ihr von den Ufern jenes Flusses hierhergeritten seid, so habt ihr eine weite Strecke zurückgelegt", bemerkte Fors. „Was hat euch so weit nach Osten gebracht?"

„Nun, was treibt Prärieleute umher? Das Fernweh ist uns angeboren. Seit vor zwei Jahren unser Großer Häuptling starb und Cantrul dieses Amt übernahm – Cantrul, den es seit jeher in ferne Länder gezogen hat –, haben wir viel gesehen, von den großen Wäldern im Norden, wo der Schnee so hoch liegt, daß man Netze aus Leder machen und sie unter die Hufe der Pferde binden muß, damit sie nicht einsinken, bis zu den Sümpfen im Süden, wo schuppige Wesen in den Flüssen leben, die den unaufmerksamen Trinker ins Wasser ziehen. Seht her . . ."

Er nahm die Lampe vom Haken und zog Fors mit sich in den Hintergrund des Zeltes. Hier waren Karten aufgestapelt, Karten und Bilder, so lebendig, daß der Bergbewohner vor Erstaunen keuchte.

„Das . . ." Fors holte tief Luft. „Das ist ein weit größerer Schatz als der, den das Sternhaus birgt. Wenn nur Jarl und die anderen das sehen könnten!"

Der Rechtshüter fuhr mit dem Finger den Rahmen der Karte entlang, die er in der Hand hielt. „Höchstens zehn von unseren jungen Leuten interessieren sich für diese Dinge. Die übrigen – nun, sie essen und kämpfen, reiten und jagen, zeugen Söhne, und das ist alles. Nur ganz wenige bemühen sich, die alten Wege wieder zu beschreiten, das wiederzufinden, was in jenen Unglückstagen verlorengegangen ist. Bruchstücke und Einzelheiten finden wir, hier einen Hinweis, da einen Fetzen, und versuchen, daraus ein Ganzes zu weben."

„Spräche Marphy die volle Wahrheit", ließ sich nunmehr die scharfe Stimme des Medizinmannes vernehmen, „so müßte er hinzufügen, daß dies alles" – seine Geste umfaßte die Bilder, die Karten, die Bücher – „ihm zu verdanken ist. Er ist immer wissensdurstig gewesen und hat dies seit seiner Berufung zum Hüter der Bücher geschaffen."

Der Rechtshüter machte ein verlegenes Gesicht und lächelte scheu. „Sagte ich nicht, daß uns das Fernweh angeboren ist? Nun, bei mir drückt es sich eben so aus. Und bei dir, Fanyer, wieder anders. Du möchtest uns am liebsten aufschneiden und sehen, was unter unserer Haut steckt."

„Möglich, möglich. Zu gern wüßte ich zum Beispiel, was unter der Haut dieser beiden steckt, die das Explosionsgebiet durchquert haben und trotzdem kein Zeichen der brennenden Krankheit tragen . . ."

„Ich dachte", sagte Arskane rasch, „diese Geschichte glaubt ihr nicht!"

Fanyer sah ihn mit zusammengezogenen Brauen an. „Nun – vielleicht glaube ich sie nicht. Aber wenn sie stimmt, ist es das größte Wunder, von dem ich je gehört habe. Sag mir, wie ist alles geschehen?"

Arskane lachte. „Nun gut, erzählen wir unsere Geschichte. Aber sie gehört nur zur Hälfte mir, und darum werden wir sie gemeinsam erzählen."

Im Licht der Öllampe saßen Wächter und Gefangene auf runden Kissen, erzählten, lauschten. Als Fors schließlich endete, streckte sich Marphy und schüttelte sich. „Ich glaube, dies ist die Wahrheit", sagte er ruhig. „Und es ist eine Geschichte voll Tapferkeit, wert, ein Lied darüber zu machen."

„Sage mir", wandte sich Fanyer plötzlich an Fors. „Du bist zum Suchen nach Wissen erzogen. Was hat dich an dieser Reise am meisten überrascht?"

Fors brauchte nicht lange zu überlegen. „Daß die Tierwesen sich aus ihren Höhlen ins offene Land vorwagen, denn das haben sie noch nie getan. Und das kann Gefahr bedeuten . . ."

Marphy und Fanyer sahen sich bedeutungsvoll an. Dann erhob sich der Medizinmann und trat energisch in die Nacht hinaus.

Es war Arskane, der die eintretende Stille mit einer Frage unterbrach. „Sage mir, Erforscher der Vergangenheit, warum haben uns eure Krieger gefangengenommen? Warum zieht ihr gegen mein Volk zu Felde? Wir sind friedliebende Menschen und tun niemand etwas zuleide."

Marphy räusperte sich, als wolle er Zeit gewinnen. „Wohl wahr", meinte er und nickte. „Aber die Sehnsucht nach Kampf mit dem Fremden ist unser Fluch. Wir hören, daß eine Tagereise nach Süden eine neue Stadt entsteht. Fremde bauen sie, mit dunkler Haut, Leute, die wir nicht verstehen, die nicht von unserem Blut sind. Der Stamm fürchtet, sie könnten eines Tages für uns eine Gefahr bilden, und viele meinen, man solle sie vernichten, ehe sie zu einer Gefahr werden können. Es ist derselbe Fluch, der wohl auch den Alten als Strafe für ihre Sünden auferlegt wurde. Nun ist der Friede nicht mehr zu retten. Die Kriegstrommeln sind ertönt, die Lanzen bereit ..."

„Und da hast du endlich einmal die Wahrheit gesprochen, Märchenerzähler!" Es war der Große Häuptling, der an den Tisch trat. Verschwunden waren Federputz und Robe. So konnte er das Lager unerkannt durchschreiten. „Du vergißt, daß ein Stamm ohne Krieger, die ihn verteidigen, bald vernichtet wird. Töten oder getötet werden, das ist das ewig gültige Gesetz."

In Fors stieg Zorn empor, und er schrie eine Antwort heraus, die aus diesem ganz neuen Gefühl geboren war. „Die Tierwesen bedrohen uns alle. Auch gegen sie heißt es töten oder getötet werden, Häuptling der vielen Zelte! Und sie sind gewiß kein ungefährlicher Feind. Richtet eure Lanzen gegen sie, wenn ihr unbedingt kämpfen müßt!"

In Cantruls Augen stand Überraschung. Dann färbte ohnmächtige Wut seine braunen Wangen. Seine Hand fuhr an den Schwertgriff. Fors' Hände blieben ruhig. Er hatte keine Waffe und durfte keine Herausforderung annehmen.

„Unsere Lanzen kämpfen, wann und wo wir es wollen, Fremdling!"

Arskane rührte sich nicht, doch er maß den Häuptling mit einem Blick eiserner Ruhe, die Fors bewunderte. Cantrul wollte eine Antwort – womöglich eine unbeherrschte. Als sie nicht kam, wandte er sich in grobem Ton an Fors. „Du sagst, die Tierwesen sind auf dem Vormarsch?"

„Nein", widersprach Fors. „Ich habe gesagt, sie kommen zum erstenmal seit Menschengedenken aus ihren Schlupfwinkeln in den Städten und stoßen ins offene Land vor. Und sie sind listige Kämpfer, deren Kraft wir noch keine Gelegenheit hatten zu messen. Sie sind nicht Menschen wie wir, wenn ihre Vorfahren auch zu unserer Rasse gehört haben. Wir aus dem Bergdorf, die wir seit Generationen beim Plündern der Städte mit ihnen im Kampf gelegen haben, können nur eines sagen: Sie sind eine Gefahr für die Menschheit. Mein Vater ist von ihnen umgebracht worden. Ich selber bin ihr Gefangener gewesen. Sie sind unser gemeinsamer Feind und können nicht leichthin abgetan werden, Häuptling!"

„Außerdem", fiel Marphy ein, „hat sich, als diese beiden das Explosionsgebiet durchquerten, ein Rudel auf ihre Fährte gesetzt. Wenn wir nach Süden marschieren, ohne Vorsichtsmaßnahmen zu treffen, kann es geschehen, daß wir plötzlich zwischen zwei Feinden stehen ..."

Cantrul trommelte mit den Fingern einen Kampfrhythmus auf dem Gürtel. Zwischen seinen Brauen stand eine tiefe Falte. „Wir haben Kundschafter ausgeschickt. Ihr macht euch zuviel Gedanken. Wir reiten gut vorbereitet, und es gibt nichts, das ..."

Doch seine Worte versanken in einem Donnern, als sei über ihnen ein Gewitter losgebrochen, und durch den Lärm drangen Rufe von Männern und das schrille Geschrei von verschreckten Frauen und Kindern.

Die Männer im Zelt waren augenblicklich am Eingang. Die Präriemänner drängten hinaus, während Arskane Fors zurückhielt. Den Mittelgang des Lagers herunter kamen in wahnsinniger Flucht die Pferde, sprangen über die Feuer, rissen mit ihren Hufen die Zelte ein. Hinter ihnen am Horizont stand eine wabernde Feuerwand.

Arskanes Hand legte sich wie ein Schraubstock um Fors' Arm, als er den Bergbewohner ins Zelt zurückzog.

„Feuer! Ein Präriebrand!" Er mußte schreien, damit der Freund ihn verstand. „Unsere Chance ...!"

Doch Fors hatte bereits begriffen. Er machte sich los und lief am Tisch entlang auf der Suche nach einer Waffe. Ein kleiner Speer war alles, was er fand. Arskane nahm den Stößel des Mörsers. Mit der Speerspitze schlitzte Fors die hintere Zeltwand auf.

Draußen liefen sie, so schnell sie konnten, duckten sich hinter Zelte und schlossen sich anderen Flüchtlingen an. In der allgemeinen Verwirrung war die Flucht ein Kinderspiel. Hinter ihnen wuchs die Feuerwand immer höher. Sie mußten so schnell wie möglich aus dem Lager kommen.

„Es verläuft im Halbkreis!" Fors wies nach Westen und Osten. Die Flüchtlinge wurden jetzt weniger; allmählich begann sich eine Ordnung einzustellen.

Sie umrundeten die letzten Zelte und waren im offenen Grasland. Da machte Fors eine Entdeckung, die ihn erstarren ließ. Vor ihnen, wo es eigentlich unmöglich war, zeigte sich ein gelber Schein. Eine Spiegelung? Aber wieso? Arskane sah es auch.

„Ein Feuerring!"

Augenblicklich begann Fors' Jägerinstinkt zu arbeiten. „Bergab!" schrie er, bereits im Laufen, über die Schulter zurück.

Er hatte einen Trampfelpfad gesehen, festgetreten von unzähligen Hufen, den Hufen der Pferde, die zur Tränke geführt wurden. Bergab war Wasser!

Sie liefen hinunter.

XIV

Der Wind hatte sich gedreht; geblendet von dem Rauch, der ihnen in Augen und Kehle biß, fanden sie den Fluß nur, weil sie hineinfielen. Sie waren nicht allein hier. Ein ganzes Heer von Kaninchen und anderem Kleingetier hastete schreiend und kreischend am Ufer entlang.

In der Strommitte war der Rauch nicht so dick. Fors' Nachtaugen gewöhnten sich daran, und er übernahm die Führung, der Strömung nach, dorthin, wo die Flammen hoch emporloderten. Die letzten wirren Geräusche des Prärielagers erstarben, als der Fluß eine Biegung machte und dann von Weiden gesäumt wurde.

Ein Reh brach durch das Gebüsch, dahinter ein zweites und ein drittes. Das Flußbett wurde tiefer. Fors verlor den Halt und begann zu schwimmen. Arskane hielt sich dicht neben ihm.

Endlich kamen sie an einen See, der am anderen Ufer von einem schnurgeraden Damm begrenzt wurde. Fors wischte sich das Wasser aus den Augen und sah runde Hügel aus dem Wasser ragen. Biberburgen! Er trat Wasser und sah sich um. Arskane sah aus, als habe er Schwierigkeiten, und der Bergbewohner machte kehrt. Kurz darauf klammerten sich beide an die rauhe Oberfläche der nächstgelegenen Burg, und Fors überlegte, was nun zu tun sei.

Der Bibersee war ziemlich groß. Außerdem hatten die fleißigen Burgenbauer die meisten der Bäume entlang des Ufers gefällt und nur das Gebüsch stehenlassen. Fors war erleichert. Ein glücklicher Zufall hatte sie an den richtigen Platz geführt. Doch nicht sie allein.

Ein Hirsch schwamm neben ihnen im Kreise, den Kopf hoch erhoben, und kleinere Tiere kamen zu Dutzenden über den Damm geklettert, um sich in Sicherheit zu bringen. Arskane stieß einen angewiderten Laut aus und schüttelte eine Schlange von der Hand.

Das Feuer züngelte am Ufer entlang und färbte das Wasser schmutzigrot. Die Tiere im Wasser schienen den Atem anzuhalten. Ein Vogel fiel aus der Luft und schlug neben Fors ins Wasser, den Gestank angesengter Federn hinterlassend. Der Bergbewohner legte das Gesicht in die Hände und hielt Mund und Nase dicht über die Wasserfläche, während die ungeheure Hitzewelle über ihn hinwegfegte.

Wie lange sie so gewartet hatten, den Körper im Wasser, die Finger in die Äste der Biberburg gekrallt, wußten sie nicht. Doch als das Knacken des Feuers nachließ, hob Fors den Kopf. Die größte Glut war vorüber. Hier und da glühte noch der verkohlte Stumpf eines Baumes. Es würde noch eine Weile dauern, ehe sie den rauchenden Boden wieder betreten konnten. So lange mußten sie sich an das Wasser halten.

Fors schob ein totes Reh beiseite, das zu spät hier Schutz gesucht hatte, und arbeitete sich vor bis zum Damm. Hier hatte das Feuer eine Bresche hineingebrannt, und das Wasser floß in sein ehemaliges Bett ab. Im Licht der glühenden Baumstümpfe konnte Fors seinen Lauf eine ganze Strecke weit verfolgen.

„He!"

Gleich darauf war Arskane neben ihm. „Wir gehen im Wasser weiter, wie?" sagte der Südländer beifällig. „Nun, unsere Verfolger wird das Feuer sicherlich abhalten. Vielleicht ist heute das Glück mit uns, Bruder!"

Fors knurrte etwas und kletterte über den rauhen Damm. Hier fanden ihre Füße wieder Halt; das Wasser war höchstens hüfthoch. Doch die Steine des Flußbettes waren glitschig, und so kamen sie nur langsam vorwärts.

Als das feurige Glühen am Himmel weit hinter ihnen lag, blieb Fors stehen und sah nach den Sternen. „Ob wir die Trommeln noch einmal hören?" fragte er.

„Wohl kaum. Der Stamm wird glauben, ich sei tot wie Noraton, und den Ruf nicht mehr aussenden."

Fors schauderte vom langen Aufenthalt im kalten Wasser. „Das Land ist weit, und ohne Richtweiser . . ."

„Ich nehme eher an, daß sich meine Leute möglichst unsichtbar machen. Wir sind im Krieg . . . Aber, mein Bruder, ich glaube, wir wurden gerettet, weil uns eine Mission auferlegt worden ist. Marschieren wir nach Süden, und hoffen wir, daß dieselbe Macht uns an unser Ziel bringen wird. Und wenn es gar nicht anders geht – deine

Berge können nicht fortlaufen; dahin können wir uns immer noch wenden . . ."

Fors antwortete nicht; er beobachtete die Sterne.

Sie blieben weiter im Wasser, stolperten über glattpolierte Kiesel und kleine Steinchen. Endlich kamen sie in eine Schlucht, wo graue Felswände immer dichter zusammenrückten. Hier zogen sie sich auf eine flache Felsnase zurück, um auszuruhen.

Fors fiel in den tiefen Schlaf der zu Tode Erschöpften.

Wassergurgeln weckte ihn; lange lag er und lauschte, ehe er die verschwollenen Lider aufschlug. Er rieb sich das juckende, von Moskitos zerstochene Gesicht. Und dann fuhr er mit einem Ruck in die Höhe. Es war schon später Vormittag!

Arskane lag neben ihm auf dem Bauch, den Kopf auf den Arm gebettet. Eine rote Brandwunde glühte auf seiner Schulter; vermutlich hatte ihn ein brennendes Stück Holz gestreift. Und noch mehr Zeugen des Feuers trieben vorbei: halb verbrannte Stöcke, ein totes Eichhörnchen mit versengtem Fell.

Das holte Fors schnell aus dem Wasser. Halb gebratenes Eichhörnchen ist ein seltener Leckerbissen, wenn einem der Magen fast auf den Füßen hängt. Er legte es auf die Steine und zog es mit Hilfe des Speeres ab, den er noch immer bei sich hatte.

Als er fertig war, rüttelte er Arskane wach. Der große Mann rollte sich schimpfend auf den Rücken, starrte hinauf zum Himmel und setzte sich dann auf. Im hellen Tageslicht bot sein zerschundenes Gesicht einen schlimmen Anblick. Trotzdem brachte er ein leicht verzerrtes Grinsen zuwege, als ihm Fors seinen Anteil an der Mahlzeit reichte.

„Etwas im Magen, und ein schöner Tag für unsere Wanderung . . ."

„Ein halber Tag nur", berichtigte Fors.

„Na, dann eben ein halber Tag. Aber selbst an einem halben Tag kann man eine schöne Anzahl Kilometer zurücklegen. Und es scheint doch, daß uns beide nichts aufhalten kann . . ."

Fors überdachte die letzten zwei hektischen Tage. Er hatte seit langem jedes Zeitgefühl verloren; keine Ahnung, wie lange es her war, daß er das Bergdorf verlassen hatte. Aber es stimmte, was Arskane sagte: Nichts hatte sie bis jetzt aufhalten können, nicht die Tierwesen, nicht die Eidechsen, nicht die Prärieleute. Und weder Feuer noch Explosionsgebiet waren Hindernisse gewesen.

„Weißt du noch, was ich zu dir sagte, als wir auf dem Feld der Flugmaschinen standen, Bruder? Niemals mehr dürfen die Menschen gegeneinander Krieg führen, sonst werden sie unweigerlich ganz von der Erde verschwinden. Die Alten haben angefangen mit ihrem Todesregen vom Himmel. Wenn wir weitermachen, sind wir alle verloren!"

„Ich erinnere mich."

„Und nun habe ich das Gefühl", fuhr der große Mann bedächtig fort, „daß uns beiden, dir und mir, gewisse Dinge gezeigt wurden, damit wir wiederum diese Dinge anderen zeigen. Diese Präriebewohner führen Krieg gegen mein Volk, und trotzdem ist auch in ihnen der Hunger nach dem Wissen, das die Alten in ihrer Dummheit wegwarfen. Sie bringen Männer hervor wie Marphy, dem ich gern ein Freund wäre. Und dann bist du da, ein Bergbewohner, aber du empfindest keinen Haß gegen mich oder Marphy. In allen Stämmen gibt es also Männer, die guten Willens sind, und . . ."

„. . . und wenn diese Männer sich zusammensetzen zu gemeinsamer Beratung . . .", ergänzte Fors.

Arskane, trotz seines zerschundenen Gesichts, strahlte. „Du sprichst meine Gedanken aus, Bruder! Wir müssen dieses Land vom Krieg befreien, sonst rotten wir uns gegenseitig aus, und was unsere Ahnen mit dem Todesregen vom Himmel begonnen haben, wird mit bluttriefenden Schwertern und Speeren enden – und Sieger werden die Tierwesen sein. Und an diese Ungeheuerlichkeit vermag ich nicht zu glauben!"

„Cantrul sagt, seine Leute müssen kämpfen oder sterben . . ."

„So? Nun, es gibt verschiedene Arten von Kampf. Wir haben in der Wüste Tag für Tag gekämpft, aber unsere Feinde waren Sand und Hitze und das dürre Land selber. Ja, der Mensch muß kämpfen, will er nicht verweichlichen, aber er soll kämpfen, um aufzubauen, nicht, um zu zerstören! Ich möchte es noch erleben, daß mein Volk Handel treibt und gemeinsam lernt mit den Leuten aus den Zelten und belehrt wird von den Männern der Bergstämme. Jetzt – jetzt ist der Zeitpunkt zum Handeln gekommen, zur Verwirklichung unseres Traumes, denn wenn die Prärieleute zum Kampf nach Süden ziehen, entfachen sie ein Feuer, das kein Mensch wieder löschen kann. Und in diesem Feuer werden wir vergehen wie die Bäume und das Gras auf den Feldern!"

Fors antwortete mit einem grimmigen Lächeln. „Aber wir sind nur zwei, Arskane, und falls man mich tatsächlich zum Gesetzlosen erklärt hat, wird niemand auf mich hören. Meine einzige Chance lag in meinen Aufzeichnungen über die Stadt, und die haben die Tierwesen vernichtet. Und du . . .?"

„Ich, Bruder, bin der Sohn eines Mannes, der die Schwingen trägt, wenn auch der Jüngste und Geringste in der Familie. Also wird man mich vielleicht anhören, wenn auch nur kurz. Aber wir müssen den Stamm finden, ehe die Prärieleute kommen."

Fors warf einen abgenagten Knochen ins Wasser. „Also los! Machen wir uns wieder auf die Beine." Er stand auf. Doch Arskane konnte einen Schmerzenslaut nicht unterdrücken, als er sich erhob. Aber er klagte nicht, auch nicht, als sie von der Felsnase heruntersprangen und weiter, die Schlucht entlang, ihren Weg fortsetzten.

Nach einer Weile machte der Fluß einen Bogen und brach aus der Schlucht hervor. Arskane zog sich, an Büschen Halt suchend, den Steilhang empor. Fors war gleichzeitig mit ihm oben, und dann sahen sie es, weiter im Süden. Eine dunkle Rauchwolke am Spätnachmittagshimmel.

Einen Augenblick dachte Fors an das Präriefeuer, doch das hatten sie längst hinter sich gelassen. Dies war ein begrenztes Feuer, dem Rauch nach zu urteilen. Man konnte rechts an den Bäumen entlanggehen und dann quer durch das Feld mit dem dichten Gebüsch kriechen, um zum Schauplatz des Feuers zu gelangen, ohne sich einem Angriff auszusetzen.

Fors spürte, wie die Dornen der Beerensträucher seine Haut ritzten, doch das hielt ihn nicht davon ab, sich mit beiden Händen die saftigen Früchte in den Mund zu stecken, bis Hände und Gesicht mit dunklem Saft verschmiert waren.

Dann trafen sie auf das erste Zeichen eines Kampfes. Unter einem Busch lag ein geflochtener Korb; die Beeren, die er enthalten hatte, waren zertrampelt und mit aufgewühlter Erde vermischt. Von hier aus führte eine Spur niedergetretener Gräser und geknickter Büsche hinaus ins Freie.

Von einem Strauch löste Arskane ein orangefarbenes Stück Stoff. Langsam zog er es durch die Finger. „Dies ist von unserem Stamm", sagte er. „Die Leute haben Beeren gesucht, als . . ."

Fors tastete die Spitze des Speers ab, den er mit sich trug. Eine sehr brauchbare Waffe war es nicht. Er sehnte sich nach seinem Bogen und dem Schwert, das ihm die Prärieleute abgenommen hatten. Er kannte einige recht wirksame Tricks . . .

Den Stoffetzen zwischen den Zähnen, kroch Arskane voran, ohne Rücksicht auf die Dornen, die ihm Arme und Schultern zerkratzten. Jetzt vernahm Fors einen dünnen, klagenden Ton. Er schien aus der Richtung des Rauches zu kommen.

Das Beerensträucherfeld endete in einer Baumreihe, und zwischen den Stämmen hindurch blickten sie auf ein Schlachtfeld. Kleine, zweirädrige Karren waren zu einem Kreis aufgefahren, in dem jedoch eine breite Lücke klaffte. Und auf den Karren hockten die Totenvögel. An einer Stelle lag ein Berg grauweißer Leiber.

Arskane richtete sich auf. Wo die Vögel ihr Mahl hielten, war kein Feind mehr zu befürchten. Das monotone Klagen erfüllte die Luft, und Fors suchte nach seiner Quelle. Arskane blieb plötzlich stehen, nahm einen Stein und schlug damit zu. Das Schreien verstummte; Fors sah, daß sein Freund vor einem toten Lamm stand.

Doch noch lag eine andere Aufgabe vor ihnen, eine weit grausigere. Sie nahmen sie mit zusammengepreßten Lippen in Angriff, voller Angst vor dem, was sie zwischen den Wagen finden würden. Und hier fand Fors die erste Spur des Feindes.

Er stolperte über ein zerbrochenes Wagenrad, und darunter lag mit ausgebreiteten Armen, die toten Augen blicklos gen Himmel gerichtet, eine magere Leiche. Aus der haarlosen Brust ragte ein Pfeil, und dieser Pfeil . . .! Fors berührte vorsichtig die Federn am Schaft. Er kannte diese Arbeit; er selbst ordnete die Federn genauso an. Er erkannte sie, obgleich nirgends an diesem Pfeil ein Eigentumszeichen zu sehen war; nichts – außer dem winzigen Silberstern.

„Tierwesen!" sagte Arskane, als er den Toten sah.

Doch Fors zeigte auf den Pfeil. „Der stammt aus dem Köcher eines Sternmannes."

Arskane zeigte kein großes Interesse; er hatte auch einige Entdekkungen gemacht. „Dies ist nur das Lager eines Familienklans. Vier Wagen brennen, mindestens fünf sind entkommen. Da sie die Schafe nicht mitnehmen konnten, haben sie sie getötet. Ich habe noch vier weitere Leichen gefunden von diesem Gewürm . . ." Er versetzte dem Tierwesen einen leichten Tritt mit der Spitze seines Mokassins.

Aus dem Vorhandensein der toten Tierwesen schlossen sie, daß der Angriff abgeschlagen worden war. Eine gründliche Inspektion des Schlachtfeldes erbrachte einen Vorrat an Pfeilen. Von dem Pfeil mit dem Silberstern brach Fors den Schaft ab. Ein Wanderer aus dem Bergdorf mußte sich in diesem Kampf auf die Seite der Südländer gestellt haben. Bedeutete das, daß er in ihrem Lager einen Freund – oder Feind – finden würde?

Die Räder der fliehenden Wagen hatten tiefe Furchen in den Boden gegraben; daneben waren Fußspuren erkennbar. Als Arskane und Fors weitergingen, nahmen die Totenvögel schwerfällig wieder ihre Plätze ein.

„Vier Tierwesen", sagte Fors und fiel in leichten Trab, um Schritt zu halten mit dem Freund. „Und die Eidechsen töteten fünf. Wieviel treiben sich denn noch herum? Noch nie haben sie auf diese Art angegriffen. Warum . . .?"

„Bei einem habe ich eine abgebrannte Fackel gefunden. Vielleicht haben sie auch den Präriebrand gelegt, genau wie sie hier die Karren anzünden und die Menschen hinaustreiben wollten, um sie zu töten."

„Aber noch nie zuvor sind sie aus den Städten herausgekommen! Warum jetzt?"

„Vielleicht wollen sie auch Land oder Krieg oder einfach den Tod von allem, was nicht zu ihrer Rasse gehört. Kann man wissen, was in den Köpfen von solchen Kreaturen vorgeht?"

Die Radspur, der sie folgten, vereinigte sich mit einer anderen, tieferen und breiteren, einer Spur, wie sie nur ein ganzes Volk auf der Wanderung hinterließ. Bald mußten sie den Stamm erreichen.

Und dann blieb Fors so plötzlich stehen, daß er fast über die eigenen Füße gestolpert wäre. Aus dem Nichts war ein Pfeil herangeflogen, hatte sich in die Erde gebohrt und steckte darin, zitternd, als Warnung und Drohung. Er brauchte ihn nicht zu untersuchen. Er wußte, daß er in seinem Schaft einen Silberstern finden würde.

XV

ARSKANE blieb nicht erst stehen, sondern warf sich nach links und duckte sich hinter einen Busch, die Pfeile, die er auf dem Schlachtfeld gesammelt hatte, in Bereitschaft.

Fors hingegen blieb, wo er war, und hielt die Hände hoch. „Wir wandern in Frieden . . .“

Der rollende Klang des Bergdialekts aus seinem Mund kam ihm fremd vor nach so langer Zeit. Aber der Anblick des Mannes, der jetzt aus dem Schutz einiger Bäume von rechts auf ihn zutrat, überraschte ihn nicht.

Jarl wirkte imponierend, selbst im einfachen Gewand der Niederen. Mit den Insignien des Sternhauptmanns jedoch ist er majestätischer noch als Cantrul mit all seinem Staat, dachte Fors stolz. Hell glänzte die Sonne auf dem Stern an seinem Hals und auf dem blankpolierten Metall der Schwertscheide an seinem Gürtel.

Arskane ging in die Hocke. Er war sprungbereit. Fors winkte ihm ärgerlich zu.

Jarl hingegen zeigte kein Erstaunen beim Anblick der beiden, die auf ihn warteten. „So, so, Fors“, sagte er. „Das also sind die Wege, die du beschreitest?“

Fors grüßte ihn. Und biß sich, als Jarl den Gruß nicht erwiderte, hart auf die Lippen. Sicher, der Sternhauptmann hatte ihm niemals besondere Gunst gezeigt, aber er hatte auch nie erkennen lassen, daß er ihn für anders als die anderen hielt. Und das hatte ihm seit langem einen Platz im Herzen des Jungen gesichert.

„Ich ziehe mit Arskane, dem Dunklen, meinem Bruder.“ Er winkte den Südländer heran. „Sein Volk ist in Gefahr, daher wollen wir uns ihm anschließen . . .“

„Ist dir klar, daß du ein Gesetzloser bist?“

Fors biß so fest auf seine Lippen, daß sie bluteten. Das hatte er nicht erwartet. Das Bergdorf war ihm niemals ein glückliches Zuhause gewesen, das hatte er nach Langdons Tod erst so recht gespürt; aber es war das einzige Zuhause, das er hatte.

„Am Feuer Arskanes ist mein Bruder stets willkommen!“

Jarls durchdringender Blick wanderte von Fors zu dessen Begleiter. „Die Dunklen werden bald keine Feuer mehr haben, Fremdling. Du kommst spät. Der Ruf der Trommeln ist seit vielen Stunden verstummt.“

„Wir wurden aufgehalten“, erwiderte Arskane geistesabwesend. Er musterte nun seinerseits den Sternhauptmann, und offenbar war das Ergebnis nicht sehr positiv.

„Und mit nicht sehr sanften Mitteln, will mir scheinen.“ Jarl hatte jede Schramme, jede Verletzung der beiden bemerkt. „Nun, vor einem Kampf sind Krieger immer willkommen."

„Haben die Prärieleute . . .?" begann Fors entsetzt. Daß Cantrul nach dem allgemeinen Durcheinander so rasch zuschlug, hätte er nicht für möglich gehalten.

„Prärieleute?" Jarl war sichtlich erschüttert. „Ich weiß nichts von Prärieleuten. Die Tierwesen sind aus ihren Schlupflöchern hervorgekommen und haben sich versammelt, um Krieg zu führen gegen die ganze Menschheit!"

Arskane hob die Hand an die Stirn. Er war müde, erschöpft, seine Lippen waren weiß. Ohne ein Wort machte er kehrt und trottete weiter. Doch als Fors ihm folgen wollte, hob der Sternhauptmann die Hand und gebot ihm Einhalt. „Was soll das Gerede von den Prärieleuten?"

Und Fors erzählte die ganze Geschichte. Als er schloß, war Arskane schon nicht mehr zu sehen. Doch immer noch machte Jarl keine Anstalten, ihn zu entlassen. Ungeduldig verlegte Fors sein Gewicht von einem Fuß auf den anderen.

Der Sternhauptmann war nachdenklich. „Jetzt verstehe ich, was die Ereignisse der letzten zwei Tage zu bedeuten haben!" Er stieß einen schrillen Pfiff aus.

Als Antwort tauchten aus dem hohen Gras zwei geschmeidige, fellbedeckte Gestalten auf. Dem schwarzen Tier, das sich zu Jarl gesellte, schenkte Fors keine Beachtung, denn er war schon zu Boden geworfen und rollte sich unter der stürmischen Begrüßung lachend hin und her, während Lura mit ihrer rauhen Zunge sein Gesicht ableckte und ihn mit ihren Tatzen voll schwerfälliger Zärtlichkeit hin und her stupste.

„Nag hat sie gestern von der Jagd mitgebracht." Jarl kraulte die riesige schwarze Katze hinter den Ohren. „Sie hat eine Beule auf dem Kopf. Vermutlich ist sie während des Kampfes bewußtlos geschlagen worden. Und seit Nag sie mitgebracht hat, ist sie mir ständig auf den Fersen gewesen und hat mich zu etwas nötigen wollen, vermutlich dazu, dich aus den Händen der Prärieleute zu retten . . ."

Endlich stand Fors auf, während Lura sich eng an ihn drückte.

„Eine rührende Szene . . ."

Fors zuckte zusammen. Den Ton kannte er. Damit machte Jarl den selbstbewußtesten Mann winzig klein. Mit einem unausgesprochenen Befehl an Lura machte er sich auf, hinter Arskane her. Obgleich er nicht zurückblickte, wußte er, daß der Sternhauptmann ihm folgen würde.

Sie fanden das Lager von Arskanes Volk auf einer Wiese, die auf drei Seiten von einem Fluß umgeben war. Die zweirädrigen Karren bildeten eine hölzerne Wand, und in der Mitte wogten die grauen Rücken der Schafe, das schwarzbraune Fell der Pferde, und zwischen den niedrigen Zelten brannten die Feuer der einzelnen Familien. Nur wenige Männer waren zu sehen, bis an die Zähne bewaffnet. Fors hegte den Verdacht, daß er nur wegen der Anwesenheit des Sternhauptmanns unbehelligt durch die Wachen gekommen war.

Arskane war nicht schwer zu finden. Er war umringt von ein paar Männern und vielen, vielen Frauen. Sie lauschten seinem Bericht mit solcher Hingabe, daß niemand die Ankunft von Fors und Jarl bemerkte.

Arskane sprach mit einer Frau. Sie besaß energische Züge. Zwei lange schwarze Zöpfe hingen ihr auf die Schultern, und hin und wieder warf sie das Haar mit einer ungeduldigen Geste zurück. Ihr langes Gewand hatte dieselbe orangegelbe Farbe wie das Stück Baumwollstoff, das sie in dem Beerenfeld gefunden hatten, und an Armen und Hals trug sie in Silber gefaßte Steine.

Als Arskane endete, überlegte sie kurz und sprudelte dann eine Reihe Befehle heraus, die den Zuhörerkreis im Nu auflösten. Nun endlich erblickte sie Fors, und ihre Augen weiteten sich. Arskane kam zurück, um nachzusehen, was ihr Erstaunen erregte. Dann legte er dem Bergbewohner die Hand auf die Schulter und zog ihn mit sich.

„Dies ist der Mann, von dem ich gesprochen habe. Er hat mir in der Stadt der Tierwesen das Leben gerettet, und ich nenne ihn Bruder . . ." Seine Stimme klang fast ein wenig bittend.

„Wir sind das Dunkle Volk." Die Frau sprach leise, mit singender Stimme. „Wir sind das Dunkle Volk, mein Sohn. Er ist nicht von unserer Art . . ."

Arskane hob bittend die Hände. „Aber er ist mein Bruder", wiederholte er hartnäckig. „Ohne ihn wäre ich tot, und mein Klan hätte niemals erfahren, wie und wo es geschah."

„Und er", sagte Fors, „hat mich vor einem noch elenderen Schicksal bewahrt. Hat er das nicht erzählt? Aber Ihr sollt wissen, daß ich ein Gesetzloser bin und vogelfrei . . ."

„So? Nun, das ist eine Angelegenheit, die nur dich und deinen Klan angeht. Deine Haut ist weiß, aber in der Stunde der Gefahr spielt es keine Rolle, was für eine Haut die Knochen eines Mannes bedeckt. Wir brauchen jeden Mann, der mit Bogen und Schwert umgehen kann." Sie bückte sich und nahm eine Handvoll Sandboden auf, die sie ihm entgegenstreckte.

Fors berührte mit der Fingerspitze seine Lippen und dann das Häufchen Sand, aber er beugte nicht die Knie dabei. Er schwor Treue, aber er bat nicht um Aufnahme in den Klan. Die Frau nickte anerkennend.

„Du bist offen und ehrlich, junger Mann. Im Namen der Silberschwingen und derer, die einst flogen, akzeptiere ich deinen Schwur bis zu der Stunde, da wir freiwillig voneinander scheiden. Bist du nun zufrieden, Arskane?"

Der Südländer zögerte. Er war ein wenig enttäuscht, weil der Bergbewohner nicht um Aufnahme in den Klan gebeten hatte. Doch dann sagte er: „Ich wünsche ihn zum Mitglied meines Familienklans. Unter unserem Banner soll er kämpfen, an unserem Feuer essen . . ."

„So sei es." Sie entließ beide mit einem Wink und sah erwartungsvoll zu Jarl hinüber. Herrisch winkte sie ihn herbei.

Arskane führte Fors durch das Lager, ohne sich irgendwo aufzuhalten, bis sie an ein Zelt kamen, dessen Wände von zwei Wagen und dessen Dach von einer Wolldecke gebildet wurden. Am Eingang hingen vier runde Schilde aus schuppigem Leder, darüber flatterte ein Wimpel. Wieder entdeckte Fors das Symbol der ausgebreiteten Schwingen und darunter eine scharlachrote Sternschnuppe.

Ein kleines Mädchen sah mit ernsten Augen auf, als sie näherkamen. Sie stieß einen Schrei aus, ließ den Topf fallen, den sie in der Hand hielt, kam auf sie zugelaufen und klammerte sich fest an Arskane, das Gesicht an seine narbenbedeckte Brust gepreßt. Er lachte fröhlich und schwang sie hoch in die Luft.

„Das ist meine Schwester, unser Nesthäkchen. Rosann mit den strahlenden Augen. He, Kleine, heiß meinen Bruder willkommen!"

Aus dunklen Augen musterte sie Fors. Dann warf sie ihre dunklen Zöpfe zurück, und in befehlendem Ton verlangte sie, abgesetzt zu werden. Mit ausgestreckten Händen kam sie auf den Bergbewohner zu. Halb erratend, was von ihm verlangt wurde, legte er seine großen Hände in die ihren.

„Am Feuer des Herdes, unter dem Dach, dem Schutz gegen Nacht und Wind, zum Essen und zum Trinken in unserem Hause heiße ich dich von Herzen willkommen, Bruder meines Bruders." Die Schlußworte sagte sie triumphierend, stolz auf ihr gutes Gedächtnis, und warf Arskane ein zufriedenes Lächeln zu.

„Gut gemacht, Schwesterchen!"

„Ich danke für den Willkommensgruß, Rosann", sagte Fors höflich.

„Und nun", verkündete Arskane mit gerunzelter Stirn, „muß ich zu meinem Vater, Fors. Er inspiziert die Außenposten. Bitte, warte hier auf mich . . ." Er ging davon.

Rosann hielt seine Hand und lächelte ihn ebenso zutraulich an wie vorher ihren Bruder. „Es gibt Beeren, Bruder meines Bruders, und frischen Käse und frisch gebackene Maiskuchen . . ."

„Ein Festmahl!" sagte er lächelnd.

„Ja, ein Festmahl. Weil Arskane zurückgekommen ist . . ." Sie zog ihn mit sich ins Zelt.

Fors' Füße versanken in einer dicken Lage weicher Matten, und auf Rosanns Aufforderung ließ er sich gehorsam nieder und kreuzte die langen Beine. Lura legte sich neben ihn; Rosann machte sich in der Nähe zu schaffen. Gleich darauf kam sie zurück, in den Händen eine große Metallschale mit Wasser, dessen Dampf köstlich nach würzigen Kräutern duftete. Über ihrem Arm lag ein grobes Handtuch, das sie bereithielt, während Fors sich wusch.

Dann kam ein Tablett mit Schüssel und Löffel und einer Tasse von dem bitteren Getränk, das er unter Arskanes Anleitung im Museum gebraut hatte. Der Maisbrei war mit fettem Fleisch vermischt, und das anregende Getränk machte sich angenehm in seinem Magen bemerkbar.

Danach mußte er eingeschlafen sein, denn als er die Augen aufschlug, war es dunkel draußen, und nur die roten Flammen der Feuer und die Strahlen der Lampe kämpften gegen die Schatten. Eine Hand, die sich auf seine Stirn legte, weckte ihn ganz auf. Neben ihm kniete Arskane, und dahinter standen zwei andere Männer. Fors setzte sich auf. „Was . . .?" murmelte er verschlafen.

„Mein Vater möchte mit dir sprechen."

Fors riß sich zusammen. Einer der Männer vor ihm erschien wie eine ältere Ausgabe seines Freundes, doch der andere trug um den

Hals eine Kette mit einem Anhänger in Form von zwei silbernen Schwingen.

Der Häuptling war etwas kleiner als seine Söhne, seine dunkle Haut gegerbt von Wind und Sonne. Quer über die Stirn lief eine gezackte Narbe. Immer wieder rieb er sie mit dem Zeigefinger, als bereite sie ihm noch Unbehagen.

„Du bist Fors von den Klans in den Bergen?"

Fors zögerte. „Ich habe zu den Bergklans gehört. Jetzt aber bin ich ein Gesetzloser . . ."

„Schwester Nephata hat ihm Erde gereicht . . ."

Ein einziger strenger Blick seines Vaters brachte Arskane zum Schweigen. „Mein Sohn hat uns von deinen Wanderungen erzählt. Aber ich möchte mehr hören vom Lager der Präriebewohner und was dort mit euch geschah."

Zum zweitenmal wiederholte Fors seine Geschichte. Als er endete, schenkte ihm der Häuptling den gleichen einschüchternden Blick wie vorher seinem Sohn. Doch Fors begegnete ihm furchtlos und offen.

„Du, Rance", wandte sich der Häuptling an den jungen Mann neben ihm, „wirst die Kundschafter davon in Kenntnis setzen. Wenn ein Angriff kommt, müssen die beiden Feuer auf den Hügeln entzündet werden. Das mußt du den Männern einschärfen . . ."

„Du siehst, Fremdling" – der Häuptling sprach über die Schulter hinweg zu einem Schatten dicht bei der Tür; jetzt erst sah Fors einen vierten Mann dort stehen –, „wir ziehen nicht in den Krieg wie zu einem Freudenfest, wie diese Prärieleute. Aber wenn es vonnöten ist, kämpfen wir! Wir, die wir die Wut der Donnerechsen kennengelernt und ihre Häute gewonnen haben, um daraus unsere Zeremonienschilde zu machen . . ."

„. . . haben keine Furcht vor den Lanzen der Menschen", ergänzte der Sternhauptmann leicht amüsiert. „Vielleicht hast du recht, Lanard. Aber vergiß nicht, daß die Tierwesen auch in der Gegend sind, und die sind gefährlicher als Menschen!"

„Fremdling, seit mehr Jahren, als mein jüngerer Sohn zählt, war ich Herr der Kriegstrommeln. Ich vergesse nicht eine Gefahr über der anderen!"

„Verzeih, Lanard. Nur ein Dummkopf will die Otter schwimmen lehren. Bleibe der Krieg den Kriegern . . ."

„Kriegern, die schon zu lange gerastet haben!“ fuhr der Häuptling auf. „Auf eure Posten, alle!“

Arskane und sein Bruder verließen das Zelt; ungeduldig stapfte der Häuptling hinter ihnen her. Auch Fors wollte sich anschließen.

„Halt!“

Der Befehl traf ihn wie eine Peitsche. Fors straffte sich. Jarl konnte ihm nichts befehlen – nicht, wenn er ein Gesetzloser war. Und doch legte er Lura die Hand auf den Kopf und wartete.

„Diese Leute“, fuhr Jarl im gleichen Ton fort, „stehen vermutlich zwischen zwei Feinden, Feinden, denen dieses Land vertraut ist, während sie es nicht kennen. Schlimmeres erwartet sie, als sie ahnen, aber wenn man ihnen das sagt, werden sie es nicht glauben.“

Fors schwieg, und nach einer Weile fuhr der Sternhauptmann fort: „Langdon ist mir immer ein guter Freund gewesen. Aber er war etwas unbesonnen und sah den Weg, der vor ihm lag, nicht immer mit klaren Augen . . .“

Diese Kritik an seinem Vater verletzte Fors, doch er sagte kein Wort.

„Auch du, Junge, hast schon die Klangesetze gebrochen, hast stolz und trotzig deinen eigenen Weg verfolgt . . .“

„Ich habe nicht die Absicht, vom Bergdorf etwas zu erbitten!“

„Das mag sein. Ich habe deine Geschichte zweimal gehört. Ich glaube, du magst diesen Arskane und hast auch die Gabe, andere Menschen anzuziehen. Dieser Marphy ist ein Mann, dessen wir uns erinnern werden. Cantrul hingegen ist von ganz anderer Art – ein Krieger. Gibt man ihm etwas zum Kämpfen, ist er nach dem Sieg auch anderen Ideen zugänglich. Nun, wir werden ihm etwas zum Kämpfen geben – aber nicht diesen Stamm!“

„Was . . .?“ Nur dieses eine Wort brachte Fors vor lauter Erstaunen heraus.

„Tierwesen. Eine gut gelegte Fährte wird sie nach Norden zum Lager der Prärieleute führen.“

Langsam begann Fors zu ahnen, was nun käme. Er schluckte; Mund und Kehle waren ihm plötzlich wie ausgedörrt. Köder für die Tierwesen . . .!

„Und diese Aufgabe können nur wir allein ausführen . . .“

„Du meinst, Lanard darf nichts davon wissen?“

„Auf keinen Fall. Er würde diesem Plan niemals zustimmen. Du . . .

du bist ein Gesetzloser, der vielleicht nicht allzuviel übrig hat für einen Kampf, der nicht der seine ist . . ."

Fors ballte die Fäuste, daß sich die Nägel tief ins Fleisch gruben. In Arskanes Augen als elender Feigling dastehen . . . nur weil Jarl einen so wahnsinnigen Plan ausgebrütet hatte . . . Und doch sah er voll und ganz die Richtigkeit der Überlegung des Sternhauptmanns ein.

„Wenn die Prärieleute mit diesem Stamm kämpfen, werden die Tierwesen die lachenden Dritten sein."

„Zwei und zwei kann ich selber zusammenzählen!" fuhr Fors hoch.

Irgendwo sang eine Mädchenstimme. Und der Bruder dieses Mädchens hatte ihn aus dem Tal der Eidechsen gerettet.

„Wann soll ich gehen?" fragte er den Sternhauptmann.

XVI

Wieder einmal war Fors dem Schicksal dankbar für die Mutation, die ihn mit übernatürlicher Sehschärfe ausgerüstet hatte. Seit fast einer Stunde kroch er als letzter einer Gruppe dunkelhäutiger Krieger, geführt von Arskane, an einem neben einer uralten Straße einherlaufenden Graben entlang. Zwar schien der Vollmond strahlend hell, doch konnte wohl nur er erkennen, was im Schatten lag.

Ebenfalls froh war er über den Bogen und den Köcher, die über seiner Schulter hingen, obgleich es eine Waffe der Südländer war, anders als sein langer Bogen. Das neue Schwert jedoch, das in seinem Gürtel steckte, lag ihm in der Hand, als sei es für ihn persönlich gemacht.

Wäre Jarls Plan nicht gewesen, er wäre jetzt der glücklichste aller Menschen, doch seinem Versprechen gemäß mußte er selbst dieses Glücksgefühl zerstören, sobald der richtige Augenblick gekommen war. Jarl kundschaftete im Westen; möglich, daß sie sich trafen, nachdem sie sich von diesem Stamm entfernt hatten. Möglich aber auch, daß sie einander niemals wiedersahen.

Die alte Straße führte rund um einen Hügel. Fors hielt inne. Hatte er wirklich auf halber Anhöhe in einem Busch eine Bewegung gesehen? Seine Hand schloß sich um den Knöchel seines Vordermannes. Er wußte, das Signal würde sofort weitergegeben.

Die cremefarbene Gestalt dort war Lura. Sie kreuzte die Straße und lief bergan. Doch was er gesehen hatte, befand sich weit über ihr. Lura würde es schon aufstöbern . . .

Wieder rührte sich etwas am Abhang, und Fors sah die Umrisse einer geduckten Gestalt. Die Schulterlinie war ihm nur zu bekannt.

„Tierwesen!"

Luras Schrei zerriß die Luft, übertönt von seinem Warnruf. Wild schwankten die Büsche unter ihrem Angriff. Doch sie hatte Befehl, nicht zu töten, nur zu jagen. Um sich schlagend schoß das schwarze Ding aus seiner Deckung, während die Männer rings um Fors die Pfeile in die Bogen legten. Eine Wolke von gefederten Schäften flog davon, die meisten, nahm Fors an, würden ihr Ziel verfehlen. Hügelan schießen war immer schwierig.

Das Tierwesen stolperte in irrer Hast davon, quer über die Hügelkuppe. Arskane kam und gesellte sich zu Fors.

„War das ein Kundschafter?" fragte er.

„Möglich. Vermutlich kehrt er zum Rudel zurück und erstattet Bericht."

Arskane nagte nachdenklich an seinem Daumen. Fors wußte, was ihn beunruhigte. Einen Hinterhalt fürchtete er jetzt am meisten. Man wußte so wenig von der Taktik der Tierwesen, aber in den Ruinenstädten hatten sie immer aus dem Hinterhalt angegriffen.

Schließlich gab Arskane, wie Fors sich gedacht hatte, das Signal zum Weitermarsch. Ihr Ziel war der Hügel mit dem Holzstoß für das Signalfeuer, der vor einigen Tagen zusammengetragen worden war. Sie krochen weiter, Lura als Flankenschutz, und erreichten den Hügel ohne weiteren Zwischenfall. Oben angelangt, löste Arskane die Wache ab.

Es war kurz vor Morgengrauen. Fahlgraues Licht verlieh Bäumen und Büschen ein unheimliches Aussehen, als gehörten sie zu einer anderen Welt. Die Wächter des Holzstoßes hatten die Hügelkuppe von allem Gebüsch befreit, so daß sie kahl dalag und nach allen Seiten gute Sicht bot.

Fors entdeckte das Lager am Fluß und prägte sich Wegzeichen ein, die ihm später die Richtung weisen konnten. Die abgelösten Männer marschierten in langer Reihe hügelabwärts, bereit, sich in den Schutz des Grabens zu werfen, sowie sie unten angekommen waren. Und dann riß der letzte ruckartig die Arme in die Höhe und stürzte lautlos zu Boden. Sein Nebenmann fuhr herum, sah ihn fallen und wollte ihm zu Hilfe eilen, doch auch er griff sich plötzlich an den Hals und brach, einen zitternden Pfeil in der Kehle, in die Knie.

Alles machte kehrt und kam zurückgelaufen. Doch bis sie den spärlichen Schutz des Holzstoßes erreicht hatten, mußten noch zwei weitere Männer ihr Leben lassen. Nur einer kam durch zu den anderen oben.

Und diese standen da, die Bogen gespannt, fluchend, unfähig zu schießen, weil der Feind sich nicht blicken ließ.

Lura sprang mit einem Satz aus dem Gebüsch. Sie drängte sich dicht an Fors und schüttelte den Kopf von einer Seite zur anderen. Sie waren umzingelt! Vielleicht war es zu spät für das von Jarl vorgeschlagene Spiel. Aber er wußte genau, daß dies im Gegenteil der ideale Ort und Zeitpunkt zur Ausführung seiner Pläne war. Von hier aus würden die Tierwesen bestimmt seiner Fährte folgen.

„Wir sind umzingelt!" Leise gab er Luras Bericht weiter.

Arskane nickte. „Dachte ich mir, als sie kam. Nun, warten wir ab." Er wandte sich an die anderen. „Hinlegen! Kriecht zu den Büschen hinüber, sonst sind wir lebende Zielscheiben."

Und wie um dies zu bestätigen, stieß der Mann neben ihm einen Schrei aus und hielt seinen Arm, aus dem der Schaft eines Pfeiles ragte. Arskane zog den Verwundeten mit in die Deckung. Doch der Holzstoß bot zuwenig Schutz.

Das schlimmste war, daß sie den Feind nicht sehen konnten.

Fors schickte Lura abermals auf Kundschaft aus. Er mußte wissen, ob es irgendwo eine Lücke gab, durch die er entkommen und nach Norden ziehen konnte. Vermutlich würden sie warten, ob er die Richtung zum Lager am Fluß einschlug, also mußte er so tun, als sei er vollkommen verwirrt. Dann machten sie sich einen Sport daraus, ihn zu verfolgen.

Im Laufe des Morgens hatten sie noch zwei Ausfälle. Als Arskane die Runde bei den versteckten Männern machte, fand er einen, von einem Pfeil durchbohrt, tot am Boden liegen; ein anderer mit verwundetem Bein war damit beschäftigt, sich zu verbinden.

Als er zu Fors zurückkehrte, war er sehr niedergeschlagen. „Um Mittag werden wir abgelöst. Wenn wir das Warnfeuer entzünden, werden sie versuchen, das Lager zu verlegen, und dabei vermutlich in einen Hinterhalt fallen. Aber Karson glaubt, sich an die alten

Rauchzeichen zu erinnern, und will's damit versuchen, doch werden sich diejenigen, die das Signal geben, dem Beschuß aussetzen. Wir sind nur noch fünf, und zwei davon verwundet. Wenn wir den Stamm retten – was schadet es, wenn wir sterben müssen?"

Fors widerstand dem Drang, sich freiwillig zu melden. Er spürte das leichte Zögern, mit dem Arskane ihn ansah, als er nicht antwortete. Dann wandte sich der Südländer um und kroch hin zum Holzstoß. Fors zuckte zusammen. Er wäre seinem Freund gefolgt, hätte er nicht jetzt etwas anderes gesehen. Weiter unten tauchte für den Bruchteil einer Sekunde Luras Kopf auf. Sie hatte eine Lücke gefunden! Er arbeitete sich kriechend um die Hügelkuppe herum, bis er sich direkt über ihr befand.

Er würde ein ungeschütztes Stück Gelände überqueren müssen und durfte nicht getroffen werden. Wenn er den richtigen Moment erwischte, konnte er vielleicht die Aufmerksamkeit des Feindes von den Männern am Holzstoß ablenken. Er leckte sich die trockenen Lippen. Bogen und Pfeile mußte er hierlassen. Blieben Schwert und Jagdmesser.

Nein, er hatte sich nicht getäuscht. Deutlich erschienen wieder Luras braune Ohren vor dem moosüberzogenen Fels. Sie wartete. Er ging in die Hocke und schoß wie ein Pfeil im Zickzack über den Abhang. Ein erstaunter Ausruf hinter ihm, und dann war er im Wald, Lura zur Seite.

Jetzt mußte er sich auf seine Aufgabe konzentrieren. Er brach durch ein Dickicht, ohne seine Spuren zu verwischen. Luras Warnung, daß die Verfolger hinter ihnen waren, hatte sein Herz schlagen lassen wie einen Hammer. Nun stand er allein einem gewitzten Feind gegenüber. Er mußte sich wie ein Köder immer direkt vor der Nase des Feindes halten und trotzdem dafür sorgen, daß er nicht erwischt wurde, während er eine Spur zum Gebiet der Prärieleute legte, um Cantrul zum Kampf zu reizen. Ob er es schaffte?

Hin und wieder während des restlichen Tages konnte er ein wenig ausruhen, doch immer nur, wenn Lura sich vergewissert hatte, daß sie noch verfolgt wurden. Einmal konnte er das selbst feststellen. Nachdem er einen Fluß überquert hatte, blieb er in einer flachen Mulde auf einem Felsvorsprung liegen und sah einen Kilometer hinter sich drei graue Gestalten aus dem Wald treten, deren erste auf allen vieren, die Nase am Boden, Witterung aufnahm.

Wenige Stunden vor Anbruch der Nacht schlug er die Richtung nach Westen ein; er wollte versuchen, den Fluß mit dem Bibersee zu erreichen. Der mußte ihn zu Cantruls Lager führen, falls das Feuer die Präriebewohner nicht vertrieben hatte. Im Gehen aß er Beeren und Korn von den alten Feldern. In einem ehemaligen Obstgarten fand er halbreife Pfirsiche, die ihn zusammen mit Wasser aus Bach und Quelle kräftigten.

Die Nacht war am schlimmsten. Er verbrachte sie auf Bäumen, immer so, daß eine leichte Flucht möglich war. Zweimal wechselte er seinen Schlafplatz, jedesmal mindestens zwei Kilometer dazwischenlegend.

Im Morgengrauen befand er sich auf einer Klippe über einem Fluß, den er für einen Zufluß des Bibersees hielt. Beweis dafür waren die Stücke angekohlten Holzes, die sich zwischen den Steinen verfangen hatten. Der Wasserspiegel war gefallen; vermutlich hatten die Biber ihren Damm wieder repariert. Fors lag da, mit schmerzenden Gliedern. Ihm war, als liefe er seit endlosen Tagen.

Er hatte Glück, daß er flußabwärts blickte, denn so sah er etwas sehr Seltsames. Ein Tier kam den Fluß heraufgeschwommen, auf merkwürdige Art das Ufer entlangschnuppernd, als suche es etwas. Als es die Stelle erreichte, wo Fors gekniet hatte, um zu trinken, kletterte es aus dem Wasser und hockte sich auf die Hinterbeine, die Vorderpfoten an den helleren Bauch gelegt, den Kopf mit der schnuppernden Nase hoch erhoben.

Eine Ratte – eine von den riesigen grauen Ratten der alten Rasse, den Erzfeinden der Menschen seit Urzeiten. Sie schüttelte sich. Und dann, als sie den Kopf noch höher hob, blitzte etwas an ihrem Hals. Ein Metallhalsband – ja, das war ein Metallhalsband. Aber ein Halsband an einer Ratte? Warum? Wozu?

Ratten lebten meist in den Städten, unter der Erde, wo sie niemand sah. Und wer lebte noch in den Städten, wem war zuzutrauen, daß er die Ratten zähmte und trainierte? Die Antwort war nicht schwer. Aber warum? Wozu?

Die Ratte sprang auf einen Felsbrocken und leckte sich das Fell trocken, als habe sie ihre Pflicht erfüllt und könne jetzt an ihr eigenes Wohlergehen denken. Dann hielt sie plötzlich inne und duckte sich, reglos, die schwarzen Knopfaugen stromabwärts gerichtet. Gespannt beobachteten Fors und Lura, was nun geschah.

Zuerst hörten sie das Platschen. Es wäre klüger gewesen, jetzt zu verschwinden, aber Fors brachte es nicht fertig.

Eine unproportionierte Gestalt kam durch das flache Wasser gestakt, doch bald stellte Fors fest, daß das, was er für einen Buckel gehalten hatte, ein geflochtener Käfig war. Die Ratte unten zeigte wütend die Zähne, aber sie rührte sich nicht.

Das Tierwesen kam näher, streckte gemächlich den langen Arm aus und hob die Ratte am Halsband hoch, während sie wütend um sich biß. Mit geschicktem Schwung warf der Rattenmeister seinen Fang durch die Falltür in den Käfig und schloß zu. Aus dem Radau hinter dem Korbgeflecht schloß Fors, daß sie noch Leidensgefährten haben mußte. Doch nun glitt Lura davon, und sie hatte recht. Es war höchste Zeit, daß sie sich davonmachten.

Unterwegs gingen ihm all die alten Erzählungen über die Tierwesen wieder durch den Kopf, während er mechanisch die Spur legte, die die Verfolger zwar aufhalten, aber nicht abschütteln sollte. Angeblich waren sie die Nachkommen von Stadtbewohnern, die der vollen Wirkung der Todesstrahlen ausgesetzt gewesen waren, Kinder, so mutiert in Gestalt und Wesen, daß man sie nicht mehr als Menschen bezeichnen konnte. Das war die eine Version.

Die andere behauptete, die Tierwesen seien Abkömmlinge feindlicher Invasoren, von Soldaten männlichen und weiblichen Geschlechts, die gelandet waren, um die Erde zu unterwerfen, und dann, als ihr eigenes Volk von den Atombomben ausgerottet wurde, vergessen worden waren. Soldaten, verwirrt und unsicher, als keine Befehle mehr kamen, die hartnäckig an den Positionen festhielten, die sie zu verteidigen hatten – trotz der Strahlung. Doch welche Theorie nun auch zutraf – die Tierwesen, obwohl ekelerregend, waren auch nur Opfer der tragischen Fehler der Alten, deren Leben ebenso zerstört war wie die Ruinenstädte.

Fors kam jetzt an das vom Feuer verwüstete Gebiet, eine schwarze, trostlose Öde, die nirgends Schutz bot. Er mußte riskieren, von dem Tierwesen mit den Ratten entdeckt zu werden, und sich wieder am Flußufer halten.

In der Luft lag Brandgeruch, der ihn, genau wie die pudrige Asche, die seine Füße aufwirbelten, zum Husten reizte. Vielleicht war es besser, im Wasser weiterzugehen. Hier und da schwelte noch ein glühender Baumstamm.

Hustend, mit tränenden Augen stolperte Fors über Felsen und mußte einmal sogar schwimmen. Und dann kam er an den Damm; er war repariert worden. Dahinter lag der See, umgeben von den schwarzen Narben des Feuers. Die Biber hatten Hungerjahre vor sich, denn es würde mindestens ein Jahr dauern, bis wieder Schößlinge hochkamen, und Generationen, bis die Bäume wieder groß waren.

Fors stieg ins Wasser. Selbst hier hing noch Rauchgeruch in der Luft. Auch Kadaver trieben im Wasser, ein Reh, eine wilde Kuh und dicht am anderen Ufer ein Pferd mit dem Eignerzeichen der Prärieleute. Er schwamm vorbei, hinein in den Zufluß zum See, durch den Arskane und er in die Freiheit geschwommen waren. Doch zuerst sah er sich noch einmal um.

Und er sah, daß die bucklige Gestalt des Rattenträgers über den Damm kletterte, drei andere folgten. Und während sie noch auf dem Damm zögerten, vielleicht, weil sie sich vor dem Wasser scheuten, tauchten weitere fünf ihrer Artgenossen auf.

Fors zog sich zurück. Jarls Plan war geglückt. Er wußte zwar nicht, aus wie vielen Tierwesen die Gruppe am Holzstoßhügel bestanden hatte, aber dieses Rudel hier war sicherlich groß genug, um Cantruls Interesse zu erregen. Die Tierwesen waren hartnäckige und gefährliche Gegner, die nie einen Angriff offen führten. Daß sie hier herumliefen, bewies, welche Verachtung sie für ihn empfanden.

Fors beobachtete, wie der Käfigträger ins Wasser stieg, und machte sich davon. Allmählich ging ihm das Wasser bis zur Hüfte. Keuchend arbeitete er sich über glitschige Steine, duckte sich unter rauchenden Baumstämmen hindurch, die quer über das Flußbett gefallen waren.

Als er das grüne Gras sah, ein Anblick, den er überhaupt nicht erwartet hatte, durchfuhr es ihn fast wie ein Schock. Aber da stand tatsächlich das Schilf hoch und unversehrt. Er arbeitete sich hindurch an Land. Das schlammige Ufer war voll frischer Hufspuren, die Prärieleute waren also in der Nähe. Auch Luras Spuren entdeckte er. Er zog sich an den zähen Wurzeln eines Busches empor.

Er tat zwei Schritte, dann stolperte er, stürzte und rollte sich ab. Und während er fiel, schrillte höhnisches Gelächter in seinen Ohren. Seine Hand umkrampfte den Schwertgriff, und er hatte die Waffe gezogen, noch ehe er seine Lunge wieder mit Luft gefüllt hatte. Er sprang auf, die blanke Klinge erhoben, bereit zum Zuschlagen.

XVII

WAS er sah, überraschte ihn nicht: ein Kreis dürrer grauer Gestalten. Die Tierwesen mußten sich im Schilf versteckt haben. Und da drüben Lura, auch gefangen; sie kämpfte wild gegen die Schlinge um ihren Hals.

Ein zweiter Ruck an der Stolperschnur schickte ihn abermals unter unmenschlichem Gelächter der Länge nach in den Schmutz. Er konnte nur noch eines tun: Auf dem Bauch rutschte Fors hinüber zu Lura, ein Entschluß, der die Feinde überraschte. Sie konnten nicht verhindern, daß sein Schwert rasch die Schlinge zerschnitt, die ihr die Luft abschnürte. Und gleichzeitig gab er ihr einen stummen Befehl.

„Such Nag! Und den, der mit ihm jagt. Such . . .!"

Lura zog die mächtigen Läufe an. Mit einem kraftvollen Satz sprang sie über eines der Tierwesen hinweg und war verschwunden. Die Verblüffung der Tierwesen ausnutzend, schnitt Fors die Schnur um seine Knöchel entzwei und hatte schon einen Fuß frei, als die Wut seiner Gegner wiederaufflammte und sich auf den zurückgebliebenen Gefangenen konzentrierte.

Es gab keine Hoffnung mehr. Nicht lange, und er würde endgültig unter ihren Pfeilen zusammenbrechen. Aber was hatte Langdon ihm geraten? Im Zweifelsfalle immer angreifen! Rasch! Und soviel Schaden anrichten wie möglich.

Ebenso blitzartig wie Lura sprang er einen aus dem Kreis an, die Klinge erhoben, zum gefährlichsten Stoß bereit, den er kannte. Und fast hätte er es geschafft, wäre sein einer Fuß nicht noch gefangen gewesen. So aber schlitzte er lediglich die graue Haut auf, nicht mit dem tödlichen Stich, den er beabsichtigt hatte, sondern in einem kraftlosen Zieher über den Kugelbauch des Wesens.

Er fing den Schlag, der ihn treffen sollte, ab und stieß abermals zu. Dann wurde sein Schwertarm schlaff, und die Klinge fiel aus den tauben Fingern. Ein Wurfspieß hatte ihn getroffen. Ein Hieb quer über die eine Gesichtshälfte warf ihn zu Boden; dann verlor er das Bewußtsein.

Schmerz riß ihn in die Wirklichkeit zurück, ein unerträglicher

Schmerz, der von seinem verwundeten Arm ausging. Fors versuchte, sich zu bewegen, und stellte fest, daß Hände und Füße gebunden waren. Mit ausgebreiteten Armen und Beinen war er an vier Pfählen an den Boden gefesselt.

Mühsam öffnete er die Augen. Über ihm strahlte der Himmel. Also bin ich noch nicht tot, dachte er stumpf. Und da der Baum in seinem Blickfeld grün war, mußte er sich noch immer dicht bei der Stelle befinden, wo er gefangengenommen worden war. Er versuchte den Kopf zu heben, doch ihm wurde so schwindlig, daß er ihn rasch wieder fallen ließ und die Augen schloß, um den kreisenden Himmel und den sich drehenden Boden nicht mehr zu sehen.

Etwas später gab es einigen Lärm, der ihn die Augen wieder öffnen ließ. Die Tierwesen schleppten einen zweiten Gefangenen herbei, einen Präriebewohner, wie seine Haartracht verriet. Auch er wurde mit einem Fausthieb zu Boden geworfen und genau wie Fors an vier Pfähle gefesselt.

Fors war unfähig, die Gedanken zusammenzuhalten. Es war besser, ganz still zu liegen und die Schmerzen im Arm so gut wie möglich zu ertragen.

Ein schrilles Quieken riß ihn aus seiner Agonie. Er wandte den Kopf und sah in der Nähe den Korb mit den Ratten stehen. Der Träger hatte ihn mit einem erleichterten Seufzer dort abgesetzt und sich zu seinen Kumpanen gesellt, die faul im Schatten eines Baumes ruhten.

Fors betrachtete den Käfig. Er glaubte durch die Stäbe hindurch rötliche Augen blitzen zu sehen, die ihn mit grausiger Intelligenz beobachteten.

Nach einer Weile entzündeten die Tierwesen ein Feuer und brieten riesige Fleischstücke. Als der Duft zu den Ratten herüberzog, wurden sie wild, rannten im Käfig herum, bis er fast umfiel, und stießen schrille, quiekende Schreie aus. Doch ihre Herren machten keinerlei Anstalten, sie zu füttern.

Nur einer kam, nahm den Käfig, schüttelte ihn und schrie etwas. Jetzt wurden die Ratten still. Wieder glänzten ihre Augen durch die Stäbe zu den Gefangenen herüber – rote, böse, hungrige Augen.

Fors sagte sich, daß sein Verdacht völlig grundlos sei, daß er in seiner Qual an übersteigerter Phantasie litt. Das Tierwesen konnte ihnen doch kein Versprechen gemacht haben! Nein, er glaubte es nicht, denn sonst hätte er den Verstand verloren.

Doch die roten Augen wichen nicht von ihm. Zwischen den Weidenstäben sah er die scharfen Krallen und die spitzen Zähne. Und immer, immer die hungrigen Augen . . .

Als die Schatten länger wurden, kam die dritte und letzte Gruppe der Tierwesen an und mit ihnen der Anführer.

Er war nicht größer als die anderen Mitglieder des Stammes, doch eine gewisse Arroganz und Sicherheit in seinem Verhalten und seinen Bewegungen hob ihn aus der Menge heraus. Sein kahler Schädel war schmal, er hatte die gleiche geschlitzte Nase und die gleiche vorspringende Kieferpartie mit den scharfen Zähnen, aber seine Stirn war höher, viel höher als die der anderen. In seinen Augen stand verschlagene Intelligenz, und er sah seine Umwelt offensichtlich ganz anders. Dieses Tierwesen war kein Mensch, es war aber auch nicht so tierisch wie das Rudel.

Jetzt stand er zwischen den beiden Gefangenen. Fors sah ihm offen ins Gesicht, war aber nicht fähig, in den seltsamen Augen eine Empfindung zu entdecken, die als menschlich angesprochen werden konnte. Mit einem Blick, der sowohl triumphierend, wütend oder einfach neugierig sein konnte, starrte er die beiden am Boden liegenden Gefangenen an, doch war es ganz sicher Neugier, die ihn bewog, sich mit gekreuzten Beinen zwischen ihnen niederzulassen und die ersten richtigen Worte zu sprechen, die Fors von diesen Monstren zu hören bekam.

„Du – wo?" fragte er den Präriemann, der nicht antworten konnte oder nicht wollte.

Der Anführer beugte sich vor und schlug dem Gefangenen auf den Mund. Dann wandte er sich an Fors und wiederholte seine Frage.

„Aus dem Süden . . .", krächzte Fors.

„Süden", wiederholte der Anführer. „Was ist im Süden?"

„Männer . . . viele, viele Männer. Zehnmal zehnmal zehn . . ."

Entweder überstieg diese Zahl das Begriffsvermögen des Wesens, oder es glaubte ihm nicht, denn es brach in grausiges Gelächter aus und stieß ihm dann die Faust mit aller Macht in den verwundeten Arm. Fors wurde bewußtlos.

Ein Schrei brachte ihn wieder zu sich. Das Echo dieses Schreis gellte ihm noch in den Ohren, als ein zweiter Schrei Schmerz und Entsetzen in die Welt hinausbrüllte. Er zwang sich, die Augen zu öffnen und klar zu sehen.

Der Anführer der Tierwesen kauerte immer noch zwischen den Gefangenen und hielt in der ausgestreckten Hand den zappelnden Körper einer hungrigen Ratte. Sie wehrte sich wild gegen den Griff, der sie von ihrer Beute fernhielt.

Die klaffenden Wunden an Brustkorb und Arm des Präriemannes sagten genug. Sein verzerrtes Gesicht war eine Maske verzweifelten Entsetzens. Er schrie auf, als der Anführer die Ratte näher an ihn heranbrachte.

Doch dann gellte ein Wutschrei auf. Er kam vom Anführer selbst. Die Ratte hatte sich gegen ihn gewandt und ihn in den Finger gebissen. Mit wütendem Fauchen tötete der Anführer das Tier und schleuderte es von sich. Er stand auf, den zerbissenen Finger im Mund.

Ein Aufschub – wie lange? Die Tierwesen schienen sich sicher zu fühlen; anscheinend wollten sie die Nacht über hierbleiben. Doch dann änderte sich die Szene plötzlich. Zwei weitere Tierwesen kamen aus dem Gebüsch und schleppten zwischen sich die Leiche eines Artgenossen. Eine hastige Beratung folgte, und dann kläffte der Anführer einen Befehl. Der Rattenträger nahm den Käfig, und vier der größten Tierwesen kamen auf die Gefangenen zu.

Mit Messern durchschnitt man ihre Fesseln, dann riß man die beiden auf die Füße. Als sich herausstellte, daß sie nicht laufen konnten, folgte abermals eine Beratung. Zwei aus der Gruppe trotteten davon und kehrten zurück mit kräftigen jungen Bäumen, die von ihren Zweigen befreit wurden. Kurz darauf fand sich Fors mit dem Gesicht nach unten an eines der Bäumchen gefesselt, getragen von zwei der Tierwesen.

An die Nacht konnte er sich später nicht mehr erinnern. Von Zeit zu Zeit wechselten seine Träger, aber er dämmerte vor sich hin und erwachte nur, wenn er während dieses Wechsels brutal auf den Boden geworfen wurde. Und dann mußten sie eine Weile haltgemacht haben, denn er vernahm ein Geräusch.

Er lag auf dem Boden, das Ohr dicht an der Erde. Und zuerst glaubte er, das Klopfen, das er vernahm, sei der Rhythmus seines eigenen Blutes. Aber es hörte nicht auf, sondern dröhnte weiter, stetig, voll Leben und irgendwie tröstlich. Einmal, vor langer Zeit, hatte er dieses Geräusch gehört, und da hatte er gewußt, was es bedeutete. Jetzt aber hatte er die Bedeutung vergessen. Er spürte nur noch seinen Körper, den Ansturm des Schmerzes, und er konnte nicht mehr denken, sondern nur noch fühlen und erdulden.

Nun mischte sich ein zweiter Ton in das ferne Dröhnen, ein tieferes, kräftigeres Klopfen.

Irgendwo war Geschrei.

Bald war die ganze Luft von dem Dröhnen erfüllt. Ja, und jetzt stand er aufrecht, von rohen Händen gehalten. Er wurde wieder gebunden – zumindest glaubte er das, fühlen konnte er nichts mehr. Aber er stand wirklich aufrecht und blickte von der Kuppe eines Hügels ins Tal.

Und sah zu, wie sich ein Traum abspielte, ein Traum, der ihn nicht betraf. Da unten ritten Prärieleute einen Angriff. Sie ritten, den Kreis immer enger ziehend. Fors schloß die Augen vor dem blendenden Licht.

Er hing reglos in den Fesseln, doch allmählich machte sich in dem zerschlagenen Körper der alte Fors bemerkbar, der richtige. Er zwang sich, die Augen zu öffnen, und jetzt sprachen wieder Intelligenz und Energie aus ihnen.

Die Präriemänner ritten ihren Kreis und schleuderten Speere den Abhang herauf. Doch zwischen den Reitern liefen jetzt andere, liefen leichtfüßige Männer, den Bogen gespannt. Ihre Pfeile verdunkelten die Sonne. Der Kreis aus Männern und Pferden zog sich immer enger um den Hügel.

Jetzt entdeckte Fors, daß sein Körper einen Teil des Schutzwalls für die hier oben Belagerten bildete, daß er ein Schild war, hinter dem die Spießwerfer Deckung suchten. Und diese wohlgezielten Spieße richteten unten so manchen Schaden an. Männer und Pferde stürzten und blieben liegen. Doch das gebot weder dem reitenden Kreis noch den fliegenden Pfeilen Einhalt.

Einmal erscholl ein lauter, qualvoller Schrei, und über den Wall, dessen Teil er war, stürzte ein Kämpfer. Auf Händen und Knien stolperte er hügelab, auf einen der flinken Bogenschützen zu. Krachend stießen sie aufeinander. Dann stürmte ein Reiter herbei und handhabte mit Geschick seine Lanze. Beide rührten sich nicht mehr, als er weiterritt.

Ein harter Schlag traf Fors an der Seite. Er vergaß den Kampf und sah an sich hinab. Da hing sein Arm, frei, aber völlig taub, die zerschnittene Fessel noch tief in das geschwollene Gelenk eingegraben.

Ein Pfeil oder Speer hatte seine Bande gelöst. Er verlor jedes Interesse an der Schlacht, konzentrierte sich ganz auf seine freie Hand. Noch konnte er sie nicht bewegen, also sammelte er seine ganze Willenskraft und richtete sie auf seine Finger. Er mußte sie bewegen, den Daumen, den Zeigefinger – er mußte!

Da! Vor Freude über den Erfolg hätte er laut aufschreien mögen. Der Arm hing noch schwer und leblos herunter, aber es war Fors gelungen, die Finger zu krümmen. Und es war sein rechter Arm, der gesunde! Er wandte den Kopf. Sein anderer Arm war an einen Pfahl gebunden, der in den Boden gerammt war. Die Tatsache, daß die Tierwesen Fors als Schild benutzten, kam ihm jetzt zugute; aus ihrer Stellung hinter dem Wall konnten sie ihn nicht beobachten. Der linke Arm war nicht ganz ausgestreckt. Wenn er den rechten Arm heben, herübergreifen und die Finger bewegen konnte, würde er auch dort die Fesseln lösen.

Er versuchte es, und es ging. Aber die Knoten lösen? Immer wieder glitten seine Finger ab.

Er kämpfte gegen seinen mißhandelten Körper, kämpfte ebenso hart wie die da unten. Pfeile schlugen dicht neben ihm ein. Der Schaft eines Speeres, der quer über sein Schienbein schlug, entlockte ihm ein qualvolles Keuchen, aber er hielt seine Hand in der Gewalt. Der Schmerz der wiedereinsetzenden Blutzirkulation trieb ihm das Wasser in die Augen, aber er konzentrierte sich auf seine Finger und auf das Werk, das sie vollbringen mußten.

Und dann gab auf einmal etwas nach. Er hielt ein loses Stück Lederschnur in der Hand, und der linke Arm fiel leblos herab, während er bei dem plötzlichen Schmerz, den die Bewegung hervorrief, die Zähne zusammenbiß. Doch jetzt war nicht die Zeit, sich zu schonen. Er bückte sich. In ihrer Hast hatten die Tierwesen seine Füße nur mit einer Schlinge gebunden. Mit einer Pfeilspitze sägte Fors sie durch.

Es war sicherer, zunächst einmal zu bleiben, wo er war. Die Tierwesen konnten ihn nicht erreichen, ohne die Wälle zu erklettern und sich so dem Feind auszusetzen. Und flach an den Boden gepreßt, entging er auch am sichersten dem Pfeilhagel von unten. Und so blieb er, zitternd und denkunfähig, liegen.

Nach einer Weile fiel ihm sein Mitgefangener ein. Wo war er wohl, der Präriemann? Vorsichtig stemmte sich Fors auf die Ellbogen und sah in einiger Entfernung eine schlaffe Gestalt und einen herabgesunkenen Kopf. Er ließ den Kopf wieder auf die Arme fallen. Jetzt konnte er sich bewegen, wenn auch mühsam. Beide Beine und ein Arm gehorchten. Er konnte sich den Hügel hinabrollen . . .

Aber der Präriemann – dem sicheren Tod ausgesetzt . . .

Langsam, ganz langsam, mit großen Pausen, begann Fors zu kriechen, vorbei an Büschen, einer hastig zusammengeschlagenen Barrikade, an all dem Zeug, das die Tierwesen gepackt und aufgeschichtet hatten, um sich vor den Pfeilen und Speeren zu schützen. Zoll für Zoll gewann er an Boden.

Ein Wurfspieß bohrte sich dicht neben seiner Hand in die Erde. Anscheinend hatten ihn die Tierwesen bemerkt und versuchten ihn zu erledigen. Fors kroch weiter.

Er war blind und taub gegen alles, was um ihn herum vorging. Er mußte den Präriemann erreichen!

Und dann hockte er neben ihm, sah seine gefesselten Beine. Er griff nach oben, um die Knoten der Handfesseln zu lösen. Und ließ die Arme wieder sinken. Zwei Pfeile hatten den Gefangenen durchbohrt. Er brauchte keine Hilfe mehr.

Fors lag auf dem rauhen Boden. Wille und Energie hatten ihn verlassen. Er fühlte sich hohl und leer.

Felsen umgaben ihn, und über Bergspitzen jagten in Fetzen graue Sturmwolken. In den engen Tälern heulte der Wind. Es mußte Winter sein, denn die dicken Wolken bargen Schnee. Er mußte zurück in den Schutz des Bergdorfes, zurück zu den Feuern und den festen Steinmauern, zurück, ehe der Wind eisig wurde und der Schnee fiel.

Zurück ins Bergdorf. Er wußte nicht, daß er jetzt aufrecht stand, hörte auch nicht hinter sich die entsetzten Schreie und das wütende Toben der Tierwesen, als ihr Anführer unter einem Pfeil sein Leben aushauchte. Fors wußte nicht, daß er stolpernd den Abhang hinabschritt, die leeren Hände ausgestreckt, während hinter ihm über den Wall die Woge von rasenden, langarmigen Wesen brandete.

Fors schritt einen Bergpfad entlang; neben ihm ging Lura. Sie hielt mit den Zähnen seinen Ärmel und führte ihn. Es war nicht mehr weit . . .

Er stolperte. Eines der Tierwesen hatte ihm im Vorbeijagen einen Schlag versetzt.

So viele Felsbrocken; mit den Füßen suchte er Halt zwischen den vielen Steinen. Er mußte vorsichtig sein. Doch bald war er zu Hause. Da hinten leuchteten schon die Feuer strahlend hell durch das Dunkel. Und Lura hielt immer noch seinen Ärmel. Wenn sich nur der Wind ein wenig legen würde . . . Er heulte so seltsam, fast wie das Kampfgeschrei einer ganzen Armee . . . Aber da lag das Bergdorf, dicht vor ihm . . .

XVIII

Es WAR Spätnachmittag. Rauch stieg auf von einem zeremoniellen Feuer. Fors blickte hinab auf den Kampfplatz, dessen Gras von vielen Füßen zertrampelt war. Und zwischendurch immer wieder dunkle Flecken – rostrot. Doch das störte die Männer nicht, die dort unten saßen. Sie bildeten zwei Reihen, die sich, die Waffen griffbereit, über das Feuer hinweg mißtrauisch musterten. Zwischen den beiden Reihen saßen die Häuptlinge der Stämme. Alle Männer trugen die Zeichen der Schlacht, und in beiden Reihen gab es Lücken, die sich nie wieder schließen würden.

Fors vergaß seine eigenen Verletzungen, als er Arskane neben seinen Vater treten sah. Auch Nephata, die den Bergbewohner damals aufgenommen hatte, war da; ihr leuchtendes Gewand wirkte im stumpfen Graubraun der Lederwesten und der dunklen Haut der Männer wie ein farbiger Tupfer.

Gegenüber saßen Marphy und der Medizinmann. Nur Cantrul fehlte.

„Cantrul . . .?" fragte Fors.

Jarl, der neben ihm saß, beantwortete die Frage. „Cantrul war ein großer Krieger und hat, wie es einem Krieger gebührt, die lange Reise angetreten, indem er eine große Zahl von Feinden mitnahm. Noch ist kein neuer Großer Häuptling gewählt worden."

Das Gedröhn der Trommeln machte weiteres Sprechen unmöglich. Hart wurde es von den Hügeln zurückgeworfen. Als es verklang, trat Lanard vor, gestützt auf seinen Sohn, denn sein Bein war vom Knie abwärts verbunden.

„Ho – Krieger!" Seine gewaltige Stimme konnte sich mit den Trommeln messen. „Wir haben unsere Speere zu einem großen Sieg geführt und den Totenvögeln ein Festmahl bereitet, wie es seit den

Zeiten unserer Vätersväter nicht mehr geschehen ist! Unsere Pfeile haben ihr Ziel getroffen, und unsere Schwerter haben wir bis ans Heft in Blut getaucht. Ist es nicht so, meine Brüder?"

Aus den Reihen des Stammes hinter ihm kam zustimmendes Gemurmel. Hier und da rief die Stimme eines Jünglings den Wahlspruch eines Familienklans.

Doch aus den Reihen der Unterhäuptlinge auf der Seite der Prärieleute erhob sich ebenfalls ein Mann und gab mit stolzen Worten eine Erwiderung: „Lanzen sind nicht schlechter als Schwerter, und nie haben die Prärieleute Furcht vor dem Kampf gezeigt. Auch wir haben die Totenvögel nicht hungern lassen. Wir brauchen uns vor keinem Mann zu verstecken!"

Einer begann den Kampfgesang, den Fors in der Nacht seiner Gefangenschaft gehört hatte. Mit flinken Händen tasteten einige nach Bogen und Lanzen. Fors stand auf, zwang seinen Körper zum Gehorsam. Er schob die Hand des Sternhauptmanns, der ihn zurückhalten wollte, zur Seite.

„Dort unten bricht ein Feuer aus", sagte er langsam. „Wenn die Flammen hochschlagen, könnte es uns alle fressen. Laß mich gehen!"

Doch als er schwerfällig den Abhang hinabstieg, spürte er, daß der Sternhauptmann ihm folgte.

„Ihr habt gekämpft!"

Kühl und klar folgte die eigene Stimme seinem Willen. In seinem Kopf nahm der Gedanke, den Arskane vor langer Zeit in ihn eingepflanzt hatte, allmählich Form an, so deutlich, daß er von seiner Wahrhaftigkeit und Gerechtigkeit überzeugt war.

„Ihr habt gekämpft!"

„Ahhh . . ." Die Antwort kam ganz ähnlich wie Luras Stimme, wenn sie an ihre Jagd dachte.

„Ihr habt gekämpft", wiederholte er zum drittenmal und wußte, daß er sie jetzt gepackt hatte. „Die Tierwesen sind tot. *Diese* Tierwesen . . ."

Die Betonung dieses Wortes verschaffte ihm augenblicklich ihre gesamte Aufmerksamkeit.

„Ihr habt den geschlagenen Feind gesehen, ist es nicht so? Nun, ich war ihr Gefangener, und das Entsetzen, das ihr saht, ist tief in mein Gedächtnis eingebrannt. Nicht nur mit Stolz soll euch dieser Sieg erfüllen, sondern auch mit Angst, denn diese Feinde tragen eine fürchterliche Gefahr in sich. Meine Urväter bekämpften sie, als sie noch in ihren Höhlen hausten. Mein Vater starb unter ihren Krallen und Zähnen. Jetzt aber ist in ihnen etwas Neues entstanden, etwas Stärkeres, das uns weitaus gefährlicher werden kann als die alten Höhlenkriecher. Fragt eure Weisen, ihr Krieger. Fragt sie, was sie da oben hinter dem Wall gefunden haben und was es ist, das vielleicht wiederkommen und uns bedrohen wird! Du, großer Heiler, tritt vor und berichte" – an den Medizinmann gewandt – „und Ihr, Nephata, ebenfalls. Was habt ihr gesehen?"

Die Frau sprach als erste. „Vieles habe ich gesehen und gehört. An dem Gesehenen ist kein Zweifel. Unter den toten Tierwesen lag eines, das anders war. Und wenn das Schicksal gegen uns ist, wird ihnen so eines abermals geboren werden – und wieder – und wieder. Und da sein Wissen größer ist, wird es für uns, für die ganze Menschheit, eine noch schwerere Gefahr bilden. Darum sage ich, daß alle Menschen zusammenstehen und gemeinsam mit ihren Schwertern eine Mauer gegen diese Wesen bilden müssen, gegen die Wesen, die aus dem von den Alten gesäten Übel entstanden sind . . ."

„Mutanten können Mutanten hervorbringen", unterbrach der Medizinmann sie. „Diese Tierwesen wurden geführt, wie sie noch nie geführt worden sind. Als ihr Anführer fiel, waren sie hilflos. Bringen sie mehr hervor wie ihn, dann werden sie ein Faktor sein, mit dem wir rechnen müssen. Wir wissen wenig von diesen Kreaturen, und niemand weiß, welchen Bedrohungen wir in einem Jahr, in zehn Jahren, in dreißig Jahren gegenüberstehen. Dieses Land ist groß und mag in seiner Weite vieles bergen, das unserer Rasse feindlich ist . . ."

„Das Land ist groß", wiederholte Fors. „Was sucht dein Stamm, Lanard?"

„Eine Heimat. Wir suchen einen Platz, an dem wir Häuser bauen und Felder bestellen und unsere Schafe in Frieden weiden lassen können. Seit uns brennende Berge und die bebende Erde aus dem Tal unserer Väter vertrieben haben, sind wir Monde lang umhergezogen. Hier, an diesem Fluß, haben wir gefunden, was wir seit langem suchen. Und weder Mensch noch Tier soll uns davon vertreiben!" Als er endete, lag seine Hand am Schwertgriff, und er starrte finster hinüber zu den Reihen der Präriebewohner.

Nun wandte sich Fors an Marphy. „Und dein Volk, Marphy, was sucht dein Volk?"

Marphy blickte auf. „Seit den Tagen der Alten sind wir, die Präriebewohner, Wanderer gewesen. Zuerst, weil der böse Tod, der die Luft verpestete, uns dazu zwang. Dann wurden wir Jäger und Wanderer und Tierzüchter, Krieger, die sich an kein festes Lager binden wollen. Es liegt in unserer Natur, weit zu reiten, neue Stätten zu suchen und neue Berge, die hoch in den Himmel ragen . . ."

„So." Fors ließ dieses eine Wort lange in der Stille zwischen den kampfgelichteten Reihen stehen.

Erst dann sprach er wieder. „Ihr" – er wies auf Lanard – „wollt euch ansiedeln und Häuser bauen. Darin besteht euer Leben. Und ihr" – zu Marphy gewandt – „wollt wandern, jagen und Weideland für eure Tiere suchen. Diese hier" – mit seinem steifen Arm machte er eine weite Geste zu dem Hügel hinauf, wo unter Geröllhaufen die Leichen der Tierwesen lagen – „wollen euch beide zerstören. Und dieses Land ist groß . . ."

Lanard räusperte sich; das Geräusch war scharf und laut. „Wir wollen in Frieden leben mit allen, die nicht das Schwert gegen uns erheben. Frieden bedeutet Handel, und Handel ist gut für alle. Wenn der Winter kommt und die Ernte schlecht war, kann der Handel einem Stamm das Leben retten."

„Ihr seid Krieger und Männer", fiel Nephata ein, den Kopf hoch erhoben, mit offenem Blick die Reihen der aufmerksam lauschenden Krieger musternd. „Krieg ist die Sehnsucht eines jeden Mannes – ja. Aber der Krieg hat den Alten den Untergang gebracht. Bekriegt euch, Männer, und wir alle werden untergehen, so gründlich, als hätten wir Menschen niemals existiert. Und dann werden jene dort unsere Welt regieren!" Sie zeigte zur Hügelkuppe hinauf. „Wenn wir in unserem Wahn abermals das Schwert gegeneinander ziehen, so tun wir das zum letztenmal, und dann ist es besser, daß wir möglichst schnell sterben und die Erde von uns befreit ist!"

Die Prärieleute blieben ruhig, doch in den Reihen ihrer Frauen erhob sich Gemurmel. Aus ihrer Mitte erhob sich eine Frau, die im Zelt eines Häuptlings regieren mußte, denn ihr Haar war mit Gold gebunden. „Es soll kein Krieg sein zwischen uns! Nie wieder sollen die Totenklagen erschallen in unseren Zelten. Sagt es laut, meine Schwestern!" Und ihr Ruf wurde aufgenommen von allen Frauen, wurde zum rhythmischen Gesang.

„Nie mehr Krieg! Nie mehr Krieg! Nie mehr Krieg!"

Und so wanderte der Becher mit dem Blut der Brüderschaft von Häuptling zu Häuptling, und das Ritual verband die Reihe der Dunklen mit denen der Prärieleute, auf daß nie wieder der eine gegen den anderen das Schwert erhebe.

Fors sank auf die Felsplatte. Die Kraft hatte ihn wieder verlassen. Er war müde, erschöpft, und die Aufregung unten ging ihn nichts mehr an. Er hatte keine Augen mehr dafür, daß sich die starren Reihen lösten und die Angehörigen beider Stämme sich mischten.

„Dies ist nur ein Anfang!" An der Stimme erkannte er Marphy und sah sich langsam, fast träge um. Der Präriemann unterhielt sich mit Jarl, lebhaft und mit strahlenden Augen.

Der Sternhauptmann hingegen war, wie immer, ruhig und zurückhaltend. „Ja, Marphy, ein Anfang. Aber es bleibt noch viel zu tun. Ich würde mir gern deine Berichte vom hohen Norden ansehen. Wir Sternmänner sind so weit noch nicht vorgedrungen . . ."

„Gern. Jedoch möchte ich auch eine Bitte aussprechen, die Bitte um eine Gabe. Dein Klanbruder da . . ." Mit sanftem Finger berührte er Fors' gebeugte Schulter. „Er besitzt die Kraft der Rede und einen wachen Geist. Er soll uns den Weg weisen." Die Worte strömten nur so aus Marphy heraus, als habe er einen Gleichgesinnten gefunden, dem er seine Gedanken nicht länger verbergen könne. „Als Lohn werden wir ihm fremde Länder und ferne Stätten zeigen. Denn auch ihn verlangt es zu wandern – genau wie uns . . ."

Jarl zupfte an seiner Unterlippe. „Ja, wandern war immer seine Sehnsucht. In seinen Adern fließt das Blut der Ebene. Wenn er . . ."

„Du vergißt eines", unterbrach ihn Fors, ohne zu lächeln. „Ich bin ein Mutant."

Doch ehe einer der Männer antworten konnte, kam ein dritter herbei – Arskane. In seinem Gesicht erkannte man noch die Spuren des Kampfes. Doch als er zu sprechen begann, lag eine Autorität in seinen Worten, die Beachtung verlangte.

„Wir brechen das Lager ab und machen uns auf . . . Ich bin gekommen, um meinen Bruder zu holen!"

Marphy fuhr auf. „Er reitet mit uns!"

Fors lachte, doch ohne Freude. „Da ich nicht laufen kann, halte ich euch nur auf . . ."

„Wir werden eine Sänfte bauen", versprach Arskane rasch.

„Pferde können auch Sänften tragen", begann Marphy eifersüchtig.

Jarl machte eine Bewegung. „Es scheint, du mußt selber die Wahl treffen", sagte er unbeteiligt zu Fors.

Fors preßte die freie Hand an die Stirn. Es stimmte, von seiner Mutter hatte er Prärieblut in den Adern. Und das wilde, freie Leben der Reiter hatte ihn gelockt. Wenn er mit Marphy ging, würde er viel sehen, viel lernen. Er konnte Karten zeichnen, von denen die Sternmänner noch nicht einmal geträumt hatten, vergessene Städte sehen und sie nach Herzenslust plündern und immer weiterziehen zu noch ferneren Ländern.

Nahm er Arskanes Hand, akzeptierte er Brüderschaft und die festen Bande eines Familienklans, wonach er sich immer so gesehnt hatte. Er würde Wärme spüren, Zuneigung, würde eine Stadt bauen, vielleicht sogar eine große, und ein hartes Leben führen, aber eines, das sich lohnte.

Aber – es gab noch einen dritten Weg, und den war er gegangen, als er glaubte, sterben zu müssen, vorhin in der Schlacht. Da hatten ihn seine Füße gegen seinen Willen in die klare, kalte Luft der Bergwelt hinaufgetragen, zurück dorthin, wo Strafe, Schmerz und endlose Diskriminierung auf ihn warteten.

Er schaute auf und blickte in Jarls strenge Augen. „Bin ich wirklich ein Gesetzloser?" fragte er.

„Du bist dreimal am Beratungsfeuer gerufen worden."

Er akzeptierte die Wahrheit, hatte aber noch eine Frage. „Da ich nicht dort war, um dem Ruf Folge zu leisten, habe ich doch sechs Monde lang das Recht auf Widerruf?"

„Das hast du."

Fors zupfte an der Schlinge, in der sein linker Arm lag. „Dann werde ich", antwortete er mit mühsam beherrschter Stimme, „dieses Recht in Anspruch nehmen. Sechs Monde sind noch nicht vorbei . . ."

Der Sternhauptmann nickte. „Wenn du für die Strecke nicht länger als drei Tage brauchst, wirst du es schaffen."

„Fors!"

Bei diesem Protest Arskanes zuckte der Bergbewohner zusammen. Doch als er den Kopf wandte, klang seine Stimme fest und entschlossen. „Du selbst, Bruder, hast mir gegenüber einmal von Pflicht gesprochen . . ."

Arskane ließ die Hand sinken. „Vergiß nicht: Wir sind Brüder, du und ich. An meinem Herd wartet stets ein Platz auf dich." Er drehte sich um und sah nicht mehr zurück, sondern tauchte unter in der Menge seiner Stammesgenossen.

Jetzt rührte sich Marphy. Er zuckte die Achseln. Ihn bewegten schon wieder andere Pläne. Doch nahm er sich noch Zeit, um zu sagen: „Von dieser Stunde an ist stets ein Pferd meiner Herde zu deiner Verfügung, und Fleisch und Obdach findest du in meinem Zelt. Halte Ausschau nach dem Banner des Roten Fuchses, wenn du Hilfe brauchst, mein junger Freund." Mit der Hand deutete er einen Gruß an, und er ging.

Fors wandte sich an den Sternhauptmann. „Ich werde gehen . . ."

„Aber mit mir. Auch ich habe dem Stamm Bericht zu erstatten. Wir reisen zusammen."

War das nun ein gutes Zeichen oder ein schlechtes? Unter anderen Umständen hätte es für Fors nichts Schöneres gegeben, als in der Gesellschaft des Sternhauptmanns zu reisen, so aber war er in gewisser Beziehung des Hauptmanns Gefangener. Düster blickte er über das Schlachtfeld hin. Dieser Sieg über die Tierwesen hatte eine Idee geboren, einen neuen Anfang, den Start zu einer langen Reise. Vielleicht entstand daraus eines Tages, Generationen später, eine schöne, neue Welt.

Doch im Augenblick trauten sich die Präriebewohner und die Dunkelhäutigen nicht so recht. Bald würden sich die Stämme für eine Weile trennen. Vielleicht kam in sechs Monaten eine Gruppe Prärieleute wieder nach Süden, stattete der Gegend am Fluß einen Besuch ab und staunte über die Hütten, die dort gebaut worden waren. Und ein Reiter tauschte vielleicht ein schön gegerbtes Fell gegen ein Tongeschirr oder einen Strang bunter Perlen für seine Frau. Und dann kamen andere, viele andere, und bald gab es Ehen zwischen Zelt und Haus. Und in fünfzig Jahren – ein einiges Volk.

„Ja, ein einiges Volk." Fors hockte müde auf dem Rücken des alten, geduldigen Pferdes, das Marphy ihm aufgenötigt hatte. Jarl ließ seinen Blick über das weite Feld wandern, das sie durchritten.

„Und wie viele Jahre sollen vergehen, bis dieses Wunder geschieht?" fragte er in ironischem Ton wie früher.

„Fünfzig – vielleicht . . ."

„Wenn nichts dazwischenkommt – ja, da magst du recht haben."

„Du denkst an den Mutanten der Tierwesen?"

Jarl zuckte die Achseln. „Ich halte es für eine Warnung. Es kann aber auch noch andere Hindernisse geben."

„Ich bin auch ein Mutant." Zum zweitenmal stellte Fors diese bittere Tatsache fest, doch Jarl ging nicht darauf ein.

„Ich glaube, in gewisser Hinsicht sind wir alle Mutanten. Wer kann sagen, daß wir genauso sind wie die Alten? Und ich finde, es wird Zeit, daß wir alle dieser Tatsache ins Auge sehen. Dieses andere jedoch, dieses Tierwesen ..." Und dann prasselten auf Fors eine Unmenge Fragen nieder, mit denen Jarl alles aus ihm herausholte, was er als Gefangener der Tierwesen erlebt und gesehen hatte.

Zwei Tage später ragten vor ihnen scharf und klar die Berge auf. Bei Anbruch der Nacht mußten sie am Ende der Reise angelangt sein. Ungeschickt tastete Fors mit seiner einen Hand zum Gürtel und zog das Schwert aus der Scheide. Als Jarl herankam, hielt er es ihm mit dem Griff nach vorn hin.

„Von nun an bin ich dein Gefangener." Seine Stimme war ruhig. Es war, als sei es ihm gleichgültig, was während der nächsten Tage mit ihm geschah. Ungeduldig wartete er darauf, daß es vorbei war, daß der Stamm ihn zum Gesetzlosen erklärte und er frei war und gehen konnte, wohin er wollte. Er war bereit.

Ohne ein Wort nahm Jarl das Schwert entgegen. Fors' Blick fiel auf Lura. Sie war auch ungeduldig, das spürte er; nach dieser langen, festen Bindung an ihn verlangte sie jetzt ihre Freiheit. Mit einem Gedanken gab er ihr ein Signal, und augenblicklich war sie verschwunden. Später würde sie um so bereitwilliger zu ihm zurückkehren.

Wie im Traum ritt Fors weiter, ohne die Männer des Bergdorfes zu beachten, die an den Außenposten den Sternhauptmann begrüßten. Sie sprachen nicht mit ihm, und er hatte auch kein Verlangen danach. Nur seine Ungeduld brannte in ihm.

Endlich saß er allein im innersten Raum des Sternhauses, wo ihn der leere Haken von Langdons Sterntasche an sein frevelhaftes Eindringen erinnerte. Schlimm, daß er so ganz und gar versagt hatte. Nie würde er beweisen können, daß sein Vater recht gehabt hatte. Doch selbst dieser Gedanke quälte ihn nicht sehr; er konnte ja wieder hinausziehen – auch ohne den Segen der Ältesten!

Draußen flackerte das Beratungsfeuer. Die Ältesten saßen über ihn zu Gericht, doch das Urteil fällten die Sternmänner, denn ihr Haus hatte er geplündert, die Geheimnisse und Traditionen des Sterns verletzt.

Durch den Vorraum kamen fast unhörbare Schritte. Fors wandte den Kopf. Stephen vom Falken-Klan, ein Sternnovize, kam ihn holen. Fors folgte ihm hinaus in den Lichtkreis des Feuers.

Allein stand Fors auf dem glatten Fels, den silberglänzenden Kopf erhoben, die Schultern gestrafft.

„Fors vom Puma-Klan ..." Das war Horsford, der Bergdorfschützer.

Fors grüßte ihn respektvoll.

„Du stehst hier vor uns, weil du die Traditionen des Bergdorfes gebrochen hast. Doch größer war das Unrecht, das du begangen hast gegen die Träger des Sterns. Darum ist die Entscheidung des Rates, daß die Sternmänner das Urteil über dich sprechen sollen."

Kurz und präzise. Und fair; er hatte es nicht anders erwartet. Was hatten die Sternmänner nun mit ihm vor? Alles hing von Jarl ab. Fors wandte das Gesicht dem hochgewachsenen Hauptmann zu.

Doch Jarl starrte über ihn hinweg in die tanzenden Flammen. So warteten sie stumm – lange. Und als der Sternhauptmann sprach, tat er es nicht, um das Urteil zu verkünden, sondern er richtete das Wort an alle, die hier versammelt waren.

„Männer des Bergdorfes, wir sind an einem Punkt angelangt, wo wir zwischen zwei Wegen zu wählen haben. Von dieser Wahl hängt die Zukunft der hier versammelten Klans ab, doch ebenso die aller Menschen in diesem Land, vielleicht auf dieser ganzen Erde. Aus diesem Grund habe ich mich entschlossen, heute abend einen feierlichen Eid zu brechen, einen Schwur, den ich in meiner Jugend abgelegt habe und der Männer meiner Art von euch unterscheidet. Hört also die Geschichte unseres Sterns: Heute sind die Männer, die ihn tragen, Pfadfinder, Sucher nach neuen Straßen, nach verlorenem Wissen. Einst jedoch hatte er eine andere Bedeutung. Unsere Vorväter wurden in dieses Bergversteck geschickt, weil sie dazu bestimmt waren, wahrhafte Sternmänner zu werden. Hier wurden sie auf ein Leben in anderen Welten vorbereitet. Die alten Berichte bestätigen, daß der Mensch im Begriff war, den Weltraum zu erobern, als ihn der Wahnsinn befiel und er zu den Waffen griff. Wir, die wir zu den Sternen fliegen sollten, müssen nun über die verwüstete Erde ziehen. Doch immer noch stehen über uns andere Welten und winken und rufen. Und wenn wir nicht in den Fehler der Alten verfallen, dann sehen wir eines Tages mehr als diese Erde. Dieses Geheimnis soll allen bekannt werden, auf daß alle Menschen wissen, was wir durch den Wahnsinn der Alten verloren haben, und auf daß sie danach streben, diesen Fehler nie zu wiederholen."

Fors ballte die Fäuste, daß sich die Nägel tief in die Handflächen gruben. Das alles hatte die Menschheit also weggeworfen! Wieder überkam ihn die Sehnsucht, die er beim Anblick des verwüsteten Flugfeldes gespürt hatte. Groß waren sie gewesen in ihren Träumen, die Alten! Nun, die Menschheit mußte wieder zu träumen lernen.

„Wir stehen am Scheideweg", wiederholte Jarl betont. „Und diesmal müssen wir unsere Wahl gut treffen. Es ist der Wunsch der Sternmänner, daß Fors vom Puma-Klan, ein Mischling, im Gegensatz zu den Gesetzen unserer Väter von nun an nicht länger als minderwertig gelten soll. Denn nun ist die Zeit, mit solchen Gesetzen zu brechen. Von dieser Stunde an soll er sich auf andere Art von euch unterscheiden. Denn er soll derjenige sein, der das Wissen von einem Volk zum anderen trägt und friedlich die Schwerter vereint, die sonst vielleicht im Krieg gegeneinander erhoben würden. Ein Mutant kann sehr wohl Fähigkeiten besitzen, die für seinen Stamm wertvoll sind. Und so bringen wir ein neues Gesetz ein, nämlich, daß Mutanten als volle Mitglieder des Stammes gelten sollen, in dem sie geboren sind. Wer unter uns" – Jarls Blick wanderte von einem zum anderen, während sich ringsum erregtes Gemurmel erhob – „kann beweisen, daß er von derselben Art ist wie die Alten? Wollen wir überhaupt so sein wie die Alten? Unsere Väter haben das Recht verwirkt, zu den Sternen zu gelangen – vergeßt das nicht!"

Der Medizinmann antwortete ihm. „Nach den Naturgesetzen, wenn auch nicht nach den Gesetzen der Menschen, sprichst du die Wahrheit. Man nimmt an, daß die Menschen heute anders sind, als sie einst waren. Ein Mutant . . ." Er hustete hinter der vorgehaltenen Hand. „Gewiß ist jeder hier zu einem gewissen Grad ein Mutant."

Horsford hob die Hand, um Ruhe zu gebieten. Seine machtvolle Stimme war weithin zu hören. „Heute abend ist hier etwas Bedeutendes geschehen, meine Freunde. Die Sternmänner haben mit der Vergangenheit gebrochen. Sollen wir da zurückstehen? Sie sprechen vom Scheideweg – ich spreche vom Wachstum. Wir haben unsere Wurzeln in steinigen Grund gesenkt. Wir haben hartnäckig daran festgehalten. Doch nun kommt eine Zeit, in der es heißt wachsen oder sterben. Und im Namen des Rates wähle ich Wachstum. Waren uns einst die Sterne versprochen – wir werden abermals nach ihnen greifen!"

Jemand stieß einen Hochruf aus – er kam von den äußeren Reihen, dort, wo die Jungen standen. Und immer mehr Stimmen fielen ein. Männer waren aufgesprungen, ihre Stimmen klangen begeistert, ihre Augen blitzten. Noch niemals hatte dieses ernste Volk soviel Ähnlichkeit mit seinen Vettern in der Ebene gezeigt. Der Stamm erwachte zu neuem Leben.

„So sei es!" Jarls Stimme durchbrach den Lärm. Auf eine Handbewegung von ihm verstummten die Rufe. „Von dieser Stunde an werden wir neue Wege beschreiten. Und zur Erinnerung an unseren Entschluß verleihen wir Fors hiermit einen Stern, den es bis jetzt noch nicht gegeben hat. Und wenn die Zeit gekommen ist, wird er seinerseits diejenigen lehren, die ihn nach ihm tragen sollen. So werden unter uns immer Männer leben, die als Freunde mit anderen Völkern sprechen, nüchtern denken und den Frieden der Welt in ihren Händen halten!"

Jarl trat zu Fors, in den Händen eine Kette, an der ein Stern hing, nicht mit fünf Zacken, sondern mit vielen; wie eine Windrose wies er in alle Himmelsrichtungen zugleich. Kühl und herrlich legte er sich auf die Brust des Mutanten.

Dann begrüßte der Stamm den neuen Sternmann mit einem Jubelschrei. Doch auch der klang anders als sonst, denn ein neuer Stern war geboren, und was aus ihm wuchs, konnte keiner der Männer, die hier standen, voraussehen – nicht einmal der, dem er anvertraut war.

Andre Norton

Die Schriftstellerin Andre Norton, mit bürgerlichem Namen Alice Mary Norton, wurde 1912 in Cleveland im amerikanischen Bundesstaat Ohio geboren. Seit Mitte der dreißiger Jahre arbeitete sie als Bibliothekarin in einer Jugendbücherei; 1950 gab sie die Stelle aus gesundheitlichen Gründen auf. Eine Zeitlang führte sie eine Buchhandlung, ehe sie sich entschloß, freie Schriftstellerin zu werden. Anfangs schrieb sie unter dem männlichen Pseudonym Andrew North, das sie später in Andre Norton umwandelte. „Das große Abenteuer des Mutanten" ist ihr erster Roman; er erschien 1952, nachdem sie zuvor bereits SF-Kurzgeschichten veröffentlicht hatte.

Inzwischen sind es über neunzig Bücher, die aus ihrer Feder stammen, darunter auch Krimis, historische Romane, Spionage- und Abenteuerromane. Als Kennzeichen ihres Werks gelten symphathische Hauptfiguren und eine leicht nachvollziehbare Handlung. Bei den Lesern erfreuten sich vor allem ihre SF-Serie „Operation Vergangenheit" und die Fantasy-Reihe „Gefangene der Dämonen" großer Beliebtheit.

„Daß Andre Norton zur First Lady in den Reihen der großen Meister unseres Fachs aufgestiegen ist", schreibt ihr Freund und Schriftstellerkollege Robert Bloch, „ist kein Zufall. Bücher sind ihr Leben – und in ihrem eigenen Schaffen spiegeln sich die ganze Hingabe und Liebe wider, die sie der Literatur schenkt."

2:00
MAXWELL

Der Zukunftskatalog

Produkte und Erfindungen der neunziger Jahre

Auszüge aus dem Buch von
Malcolm Abrams und Harriet Bernstein
erschienen im Paul Zsolnay Verlag

In den nächsten zehn Jahren werden viele sensationelle Produkte alle Lebensbereiche verändern. Nach ausgiebigen Recherchen bei Patentämtern und Industrieunternehmen in aller Welt hat das New Yorker Autorengespann Malcolm Abrams und Harriet Bernstein den „Zukunftskatalog" zusammengestellt – eine Übersicht über 250 teils nützliche, teils spaßige Neuentwicklungen, die noch vor dem Jahr 2000 Einzug in unsere Städte und Sportarenen, in unsere Häuser und Büros halten werden. Hier eine kleine Auswahl aus dem „Schaufensterbummel in die Zukunft":

KOMMUNIKATION

Die Schreibmaschine, die Ihnen aufs Wort folgt

REALISATIONSCHANCE BIS ZUM JAHR 2000: 90 %
VORAUSSICHTLICHE VERFÜGBARKEIT: 1995
PREIS: 5000 Dollar

Bürochefs, Sekretärinnen, Studenten, Schriftstellern, kurz gesagt: all denen, die sich mit einer Schreibmaschine oder einem Textverarbeitungsgerät abmühen, dürfte dies fast zu schön erscheinen, um wahr zu sein. Können wir uns jetzt wirklich zurücklehnen, die Füße hochlegen und unseren Stimmbändern das Tippen überlassen? Es sieht ganz danach aus.

Raymond Kurzweil von der Firma Kurzweil Applied Intelligence Inc. aus Waltham, Massachusetts, ist ein Meister im Erfinden von Maschinen für die Anwendung künstlicher Intelligenz. Er verkauft schon jetzt ein Gerät, das – wenn auch in eingeschränktem Maße – wie eine mit der menschlichen Stimme betriebene Schreibmaschine funktioniert.

Es heißt KVR (die Abkürzung steht für „Kurzweil Voice Report") und arbeitet folgendermaßen: Man spricht in ein Mikrofon, wobei man zwischen den einzelnen Wörtern kurze Pausen von mindestens einer Zehntelsekunde einlegt. Dies wird Discrete speech *(Einzelwort-*

vortrag) genannt. Zum Überprüfen erscheinen die Wörter dann auf einem Computerbildschirm. Wenn etwas nicht stimmt, sagen Sie einfach: „Scratch that!" („Das streichen!"), und das falsche Wort wird gelöscht. Sobald der diktierte Text so weit fertig ist, daß er zu Papier gebracht werden kann, befehlen Sie: „Print report!" („Text ausdrukken!").

Als erstes jedoch muß jeder, der den KVR benutzen will, ihn dazu „trainieren", seine Stimme wiederzuerkennen. Das Gerät ist nämlich sprecherabhängig: Es wird nur die Sprechweise der Personen identifizieren, die zuvor jedes Wort des KVR-Wortschatzes in das eingebaute Mikrofon hineingesprochen haben. Der Systemcomputer erfaßt auf digitale Weise, wie der Sprechende jedes einzelne Wort ausspricht, und speichert diese Information für Vergleichszwecke während des späteren Wiedererkennungsverfahrens der stimmlichen „Handschrift" in seinem Gedächtnis ab.

Bisher verfügt der KVR über ein Vokabular von 5000 Wörtern, was seine Anwendungsmöglichkeiten begrenzt. Kurzweil hat jedoch eine Anzahl von Spezialprogrammen entwickelt, die aus diesem relativ kleinen Wortschatz das Beste machen. Um ein Beispiel zu nennen: „VoiceRAD" für Röntgenologen und „VoiceEM" für Notärzte erübrigen alle beide eine Transkription durch Menschenhand, indem sie Ärzten ein minutenschnelles Diktieren, Korrigieren und Ausdrucken von Krankenberichten ermöglichen.

Bestandteil dieser Programme ist ein Feature, das Satz-Auslöseautomatik genannt wird. Ein einziges vorgesprochenes Wort oder ein Satz genügt, um den Ausdruck ganzer häufig benutzter Sätze bzw. ganzer Absätze zu veranlassen. Der KVR ist sogar imstande, Homonyme (gleichlautende Wörter mit unterschiedlicher Bedeutung) voneinander zu unterscheiden und sie korrekt anzuwenden (z.B. lehren, leeren). So nah ist diese Technologie heute schon einer vollautomatischen, von der menschlichen Stimme aktivierten Schreibmaschine oder einem ebensolchen Textverarbeitungsgerät gekommen.

Robert Joseph, Marketing-Direktor von Kurzweil Applied Intelligence, ist der Ansicht, daß eine ganze Generation leicht zu bedienender, preisgünstiger und auf Sprachbefehle reagierender Textverarbeitungssysteme für den Heim- und Bürogebrauch nicht mehr lange auf sich warten lassen wird. Diese Maschinen werden dann über ein unbegrenztes Vokabular verfügen und in der Lage sein, fortlaufende Sätze (ohne Pausen zwischen den einzelnen Wörtern) zu erkennen. Dann können wir alle endlich die Füße hochlegen, uns entspannen und nur noch diktieren.

Der tragbare, sprechende Übersetzungscomputer

REALISATIONSCHANCE BIS ZUM JAHR 2000: 100 %
VORAUSSICHTLICHE VERFÜGBARKEIT: 1991
PREIS: 2000 Dollar

Ein Amerikaner in Paris (oder sonstwo auf der Welt) wird feststellen, daß mit diesem tragbaren, sprechenden Übersetzungscomputer alle Sprachbarrieren fallen. Voice – so heißt er nämlich – ist ein handbetriebener Computer mit einer Software, die über 35 000 Sätze wiedererkennen kann. Sie sagen einfach etwas zu ihm auf englisch – z.B. „Waiter, another bottle of your best champagne, please" *(„Herr Ober, bitte noch eine Flasche von Ihrem besten Champagner") – und er wird mit seiner elektronischen Stimme diesen Satz auf französisch oder auf deutsch, spanisch oder italienisch nachsprechen.*

Auf einer Flüssigkristallanzeige werden Sie sehen, was Sie auf englisch gesagt haben, so daß Sie sich vergewissern können, daß Voice Sie auch richtig verstanden hat. Und auf Knopfdruck wird Voice den Satz in der jeweiligen Fremdsprache wiederholen und ihn gleichzeitig sichtbar machen, damit Sie sichergehen können, daß jedermann ihn richtig mitbekommen hat.

„Im Vergleich zu Voice ist ein Laptop-Computer mit Tastatur der reinste Dinosaurier", sagt Steve Rondel, Geschäftsführer von Advanced Products and Technologies, Inc., der in Redmond (US-Bundesstaat Washington) ansässigen Firma, die den bahnbrechenden Computer herstellt. „Er paßt in Ihre hohle Hand und hört und befolgt Ihren gesprochenen Befehl." Der Voice wiegt 1268 Gramm, hat ungefähr die Größe zweier übereinandergestapelter VHS-Videokassetten und arbeitet nach einmaligem Aufladen drei Stunden lang.

Der Voice ist speaker dependent *(sprecherabhängig), das heißt, er muß erst geschult werden und wird dann ausschließlich auf Ihre Stimme reagieren. Er wird Sie durch ein knapp einstündiges Interview führen, in dessen Verlauf er sich Ihre Art zu sprechen einprägt. Diese Information wird in Ihrer (auswechselbaren) Kassette gespeichert. Auch andere können das Gerät benutzen, sofern sie ihre eigenen Kassetten „anlernen".*

Die Entwicklung des Voice hat sechs Jahre gedauert und Millionen Dollar gekostet, aber die Forscher sind noch lange nicht am Ziel ihrer Bemühungen. Der zu speichernde Wortschatz vergrößert sich laufend, je mehr Fremdsprachen – insbesondere Japanisch, Chinesisch und Russisch – berücksichtigt werden müssen.

Erste Anwendungsmöglichkeiten für den Voice sieht Rondel in der Geschäftswelt und in der Touristik. (Stellen Sie sich vor, es gäbe den Voice in jedem Taxi, als Verständigungshilfe für Chauffeur und Fahrgast!) Es ist zu erwarten, daß Amerikaner, die im Ausland unterwegs sind, den Voice ungeachtet seiner Kostspieligkeit bereits Anfang der neunziger Jahre ganz selbstverständlich neben Reiseführern und Fotoapparat im Gepäck haben werden.

Anti-Kollisions-System

VERKEHR

Realisationschance bis zum Jahr 2000: 55 %
Voraussichtliche Verfügbarkeit: 1999
Preis: 600 Dollar

Mit der Idee eines Systems zur Verhütung von Zusammenstößen wird in der Automobilindustrie schon seit Jahren gespielt. Schließlich benutzen Flugzeuge und Schiffe Radargeräte, um Kollisionen zu vermeiden.

Warum also nicht auch Autos? Bei diesen liegt das Problem jedoch darin, daß sie so dicht hintereinander fahren, daß meistens nicht genügend Zeit zum Reagieren bleibt, wenn man eine Gefahr erkannt hat. Die Nissan Motor Company in Japan arbeitet an einem System, das sogar noch mehr leistet, als Sie vor einer drohenden Kollision mit einem Fußgänger oder einem Hindernis auf der Straße zu warnen. Es handelt entsprechend. Nissans System schickt dem Auto einen pulsierenden Laserstrahl voraus. Dieser wird von jedem beliebigen Objekt auf seinem Weg zu einem optischen Sensor, der an der vorderen Stoßstange montiert ist, reflektiert. Ein Computer errechnet daraufhin den Abstand, indem er die Zeit mißt, die der Strahl benötigt, um zu dem Sensor zurückzukehren. Nahezu gleichzeitig ermittelt der Computer den Grad der Gefahr. Falls Sie zu schnell fahren, wird er automatisch das Gas wegnehmen, und sollte ein Zusammenstoß unmittelbar bevorstehen, wird er eine Vollbremsung auslösen.

Das System muß erst noch weiter ausgebaut werden. Die Chancen stehen aber nach Ansicht der Experten fünfzig zu fünfzig, wenn nicht sogar besser, daß diese Art von Kollisions-Verhinderung im Jahre 2000 zur Standardausrüstung der meisten Autos gehören wird.

Schwebefahrzeug

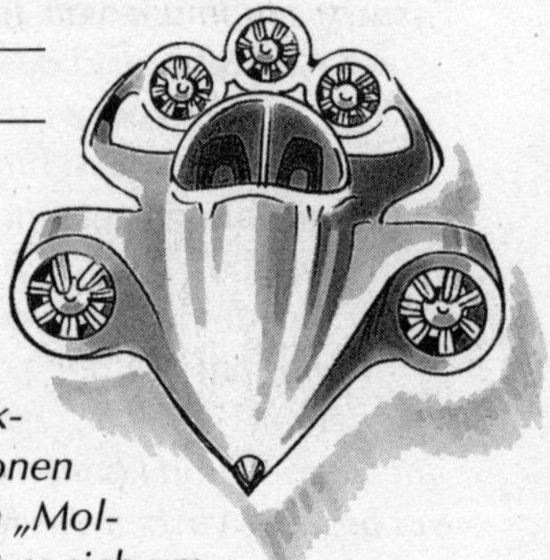

REALISATIONSCHANCE BIS ZUM JAHR 2000: 100 %
VORAUSSICHTLICHE VERFÜGBARKEIT: 1991
PREIS: 100 000 Dollar

So etwas findet man sonst nur in Comics und Science-fiction-Heftchen, diesen Wirklichkeit gewordenen Traum von Generationen kleiner Jungen, die Maschinen lieben: den „Moller 400". Von seinem Äußeren her handelt es sich um eine Kreuzung zwischen einem stromlinienförmigen Verkehrsflugzeug und einem Raumschiff. Von seiner Funktion her ist es ein Auto, ein Hubschrauber und ein Flugzeug, alles in einem.

Das Fahrzeug hat vier Sitze, ist ein Senkrechtstarter, schafft eine Höchstgeschwindigkeit von 640 km/h, kann dicht über dem Boden dahinschweben, weich landen und in Ihrer Garage geparkt werden. Seine Bedienung ist fast so einfach wie ein Videospiel.

Der Erfinder des Moller 400 ist Paul Moller, einer jener Jungs aus den vierziger Jahren, die sich ihren Traum nicht nehmen ließen. Während des Schreibens an seiner Doktorarbeit an der McGill University in Montreal und im Verlauf seiner fünfzehnjährigen Lehrtätigkeit an der University of California arbeitete Moller intensiv an der Entwicklung unkonventioneller Flugobjekte. Mittlerweile leitet er sein eigenes Unternehmen, die Firma Moller International, und legt gerade letzte Hand an sein Meisterwerk, das er bescheiden als „Alternative zum Familienauto" bezeichnet.

Moller hat die Technik für den Moller 400 bereits an seinem früheren Modell, dem „200 X", getestet, der aussieht wie eine fliegende Untertasse. Zahlreiche Testflüge – sowohl per Fernbedienung als auch mit einem Piloten an Bord – verliefen erfolgreich. Jetzt steht das Nachfolgemodell startbereit. Der Moller 400 ist 1,82 m hoch, 2,90 m breit und 5,50 m lang. Er hat eine Spargang-Reisegeschwindigkeit von 362 km/h und konsumiert nur 15,7 Liter auf 100 Kilometern, angetrieben von acht 29,5 kg schweren Wankelmotoren mit einem Hubraum von je 528 Kubikzentimeter und je 150 PS bzw. rund 4,5 PS/kg, also das Vierfache eines gewöhnlichen Flugmotors.

Der Moller 400 wird von acht dieser Kompaktmotoren angetrieben, die in vier Maschinenschächte eingelassen sind. Da es bei dem Schwebefahrzeug keine hervorstehenden Tragflächen gibt, läßt es sich am Boden viel sicherer manövrieren als etwa ein Hubschrauber oder ein kleines Flugzeug.

Moller hat bei der Konstruktion des Moller 400 vor allem an die Sicherheit gedacht. Drei Bordcomputer überprüfen wechselseitig ihre Arbeit und können notfalls füreinander einspringen. Diese Computer überwachen das Flugzeug mit einem hochentwickelten System zur Vermeidung von Kollisionen, das dazu beitragen soll, im Jahre 2000 die Sicherheit im Luftverkehr zu vergrößern.

Bei Fluggeschwindigkeiten über 200 km/h wird selbst dann keine Höhe verloren, wenn sechs der acht Triebwerke ausfallen sollten. Und falls sämtliche Motoren streiken, wird der Moller 400 mit Hilfe eines Notfallschirms sanft landen. Zudem wird sich seine 1,50 m lange, spitze „Schnauze" dabei einknautschen, um den Aufprall zu dämpfen.

Wenn auch für jeden staugewohnten Pendler mit diesem Fahrzeug die Erfüllung seines Wunschtraums in greifbare Nähe gerückt zu sein scheint, endlich dem schleichenden Kolonnenverkehr da unten auf Erden zu entkommen, wird der Moller 400 nach Ansicht seines Erfinders zunächst bei Such- und Rettungsaktionen in entlegenen Gebieten Verwendung finden. Dennoch stehen bereits viele, die immer noch ihren Kinderträumen nachhängen, Schlange und warten sehnlichst auf die amtliche Zulassung des Fliegers.

Nach Aussage von Jack Allison, Marketing-Direktor bei Moller International, haben sich schon siebenundvierzig Leute mit einer (in voller Höhe rückzahlbaren) Anzahlung von 5000 Dollar einen Moller 400 reservieren lassen.

Das intelligente Haus

REALISATIONSCHANCE BIS ZUM JAHR 2000: 90 %
VORAUSSICHTLICHE VERFÜGBARKEIT: 1997
PREIS: 7000–10 000 Dollar (inklusive Installation)

Vor wenigen Jahren noch konnte man sich nur unter Aufbietung seiner ganzen Phantasie einen Videorecorder vorstellen, der während der eigenen Abwesenheit eine Sendung aufzeichnen würde. Aber nun stellen Sie sich erst einmal ein „intelligentes" Haus vor, in dem sich sämtliche darin befindlichen Geräte von jedem beliebigen Ort aus bedienen lassen! Und das ist nur der Anfang . . .

Gemeinsam mit einer Gruppe von Herstellerfirmen, Forschungsorganisationen und öffentlichen Versorgungsbetrieben arbeitet die „National Association of Home Builders" an der letzten Phase eines Projekts, das der amerikanischen Öffentlichkeit eine vollautomatisch gesteuerte Behausung offerieren soll. Die Gruppe hat ihrem Produkt den einleuchtenden Namen „Smart House" – das intelligente Haus – gegeben und bereitet sich jetzt auf die Vorstellung des umfassendsten

Systems zur Vollautomatisierung des trauten Heims vor. Sobald Ihr Haushalt an dieses System angeschlossen ist, wird jeder Ihrer Wünsche zum Befehl.

Das Licht geht für Sie an, wenn Sie die Einfahrt heraufkommen, und die Alarmanlage wird ausgeschaltet, damit Sie ungehindert eintreten können. Mit allen Lampen können Sie im ganzen Haus Blinksignale geben, um die anderen Bewohner zu verständigen, daß das Abendbrot auf dem Tisch steht. Oder Sie können Ihrem Herd befehlen, den Fernseher in Abständen aufleuchten zu lassen, wenn der Braten fertig ist.

Vor dem Schlafengehen wird ein Kontrollmonitor Sie über die Temperatur in jedem Zimmer des Hauses informieren und Ihnen sagen, ob noch irgendwelche Geräte ausgeschaltet werden müssen. Die Waschmaschine wird vom Elektrizitätswerk darüber in Kenntnis gesetzt werden, zu welchen Tageszeiten sie mit dem günstigsten Strompreis arbeiten kann. Und Ihre Stereolautsprecher, Ihr Telefon und Ihr Fernsehgerät können von jeder Steckdose im Haus betrieben werden, egal, wo der Stereoplattenspieler, der Telefonanschluß oder der Videorecorder nun gerade installiert sind – und all das ohne zusätzliche Verkabelung.

Sämtliche Funktionen werden mit Hilfe einer Wandschalttafel, eines Video-Tastbildschirms, eines Fernsteuerungsgeräts, eines Stimmerkennungssystems, automatischer Sensoren und/oder eines Telefons von jedem beliebigen Ort der Welt aus gesteuert. Wählen Sie, was Ihnen paßt oder auch alle Kombinationen; allerdings wird Sie der Stimmerkennungsapparat ein wenig mehr kosten. Ältere Haushaltsgeräte lassen sich zwar in das System integrieren, doch sollen alle Apparate letztlich mit ihrer eigenen „Intelligenz" gebaut werden. Einige unter ihnen werden sogar in der Lage sein, ihre eigenen Fehlfunktionen zu diagnostizieren. Ein Reparateur wird sich dann telefonisch mit dem Gerät in Verbindung setzen, um zu hören, wo der Fehler liegt, oder ins Haus kommen und den Defekt vom Kontrollmonitor ablesen.

Außer mehr Komfort wird das Smart House ein Nonplusultra an Sicherheit bieten.

Wenn ein Gasrohr undicht geworden, ein Kurzschluß oder irgend-

eine andere Fehlfunktion im System aufgetreten ist, wird der Energiezufluß sofort unterbrochen. Feuer wird auf Bildschirmen sichtbar sein, ehe es sich ausbreiten kann. Und wenn der Stecker irgendeines Geräts in eine Steckdose hineingesteckt wird, teilt ein Mikrochip im Inneren des Steckers der Steckdose mit, wieviel und welche Art von Energie gebraucht wird. Wenn daher ein Kind eine Heftklammer oder sein Fingerchen in die Steckdose steckt, wird kein Strom aktiviert.

Nach Aussage von Ken Geremia, der als Sprecher der Firma für dieses Projekt fungiert, sind „mehr als hundert Leute damit beschäftigt, den gemeinsamen Nenner all dieser Dienstleistungen zu bestimmen".

Bisher sind mehrere Millionen Dollar in das Ganze investiert worden, und es werden noch weitere Summen dieser Höhe erforderlich sein.

Plangemäß sollen mit Beginn dieses Jahrzehnts zwanzig neue Häuser mit solchen intelligenten Steuersystemen gebaut werden. Die Nachrüstung älterer Häuser wird ein paar Jahre später möglich sein.

Computerisierte Wohnungseinrichtung

REALISATIONSCHANCE BIS ZUM JAHR 2000: 100 %
VORAUSSICHTLICHE VERFÜGBARKEIT: 1990
PREIS: noch nicht kalkulierbar

Zu Beginn der neunziger Jahre wird es einen neuartigen Service geben, der dem großen Hinundherüberlegen bei der Neugestaltung Ihrer Wohnung ein Ende macht. Er heißt „Design and Decorate" und ist ein Computersystem, das Ihnen anhand von 3-D-Bildern vor Augen führt, wie Ihr Zimmer mit anderen Möbeln, Farben, Tapeten, mit anderem Dekor und in ganz neuer Anordnung aussehen wird.

Das System, ein Gemeinschaftsunternehmen von „Intel" und „Videodisc Publishing Inc.", wird in der Lage sein, das Äquivalent von 200 000 Textseiten eines Katalogs zu speichern.

Mit Hilfe der sogenannten „Digital-Video-Interactive"-Technik können verschiedene Raumkomponenten auf einem Bildschirm sichtbar gemacht werden, der daraufhin bis zu 16 Millionen Farbtöne anbietet.

Richard Stauffer, Geschäftsführer von „DVI Technology" beschreibt es so: „Der Kunde wird die neue Anordnung in dem theoretischen Raum von jeder x-beliebigen Perspektive aus betrachten können."

Man rechnet damit, daß einige Einzelhändler den Service in Rechnung stellen werden, doch werden im Falle eines Kaufs die Kosten angerechnet.

Solarfenster

REALISATIONSCHANCE BIS ZUM JAHR 2000: 90 %
VORAUSSICHTLICHE VERFÜGBARKEIT: 1992
PREIS: noch nicht kalkulierbar

Eines Tages werden die Fenster in Ihrem Heim, durch die Sie hinausschauen und durch die die Sonne hereinscheint, Sonnenenergie einfangen und sie in elektrischen Strom umwandeln.

Durchsichtige, amorphe Solarzellen sind von Forschern bei Sanyo Electric in Osaka, Japan, entwickelt worden. Sie fangen Sonnenenergie in derselben Weise ein, wie es auf Dächern installierte Sonnenkollektoren tun, die uns ja vertraut sind.

Der Unterschied, und zwar der entscheidende, liegt darin, daß diese neuartigen Zellen mit Hilfe einer exklusiven Technologie gebaut worden sind, die behutsam mikroskopisch kleine Löcher in jede Zelle ätzt, was diese transparent werden läßt. Natürliches Licht kann dann die Fensterzellen passieren, um Ihr Wohnzimmer zu erhellen, während die Strahlen gleichzeitig angezapft werden, um Ihr Fernsehgerät mit Strom zu versorgen.

Sanyo plant, durchsichtige Solarzellen für Oberlichter, Auto-Sonnendächer und Gewächshäuser auf den Markt zu bringen, ebenso solche für die Fenster von Privathäusern. Irgendwann wird man Solarzellen auch als Antriebsquelle für Segeljachten nutzen können.

Ferngesteuerter, apportierender Entenlockvogel

REALISATIONSCHANCE BIS ZUM JAHR 2000: 100 %
VORAUSSICHTLICHE VERFÜGBARKEIT: 1992
PREIS: 1250 Dollar

Eine neue Art Lockvogel für die Entenjagd könnte diesen Sport völlig verändern und Ihren treuen Labrador-Apportierhund auf Dauer arbeitslos machen. Er heißt „Robo-Duck", und obwohl er wie jeder andere Entenlockvogel aussieht, weist er doch einige furchterregende Unterschiede auf. Dieser batteriegespeiste, von einem Propeller angetriebene Lockvogel wird mittels Fernbedienung von einem Versteck aus gelenkt. Ein Steuerknüppel kontrolliert seine Bewegungen, einschließlich des Öffnens und Zuschnappens von circa 50 cm langen Stahlklauen, mit denen er bis zu zwei Stockenten apportieren kann.

Jean Bogner, Besitzer der Herstellerfirma in Beaver Dam, Wisconsin, ist der Ansicht, daß der Lockvogel innerhalb von rund zehn Jahren ziemlich weit verbreitet sein wird. „Wir haben viele telefonische Anfragen erhalten", berichtet er, „darunter sogar eine von einem Kunden aus Saudi-Arabien, der einen Robo-Duck für seinen privaten Ententeich haben wollte."

Wassertreter

REALISATIONSCHANCE BIS ZUM JAHR 2000: 85 %
VORAUSSICHTLICHE VERFÜGBARKEIT: 1991
PREIS: 850 Dollar

Schon seit eh und je war „auf dem Wasser gehen" gleichbedeutend mit „das Unmögliche tun". Hierin lag möglicherweise für Ben Watson die

Motivation seiner fünfzehnjährigen Bemühungen, einen Apparat zu entwickeln, mit dem der Mensch über Seen und Flüsse laufen kann.

Nun, Mr. Watson aus Renton (US-Bundesstaat Washington) hat Wassertreter kreiert, sie getestet, ein Patent dafür erhalten und jetzt mit der Suche nach einem Hersteller begonnen. In der Zwischenzeit macht er weiterhin Probespaziergänge auf einem örtlichen See.

Seine Erfindung ähnelt ein bißchen einem Paar klobiger Skier (1,80 m lang und 23 cm breit), wäre nicht jeder Treter 23 cm tief und mit einem eingelassenen Fußloch ausgestattet. Jeder der Treter – oder, präziser gesagt, Schwimmer – ist auf seiner Unterseite mit acht kleinen Flossen versehen, um eine sichere Vorwärtsbewegung zu ermöglichen. Die Treter sind aus Schaumgummi und Fiberglas, und ein Paar wiegt 13,5 Kilo. Sie haben eine Tragekapazität von 135 Kilo. Die eigentliche Bewegung, die man macht, um voranzukommen, ähnelt eher der des Schlittschuhlaufens oder des Skilanglaufs als dem Gehen, da die Schwimmer nie die Wasseroberfläche verlassen.

Nun stellt sich die Frage: Wer ist schon so darauf erpicht, auf dem Wasser zu gehen, daß er 850 Dollar dafür ausgeben würde? Mr. Watson behauptet, seine Wassertreter seien stabil genug zum Fischen oder Jagen und böten eine reizvolle Aerobic-Trainingsmöglichkeit für Skilangläufer und andere Athleten außerhalb der Saison. Und man muß zugeben, daß man erhebliches Aufsehen erregen würde, wenn man an einem strahlenden Sommertag auf einem See spazierenginge.

Damit das Ganze aber noch „mehr Spaß macht und spannender ist", hat Mr. Watson zusätzliche Segel entwickelt, die Ihre Treter in einen kleinen Katamaran verwandeln.

Simuliertes Golf

REALISATIONSCHANCE BIS ZUM JAHR 2000: 90 %
VORAUSSICHTLICHE VERFÜGBARKEIT: 1990
PREIS: 18 000 Dollar

Eine kleine Firma in der Prärie Kanadas hat ein Zimmergolf-Simulationsspiel entwickelt, das so realistisch, so kunstgerecht und unterhalt-

sam ist, daß es diese Sportart tatsächlich revolutionieren könnte. Seine ersten Absatzmärkte wird es in Japan finden, wo Raum für Golfplätze äußerst knapp ist, und in Kanada, wo das kalte Wetter die Saison stark verkürzt. In den Vereinigten Staaten sind aber bereits zwei Testanlagen eingerichtet worden, eine in Atlanta und eine in San Francisco.

Das Spiel, das den Namen „GS 2020 Interactive Golf Simulator" trägt, hat vier Komponenten: eine interaktive Videoanlage mit großem Bildschirm, einen an einer Schnur befestigten Ball, eine Skala, die die Wucht bzw. den Körperschwung mißt, den der Golfspieler in seine Schlagtechnik legt, sowie eine Anzahl optischer Sensoren, welche den Schwung des Schlägers messen. Das auf dem Bildschirm simulierte Spiel findet auf einem echten Golfplatz statt: dem berühmten Banff Springs Golf Club im kanadischen Alberta. Jährlich sollen zwei neue Golfplätze ins Programm aufgenommen werden.

Der Golfspieler beginnt mit einem Blick vom ersten Tee aus, das auf dem 48-cm-Bildschirm erscheint. Er wählt seinen Schläger und füttert den Computer mit dieser Information. Er führt den Schlag aus und sieht auf dem Bildschirm tatsächlich die Flugbahn des Balls und den Punkt, wo dieser aufkommt. Sobald der Spieler die Projektion für den folgenden Schlag vor Augen hat, wählt er seinen nächsten Schläger aus. Der Computer berücksichtigt, welcher Schläger benutzt, wieviel Kraft in den Schwung gelegt, wie sauber der Ball getroffen wurde und dazu den Windfaktor, um zu bestimmen, wie weit, wie hoch und wie gerade der Ball fliegen wird.

Nach Aussage des Sprechers der Firma Joytec Ltd. in Saskatoon, Saskatchewan, „steuert der Computer eine 30,5-cm-Laserdiskette mit 54 000 Einzelbildern. Das bedeutet, daß dies für Hunderte von möglichen Schlägen ausreicht. Sie können dabei sogar im Gebüsch, im Wasser oder in Sandbunkern landen. Und selbstverständlich gehört das Einlochen beim Spiel mit dazu."

Als erste werden wohl Hotels, Golfzentren und Klubs den GS 2020 anbieten. Da die

ganze Anlage jedoch lediglich eine 3,5 x 3,5 m messende Spielfläche bei einer Deckenhöhe von drei Metern erfordert, rechnet Joytec mit dem Verkauf einer Version des Golfsimulators für den Hausgebrauch. Die Firma hat bereits einen Vertrag mit einer größeren japanischen Aktiengesellschaft für das dortige Marketing abgeschlossen. Es wird erwartet, daß das Spiel ab 1990 in den Vereinigten Staaten verkauft wird.